COLLEEN McCULLOUGH

Günstlinge der Götter

Julius Caesar und Pompeius: Sie sind jung, stammen aus den vornehmsten Familien und haben eine glänzende Zukunft vor sich. Ihre Vorfahren haben den kleinen Stadtstaat Rom zum strahlenden Mittelpunkt eines Weltreiches gemacht. Nichts scheint dem Imperium Romanum Einhalt gebieten zu können, auch nicht orientalische Herrscher, die es seit Jahren in blutige und kostspielige Kriege verwickeln. Die einzige Bedrohung erwächst dem Reich von innen, denn in dem brutalen Kampf um die Vormacht schrecken die alten Familien vor nichts zurück – weder vor Intrigen und Verrat noch vor Terror und Mord.

Zunächst scheint Fortuna dem jungen Pompeius zuzulächeln. Mit sicherem Gespür setzt er in dem Poker um die Macht auf die richtige Karte und zieht für den umstrittenen Sulla in den Krieg. Sein Ziel ist die Konsulwürde. Dazu sollen ihm nicht nur Erfolge auf dem Schlachtfeld verhelfen, sondern auch eine geschickte Bündnispolitik. So wird der ehrgeizige Julius Caesar sein Weggefährte – aber aus den Freunden werden schließlich Todfeinde. Und während Pompeius den Sklavenaufstand unter Spartacus grausam niederschlägt, bereitet sich Julius Caesar mit der Raffinesse eines genialen Diplomaten auf die entscheidende Begegnung vor. Die Günstlinge der Götter sind angetreten zum Kampf um die Weltherrschaft.

Autorin

Colleen McCullough wurde im australischen Wellington geboren. Sie arbeitete mehrere Jahre als Ärztin in England und Amerika. Mit ihrem Roman »Dornenvögel« (Goldmann-Taschenbuch 9894) schrieb sie ihren ersten Welterfolg. 1990 begann sie mit der Veröffentlichung einer mehrbändigen Chronik der letzten hundert Jahre der Römischen Republik; dazu gehören die Romane »Die Macht und die Liebe« (Goldmann-Taschenbuch 41344), »Eine Krone aus Gras« (Goldmann-Taschenbuch 42204) und der vorliegende Band. Als Goldmann-Taschenbücher sind von Colleen McCullough ferner erschienen die Romane »Ein anderes Wort für Liebe« (6776), »Credo« (42612) und »Tim« (41411).

COLLEEN McCULLOUGH

Günstlinge der Götter

Band I · Die Weggefährten

Roman

Aus dem Englischen
von Helmut Dierlamm,
Enrico Heinemann und
Reinhard Tiffert

GOLDMANN

Titel der Originalausgabe: Fortune's Favorites
Originalverlag: William Morrow & Co., New York

*Für Lieutenant
Colonel the Reverend
A. Rebecca West
Femina Optima Maxima*

Umwelthinweis:
Alle bedruckten Materialien dieses Taschenbuches
sind chlorfrei und umweltschonend.

Der Goldmann Verlag
ist ein Unternehmen der Verlagsgruppe Bertelsmann

Genehmigte Taschenbuchausgabe 8/97

Umschlagentwurf: Design Team München
Umschlagfoto: Archiv für Kunst und Geschichte, Berlin
Druck: Presse-Druck Augsburg
Verlagsnummer: 43757
CV · Herstellung: Heidrun Nawrot
Made in Germany
ISBN 3-442-43757-1

1 3 5 7 9 10 8 6 4 2

TEIL EINS

April 83 v. Chr. bis Dezember 82 v. Chr.

YOUNG POMPEY

Der Verwalter hielt die Öllampe mit den fünf brennenden Dochten empor, bis sie die beiden Schlafenden auf dem Bett erleuchtete, aber er wußte, daß das Licht nicht hell genug war, um Pompeius zu wecken. Dazu brauchte er dessen Frau.

»*Domina!*«

Verwirrt schlug Antistia die Augen auf – es war nicht üblich, daß Diener Pompeius' Schlafzimmer betraten. Sie vergewisserte sich, daß das Laken ihren Körper züchtig bedeckte, dann setzte sie sich auf.

»Was gibt es? Was ist denn los?«

»Eine dringende Nachricht für den Herrn«, sagte der Verwalter grob. »Weckt ihn und sagt ihm, er solle ins Atrium kommen!« Die Flammen seiner Lampe flackerten und rauchten, als er auf dem Absatz kehrtmachte. Die Tür schloß sich, und Antistia blieb im Dunkeln zurück.

Dieser schreckliche Mensch! Das hatte er absichtlich getan! Zum Glück wußte sie noch, daß ihr Unterkleid am Fußende des Bettes lag. Sie zog es an und rief laut nach Licht.

Pompeius störte das alles nicht. Als Antistia mit einer Lampe in der Hand und eingewickelt in eine warme Decke wieder an das Bett trat, schlief er noch immer. Nicht einmal die Kälte schien er zu spüren, obwohl er bis zur Hüfte nackt dalag.

Bei anderen Gelegenheiten – und aus anderen Gründen – hatte Antistia versucht, ihn wachzuküssen, doch stets vergeblich. Pompeius mußte gerüttelt und geschüttelt werden.

»Was ist denn?« fragte er, setzte sich auf und fuhr mit den Händen durch sein dichtes gelbes Haar. Die Stirnlocke über dem hohen Haaransatz stand keck nach oben, seine blauen Augen musterten Antistia aufmerksam. So war Pompeius: im einen Augenblick wie tot, im nächsten hellwach – ein typischer Soldat. »Was ist los?« fragte er nochmals.

»Im Atrium wartet ein Bote mit einer wichtigen Nachricht auf dich.«

Antistia hatte ihren Satz noch nicht beendet, als Pompeius schon aufgesprungen und in Pantoffeln und Tunika geschlüpft war, ohne darauf zu achten, daß ein Ärmel der Tunika ihm über die sommersprossige Schulter rutschte.

Antistia blieb einen Augenblick unentschlossen stehen. Pompeius hatte den Leuchter nicht mitgenommen – er sah im Dunkeln wie eine Katze –, nichts hinderte sie also, ihm zu folgen. Zwar wußte sie, daß er darüber kaum erfreut sein würde, aber Frauen hatten schließlich ein Anrecht darauf, zu erfahren, was so wichtig war, daß ihre Männer geweckt werden mußten! Also tastete Antistia sich mit ihrer kleinen Lampe durch die Dunkelheit des großen Korridors entlang. Sie bog um eine Ecke und stieg eine Treppe hinunter, und schon war sie der furchteinflößenden gallischen Festung entronnen und befand sich in einer zivilisierten römischen Villa, inmitten freundlicher Farben und schön verputzter Wände.

Diener eilten geschäftig hin und her und hatten überall helle Lichter angezündet. Und da war auch Pompeius. Obgleich nur mit einer Tunika bekleidet, sah er aus wie Mars persönlich. Eine herrliche Gestalt!

Auch er hatte sie bemerkt und hätte ihre Frage vielleicht sogar beantwortet, wäre in diesem Augenblick nicht sichtlich verstört Varro eingetreten. Damit war Antistias Gelegenheit vorüber, von Pompeius zu erfahren, was die ganze Aufregung bedeutete.

»Varro!« rief Pompeius. »Varro!« Er stieß einen Schrei aus, markerschütternd und schauerlich und ganz und gar unrömisch. Genau so hatten einst die Gallier geschrien, als sie über die Alpen geströmt waren und weite Teile Italiens erobert hatten, darunter Picenum, wo Pompeius herstammte.

Antistia zuckte zusammen. Sie sah, daß auch Varro erschrak.

»Was gibt es?«

»Sulla ist in Brundisium gelandet!«

»Brundisium! Woher weißt du das?«

»Das spielt keine Rolle!« Pompeius packte den kleinen Varro

bei den Schultern und schüttelte ihn. »Endlich, Varro! Das Abenteuer hat begonnen.«

»Abenteuer?« Varro starrte ihn an. »So werde doch endlich erwachsen, Magnus! Das hier ist kein Abenteuer, sondern ein Bürgerkrieg, und zwar schon wieder auf italischem Boden!«

»Das ist mir egal!« rief Pompeius wild. »Für mich ist es ein Abenteuer. Wenn du wüßtest, wie sehr ich auf diese Nachricht gewartet habe, Varro! Seit Sullas Abreise ist Italien so zahm wie der Schoßhund einer vestalischen Jungfrau.«

»Und die Belagerung Roms?« Varro unterdrückte ein Gähnen.

Die Begeisterung auf Pompeius' Gesicht erlosch. Er ließ die Hände sinken, trat einen Schritt zurück und sah Varro finster an. »Davon möchte ich lieber nicht sprechen«, sagte er barsch. »Sie haben den nackten Leichnam meines Vaters an einen Esel gebunden und durch die Straßen geschleift!«

Dem armen Varro schoß das Blut in den fast kahlen Schädel. »Bitte verzeih mir, Magnus! Ich wollte nicht ... ich meine, ich würde nie ... ich bin dein Gast, verzeih mir!«

Doch Pompeius lachte bereits wieder und klopfte Varro auf den Rücken. »Es war ja nicht deine Schuld, ich weiß!«

In dem großen Zimmer war es eiskalt; Varro verschränkte frierend die Arme auf der Brust. »Ich breche besser sofort nach Rom auf.«

Pompeius starrte ihn erstaunt an. »Rom? Du gehst nicht nach Rom, du kommst mit mir! Was erwartet dich in Rom? Eine Herde meckernder Schafe und im Senat ein Haufen ständig zankender alter Weiber. Komm mit mir, das ist viel lustiger!«

»Wohin willst du?«

»Ich schließe mich natürlich Sulla an.«

»Dazu brauchst du mich nicht, Magnus. Steige auf dein Pferd und reite los. Ich bin überzeugt, Sulla findet unter seinen jüngeren Militärtribunen einen Platz für dich. Du hast viel Kampferfahrung.«

»Ach Varro!« Pompeius schlug verzweifelt die Hände zusammen. »Ich gehe doch nicht als Militärtribun zu Sulla! Ich bringe ihm drei weitere Legionen! Bin ich denn Sullas Lakai? Nie! Diesmal werde ich sein gleichberechtigter Partner sein.«

Unwillkürlich schnappte Antistia nach Luft und hätte beinahe laut aufgeschrien; dann zog sie sich rasch in eine Ecke des Zimmers zurück, wo ihr Mann sie nicht sehen konnte. Pompeius hatte ihre Anwesenheit schon wieder vergessen, und sie wollte, sie mußte einfach weiter zuhören.

In den zweieinhalb Jahren ihrer Ehe hatte Pompeius Antistias Seite nur einmal länger als einen Tag verlassen. Wie schön war es bisher gewesen, seine ungeteilte Aufmerksamkeit zu genießen! Gekitzelt, gescholten, gezaust, gestreichelt, gebissen, heftig umarmt, hingeworfen ... traumhaft. Wer hätte gedacht, daß sie, Tochter eines Senators von bescheidenem Rang und Vermögen, jenen Gnaeus Pompeius heiraten würde, der sich selbst Magnus nannte, der Große. Reich genug, um jede zu heiraten, Herr über halb Umbria und Picenum und so gutaussehend, daß ihn alle für eine Reinkarnation Alexanders des Großen hielten – was für einen Mann hatte ihr Vater für sie gefunden! Dabei war sie schon fast verzweifelt gewesen, so klein war ihre Mitgift.

Natürlich wußte sie, warum Pompeius sie geheiratet hatte: Er hatte die Hilfe ihres Vaters gebraucht, der zufällig der für die Anklage gegen Pompeius zuständige Richter war. Die Anklage war natürlich frei erfunden gewesen, ganz Rom wußte das. Cinna hatte verzweifelt nach Geld gesucht, um Soldaten anzuwerben, und wollte deshalb das Vermögen des Pompeius an sich reißen. Dem jungen Pompeius wurden Dinge vorgeworfen, für die im Grunde sein Vater Pompeius Strabo verantwortlich war: daß er sich nach der Eroberung der Stadt Asculum Picentum widerrechtlich einen Teil der Beute angeeignet habe, namentlich ein Jagdnetz und einige Stapel Bücher. Kleinigkeiten also. Denn es ging nicht um das Ausmaß des Vergehens, sondern um die Strafe. Wurde Pompeius verurteilt, so war es den Cinna hörigen Geschworenen, die das Strafmaß bestimmten, völlig freigestellt, seinen gesamten Besitz zu pfänden.

Ein richtiger Römer hätte beschlossen, den Fall vor Gericht auszufechten und notfalls die Geschworenen zu bestechen. Nicht so Pompeius, dessen Gesicht den Gallier in ihm verriet. Er hatte es vorgezogen, die Tochter des Richters zu heiraten. Das war im Oktober gewesen, und im Verlauf der Monate November und Dezember hatte Antistias Vater sich als Meister der Untätigkeit erwiesen.

Der Prozeß gegen seinen Schwiegersohn fand nie statt; er wurde hinausgezögert durch schlechte Omen, Vorwürfe der Bestechlichkeit gegenüber den Geschworenen, Senatsversammlungen und verschiedene andere Hindernisse. Schließlich überredete der Konsul Carbo Cinna im Januar, woanders nach dem so dringend benötigten Geld zu suchen. Pompeius' Vermögen war nicht mehr in Gefahr.

Gerade achtzehn, war Antistia mit ihrer Aussteuer zu Pompeius' Besitzungen im Nordosten der italischen Halbinsel gereist und hatte sich in den trutzigen schwarzen Mauern seiner Burg den bräutlichen Freuden hingegeben. Sie war ein hübsches Mädchen, reif für das eheliche Bett, und so war ihr Glück lange Zeit ungetrübt gewesen. Doch dann begann eine nagende Unruhe sie heimzusuchen. Schuld daran war nicht ihr Mann, den sie über alles bewunderte, sondern dessen Gefolge, Diener und andere, die Antistia verachteten und sie dies auch deutlich spüren ließen. Sie hatte das tapfer ertragen – solange Pompeius jeden Abend nach Hause kam. Doch nun wollte er in den Krieg ziehen, wollte Legionen ausheben und für Sulla kämpfen! Was sollte sie tun, wenn ihr geliebter Magnus sie nicht mehr vor den Beleidigungen seiner Leute schützen konnte?

Pompeius versuchte immer noch, Varro zu überreden, sich ebenfalls Sulla anzuschließen, doch der pedantische kleine Mann, der so altklug daherredete, obwohl er erst zwei Jahre im Senat war, wehrte ab.

»Wie viele Truppen hat Sulla denn?« fragte er.

»Fünf Veteranenlegionen, sechstausend Reiter, einige Freiwillige aus Mazedonien und dem Peloponnes und fünf Kohorten Spanier, die dem dreckigen Schwindler Marcus Crassus gehören. Insgesamt etwa neununddreißigtausend Mann.«

Varro rang die Hände. »Ich sage es nochmals, Magnus, werde erwachsen! Ich komme soeben aus Ariminum, wo sich Carbo mit acht Legionen und einer riesigen Reiterei aufhält – und das ist erst der Anfang! Allein in der Campania befinden sich sechzehn weitere Legionen! Drei Jahre lang haben Cinna und Carbo Truppen ausgehoben, und jetzt stehen in Italien und dem italischen Gallien hundertfünfzigtausend Soldaten unter Waffen. Mit ihnen kann Sulla es nicht aufnehmen!«

»Sulla wird sie schlagen«, erwiderte Pompeius ungerührt. »Schließlich bringe ich ihm drei Legionen der kampferprobten Veteranen meines Vaters. Carbos Soldaten sind blutige Anfänger.«

»Du willst tatsächlich ein eigenes Heer aufstellen?«

»Ja.«

»Aber du bist erst zweiundzwanzig, Magnus. Du kannst nicht erwarten, daß die Veteranen deines Vaters in deine Dienste treten!«

»Warum nicht?« Pompeius war ehrlich erstaunt.

»Du bist noch acht Jahre zu jung, um dich für den Senat zu qualifizieren, und Konsul kannst du erst in zwanzig Jahren werden. Selbst wenn die Soldaten deines Vaters in deine Dienste treten würden, es wäre absolut ungesetzlich, sie darum zu bitten. Du bist ein einfacher Bürger, und Bürger heben keine Heere aus.«

»Die Regierung Roms ist seit drei Jahren ungesetzlich«, gab Pompeius zurück. »Cinna war viermal Konsul, Carbo zweimal, Marcus Gratidianus war zweimal Stadtprätor. Fast die Hälfte des Senats wurde geächtet, Appius Claudius wurde verbannt, obwohl er ein gültiges Statthalteramt hatte, und Fimbria trifft in Kleinasien Vereinbarungen mit König Mithridates – das ist doch alles ein Witz!«

Varro brachte es fertig, wie ein gekränktes Maultier dreinzuschauen, was für einen Sabiner der Rosea Rura nicht sonderlich schwierig war, denn Maultiere gab es dort reichlich. »Die Angelegenheit muß durch eine neue Verfassung gelöst werden«, sagte er.

Pompeius lachte laut heraus. »Ach Varro, du bist ein hoffnungsloser Phantast! Wenn diese Angelegenheit durch eine neue Verfassung gelöst werden könnte, würden dann hundertfünfzigtausend Soldaten in Italien und im italischen Gallien stehen?«

Wieder rang Varro die Hände, doch dann gab er sich geschlagen. »Also gut, ich komme mit.«

Pompeius strahlte, legte den Arm überschwenglich um Varros Schultern und schob ihn in Richtung des Korridors, der zu seinen Gemächern führte. »Wunderbar!« rief er. »Du wirst die Geschichte meiner ersten Feldzüge schreiben; schließlich hast du einen besseren Stil als dein Freund Sisenna. Ich bin der bedeutendste Mann unserer Zeit und verdiene es, einen eigenen Geschichtsschreiber an meiner Seite zu haben.«

Doch Varro behielt das letzte Wort. »Der bedeutendste Mann, in der Tat! Deshalb nennst du dich wohl auch Magnus? Ich bin beeindruckt!« Er schnaubte. »Der Große! Mit zweiundzwanzig Jahren! Dein Vater konnte sich lediglich nach seinen schielenden Augen nennen!«

Aber Pompeius hörte diese Spitze nicht mehr, denn er war vollauf damit beschäftigt, dem Verwalter und dem Waffenmeister eine Reihe von Befehlen zu erteilen.

Auf einmal war das Atrium wieder leer. Nur Pompeius stand noch da. Und Antistia. Er trat zu ihr.

»Du dummes kleines Kätzchen, du wirst dir eine Erkältung holen«, schalt er und küßte sie zärtlich. »Marsch ab ins Bett, mein Schatz.«

»Kann ich dir nicht beim Packen helfen?« Ihre Stimme hatte einen verzweifelten Unterton.

»Das tun meine Leute für mich. Aber du darfst zusehen.«

Ein Diener mit einem schweren Armleuchter ging ihnen voraus. An Pompeius geschmiegt und immer noch die kleine Lampe in der Hand, betrat Antistia die Kammer, in der sich die Rüstungen ihres Mannes befanden. Es war eine beeindruckende Sammlung. Nicht weniger als zehn Brustpanzer aus Gold, Silber, Stahl und Leder, an denen mit Riemen verschiedene Auszeichnungen befestigt waren, hingen an Stangen, und an Haken in der Wand waren Schwerter und Helme, Ledergürtel und wattierte Unterkleider aufgemacht.

»Bleib hier, Mäuschen, und sei schön artig!« Pompeius hob seine Frau wie eine Feder auf und setzte sie auf zwei aufeinandergestellte große Truhen, so daß ihre Beine in der Luft baumelten.

Dort vergaß er sie. Mit seinen Dienern ging er jeden einzelnen Gegenstand durch: Was war nützlich, was nötig? Als Pompeius alle Truhen der Kammer durchwühlt hatte, setzte er seine Frau achtlos auf einen anderen Platz, um auch noch die Truhen zu durchstöbern, auf denen sie gesessen hatte. Den wartenden Sklaven warf er dies und jenes zu, und er redete dabei so heiter mit sich selbst, daß Antistia jede Hoffnung verlor, er werde sie, das Haus oder das Leben als Zivilist vermissen. Natürlich hatte sie schon immer gewußt, daß er zuallererst Soldat war und die herkömmlichen Interessen anderer Männer seines Ranges wie Rhetorik, Rechtsgelehrsamkeit, Regierungsgeschäfte, Versammlungen und die Ränke und Intrigen der Politik nicht teilte und sogar verachtete. Wie oft hatte sie ihn sagen hören, er werde sich auf seinem Speer in den elfenbeinernen Amtsstuhl des Konsuls schwingen, nicht mit schönen Reden! Jetzt ging er also daran, seinen Vorsatz in die Tat umzusetzen. Er zog wie vor ihm sein Vater in den Krieg. Sobald der letzte Sklave vollbeladen davongewankt war, glitt Antistia von ihrer Truhe und stellte sich vor ihren Gatten hin.

»Bevor du gehst, muß ich mit dir reden, Magnus.«

Es war offensichtlich, daß Pompeius das als eine reine Zeitverschwendung ansah, doch er blieb stehen. »Was ist denn?«

»Wie lange wirst du fort sein?«

»Keine Ahnung«, erwiderte er fröhlich.

»Mehrere Monate? Ein Jahr?«

»Einige Monate vermutlich. Sulla wird Carbo schnell besiegen.«

»Dann möchte ich nach Rom zurückkehren und während deiner Abwesenheit im Haus meines Vaters wohnen.«

Pompeius schüttelte den Kopf. »Auf keinen Fall. Während ich mit Sulla gegen Carbo Krieg führe, spaziert meine Frau nicht in Carbos Rom herum. Du bleibst hier.«

»Deine Diener und alle anderen Leute hier mögen mich nicht. Ich werde es schwerhaben, wenn du nicht da bist.«

»Unsinn«, gab er zurück und wollte gehen.

Doch Antistia war entschlossen, sich nicht abwimmeln zu lassen. »Bitte, liebster Gatte, höre mir nur ein paar Minuten zu. Ich weiß, Zeit ist wertvoll, aber immerhin bin ich deine Frau.«

Pompeius seufzte. »Also gut, aber fasse dich kurz!«

»Ich kann unmöglich hier bleiben!«

»Doch, das kannst du.« Er trat von einem Fuß auf den andern.

»Sobald du fort bist, Magnus – und sei es auch nur für wenige Stunden –, behandeln deine Leute mich unfreundlich. Ich habe mich nie beklagt, weil du immer gut zu mir warst und mich bis auf das eine Mal, als du zu Cinna nach Ancona gingst, nie verlassen hast. Doch jetzt werde ich ganz allein sein, weil es in diesem Haushalt keine andere Frau gibt. Es wäre wirklich besser, wenn ich bis zum Ende des Krieges im Haus meines Vaters wohnen könnte.«

»Kommt nicht in Frage. Dein Vater steht auf Carbos Seite.«

»Nein. Er ist sein eigener Herr.«

Nie zuvor hatte sie sich ihm so energisch widersetzt oder ihm auch nur widersprochen. Pompeius reagierte gereizt. »Sieh mal, Antistia, ich habe Gescheiteres zu tun, als hier mit dir herumzustreiten. Du bist meine Frau, und du bleibst hier in meinem Haus.«

»Wo dein Verwalter mich verhöhnt und mich im Dunkeln sitzen läßt, wo ich keine eigenen Diener habe und niemanden, der mir Gesellschaft leistet.« Sie versuchte, ruhig und vernünftig zu klingen, doch allmählich geriet sie in Panik.

»Das ist doch völliger Unsinn!«

»Nein, Magnus. Ich weiß nicht, warum alle auf mich herabsehen, aber sie tun es.«

»Natürlich tun sie das!« Ihre Begriffsstutzigkeit ärgerte ihn.

Ihre Augen weiteten sich. »Natürlich? Wie meinst du das?«

Er zuckte die Achseln. »Meine Mutter war eine Lucilia. Meine Großmutter auch. Und du, was bist du?«

»Eine gute Frage. Was bin ich?«

Er merkte, daß sie aufgebracht war, und wurde gleichfalls wütend. Er schickte sich an, in seinen ersten großen Krieg zu ziehen, und diese unbedeutende Person erdreistete sich, ihm eine Szene zu machen. Hatten Frauen denn überhaupt keinen Verstand? »Du bist meine erste Frau«, sagte er.

»Deine erste Frau?«

»Noch.«

»Ach so.« Nachdenklich sah sie ihn an. »Du meinst, du hast nur die Tochter des Richters geheiratet.«

»Das hast du doch gewußt.«

»Aber es ist lange her. Ich dachte, du hättest mich in der Zwischenzeit liebgewonnen. Und ich komme aus einer Senatorenfamilie, unsere Heirat war durchaus standesgemäß.«

»Wenn du einen gewöhnlichen Mann geheiratet hättest, ja. Doch für mich bist du nicht gut genug.«

»Woher dieser Dünkel, Magnus? Hast du dich deshalb nie in mich ergossen? Weil ich nicht gut genug bin, deine Kinder zu gebären?«

»Ja«, schrie er und wollte das Zimmer verlassen.

Sie folgte ihm mit ihrer kleinen Lampe, so verärgert, daß sie sich nicht darum kümmerte, ob ihnen jemand zuhörte. »Ich war gut genug, um dir zu helfen, als Cinna hinter deinem Geld her war!«

»Darüber haben wir bereits gesprochen«, sagte er und ging schneller.

»Wie vorteilhaft für dich, daß Cinna tot ist!«

»Vorteilhaft für Rom und alle guten Römer.«

»Du hast Cinna umbringen lassen!«

Laut hallten ihre Worte durch den steinernen Korridor, der breit genug für eine ganze Armee war. Pompeius blieb abrupt stehen.

»Cinna starb während eines Saufgelages.«

»In Ancona – deiner Stadt, Magnus! Deiner Stadt! Kurz nachdem du ihn dort besucht hast!« schrie sie.

Einen Augenblick lang war es totenstill, dann fand sie sich plötzlich an die Wand gepreßt. Pompeius hatte die Hände um ihren Hals gelegt, jedoch ohne zuzudrücken.

»Das sagst du nicht noch einmal«, flüsterte er.

»Mein Vater sagt das«, würgte sie heraus. Ihre Kehle war trokken.

Der Griff um ihren Hals wurde fester. »Dein Vater mochte Cinna nicht. Aber gegen Carbo hat er nichts, weshalb es ein Vergnügen für mich wäre, ihn zu töten. Doch dich zu töten, wäre kein Vergnügen. Ich bringe keine Frauen um. Aber hüte deine Zunge, Antistia. Ich bin an Cinnas Tod nicht schuld; es war ein Unfall.«

»Ich will nach Rom zu meinen Eltern!«

Pompeius ließ sie los und gab ihr einen Stoß. »Die Antwort lautet nein. Und jetzt laß mich in Ruhe!«

Er rief nach dem Verwalter und verschwand. Antistia hörte, wie er dem widerwärtigen Menschen befahl, dafür zu sorgen, daß sie die nähere Umgebung der Burg nicht verließ, solange er im Krieg war. Zitternd ging Antistia ins Schlafzimmer zurück, das sie zweieinhalb Jahre lang mit Pompeius geteilt hatte. Als dessen erste Frau. Die nicht gut genug war, ihm Kinder zu gebären. Wie oft hatte sie sich gefragt, weshalb er sich, wenn sie sich liebten, stets vorzeitig zurückzog.

Antistia traten die Tränen in die Augen. Wenn sie jetzt anfing zu weinen, würde sie stundenlang nicht aufhören können. Die jähe Enttäuschung einer noch nicht erloschenen Liebe war schrecklich.

Wieder hörte sie in der Ferne einen markerschütternden barbarischen Schrei und dann Pompeius' Stimme. »Auf in den Krieg! Sulla ist in Italien, es ist Krieg!«

Kurz nach Tagesanbruch führte Pompeius in glitzernder silberner Rüstung und begleitet von seinem achtzehnjährigen Bruder und Varro eine kleine Gruppe von Schreibern zum weiträumigen Marktplatz von Auximum. Er stellte die Standarte seines Vaters auf, auf der ein Specht abgebildet war, und wartete ungeduldig, bis die Schreiber sich hinter einigen auf Böcken ruhenden Tischen versammelt hatten und alle Schreibfedern gespitzt waren, Papier bereitlag und Tinte in schweren Steinbehältern aufgelöst war.

Inzwischen hatte sich auf dem Platz und den angrenzenden Straßen und Gassen eine große Menschenmenge versammelt. Behende sprang Pompeius auf ein behelfsmäßiges Podium unter der Standarte. »Wir sind am Ziel!« schrie er. »Lucius Cornelius Sulla ist in Brundisium gelandet und fordert, was ihm zusteht: ein Imperium, einen Triumph und das Privileg, seinen Lorbeer Jupiter Optimus Maximus auf dem Kapitol in Rom zu Füßen legen zu dürfen! Im vergangenen Jahr hat ein anderer Lucius Cornelius – der sogenannte Cinna – versucht, nicht weit von hier die Veteranen meines Vaters für sich zu gewinnen. Es gelang ihm nicht; er mußte sterben. Heute seht ihr mich vor euch stehen, und ich sehe viele Veteranen meines Vaters vor mir. Ich bin sein Erbe! Seine Leute sind auch meine. Seine Vergangenheit ist meine Zukunft. Ich ziehe nach Brundisium und kämpfe für Sulla, denn er ist im Recht. Wer von euch begleitet mich?«

Er drückt sich kurz und einfach aus, dachte Varro voller Bewunderung. Vielleicht hatte Pompeius recht, wenn er sich mit dem Speer und nicht mit schönen Reden auf den Elfenbeinstuhl des Konsuls schwingen wollte. Die Männer folgten seiner Rede begeistert. Er hatte kaum geendet, da redeten die Frauen bereits davon, daß ihre Männer und Söhne bald in den Krieg ziehen würden; einige rangen bei dem Gedanken verzweifelt die Hände. Andere gingen unverzüglich daran, Kleidersäcke mit Tuniken und Socken zu füllen, wieder andere blickten beflissen zu Boden, damit niemand sah, wie sie verschlagen lächelten. Die Männer schoben aufgeregte Kinder aus dem Weg und drängten sich um die Tische der Schreiber. Wenige Augenblicke später begannen diese eifrig zu schreiben.

Varro beobachtete den Trubel von seinem erhöhten Platz auf den Stufen des alten Picus-Tempels. Waren diese Männer einem Aufruf Pompeius Strabos genauso begeistert gefolgt? Nein. Strabo war unnahbar gewesen, ein strenger Führer, wenngleich ein ausgezeichneter Soldat. Sie hatten ihm gutwillig, aber ohne Begeisterung gedient. Bei seinem Sohn war das offensichtlich anders. Er ist ein Phänomen, dachte Varro. Die Myrmidonen hätten nicht fröhlicher für Achilles in den Kampf ziehen können, und auch nicht die Mazedonier für Alexander den Großen. Sie liebten ihn! Er war ihr Vorbild, ihr Glücksbringer, ihr Sohn und ihr Vater.

Eine massige Gestalt setzte sich auf die Stufen neben ihn, und als Varro den Kopf wandte, sah er ein rotes Gesicht und üppige rote Haare. Intelligente blaue Augen musterten ihn, den einzigen Fremden weit und breit.

»Wer bist du?« fragte der rote Riese.

»Ich heiße Marcus Terentius Varro und bin ein Sabiner.«

»Ein Sabiner wie wir? Na, das ist jedenfalls schon lange her.« Er deutete mit seiner schwieligen Hand auf Pompeius. »Sieh ihn dir an! Wie haben wir auf diesen Tag gewartet, Sabiner. Ist er nicht der Busenfreund der Götter?«

Varro lächelte. »Ich würde es zwar anders ausdrücken, aber ich weiß, was du meinst.«

»Ah! Du bist nicht nur ein Herr mit drei Namen, du bist auch noch gebildet. Wohl ein Freund von ihm?«

»Möglich.«

»Und was treibst du, um deinen Lebensunterhalt zu verdienen?«

»In Rom bin ich Senator, in Reate züchte ich Stuten.«

»Stuten? Keine Maulesel?«

»Es ist einträglicher, Stuten zu züchten als ihre gemischte Nachkommenschaft. Ich besitze Land in der Rosea Rura und auch einige Zuchtesel.«

»Und wie alt bist du?«

»Zweiunddreißig.« Varro amüsierte sich königlich.

Plötzlich hörte der Riese auf zu fragen. Er legte sich so hin, daß er den Ellbogen auf die Stufe über ihm aufstützen konnte, dann streckte er seine langen Beine aus und kreuzte sie. Fasziniert sah der schmächtige Varro schmutzige Zehen, die fast so lang waren wie seine Finger.

»Und wie heißt du?« fragte er und fiel dabei unwillkürlich in die lokale Mundart.

»Quintus Scaptius.«

»Hast du dich anwerben lassen?«

»Alle Kriegselefanten Hannibals hätten mich nicht davon abhalten können.«

»Dann bist du ein Veteran?«

»Ich bin als Siebzehnjähriger in die Armee seines Vaters eingetreten. Das war vor acht Jahren, aber ich habe schon an zwölf Feldzügen teilgenommen, ich müßte also nicht mehr dienen, wenn ich nicht wollte.«

»Aber du willst?«

»Hannibals Elefanten, Marcus Terentius, Hannibals Elefanten!«

»Dann bist du wohl Zenturio?«

»Vielleicht in diesem Feldzug.«

Während sie sich unterhielten, blickten Varro und Scaptius unverwandt auf Pompeius, der vor einem der Tische stand und immer wieder Männer aus der Menge freudig begrüßte.

»Er sagt, er will noch diesen Monat losmarschieren«, sagte Varro, »aber das kann ich mir nicht vorstellen. Zugegeben, er hat erfahrene Soldaten, aber woher bekommt er Waffen und Rüstungen? Woher Lastesel, Wagen und Nahrungsmittel? Und woher das Geld, um alles zu finanzieren?«

Scaptius grunzte, offensichtlich amüsiert. »Darum braucht er sich nicht zu sorgen! Als der Krieg gegen die Italiker ausbrach, teilte sein Vater Waffen und Rüstungen an uns alle aus, und nach seinem Tod befahl der Junge uns, sie zu behalten. Jeder bekam einen Maulesel, und die Zenturionen erhielten Karren und Ochsen, damit wir bereit sein würden, wenn es wieder soweit war. Und in unseren Speichern lagern genug Weizen und andere Nahrungsmittel; unsere Frauen und Kinder werden also nicht verhungern.«

»Und das Geld?« fragte Varro leise.

»Geld?« Scaptius schnaubte verächtlich. »Wir haben seinem Vater gedient, ohne viel Geld zu bekommen. Früher gab es nicht viel Geld. Wenn er welches hat, wird er es uns geben. Wenn nicht, kommen wir auch ohne aus. Er ist ein guter Herr.«

»Ich weiß.«

Varro verfiel wieder in Schweigen und betrachtete Pompeius mit neuem Interesse. Die Unabhängigkeit Pompeius Strabos im Bundesgenossenkrieg war zur Legende geworden: Er hatte es verstanden, seine Legionen zusammenzuhalten, auch wenn ihm befohlen worden war, sie aufzulösen, und dadurch den Lauf der Ereignisse in Rom beeinflußt. Als Cinna nach dem Tod des Gaius Marius die Bücher der Schatzkammer durchgesehen hatte, hatte er festgestellt, daß keine größeren Beträge ausbezahlt worden waren. Jetzt wußte Varro auch, warum Pompeius Strabo gar nicht daran gedacht hatte, seine Truppen zu bezahlen. Warum auch, wenn sie ihm praktisch gehörten?

In diesem Augenblick verließ Pompeius seinen Platz vor dem Tisch und kam zu ihnen.

»Ich muß los, um einen Lagerplatz zu finden«, sagte er zu Varro. Dann grinste er den Herkules an Varros Seite breit an. »Wie ich sehe, bist du früh eingetroffen, Scaptius.«

Scaptius erhob sich schwerfällig. »Ja, Magnus. Ich gehe jetzt nach Hause und hole meine Rüstung.«

Alle nannten ihn also Magnus! Varro stand auf. »Ich komme mit dir, Magnus.«

Die Menge zerstreute sich, und nach und nach kehrten die Frauen wieder auf den Marktplatz zurück. Die Händler konnten nun endlich ihre Marktbuden aufstellen, und Sklaven schleppten die Waren herbei. Berge schmutziger Wäsche wurden auf dem Pflaster um den großen Brunnen vor dem Schrein der Laren abgeladen, und zwei Mädchen schürzten die Röcke und wateten in das seichte Wasser. Eine Stadt wie jede andere, dachte Varro, als er Pompeius folgte. Sonne und Staub, ein paar schattige Bäume, summende Insekten, das Gefühl, daß alles schon immer so gewesen ist, und Menschen, die viel zuviel voneinander wußten. Es gab keine Geheimnisse in Auximum!

»Ein wilder Menschenschlag«, sagte Varro zu Pompeius, als sie den Marktplatz verließen und zu ihren Pferden gingen.

»Es sind Sabiner, Varro, genau wie du, auch wenn sie vor Jahrhunderten aus dem Gebiet östlich der Apenninen gekommen sind.«

»Nicht ganz so wie ich.« Varro ließ sich von einem Stallburschen des Pompeius in den Sattel helfen. »Ich mag zwar Sabiner sein, doch bin ich weder von Natur noch von meiner Ausbildung her Soldat.«

»Aber du hast doch im Bundesgenossenkrieg gedient.«

»Schon. Ich war ja bei sechs Feldzügen dabei. Wie schnell das damals ging! Doch seit dem Ende des Krieges habe ich weder Schwert noch Kettenpanzer getragen.«

Pompeius lachte. »Du redest wie mein Freund Cicero.«

»Marcus Tullius Cicero? Der geniale Anwalt?«

»Ja. Er haßte den Krieg. Mein Vater konnte nicht verstehen, daß Cicero einfach nicht dafür geschaffen war. Doch er war trotzdem ein guter Kamerad. So hielten wir meinen Vater bei Laune, ohne ihm zuviel erzählen zu müssen.« Pompeius seufzte. »Als Asculum Picentum fiel, wollte er unbedingt unter Sulla in der Campania dienen. Ich habe ihn vermißt!«

Innerhalb von zwei Marktwochen hatte Pompeius seine drei Freiwilligenlegionen in einem gut befestigten Lager fünf Meilen von Auximum entfernt am Ufer eines Nebenflusses des Aesis untergebracht. Im Lager wurde streng auf Hygiene geachtet. Pompeius Strabo hatte als Mensch ländlicher Herkunft im Hinblick auf Jauchegruben, Latrinen, Abfallbeseitigung und Abwasserkanalisation immer dasselbe getan: Wenn der Gestank unerträglich wurde, zog er weiter. Deshalb war er vor der römischen Porta Collina am Fieber gestorben, und die Bewohner des Viminal und des Quirinal, deren Quellen von seinen Abfällen verschmutzt waren, hatten seine Leiche aus Rache grausam geschändet.

Gebannt beobachtete Varro, wie das Heer seines jungen Freundes Gestalt annahm, und er staunte über Pompeius' Geschick in Fragen der Organisation. Keine Einzelheit, so unbedeutend sie auch sein mochte, wurde übersehen, und trotzdem schritt das große Unternehmen rasch und reibungslos voran. Ich gehöre zum kleinen Kreis der Vertrauten eines wahren Genies, dachte Varro. Pompeius wird den Lauf der Welt und unsere Einstellung zu ihr ändern. Er kennt keine Angst, und sein Selbstbewußtsein ist grenzenlos.

Allerdings hatten auch schon andere vor Beginn einer Schlacht Großes vollbracht. Was würde Pompeius tun, wenn der Krieg richtig begann, wenn er auf Widerstand stieß, wenn er sich Carbo oder Sertorius, nein, Sulla selbst gegenübersah? Das würde die wahre Prüfung sein! Ob als Parteigänger oder Gegner, das Verhältnis zwischen dem alten und dem jungen Stier würde die Zukunft des jungen bestimmen. Würde er sich beugen? Konnte er sich beugen? Wie sah die Zukunft eines jungen Mannes aus, der so sicher und selbstbewußt war? Gab es irgendeine Kraft oder irgendeinen Menschen auf der Welt, der seinen Willen brechen konnte?

Nach Pompeius' Überzeugung bestimmt nicht. Obwohl nicht mystisch veranlagt, hatte er instinktive Vorstellungen von sich selbst. Seine Unbesiegbarkeit, Unverwundbarkeit und Unverletzlichkeit schrieb er seinem glücklichen Schicksal zu. Er glaubte, es fließe nicht nur Götterblut in seinen Adern, sondern es umgebe ihn auch eine Art göttlicher Schutz. Von Kindheit an hatte er von großen Taten geträumt. Im Geist hatte er zehntausend Schlachten geschlagen, war hundert Male im Triumphwagen gefahren und hatte wie ein Mensch gewordener Jupiter über Rom geherrscht, das ihm als dem bedeutendsten Menschen aller Zeiten zu Füßen lag.

Doch von anderen Träumern unterschied sich Pompeius dadurch, daß er die Welt zugleich mit scharfem Verstand betrachtete, sämtliche Möglichkeiten und Wahrscheinlichkeiten berücksichtigte und keiner Tatsache auswich, ob sie nun so groß war wie ein Berg oder so klein wie ein Tropfen klaren Wassers. Seine großartigen Tagträume waren der geistige Amboß, auf dem er die Wirklichkeit schmiedete und den Gegebenheiten des tatsächlichen Lebens anpaßte.

Er stellte also Zenturien, Kohorten und Legionen auf, bildete Soldaten aus und inspizierte ihre Ausrüstung. Er sonderte Tragtiere aus, die zu alt waren, und ließ die Achsen der Wagen auf ihre Festigkeit prüfen, indem er sie etwa in vollem Tempo über die holprige Furt unterhalb des Lagers jagte. Alles mußte vollkommen sein.

Zwölf Tage nachdem Pompeius begonnen hatte, seine Truppen zusammenzustellen, kam Nachricht aus Brundisium: Sulla marschiere auf der Via Appia Richtung Rom und werde in jedem

Dorf und in jeder Stadt jubelnd empfangen. Der Bote berichtete Pompeius auch, Sulla habe seinen Soldaten einen persönlichen Treueid abverlangt. Wer in Rom je an Sullas Entschlossenheit gezweifelt hatte, daß er einer künftigen Verfolgung wegen Hochverrats zuvorkommen werde, wurde eines Besseren belehrt: Jetzt, da Sullas Heer geschworen hatte, dem Feldherrn auch gegen Rom die Treue zu halten, schien der Krieg unausweichlich.

Sullas Soldaten, fuhr der Bote fort, hätten ihrem Feldherrn ihr ganzes Geld angeboten, damit er, während sie durch Calabria und Apulia zogen, für jedes Weizenkorn und alles Gemüse und Obst, das sie verzehrten, bezahlen könne. Kein Groll der Bauern sollte das Kriegsglück ihres Feldherrn verderben. Es sollte kein Blutbad geben und keine verwüsteten Felder, keine Vergewaltigungen und keine hungernden Kinder. Alles sollte nach Sullas Wunsch geschehen, und er könnte sie später entlohnen, wenn er Herr über Italien und Rom war.

Pompeius war enttäuscht, daß der Süden der Halbinsel Sulla mit solchem Jubel empfing. Er hatte gehofft, Sulla werde in Schwierigkeiten geraten und ihn dringend brauchen, wenn er mit seinen drei Legionen bei ihm eintraf. Damit war jetzt nicht mehr zu rechnen, und es blieb ihm nichts anderes übrig, als seine Pläne der Situation anzupassen.

»Wir marschieren an der Küste bis Buca, dann landeinwärts nach Beneventum«, sagte er zu den drei Zenturionen, die seine Legionen befehligten. Befehlshaber der Legionen hätten eigentlich adlige Militärtribunen sein müssen. Pompeius hätte solche auch gefunden, doch hätten sie sein Recht, eine Armee zu befehligen, in Frage gestellt. Deshalb hatte er es vorgezogen, seine Offiziere aus seinen eigenen Leuten zu wählen, auch wenn gewisse hochgeborene Römer dies bestimmt beanstanden würden.

»Wann brechen wir auf?« fragte Varro.

»Acht Tage vor Ende des Monats April.«

Da betrat Carbo den Schauplatz, und Pompeius mußte seine Pläne nochmals ändern. Gnaeus Papirius Carbo, zweimaliger Konsul Roms und jetziger Statthalter über das italische Gallien, lagerte mit seinen acht Legionen und seiner Reiterei vor den Toren Ariminums am Adriatischen Meer. Die Stadt lag strategisch sehr günstig: Von dort konnte Carbo in drei Richtungen vorrücken: auf der Via Aemilia durch das italische Gallien in Richtung der westlichen Alpen, entlang der Adriatischen Küste nach Brundisium und auf der Via Flaminia nach Rom.

Seit achtzehn Monaten wußte er, daß Sulla kommen würde, und dann mußte er nach Brundisium. Andererseits gab es in Rom immer noch zu viele Männer, die sich zu gegebener Zeit Sulla anschließen würden, obwohl sie vorgaben, völlig neutral zu sein. Diese Männer waren in der Lage, die derzeitige Regierung zu stürzen, deshalb kam auch Rom als Ziel in Frage. Carbo wußte außerdem, daß Metellus Pius das Ferkel in Liguria gelandet war. Metellus befehligte zwei gute Legionen, die er mitgenommen hatte, als er von Carbos Anhängern aus der Provinz Africa vertrieben worden war. Er würde sich bestimmt Sulla anschließen, sobald er von dessen Ankunft erfuhr, und dadurch wurde auch das italische Gallien verwundbar.

Sechzehn Legionen standen zwar in der Campania, viel näher bei Brundisium als Carbos Truppen. Doch wie verläßlich waren die Konsuln dieses Jahres, Norbanus und Scipio Asiagenus? Ende des vergangenen Jahres war er von zwei Dingen überzeugt gewesen: daß Sulla im Frühjahr ankommen werde und daß Rom Sulla eher Widerstand leisten werde, wenn er, Carbo, nicht dort war. Deshalb hatte er dafür gesorgt, daß seine beiden treuen Anhänger Norbanus und Scipio Asiagenus zu Konsuln gewählt wurden, und sich dann selbst zum Statthalter des italischen Gallien ernannt, um von dort die Lage kontrollieren zu können. Zumindest theoretisch hatte er eine gute Wahl getroffen: Weder Norbanus noch Scipio Asiagenus konnten auf Sullas Gnade hoffen. Norbanus war ein ehemaliger Klient des Gaius Marius, Scipio Asiagenus war während des Bundesgenossenkrieges als Sklave verkleidet aus Aesernia geflohen, wofür Sulla ihn verachtete. Aber waren die beiden stark genug? Würden sie ihre sechzehn Legionen wie Feldherren einsetzen und ihre Chancen nützen?

Überrascht hatte Carbo, daß Pompeius Strabos Sohn, kaum dem Kindesalter entwachsen, schon die Kühnheit hatte, drei Veteranenlegionen seines Vaters auszuheben und sich Sulla anzuschließen. Nicht daß Carbo den jungen Mann ernst nahm. Es waren die drei Veteranenlegionen, die ihm Sorgen bereiteten. Sobald Sulla über sie verfügte, würde er sie erfolgreich einsetzen.

Carbos Quästor, der tapfere Gaius Verres, hatte die Nachricht von Pompeius' geplantem Feldzug überbracht.

Carbo runzelte die Stirn. »Der Bursche muß gestoppt werden, ehe er Unheil anrichtet«, sagte er. »Ich hoffe nur, Metellus Pius verläßt Liguria nicht, während ich gegen den jungen Pompeius ziehe, und die Konsuln sind Sulla gewachsen.«

»Mit Pompeius bist du schnell fertig«, sagte Gaius Verres überzeugt.

»Ganz meine Meinung, aber das macht ihn nicht weniger lästig«, sagte Carbo. »Schicke mir jetzt die Legaten.«

Die Legaten waren schwer zu finden. Während Verres von einem Teil des riesigen Lagers zum anderen eilte, gingen ihm die verschiedensten Dinge durch den Kopf. Der Gedanke an Sulla ließ ihm keine Ruhe. Er war zwar noch nie mit diesem zusammengekommen – schließlich war sein Vater nur ein bescheidener Hinterbänkler im Senat, und im italischen Krieg hatte er zuerst unter Gaius Marius und dann unter Cinna gedient. Doch erinnerte er sich daran, wie Sulla bei seiner Amtseinführung als Konsul ausgesehen hatte und wie beeindruckt er damals von dessen Erscheinung gewesen war. Von Natur aus nicht kriegerisch veranlagt, hatte Verres nicht daran gedacht, sich Sullas Feldzug im Osten anzuschließen; im Rom Cinnas und Carbos ließ sich gut leben. Verres wollte sein, wo das Geld war, denn er hatte einen kostspieligen Geschmack in Sachen Kunst und war sehr ehrgeizig. Erst jetzt, als er Carbos Legaten suchte, begann er sich zu fragen, ob es nicht an der Zeit war, ins andere Lager überzuwechseln.

Mit dem alten Jahr war Gaius Verres' offizielle Amtszeit als Quästor zu Ende gegangen, und er hatte es Carbo zu verdanken, daß er seinen Posten noch innehatte. Carbo hatte ihn zum Quästor ernannt und war so zufrieden mit ihm gewesen, daß er seine Dienste auch im italischen Gallien nicht entbehren wollte. Als Quästor war er für die Gelder und Konten seines Vorgesetzten zuständig und hatte für Carbo beim Schatzamt die Summe von mehr als zwei Millionen Sesterzen erwirkt. Carbo sollte damit seine Soldaten bezahlen und verpflegen, außerdem sich selbst, den Legaten,

Dienern und Quästoren einen angemessenen Lebensstil ermöglichen.

Obwohl der April noch nicht vergangen war, waren bereits über anderthalb Millionen Sesterzen ausgegeben, was bedeutete, daß Carbo das Schatzamt in Kürze um mehr Geld bitten mußte. Carbos Legaten führten ein luxuriöses Leben, und er selbst bediente sich schon seit langem nach Belieben öffentlicher Gelder. Auch Gaius Verres hatte seine Hände tief in die Geldsäcke gesteckt. Bisher waren seine Unterschlagungen niemandem aufgefallen, und jetzt gab es keine Veranlassung mehr, sich zurückzuhalten. Sobald Carbo auszog, um die drei Veteranenlegionen des Pompeius niederzuschlagen, würde er verschwinden. Denn es war an der Zeit, das Lager zu wechseln.

In der Morgendämmerung des darauffolgenden Tages zog Carbo mit vier Legionen, jedoch ohne Reiterei, gegen Strabos Sohn ins Feld. Die Sonne stand noch nicht hoch, als auch Gaius Verres aufbrach, nur begleitet von seinen Dienern. Verres folgte Carbo nicht nach Süden, sondern wandte sich nach Ariminum, wo Carbos Geld in den Gewölben eines ortsansässigen Bankiers lagerte. Nur zwei Personen waren berechtigt, das Geld zu holen: Statthalter Carbo und sein Quästor. Verres ließ sich achtundvierzig Ledersäcke mit jeweils einem halben Talent aushändigen und lud sie auf die von ihm gemieteten zwölf Maulesel. Er brauchte nicht einmal einen Grund vorzubringen, warum er das Geld holte. Die Nachricht von Sullas Landung hatte sich in Windeseile in Ariminum verbreitet, und der Bankier wußte, daß Carbo mit der Hälfte seines Heeres unterwegs war.

Es war noch lange nicht Mittag, als Gaius Verres die Stadt mit sechshunderttausend Sesterzen aus Carbos Kriegskasse verließ. Er ritt zunächst auf einem Umweg zu seinem eigenen Anwesen im oberen Tal des Tiber und begab sich dann auf die Suche nach Sulla.

Carbo marschierte inzwischen, ohne zu wissen, daß Verres sich aus dem Staub gemacht hatte, an der Adriatischen Küste entlang auf das Lager des Pompeius in der Nähe des Aesis zu.

Er war so siegesgewiß, daß er sich Zeit ließ und auch keine Vorkehrungen traf, sein Kommen zu verheimlichen. Das ganze Unternehmen würde lediglich eine Übung für seine zumeist unerfahrenen Soldaten sein. Zwar klang es furchterregend, daß drei Legionen von Pompeius Strabos Veteranen sie erwarteten, aber Carbo war erfahren genug, um zu wissen, daß eine Armee nur so gut war wie ihr Befehlshaber. Und der Befehlshaber dieser Armee war noch ein Kind! Ihn zu besiegen, war deshalb ein Kinderspiel.

Als Pompeius erfuhr, daß Carbos Truppen anrückten, stieß er einen freudigen Schrei aus und ließ sofort alle Soldaten zusammenrufen.

»Wir brauchen unsere Heimat nicht einmal zu verlassen, um unsere erste Schlacht zu schlagen«, rief er. »Carbo kommt persönlich aus Ariminum, um gegen uns zu kämpfen. Er hat bereits so gut wie verloren! Ihr fragt, warum? Weil er weiß, daß ich euch befehlige. Vor euch hat er Respekt, vor mir nicht. Dabei sollte man doch annehmen, daß der Sohn eines Schlächters weiß, wie man Knochen bricht und Fleisch schneidet! Doch Carbo ist ein Narr! Er glaubt, der Sohn des Schlächters sei sich zu fein, um sich mit dem Handwerk seines Vaters die Hände schmutzig zu machen. Doch er täuscht sich! Das wißt ihr so gut wie ich. Wir werden ihm eine Lektion erteilen!«

Und das taten sie denn auch. Carbos vier Legionen näherten sich dem Aesis in geordneten Reihen und warteten diszipliniert, bis Späher ausgekundschaftet hatten, wo man den Fluß, der wegen des Tauwetters in den Apenninen über die Ufer getreten war, am besten überqueren konnte. Carbo wußte zwar, daß Pompeius nicht weit unterhalb der Furt lagerte, doch seine Verachtung war derart, daß er nicht auf den Gedanken kam, Pompeius könnte ihm entgegenziehen.

Pompeius hatte seine Streitkräfte geteilt und eine Hälfte bereits vor Carbos Ankunft über den Aesis geschickt. Er nahm Carbo in die Zange, als zwei von dessen Legionen den Fluß überquert hatten und zwei weitere Legionen sich dazu anschickten. Pompeius' Soldaten brachen gleichzeitig aus ihren jeweiligen Verstecken hinter Büschen und Bäumen und trieben Carbos Männer vor sich her. Pompeius selbst mußte als Feldherr freilich darauf verzichten, Carbo persönlich zu verfolgen, so gern er es auch getan hätte. Wie er von seinem Vater gelernt hatte, durfte sich ein Feldherr nie weit von seinem Lager entfernen, für den Fall, daß die Schlacht eine unglückliche Wendung nahm und ein rascher Rückzug erforderlich wurde. Pompeius mußte also zusehen, wie Carbo und sein Legat Lucius Quinctius die beiden Legionen, die auf der anderen Seite des Flusses verblieben waren, sammelten und mit ihnen nach Ariminum zurückkehrten. Auf Pompeius' Seite überlebte kein Soldat des gegnerischen Heeres. Der Sohn des Schlächters verstand sein Handwerk also noch besser als sein Vater!

Er stieß einen triumphierenden Schrei aus. Jetzt war es an der Zeit, Sulla entgegenzuziehen.

Zwei Tage später brach Pompeius mit seinen drei Legionen auf. Er saß auf einem großen Schimmel, dem »Staatspferd« seiner Familie, wie er sagte – einem Pferd also, das der Staat bezahlte. Die Armee zog durch Gebiete, die noch vor wenigen Jahren erbittert gegen Rom gekämpft hatten; hier wohnten die südlichen Picenter, die Vestiner, die Marrukiner und die Frentaner, jene Völker, die danach gestrebt hatten, die italischen Bundesgenossen aus der langen Abhängigkeit von Rom zu befreien. Für ihre Niederlage war hauptsächlich Lucius Cornelius Sulla verantwortlich, dem Pompeius nun entgegenzog. Dennoch versuchte niemand, das Vorrükken der Armee zu behindern; einige ließen sich sogar als Soldaten anwerben, denn die Kunde, daß Pompeius Carbo geschlagen hatte, eilte ihm voraus. Der Kampf um Italien war verloren, und nun wollte man lieber auf der Seite Sullas stehen als auf der Seite Carbos.

In bester Stimmung verließen Pompeius' achtzehntausend Veteranen in Buca die Küste und marschierten auf einer gut ausgebauten Straße nach Larinum. Zwei Wochen später trafen sie in der blühenden kleinen Stadt inmitten reicher Felder und Wiesen ein. Nicht einmal der aufmerksame Varro nahm den versteckten Haß in den Blicken der Bürger und Frauen wahr, die Pompeius willkommen hießen und ihn mit sanftem Druck zum Weitermarschieren drängten.

Nahe bei Larinum kam es erneut zum Kampf. Carbo hatte sofort nach Rom gemeldet, der Sohn des Schlächters sei mit drei Veteranenlegionen unterwegs, und in Rom tat man alles, um eine Vereinigung der Heere von Pompeius und Sulla zu verhindern.

Zwei der in der Campania stationierten Legionen unter dem Befehl von Gaius Albius Carrinas wurden in Marsch gesetzt, um Pompeius aufzuhalten. Das Gefecht war kurz und heftig und schnell entschieden. Sobald Carrinas erkannte, daß er keine Chance hatte, zog er sich eilig zurück. Große Verluste hatte er nicht zu beklagen, aber sein Respekt vor dem Sohn des Schlächters war gewachsen.

Wie auf Flügeln eilten Pompeius' Soldaten voran. Als sie zweihundert Meilen hinter sich gebracht hatten, erhielt jeder einige Schlucke sauren, verdünnten Weins. Schließlich erreichten sie Saepinum, und dort erfuhr Pompeius, daß Sulla nicht weit entfernt an der Via Appia lagere.

Zuerst mußte allerdings noch eine weitere Schlacht geschlagen werden. Lucius Junius Brutus Damasippus, der Bruder von Pompeius Strabos altem Freund und erstem Legaten, wollte Pompeius in der wilden Gegend zwischen Saepinum und Sirpium aus dem Hinterhalt überfallen. Doch Pompeius sah sich in seinem grenzenlosen Selbstvertrauen erneut bestätigt: Seine Späher fanden heraus, wo Brutus Damasippus sich mit seinen beiden Legionen versteckt hielt, und Pompeius fiel ohne Vorwarnung über sie her. Mehrere hundert Männer von Brutus Damasippus kamen um, bevor es diesem gelang, in Richtung Bovianum zu fliehen.

Pompeius hatte in drei Schlachten gesiegt, aber in keinem Fall versucht, seine Feinde zu verfolgen. Doch wenn Varro und die drei Zenturionen glaubten, er habe dies nicht getan, weil er die Gegend nicht kenne oder den Hinterhalt einer noch größeren Streitmacht befürchte, täuschten sie sich. In Pompeius' Kopf hatte nur ein Gedanke Platz: die bevorstehende Begegnung mit Lucius Cornelius Sulla.

Immer wieder beschwor er das triumphale Schauspiel in seiner Phantasie herauf: Zwei gottgleiche Männer mit Haaren wie Feuer und starken und schönen Gesichtszügen glitten Raubkatzen gleich von ihren Pferden und gingen gemessenen Schrittes auf einer dicht von Einheimischen und Reisenden gesäumten Straße aufeinander zu. Hinter den beiden Feldherrn standen ihre Heere, und aller Augen waren auf sie gerichtet. Zeus schritt Jupiter entgegen, Ares dem Mars, Herakles dem Milon, Achill dem Hektor. Die erste Begegnung der beiden Giganten dieser Welt, der beiden Sonnen des Universums! Die untergehende Sonne brannte zwar noch heiß und stark, aber ihr Lauf näherte sich dem Ende; die aufgehende Sonne dagegen stieg am Firmament immer höher, dem Zenit entgegen. Sullas Sonne sinkt im Westen, dachte Pompeius frohlokkend, während meine Sonne im Osten aufgeht!

Pompeius sandte Varro voraus. Er sollte Sulla grüßen, ihm von Pompeius' Vormarsch berichten und ihm die Zahl der getöteten Feinde und die Namen der besiegten Generäle nennen. Varro sollte Sulla bitten, ihm auf der Straße entgegenzukommen, damit alle sehen konnten, daß er in friedlicher Absicht kam, um sich und seine Truppen dem bedeutendsten Mann seiner Zeit zur Verfügung zu stellen. Dem bedeutendsten Mann seiner Zeit, aber nicht dem bedeutendsten Mann aller Zeiten – soweit wollte Pompeius nicht einmal in einer blumigen Begrüßungsrede gehen.

Pompeius hatte genau überlegt, was er tragen wollte. Zuerst hatte er beabsichtigt, sich ganz in Gold zu kleiden, doch dann waren ihm Zweifel gekommen, ob dies nicht zu protzig wirkte. Jetzt sah er sich in einer einfachen weißen Toga daherschreiten, ohne alle militärischen Auszeichnungen und nur mit dem schmalen Purpurstreif des Ritters an der rechten Schulter der Tunika. Doch würden weiße Toga und weißes Pferd nicht zu einer unförmigen Masse verschmelzen? Also wollte er die silberne Rüstung tragen, die sein Vater ihm nach der Belagerung von Asculum Picentum geschenkt hatte. In ihr gefiel er sich am besten.

Als Gnaeus Pompeius Magnus sich schließlich von seinem Stallburschen in den Sattel des weißen Staatspferdes helfen ließ, trug er nur einen einfachen Brustpanzer aus Stahl mit schmucklosen Lederriemen und einen gewöhnlichen Helm. Nur sein Pferd hatte er herausgeputzt, denn er war Ritter der achtzehn ursprünglichen Zenturien der ersten Klasse, und seine Familie war seit Generationen Empfänger eines Staatspferdes. Das Pferd verschwand nahezu unter der Pracht seines Schmuckes, unter Silberknöpfen und Schmuckscheiben, einem mit Silber besetzten, scharlachroten Geschirr, einer bestickten Decke, unter einem reichverzierten und geschmückten Sattel und verschiedenen laut klimpernden silbernen Anhängern. Pompeius beglückwünschte sich selbst zu seiner Erscheinung, als er in der Mitte der Straße entlangritt, gefolgt von seinen Soldaten in Reih und Glied. Er sah aus wie ein einfacher Soldat, der sich auf sein Handwerk verstand. Sollte das Pferd von seinem Ruhm künden!

Beneventum lag auf der anderen Seite des Flusses Calor, an der Stelle, wo die Via Appia auf die von der apulischen und calabrischen Küste kommende Via Minucia stieß. Die Sonne stand senkrecht am Himmel, als Pompeius von einer Anhöhe zur Furt des Calor hinuntersah. Und dort, am jenseitigen Ufer, wartete Lucius Cornelius Sulla mitten auf der Straße. Er saß auf einem unaussprechlich müde aussehenden Maultier, und nur Varro begleitete ihn. Wo war das Volk? Wo waren Sullas Legaten, seine Truppen?

Instinktiv drehte Pompeius den Kopf und befahl dem Standartenträger der vorausmarschierenden Legion, die Soldaten anzuhalten. Dann ritt er ganz allein den Hang hinunter auf Sulla zu. Sein Gesicht war wie versteinert. Als Pompeius auf hundert Schritt herangekommen war, fiel Sulla mehr oder weniger von seinem Maultier. Er konnte sich nur auf den Beinen halten, weil er einen Arm um den Hals des Maultiers schlang und sich mit der anderen Hand an dessen schmutzigem Ohr festhielt. Mühsam richtete er sich auf und schickte sich an, Pompeius schwankend über die breite, leere Straße entgegenzugehen.

Pompeius glitt vom Rücken seines silbern glänzenden Pferdes, obgleich er fürchtete, daß auch ihm die Beine versagen könnten, so sehr hatte die Überraschung ihn geschwächt. Doch seine Beine trugen ihn. Zumindest einer von uns muß die Würde bewahren, dachte er, und schritt aus.

Selbst aus der Entfernung hatte er erkannt, daß dieser Sulla, den er vor sich sah, nichts mit dem Sulla gemein hatte, an den er sich zu erinnern glaubte. Je näher er kam, desto deutlicher sah er, wie schrecklich Zeit und Krankheit Sulla zugesetzt hatten. Doch er war vor Entsetzen noch wie betäubt und empfand kein Mitgefühl oder gar Mitleid, sondern nur eine so intensive körperliche Abneigung, daß er einen Augenblick lang glaubte, er müsse sich erbrechen.

Sulla war betrunken. Pompeius hätte ihm das verziehen, wäre es der Sulla gewesen, den er am Tag seines Amtsantritts als Konsul kennengelernt hatte. Doch von der Schönheit und Faszination jenes Menschen war nichts geblieben, nicht einmal die Würde grauer oder weißer Haare. Der Sulla, den er vor sich sah, hatte seinen kahlen Schädel mit einer Perücke bedeckt, einem häßlichen Gewirr rötlichbrauner Locken, unter dem vor den Ohren in zwei geraden, silbernen Strähnen seine eigenen Haare hervorwuchsen. Sulla hatte keine Zähne mehr; sein eingekerbtes Kinn war dadurch länger geworden, und der Mund unter der unverwechselbaren Nase mit der leichten Einbuchtung an der Spitze sah aus wie eine gezackte Narbe. Die Haut seines Gesichts schälte sich; an manchen Stellen war sie blutigrot, an anderen so weiß wie früher. Und obwohl Sulla bis auf die Knochen abgemagert war, mußte er vor nicht allzu langer Zeit sehr dick gewesen sein, denn sein Gesicht war runzlig, und auch an seinem Hals hing die Haut schlaff und faltig herab.

Pompeius kämpfte mit Tränen der Enttäuschung. Wie konnte sein Stern vor diesem Jammerbild menschlichen Elends strahlen?

Fast hatten sie einander erreicht. Pompeius streckte die rechte Hand aus. Er hielt die Finger gespreizt und die Handfläche senkrecht nach oben.

»Imperator!« rief er.

Sulla kicherte und streckte Pompeius unter gewaltiger Anstrengung die Hand entgegen. »Imperator!« rief er, dann fiel er gegen Pompeius. Sein feuchter, fleckiger Lederharnisch stank nach Sodbrennen und Wein.

Plötzlich stand Varro an Sullas Seite. Gemeinsam halfen sie Lucius Cornelius Sulla auf den Rücken seines schmutzigen Maultiers.

»Er wollte dir unbedingt entgegenreiten«, sagte Varro leise. »Nichts konnte ihn davon abbringen.«

Pompeius drehte sich im Sattel seines Staatspferdes um und bedeutete seinen Truppen durch ein Handzeichen, sich in Bewegung zu setzen. Dann nahmen er und Varro Sulla in die Mitte und ritten in Richtung Beneventum.

»Ich kann es immer noch nicht glauben!« stöhnte Pompeius, nachdem sie den nahezu bewußtlosen Sulla seinen Männern übergeben hatten.

»Die letzte Nacht war für ihn besonders schlimm«, sagte Varro. Er wußte nicht, wie sehr Pompeius in seinen Phantasien enttäuscht worden war.

»Was meinst du damit?«

»Seine Haut. Als Sulla so krank wurde, daß die Ärzte um sein Leben fürchteten, schickten sie ihn nach Aedepsus, einen kleinen Badeort außerhalb der Stadt Chalkis auf Euböa. Die Ärzte des dortigen Tempels sollen die besten in ganz Griechenland sein. Und sie haben ihm wirklich das Leben gerettet! Er durfte kein reifes Obst, keinen Honig, kein Brot und keinen Kuchen essen und keinen Wein trinken. Doch die Bäder haben seine Gesichtshaut in Mitleidenschaft gezogen. Seit er in Aedepsus war, leidet er an Anfällen schlimmsten Juckreizes und kratzt sich das Gesicht blutig. Er ißt immer noch kein Obst, keinen Honig, kein Brot und keinen Kuchen. Nur Wein bringt ihm Erleichterung, deshalb trinkt er ihn.« Varro seufzte. »Er trinkt viel zu viel.«

»Und warum nur im Gesicht? Warum nicht auch an Armen und Beinen?« fragte Pompeius, der nicht wußte, ob er diese Geschichte glauben sollte.

»Er hatte einen schlimmen Sonnenbrand im Gesicht. Du erinnerst dich sicher, daß er in der Sonne immer einen breitkrempigen Hut trug. Doch einmal bestand er trotz seiner Krankheit darauf, einer Zeremonie beizuwohnen, die in einem kleinen Ort zu seinem Empfang veranstaltet wurde. Aus Eitelkeit trug er einen Helm statt des Hutes. Vermutlich hat das seine Haut ruiniert.« Varro schien fasziniert, Pompeius war abgestoßen. »Sein Kopf sieht aus wie eine mit Mehl bestreute Maulbeere. Außergewöhnlich!«

»Du sprichst so salbungsvoll wie diese griechischen Ärzte«, sagte Pompeius, der sich allmählich von seinem Schock erholte. »Wo sind wir untergebracht? Weit von hier? Und was ist mit meinen Männern?«

»Ich nehme an, Metellus Pius hat deinen Männern ein Lager zugewiesen. Wir sind nicht weit von hier in einem schönen Haus untergebracht. Wenn du jetzt frühstücken willst, können wir danach zu deinen Männern hinausreiten.« Varro legte die Hand auf Pompeius' sehnigen Arm. Er hätte gern gewußt, was in Pompeius vorging. Daß Pompeius kein Mitleid empfand, hatte er gemerkt. Aber warum war er so niedergeschlagen?

An jenem Abend veranstaltete Sulla zu Ehren der beiden Neuankömmlinge ein großes Bankett in seinem Quartier; dort sollten sie die anderen Legaten kennenlernen. Die Nachricht von Pompeius' Ankunft, von seiner Jugend und Schönheit und von der Verehrung, die seine Soldaten ihm entgegenbrachten, hatte sich in Beneventum wie ein Lauffeuer verbreitet. Amüsiert betrachtete Varro die verärgerten Mienen von Sullas Legaten. Sie sahen aus wie kleine Kinder, denen die Amme eine köstliche Honigwabe weggenommen hatte. Als Sulla Pompeius dann auch noch den Ehrenplatz auf seiner eigenen Liege einräumte und niemanden zwischen sich und Pompeius kommen ließ, stand blanker Haß in ihren Augen. Pompeius ließ sich freilich nicht aus der Ruhe bringen. Er machte es sich mit sichtlichem Vergnügen bequem und unterhielt sich mit Sulla, als wären sie allein.

Sulla war jetzt nüchtern. Der Juckreiz schien nachgelassen zu haben, und die wunden Stellen seines Gesichts waren verschorft. Er war ruhig und freundlich und offensichtlich von Pompeius beeindruckt. Varro fühlte sich in seiner Meinung über Pompeius bestätigt.

Er begann sich nach den anderen Anwesenden umzusehen, zunächst nach dem Mann, der neben ihm lag – Appius Claudius Pulcher, den er mochte und schätzte. »Ist Sulla noch fähig, uns zu führen?« fragte er ihn.

»Er ist so brillant wie eh und je. Wenn wir es schaffen, ihn nüchtern zu halten, wird er Carbo besiegen, Carbo mag an Truppen aufbieten, was er will.« Appius Claudius erschauerte und zog eine Grimasse. »Spürst du das Böse, das in diesem Raum anwesend ist, Varro?«

»Ganz deutlich«, sagte Varro, obgleich er nicht annahm, daß Appius Claudius die Atmosphäre meinte, die er selbst spürte.

»Ich habe mich in den kleineren Tempeln Delphis ein wenig mit diesem Thema beschäftigt«, fuhr Appius Claudius fort. »Um uns herum wirken höhere Mächte, unsichtbare Mächte natürlich. Die meisten Menschen spüren sie nicht, aber du und ich, Varro, wir registrieren genau, was bestimmte Orte ausstrahlen.«

»Was für Orte?« fragte Varro verblüfft.

»Unter uns und überall um uns«, erklärte Appius Claudius mit Grabesstimme. »Höhere Mächte – anders kann ich es nicht ausdrücken. Wie kann man das Unsichtbare beschreiben, das nur empfängliche Menschen wie wir wahrnehmen? Ich meine nicht die Götter auf dem Olymp oder irgendwelche göttlichen Wesen.«

Appius Claudius redete pausenlos weiter, während Varro seine Aufmerksamkeit anderen Anwesenden zuwandte. Zunächst versuchte er, die Legaten Sullas einzuschätzen.

Da waren einmal Philippus und Cethegus, zwei Wendehälse, die nach jedem Wechsel der Amtsinhaber sofort bestrebt waren, auch den neuen Herren von Rom zu dienen, und das schon seit dreißig Jahren. Philippus war der nach außen Erfolgreichere der beiden; er war nach einigen vergeblichen Versuchen Konsul und unter Cinna und Carbo sogar Zensor geworden, was den Höhepunkt der politischen Karriere eines Mannes darstellte. Cethegus hingegen, ein patrizischer Cornelier und entfernter Verwandter Sullas, hatte es vorgezogen, seine Macht im Hintergrund auszuüben, indem er die anderen Hinterbänkler im Senat manipulierte. Die beiden lagen nebeneinander, unterhielten sich laut und ignorierten alle anderen.

Auch die jungen Legaten Verres, Catilina und Ofella blieben unter sich. Was für ein Trio! Varro war überzeugt, daß alle drei Schurken waren, obgleich Ofella mehr um sein Ansehen besorgt schien als um irgendwelche zukünftigen Profite. Bei Verres und Catilina dagegen gab es keinen Zweifel: Ihre einzige Triebfeder war die Habgier.

Auf einer weiteren Liege lagen drei ehrenwerte und aufrechte Männer: Mamercus, Metellus Pius und Varro Lucullus, ein adoptierter Varro und in Wirklichkeit der Bruder von Sullas treuestem Gefolgsmann Lucullus. Sie machten aus ihrer Abneigung gegen Pompeius kein Hehl.

Mamercus war Sullas Schwiegersohn, ein ruhiger, vernünftiger Mensch, der Sullas Vermögen gerettet und Sullas Familie sicher nach Griechenland gebracht hatte.

Metellus Pius das Ferkel und sein Quästor Varro Lucullus waren im April von Liguria nach Puteoli gesegelt und dann durch die Campania marschiert, um sich Sulla anzuschließen, kurz bevor Carbos Senat die Truppen mobilisiert hatte, die sie hätten aufhalten können. Bis zu Pompeius' Erscheinen hatten sie sich in den warmen Strahlen der dankbaren Anerkennung Sullas gesonnt, dem sie zwei Legionen kampferprobter Soldaten gebracht hatten. Ihre Abneigung gegen Pompeius beruhte in erster Linie auf dessen Abstammung, weniger auf seinem Handeln. Ein Pompeius aus dem nördlichen Picenum? Ein Emporkömmling, ein Parvenü! Ein Nichtrömer! Sein Vater, der aufgrund seiner Kriegsführung den Spitznamen »der Schlächter« erhalten hatte, mochte Konsul gewesen sein und großen politischen Einfluß gehabt haben, doch mit Pompeius konnte Metellus Pius oder Varro Lucullus nichts versöhnen. Kein echter Römer, ob nun aus einer Senatorenfamilie oder nicht, hätte es gewagt, im Alter von zweiundzwanzig auf vollkommen illegale Weise ein Heer aufzustellen, es dem großen Patrizier Lucius Cornelius Sulla zuzuführen und dann mehr oder weniger zu verlangen, daß Sulla ihn als Partner anerkenne. Die Legionen, die Metellus Pius und Varro Lucullus Sulla gebracht hatten, waren automatisch Sullas Befehl unterstellt worden, und er konnte mit ihnen anfangen, was er wollte. Hätte Sulla dankend angenommen und die beiden Legaten dann fortgeschickt, hätten sie sich zwar vielleicht geärgert, aber sofort gehorcht. Brav und phantasielos, dachte Varro. Und hier lagen sie auf derselben Liege und starrten Pompeius wütend an, weil dieser seine Truppen dazu benutzt hatte, ein Kommando zu bekommen, das weder seinem Alter noch seiner Herkunft entsprach. Er hatte Sulla erpreßt.

Für den weitaus interessantesten Mann hielt Varro jedoch Marcus Licinius Crassus. Im Herbst des vorangegangenen Jahres war er in Griechenland eingetroffen und hatte Sulla zweieinhalbtausend gute spanische Soldaten angeboten. Doch Sulla hatte ihn kaum herzlicher empfangen als Metellus Pius, den Crassus im Sommer in Africa aufgesucht hatte.

Grund des kühlen Empfangs war in erster Linie der katastrophale Ausgang einer Spekulation, zu der Crassus und sein Freund, der jüngere Titus Pomponius, römische Investoren angestiftet hatten. Es war gegen Ende des ersten Jahres gewesen, in dem sich Cinna und Carbo das Konsulat teilten. Als die Nachricht eintraf, daß von seiten König Mithridates' keine Bedrohung mehr bestand, da Sulla den Vertrag von Dardanus mit ihm abgeschlossen hatte, machten Crassus und Titus Pomponius sich den daraufhin ausbrechenden Optimismus geschäftlicher Investoren zunutze und boten Anteile eines Spekulationsgeschäfts in Asia an. Der Zusammenbruch folgte, als bekannt wurde, daß Sulla die Finanzen der römischen Provinz von Grund auf neu geordnet hatte und daß durch das Eintreiben von Steuern nun doch keine Reichtümer zu erwarten waren.

Anstatt in Rom zu bleiben und sich der aufgebrachten Menge ihrer Gläubiger zu stellen, hatten Crassus und Titus Pomponius Reißaus genommen. Titus Pomponius erkannte sofort, daß ihm nur ein Mensch helfen konnte, Sulla, und zog deshalb mit seinem gesamten riesigen Vermögen nach Athen. Gebildet, weltläufig und ein Liebhaber der Literatur, hatte er ein einnehmendes Wesen und liebte Knaben und verstand sich daher rasch mit Sulla. Da er die Kultur und den Lebensstil Athens zutiefst bewunderte, entschied er sich, dort zu bleiben, und nannte sich fortan Atticus – Mann aus Athen.

Crassus, weniger selbstbewußt als Atticus, erkannte erst viel später, daß Sulla seine einzige Rettung war. Unglückliche Umstände hatten dazu geführt, daß Marcus Licinius Crassus zum verarmten Oberhaupt seiner Familie geworden war. Das übriggebliebene Geld gehörte Axia, der Witwe nicht nur seines ältesten, sondern auch seines mittleren Bruders. Ihre Mitgift war nicht das einzig Attraktive an ihr gewesen. Sie war hübsch, lebhaft, herzlich und liebevoll. Wie Crassus' Mutter Vinuleia war sie eine Sabinerin aus Reate und außerdem recht nahe mit Vinuleia verwandt. Hauptquelle ihres Einkommens war die Rosea Rura, das beste Weideland ganz Italiens und Zuchtgebiet jener berühmten Eselshengste, die auf dem Markt ungeheure Summen erzielten. Sechzigtausend Sesterzen waren kein ungewöhnlicher Preis für einen solchen Zuchthengst.

Axias Gatte Publius, der älteste Sohn der Familie Crassus, fiel im italischen Krieg vor Grumentum; seine Witwe war schwanger. Für dieses Problem gab es in der sparsam wirtschaftenden, dafür aber eng zusammenhaltenden Familie nur eine Lösung: Als die zehnmonatige Trauerzeit verstrichen war, heiratete Axia Lucius, den zweiten Sohn der Familie. Diese Ehe blieb kinderlos, und Axia wurde zum zweiten Mal Witwe, als Lucius auf der Straße vor seinem Haus von Fimbria ermordet wurde. Vinuleia ereilte ein ähnliches Schicksal: Als ihr Mann sah, wie sein Sohn umgebracht wurde, und erkannte, daß ihn dasselbe Schicksal erwartete, beging er Selbstmord.

Marcus, der jüngste Sohn der Familie Crassus, war damals

neunundzwanzig. Ihn hatte der Vater, ein ehemaliger Konsul und Zensor, dazu bestimmt, zu Hause zu bleiben und den Fortbestand der Familie zu sichern. Das gesamte Eigentum der Familie wurde konfisziert, nur Axias Mitgift blieb unangetastet, da ihre Familie hervorragende Beziehungen zu Cinna hatte. Als Axias zweite zehnmonatige Trauerzeit verstrichen war, heiratete Marcus Licinius Crassus sie und adoptierte ihren kleinen Sohn Publius. Aufgrund ihrer dreifachen Heirat mit drei Brüdern hieß Axia hinfort nur noch Tertulla – »kleine Drei«. Die Namensänderung war auf ihren eigenen Vorschlag hin erfolgt: Axia klang hart und unlateinisch, während Tertulla auf der Zunge zerging.

Der glorreiche Plan, den Crassus und Atticus sich ausgedacht hatten und der ein großer Erfolg gewesen wäre, hätte Sulla die Finanzen der Provinz Asia nicht überraschend völlig neu geordnet, scheiterte ausgerechnet zu der Zeit, als das Vermögen der Familie wieder zu wachsen begann. Crassus' Hoffnungen waren zerstört, und er mußte mittellos fliehen und Mutter und Frau schutzlos zurücklassen. Zwei Monate später schenkte Tertulla seinem Sohn Marcus das Leben.

Wohin sollte Crassus fliehen? Er entschied sich für Spanien, weil sich dort noch Vermögenswerte der Familie befanden. Vor Jahren war sein Vater auf die Zinninseln, die Kassiteriden, gefahren und hatte einen Vertrag ausgehandelt, der ihm die alleinigen Rechte für den Transport des Zinns von den Kassiteriden über Nordspanien an die Mittelmeerküste garantierte. Der Bundesgenossenkrieg hatte das Projekt unmöglich gemacht, doch Crassus hatte nichts zu verlieren. Er flüchtete sich nach Hispania Citerior, wo er von Vibius Paccianus, einem Klienten seines Vaters, in einer Höhle versteckt wurde, bis er sicher sein konnte, daß ihn die Folgen seiner finanziellen Machenschaften in Spanien nicht einholen würden. Dann trat er wieder in Erscheinung und begann, das Zinnmonopol erneut aufzubauen; anschließend erwarb er einige Anteile an den Silberbergwerken im südlichen Spanien.

Soweit gut und schön, doch Geld verdienen konnte er damit nur, wenn die finanziellen Einrichtungen und Handelsgesellschaften Roms ihm wieder zugänglich waren. Mit anderen Worten: Er brauchte einen Verbündeten, der mächtiger war als alle, die er kannte. Er brauchte Sulla. Wenn er diesen für sich gewinnen wollte, mußte er ihm jedoch etwas schenken, denn er besaß nicht den Charme und die Bildung eines Titus Pompeius Atticus. Das einzige Geschenk, das er Sulla anbieten konnte, war ein Heer, das er unter den früheren Klienten seines Vaters aushob: Es bestand nur aus fünf Kohorten, die allerdings gut ausgebildet und ausgerüstet waren.

Crassus verließ Spanien und fuhr zunächst nach Utica in der Provinz Africa, denn er hatte gehört, daß Quintus Caecilius Metellus, den Gaius Marius »das Ferkel« genannt hatte, dort nach wie vor versuchte, sich als Statthalter zu behaupten. Crassus traf im Frühsommer ein, aber Metellus gab ihm zu verstehen, daß er als Inbegriff römischer Tugenden keinen Gefallen an seinen Geschäften fand. Also überließ Crassus Metellus seinem Schicksal und ging nach Griechenland zu Sulla, der die fünf Kohorten zwar gnädig angenommen, ihm dann jedoch die kalte Schulter gezeigt hatte.

Jetzt lag er neben den anderen Legaten, die Augen unverwandt auf Sulla gerichtet. Er wartete auf ein kleines Zeichen der Anerkennung und war ganz offensichtlich darüber verärgert, daß Sulla sich nur für Pompeius interessierte. »Crassus« war seit vielen Generationen der Beiname der berühmten Familie Licinius, und noch immer, dachte Varro, machten die Mitglieder der Familie aufgrund ihres Körperumfangs dem Namen alle Ehre. Crassus war zwar größer, als er aussah, aber zugleich stark wie ein Ochse, und sein Gesicht sah gutmütig aus wie das eines Ochsen.

Varro warf einen letzten Blick auf die versammelten Männer und seufzte. Ja, Crassus war der interessanteste unter ihnen. Ehrgeizig waren sie alle, die meisten wahrscheinlich auch begabt und einige skrupel- und gewissenlos, aber Marcus Crassus war, von Pompeius und Sulla abgesehen, derjenige, den man künftig besonders im Auge behalten mußte.

Als Varro neben dem vollkommen nüchternen Pompeius nach Hause ging, war er froh, Pompeius' Aufforderung nachgegeben und sich dem Feldzug angeschlossen zu haben.

»Worüber hast du mit Sulla gesprochen?« fragte er.

»Über nichts Weltbewegendes.«

»Ihr habt sehr leise geredet.«

»Ja, nicht wahr?« Varro spürte Pompeius' Lächeln eher, als daß er es sah. »Sulla ist nicht dumm, auch wenn er sich verändert hat. Daß die anderen uns nicht hören konnten, hat sie sicher mißtrauisch gemacht. Wir könnten ja über sie gesprochen haben.«

»Hat Sulla zugestimmt, den Feldzug mit dir als Partner durchzuführen?«

»Ich habe das Kommando über meine eigenen Legionen behalten. Mehr wollte ich nicht. Er weiß, daß ich sie ihm nicht geschenkt, ja nicht einmal geliehen habe.«

»Habt ihr offen darüber gesprochen?«

»Ich sagte dir bereits, der Mann ist nicht dumm«, sagte Pompeius kurz angebunden. »Wir haben nur über wenig gesprochen. Entsprechend wenig gibt es, an das er sich halten müßte.«

»Und du bist damit zufrieden?«

»Aber ja! Er weiß, daß er mich braucht.«

Sulla stand vor dem Morgengrauen auf, und eine Stunde später marschierte sein Heer in Richtung Capua. Sein Handeln war nun ganz von seiner Hautkrankheit bestimmt. Da Sulla gerade einen Anfall überstanden hatte, wußte er, daß er einige Tage Ruhe haben würde, vorausgesetzt, er tat nichts, was den Juckreiz erneut auslöste. Dazu gehörte, daß er seine Hände streng unter Kontrolle hielt. Er durfte sein Gesicht auf keinen Fall berühren, und das fiel ihm schwer genug, denn wie oft faßt man sich ganz unabsichtlich an Stirn oder Mund. Erst wenn die feuchten Bläschen sich schlossen und verschorften, begann die Haut wieder zu jucken. Am ersten Tag war es noch am leichtesten auszuhalten, doch mit der Zeit vergaß Sulla dann alle Vorsicht, kratzte sich an Nase oder Wange, und der ganze gräßliche Kreislauf begann von neuem. Also hatte er es sich zur Gewohnheit gemacht, vor dem nächsten Ausbruch des Juckreizes so viel wie möglich zu erledigen und sich dann bewußtlos zu trinken, bis alles vorbei war.

Wie mühsam das war! Es gab so viel zu tun, und er war nur noch ein Schatten seiner selbst. Auch bisher war ihm nichts in den Schoß gefallen, doch seit er vor über einem Jahr in Griechenland erkrankt war, fragte er sich immer wieder, warum er überhaupt noch weitermachte. Er wußte genau, daß er nur noch eine begrenzte Zeit zu leben hatte.

Nur an einem Tag wie diesem, an dem er gerade einen Anfall

hinter sich hatte, war ihm klar, warum er weitermachte: Weil er der größte Mann seiner Zeit war, auch wenn die Welt das nicht zugeben wollte. Nabupolassar hatte das erkannt, damals am Ufer des Euphrat, und nicht einmal die Götter konnten einen Seher der Chaldäer täuschen. Größer zu sein als alle anderen Menschen, das begriff Sulla an einem Tag wie diesem, bedeutete auch größeres Leiden. Er dachte an seinen Gast vom Abend zuvor und unterdrückte ein Lächeln, um die Gesichtshaut nicht zu reizen. Pompeius hatte keine Ahnung, was Größe war.

Pompeius der Große! Ein junger Mann, der tatsächlich glaubte, daß Größe einem zufiel, daß jemand von Geburt an groß war und es immer sein würde. Sulla wünschte sich plötzlich inbrünstig, zu erleben, wer oder was diesen großen Pompeius zu Fall bringen würde. Zugegeben, Pompeius war ein faszinierender Bursche, ein Phänomen. Gewiß kein treuer Untertan! Pompeius war, auch seinem eigenen Verständnis nach, sein Rivale. Schon jetzt, mit zweiundzwanzig Jahren. Seine Veteranenlegionen konnte Sulla gut gebrauchen. Aber konnte er auch Pompeius den Großen gebrauchen? Zunächst mußte er ihm viel Freiheit geben. Pompeius durfte nur Aufgaben bekommen, die er bewältigen konnte. Das schmeichelte ihm, nährte seine kolossale Eitelkeit! Er sollte glauben, daß er derjenige war, der andere benutzte, nicht umgekehrt. Nein, Sulla würde Pompeius' Ende nicht erleben. Er wollte vielmehr dafür sorgen, daß Pompeius nichts passierte – dazu war Pompeius viel zu nützlich, viel zu wertvoll.

Sullas Maultier schrie und warf den Kopf auf und ab, als wolle es seine Gedanken bestätigen. Wieder unterdrückte Sulla ein Lächeln, um sein Gesicht zu schonen. Er wartete jetzt schon so lange auf einen Topf Salbe und ein Rezept für diese Salbe. Vor fast zehn Jahren hatte er zum ersten Mal an dieser Hautkrankheit gelitten, auf dem Rückweg vom Euphrat. Wie erfolgreich jener Feldzug verlaufen war!

Sein Sohn hatte ihn damals begleitet, Julillas Sohn. Er war ihm der Freund und Vertraute gewesen, den er zuvor nie besessen hatte. Ein vollkommener Partner in einer vollkommenen Beziehung. Was für Gespräche sie geführt hatten! Sie hatten sich über alles unterhalten können. Der Junge hatte dem Vater vieles verziehen, was dieser sich selbst nie hatte verzeihen können. Nicht Morde oder andere Dinge, zu denen einen das Leben zwang, sondern Charakterschwächen, unvernünftige und unerfüllbare Sehnsüchte und Neigungen. Wie ernst hatte der junge Sulla ihm zugehört, wie gut hatte er, der noch so jung war, ihn verstanden und getröstet und Entschuldigungen vorgebracht, die damals sogar stichhaltig schienen. Und Sullas öde Welt hatte angefangen zu glühen, hatte sich entfaltet, hatte eine Tiefe und Dimension bekommen, die nur sein geliebter Sohn ihr hatte geben können. Und dann, als sie sicher von der Reise in die unbekannten Gebiete jenseits des Euphrat zurückgekehrt waren, war sein geliebter Sohn gestorben. Einfach so, innerhalb von zwei Tagen. Sein Freund und Vertrauter hatte ihn verlassen.

Tränen schossen ihm in die Augen – doch nein! Er durfte nicht weinen! Die erste Träne, die seine Wangen hinunterrann, würde den Juckreiz wieder entfesseln. Er konzentrierte sich auf die Salbe, die seine Qual linderte, ihn heilte. Morsimus hatte sie einst in einem vergessenen Dorf irgendwo in der Nähe des Flusses Pyramos in Cilicia entdeckt.

Vor einem halben Jahr hatte er nach Morsimus geschickt, der inzwischen Ethnarch in Tarsos geworden war, und ihn gebeten, die Salbe oder das Rezept zu beschaffen, auch wenn er dafür jedes cilicische Dorf durchsuchen müsse. Nur dann konnte Sulla auf Heilung hoffen. Bis dahin blieb ihm nichts anderes übrig, als zu warten, zu leiden und durch sein Leiden noch größer zu werden. Aber davon, dachte Sulla, verstehst du nichts, Pompeius Magnus.

Hinter Sulla ritten Metellus Pius das Ferkel und Marcus Crassus. Pompeius bildete mit seinen drei Legionen die Nachhut. Sulla winkte Metellus und Crassus zu sich. Als sie auf gleicher Höhe waren, sagte er: »Ich habe ein Problem.«

»Mit wem?« fragte Metellus ahnungsvoll.

»Aha, du weißt es schon!« sagte Sulla mit ausdruckslosem Gesicht. »Mit unserem lieben Philippus.«

Auch Crassus war sofort im Bild. »Und das Problem ist um so schlimmer, als wir auch Appius Claudius dabei haben. Appius Claudius ist immerhin Philippus' Onkel, und das hätte Philippus eigentlich davon abhalten sollen, Appius Claudius aus dem Senat auszuschließen.«

»Das hat er wahrscheinlich deshalb nicht getan, weil Philippus einige Jahre älter ist als sein Onkel.« Sulla lachte belustigt.

»Wie willst du das Problem lösen?« fragte Metellus Pius, der verhindern wollte, daß die Unterhaltung in eine Erörterung der komplizierten Verwandtschaftsverhältnisse innerhalb des römischen Adels ausartete.

»Ich hätte schon eine Lösung, aber ob sie möglich ist, hängt von dir ab, Crassus.«

»Von mir?« fragte Crassus erstaunt.

Sulla schob den breitkrempigen Strohhut in den Nacken und sah seinen Legaten an. Seine Augen blickten freundlicher als sonst, und Crassus verspürte unwillkürlich ein warmes Gefühl in der Herzgegend. Sulla hatte eine Bitte an ihn!

»Es ist ja gut und schön, wenn wir von ortsansässigen Bauern Getreide und andere Nahrungsmittel für unterwegs kaufen«, sagte Sulla. Wegen seiner fehlenden Zähne sprach er undeutlich. »Doch gegen Ende des Sommers brauchen wir von irgendwoher Getreide für den Winter. Nicht so viel, wie wir aus Sizilien oder Africa bekommen könnten, aber genügend für die Versorgung meines Heeres. Und ich bin überzeugt, daß mein Heer bis dahin noch gewachsen ist.«

»Aber im Herbst bekommen wir doch alles, was wir brauchen«, sagte Metellus Pius vorsichtig. »Denn im Herbst sind wir in Rom.«

»Das bezweifle ich.«

»Warum? Rom fault von innen.«

Sulla seufzte, und seine Lippen bebten. »Wenn ich Rom wieder aufhelfen soll, Metellus, muß ich der Stadt Gelegenheit geben, sich im Frieden für mich zu entscheiden. Aber so weit wird es im Herbst noch nicht sein. Ich darf also nicht drohen, auf der Via Latina nach Rom zu marschieren und die Stadt anzugreifen wie einst Cinna und Marius, als ich im Osten unterwegs war. Als ich zum ersten Mal nach Rom marschierte, hatte ich die Überraschung auf meiner Seite. Keiner dachte, daß ich angreifen würde, deshalb stellte sich mir niemand entgegen außer einigen Sklaven und Söldnern des Gaius Marius. Diesmal ist es anders. Alle erwarten, daß ich nach Rom marschiere. Aber wenn ich das jetzt sofort tue, werde ich nicht siegen. Gewiß, Rom würde fallen! Aber alle Aufrührer würden nur um so verbitterter gegen mich kämpfen, und um ihren Widerstand niederzuschlagen, bräuchte ich länger, als ich noch zu leben habe. Ich habe weder die Zeit noch die Kraft zu einem solchen Unternehmen, deshalb rücke ich langsam vor.«

Metellus Pius nickte nachdenklich; Sullas Argumente leuchteten ihm ein. Der römische Adel zeichnete sich in seinen Augen nicht durch Weisheit aus, römische Adlige dachten nicht weit voraus und planten nur kurzfristig. Selbst der Senatsvorsitzende Scaurus war trotz seiner Erfahrung und des ungeheuren Ansehens, das er genoß, nicht weise gewesen, auch Metellus' eigener Vater nicht. Mutig war er gewesen, entschlossen und prinzipientreu, aber nicht weise. Metellus war sehr erleichtert zu wissen, daß er mit einem weisen Mann wie Sulla nach Rom ritt. Denn obwohl er sich persönlich für Sulla entschieden hatte, hatte er nach wie vor Verbindungen zu beiden Lagern, und wenn ihm etwas Sorgen machte, dann das Wissen, daß die kommenden Auseinandersetzungen unausweichlich viele seiner Verwandten ruinieren würden. Er war deshalb froh über das langsame Vorrücken auf Rom. Vielleicht erkannten einige seiner Verwandten, die im Augenblick noch Carbo unterstützten, ihren Irrtum, bevor es zu spät war.

Sulla wußte, worüber Metellus nachdachte, und ließ ihm Zeit, seine Überlegungen in Ruhe zu Ende zu bringen. Gedankenverloren starrte er auf die traurig herunterhängenden Ohren seines Maultiers. Er war wieder in Italien, und bald würde sich die Campania vor ihm ausbreiten, jener so überaus fruchtbare Landstrich mit seinen sanften grünen Hügeln und seinem süßen Wasser. Er wollte nicht an Rom denken, sich nicht vom Gedanken an diese Stadt auffressen lassen. Rom würde ihm gehören, davon war er überzeugt. Doch obwohl er viele Verbrechen begangen und keines davon bereut hatte – Vergewaltigung war ihm stets zuwider gewesen. Viel besser war es, Rom gab sich ihm freiwillig hin.

»Wahrscheinlich wißt ihr, daß ich nach meiner Ankunft in Brundisium an alle Anführer der alten italischen Bundesgenossen geschrieben und ihnen versprochen habe, dafür zu sorgen, daß jeder Italiker gemäß den am Ende des Bundesgenossenkrieges vereinbarten Gesetzen und Verträgen als Bürger Roms eingetragen wird. Ich will sogar dafür sorgen, daß diese Neubürger auf alle fünfunddreißig Tribus verteilt werden. Glaube mir, Ferkel, bevor ich Rom angreife, werde ich alle anderen Möglichkeiten ausschöpfen.«

»Was haben die Italiker mit Rom zu tun?« fragte Metellus Pius. Er war immer dagegen gewesen, den Italikern das volle römische Bürgerrecht zu verleihen, und pries insgeheim Philippus dafür, daß dieser es als Zensor zusammen mit seinem Amtskollegen Perperna unterlassen hatte, die Italiker in die Bürgerlisten einzutragen.

»Pompeius und ich werden auf unserem Marsch durch Länder, die einst gegen Rom gekämpft haben, nur freundlich empfangen – und vielleicht mit der Hoffnung, daß ich ihr Bürgerrecht in Rom durchsetze. Die Unterstützung der Italiker hilft mir dabei, Rom dazu zu bringen, daß es sich friedlich fügt.«

»Das bezweifle ich«, sagte Metellus Pius steif. »Doch du mußt wissen, was du tust. Aber zurück zu Philippus, der ein Problem ist.«

»Was hat Philippus mit mir zu tun?« mischte Crassus sich ein, um endlich auch wieder etwas zu sagen.

»Ich muß ihn loswerden, aber so unauffällig wie möglich, denn er ist ja geradezu zu einer römischen Institution geworden«, sagte Sulla.

Metellus lächelte. »Er ist das Sinnbild des aalglatten Politikers.«

»Sehr treffend«, stimmte Sulla ihm zu und nickte, ohne zu lächeln. »Also, mein lieber Marcus Crassus, ich stelle dir jetzt eine Frage, auf die ich eine ehrliche Antwort erwarte. Bist du dazu trotz deines schlechten Rufes in der Lage?«

Crassus verzog keine Miene. »Ich werde mich bemühen, Lucius Cornelius.«

»Liegen dir deine spanischen Truppen sehr am Herzen, Crassus?«

»Angesichts der Tatsache, daß du mich ständig dazu zwingst, Proviant für sie zu besorgen, lautet meine Antwort nein.«

»Gut! Könntest du dich von ihnen trennen?«

»Wenn du glaubst, daß wir auf sie verzichten können, ja.«

»Wunderbar! Dann schlage ich gleich mehrere Fliegen mit einer Klappe. Ich gebe deine Spanier Philippus – er wird Sardinien für mich erobern und mir die dortige Ernte schicken.« Sulla griff nach der Feldflasche, die am Horn seines Sattels hing und mit saurem

Wein gefüllt war, hob sie hoch und ließ den Wein geschickt in seinen zahnlosen Mund spritzen. Nicht ein Tropfen fiel auf sein Gesicht.

»Philippus wird sich weigern, nach Sardinien zu gehen«, sagte Metellus Pius kurz.

»Nein, er wird begeistert sein«, entgegnete Sulla und verschloß die Flasche wieder. »Dort kann er unbeschränkt herrschen, und die sardinischen Banditen werden ihn wie einen Bruder begrüßen.«

Doch Crassus hatte Bedenken. Er räusperte sich umständlich, sagte jedoch nichts.

»Überlegst du, was du ohne Truppen anfangen sollst?« fragte Sulla.

»Ja, so ungefähr«, antwortete Crassus vorsichtig.

»Du könntest mir einen großen Dienst erweisen.«

»Welchen?«

»Deine Mutter und deine Frau stammen beide aus berühmten Sabiner Familien. Warum gehst du nicht nach Reate und rekrutierst dort für mich Soldaten? Du könntest in Reate anfangen und bei den Marsern aufhören.« Sulla streckte die Hand aus und ergriff Crassus' Arm. »Glaube mir, Marcus Crassus, im nächsten Frühjahr gibt es viel für dich zu tun, und du bekommst gute Truppen – Italiker oder sogar Römer.«

»Das klingt gut«, sagte Crassus. »Einverstanden.«

»Wenn doch alles so einfach wäre!« rief Sulla und griff wieder nach seiner Flasche.

Crassus und Metellus Pius sahen sich über Sullas gebeugten Kopf hinweg an. Sulla behauptete zwar, er trinke, um seine Qualen zu lindern, doch es war wohl eher so, daß er sich beständig die Kehle anfeuchten mußte. Was ursprünglich nur ein Mittel gewesen war, ihm körperliche Erleichterung zu verschaffen, bedeutete ihm inzwischen offensichtlich viel mehr. Ob er das auch selbst wußte?

Hätten sie den Mut gehabt, Sulla danach zu fragen, hätte er die Frage ohne Umschweife bejaht. Es war ihm egal, daß jedermann wußte, daß er trank und daß sein Wein keineswegs so schwach war, wie er aussah. Da ihm Brot, Honig, Früchte und Kuchen verboten waren, gab es wenig Speisen, die er wirklich mochte. Er zweifelte allerdings keinen Augenblick daran, daß die Ärzte von Aedepsus recht daran getan hatten, ihm all diese schmackhaften Dinge zu verbieten. Als er zu ihnen gekommen war, hatte er geglaubt, sterben zu müssen. Zuerst hatte er ein unersättliches Verlangen nach süßer, stärkehaltiger Nahrung verspürt und so sehr zugenommen, daß sogar sein Maulesel störrisch wurde. Dann hatten seine Füße sich taub angefühlt. Sie begannen zu kribbeln, später auch zu brennen und zu schmerzen, so daß er nicht einschlafen konnte, wenn er sich hinlegte. Die Schmerzen krochen die Knöchel und Waden hoch, deshalb fügte er seiner gewöhnlichen Kost einen schweren und sehr süßen Wein hinzu, der ihn schlafen ließ. Eines Tages jedoch fing er plötzlich an, stark zu schwitzen. Er schnappte nach Luft und verlor während der darauffolgenden Tage so viel Gewicht, daß er schon fürchtete, es werde überhaupt nichts mehr von ihm übrigbleiben. Er trank flaschenweise Wasser, doch er blieb immer durstig. Und was ihn am meisten entsetzte: Seine Augen begannen zu versagen!

Die meisten Symptome hatten aufgrund der Behandlung in Aedepsus nachgelassen oder waren verschwunden. An sein verwüstetes Gesicht wagte er freilich nicht zu denken, er, der in seiner Jugend so schön gewesen war, daß Frauen und Männer seinetwegen den Kopf verloren. Geblieben war sein Bedürfnis nach Wein. Auch die heilkundigen Priester von Aedepsus hatten ihm das nicht austreiben können, ihn aber wenigstens dazu überredet, den süßen, durch Alkoholzusatz noch verstärkten Wein durch einen derart sauren Wein zu ersetzen, daß er ihn nur mit einer Grimasse trinken konnte. Wurde er nicht vom Juckreiz geplagt, hatte er seinen Weinkonsum so weit unter Kontrolle, daß er noch klar denken konnte. Der Wein beflügelte seine Gedanken sogar – jedenfalls redete er sich das ein.

»Ofella und Catilina behalte ich bei mir«, sagte er zu Crassus und Metellus Pius, während er die Flasche wieder verschloß. »Aber Verres macht seinem Namen alle Ehre – er ist unersättlich wie ein Eber. Ich schicke ihn für einige Zeit nach Beneventum zurück. Dort soll er den Nachschub organisieren und uns den Rücken decken.«

Metellus kicherte. »Das gefällt ihm sicher, dem Freundchen.«

Crassus grinste. »Und Cethegus?«

»Cethegus behalte ich vorerst«, sagte Sulla. Er wollte nach dem Wein greifen, zog die Hand aber wieder zurück. »Er soll in der Campania nach dem Rechten sehen.«

Kurz bevor Sullas Heer bei Casilinum über den Volturnus setzte, schickte er sechs Gesandte zu Gaius Norbanus, dem fähigeren der beiden Carbo hörigen Konsuln. Norbanus hatte acht Legionen aufmarschieren lassen, um Capua zu verteidigen. Als Sullas Gesandte mit einer Parlamentärflagge erschienen, ließ er sie einsperren, ohne anzuhören, was sie zu sagen hatten. Dann marschierte er mit seinen Legionen in die Ebene vor Capua am Fuß des Berges Tifata. Sulla war wütend über die schimpfliche Behandlung seiner Gesandten und beschloß, Norbanus eine Lektion zu erteilen, die dieser so schnell nicht vergessen würde. Er ließ seine Truppen die Flanke des Berges hinunterstürmen und den ahnungslosen Norbanus angreifen. Norbanus war besiegt, noch ehe die Schlacht richtig begonnen hatte, und zog sich nach Capua zurück. Dort ordnete er seine in panischem Schrecken geflohenen Männer, schickte zwei Legionen nach Neapolis, um den Hafen für Carbo zu halten, und bereitete sich auf eine Belagerung vor.

In Capua war man den gegenwärtigen Machthabern in Rom freundlich gesonnen. Der Volkstribun Marcus Junius Brutus hatte ein Gesetz vorgelegt, nach dem Capua zu einer römischen Stadt wurde, und das hatte in Capua, das von Rom im Lauf der Jahrhunderte immer wieder wegen verschiedener Aufstände bestraft worden war, große Begeisterung hervorgerufen. Norbanus konnte daher sicher sein, daß er und seine Armee in Capua freundliche Aufnahme finden würden. Außerdem war die Stadt daran gewöhnt, römische Legionen zu beherbergen.

»Wozu brauchen wir Neapolis, wenn wir Puteoli haben«, sagte Sulla zu Pompeius und Metellus Pius, als sie nach Teanum Sidicinum ritten, »und wozu brauchen wir Capua, wenn wir Beneventum haben. Ich muß eine Vorahnung gehabt haben, als ich Gaius Verres dorthin schickte.« Er hielt einen Augenblick inne, dachte nach und nickte, als wolle er seine Gedanken bestätigen. »Cethegus bekommt eine neue Aufgabe. Er soll als Legat den Nachschub befehligen. Das wird seine diplomatischen Fähigkeiten herausfordern!«

»Dieser Feldzug zieht sich ewig hin«, sagte Pompeius verärgert. »Warum marschieren wir nicht nach Rom?«

Sulla sah ihn so freundlich an, wie seine Krankheit es erlaubte. »Habe Geduld, Pompeius! Vom Krieg verstehst du viel, von Politik viel zu wenig. Auch wenn du dieses Jahr sonst nichts lernst, erfährst du wenigstens etwas über politisches Taktieren. Bevor wir nach Rom marschieren, müssen wir der Stadt zeigen, daß sie unter ihren gegenwärtigen Machthabern gar nicht gewinnen kann. Und wenn sie dann Vernunft annimmt, öffnet sie uns freiwillig die Tore.«

»Und wenn nicht?« fragte Pompeius. Er wußte nicht, daß Sulla dieses Thema bereits mit Metellus Pius und Crassus erörtert hatte.

»Kommt Zeit, kommt Rat«, sagte Sulla nur.

Sie waren an Capua vorbeimarschiert, als würde Norbanus nicht existieren, und näherten sich der zweiten Armee der Konsuln, die unter dem Befehl von Scipio Asiagenus und dessen ranghöchstem Legaten Quintus Sertorius stand. Die blühenden kleinen Städte der Campania empfingen Sulla mit offenen Armen, denn sie kannten ihn gut; Sulla hatte fast während des gesamten Bundesgenossenkrieges hier als Feldherr gekämpft.

Scipio Asiagenus lagerte zwischen Teanum Sidicinum und Cales an einem kleinen Nebenfluß des Volturnus, der von sprudelnden Mineralquellen gespeist wurde und dessen warmes Wasser selbst im Sommer köstlich schmeckte.

»Dieser Platz ist für das Winterlager hervorragend geeignet«, meinte Sulla und ließ seine Armee am gegenüberliegenden Ufer des Flüßchens anhalten. Die Reiter wurden unter Cethegus' Befehl nach Beneventum zurückgeschickt, Sulla selbst gab einer neuen Gruppe Gesandter genaue Anweisungen, wie sie mit Scipio Asiagenus eine Waffenruhe vereinbaren sollten.

»Scipio ist kein ehemaliger Klient des Gaius Marius, er wird also viel zugänglicher sein als Norbanus«, sagte er zu Metellus Pius und Pompeius. Da der Juckreiz in seinem Gesicht noch nicht wiedergekehrt war, hatte er wenig Wein getrunken und war deshalb gutgelaunt und zu klaren Gedanken fähig.

Metellus machte ein bedenkliches Gesicht. »Ich würde dir gern zustimmen, wenn es sich nur um Scipio handelte. Doch an seiner Seite ist Quintus Sertorius, und du weißt, was das heißt, Lucius Cornelius.«

»Das heißt, daß es Ärger geben wird«, sagte Sulla unbekümmert.

»Du solltest überlegen, wie du Sertorius unschädlich machen kannst.«

»Nicht notwendig, Ferkel. Das tut Scipio für mich.« Sulla zeigte mit einem Stock auf eine Stelle, wo der Abstand zwischen seinem Lager und dem Scipios am anderen Ufer infolge einer scharfen Biegung des Flüßchens sehr gering war. »Können deine Veteranen graben, Gnaeus Pompeius?«

Pompeius sah ihn verblüfft an. »Natürlich!«

»Gut.« Gleichgültig fuhr Sulla fort: »Während die anderen Soldaten unser Lager für den Winter befestigen, könnten deine Männer zwischen der Mauer der Lagers und dem Fluß eine Grube ausheben und ein großes Bad anlegen.«

»Eine phantastische Idee.« Pompeius lächelte. »Ich werde meine Männer gleich damit beauftragen.« Er machte eine Pause, nahm Sulla den Stock aus der Hand und zeigte auf das gegenüberliegende Ufer. »Ich werde mit deiner Zustimmung das Ufer abgraben und einfach den Fluß verbreitern, statt ein separates Bad anzulegen. Und unsere Männer werden es uns danken, wenn ich das Bad wenigstens teilweise überdache – dann ist es im Winter nicht so kalt.«

»Gute Idee!« sagte Sulla freundlich. »Das solltest du tun.« Aufmerksam sah er dem geschäftig davoneilenden Pompeius nach.

Metellus Pius runzelte die Stirn. »Worum geht es?« fragte er, unwillig darüber, daß Sulla mit dem jungen Schnösel so vertraulich redete.

»Er hat mich verstanden«, antwortete Sulla geheimnisvoll.

»Aber ich nicht«, sagte Metellus mürrisch. »Ich bitte um Aufklärung.«

»Es geht um Verbrüderung, liebes Ferkel! Glaubst du, Scipios Männer werden der Versuchung widerstehen, die Pompeius' Bad im Winter und auch schon im Sommer auf sie ausüben wird? Schließlich sind unsere Männer auch römische Soldaten. Und es gibt nichts, was Freundschaft mehr fördern könnte, als sich gemeinsam im Bad zu vergnügen. Sobald das Bad fertig ist, werden nicht nur unsere, sondern auch Scipios Soldaten darin baden. Sie werden sich miteinander unterhalten, über dieselben Witze lachen, über dieselben Dinge klagen – schließlich führen sie dasselbe Leben. Ich wette, wir brauchen gar nicht zu kämpfen.«

»Und das hat Pompeius aus den wenigen Worten herausgehört, die du gesagt hast?«

»Jawohl.«

»Dann überrascht es mich, daß er dir helfen will. Er will doch kämpfen.«

»Stimmt. Aber er kennt meinen Plan, Pius, und er weiß, daß ich vor nächstem Frühjahr nicht kämpfen werde. Und er will mich nicht verärgern. Er braucht mich so sehr, wie ich ihn brauche.« Sulla lachte leise, ohne das Gesicht zu verziehen.

»Ich habe den Eindruck, er könnte noch vor dem Frühjahr zu dem Schluß kommen, daß er dich nicht mehr braucht.«

»Da irrst du dich.«

Drei Tage später vereinbarten Sulla und Scipio Asiagenus auf der Straße zwischen Teanum und Cales einen Waffenstillstand. Zur gleichen Zeit wurde Pompeius mit dem Bad fertig. Dann stellte er in der für ihn typischen methodischen Art Regeln für die Benutzung auf, die gewährleisteten, daß genügend Platz für Besucher vom Lager auf dem anderen Ufer blieb, und gab es dann zur Erfrischung der Soldaten frei. Innerhalb von zwei Tagen herrschte zwischen den Lagern ein reges Kommen und Gehen.

»Eine schöne Bescherung, dieses Bad«, sagte Quintus Sertorius zu seinem Feldherrn. »Jetzt brauchen wir gar nicht mehr so zu tun, als seien wir Feinde.«

Scipio Asiagenus war überrascht. »Was hat das Bad damit zu tun?«

Sertorius richtete das Auge, das ihm geblieben war, zum Himmel. Er war großgewachsen, stiernackig und stark wie ein Ochse. Sein schwerfälliges Aussehen stand jedoch in krassem Gegensatz zu seiner geistigen Beweglichkeit. Sertorius war ein Vetter des Gaius Marius und hatte weit mehr von dessen geistigen und militärischen Fähigkeiten geerbt als etwa Marius' Sohn. In einem Gefecht kurz vor der Belagerung Roms hatte er sein linkes Auge verloren, doch da er Rechtshänder war, hatte der Verlust seine Schnelligkeit im Kampf nicht beeinträchtigt. Die Narbe hatte seine angenehmen Züge allerdings verunstaltet. Während seine rechte

Gesichtshälfte unversehrt war, war die linke wie zu einem höhnischen Grinsen verzerrt.

Scipio schätzte Sertorius nicht besonders und gab sich deshalb jetzt auch keine Mühe, ihn zu verstehen.

»Überlege doch, Asiagenus!« beharrte Sertorius. »Wie gut werden unsere Leute kämpfen, wenn du ihnen erlaubst, mit dem Feind Freundschaft zu schließen?«

»Sie werden kämpfen, weil ich es ihnen befehle.«

»Da bin ich anderer Meinung. Für wen, glaubst du, hat Sulla das Bad gebaut? Doch nicht für seine Männer! Er will unsere Soldaten bestechen! Es ist eine Falle, und du bist im Begriff, darauf hereinzufallen!«

»Wir haben Waffenruhe vereinbart, und unsere Gegner sind Römer wie wir«, sagte Scipio Asiagenus starrköpfig.

»Aber dein Gegner ist ein Feldherr, den du fürchten solltest wie die Drachenbrut. Wenn du ihm nur einen Zoll weichst, ist er morgen in Rom.«

»Du übertreibst«, sagte Scipio eisig.

Sertorius verlor die Beherrschung. »Und du bist ein Narr!« stieß er hervor.

Scipio gähnte, kratzte sich am Kinn und betrachtete seine sorgfältig manikürten Fingernägel. Dann sah er Sertorius an, der wütend vor ihm stand, und lächelte kalt. »Geh jetzt bitte!«

»Das werde ich!« sagte Sertorius barsch. »Und zwar sofort! Vielleicht bringt dich Gaius Norbanus zur Vernunft!«

»Richte ihm meine besten Grüße aus!« rief Scipio ihm hinterher und wandte sich wieder seinen Fingernägeln zu.

Quintus Sertorius ritt im Galopp nach Capua. Norbanus war eher nach seinem Geschmack als Scipio Asiagenus. Norbanus war Marius treu ergeben gewesen, aber kein fanatischer Anhänger Carbos. Nach Cinnas Tod war er nur deshalb auf Carbos Seite geblieben, weil er Sulla noch mehr verabscheute als diesen.

»Du meinst, dieser Idiot hat tatsächlich einen Waffenstillstand mit Sulla geschlossen?« Norbanus' Stimme überschlug sich, als er den verhaßten Namen aussprach.

»Gewiß. Und er erlaubt seinen Männern, sich mit dem Feind zu verbrüdern.« Sertorius' Miene war unbewegt.

»Warum bin ich nur mit einem so dummen Kollegen geschlagen?« jammerte Norbanus. Dann zuckte er mit den Schultern. »Na, du siehst, wer Rom regiert, Quintus Sertorius. Ich werde ihm einen bösen Brief schreiben, aber den wird er natürlich ignorieren. Ich schlage vor, du kehrst einfach nicht zu ihm zurück. Es wäre zu schade, wenn Sulla dich gefangennehmen würde. Er würde dich umbringen lassen. Du solltest etwas tun, was Sulla ärgert.«

»Sehr vernünftig. Ich hetze die Städte der Campania gegen Sulla auf. Die haben sich zwar schon für ihn ausgesprochen, doch ich kenne viele, die darüber sehr unglücklich sind.« Sertorius sah angewidert aus. »Es sind die Frauen, Gaius Norbanus, die Frauen! Sie werden schon schwach, wenn sie Sullas Namen hören. Die Frauen haben entschieden, auf welche Seite sich die Städte stellen, nicht die Männer.«

»Sie sollten ihn jetzt sehen«, sagte Norbanus und zog eine Grimasse. »Er sieht angeblich gar nicht mehr wie ein Mensch aus.«

»Schlimmer als ich?«

»Viel schlimmer sogar, heißt es.«

Sertorius runzelte die Stirn. »Ich habe davon gehört, doch Scipio nahm mich nicht mit, als er den Waffenstillstand mit ihm vereinbarte, deshalb habe ich ihn nicht gesehen. Und Scipio machte über sein Aussehen keine Bemerkung.« Er lachte grimmig. »Wie ihm das wehtun muß, dem Schönling! Wie eitel er war! Eitel wie eine Frau!«

Norbanus grinste. »Du scheinst das schwache Geschlecht nicht zu mögen.«

»Für das Bett sind die Frauen gut genug, doch heiraten möchte ich keine. Die einzige Frau, für die ich Zeit opfere, ist meine Mutter. Sie ist, wie eine Frau sein soll. Sie steckt ihre Nase nicht in Dinge, die sie nichts angehen, will nicht im ganzen Haus bestimmen und benutzt ihre Möse nicht als Waffe.« Sertorius ergriff seinen Helm und stülpte ihn sich auf den Kopf. »Ich gehe jetzt, Gaius. Ich wünsche dir viel Glück dabei, Scipio davon zu überzeugen, daß er einen Fehler macht!«

Nach einiger Überlegung entschied sich Sertorius, von Capua zur Küste zu reiten. Dort wollte er in dem kleinen Hafen Sinuessa Aurunca eine Erklärung gegen Sulla abgeben. In der Campania waren alle Straßen offen. Abgesehen von der Belagerung Neapolis' hatte Sulla keine Blockaden versucht. Zwar würde er sicher bald Truppen nach Capua schicken, um Norbanus einzuschließen, doch noch war davon nichts zu sehen. Trotzdem hielt Sertorius es für angebracht, die Hauptstraßen zu meiden. Er fand Gefallen an seinem Flüchtlingsdasein, denn es gab seinem Leben eine neue Dimension und erinnerte ihn ein wenig an die Zeit, in der er als keltiberischer Krieger verkleidet bei den Germanen spioniert hatte. War das ein Leben gewesen! Da gab es keine schwächlichen römischen Aristokraten, denen man schmeicheln und schöntun mußte! Handeln war angesagt, und die Frauen kannten ihre Grenzen. Er hatte sogar eine Germanin zur Frau gehabt und mit ihr einen Sohn gezeugt. Nie hatte er das Gefühl gehabt, daß sie oder der Junge ihm zur Last fielen. Sie lebten in Hispania Citerior, in der Bergfeste Osca, und der Junge mußte jetzt schon fast ein Mann sein. Wie die Zeit verging! Aber Quintus Sertorius vermißte seine Frau nicht, und es verlangte ihn auch nicht danach, sein einziges Kind zu sehen. Was er vermißte, war jenes Leben in ungebundener Freiheit, in dem ein Mann sich als Krieger bewährte. Ja, damals ...

Wie gewöhnlich reiste er ohne Begleitung. Nicht einmal einen Sklaven hatte er bei sich, denn er glaubte wie sein Vetter Gaius Marius, daß ein Soldat allein zurechtkommen mußte. Seine Ausrüstung war noch in Scipio Asiagenus' Lager, aber er würde nicht zurückreiten und sie holen. Oder doch? Einige Gegenstände würde er vermissen: sein Schwert, ein Kettenhemd von unvergleichlicher Leichtigkeit und Beschaffenheit, wie es in ganz Italien nicht zu finden war – er hatte es aus Gallia Transalpina mitgebracht –, und seine Winterstiefel aus Liguria. Er beschloß, doch zurückzureiten. Scipio würde sich noch einige Tage halten.

Also wandte er sein Pferd und ritt zurück in Richtung Nordosten mit der Absicht, Sullas Lager in weitem Bogen am gegenüberliegenden Ufer zu umgehen. Da bemerkte er, daß in einiger Entfernung eine kleine Gesellschaft auf ihn zukam, vier Männer und drei Frauen. Frauen! Fast hätte er die Richtung nochmals geändert, doch dann beschloß er, schnell an ihnen vorbeizureiten.

Als sie näher kamen, runzelte er die Stirn. Der Mann an der Spitze kam ihm irgendwie bekannt vor: groß wie ein Riese, strohblond und kraftstrotzend wie viele Germanen, die er kannte –

Burgundus! Ja, bei den Göttern, es war Burgundus! Und hinter ihm ritt Lucius Decumius mit seinen beiden Söhnen!

Auch Burgundus hatte ihn erkannt. Die beiden Männer trieben ihre Pferde an und ritten aufeinander zu, während der schmächtige Lucius Decumius wie wild auf sein Reittier einhieb, um mit ihnen Schritt zu halten.

Die Männer schüttelten sich die Hände und umarmten sich. »Was um alles in der Welt tust du hier, Burgundus?« fragte Sertorius.

»Wir haben uns verirrt«, sagte Lucius Decumius und starrte Burgundus böse an. »Dieser germanische Müllhaufen schwor, den Weg zu kennen. Und kennt er ihn? Nein!«

Burgundus war solche nicht weiter böse gemeinten Beschimpfungen seit Jahren gewohnt, und sie machten ihm nichts aus. Jetzt sah er den Römer nur geduldig an.

»Wir wollen zu Quintus Pedius«, sagte er in seinem langsamen Latein und lächelte Sertorius mit einer Zuneigung an, die er nur für wenige Menschen empfand. »Aurelia holt ihre Tochter nach Rom.«

Und da war Aurelia. Aufrecht saß sie auf einem stämmigen Maultier, tadellos frisiert und mit makellos sauberem braunen Reisekleid. Bei ihr waren ihre gallische Magd Cardixa und noch eine Dienerin, die Sertorius nicht kannte.

»Quintus Sertorius«, begrüßte sie ihn, sofort die Herrin der Situation.

War das eine Frau! Als Sertorius zu Norbanus gesagt hatte, er schätze eigentlich nur eine Frau wirklich, seine Mutter, hatte er nicht an Aurelia gedacht. Sie war in seinen Augen die einzige Frau der Welt, der es gelang, Schönheit und Vernunft zu verbinden. Außerdem war sie ehrenwert wie ein Mann, erzählte keine Lügen, stöhnte und klagte nicht, arbeitete hart und kümmerte sich um ihre eigenen Angelegenheiten. Sertorius und Aurelia waren fast genau gleich alt – vierzig – und kannten einander, seit Aurelia vor über zwanzig Jahren Gaius Julius Caesar geheiratet hatte.

Die beiden entfernten sich ein paar Schritte vom Rest der Gesellschaft. »Hast du meine Mutter in letzter Zeit gesehen?« fragte Sertorius.

»Nicht seit den *ludi Romani* des letzten Jahres, wo auch du sie gesehen hast. Doch sie wird auch in diesem Jahr während der Spiele bei uns wohnen. Das ist schon eine feste Gewohnheit geworden.«

»Sie wohnt nie bei mir.«

»Sie ist einsam, Quintus Sertorius, und dein Haus ist leer. Bei uns herrscht geschäftiges Treiben, und das mag sie – zumindest einmal im Jahr, wenn die Spiele stattfinden.«

»Habt ihr euch wirklich verirrt, wie Decumius sagt?«

Aurelia nickte seufzend. »Ich fürchte ja. Wenn mein Sohn davon erfährt, wird er mir ewig Vorhaltungen machen. Aber als Jupiterpriester darf er Rom nicht verlassen, deshalb habe ich mich Burgundus anvertraut.« Sie sah zerknirscht aus. »Cardixa sagt, er finde nicht einmal vom Forum in die Subura, und ich habe geglaubt, sie übertreibe. Jetzt weiß ich, daß sie kein bißchen übertrieben hat.«

»Und Lucius Decumius und seine Söhne wissen den Weg auch nicht?«

»Außerhalb der Stadtmauern sind sie verloren. Aber ich könnte mir keine aufmerksameren Beschützer wünschen. Und jetzt haben wir ja dich getroffen. Du kannst uns sicher sagen, wie wir auf dem schnellsten Weg zu Quintus Pedius gelangen.«

»So schnell geht es nicht, aber den Weg kann ich euch zeigen.« Der Einäugige betrachtete sie nachdenklich. »Du holst deine Tochter nach Hause, Aurelia?«

Sie errötete. »Es ist nicht ganz so. Quintus Pedius hat mich in einem Brief gebeten zu kommen. Anscheinend lagern sowohl Scipio als auch Sulla in unmittelbarer Nähe seiner Ländereien, und er meint, Lia sei woanders sicherer. Aber sie weigert sich zu gehen!«

»Sie ist so eigensinnig wie ihr Vater«, sagte Sertorius lächelnd.

»Recht hast du! Eigentlich hätte ich ihren Bruder schicken sollen. Wenn er etwas befiehlt, gehorchen seine beiden Schwestern sofort. Doch Quintus Pedius scheint der Ansicht zu sein, ich könnte das auch.«

»Bestimmt. Denn daß dein Sohn sich durchsetzen kann, hat er von dir, Aurelia.« Sertorius wechselte das Thema. »Bitte verstehe, daß ich in Eile bin. Ich kann dich zwar ein Stück begleiten, aber leider nicht bis zu Quintus Pedius. Dazu mußt du dich an Sulla wenden. Er lagert zwischen dem Gebiet, wo wir uns gerade befinden, und Quintus Pedius' Ländereien.«

»Und du bist auf dem Weg zu Scipio«, sagte sie und nickte.

»Eigentlich wollte ich nicht zu ihm. Aber dann fiel mir ein, daß meine Ausrüstung, von der ich mich nicht trennen möchte, noch in Scipios Lager ist.«

Aurelia musterte ihn mit ihren veilchenblauen Augen. »Aha! Scipio hat in deinen Augen nicht bestanden.«

»Dachtest du, daß er es könnte?«

»Nein, nie.«

Eine kleine Pause entstand. Sie ritten jetzt den Weg zurück, den sie gekommen waren; Aurelias Begleiter hatten sich ihnen wortlos angeschlossen.

»Was wirst du tun, Quintus Sertorius?«

»Sulla so viele Schwierigkeiten bereiten, wie ich nur kann. Ich will nach Sinuessa. Aber zuerst hole ich meine Ausrüstung aus Scipios Lager.« Er räusperte sich. »Ich kann dich bis zu Sulla begleiten. Er wird nicht versuchen, mich festzuhalten, wenn ich mit dir komme.«

»Nein, begleite uns nur bis zu einer Stelle, von der wir sein Lager finden, ohne uns zu verlaufen.« Aurelia seufzte in froher Erwartung. »Wie schön es ist, Lucius Cornelius wiederzusehen! Zuletzt war er vor vier Jahren in Rom. Er hat mich immer gleich nach seiner Ankunft und kurz vor seiner Abreise besucht. Es war eine Art Tradition, die ich jetzt nur wegen meiner eigensinnigen Tochter brechen muß! Aber was macht das schon! Wichtig ist allein, daß ich Lucius Cornelius wiedersehe. Ich habe seine Besuche schrecklich vermißt.«

Sertorius öffnete schon den Mund, um sie zu warnen, doch dann sagte er nichts. Er kannte Sullas Zustand nur vom Hörensagen und wußte, was Aurelia von Mitteilungen aus zweiter Hand hielt.

Als die Wälle aus Erde und Holz, die Sullas Lager umgaben, in der Ferne auftauchten, verabschiedete sich Quintus Sertorius von der Frau seines Vetters. Dann trieb er sein Pferd an und verschwand.

Eine neu angelegte Straße, in welche die vielen mit Proviant beladenen Pferdekarren bereits tiefe Spuren gegraben hatten, führte über die Felder zu den Wällen. Jetzt konnten sie sich nicht mehr verirren.

»Wir müssen daran vorbeigeritten sein«, grollte Lucius Decumius. »Dein dicker Arsch hat das Lager verdeckt, Burgundus!«

»Jetzt aber Schluß mit dem Gezänk«, sagte Aurelia ruhig.

Eine Stunde später hielt die kleine Schar vor dem Tor, und Lucius Decumius bat um Einlaß. Dann tat sich vor ihnen eine Welt auf, die für Aurelia, die noch nie in ihrem ganzen Leben ein Heerlager besucht hatte, völlig fremd war. Sie erntete viele anerkennende Blicke, als sie und ihre Begleiter die breite Hauptstraße entlangritten, die schnurgerade auf ein weiteres Tor zuführte, das in der Ferne nur als kleine Öffnung zu erkennen war. Erstaunt stellte Aurelia fest, daß die beiden Tore ungefähr drei Meilen voneinander entfernt waren.

Auf halber Strecke erhob sich ein Hügel in dem ansonsten flachen Lager: Er war offensichtlich künstlich angelegt worden, und auf ihm stand ein großes steinernes Haus. Eine rote Fahne flatterte im Wind, um die Anwesenheit des Feldherrn anzuzeigen, und der wachhabende Offizier, der vor dem Haus unter einem Sonnensegel an einem Tisch saß, stand verlegen auf, als er sah, daß es sich bei dem Besucher um eine Frau handelte.

Lucius Decumius, seine Söhne, Burgundus, Cardixa und die andere Dienerin blieben bei den Pferden, während Aurelia ruhig auf den Offizier zuging. Da sie sich in einen schweren braunen Wollmantel gehüllt hatte, sah der junge Offizier Marcus Valerius Messala Rufus nur ihr Gesicht, doch genügte das schon, sein Herz klopfen zu lassen. Obwohl Aurelia seine Mutter hätte sein können, war sie die schönste Frau, die er je gesehen hatte. Auch die schöne Helena war schließlich nicht mehr ganz jung gewesen. Nein, Aurelia hatte mit den Jahren bestimmt nichts an Ausstrahlung eingebüßt! Auf der Straße drehten sich immer noch alle nach ihr um.

»Ich möchte zu Lucius Cornelius Sulla«, sagte sie.

Messala Rufus fragte weder nach ihrem Namen, noch dachte er daran, Sulla von ihrer Ankunft zu unterrichten. Er verbeugte sich nur und zeigte mit der Hand auf die offene Tür. Aurelia bedankte sich lächelnd und trat ein.

Obgleich die Fensterläden weit geöffnet waren, um Luft hereinzulassen, war es drinnen dunkel – vor allem im hinteren Teil des Zimmers, wo ein Mann mit dem Rücken zum Eingang über einen Schreibtisch gebeugt saß und im Schein einer großen Lampe eifrig schrieb.

»Lucius Cornelius?« fragte sie mit ihrer unverwechselbaren Stimme.

Beim Klang ihrer Stimme ging eine Veränderung mit dem Mann vor. Er zog die Schultern hoch, als gelte es, einen schrecklichen Schlag abzuwehren. Papier und Feder rutschten über den Tisch, so heftig stieß er beides von sich. Dann saß er regungslos da. Sie trat ein paar Schritte vor. »Lucius Cornelius?« wiederholte sie.

Noch immer erhielt sie keine Antwort. Ihre Augen begannen, sich an das Dunkel zu gewöhnen. Sie sah einen Kopf, der mit lächerlichen rötlichbraunen Locken bedeckt war. Das war nicht Lucius Cornelius Sulla!

Dann drehte er sich mit einem Ruck um, und sie erkannte ihn an seinen Augen. Es waren unverkennbar seine Augen!

Ihr Götter, wie konnte ich ihm das nur antun? Aber ich wußte ja nicht, wie er aussieht. Wenn ich es gewußt hätte, wäre ich nicht gekommen! Verrät mein Gesicht, was ich denke? Weiß er es?

»Ich freue mich, dich zu sehen, Lucius Cornelius«, sagte sie ruhig. Sie ging vollends auf ihn zu und küßte ihn auf die beiden vernarbten Wangen. Dann setzte sie sich auf einen Klappstuhl, der in der Nähe stand, legte die Hände in den Schoß, lächelte unbefangen und wartete.

»Ich hatte nicht vor, dich je wiederzusehen, Aurelia.« Er starrte sie unverwandt an. »Konntest du nicht warten, bis ich nach Rom komme? So haben wir es doch sonst immer gemacht.«

»Aber diesmal ist es nicht wie sonst – du kommst mit einer Armee. Oder vielleicht habe ich geahnt, daß du mich zum erstenmal nicht besuchen würdest. Doch nein, lieber Lucius Cornelius, du wirst nie erraten, warum ich hier bin: Ich habe mich verirrt!«

»Verirrt?«

»Ja. Ich bin auf der Suche nach Quintus Pedius. Meine Tochter will nicht nach Rom kommen, aber Quintus Pedius – ihr zweiter Mann, was du wohl nicht weißt – will nicht, daß sie sich in der Nähe zweier befestigter Lager aufhält.« Sie hatte das unbekümmert und überzeugend gesagt, dachte sie. Das müßte ihn eigentlich beruhigen.

»Habe ich dich erschreckt?« fragte er.

Sie versuchte nicht zu heucheln. »In gewisser Weise schon. Vor allem deine Haare – ich nehme an, sie sind dir ausgefallen.«

»Meine Zähne auch.« Er entblößte das Zahnfleisch wie ein Affe.

»Dem Alter entgeht keiner.«

»Du würdest bestimmt nicht wollen, daß ich dich noch einmal so küsse wie vor einigen Jahren.«

Aurelia neigte den Kopf und lächelte. »Ich wollte schon damals nicht, daß du mich küßt, auch wenn es mir gefallen hat. Es war zuviel für meinen Seelenfrieden. Wie du mich gehaßt hast!«

»Was hast du erwartet? Du hast mich zurückgestoßen! Ich hasse es, verschmäht zu werden.«

»Ich erinnere mich noch gut daran.«

»Ich erinnere mich noch an die Trauben.«

»Ich auch.«

Er atmete tief ein und schloß die Augen. »Wenn ich nur weinen könnte.«

»Ich bin froh, daß du es nicht kannst, lieber Freund«, sagte sie zärtlich.

»Damals hast du um mich geweint.«

»Ja, aber jetzt nicht mehr. Das wäre, als würde ich einer lange entschwundenen Erscheinung nachtrauern. Du bist hier, und darüber freue ich mich.«

Schließlich stand er auf, ein müder alter Mann. »Einen Becher Wein?«

»Ja, gern.«

Aurelia fiel auf, daß er aus zwei verschiedenen Flaschen eingoß. »Du würdest den Wein nicht mögen, den ich zur Zeit trinken muß. So trocken und so sauer wie ich selbst.«

»Ich bin auch trocken und sauer geworden, aber ich bestehe nicht darauf, deinen Wein zu probieren, wenn du mir nicht dazu rätst.« Sie ergriff den Becher, den er ihr reichte, und nahm dankbar einen Schluck. »Danke, das tut gut. Es war ein langer Tag für uns.«

»Was fällt deinem Mann ein, dich seine Arbeit tun zu lassen? Ist er wieder unterwegs?« fragte Sulla etwas entspannter.

Der strahlende Blick ihrer Augen verdunkelte sich. »Ich bin seit zwei Jahren Witwe, Lucius Cornelius.«

»Gaius Julius ist tot? Er war so gesund, wie ein Mensch nur sein kann! Ist er auf dem Schlachtfeld gestorben?«

»Nein, einfach so – ganz plötzlich.«

»Und hier bin ich, tausend Jahre älter als Gaius Julius, und lebe immer noch.« Seine Worte klangen bitter.

»Du bist ein großer Mann, er war nur Mittelmaß. Er war ein guter Ehemann, und ich war gern mit ihm verheiratet. Aber ich glaube, er war kein Mensch, der unbedingt weiterleben mußte.«

»Vielleicht starb er deshalb. Wenn ich Rom erobere, hätte er es schwer gehabt. Ich nehme an, er hätte sich für Carbo entschieden.«

»Wegen Gaius Marius folgte er Cinna. Aber Carbo? Das weiß ich nicht.« Sie wechselte das Thema, allmählich an seinen Anblick gewöhnt. Er, der einst schön gewesen war wie Apollo! »Wie geht es deiner Frau, Lucius Cornelius?«

»Gut, soviel ich weiß. Sie ist noch in Athen und hat mir letztes Jahr Zwillinge geschenkt, einen Jungen und ein Mädchen.« Er lachte in sich hinein. »Sie hat Angst, die Kinder könnten später ihrem Onkel Schweinebacke ähnlich sehen.«

»Ach, die Ärmsten! Aber es ist schön, Kinder zu haben. Hast du je daran gedacht, wie es deinen anderen Zwillingen ergehen mag, den Söhnen deiner germanischen Frau? Sie müßten inzwischen zu jungen Männern herangewachsen sein.«

»Junge Cherusker, die Römer bei lebendigem Leib in Käfigen rösten!«

Er klang jetzt ruhiger, weniger gequält. Natürlich hatte sie damit rechnen müssen, daß er sich verändert hatte – aber nie hätte sie erwartet, daß er seine einzigartige Ausstrahlung verlieren würde. Und doch war er Sulla geblieben. Seine Frau, dachte Aurelia, liebte ihn bestimmt noch genauso wie früher.

Sie unterhielten sich noch einige Zeit über dies und das und ließen die vergangenen Jahre noch einmal passieren. Aurelia merkte, daß er gerne von seinem Schützling Lucullus sprach, und er merkte, daß sie gern über ihren einzigen Sohn sprach, der jetzt Caesar genannt wurde.

»Soweit ich mich erinnere, war der junge Caesar eine Art Gelehrter. Dann müßte Jupiterpriester eigentlich das Richtige für ihn sein«, sagte Sulla.

Aurelia zögerte. Sie schien etwas sagen zu wollen, verwarf den Gedanken jedoch und sagte statt dessen etwas anderes. »Er gibt sich viel Mühe, ein guter Priester zu sein, Lucius Cornelius.«

Sulla runzelte die Stirn und sah durch das Fenster. »Die Sonne steht bereits im Westen, deshalb ist es hier so dunkel. Es wird Zeit, daß du dich auf den Weg machst. Ich gebe dir ein paar Offiziersanwärter als Führer mit; von hier ist es nicht mehr weit zu Quintus Pedius. Und deiner Tochter kannst du sagen, daß sie eine Närrin ist, wenn sie bleibt. Meine Männer sind zwar keine wilden Tiere, aber wenn deine Tochter eine richtige Julia ist, wird sie eine wahre Versuchung für sie sein, und ich kann meinen Soldaten nicht verbieten, Wein zu trinken, wenn sie in der Campania sind. Bringe deine Tochter sofort nach Rom. Für übermorgen stelle ich eine Eskorte bereit, die euch bis Ferentinum geleiten wird. So kommt ihr sicher an den beiden Heeren vorbei, die hier lagern.«

Aurelia erhob sich. »Ich habe zwar Burgundus, Lucius Decumius und dessen Söhne, doch ich weiß eine Eskorte zu schätzen, wenn du dafür einige Männer abstellen kannst. Wird es zwischen dir und Scipio zur Schlacht kommen?«

Wie traurig es war, daß sie Sullas strahlendes Lächeln nie mehr sehen würde! Das einzige, was er hervorbrachte, war ein Grunzen; sein durch Narben und Schorf entstelltes Gesicht blieb unbewegt. »Eine Schlacht mit diesem Idioten? Nein, wohl kaum.« Er begleitete sie bis zur Tür, dann berührte er kurz ihren Arm. »Geh jetzt, Aurelia. Und erwarte nicht, daß ich dich in Rom besuche.«

Sie kehrte zu ihren wartenden Begleitern zurück, während Sulla Messala Rufus Anweisungen erteilte. Wenig später ritten sie die Via Praetoria entlang zu einem der vier Tore, die aus Sullas riesigem Lager hinausführten.

Da Aurelia ein abweisendes Gesicht machte, schwiegen auch die anderen, und so hatte sie die Ruhe, die sie so dringend brauchte, um ihre Gedanken zu Ende zu bringen.

Sie hatte ihn stets gemocht, dachte sie, obwohl er zuletzt zum Feind ihrer Familie geworden war. Und obwohl er kein guter Mensch war. Ihr Mann war ein durch und durch guter Mensch gewesen; sie hatte ihn geliebt und war ihm in jeglicher Hinsicht treu gewesen. Dennoch – und das wurde ihr erst jetzt bewußt – gehörte ein kleiner Teil von ihr Lucius Cornelius Sulla. Das, was ihr Gatte nicht gewollt hatte, womit er nichts anzufangen gewußt hätte. Sie hatten sich nur ein einziges Mal geküßt, Lucius Cornelius und sie. Es war berauschend und zugleich gefährlich gewesen. Ein Morast der Gefühle und Leidenschaften. Sie hatte nicht nachgegeben. Aber die Götter wußten, wie sie ihn begehrt hatte! Damals hatte sie einen Sieg errungen – oder hatte sie einen Krieg verloren?

Immer, wenn er ihre kleine, behagliche Welt betreten hatte, war es wie ein Wirbelsturm gewesen. Wenn er Apollo war, dann auch Äolus. Er hatte ihren Geist in Schwingung versetzt, und in ihr war eine Melodie erklungen, die ihr Mann nie, nie vernommen hatte ... Aber was sie jetzt erlebt hatte, war schlimmer als Abschied und Tod! Sie stand vor dem Ende eines unerfüllten Traums, der ihnen beiden gehört hatte, und er wußte es, der arme Lucius Cornelius. Doch wie mutig er war! Ein Geringerer hätte sich in sein Schwert gestürzt. Welche Schmerzen er ertragen mußte! Aber warum hatte sie diese Gefühle? Sie war eine vielbeschäftigte, praktisch und nüchtern denkende Frau und führte ein geordnetes, erfülltes Leben. Doch jetzt verstand sie, welcher Teil ihrer Seele ihm seit je gehörte: der, welcher sich einem Vogel gleich in die Lüfte schwang und unablässig sang, während die Erde darunter zu einem unwichtigen Nichts schrumpfte. Und doch bereute sie nicht, auf dem Boden geblieben zu sein, sich nie emporgeschwungen zu haben. So war sie eben. Zusammen hätten sie keinen Augenblick Ruhe gehabt. Aber wie sie für ihn blutete, wie sie um ihn weinte!

Und weil Aurelia allen vorausritt, außer den Offizieren, die sie führten, sahen die andern ihre Tränen nicht, so wie sie auch den zerstörten Lucius Cornelius Sulla nicht gesehen hatten.

Der Brief, in dem Gaius Norbanus Scipio Asiagenus eindringlich warnte, konnte dessen selbstverschuldeten Sturz nicht aufhalten. Scipio Asiagenus war völlig überrascht, als er beim Befehl zum Angriff erfahren mußte, daß seine Soldaten nicht mehr für ihn kämpfen wollten. Statt dessen gingen seine acht Legionen geschlossen zu Sulla über.

Selbst als Sulla Scipio Asiagenus die Amtsinsignien des Konsuls wegnahm und ihn in Begleitung einiger Reiter fortjagte, war Scipio Asiagenus immer noch nicht imstande, die ausweglose Lage zu erkennen, in die Rom geraten war. In eitler Verblendung begab er sich nach Etruria und begann dort unter den zahlreichen Klienten des Gaius Marius eine neue Armee auszuheben.

»Er kapiert nicht einmal, daß er eine feierlich vereinbarte Waffenruhe gebrochen hat«, sagte Sulla verblüfft. »Ich weiß, mit den Scipionen geht es bergab, aber Scipio Asiagenus verdient nicht einmal diesen Namen. Wenn ich Rom erobere, lasse ich ihn hinrichten.«

»Das hättest du tun sollen, als du ihn in der Hand hattest«, bemerkte Metellus gereizt. »Er wird dir noch viel Ärger bereiten.«

»Nein, er ist wie ein Breiumschlag, den ich auf die Eiterbeule Etrurias lege: Ziehe das Gift heraus, solange du nur mit einem Gegner zu tun hast. Lasse aus einer Eiterbeule keinen Karbunkel werden!«

Das war unbestritten sehr weise, und Metellus Pius grinste. »Welch treffendes Bild!«

Der Sommer war noch lange nicht vorbei, aber dennoch hatte Sulla beschlossen, dieses Jahr nicht mehr weiterzuziehen. Nach Scipios Abgang wurden die beiden Lager näher zusammengelegt, und Sullas erfahrene Zenturionen nahmen sich die jungen und unerfahrenen Truppen vor, die bisher Carbo und Rom unterstanden hatten. Dabei war es eher die Angst vor Sullas Veteranen als die Freude über die Verbrüderung, die Scipios Legionären Beine machte. Bereits nach wenigen Tagen in Gesellschaft der Veteranen hatten sie einen Typus Soldat kennengelernt, der ihnen bisher unbekannt war – abgebrüht, kaltblütig, professionell. Ganz bestimmt kein Gegenüber, dem ein unerfahrener Rekrut auf dem Schlachtfeld begegnen wollte. Da war es ihnen bei weitem vorteilhafter erschienen zu desertieren.

Daß Sinuessa Aurunca unter dem Einfluß von Quintus Sertorius abfiel, war kaum mehr als ein Nadelstich. Sulla ließ die Stadt zwar belagern, aber nur, um Scipios Legionen Übung zu verschaffen und nicht, weil er die Stadt auszuhungern oder gegen ihre starken Festungswälle anzurennen gedachte. Er wollte sich in diesem Jahr auf keine Unternehmung mehr einlassen, die einen hohen Blutzoll forderte, und was konnte ihm Besseres passieren, als daß der so fähige Quintus Sertorius in Sinuessa festsaß? Dort eingeschlossen, nützte er Carbo nichts mehr, der ihn bestimmt sehr viel besser hätte einsetzen können.

Aus Sardinien kam die Nachricht, daß Philippus mit seinen spanischen Kohorten die Insel ohne Schwierigkeiten erobert und die gesamte Getreideernte nach Puteoli verschifft hatte. Die Schiffe begegneten unterwegs weder Kriegsgaleeren noch Piraten und trafen gerade zur rechten Zeit mit ihrer für Sulla bestimmten Fracht ein.

Der Winter begann in diesem Jahr früh und brachte eine ungewöhnliche Kälte. Um seine auf mehr als das Doppelte angeschwollene Armee zu verteilen, kommandierte Sulla jeweils einige Kohorten zur Belagerung von Capua, Sinuessa und Neapolis ab. Dadurch entlastete er die Gegend um Teanum von der Bürde, die gesamte Armee allein zu versorgen. Verres und Cethegus erwiesen sich als brauchbare Proviantmeister und entwickelten sogar eine Methode, mit der sie den im Adriatischen Meer gefangenen Fisch in Behältern mit festgepreßtem Schnee über lange Zeit hinweg frisch halten konnten. Die Soldaten begrüßten die Abwechslung auf dem Speiseplan, und die Feldärzte mußten mehr als einmal eine Gräte aus dem Hals eines röchelnden Legionärs ziehen.

Doch das kümmerte Sulla inzwischen schon nicht mehr. Er hatte an dem Wundschorf auf seinem verheilten Gesicht gekratzt, und das Jucken war wieder aufgetreten. Alle in seiner Umgebung hatten ihn angefleht, zu warten, bis der Schorf von alleine abfiel, aber sein rastloses Wesen hatte sich nicht in Geduld üben können. Wenn der Schorf lose hing, kratzte er so lange daran, bis er abfiel.

Die Krankheit brach erneut heftig aus und währte drei volle Monate lang. Varro, der sich um den Kranken kümmerte, vermutetete die Ursache dafür in dem kalten Wetter. Drei Monate lang trank Sulla ohne Maß, tobte, phantasierte, stöhnte und kratzte, brüllte und soff. Schließlich mußte Varro Sullas Hände fesseln, um ihn daran zu hindern, sich das Gesicht aufzukratzen. Ähnlich wie Odysseus, der sich an den Mast hatte binden lassen, um dem

Gesang der Sirenen lauschen zu können, war Sulla zwar willens, sich dieser Behandlung zu unterziehen, flehte aber zugleich inständig darum, losgebunden zu werden. Schließlich riß er sich los, und alles fing wieder von vorne an.

Gegen Ende des Jahres wußte Varro nicht mehr weiter. Er ging zu Metellus Pius und Pompeius und vertraute ihnen seine Zweifel an, ob sich Sulla bis zum Frühjahr erholen würde.

»Ich habe einen Brief für ihn aus Tarsus erhalten«, erklärte Metellus Pius, der sich inzwischen damit abgefunden hatte, den Rest des Winters in Pompeius' Gesellschaft verbringen zu müssen. Crassus hielt sich bei den Marsern auf, und Appius Claudius und Mamercus waren in anderen Gegenden mit Belagerungen beschäftigt.

»Aus Tarsus?« Varro blickte ihn aufgeregt an.

»Ja, vom Ethnarchen Morsimus.«

»Liegt dem Brief ein Behältnis bei?«

»Nein. Ist Sulla in der Lage, den Brief zu lesen?«

»Auf keinen Fall.«

»Dann lies du ihn, Varro«, schlug Pompeius vor.

»Pompeius!« Metellus Pius war empört.

»Stell dich nicht so an, Ferkel«, erwiderte Pompeius ungeduldig. »Wir wissen, daß Sulla auf eine magische Salbe oder etwas Ähnliches hofft und daß er Morsimus beauftragt hat, danach zu suchen. Jetzt haben wir eine Nachricht von Morsimus, und er kann sie nicht lesen. Denkst du nicht auch, daß Varro, und sei es nur um Sullas Wohlergehen willen, lesen sollte, was Morsimus zu berichten hat?«

So wurde Varro die Lektüre gestattet.

Teuerster Lucius Cornelius, Freund und Gebieter, hier ist das Rezept. Mehr kann ich im Moment nicht für Dich tun. Allem Anschein nach muß die Salbe frisch zubereitet werden und würde bei einer Reise vom Fluß Pyramus in Cilicia Pedia bis ins ferne Rom ihre Wirksamkeit verlieren. Du mußt Dir die Zutaten also selbst besorgen und die Salbe selbst anrühren. Glücklicherweise ist keine der Ingredienzen besonders ausgefallen, wenn auch einige sich offenbar nur schwer beschaffen lassen.

Das Mittel kommt vom Schaf, oder besser gesagt, von vielen

Schafen. Nimm zuerst ein Schaffell von reinster Wolle und laß die Fasern mit einem Instrument schaben, das scharf genug ist, sie zu brechen, aber wiederum auch nicht so scharf, sie zu durchtrennen. An der Kante des Striegels wird sich nach und nach eine Substanz ansammeln, die ölig ist, von ihrer Konsistenz her aber geronnener Milch ähnelt. Diesen Vorgang mußt Du wiederholen, bis Du eine gewisse Menge von dieser Substanz gewonnen hast. Sodann mußt Du diese in warmem Wasser auflösen. Das Wasser darf auf keinen Fall zu heiß oder zu kalt sein, es ist gerade richtig, wenn Du Deine Fingerspitze eintauchst und es sich heiß, aber noch nicht unerträglich anfühlt. Die Substanz wird zum Teil schmelzen und sich in einer Schicht auf dem Wasser sammeln. Diese Schicht brauchst Du, dem Maß nach einen vollen Becher.

Als nächstes nimm das Fell eines frisch geschlachteten Schafes, von dem die Haut noch nicht entfernt ist. Achte aber darauf, daß noch etwas Fett an der Haut hängt. Koche das Ganze auf und lasse das Fett, das Du daraus gewonnen hast, zweimal aus. Bewahre davon ebenfalls einen vollen Becher auf.

Sodann muß dem Schaffett, das normalerweise selbst in einem warmen Raum sehr hart ist, ein ganz bestimmtes Fett aus den Innereien des Tieres zugesetzt werden. Die Frau, von der ich das Rezept erhalten habe, das stinkendste und abstoßendste aller alten Weiber, die mir jemals untergekommen sind, hat gesagt, daß dieses innere Fett aus dem härteren Fett ausgelöst werden muß, das sich über den Nieren der Tiere findet. Dann muß es zerstampft und, in derselben Art wie die von den Schaffellen gewonnene Substanz, in warmem Wasser aufgelöst werden. Von der Schicht, die sich auf der Oberfläche des Wassers ansammelt, brauchst Du zwei Drittel eines Bechers. Gebe dazu ein Drittel Becher frischer Galle, die unmittelbar nach der Schlachtung der Gallenblase des Schafes entnommen werden muß.

Vermische nun alle Zutaten langsam, aber gründlich miteinander. Die Salbe wird ziemlich hart sein, aber nicht so hart wie das Schaffett. Trage sie mindestens viermal täglich auf. Ich warne Dich, Lucius Cornelius, die Salbe stinkt unerträglich. Aber das alte Weib beharrt darauf, daß sie ohne jeden Zusatz von Duftstoffen, Gewürzen oder Harzen aufgetragen werden muß.

Bitte laß mich wissen, ob es hilft. Ich habe zwar meine Zweifel, aber die alte Fuchtel schwört Stock und Bein, daß sie es gewesen sei, die jene Salbe anrührte, die Du mit so großem Erfolg angewandt hast.

Vale von Morsimus.

Varro trommelte eine kleine Armee von Sklaven zusammen, deren erste Aufgabe darin bestand, eine Schafherde aufzutreiben. Nachdem das geschehen war, richtete er sich in einem Verschlag nahe dem Steinhaus ein, in dem Sulla wohnte. Höchstpersönlich inspizierte er jeden geschlachteten Kadaver, jede einzelne Niere, eilte zwischen großen, dampfenden Kesseln und unablässig schabenden Sklaven hin und her, prüfte hier die Temperatur des Wassers, dort das richtige Mischungsverhältnis und trieb die Sklaven mit seiner Sorgfalt, seiner Ungeduld und seinen ständigen Kritteleien bis an den Rand der Verzweiflung.

Hundert Schafe später (die Galle und das ausgelassene Fett stammten von nur zwei Schafen, aber die winzigen Mengen des weichen Fetts über den Nieren und die aus der Wolle gewonnene Substanz summierten sich nur langsam und mühevoll zu der notwendigen Menge) hielt Varro einen ansehnlichen Porphyrkrug voll Salbe in Händen. Die Sklaven, denen die hundert weitgehend vollständigen Kadaver köstlichsten Schaffleisches blieben, sahen sich mit der Aussicht auf ein Festmahl für ihre Mühen reichlich entlohnt.

Es war spät am Abend, und Sulla, so hatte sein Leibdiener Varro zugeflüstert, schlief auf der Liege in seinem Speisezimmer.

»Betrunken?«

»Ja, Marcus Terentius.«

»Nun, ich denke, das kommt uns zugute.«

Varro schlich sich auf Zehenspitzen in das Zimmer. Einen Moment lang blieb er stehen und sah auf die arme, gequälte Kreatur hinunter, die einstmals Sulla gewesen war. Die Perücke war heruntergefallen und lag mit der gazeartigen Innenseite nach oben da; Tausende von Haaren waren zu ihrer Herstellung notwendig gewesen, und jedes einzelne davon war sorgsam in die Gaze geknotet worden. Kopfschüttelnd betrachtete Varro die Perücke, seufzte, beugte sich vor und strich die Salbe mit größter Sorgfalt auf die wundgekratzten Stellen in Sullas Gesicht.

Sulla riß die Augen auf, und aus ihrem weintrüben Glanz blitzten Schmerz und Schrecken. Seine Lippen öffneten sich und gaben den Blick auf seinen zahnlosen Schlund frei, aber er brachte keinen Ton heraus.

»Es ist die Salbe, Lucius Cornelius«, flüsterte Varro. »Ich habe mich genau an das Rezept gehalten. Wirst du es ertragen, wenn ich sie auftrage?«

Tränen stiegen in Sullas Augen hoch und sammelten sich in seinen Augenhöhlen. Bevor die Tränen über Sullas wundes Gesicht laufen konnten, tupfte Varro sie mit einem weichen Tuch vorsichtig ab. Aber immer wieder quollen neue Tränen hervor und Varro mußte unablässig tupfen.

»Du darfst nicht weinen, Lucius Cornelius. Die Salbe kann nur auf die trockene Haut aufgetragen werden. Liege still und schließe die Augen.«

Sulla gehorchte, und bis auf ein paar unwillkürliche Zuckungen, wenn Varro sein Gesicht berührte, wehrte er sich nicht. Langsam entspannte er sich.

Schließlich war Varro fertig. Er nahm eine Lampe mit fünf Dochten und hielt sie über Sullas Gesicht, um seine Arbeit in Augenschein zu nehmen. Aus den offenen Stellen trat eine klare Flüssigkeit in dicken Tropfen aus, aber die Salbe schien immerhin die Blutungen gelindert zu haben.

»Du darfst dich nicht kratzen, Lucius Cornelius. Juckt es?«

»Ja, es juckt«, antwortete Sulla mit geschlossenen Augen. »Aber es war schon schlimmer. Binde meine Hände fest.«

»Ich komme in der Morgendämmerung wieder und schmiere dich wieder ein«, sagte Varro, während er Sullas Hände fesselte. »Wer weiß, vielleicht hat das Jucken bis dahin schon nachgelassen.« Auf Zehenspitzen schlich er hinaus.

Am anderen Morgen trug Varro erneut Salbe auf. Der Juckreiz war zwar immer noch da, aber Varros prüfendem Blick schien es, als habe Sullas Haut – wie sagte man? – sich *beruhigt.* Sulla bat, seine Hände gefesselt zu lassen, aber nach drei weiteren Behandlungen verkündete er, daß er die Fesseln nicht mehr brauche. Vier Tage später war der Juckreiz verschwunden.

»Das Zeug wirkt!« Mit der tiefen Befriedigung eines Arztes, der gegen alle Widerstände recht behalten hat (auch wenn Varro alles andere als ein Arzt war und auch gar keiner sein wollte), überbrachte er Metellus Pius und Pompeius die frohe Botschaft.

»Wird er im Frühjahr wieder ins Feld ziehen können?« fragte Pompeius.

»Noch vor dem Frühjahr, vorausgesetzt, die Wirkung der Salbe hält an«, erwiderte Varro und eilte weiter, um den Porphyrkrug in einen mit Schnee gefüllten Kasten zu stellen. So hielt sich die Salbe länger. Wie die ranzige Version der Salbe roch, konnte Varro an seinen Händen feststellen.

Der früh und heftig einsetzende Winter bescherte Rom Schnee, und viele Einwohner nahmen die ungewöhnliche Kälte für ein schlechtes Omen. Norbanus und Scipio Asiagenus waren nach ihrer Niederlage nicht zurückgekehrt, und was man sonst von ihnen hörte, gab wenig Anlaß zu Optimismus; Norbanus war in Capua eingeschlossen, und Scipio zog auf der Suche nach neuen Rekruten durch Etruria.

Gegen Ende des Jahres erwog der Senat, eine Sitzung einzuberufen, um über seine – und Roms – Zukunft zu debattieren. Die unter Sulla sehr umfangreiche Körperschaft war auf rund ein Drittel ihrer Mitglieder zusammengeschrumpft; viele Senatoren waren Sulla damals nach Griechenland gefolgt, und viele hatten sich ihm jetzt, da er nach Italien zurückgekehrt war, angeschlossen. Zwar beteuerte eine Gruppe von Senatoren, neutral zu sein, aber in Rom wußte jedermann, vom Patrizier bis zum Sklaven, wo die Grenze zwischen den Lagern verlief. Italien und das italische Gallien waren nicht groß genug, als daß Sulla und Carbo friedlich hätten nebeneinander regieren können; zu unterschiedlich waren die Werte, für die sie standen, und ihre Vorstellungen der künftigen Staatsform und Entwicklung Roms. Sulla stand für das *mos maiorum*, die Gesamtheit jener jahrhundertealten Sitten und Gebräuche, die den landbesitzenden Adligen die Führung in Friedens- und in Kriegszeiten übertrug. Carbo vertrat die Händler und Geschäftsleute – den Ritterstand und die Zahlmeister. Da keine Gruppe sich auf eine Machtteilung einlassen wollte, konnte nur ein Bürgerkrieg die Entscheidung herbeiführen.

Daß der Senat überhaupt mit dem Gedanken an eine Sitzung spielte, lag in der Rückkehr Carbos aus Ariminum im italischen

Gallien begründet. Marcus Junius Brutus, jener Volkstribun, der durchgesetzt hatte, daß Capua den Status einer vollrömischen Stadt erhielt, hatte Carbo herbeigerufen. Die beiden Männer trafen sich in Brutus' Haus auf dem Palatin, das Carbo als langjähriger Freund von Brutus bereits gut kannte. Zudem war es eine verschwiegenere Örtlichkeit als Carbos eigenes Domizil, wo Gerüchten zufolge selbst der Bursche, der die Nachttöpfe leerte, gleich von mehreren an Carbos Plänen interessierten Parteien bestochen wurde.

Brutus verdankte die Tatsache, daß sein Haus frei von korrupten Sklaven war, vor allem seiner Frau Servilia, die in ihrem Haushalt mehr auf Disziplin achtete, als Scipio Asiagenus es in seiner Armee getan hatte. Servilia, die über so viele Augen wie Argus und so viele Ohren wie eine ganze Fledermauskolonie zu verfügen schien, tolerierte nicht das geringste Fehlverhalten. Einen Diener, der ihr an Schläue und Durchtriebenheit überlegen war, gab es nicht, und ein Diener, der sich von ihr nicht einschüchtern ließ, blieb nicht lange im Haus.

Brutus und Carbo konnten sich also sicher sein, daß kein Unberufener ihrer streng vertraulichen Konversation zuhörte, natürlich mit Ausnahme von Servilia selbst. Nichts geschah oder wurde in diesem Haus gesagt, worüber sie nicht Bescheid wußte, und sie sorgte dafür, daß auch diese streng vertrauliche Unterhaltung nicht außerhalb ihrer Hörweite stattfand. Die beiden Männer saßen hinter verschlossenen Türen in Brutus' Arbeitszimmer, doch draußen im Säulengang kniete Servilia unter dem einen offenen Fenster und belauschte ihre Unterhaltung. Es war ein kalter und unbequemer Ort, aber Servilia empfand das als geringe Unbill im Vergleich zu dem, was sie von dem Gespräch der beiden Männer würde aufschnappen können.

»Wie geht es meinem Vater?« fragte Brutus.

»Gut. Er läßt dich grüßen.«

»Daß du seine Gesellschaft ertragen kannst!« brach es aus Brutus heraus, er fügte jedoch, erschreckt über den Ausruf, zu dem er sich hatte hinreißen lassen, hinzu: »Entschuldige, ich wollte nicht wütend klingen. Ich bin nicht wütend.«

»Nur verwirrt, daß ich mit deinem Vater auskomme?«

»Du sagst es.«

»Er ist dein Vater«, sagte Carbo beschwichtigend, »und er ist ein alter Mann. Ich kann zwar verstehen, warum du ihn als Belastung empfindest, aber für mich ist er das nicht. Nachdem sich Verres mit dem letzten Geld aus meiner Statthalter-Schatulle davongemacht hatte, mußte ich mich sowieso nach einem neuen Quästor umsehen. Wie du weißt, sind dein Vater und ich einander seit Marius' Rückkehr aus dem Exil in Freundschaft verbunden.« Carbo machte eine Pause. Wahrscheinlich tätschelte er Brutus beruhigend den Arm, dachte die Lauscherin unter dem Fenster. Sie wußte nur zu gut, wie Carbo mit ihrem Mann umsprang. »Zu deiner Heirat«, fuhr Carbo fort, »hat er dir dieses Haus gekauft, um euch nicht im Wege zu sein. Womit er nicht gerechnet hat, war die Einsamkeit, die ihn überfiel, nachdem du und er so lange Zeit als – wie soll ich sagen? – als Junggesellen zusammengelebt habt. Vielleicht hat er sich dumm benommen und auch deine Frau verärgert. Jedenfalls hat er, als ich ihm schrieb und ihn bat, mein neuer Proquästor zu werden, sofort zugesagt. Du brauchst dich nicht schuldig zu fühlen, Brutus. Dein Vater ist da, wo er jetzt ist, glücklich.«

»Ich danke dir«, antwortete Brutus und stieß einen Seufzer aus.

»Was ist denn nun so dringlich, daß ich persönlich herkommen mußte?«

»Die Wahlen«, antwortete Brutus, der kein Mann mit starken Nerven war, nervös. »Seit dem Abfall des allgemeinen Lieblings Philippus hat die öffentliche Moral in Rom sehr gelitten. Keiner hat den Willen oder Mut, sich in herausragender Stellung zu bewähren. Deshalb halte ich es für notwendig, daß du wenigstens bis nach den Wahlen in Rom bleibst. Ich finde einfach niemanden, der ausreichend qualifiziert ist und Konsul werden will. Niemand, der dazu in der Lage wäre, will überhaupt noch irgendein wichtiges Amt annehmen.«

»Was ist mit Sertorius?«

»Sertorius ist, wie du weißt, ein Kleingeist. Ich habe ihm nach Sinuessa geschrieben und ihn gebeten, sich als Konsul aufstellen zu lassen. Er hat abgelehnt. Aus zwei Gründen, obwohl ich nur einen zu hören erwartete. Einmal führte er an, er sei noch immer Prätor und müsse die üblichen zwei Jahre abwarten, bevor er als Konsul kandidieren könne. Ich hatte gehofft, ihm diesen Einwand ausreden zu können. Gegen seinen zweiten Einwand vermochte ich allerdings nichts auszurichten.«

»Und der war?«

»Sertorius sagte, Rom sei am Ende, und er weigere sich, Konsul einer Stadt zu werden, die von Feiglingen und Schmarotzern nur so strotze.«

»Nett ausgedrückt.«

»Am liebsten würde er, wie er hinzufügte, Statthalter im diesseitigen Spanien werden und so bald wie möglich abreisen.«

»*Fellator!*« stieß Carbo wütend hervor.

Brutus, der Kraftausdrücke verabscheute, schwieg. Offensichtlich war damit das Thema Sertorius erledigt, denn auch Carbo sagte eine Zeitlang nichts mehr.

Von Neugier getrieben, richtete sich die Lauscherin draußen auf und spähte durch das verzierte Gitterwerk der Fensterläden. Carbo und Brutus saßen sich an dem Arbeitstisch ihres Mannes gegenüber. Sie hätten Brüder sein können. Beide hatten eher dunkles Haar und dieselbe untersetzte, unvorteilhafte Figur und waren nicht sonderlich gutaussehend.

Warum, so fragte Servilia sich oft, hatte Fortuna sie nicht mit einem besser aussehenden Ehemann beglückt, einem Mann, der politisch Karriere machte? Die Hoffnung auf eine militärische Karriere ihres Mannes hatte sie schon früh begraben müssen, also blieb nur die Politik übrig. Aber alles, was ihm einfiel, war, Capua in den Rang einer römischen Stadt zu erheben. Keine schlechte Idee, gewiß, immerhin hatte diese Maßnahme ihm als Volkstribun eine gewisse Aufmerksamkeit eingebracht, aber niemals würde man sich an ihn, wie etwa an ihren Onkel Drusus, als einen der großen Volkstribunen erinnern.

Brutus war Servilia von ihrem Onkel Mamercus ausgesucht worden, obgleich Mamercus durch und durch Sullas Mann war und mit ihm gerade in Griechenland weilte, als die Zeit reif war, dem ältesten seiner sechs Mündel einen Gemahl zu suchen. Alle sechs Kinder lebten damals noch unter der Aufsicht einer armen Verwandten, Gnaea, und ihrer Mutter Porcia Liciniana – einer schrecklichen Frau – in Rom. Kein Vormund, egal wie weit er von seinen Mündeln entfernt war, brauchte sich um ihre Tugendhaftigkeit und Moral zu sorgen, wenn sie unter der gestrengen Fuchtel von Porcia Liciniana lebten. Selbst Porcias eigene Tochter Gnaea welkte von Jahr zu Jahr mehr dahin und sah schon aus wie eine alte Jungfer.

Porcia Liciniana war es gewesen, welche die Freier der bald achtzehnjährigen Servilia empfing. Und sie war es auch, die den im Osten weilenden Mamercus mit Einzelheiten über die jeweiligen Kandidaten versorgte, zusammen mit ihren unvermeidlichen Bemerkungen über Tugendhaftigkeit, Moral, Bescheidenheit, Mäßigkeit und all die anderen Eigenschaften, die ein Ehemann ihrer Ansicht nach aufweisen sollte. Obgleich Porcia Liciniana sich nicht ein einziges Mal dazu hinreißen ließ, eine deutliche Vorliebe für diesen oder jenen Freier zu äußern, fielen ihre Bemerkungen bei Mamercus auf fruchtbaren Boden. Immerhin brachte Servilia eine riesige Mitgift sowie einen alten patrizischen Namen mit und war zudem, wie Porcia Liciniana Mamercus versichert hatte, von einnehmender Erscheinung.

So wählte Mamercus, um ja nichts falsch zu machen, den Mann aus, der in Porcia Licinianas Beurteilung am besten abgeschnitten hatte: Marcus Junius Brutus. Brutus war ein Senator Anfang Dreißig und somit über jugendliche Eskapaden und Fehltritte erhaben. Wenn der ältere Brutus starb (was nicht mehr lange dauern würde, wie Porcia Liciniana versichert hatte), würde er zum Oberhaupt seiner Familie aufsteigen. Davon abgesehen war er ein vermögender Mann und von einwandfreier, wenn auch plebejischer Herkunft.

Servilia kannte Brutus nicht, und selbst nachdem Porcia Liciniana sie von ihrer bevorstehenden Vermählung unterrichtet hatte, durfte sie Brutus bis zum Tag ihrer Hochzeit nicht sehen. Daß sie sich dieser uralten Sitte beugen mußte, ging ausnahmsweise nicht auf die gestrenge Porcia Liciniana zurück, sondern war die direkte Folge einer in ihrer Kindheit über sie verhängten Strafe. Weil sie im Haushalt ihres Onkels Drusus für ihren verfemten Vater spioniert hatte, hatte Drusus sie mit einer Art Hausarrest belegt. Servilia durfte in Drusus' Haus nie mehr ein eigenes Zimmer bewohnen, und genausowenig war ihr gestattet, das Haus zu verlassen, es sei denn in Begleitung einer Aufsichtsperson, die jeden ihrer Schritte und jedes ihrer Worte überwachte. Das war zwar viele

Jahre vor ihrem Eintritt ins heiratsfähige Alter gewesen, und obwohl inzwischen längst alle Erwachsenen tot waren, die damals eine Rolle gespielt hatten – Mutter und Vater, Tante und Onkel, Großmutter und Stiefvater –, galt Drusus' Verdikt noch immer.

Es war also keine Übertreibung, wenn behauptet wurde, Servilia sei so begierig gewesen, zu heiraten und das Haus ihres Onkels zu verlassen, daß es sie kaum kümmerte, wen sie zum Mann bekam. Wer immer es war, er würde sie aus ihrer verhaßten Vormundschaft befreien. Aber dann seufzte sie doch erleichtert auf, als sie seinen Namen vernahm. Ein Mann aus ihrer Klasse, mit einem vergleichbaren Hintergrund! Kein kleiner Adliger vom Land, wie sie stets befürchtet hatte und wie Onkel Drusus es ihr zu seinen Lebzeiten wiederholt angedroht hatte.

So zog sie, eine frischgebackene und sehr dankbare Braut, mitsamt ihrer enormen Mitgift von zweihundert Talenten oder fünf Millionen Sesterzen in das Haus des Marcus Junius Brutus. Und was noch besser war, ihre Mitgift blieb in ihrem Besitz. Mamercus hatte das Geld klug angelegt, und sie verfügte über ein reichliches Einkommen. Zudem hatte er bestimmt, daß Servilias Vermögen nach ihrem Tod an ihre Töchter fallen sollte. Da Marcus Junius Brutus selbst kein armer Mann war, betrübte ihn diese Regelung nicht im geringsten, im Gegenteil, hatte er damit doch eine Frau aus dem höchsten patrizischen Adel, die stets in der Lage sein würde, für ihren eigenen Unterhalt zu sorgen. Ob es sich um Sklaven, den Lohn für Bedienstete, Gewänder, Schmuck, Häuser oder sonst etwas handelte, sie würde ihre Unkosten aus eigener Tasche bestreiten müssen. Sein Geld war sicher!

Abgesehen von der Freiheit, zu gehen, wohin es ihr gefiel, und zu besuchen, wen sie wollte, entpuppte sich ihre Heirat mit Brutus schnell als eine ausgesprochen lustlose Angelegenheit. Allzulange hatte Brutus das Leben eines Junggesellen geführt, ohne Mutter oder eine andere Frau im Haus. Sein Tagesablauf war fest geregelt, und eine Frau hatte darin keinen Platz. Es gab nichts, was er mit ihr teilte, nicht einmal, so empfand sie es, seinen Körper. Wenn er Freunde zum Essen einlud, gab er ihr vorher zu verstehen, daß sie das Speisezimmer meiden sollte, sein Arbeitszimmer war ihr sowieso verboten. Niemals wandte er sich an sie, um mit ihr etwas zu besprechen, niemals zeigte er ihr, was er gekauft oder erstanden hatte, niemals begehrte er ihre Gesellschaft, wenn er einen seiner Landsitze aufsuchte. Was seinen Körper betraf – nun, damit suchte er sie von Zeit zu Zeit in ihrem Zimmer auf, versetzte sie aber in keinster Weise in Erregung. Plötzlich, so fand sie, lebte sie in einer viel größeren Zurückgezogenheit, als sie nach den langen Jahren ohne Rückzugsmöglichkeit ertragen konnte. Da ihr Ehemann es außerdem vorzog, allein zu schlafen, war sie selbst in ihrem Schlafgemach ohne Gesellschaft und empfand die Stille als bedrückend.

Ihr Eheleben schien nur eine Variation des Zustandes, der sie seit ihrer Kindheit verfolgte. Niemandem war sie wichtig, niemand beachtete sie. Ihre einzige Möglichkeit, Beachtung zu erzwingen, bestand darin, sich gemein, gehässig und bösartig zu betragen, und diese Seite an ihr bekamen alle Bediensteten zu spüren. Ihrem Ehemann gegenüber gab sie sich freilich unfehlbar liebenswürdig, da sie nur zu gut wußte, daß er sie nicht liebte und die Gefahr einer Scheidung ständig drohte.

Seinen ehelichen Pflichten kam Brutus immerhin nach, und zwei Jahre nach ihrer Hochzeit war Servilia schwanger. Ihr Körper war wie der ihrer Mutter wie geschaffen dazu, Kinder zu gebären, und sie litt kein bißchen. Auch die Wehen waren nicht so schlimm, wie man sie glauben gemacht hatte, und sieben Stunden nach deren Einsetzen schenkte sie in einer eisigen Märznacht einem Sohn das Leben. So gut ging es ihr, daß sie ihr Kind, kaum daß es gewaschen war, in ihre Arme schließen und sich ihrem neuen Glück hingeben konnte.

Kein Wunder, daß der kleine Brutus bald schon Dreh- und Angelpunkt in dem liebesentwöhnten Leben seiner Mutter wurde. Keine andere Frau durfte ihn säugen, sie kümmerte sich ganz allein um ihn, stellte seine Krippe in ihr Schlafgemach und widmete sich ihm so ausschließlich, daß ihr sonst alles egal war.

Weshalb also kauerte Servilia an diesem eisigen Novembertag auf der Kolonnade und belauschte ihren Mann? Bestimmt nicht, weil sie sich um das politische Fortkommen ihres Mannes sorgte. Sie lauschte, weil er der Vater ihres innig geliebten Kindes war und sie sich geschworen hatte, das Erbe, das Ansehen und das Wohlergehen ihres Sohnes abzusichern. Also mußte sie alles wissen, durfte ihr nicht die kleinste Kleinigkeit entgehen. Ganz besonders nicht, wenn es sich um die politischen Aktivitäten ihres Mannes handelte.

Servilia mochte Carbo nicht, obwohl sie erkannte, daß er kein Leichtgewicht war. Aber sie schätzte ihn ganz richtig als einen Mann ein, der seine persönlichen Interessen vor die Roms setzte. Ob Brutus weitsichtig genug war, Carbos Schwächen zu erkennen, bezweifelte sie. Sullas Gegenwart in Italien beunruhigte Servilia sehr, denn sie verstand in politischen Zusammenhängen zu denken und konnte die Entwicklung zukünftiger Ereignisse besser einschätzen als die meisten der Männer, welche die Hälfte ihres Lebens im Senat gesessen hatten. Und sie war überzeugt, daß Carbo nicht über genügend innere Stärke verfügte, um Rom gegen einen Mann wie Sulla zu einigen.

Servilia löste ihren Blick von den beiden Männern, kniete wieder auf den bitterkalten Terrazzoboden und legte ihr Ohr an den Fensterladen. Es fing an zu schneien – eine günstige Fügung. Die Flokken bildeten einen Schleier zwischen ihrem zusammengekauerten Körper und dem geschäftigen Treiben am anderen Ende des Gartens, wo sich die Küche befand und die Bediensteten aus- und eingingen. Nicht daß sie befürchtet hätte, entdeckt zu werden, denn die Dienerschaft würde es niemals wagen, ihr Recht, sich dort aufzuhalten, wo es ihr beliebte, in Frage zu stellen. Es ging ihr vielmehr darum, den Bediensteten als eine Art übermenschliches Geschöpf zu erscheinen, und übermenschliche Geschöpfe kauerten nicht unter geöffneten Fenstern und belauschten ihre Männer.

Plötzlich spannte sich ihr Körper an, und sie preßte ihr Ohr noch näher gegen den Fensterladen. Carbo und ihr Mann sprachen wieder.

»Unter denen, die für das Amt eines Prätors kandidieren können, finden sich ein paar gute Männer«, sagte Brutus. »Carrinas und Damasippus sind ebenso talentiert wie beliebt.«

»Ha!« rief Carbo. »Genau wie ich haben sie sich von einem bartlosen Jüngling auf dem Feld schlagen lassen. Im Unterschied zu mir aber waren sie gewarnt, daß Pompeius ebenso unerbittlich ist wie sein Vater und zehnmal listenreicher. Wenn Pompeius sich zum Prätor aufstellen lassen würde, gewänne er mehr Stimmen als Carrinas und Damasippus zusammen.«

»Die Veteranen verhalfen Pompeius zum Sieg«, sagte Brutus beschwichtigend.

»Vielleicht. Aber immerhin hat Pompeius sie ihre Arbeit ungestört verrichten lassen.« Doch es gab Wichtigeres zu besprechen als Pompeius, und Carbo wechselte das Thema. »Wer Prätor wird, ist mir ziemlich egal, Brutus. Was mir wirklich Kopfzerbrechen macht, ist das Konsulat. Wenn es sein muß, lasse ich mich zum Konsul wählen. Wer aber soll an meiner Seite amtieren? Wer in dieser verfluchten Stadt kann mir den Rücken freihalten, anstatt mich mit Problemen zu belasten? Im Frühjahr werden wir Krieg haben, das steht außer Zweifel. Sulla ist es in letzter Zeit schlecht gegangen, aber was mir an Nachrichten zugetragen wird, deutet darauf hin, daß er inzwischen den kommenden Feldzügen in Hochstimmung entgegenfiebert.«

»Seine Krankheit war nicht der einzige Grund, warum er es im letzten Jahr hat schleifen lassen«, sagte Brutus. »Mir kam das Gerücht zu Ohren, Sulla habe sich nur zurückgehalten, um Rom die Möglichkeit zu bieten, ohne Krieg zu kapitulieren.«

»Dann hat er sich umsonst zurückgehalten!« rief Carbo wütend aus. »Ach, genug der Spekulationen! Wen soll ich an meiner Seite zum Konsul nehmen?«

»Fällt dir kein einziger Name ein?«

»Kein einziger! Ich brauche jemanden, der die Massen zu begeistern vermag, der die jungen Männer dazu bewegen kann, sich in die Listen einzutragen, und der in den Alten den Wunsch wachruft, jung genug zu sein, sich in die Listen eintragen zu können. Ein Mann wie Sertorius. Aber der hat dein Angebot ja rundweg abgelehnt.«

»Was hältst du von Marcus Marius Gratidianus?«

»Er ist ein adoptierter Marius, das genügt nicht. Ich wollte Sertorius, weil er vom Blut her ein Marius ist.«

Schweigen machte sich breit, aber kein hilfloses, sondern ein spannungsgeladenes Schweigen. Servilia, die hörte, wie ihr Mann geräuschvoll einatmete, erstarrte zu absoluter Reglosigkeit. Brutus' nächste Worte wollte sie um keinen Preis verpassen.

»Wenn du unbedingt einen Marius willst«, sagte er langsam, »warum dann nicht den jungen Marius?«

Erneutes Schweigen, diesmal von der verblüfften Art. Dann

Carbos Antwort: »Unmöglich! Beim Pollux, Brutus, er hat kaum die Zwanzig überschritten!«

»Er ist sechsundzwanzig, um genau zu sein.«

»Vier Jahre zu jung für den Senat.«

»Es gibt trotz der *lex Villia annalis* kein gesetzlich festgelegtes Mindestalter. Ich schlage also vor, daß du ihn unverzüglich zum Senator ernennen läßt.«

»Aber er hat nicht das Format seines Vaters!« protestierte Carbo.

»Ist das von Belang? Ist es das, Gnaeus Papirius? Wirklich? Ich gebe zu, in Sertorius hättest du den idealen Abkömmling aus der Familie des Marius gefunden. Kein Römer versteht sich besser als er darauf, Soldaten zu führen, niemand wird von ihnen mehr verehrt. Aber da Sertorius sich weigert, wer bleibt uns denn noch außer dem jungen Marius?«

»Ja, die Männer würden sich bestimmt in Scharen in die Listen eintragen«, sagte Carbo mit schwärmerischer Stimme.

»Und für ihn kämpfen wie die Spartaner für Leonidas.«

»Denkst du, daß er es tun würde?«

»Er würde es zumindest versuchen.«

»Heißt das, daß er bereits den Wunsch geäußert hat, Konsul zu werden?«

»Nein, Carbo, natürlich nicht.« Brutus lachte, etwas, was bei ihm nicht oft vorkam. »Obwohl er ziemlich eitel ist, mangelt es ihm doch an Ehrgeiz. Ich bin überzeugt, daß er die Chance ergreift, wenn du zu ihm gehst und sie ihm bietest. Bisher hat sich ihm noch keine Möglichkeit eröffnet, seinem Vater nachzueifern. Und was du ihm anbietest, versetzt ihn in die Lage, seinen Vater zumindest in einer Hinsicht zu überflügeln. Gaius Marius ist erst spät zu seinem ersten Amt gekommen, der junge Marius aber wird in einem jüngeren Alter zum Konsul gewählt als selbst Scipio Africanus. Egal wie er sich schlägt, allein schon diese Tatsache wird ihm zum Ruhm gereichen.«

»Wenn er sich nur halb so gut schlägt wie Scipio Africanus, dann hat Rom von Sulla nichts zu befürchten.«

»Hoffe nicht auf einen Scipio Africanus in dem jungen Marius«, warnte Brutus. »Alles, was jenem einfiel, um den Konsul Cato vor einer Niederlage zu bewahren, war, ihm eine Klinge in den Rücken zu stoßen.«

Carbo lachte, er tat dies oft. »Nun, zum Glück für Cinna immerhin! Der alte Marius hat ihm ein Vermögen gezahlt, damit er ihn nicht wegen Mordes anklagte.«

»Genau«, sagte Brutus, und seine Stimme klang ernst. »Dieser Vorfall sollte dir zeigen, worauf du achten mußt, wenn der junge Marius neben dir Konsul sein wird.«

»Ihm nicht meinen Rücken zuzuwenden?«

»Nein, ihm nicht deine besten Truppen anzuvertrauen. Zuerst soll er beweisen, daß er sich auf die Führung von Soldaten versteht.«

Als Stühle gerückt wurden, sprang Servilia hastig auf. Sie floh in die Wärme ihres Arbeitszimmers, wo das junge Mädchen, welches die Säuglingswäsche besorgte, die seltene Gelegenheit dazu benutzt hatte, den kleinen Brutus in ihren Armen zu wiegen.

Glühende Eifersucht flammte in Servilia auf. Und ehe sie sich zusammenreißen konnte, holte sie aus und schlug das Mädchen so hart auf die Wange, daß es sein Gleichgewicht verlor und den kleinen Brutus fallen ließ. Geistesgegenwärtig riß Servilia ihr Kind an sich, bevor es auf den Boden fiel. Ihn mit aller Kraft an ihre Brust pressend, schlug Servilia auf das Mädchen ein, bis es sich aus dem Zimmer geschleppt hatte.

»Morgen wirst du verkauft«, schrie sie ihm durch den Säulengang hinterher. Dann, in verändertem Tonfall: »Ditus! Ditus!«

Der Hausverwalter, dessen Name eigentlich Epaphroditus lautete, kam herbeigeeilt. »Ja, *domina?*«

»Dieses Mädchen, die Gallierin, die du mir für die Säuglingswäsche zugeteilt hast, peitsche sie aus und verkaufe sie als Sklavin der untersten Kategorie.«

»Aber *domina,* sie ist hervorragend. Sie wäscht nicht nur gut, sie liebt das Kind auch von ganzem Herzen.«

Servilia schlug Epaphroditus ebenso hart wie zuvor das Mädchen und stellte dann unter Beweis, daß auch sie wußte, wie man ausgesuchte Schimpfwörter gebrauchte.

»Hör mir gut zu, du gestopfter, vollgefressener griechischer *Fellator*! Wenn ich dir einen Befehl erteile, dann hast du ohne ein weiteres Wort, ganz zu schweigen von einer Widerrede, zu gehorchen. Es ist mir völlig egal, wem du gehörst, und solltest du es wagen, dich bei deinem Herrn zu beklagen, wirst du es bitter bereuen. Jetzt bring das Mädchen in dein Büro und warte dort auf mich. Du magst es, also wirst du es nicht hart genug peitschen, wenn ich nicht daneben stehe und zusehe.«

Auf seiner Wange konnte man den rot angelaufenen Abdruck jedes einzelnen ihrer Finger erkennen. Aber weniger das als ihre Worte jagten Epaphroditus Todesangst ein. Er stürzte los.

Servilia verlangte nach keiner anderen Dienerin, sondern wikkelte den kleinen Brutus selbst in einen weichen Wollschal und trug ihn mit sich in das Büro des Verwalters. Das Mädchen wurde festgebunden, und der heulende Epaphroditus mußte es unter den unerbittlichen Blicken seiner Herrin peitschen, bis sein Rücken wie hellroter Brei aussah und das Fleisch in Fetzen herunterhing. Die Schreie, die aus dem Zimmer hinausdrangen, wurden auch von dem immer noch fallenden Schnee nicht gedämpft. Doch kein Brutus kam, um zu sehen, was hier vor sich ging, er war, wie Servilia richtig vermutet hatte, mit Carbo zu dem jungen Marius aufgebrochen.

Schließlich winkte Servilia, und Epaphroditus' Arm fiel kraftlos nieder. Sie trat näher und besah sich das Werk ihres Verwalters genauer. »Gut«, nickte sie zufrieden. »Auf dieser Fleischwüste wird ihr nie mehr Haut wachsen. Wozu sie also verkaufen, sie würde uns keinen Sesterz mehr einbringen. Kreuzige sie; draußen im Peristyl, sie soll den anderen als Warnung dienen. Aber brich ihr nicht die Beine, ich will, daß sie langsam stirbt.«

Damit ging Servilia in ihr Arbeitszimmer zurück, wickelte ihren Sohn aus dem Schal und wechselte seine Leinenwindel. Dann setzte sie ihn auf ihre Knie und hielt ihn auf Armeslänge von sich, um ihn zu bewundern. Sie neigte sich vor, küßte ihn sanft und sprach immer wieder mit einer sanften, leicht schnurrenden Stimme zu ihm.

Sie gaben ein hübsches Bild ab, das kleine, dunkelhaarige Kind auf den Knien seiner zierlichen, ebenso dunkelhaarigen Mutter. Servilia war eine Schönheit, gesegnet mit einer üppigen Figur und einem jener kleinen, spitzen Gesichter, die hinter ihren reglosen Lippen und stark geschminkten, mit Lidschatten belegten Augen unzählige kleine Geheimnisse zu verbergen scheinen. Das Kind aber besaß nur die Schönheit eines Säuglings, in Wahrheit war es eher unscheinbar und träge, genau das, was die Leute »ein braves

Kind« nannten. Er schrie kaum und bereitete auch sonst kaum Umstände.

So fand Brutus sie vor, als er von dem Besuch beim jungen Marius zurückkehrte. Er hörte sich Servilias mit kühler Stimme vorgetragenen Bericht über die nachlässige Waschfrau und ihre Bestrafung kommentarlos an. Da er es niemals gewagt hätte, in Servilias häusliches Walten und Schalten einzugreifen – seit seiner Heirat mit ihr wurde sein Haushalt besser als je zuvor geführt –, verfügte er auch keine Änderung der von ihr verhängten Strafe und verlor dem Verwalter gegenüber kein Wort über die schneebedeckte Figur, die an einem Kreuz im Garten hing.

»Caesar! Caesar, wo bist du?«

Stirnrunzelnd, eine Schreibfeder in der einen, eine Papierrolle in der anderen Hand, trat Caesar, der lediglich eine dünne Tunika trug, aus dem Arbeitszimmer seines Vaters. Die Stimme seiner Mutter hatte ihn aus seinen Gedanken aufgeschreckt.

Seiner Mutter, die sich in viele Lagen eines feinen, selbstgesponnenen Wollstoffes eingewickelt hatte, war sein körperliches Wohlergehen wichtiger als seine geistige Tätigkeit. »Es ist bitter kalt, und du läufst in einer dünnen Tunika herum«, schalt sie ihn. »Nicht einmal Schuhe trägst du. Caesar, du weißt ganz genau, daß dein Horoskop dir für dieses Alter eine schwere Krankheit prophezeit hat. Warum versuchst du Fortuna? Um zu verhindern, daß mögliche Gefahren auch wirklich eintreten, läßt man ja bei der Geburt ein Horoskop erstellen. Sei ein braver Junge!«

Ihre Sorge war nicht vorgetäuscht, und so schenkte er ihr jenes Lächeln, für das er bereits berühmt war, eine Art wortlose Entschuldigung, die seinem Stolz keinen Abbruch tat.

»Was gibt's?« fragte er. Er hatte sich bereits damit abgefunden, daß er seine Arbeit unterbrechen mußte, denn seine Mutter hatte sich zum Ausgehen angezogen.

»Wir sind zu Tante Julia bestellt worden.«

»Zu dieser Tageszeit? Bei diesem Wetter?«

»Ich bin froh, daß du das Wetter bemerkt hast. Nicht daß es dich dazu bewegt hätte, dich entsprechend zu kleiden, aber immerhin …«

»Ich habe eine Kohlepfanne in meinem Zimmer stehen, Mater. Zwei sogar, um genau zu sein.«

»Dann geh zurück in die Wärme und zieh dich um. Hier, wo der Wind durch den Lichtschacht zieht, ist es bitter kalt.« Bevor er sich zum Gehen wandte, fügte sie noch hinzu: »Und hole Lucius Decumius. Wir sollen alle kommen!«

Damit meinte sie seine beiden Schwestern. Caesar war überrascht, es mußte sich um eine wichtige Familienkonferenz handeln. Fast war er versucht, ihr zu erwidern, daß er keinen Lucius Decumius brauche, daß auch hundert Frauen unter seinem Schutz sicher wären, doch im letzten Moment nahm er sich zurück. Er würde sich sowieso nicht durchsetzen können, warum sich also groß bemühen? Aurelia hatte immer eine genaue Vorstellung davon, wie etwas getan werden sollte.

Eingehüllt in den Staat des Jupiterpriesters, trat er eine Weile später wieder aus seinem Zimmer. Bei solchem Wetter trug er unter dem Priestermantel, den er anstelle einer Toga umgelegt hatte, drei Tuniken, Wollhosen, die bis unter die Knie reichten, und über den Füßen, die in einem Paar unförmiger Stiefel steckten, ein paar dicke Socken. Der Priestermantel war aus zwei kreisförmigen Lagen eines grauen Stoffes genäht, in deren Mitte ein Loch geschnitten war, durch das er seinen Kopf stecken konnte. Der Mantel war abwechselnd mit scharlachroten und purpurfarbenen Stoffbändern geschmückt und reichte bis an seine Knie hinunter. Immerhin, dachte er in dem Versuch, dem verhaßten Gewand wenigstens eine gute Seite abzugewinnen, brauchte er selbst in einem Schneesturm, wie er gerade draußen tobte, keine Handschuhe überzuziehen. Auf dem Kopf trug er den *apex,* einen engsitzenden Helm aus Elfenbein, an dessen Spitze eine dicke, aus Wolle gefertigte Scheibe steckte.

Seit Caesar offiziell zu einem Mann geworden war, hatte er sich an die Gebote gehalten, die das Amt des Jupiterpriesters mit sich brachte. Er hatte seine Kriegsübungen auf dem Marsfeld aufgegeben, achtete darauf, kein Metall zu berühren, trug keine Knoten oder Schnallen, grüßte keinen Hund, sein Schuhwerk wurde nur aus der Haut von Tieren gefertigt, die bei einem Unfall ums Leben gekommen waren, und er aß nur Dinge, die ihm als Jupiterpriester erlaubt waren. Daß er keinen Bart trug, lag daran, daß er ein bronzenes Rasiermesser benutzte; daß er Schuhe tragen konnte, wenn seine priesterlichen Holzschuhe unangemessen waren, verdankte er seinem Erfindungsreichtum. Er hatte sich Schuhe ausgetüftelt, die gut saßen, aber dennoch ohne die Bänder und Senkel auskamen, mit denen sie üblicherweise um Wade und Knöchel gebunden wurden.

Nicht einmal seine Mutter wußte, wie sehr er sein Priesterdasein haßte. Als er mit fünfzehneinhalb Jahren zum Mann wurde und sich ohne Murren den inhaltsleeren Gebräuchen des Jupiterpriesteramts unterwarf, hatte Aurelia sich von einer schweren Last befreit gefühlt. Caesars anfängliche Aufsässigkeit hatte nicht angehalten. Wie hätte sie die wahren Gründe hinter seinem plötzlichen Gehorsam erahnen sollen? Er war Römer bis in sein Inneres, und das bedeutete, daß er nicht nur übermäßig abergläubisch war, sondern sich auch den Sitten seines Landes bis zum Letzten verpflichtet fühlte. Er *mußte* gehorchen, denn wenn er ungehorsam war, wie sollte er dann jemals Fortunas Gunst gewinnen? Sie würde nicht länger über seine Unternehmungen wachen, das Glück wäre ihm niemals hold. Denn trotz der lebenslangen Verdammung zum Priesterdasein vertraute er immer noch darauf, daß Fortuna ihn befreien werde. Aber nur, wenn er Jupiter Optimus Maximus so gut, wie es ihm möglich war, diente.

Sein Gehorsam war also keineswegs gleichbedeutend mit einer Aussöhnung, wie Aurelia annahm. Im Gegenteil, Caesars Haß auf das Priesteramt wuchs mit jedem Tag. Und er haßte es um so mehr, als es unter dem Gesetz keinen Ausweg geben konnte. Dem alten Fuchs Gaius Marius war es gelungen, ihn für sein ganzes Leben anzuketten.

Caesar war siebzehn und würde erst in sieben weiteren Monaten achtzehn werden, aber er sah älter aus, und er gab sich wie ein Konsular, der bereits als Zensor gedient hatte. Dabei kamen ihm seine Größe, seine breiten Schultern und seine gut ausgebildeten Muskeln zustatten. Da sein Vater seit nunmehr zweieinhalb Jahren tot war, war ihm verhältnismäßig früh die Rolle des *pater familias* zugefallen, und er trug sie inzwischen ganz selbstverständlich. Er sah noch ebenso auffallend gut aus wie als Jüngling, obgleich seine Züge männlicher geworden waren. Seine Nase vor allem war, den Göttern sei Dank, länger geworden, hatte sich zu einem wahrhaftigen, mit einem Höcker versehenen römischen Organ ausgebildet und ihn vor einer ebenmäßigen Schönheit bewahrt, die für einen Mann, der sich so sehr danach sehnte, alles zu sein, was einen Mann ausmachte – Soldat, Staatsmann und Liebhaber der Frauen ohne den Verdacht, auch ein Liebhaber der Männer zu sein –, eine große Belastung gewesen wäre.

Caesars Familie, ausstaffiert für einen langen Fußmarsch durch eisiges Wetter, hatte sich im Empfangszimmer versammelt. Einzig Cinnilla durfte mit ihren elf Jahren noch nicht an diesen seltenen Zusammenkünften der ganzen Familie teilnehmen. Doch da stand sie, die kleinste, einzige dunkelhaarige Angehörige des Haushalts. Als Caesar den Raum betrat, suchten ihre blauschwarzen Augen wie immer sein Antlitz. Caesar betete sie an. Er ging zu ihr hin, umarmte sie und drückte ihr einen Kuß auf ihre weiche, rosige Wange. Seine Augen waren geschlossen, er wollte sich durch nichts von dem erlesenen Duft ablenken lassen, der von einem reinlichen, frisch von seiner Mutter gepuderten Kind ausging.

»Mußt du wieder als einzige zurückbleiben?« fragte er und küßte sie nochmals auf die Wange.

»Warte ab, eines Tages werde ich schon groß genug sein«, antwortete sie und lächelte ihn an, wobei sich in ihren Wangen Grübchen bildeten.

»Und ob du das sein wirst! Und dann wirst du noch wichtiger sein als Mater, denn du wirst die Herrin des Hauses sein.« Er streichelte sie über ihr dichtes schwarzes Haar und blinzelte dann Aurelia zu.

»Ich werde niemals Herrin dieses Hauses sein«, erklärte sie ernsthaft. »Ich werde Jupiterpriesterin sein und Herrin in einem Staatshaus.«

»Stimmt«, antwortete Caesar unbekümmert. »Wie konnte ich das nur vergessen?«

Und schon war er draußen und kämpfte sich durch das dichte Schneetreiben an den von Aurelia vermieteten Ladenräumen vorbei bis zu dem dreieckigen Gebäude, das wie eine gewöhnliche Taverne wirkte. Hier hatte die Kreuzwegbruderschaft ihren Sitz, die sich um die Wohlfahrt und das geistige Leben des Kreuzweges vor ihren Türen kümmerte, insbesondere aber um den turmartigen

Schrein der Laren und den großen Brunnen, an dem sich jetzt unzählige Eiszapfen gebildet hatten. Ja, es war ein außergewöhnlich kalter Winter.

Lucius Decumius saß wie gewohnt hinter seinem Tisch in der hinteren linken Ecke des weitläufigen, sehr reinlichen Raumes. Seine Haare waren grau geworden, aber sein Gesicht war noch unberührt von Falten. Erst vor kurzem hatte er seine beiden Söhne in die Vereinigung aufgenommen und versuchte jetzt, ihnen die vielfältigen Aktivitäten der Bruderschaft nahezubringen. Sie saßen zu seinen Seiten wie die Löwen, die stets die Statuen der Großen Mutter flankierten – massig, mit gelbbrauner, dichter Mähne, stechend gelben Augen und eingezogenen Klauen. Nicht daß Lucius Decumius der Großen Mutter ähnlich sah, er war ein schmächtiger, unscheinbar aussehender Mann; seine Söhne aber schlugen ihrer Mutter nach, einer riesenhaften Keltin aus dem Ager Gallicus. Wer Lucius Decumius nicht näher kannte, hätte niemals vermutet, was für Eigenschaften in ihm schlummerten; er war mutig, überaus spitzfindig, treu ergeben, sehr intelligent – und ziemlich verdorben.

Die Gesichter der drei Decumii leuchteten auf, als Caesar eintrat, aber nur Lucius Decumius erhob sich. Er schob sich zwischen den Tischen und Bänken hindurch und stellte sich, kaum daß er vor Caesar stand, auf die Zehenspitzen, um ihm einen Kuß auf die Lippen zu drücken, in dem mehr Zuneigung lag, als er seinen eigenen Söhnen entgegenbrachte. Es war der Kuß eines Vaters, obwohl er dem, dem er ihn auf die Lippen drückte, nur mit dem Sehnen seines großen Herzens verbunden war.

»Mein Junge!« rief er aus und ergriff Caesars Hand.

»Tag, Vater«, antwortete Caesar lächelnd, ergriff Lucius Decumius' Hand und legte sie an seine kalte Wange.

»Hast du das Haus eines toten Mannes gefegt?« fragte Lucius Decumius in Anspielung auf Caesars priesterliche Amtstracht. »Ein Scheißwetter zum Sterben. Nimm einen Schluck Wein zum Aufwärmen.«

Caesar zog eine Grimasse. Er hatte, allen Bemühungen von Lucius Decumius und seinen Brüdern zum Trotz, keine besondere Vorliebe für Wein entwickelt. »Keine Zeit, Vater. Ich will mir nur ein paar deiner Brüder ausleihen. Ich muß meine Mutter und meine Schwestern zum Haus des Gaius Marius bringen, und natürlich trauen sie mir nicht zu, das allein bewerkstelligen zu können.«

»Eine kluge Frau, deine Mutter«, sagte Lucius Decumius und lächelte schadenfroh. Er nickte seinen beiden Söhnen zu, die sich sofort erhoben und herbeieilten. »Werft euch was über, Burschen. Wir bringen die Frauen zum Haus des Gaius Marius.«

Die beiden Jungen waren nicht im geringsten eifersüchtig angesichts der eindeutigen Vorliebe ihres Vaters für Gaius Julius Caesar. Sie nickten nur und versetzten Caesar einen freundschaftlichen Klaps auf den Rücken, bevor sie sich davonmachten, ihre wärmsten Gewänder hervorzuholen.

»Bleib du hier, Vater«, sagte Caesar. »Draußen ist es eisig kalt.«

Aber das sah Lucius Decumius nicht ähnlich, und er ließ sich von seinen Söhnen so sorgsam einpacken, wie es wohl eine besorgte Mutter mit ihrem Säugling getan hätte. »Wo ist dieser Dummkopf von Burgundus?« rief er, als sie in das Schneetreiben hinaustraten.

»Burgundus?« Caesar lachte. »Der ist im Moment zu nichts zu gebrauchen. Mater hat ihn mit Cardixa nach Bovillae geschickt. Cardixa mag spät mit dem Kinderkriegen angefangen haben, aber seit sie Burgundus erobert hat, hat sie Jahr für Jahr einen Riesensäugling in die Welt gesetzt. Das wird jetzt die Nummer vier sein, aber das weißt du ja alles.«

»Nun, so wird es dir, wenn du einmal Konsul bist, niemals an Leibwächtern mangeln.«

Ein Schauer durchlief Caesars Körper. »Ich werde niemals Konsul werden«, entgegnete er barsch. Dann zog er seine Schultern hoch und versuchte, freundlich zu sein. »Meine Mutter sagt, sie komme sich vor, als füttere sie eine Familie von Titanen. Ihr Götter, was die verschlingen!«

»Aber es sind gute Leute.«

»Ja, das sind sie.«

Inzwischen standen sie vor der Tür zu Aurelias Wohnung und versammelten die Frauen um sich. Die meisten adligen Frauen hätten sich, zumal bei solch einem Wetter, wohl für eine Sänfte entschieden, nicht so aber die weiblichen Angehörigen der Julier. Sie gingen zu Fuß, wobei ihnen die Söhne von Lucius Decumius die Fauces Suburae hinunter vorauseilten und einen Weg durch den sich immer höher anhäufenden Schnee bahnten.

Das Forum Romanum lag völlig verlassen da. Es herrschte eine eigenartige Stimmung auf dem Platz; die sonst so farbenprächtigen Säulen, Wände, Dächer und Statuen standen im reinsten Marmorweiß da, versunken in einen tiefen und traumlosen Schlaf. Auf dem Gesicht der monumentalen Statue des Gaius Marius neben der Rostra hatte sich über den buschigen Augenbrauen Schnee angesammelt und milderte den stechenden Ausdruck seiner dunklen Augen.

Sie mühten sich den Bankiershügel hinauf, durch die Porta Fontinalis hindurch bis vor die Tür von Gaius Marius' Haus. Da das Peristyl sich im rückwärtigen Teil des Anwesens befand, betraten sie direkt das Empfangszimmer, wo sie, mit Ausnahme von Caesar, der seine Amtstracht anbehalten mußte, ihre Obergewänder ablegten. Strophantes, der Verwalter, nahm Lucius Decumius und seine Söhne beiseite und verköstigte sie mit ausgesuchten Speisen und Weinen, während Caesar und die Frauen sich in das Atrium begaben.

Wäre das Wetter nicht so unnatürlich kalt gewesen, dann wären sie wohl hier geblieben, denn die Zeit des Abendessens war bereits vorüber. Aber die rechteckige Öffnung des *compluvium* im Dach wirkte wie ein Luftstrudel, und auf dem Wasser des darunterliegenden Beckens glitzerten die Schneeflocken kurz auf, bevor sie schmolzen.

Der junge Marius begrüßte sie und führte sie in das Speisezimmer, wo es, wie er sagte, wärmer sei. Er sah gut aus, ja strahlte geradezu vor Glück, stellte Caesar fest. Marius war ebensogroß wie er, sein Vetter ersten Grades, dabei aber von massiverer Statur, mit blondem Haar und grauen Augen, gutaussehend und beeindruckend. Vom Äußeren her viel anziehender als sein Vater, ging ihm doch jenes gewisse Etwas ab, das Gaius Marius in den Rang eines der unsterblichen Römer erhoben hatte. Es würde noch viele Generationen dauern, bis nicht mehr jedes Schulkind von den Errungenschaften des Gaius Marius hören würde. Ein solches Schicksal war seinem Sohn, dem jungen Marius, nicht vorherbestimmt.

Caesar haßte es, hierherzukommen. Zuviel war in diesem Haus geschehen. Während andere Jungen in seinem Alter auf dem

Marsfeld gespielt hatten, hatte er sich jeden Tag hier melden, den alten, langsam genesenden Gaius Marius pflegen und ihm Gesellschaft leisten müssen. Und obgleich er nach Gaius Marius' Tod jeden Winkel des Hauses mit seinem geheiligten Besen gefegt hatte, hing dessen böser Geist immer noch in der Luft. Zumindest empfand er das so. Einst hatte er Gaius Marius geliebt und bewundert, doch dann hatte dieser ihn zum Jupiterpriester ernannt und so auf einen Schlag verhindert, daß Caesar jemals zum Rivalen werden konnte. Kein Eisen, keine Waffen, niemals dem Tod ins Angesicht blicken – keine Soldatenkarriere für den Jupiterpriester. Eine automatische Mitgliedschaft im Senat, aber ohne das Recht, sich zur Wahl für ein Amt aufstellen zu lassen – keine politische Karriere für den Jupiterpriester. Es war Caesars Schicksal, geehrt zu werden, ohne die Ehre verdient zu haben, bejubelt zu werden, ohne den Jubel zu verdienen. Der Jupiterpriester war ein Geschöpf des Staates, gehörte dem Staat, wurde von ihm gefüttert und bezahlt, war ein Gefangener des *mos maiorum,* der überlieferten Praktiken von Sitte und Tradition.

Aber Caesars düstere Stimmung war in dem Moment wie weggeblasen, als er seine Tante Julia erblickte, die Schwester seines Vaters, die Witwe des Gaius Marius und, abgesehen von seiner Mutter, die Person auf der Welt, die er am innigsten liebte. Ja, würde man Liebe als das plötzliche Aufwallen eines Gefühls bezeichnen, dann liebte er sie sogar mehr als seine Mutter. Mit seiner Mutter war er mehr geistig verbunden: Sie verehrte ihn, stritt sich mit ihm, kritisierte ihn und war seine vertraute Gefährtin. Tante Julia aber schloß ihn in ihre Arme, küßte ihn auf die Lippen, strahlte ihn mit ihren weichen grauen Augen an, in denen nie auch nur die geringste Spur einer Anklage lag. Ein Leben ohne die beiden Frauen konnte Caesar sich nicht vorstellen.

Julia und Aurelia nahmen auf derselben Liege Platz, was ihnen etwas Unbehagen bereitete, da die herrschenden Gebräuche es den Frauen verboten, sich auf Liegen bequem auszustrecken. So saßen sie auf der Liegefläche, während ihre Füße in der Luft baumelten und ihr Rücken keine Lehne zum Halt fand.

»Kannst du den Frauen nicht Stühle zum Sitzen bringen lassen?« wandte sich Caesar an den jungen Marius, während er seiner Mutter und seiner Tante Kissen unterschob.

»Danke, Vetter. Jetzt, mit den Kissen, wird es schon gehen«, warf Julia, wie immer um Frieden bemüht, ein. »Ich glaube kaum, daß es hier im Haus Stühle für uns alle gibt. Schließlich ist das eine Konferenz der Frauen.«

Damit hatte sie unbestreitbar recht, mußte Caesar zugestehen, denn das männliche Element der Familie beschränkte sich auf Caesar und den jungen Marius, beide die einzigen Söhne von Vätern, die schon seit einiger Zeit tot waren.

Rom hätte das Schauspiel, Julia und Aurelia, zwei der schönsten Frauen der Stadt, nebeneinander sitzen zu sehen, unendlich genossen. Beide Frauen waren schlank und hochgewachsen, aber Julia war die angeborene Graziosität ihrer Familie zugefallen, während Aurelias Bewegungen eher knapp und unelegant ausfielen. Die eine, Julia, besaß weiches blondgewelltes Haar und weit offene, graue Augen; die andere, Aurelia, hatte glattes braunes Haar, dunkle Wimpern und tiefliegende Augen, von denen viele ehemalige Freier behaupteten, sie seien purpurfarben, und das Profil einer griechischen Göttin. Kein Wunder also, daß sie in ihrer Jugend oft mit der schönen Helena verglichen worden war.

Julia war fünfundvierzig Jahre alt, Aurelia vierzig. Beide waren unter sehr unglücklichen, wenn auch sehr unterschiedlichen Umständen zu Witwen geworden. Gaius Marius war an seinem dritten und schwersten Schlaganfall gestorben, aber nicht ohne zuvor noch eine Orgie des Mordens zu inszenieren, die Rom nicht so schnell vergessen würde. Alle seine Feinde – und auch einige seiner Freunde – mußten ihr Leben lassen, und auf der Rostra staken die Köpfe so dicht wie Nadeln auf einem Nadelkissen. Mit dieser Last mußte Julia leben.

Aurelias Ehemann hatte Cinna auch nach dem Tod des Marius noch die Treue gehalten, wie es sich für einen Mann gehörte, dessen Sohn mit Cinnas jüngerer Tochter verheiratet war. Er war für Cinna nach Etruria gezogen, um Truppen auszuheben. Eines schönen Sommermorgens kniete er sich in Pisa nieder, seinen Schuh zuzubinden, und fiel tot um. Der Befund der Obduktion lautete auf ein geplatztes Blutgefäß im Kopf; ohne daß ein Mitglied seiner Familie anwesend war, wurde er auf einem Scheiterhaufen eingeäschert. Die Asche wurde an seine Frau nach Rom geschickt, die noch nicht einmal wußte, daß ihr Ehemann tot war, bis Cinnas Bote mit der Begräbnisurne vor ihr stand. Was in dieser Zeit in ihr vorging, wußte niemand, nicht einmal ihr Sohn, der einen Monat vor seinem fünfzehnten Geburtstag zum Familienoberhaupt ernannt wurde. Niemand hat sie auch nur eine Träne vergießen sehen; und ihr Gesichtsausdruck hatte sich kein bißchen verändert. So war sie, Aurelia, zugeknöpft bis obenhin; ihr schien die Arbeit als Besitzerin eines umtriebigen Mietshauses mehr zu bedeuten als jedes lebende Wesen, von ihrem Sohn einmal abgesehen.

Der junge Marius besaß keine Geschwister, aber Caesar hatte zwei ältere Schwestern. Beide sahen ihrer Tante Julia sehr ähnlich, aber kaum ihrer Mutter Aurelia, deren Züge sich dafür um so mehr in Caesars Gesicht widerspiegelten.

Julia Major, genannt Lia, war zwar erst einundzwanzig Jahre alt, aber wer genau hinsah, konnte in ihrem Blick einen leichten Kummer erkennen. Und das nicht ohne Grund. Ihr erster Ehemann, ein Habenichts von einem Patrizier namens Lucius Pinarius, war ihre große Liebe gewesen, und so hatte man ihr, wenn auch zögerlich, erlaubt, ihn zu ehelichen. Kaum ein Jahr später erblickte ein Sohn das Licht der Welt, doch kurz darauf starb Lucius Pinarius unter mysteriösen Umständen. Eine Fehde unter Kumpanen wurde allgemein dahinter vermutet, aber ein Beweis dafür ließ sich nicht erbringen. So war die neunzehnjährige Lia Witwe geworden und lebte in solch ärmlichen Umständen, daß sie wieder unter das Dach ihrer Mutter zurückkehren mußte. Doch in der Zwischenzeit war die Rolle des *pater familias* auf Caesar übergegangen, und sie mußte entdecken, daß ihr jüngerer Bruder nicht annähernd so weichherzig oder beeinflußbar war, wie es ihr Vater gewesen war. Daß sie wieder heiraten mußte, verstand sich von selbst, aber diesmal hatte es ein Mann nach Caesars Geschmack zu sein.

»Sonst suchst du dir doch nur wieder irgendeinen Schwachkopf aus«, hatte er ihr mitleidlos vorgehalten.

Wie Caesar es angestellt hatte, Quintus Pedius, einen trägen und aufrechten campanischen Ritter aus guter, wenn auch nicht adliger Familie, aufzutreiben, wußte niemand so recht. Einige vermuteten, er habe die Sache gemeinsam mit Lucius Decumius ausgeheckt, der zwar nur ein kleiner Halunke aus der vierten Klasse war, aber über erstaunliche Kontakte verfügte. Jedenfalls kam er eines Tages mit Quintus Pedius nach Hause und verlobte seine älteste Schwester mit ihm. Zwar konnte man Quintus nicht gerade gutaussehend nennen, aber dafür war er kolossal reich und fast bis zur Peinlichkeit dankbar dafür, eine junge und schöne Frau aus den höchsten Kreisen der patrizischen Nobilität ehelichen zu dürfen. Lia hatte ihrem fünfzehnjährigen Bruder einen Blick zugeworfen, einmal leer geschluckt und sich gefügt. Selbst in diesem Alter verfügte Caesar über die Fähigkeit, seinem Gesicht und seinen Augen einen Ausdruck zu verleihen, der jeden Widerspruch bereits im Keim erstickte.

Glücklicherweise entwickelte sich die Ehe gut. Lucius Pinarius mochte jung, gutaussehend und draufgängerisch gewesen sein, aber als Ehemann hatte er versagt. Lia entdeckte, daß es viele Vorteile hatte, die Frau eines reichen Mannes zu sein, auch wenn er doppelt so alt war wie sie, und mit der Zeit fing sie sogar an, ihren uninspirierenden zweiten Mann sehr zu schätzen. Sie schenkte ihm einen Sohn und ging so sehr in ihrem luxuriösen Leben auf den Gütern ihres Mannes vor Teanum Sidicinum auf, daß sie, als Scipio Asiagenus und Sulla in der Nachbarschaft ihre Lager aufschlugen, sich schlichtweg geweigert hatte, zu ihrer Mutter zurückzukehren, die, wie sie nur zu gut wußte, ihr angenehmes Leben ihren spartanischen Idealen unterstellen würde. Natürlich führte das nur dazu, daß Aurelia (nach einem Überraschungsbesuch bei Sulla, über den sie kaum mehr sagte, als daß er stattgefunden hatte) höchstpersönlich bei ihr auftauchte und sie nach Rom holte. Allerdings ohne ihre Söhne; Quintus Pedius hatte es vorgezogen, sie bei sich in Teanum zu behalten.

Julia Minor, die von allen Ju-ju genannt wurde, war Anfang des Jahres verheiratet worden, nicht lange nach ihrem achtzehnten Geburtstag. Um zu verhindern, daß sie einem nicht standesgemäßen Freier das Jawort gab, bestand Caesar darauf, die Auswahl zu treffen. Ju-ju wehrte sich heftig gegen seine selbstherrliche Übernahme einer Sache, die in die Hand zu nehmen sie sich selbst durchaus zutraute. Natürlich behielt Caesar die Oberhand und kam mit einem weiteren unglaublich vermögenden Freier heim. Er stammte aus einer alten Senatorenfamilie, im Senat war er Hinterbänkler und durchaus damit zufrieden. Er kam aus Aricia, nicht weit von Caesars Landgut bei Bovillae an der Via Appia, war also Latiner und somit über Quintus Pedius erhaben, der nur Campaner war. Nachdem Ju-ju Marcus Atius Balbus gesehen hatte, heiratete sie ihn ohne Murren. Und sie konnte sich nicht beklagen; Balbus war siebenunddreißig Jahre alt, sah aber für sein fortgeschrittenes Alter überraschend gut aus.

Da Marcus Atius Balbus im Senat saß, unterhielt er neben seinem weitläufigen Landsitz in Aricia ein *domus* in Rom, Ju-ju freute sich, es besser erwischt zu haben als ihre Schwester, konnte sie doch wenigstens mehr oder weniger ständig in Rom leben. Seit einiger Zeit trug Ju-ju ein Kind unter ihrem Herzen, aber das hielt Aurelia nicht davon ab, sie an diesem Nachmittag den ganzen Weg bis zu Gaius Marius' Haus zu Fuß zurücklegen zu lassen.

»Schwangeren Frauen tut es nicht gut, wenn sie verhätschelt werden«, hatte Aurelia erklärt. »Das ist auch der Grund dafür, daß so viele von ihnen bei der Geburt sterben.«

»Ich dachte, du hättest gesagt, sie würden sterben, weil sie sich ausschließlich von Bohnen ernährten«, hielt ihr Ju-ju entgegen.

»Daran auch. Pythagoräische Ärzte sind eine Landplage.«

Noch eine Frau war da, auch wenn sie keine Blutsbande mit den anderen verbanden, keine engen zumindest: die Frau des jungen Marius. Als Tochter des Scaevola Pontifex Maximus wurde sie Mucia Tertia genannt, um sie von ihren beiden berühmten Basen, den Töchtern von Scaevola dem Auguren, zu unterscheiden.

Obwohl Mucia Tertia nicht besonders schön war, hatte sie schon viele Männer um den Schlaf gebracht. Ihre blaßgrünen Augen standen unnatürlich weit auseinander und wurden von dichten schwarzen Wimpern eingefaßt, die nach außen hin länger wurden – ein Phänomen, das den Abstand zwischen ihren Augen noch zu vergrößern schien. Sie hätte es zwar nie zugegeben, aber sie selbst war es, die ihre Wimpern an den inneren Augenwinkeln mit einer winzigen Elfenbeinschere aus Ägypten kürzer trimmte. Mucia Tertia war sich ihrer ungewöhnlichen Anziehungskraft bewußt. Selbst ihre lange, gerade Nase gereichte ihr aus irgendeinem Grund nicht zum Nachteil, und ihr breiter Mund entsprach bei weitem nicht dem römischen Schönheitsideal. Wenn sie lächelte, präsentierte sie ein Gebiß, das aus Hunderten von makellos weißen Zähnen zu bestehen schien. Dabei hatte sie volle und sinnliche Lippen, und ihre cremefarbene Haut paßte hervorragend zu ihrem dunkelroten Haar.

Auch Caesar konnte sich ihrem Zauber nicht entziehen. Mit seinen siebzehneinhalb Jahren war er in sexuellen Dingen schon sehr erfahren, hatte doch jedes weibliche Wesen in der Subura danach gestrebt, diesen hübschen jungen Mann in die Wonnen der Liebe einzuweihen. Nur wenige hatten sich von Caesars Eigenart, darauf zu bestehen, daß sie gebadet und sauber waren, abschrecken lassen. Schnell hatte sich herumgesprochen, daß Caesar über mächtige Waffen verfügte *und* über das Wissen, sie bestmöglich einzusetzen.

Mucia Tertia interessierte Caesar vor allem wegen ihrer geheimnisvollen Aura. Denn so sehr er sich auch bemühte, sie war der einzige Mensch, auf dessen Grund er nicht sehen konnte. Sie lächelte oft und entblößte dabei stets ihre weißen Zähne, aber niemals widerspiegelte sich das Lächeln in ihren außergewöhnlichen Augen, und niemals deutete sie mit irgendeiner Geste oder einem Zeichen an, was sie wirklich empfand.

Seit vier Jahren war sie mit dem jungen Marius verheiratet, und keiner von beiden hatte seither eine sonderlich große Leidenschaft für den anderen an den Tag gelegt. Ihre Unterhaltungen verliefen in einem angenehmen Plauderton, blieben aber stets förmlich. Niemals tauschten sie diese Blicke voll geheimen Verstehens aus, wie das die meisten anderen Paare taten, und keiner von beiden streckte jemals die Hand aus, den anderen zu berühren, nicht einmal dann, wenn sie allein waren. Ihre Ehe war kinderlos, und falls ihre Vereinigung wirklich ohne jedes Gefühl war, dann schien zumindest der junge Marius nicht darunter zu leiden: Er war ein stadtbekannter Schürzenjäger. Was aber ging in Mucia Tertia vor, der noch nie jemand indiskretes Verhalten, geschweige denn Ehebruch nachgesagt hatte? War sie glücklich? Liebte sie den jungen Marius? Oder haßte sie ihn? Unmöglich, das zu sagen – und doch, Caesar spürte, daß Mucia Tertia zutiefst unglücklich war.

Inzwischen hatten sich alle niedergelassen, und aller Augen ruhten auf dem jungen Marius, der es sich auf einem Stuhl bequem gemacht hatte. Caesar, bemüht, sich nicht zurücksetzen zu lassen, hatte sich ebenfalls einen Stuhl geholt, sich aber nicht an die Seite des jungen Marius in der Mitte des Bogens gesetzt, den die drei Liegen formten, sondern schräg hinter seine Mutter. So konnte er zwar nicht die Gesichter der ihm wichtigsten Frauen sehen, dafür aber den jungen Marius, Mucia Tertia und den Verwalter Strophantes im Auge behalten. Strophantes war gebeten worden, der Versammlung beizuwohnen, hatte es aber, entgegen der Einladung des jungen Marius, sich zu setzen, vorgezogen, an der Tür stehen zu bleiben.

Marius fuhr sich – ein an ihm ungewohntes Zeichen der Nervosität – mit der Zunge über die Lippen. Dann fing er an zu sprechen. »Heute am frühen Nachmittag habe ich Besuch von Gnaeus Papirius Carbo und Marcus Junius Brutus erhalten.«

»Ein sonderbares Paar«, warf Caesar ein, der darauf aus war, Marius ein wenig aus dem Konzept zu bringen.

Der junge Marius bestrafte ihn mit einem wütenden Blick, ließ sich aber nicht beirren. Immerhin, dachte Caesar, ein Anfang.

Doch was sein Vetter dann sagte, durchkreuzte seine Absichten. »Sie haben mich gefragt, ob ich mich zusammen mit Gnaeus Carbo um das Amt des Konsuls bewerben würde. Ich habe ihnen zugesagt.«

Der Aufruhr war allgemein. Auf den Gesichtern seiner Schwestern konnte Caesar bares Erstaunen erkennen, der Rücken seiner Tante zuckte wie in einem Krampf zusammen, und in Mucia Tertias bemerkenswerte Augen trat ein sehr bestimmter, gleichwohl undeutbarer Ausdruck.

»Aber mein Sohn, du sitzt noch nicht einmal im Senat«, rief Julia aus.

»Doch, ab morgen. Perperna nimmt mich in die Listen auf.«

»Du bist noch nicht einmal Quästor gewesen, geschweige denn Prätor.«

»Der Senat ist bereit, mir die üblichen Voraussetzungen zu erlassen.«

»Aber du hast weder die nötige Erfahrung noch das Wissen«, beharrte Julia, und ihre Stimme klang verzweifelt.

»Mein Vater war siebenfacher Konsul, ich bin inmitten von Konsularen aufgewachsen, und Carbo könnt ihr kaum unerfahren nennen.«

»Warum hast du uns herbestellt?« fragte Aurelia.

Der junge Marius blickte seine Tante ernst an. »Um diese Angelegenheit mit euch zu besprechen natürlich«, antwortete er ein wenig verdutzt.

»Unsinn!« erwiderte Aurelia barsch. »Du hast dich nicht nur bereits entschieden, du hast Carbo längst zugesagt, dich an seiner Seite zur Wahl aufstellen zu lassen. Mir scheint, du hast uns in diesem frostigen Wetter nur hierherbestellt, um uns eine Nachricht zu präsentieren, die wir fast ebenso schnell auf der Straße aufgeschnappt hätten.«

»Das ist nicht richtig, Tante Aurelia.«

»Natürlich ist es so!« fuhr sie ihn an.

Mit hochrotem Kopf wandte sich der junge Marius wieder seiner Mutter zu und streckte ihr flehentlich seine Hand entgegen. »Mama, es ist wirklich nicht so. Ja, ich habe Carbo zugesagt, mich aufstellen zu lassen, aber ... aber ich hatte immer die Absicht, mir anzuhören, was meine Familie dazu zu sagen hat. Wirklich! Ich kann mich immer noch anders entscheiden.«

»Ha! Du und dich anders entscheiden!« fuhr Aurelia dazwischen.

»Sei ruhig, Aurelia.« Julias Finger umklammerten Aurelias Handgelenk. »Ich will keinen Streit in diesem Raum.«

»Du hast vollkommen recht, Tante Julia, ein Streit ist das letzte, was wir jetzt brauchen könnten«, ergriff Caesar das Wort und zwängte sich zwischen seine Mutter und seine Tante. »Warum hast du ja gesagt?« Caesar sah seinen Vetter mit einem bohrenden Blick an.

»Etwas mehr Vertrauen in meine Intelligenz hätte ich mir von dir doch erhofft, Caesar.« Marius ließ sich von Caesars Frage nicht aufs Glatteis führen. »Ich habe aus demselben Grund ja gesagt, aus dem auch du ja sagen würdest, müßtest du nicht Priestermütze und Mantel tragen.«

»Ich verstehe zwar, warum du annimmst, ich hätte ebenfalls ja gesagt, aber tatsächlich hätte ich Carbos Ansinnen abgelehnt. *In suo anno* ist der richtige Zeitpunkt.«

»Außerdem verstößt es gegen das Gesetz«, warf Mucia Tertia unvermittelt ein.

»Nein«, antwortete Caesar, bevor sein Vetter etwas erwidern

konnte. »Es verstößt zwar gegen die Sitten und sogar gegen die *lex Villia annalis,* aber ungesetzlich ist es nicht. Das wäre es nur, wenn dein Ehemann das Amt gegen den erklärten Willen des Senats und des Volkes von Rom annähme. Der Senat und das Volk haben die Macht, die *lex Villia* außer Kraft zu setzen. Und genau das wird auch geschehen. Der Senat und das Volk werden die notwendigen Erlasse verabschieden. Der einzige, der dieses Vorgehen als ungesetzlich verdammen wird, wird Sulla sein.«

Eine ungute Stille breitete sich aus.

»Das ist das Schlimmste daran«, ließ sich schließlich Julia mit verzagter Stimme hören. »Du stellst dich gegen Sulla.«

»Ich hätte mich so oder so gegen Sulla stellen müssen, Mama«, entgegnete der junge Marius.

»Aber nicht als der inaugurierte Repräsentant des Senats und des Volkes von Rom. Konsul zu werden heißt, die letztendliche Verantwortung zu übernehmen, heißt, Roms Truppen ins Feld zu führen.« Eine Träne rollte über Julias Wange. »Auf dich wird sich Sullas Denken konzentrieren, und Sulla ist der gewaltigste aller Männer. Ich kenne ihn nicht so gut wie deine Tante Aurelia, Gaius, aber ich kenne ihn. Ich habe ihn sogar gemocht, in den Tagen, in denen er sich um deinen Vater gekümmert hat. Sulla hat all die kleinen Ungereimtheiten, die sich immer um deinen Vater herum zu ereignen schienen, zurechtgerückt. Er ist geduldiger und aufmerksamer, als es dein Vater war, und ein Mann von beträchtlichem Ehrgefühl. Aber eine sehr wichtige Eigenschaft hatte dein Vater mit Lucius Cornelius gemein. Wenn alle anderen Mittel versagen, seien es nun Gesetze oder die Unterstützung der Massen, sind – oder sollte ich besser sagen waren? – beide bereit, alles, und zwar wirklich alles zu tun, um ihre Ziele zu erreichen. Aus diesem Grund sind beide gegen Rom marschiert. Und aus demselben Grund wird Lucius Cornelius, wenn Rom dich wirklich zum Konsul wählt, wieder gegen Rom marschieren. Deine Wahl zum Konsul ist für ihn das Zeichen, daß Rom bis zum bitteren Ende kämpfen will, daß eine friedliche Lösung ausgeschlossen ist.« Sie seufzte und wischte sich eine Träne von der Wange. »Wegen Sulla will ich, daß du dich anders besinnst. Wenn du alt genug wärst und über ausreichend Erfahrung verfügtest, könntest du vielleicht sogar siegen. Aber du bist weder das eine, noch hast du das andere. Du kannst nicht gewinnen. Und ich werde meinen einzigen Sohn verlieren.«

Julias Bittrede war geprägt von Vernunft und Reife – Eigenschaften, die dem jungen Marius abgingen; und so hatten sich seine Züge, während er ihrer aus dem tiefsten Inneren kommenden Rede lauschte, immer mehr verhärtet. Nun setzte er zu einer Antwort an.

»Nun, Mater«, kam ihm Caesar zuvor, »wie Tante Julia schon gesagt hat, du kennst Sulla am besten von uns allen. Was denkst du?«

Wenig brachte Aurelia aus der Fassung, und sie hatte nach wie vor nicht die Absicht, ihnen Einzelheiten von ihrer letzten Begegnung mit Sulla zu berichten, von jenem tragischen, schrecklichen Zusammentreffen in seinem Lager. »Du hast recht, ich kenne Sulla gut. Ich habe ihn, wie ihr alle wißt, vor nicht allzu langer Zeit getroffen. In den alten Tagen war ich die erste, die er sah, wenn er in die Stadt zurückkam, und die letzte, wenn er wieder ging. Dazwischen habe ich Sulla, und das ist typisch für ihn, fast nie gesehen. In seinem Herzen ist er ein Schauspieler, er kann ohne das Drama nicht leben. Ja, er weiß, wie man eine im Grunde harmlose Situation bis zum Äußersten mit Spannung auflädt. Deswegen hat er auch seine Besuche so gelegt, hat meine Rolle in seinem Leben mit mehr Farbigkeit, mehr Bedeutung ausgestattet. Statt eines gewöhnlichen Besuchs bei einer Dame, mit der er über Nebensächlichkeiten plauderte, verlieh er jedem seiner Besuche die Aura eines Abschieds oder einer Wiedervereinigung.«

Caesar lächelte seine Mutter an, dann sagte er sanft: »Du hast meine Frage nicht beantwortet, Mater.«

»Das habe ich auch gar nicht vor«, setzte sie ihm bestimmt entgegen. Statt dessen fixierte sie den jungen Marius. »Du mußt dir darüber im klaren sein, daß Sulla dich, wenn du ihm als Konsul entgegentrittst, ebenfalls mit Bedeutung ausstatten wird. Dein Alter und der Name deines Vaters werden Sulla dazu dienen, das Drama seines Kampfes um die Macht in Rom noch etwas dramatischer auszugestalten. Denk an deine Mutter, Neffe. Um ihrer willen laß die Finger von dieser Idee! Wenn du gegen Sulla kämpfen mußt, dann als einer von vielen Militärtribunen.«

»Was denkst du?« wandte sich der junge Marius an Caesar.

»Ich sage, tue es. Werde Konsul vor deinem Jahr.«

»Lia?«

Lia richtete ihren gequälten Blick auf Julia und sagte: »Bitte, tu es nicht, Vetter.«

»Ju-ju?«

»Ich stimme meiner Schwester zu.«

»Frau?«

»Du mußt mit deinem Glück gehen.«

»Strophantes?«

Der alte Verwalter seufzte vernehmlich und sagte: »*Domine,* tu es nicht.«

Der junge Marius hatte einen Arm um die Stuhllehne geschlungen und nickte bedächtig. Die Bewegung übertrug sich auf seinen Oberkörper, der sanft vor- und zurückschwang. Er schürzte die Lippen, blies die Luft durch seine Nasenlöcher und sagte: »Genau, wie ich es erwartet habe. Der weibliche Teil meiner Verwandtschaft und mein Verwalter flehen mich an, mich nicht vor meiner Zeit und über das, was mir zukommt, zu erheben und dadurch meine Person in Gefahr zu bringen. Meine Tante scheint auch zu sagen, daß ich meinen Ruf aufs Spiel setzen werde, während meine Frau es Fortuna in den Schoß legt – bin ich einer von Fortunas Günstlingen? Nur mein Vetter sagt, ich solle es wagen.«

Er erhob sich, seine Erscheinung beherrschte den Raum. »Ich werde das Wort, das ich Gnaeus Papirius Carbo und Marcus Junius Brutus gegeben habe, nicht zurücknehmen. Falls Marcus Perperna meiner Ernennung zum Senator und der Senat den notwendigen Erlassen zustimmen, werde ich meine Kandidatur um das Amt des Konsuls bekanntgeben.«

»Du hast uns immer noch nicht gesagt, warum du es tust«, sagte Aurelia.

»Ich dachte, das sei klar. Rom ist in einer verzweifelten Lage, Carbo kann keinen geeigneten Mitkonsul finden. An wen also wendet er sich? An mich, den Sohn des Gaius Marius. Rom liebt mich! Rom braucht mich! Das ist der Grund.«

Nur die ältesten und vertrautesten Gefolgsmänner hätten den Mut aufgebracht, das zu sagen, was Strophantes jetzt sagte. Der Verwalter ergriff das Wort nicht nur für die verzweifelte Mutter, sondern auch für den toten Vater. »Es ist dein Vater, den Rom liebt, *domine!* Rom wendet sich deines Vaters wegen an dich. Rom kennt dich nicht, Rom weiß nur, daß du der Sohn des Mannes bist, der die Stadt vor den Germanen gerettet hat, der die ersten Siege gegen die Italiker errang und siebenfacher Konsul war. Wenn du zum Konsul gewählt wirst, dann nicht, weil du du selbst bist, sondern weil du der Sohn deines Vaters bist.«

Der junge Marius liebte Strophantes, und Strophantes wußte das auch. Deshalb reagierte er sehr zurückhaltend auf dessen Worte. Er kniff lediglich seine Lippen zusammen und sagte: »Ich weiß. Aber es liegt in meiner Hand, Rom zu zeigen, daß der junge Marius seinem hochgeehrten alten Vater in nichts nachsteht.«

Caesar sah zu Boden und schwieg. Warum, fragte er sich, hatte der verrückte Greis den Mantel und die Mütze des Jupiterpriesters nicht seinem Sohn verpaßt? Ich könnte es tun. Aber der junge Marius? Niemals!

Gegen Ende Dezember versammelten sich die Wähler in ihren Zenturien auf dem Marsfeld. Der junge Marius wurde zum ersten Konsul gewählt, Gnaeus Papirius Carbo zum zweiten Konsul. Die Tatsache, daß der junge Marius weit mehr Stimmen auf sich vereinigte als Carbo, verdeutlichte Roms Verzweiflung, die Ängste und Sorgen, welche die Stadt plagten. Viele, die ihre Stimme dem jungen Marius gegeben hatten, waren auch zutiefst davon überzeugt, daß er wenigstens einen Teil der Anlagen seines Vaters geerbt hatte, daß unter ihm ein Sieg gegen Sulla wieder in den Bereich des Möglichen rückte.

In einer Hinsicht trug das Wahlergebnis überreiche Früchte: Die jungen Männer strömten, vor allem in Etruria und Umbria, zuhauf zu den Waffen. Die Söhne und Enkel von Gaius Marius' Klienten schlossen sich frohgemut und zuversichtlich den Legionen seines Sohnes an. Und als der junge Marius die riesigen Ländereien seines Vaters aufsuchte, wurde er als Retter gepriesen und von den Menschen bejubelt.

Rom legte sein Festtagsgewand an, der Inauguration seiner neuen Konsuln am ersten Tag des neuen Jahres beizuwohnen. Und Rom wurde nicht enttäuscht. Der junge Marius trug während den Zeremonien eine strahlende Glückseligkeit zur Schau, mit der er die Herzen all derer, die ihn erblickten, eroberte; großartig, wie er aussah! Er lächelte, winkte und grüßte bekannte Gesichter in der Masse. Und da jedermann wußte, wo seine Mutter stand (zu Füßen der riesenhaften Statue ihres verblichenen Ehemannes neben der Rostra), wurden auch alle Zeugen, wie der frischgebakkene erste Konsul seinen Platz in der Prozession verließ, zu seiner Mutter eilte und ihr Hände und Lippen küßte – und seinen Vater mit einer Geste der Tapferkeit ehrte.

Vielleicht, dachte Carbo zynisch, war es das, was das Volk in dieser Stunde brauchte: die Macht der Jugend. Wie lange war es her, daß die Massen einem neugewählten Konsul am Tag seiner Inauguration so vorbehaltlos zugejubelt hatten? Geben die Götter, daß Rom dereinst diesen Kuhhandel von Wahl nicht wird bereuen müssen. Bisher hatte sich der junge Marius sehr anmaßend aufgeführt; er schien es als gegeben hinzunehmen, daß ihm alles von selbst in den Schoß fallen werde, daß er nicht dafür arbeiten müsse, daß die Schlachten der Zukunft schon geschlagen und gewonnen seien.

Die Omen waren nicht gut, obgleich den neuen Konsuln bei ihrer Nachtwache auf dem Kapitol nichts Unziemliches zu Gesicht gekommen war. Was düster über allem hing, war eine Lücke, eine Lücke von solchem Ausmaß, daß keiner sie übersehen oder ignorieren konnte. Dort, wo sich der mächtige Tempel des Jupiter Optimus Maximus seit fünfhundert Jahren auf dem höchsten Punkt des Kapitols erhoben hatte, lag nur noch ein Haufen verkohlter Schutt. Am sechsten Tag des Quintilis des eben erst zu Ende gegangenen Jahres war im Innern der Heimstatt des Großen Gottes ein Feuer ausgebrochen und hatte sieben Tage lang gewütet. Nichts war übriggeblieben, gar nichts. Der Tempel war so alt gewesen, daß er, abgesehen von dem Podium, ganz aus Holz erbaut worden war. Die massiven Säulentrommeln der schlichten dorischen Säulen waren ebenso aus Holz gewesen wie die Wände, das Sparrenwerk und die Innenverkleidung. Allein die schiere Größe und Massigkeit des Tempels, die seltenen und kostbaren Farben, die hervorragenden Wandmalereien und die überreichen Goldverzierungen hatten das Bauwerk in den Rang einer angemessenen Heimstatt für Jupiter den Besten und Größten, der ausschließlich an diesem Ort lebte, erhoben.

Nachdem sich die Asche genügend abgekühlt hatte, konnten

die Priester die Unglücksstätte in Augenschein nehmen. Nun jagte eine Schreckensnachricht die andere. Von der gigantischen Terrakottastatue Jupiters, die der etruskische Bildhauer Vulca unter König Tarquinius' Regentschaft in Rom erschaffen hatte, war nicht eine Spur übriggeblieben. Auch die Elfenbeinstatuen von Juno, der Gemahlin des Jupiter, und ihrer Tochter Minerva waren ein Raub der Flammen geworden; dasselbe galt für die Abbilder der in dem Tempel untergeschlüpften Untermieter, des Grenzgottes Terminus und Juventas, der Göttin der Jugend, die sich geweigert hatte, ihren Platz zu verlassen, als König Tarquinius mit dem Bau der Heimstatt für Jupiter Optimus Maximus begonnen hatte. Gesetzestafeln und uralte Aufzeichnungen waren verbrannt, ebenso wie die Sibyllinischen Bücher und zahllose andere prophetische Zeugnisse, die Rom in Krisenzeiten zur Orientierung gedient hatten. Unzählbar auch die aus Gold und Silber gefertigten Schätze, die in den Flammen geschmolzen waren, selbst die massivgoldene Statue der Victoria, die ihr Hieron aus Syrakus nach der Schlacht am Trasimenersee gewidmet hatte, und die massivbronzene, mit Gold belegte Abbildung der Victoria auf einer *biga,* einem zweispännigen Pferdewagen. Die zu absurden Klumpen zusammengeschmolzenen Metalle wurden zwar aus dem Schutt herausgesucht und von Schmieden wieder aufbereitet. Doch die daraus gefertigten Barren konnten kein Ersatz sein für die unsterblichen Namen der ursprünglichen Bildhauer – Praxiteles und Myron, Strongylion und Polykletes, Skopas und Lysippus. Kunst und Geschichte hatten sich in demselben Flammenmeer aufgelöst wie die irdische Heimstatt des Jupiter Optimus Maximus.

Einige benachbarte Tempel waren ebenfalls in Mitleidenschaft gezogen worden, insbesondere der Tempel der Ops, der geheimnisvollen, gesichts- und leiblosen Wächterin über Roms öffentliche Wohlfahrt. So groß war das Ausmaß der Zerstörung, daß ihr Tempel neu aufgebaut und geweiht werden mußte. Auch der Tempel der Fides Publica war stark beschädigt; die Hitze des nebenan wütenden Feuers hatte die Verträge und Pakte, die an den Innenwänden des Tempels aufgehängt waren, ebenso verkohlen lassen wie die Leinenwickel, die um die rechte Hand einer uralten Statue gewunden waren, von der man dachte, sie stelle die Fides Publica dar. Ein weiteres Bauwerk hatte unter dem Feuer gelitten; doch da es erst vor kurzer Zeit errichtet worden war und überwiegend aus Marmor bestand, war zu seiner Wiederherstellung wenig mehr als ein neuer Anstrich vonnöten. Es handelte sich dabei um den Tempel, den Gaius Marius zu Ehren des Honos und der Virtus hatte errichten lassen und in dem seine Kriegstrophäen, militärischen Auszeichnungen und Geschenke an Rom verwahrt wurden. Was das Volk Roms am meisten beunruhigte, war die Tatsache, welche Götter am stärksten von dem Brand in Mitleidenschaft gezogen wurden: Jupiter Optimus Maximus war Roms wichtigster Gott; Ops war für das öffentliche Wohl der Stadt zuständig; Fides Publica kümmerte sich um die guten Beziehungen zwischen den Römern und ihren Göttern; auf Honos und Virtus schließlich stützte sich der Ruhm des römischen Kriegshandwerks. So wurde jeder Römer von derselben Frage geplagt: War das Feuer ein Omen dafür, daß die Tage von Roms Aufstieg vorüber waren? War das Feuer ein Omen für das bevorstehende Ende?

Die Konsuln, die an diesem Neujahrstag ihr Amt antraten, waren die ersten, die nicht in der Heimstatt Jupiters des Besten und Größten geweiht wurden. Zu Füßen des alten, geschwärzten Steinpodiums, auf dem der Tempel geruht hatte, wurde unter einem Baldachin ein behelfsmäßiger Schrein errichtet, auf dem die neuen Konsuln ihre Opfer darbrachten und ihren Amtseid schworen.

Caesar, dessen blondes Haar unter dem Elfenbeinhelm verborgen war und dessen Körper in dem schweren, engen Priestermantel steckte, wohnte den Riten in seiner offiziellen Funktion bei, obgleich ihm keine aktive Rolle zukam; die Zeremonien wurden von dem obersten Priester der Republik, dem Pontifex Maximus Quintus Mucius Scaevola durchgeführt, dem Schwiegervater des jungen Marius.

Für Caesar war das Ganze doppelt schmerzlich. Zum einen hatte die Zerstörung des Großen Tempels ihn, den Jupiterpriester, seiner religiösen Heimstatt beraubt, zum anderen war ihm deutlich bewußt, daß er in seiner purpurgesäumten Toga niemals Konsul werden konnte. Doch hatte er gelernt, mit seinen Schmerzen umzugehen, besaß er genügend Selbstbeherrschung, die Zeremonien in aufrechter Haltung und ohne jede Gefühlsregung durchzustehen.

Die Zusammenkunft des Senats und das anschließende Fest waren von dem Schrein in die Curia Hostilia verlegt worden, den Sitz des Senats und vorschriftsgemäß geweihten Tempel. Obwohl Caesar vom Alter her der Zutritt in das Innere der Curia Hostilia untersagt war, war er als Jupiterpriester automatisch auch Mitglied des Senats. So verwehrte ihm niemand den Zutritt, und er folgte regungslos den kurzen, formellen Handlungen, die der junge Marius als erstgewählter Konsul recht ordentlich vollzog. Die Statthalter, die in zwölf Monaten ihr Amt antreten würden, wurden per Losentscheid aus den diesjährigen Prätoren und den beiden Konsuln ausgewählt, der Tag des Festes des Jupiter Latiaris auf dem Albanerberg wurde festgesetzt, ebenso der Zeitpunkt der anderen beweglichen Festtage öffentlicher und religiöser Natur.

Im Anschluß an die Zeremonien wurden auserlesene Speisen in rauhen Mengen aufgetischt. Da Caesar als Jupiterpriester davon nur wenig essen durfte, suchte er sich einen unauffälligen Platz und lauschte den Unterhaltungen, die an sein Ohr drangen, während die Senatoren sich zu ihren bevorzugten Liegen begaben. Einigen war von ihrer Stellung her vorgeschrieben, wo sie Platz zu nehmen hatten, etwa jenen, die ein Friedensrichter-, ein Priester- oder ein Augurenamt innehatten. Die meisten Senatoren aber konnten ihre Plätze frei wählen und sich an den Köstlichkeiten laben, die aus dem unerschöpflichen Reichtum des jungen Marius quollen.

Die Reihen waren dünn besetzt, kaum hundert Männer befanden sich in der Versammlungshalle. Viele Senatoren waren zu Sulla geflohen, und auch von denen, die der Inauguration der Konsuln beigewohnt hatten, standen bei weitem nicht alle auf seiten der Konsuln oder stimmten ihren Plänen zu. Quintus Lutatius Catulus etwa war sicherlich kein Gefolgsmann Carbos; sein Vater, Catulus Caesar, war ein unversöhnlicher Feind des Marius gewesen und bei Gaius Marius' Blutbad umgekommen; und sein Sohn war aus demselben Holz geschnitzt, wenn auch nicht so begabt oder so gebildet wie sein Vater. Bestimmt, sinnierte Caesar, lag das an der Verdünnung des julischen Blutes durch die Mutter, einer Domitia Ahenobarbi. Ihre Familie war zwar berühmt, aber ganz bestimmt nicht der Intelligenz ihrer Mitglieder wegen. Caesar mochte Catulus nicht, ein Vorurteil, das von dessen Aussehen herrührte; er war dünn, untersetzt und hatte von seiner Mutter das rote Haar und ihre Sommersprossen geerbt. Catulus war mit der Schwester des Mannes verheiratet, der sich neben ihm auf derselben Liege ausgestreckt hatte. Dieser Mann wiederum, Quintus Hortensius, war mit Catulus' Schwester Lutatia verheiratet. Hortensius, noch Anfang Dreißig, war unter Cinnas und Carbos Herrschaft zum führenden Advokaten Roms aufgestiegen und wurde von manchen sogar als der klügste Rechtsgelehrte in der Geschichte Roms gepriesen. Hortensius war ein gutaussehender Mann, dessen sinnliche Unterlippe seine Vorliebe für die kleinen Annehmlichkeiten des Lebens verriet – und sein auf Caesar ruhender Blick seine Vorliebe für schöne junge Männer. Caesar, erfahren im Umgang mit solchen Blicken, machte jeden weiterführenden Gedanken, der sich in Hortensius' Geist vielleicht formen mochte, zunichte, indem er eine unmögliche Grimasse schnitt und mit den Augen schielte. Hortensius errötete und wandte sich schnell wieder zu Catulus um.

Just in diesem Augenblick kam ein Diener zu Caesar und teilte ihm mit, daß sein Vetter ihn zu sehen wünsche. Caesar erhob sich von der untersten Sitzreihe, auf der er sich niedergelassen hatte, und schlurfte in seinen an den Fersen offenen Holzschuhen auf die andere Seite der Halle, wo der junge Marius und Carbo lagen. Er küßte seinen Vetter auf die Wange und setzte sich auf die Kante des kurulischen Podiums hinter der Liege.

»Ißt du nichts?« fragte der junge Marius und schob sich ein Stück Fisch in den Mund.

»Es gibt nicht viel, das ich essen darf.«

»Stimmt, hab's vergessen«, schmatzte der junge Marius mit vollem Mund. Er schluckte den Fisch hinunter und deutete auf die riesige Platte, die auf dem Tisch vor ihm stand. »Aber davon kannst du essen, soviel du willst.«

Caesar betrachtete den teilweise zerlegten Fisch ohne jeden Enthusiasmus; es war ein Barsch aus dem Tiber. »Ich danke dir«, sagte er, »aber ich konnte noch nie eine Tugend darin erkennen, Scheiße zu essen.«

Diese Bemerkung ließ den jungen Marius vor Belustigung glucksen, hielt ihn aber nicht davon ab, sich weiter an dem Fleisch einer Kreatur zu laben, die sich von den Exkrementen ernährte, die aus Roms Kanalisation in den Tiber strömten. Carbos Magen war, wie Caesar amüsiert feststellte, weniger robust. Carbos Hand, die sich eben noch nach dem Barsch ausgestreckt hatte, zuckte zurück und griff statt dessen nach einem gerösteten Hühnchen.

Natürlich fiel Caesar da, wo er jetzt stand, viel mehr auf. Aber das hatte auch seine guten Seiten, denn auch er konnte jetzt mehr sehen. Und während er mit dem jungen Marius scherzte, blickten seine Augen in die Runde. Mochte Rom mit der Wahl eines sechsundzwanzigjährigen ersten Konsuls glücklich sein, etliche der den Festlichkeiten beiwohnenden Männer waren es offensichtlich ganz und gar nicht. Das galt vor allem für Carbos Günstlinge, für Brutus Damasippus, Carrinas, Marcus Fannius, Censorinus, Publius Burrienus, Publius Albinovanus den Lucaner ... Natürlich gab es auch einige, die sehr zufrieden aussahen, Marcus Marius Gratidianus etwa oder auch Scaevola Pontifex Maximus. Doch diese beiden waren verwandt mit dem jungen Marius und hatten sozusagen ein ureigenes Interesse daran, dem neuen ersten Konsul alles Gute zu wünschen.

Da tauchte der jüngere Marcus Junius Brutus am Ende von Carbos Liege auf und wurde, wie Caesar auffiel, von dem in solchen Dingen sonst eher zurückhaltenden Carbo mit ungewöhnlicher Heftigkeit begrüßt. Daraufhin entschloß sich der junge Marius, nach geselligerem Umgang zu suchen, und überließ Brutus seinen Platz, der Caesar im Vorbeigehen zunickte, ihn aber ansonsten kaum beachtete. Das war das Beste an seiner Position als Jupiterpriester: Weil er politisch bedeutungslos war, kümmerte er niemanden, und Carbo und Brutus sprachen völlig offen.

»Wir können uns zu einem gelungenen Schachzug gratulieren«, sagte Brutus und griff mit seinen Fingern nach dem Barsch.

»Hhmm.« Carbo warf das Hühnchen mit einem Ausdruck des Widerwillens weg und langte nach Brot.

»Du könntest dich ruhig etwas begeisterter zeigen.«

»Worüber? Über den jungen Marius? Er ist so hohl wie ein ausgeblasenes Ei, Brutus. Ich habe ihn in dem vergangenen Monat oft genug erlebt, das kannst du mir glauben. Er wird zwar den Januar über die *fasces* halten, aber an mir wird die ganze Arbeit hängenbleiben.«

»Und? Hast du etwas anderes erwartet?«

»Ach, ich weiß nicht ...« Carbo zuckte mit den Schultern und warf das Brot weg; Caesars Bemerkung über den Verzehr von Scheiße hatte ihm den Appetit verdorben. »Vielleicht hatte ich gehofft, daß er doch noch so etwas wie Vernunft entwickeln würde. Immerhin ist er Marius' Sohn, und seine Mutter ist eine Julierin. Das müßte doch einiges wert sein.«

»Ist es aber nicht, oder wie soll ich dich verstehen?«

»Nicht das verrotzte Taschentuch deiner Großmutter! Das Beste, was ich über ihn sagen kann, ist, daß er nützlicher Zierat ist. Mit ihm an der Seite sehen wir sehr schmuck aus, und er zieht uns scharenweise neue Soldaten an Land.«

»Vielleicht liegt ihm das Kriegshandwerk mehr«, sagte Brutus und wischte seine Hände an einem Leinentüchlein ab, das ihm ein Sklave reichte.

»Vielleicht. Ich vermute aber eher das Gegenteil. An deinen Ratschlag werde ich mich halten, da kannst du Gift darauf nehmen.«

»Welchen Ratschlag?«

»Ihm nicht gleich die besten Soldaten zu geben.«

»Oh!« Brutus warf das Leinentüchlein hinter sich, ohne darauf zu achten, ob es dem stumm neben Caesar stehenden Diener gelang, es aufzufangen. »Ist Quintus Sertorius nicht hier? Ich hatte gehofft, ihn wenigstens bei dieser Gelegenheit in Rom anzutreffen. Immerhin ist er der Vetter unseres neuen ersten Konsuls.«

Carbo lachte, aber es klang nicht glücklich. »Sertorius, mein lieber Brutus, hat unserer Sache den Rücken gekehrt. Er hat Sinuessa seinem Schicksal überlassen und sich nach Telamon davongemacht. Dort hat er aus den etrurischen Klienten des Gaius Marius eine Legion aufgestellt und ist mit den Winterwinden nach Tarraco gesegelt. Mit anderen Worten, er hat sein Amt als Statthalter des diesseitigen Spanien sehr früh angetreten. Ohne Zweifel baut er darauf, daß es noch vor Ablauf seiner Amtsperiode hier zu einer Entscheidung kommt.«

»Dieser Hasenfuß!« rief Brutus aufgebracht aus.

Carbo stieß einen obszönen Laut aus. »Nein, Sertorius doch nicht. Ich würde ihn eher als eigenartig bezeichnen. Hast du jemals bemerkt, daß er keine Freunde hat? Und keine Frau? Und – dafür sollten wir alle den Göttern dankbar sein – auch nicht Gaius Marius' Ehrgeiz. Wenn er den besäße, Brutus, dann wäre er jetzt erster Konsul.«

»Ich für meinen Teil bedauere, daß er uns im Stich gelassen hat. Mit ihm hätten wir den Sieg schon so gut wie sicher in der Tasche gehabt. Abgesehen von seinen militärischen Talenten weiß er nämlich auch, wie Sulla kämpft.«

Statt zu antworten, würgte Carbo und hielt sich den Bauch. »Ich glaube, ich werde mich zurückziehen und ein Brechmittel nehmen. Die Speisen, die unser Frischling hat auffahren lassen, bekommen meinem Magen nicht.«

Brutus half ihm von der Liege auf und führte ihn zu der auf der anderen Seite des Podiums mit Wandschirmen abgetrennten Ecke der Halle, wo mehrere Diener damit zugange waren, ein ganzes Arsenal von Töpfen und Schüsseln für diejenigen bereitzuhalten, die ein gewisses Bedürfnis verspürten.

Caesar sandte Carbo einen verächtlichen Blick hinterher und entschied, daß er die wichtigste Unterhaltung auf diesem Inaugurationsfest bereits miterlebt hatte. Mit einer raschen Bewegung schlüpfte er aus seinen Holzschuhen, hob sie auf und stahl sich leise davon.

Lucius Decumius hatte in einem geschützten Winkel des Vestibüls der Curia Hostilia gewartet und stand an Caesars Seite, kaum daß er aus der Halle geschritten kam. In seinen Armen hielt er eine Kollektion dem Wetter angemessener Kleidungsstücke – robuste Stiefel, einen Überwurf mit Kapuze, Socken und ein Paar wollener, knielanger Hosen. Caesar entledigte sich seiner priesterlichen Aufmachung. Er hielt Lucius Decumius seine Priestermütze, den Mantel und seine Holzschuhe hin, der sie an eine hinter ihm stehende riesenhafte Gestalt weiterreichte, die alles in einen ledernen Zugbeutel stopfte.

»Was? Schon zurück aus Bovillae, Burgundus?« rief Caesar, der vor Kälte nach Luft schnappte, während er versuchte, einen seiner senkellosen Schuhe überzuziehen.

»Ja, Caesar.«

»Wie geht es dir? Alles in Ordnung mit Cardixa?«

»Ich bin Vater eines weiteren Sohnes.«

»Ich habe es dir doch gesagt, Pavo mein Pfau!« kicherte Lucius

Decumius. »Bis du Konsul bist, hat er eine ganze Leibwache für dich großgezogen.«

»Ich werde niemals Konsul werden«, sagte Caesar und sah auf das nur verschwommen sichtbare Ende der Basilica Aemilia hinaus. Er schluckte vor Schmerz.

»Unsinn! Natürlich wirst du Konsul werden«, sagte Lucius Decumius und nahm Caesars Gesicht in seine behandschuhten Hände. »Hör auf, solch düsteren Gedanken nachzuhängen! Es gibt nichts auf dieser Welt, das dich aufhalten kann, wenn du dich erst einmal für etwas entschieden hast. Hast du mich verstanden?« Er ließ seine Hände sinken und gab dann Burgundus ein ungeduldiges Zeichen. »Los, mach schon, du germanischer Klotz! Bahne dem Meister einen Weg.«

Der Winter blieb weiterhin kalt, und er schien nie mehr enden zu wollen. Unter dem Pontifex Maximus Scaevola hatten sich die Jahreszeiten nach einigen Jahren wieder an den Kalender gehalten. Wie auch Metellus Delmaticus hatte Scaevola auf die Übereinstimmung der Jahreszeiten mit dem Kalender geachtet. Aber der Pontifex Maximus zwischen ihnen, Gnaeus Domitius Ahenobarbus, hatte zugelassen, daß der Kalender, der zehn Tage kürzer war als das Sonnenjahr, ungezügelt vorangaloppiert war. Ahenobarbus hatte verkündet, er halte nicht viel von affektierten griechischen Traditionen.

Im März endlich setzte Tauwetter ein, und ganz Italien atmete auf. Die Legionen wachten aus ihrer Winterruhe auf und regten sich wieder. Anfang März zog Gaius Norbanus trotz des immer noch tiefen Schnees mit sechs seiner acht Legionen aus Capua aus, um sich in Ariminum Carbo anzuschließen. Seine Armee passierte Sulla, der es vorzog, nicht zu reagieren. Trotz der widrigen Umstände kam Norbanus auf der Via Latina und der Via Flaminia rasch voran und erreichte nach kurzer Zeit Ariminum. Mit seiner Ankunft schwoll die Zahl der unter Carbo stehenden Legionen auf dreißig an. Zusammen mit den mehreren Tausend Mann Reiterei bedeutete dies eine enorme Last für Roms Schatzamt – und für den Ager Gallicus. Aber noch vor seinem Abmarsch hatte Carbo die drängende Frage gelöst, wo die Mittel, mit denen er seine riesige Armee unter Waffen halten konnte, herkommen sollten.

Vielleicht hatte ihn die Erinnerung an das geschmolzene Gold und Silber aus dem ausgebrannten Tempel des Jupiter Optimus Maximus, das in Barrenform in der Schatzkammer lagerte, inspiriert. Schließlich war Carbo es gewesen, der damals befohlen hatte, die Barren zu beschlagnahmen und an ihrer Stelle einen Schuldschein des Wortlauts zu hinterlassen, daß Rom seinem Großen Gott soundsoviele Talente Gold und soundsoviele Talente Silber schuldete. Jedenfalls beschlossen Carbo und der junge Marius, die vielen reichen Tempel Roms zur Ader zu lassen und sich ihr Vermögen zu »leihen«. Da das Religionswesen Teil des Staatswesens war und vom Staat verwaltet wurde, verstieß Carbos Vorgehen, obgleich gotteslästerlich und noch nie zuvor praktiziert, gegen keine bestehenden Gesetze. Und so wurde aus den Schatzkammern der Tempel Roms eine mit Münzen gefüllte Kiste nach der anderen geschleppt. Kisten, in die der eine Sesterz geflossen war, der bei jeder Geburt eines römischen Kindes der Juno Lucina geopfert wurde; der eine Denar, der anläßlich der Mannwerdung eines römischen Knaben der Juventas dargeboten wurde; die vielen Denare, die Merkur von Händlern gespendet wurden, wenn sie ihre Lorbeerzweige in seinem heiligen Brunnen netzten; die Sesterzen, die erfolgreiche Prostituierte der Venus Erucina gaben – die Einkünfte aus diesen und vielen anderen Opfern wurden darauf verwendet, Carbos Feldzug zu finanzieren. Auch ungemünztes Gold und Silber und aus Edelmetallen gefertigte Geschenke an die Götter der Tempel wurden teilweise eingeschmolzen.

Der stammelnde Prätor Quintus Antonius Balbus erhielt die Aufgabe, neue Münzen zu prägen und die alten aus dem Verkehr zu ziehen. Egal, wie viele Römer Carbos Vorgehen für ein Sakrileg halten mochten, der Ertrag war schwindelerregend hoch gewesen und hatte es Carbo erlaubt, dem jungen Marius die Befehlsgewalt über Rom und den Feldzug im Süden zu übertragen und ruhigen Gewissens nach Ariminum weiterzuziehen.

Ohne es zu wissen, teilten Sulla und Carbo eine Überzeugung. Beide hatten gelobt, Italien in diesem Krieg nicht zu verwüsten. Jeder Bissen Nahrung für die Soldaten und jedes Fuder Heu für die Tiere, die an den Kämpfen beteiligt waren, wurde bezahlt, und ihre Armeen waren angewiesen worden, so wenig Land wie nur möglich niederzutrampeln. Der Bundesgenossenkrieg hatte das Land an den Rand des Untergangs gebracht, und Sulla und Carbo wußten, daß das Land einen weiteren, ähnlich geführten Krieg nicht überstehen würde.

Beiden war auch bewußt, daß der Krieg zwischen ihnen in den Augen der einfachen Menschen keinen edlen Zweck verfolgte und auch nicht wegen unterschiedlicher Überzeugungen geführt wurde, wie das noch im Bundesgenossenkrieg der Fall gewesen war. Damals hatten die italischen Völker in ihrem Unabhängigkeitsdrang gegen Rom gekämpft, das wiederum die aufständischen Völker in seiner Abhängigkeit hatte halten wollen. Worum aber ging es bei dem jetzigen Konflikt wirklich? Doch nur darum, ob der Herrscher über Rom am Ende Sulla oder Carbo heißen würde. Sie mochten den Leuten vorgaukeln, was sie wollten, keiner von beiden konnte diese Tatsache vertuschen und das römische und italische Volk an der Nase herumführen. Es war deshalb nicht möglich und ratsam, dem Land allzu große Bürden aufzulasten oder die Prosperität der römischen und italischen Gemeinschaften zu vermindern.

Sulla borgte sich die nötigen Mittel von seinen Soldaten, und Carbo, dem diese Möglichkeit nicht offenstand, belieh die Götter. Und wie ein dunkler Schatten lastete ein Gedanke auf beiden Männern: Wie sollten sie, wenn der Krieg erst einmal vorüber war, diese Schulden jemals begleichen?

Der junge Marius verschwendete keine Sekunde an solche Überlegungen. Als Sohn eines sagenhaft reichen Mannes hatte er es nie nötig gehabt, sich um Geld zu sorgen; sei es das Geld, sich irgendeinen kostspieligen Wunsch zu erfüllen, oder das Geld, um seine Legionen zu bezahlen. Wenn der alte Gaius Marius jemals mit jemandem über die finanziellen Aspekte der Kriegführung gesprochen hatte, dann mit dem jungen Caesar während der Monate, die er dem alten Mann geholfen hatte, sich von seinem zweiten Schlaganfall zu erholen. Mit seinem Sohn hatte er sich so gut wie nie unterhalten, denn zu der Zeit, da Gaius Marius seinen Sohn nötig gehabt hätte, hatte der junge Marius bereits ein Alter erreicht, in dem die Vergnügungen Roms ihn mehr lockten als die Hilfsbedürftigkeit seines Vaters. So kam es, daß Gaius Marius den Großteil seiner Lebensweisheiten Caesar anvertraute. Und Caesar hatte begierig einen Schatz an Wissen in sich aufgesogen, dessen größter Teil mit seiner Ernennung zum Jupiterpriester jedoch mehr als wertlos geworden war.

Mitte März erreichte das Tauwetter auch Rom. Der junge Marius und seine Legaten verließen die Stadt und schlugen ihr Lager in der Nähe des Dörfchens Ad Pictas an der Via Labicana auf, einer Nebenstraße, die das Albanergebirge umging und sich wieder mit der Via Latina vereinte. Auf einer Ebene nahe dem Städtchen Sacriportus kampierten seit dem frühen Winter acht Legionen etrurischer und umbrischer Freiwilliger; sie hatten in hartem Drill, soweit es die Kälte eben zugelassen hatte, das Kriegshandwerk erlernt. Ihre Zenturionen waren allesamt Veteranen und geübte Zuchtmeister aus dem Heer des Marius. Und doch stand Marius, der gegen Ende März das Lager erreichte, vor einer Armee unerfahrener Bauernburschen. Nicht daß er besorgt gewesen wäre; im Gegenteil, er war davon überzeugt, daß auch noch der unerfahrenste Legionär genauso unermüdlich und tapfer für ihn kämpfen würde, wie die schlachterprobten Soldaten seines Vaters für ihn gefochten hatten. Mit ungetrübter Zuversicht zog der junge Marius gegen Sulla ins Feld.

Keiner der Männer in dem Lager, die sehr viel deutlicher als ihr Feldherr die Gewaltigkeit des Vorhabens erkannten, versuchte diesen aufzuklären. Wären sie nach dem Grund für ihr Schweigen gefragt worden, hätten sie wahrscheinlich geantwortet, daß Marius bei all seinem großspurigen Gehabe nicht die innere Stärke besaß, eine Wahrheit von solchem Ausmaß zu akzeptieren. Er war ihr strahlender Held, er durfte keinen Kratzer abbekommen, er mußte bejubelt und beschützt werden.

Als dem jungen Marius von seinen Spionen berichtet wurde, daß Sulla sich zum Aufbruch rüste, brach er in lauten Jubel aus. Offensichtlich hatte Sulla nämlich elf seiner achtzehn Legionen mitsamt der beinahe vollständigen Reiterei unter das Kommando von Metellus Pius gestellt und in Richtung auf die Adriatische Küste und Ariminum in Bewegung gesetzt. Somit blieben Sulla nur sieben Legionen.

»Jetzt kann ich ihn schlagen«, sagte der junge Marius zu seinem Legaten Gnaeus Domitius Ahenobarbus.

Ahenobarbus war mit Cinnas ältester Tochter verheiratet und so vernarrt in seine schöne rothaarige Frau, daß er ihr aus der

Hand fraß und jeden Wunsch von den Augen ablas. Das war auch der Grund, warum er sich, entgegen einer natürlichen Sympathie für Sulla, auf Carbos Seite geschlagen hatte. Daß die meisten seiner engsten Verwandten entweder strikt neutral geblieben waren oder sich mit Sulla verbündet hatten, übersah er dabei geflissentlich.

Je länger Ahenobarbus aber dem frohlockenden jungen Marius zuhörte, desto weniger wohl fühlte er sich in seiner Haut. Vielleicht, dachte Ahenobarbus bei sich, sollte er besser darüber nachdenken, wie und wohin er fliehen könnte, sollte der junge Marius seinen großen Worten keine Taten folgen lassen und gegen den alten Fuchs Sulla unterliegen.

Am ersten Tag des April gab der junge Marius den Befehl zum Aufbruch und zog mit seiner Armee an Sacriportus vorbei auf die Via Latina, der er Richtung Campania nach Südosten folgte, von wo aus Sulla sich ihm näherte. Er verschwendete keine Zeit, galt es doch, auf einer Strecke von fünf Meilen zwei Brücken zu überqueren, und die wollte er auf jeden Fall vor dem Feind überschritten haben. Keiner seiner Legaten wies ihn darauf hin, daß es besser gewesen wäre, an und Ort und Stelle auf Sulla zu warten, anstatt ihm entgegenzueilen. Marius selbst, der die Via Latina immerhin schon ein gutes Dutzend Male bereist hatte, besaß weder ein Gedächtnis für Geländeformationen noch ein Auge für militärisch günstige Positionen.

An der ersten, sich über den Veregis spannenden Brücke hielt er sich hinter seinen in Hochstimmung voranrückenden Truppen zurück. Obwohl Marius an dieser Stelle erstmals Zweifel kamen, ob ihnen nicht die Gegend um Sacriportus bei einem Kampf gegen Sulla mehr Vorteile geboten hätte als das vor ihnen liegende Gelände, ließ er nicht haltmachen. Erst bei der zweiten Brücke, die über den größeren und reißenderen Tolerus führte, ging ihm auf, daß er immer tiefer in ein Gelände vorstieß, das seinen Legionen kaum mehr Raum zum Manövrieren ließ. Als dann auch noch Kundschafter mit der Nachricht eintrafen, Sulla habe bereits das nur rund zehn Meilen entfernte Ferentinum erreicht und nähere sich schnell, verlor der junge Marius die Nerven.

»Am besten, wir ziehen uns nach Sacriportus zurück«, wandte er sich an Ahenobarbus. »Hier kann ich meine Truppen nicht wie vorgesehen in Stellung bringen. Genausowenig aber können wir jetzt noch an Sulla vorbei auf offenes Terrain vorstoßen. Denkst du nicht auch, es wäre besser, ihn bei Sacriportus zu erwarten?«

»Wie du meinst«, antwortete Ahenobarbus zurückhaltend, da er sich bewußt war, welche Auswirkungen der Befehl zur Kehrtwendung und zum Rückmarsch auf ihre unerfahrenen Truppen haben würde. Doch er verlor kein Wort über seine Zweifel und befahl den Soldaten: »Zurück nach Sacriportus!«

»Im Schnellschritt!« setzte der junge Marius hinzu, dessen Hochgefühl einem rasch um sich greifenden Gefühl der Panik Platz machte.

Ahenobarbus warf ihm einen überraschten Seitenblick zu, zog es aber erneut vor, sich eines Kommentars zu enthalten. Wenn der junge Marius seine Armee unbedingt über mehrere Meilen im Eiltempo hetzen wollte, was ging das ihn an? Eine Aussicht auf Sieg besaßen sie so oder so nicht.

So mußten die acht Legionen den Weg nach Sacriportus im Laufschritt zurücklegen. Die Zenturionen, angesteckt von Marius' plötzlicher Panik, brüllten die jungen Soldaten an, verdammt nochmal ihre Füße in die Hände zu nehmen und sich in Bewegung zu setzen. Die allgemeine Hektik brachte den jungen Marius noch mehr aus der Fassung. Er ritt neben seinen verängstigten Soldaten her und trieb sie zu immer größerer Eile an. Dabei kam es ihm nicht ein einziges Mal in den Sinn, seinen Männern auseinanderzusetzen, daß sie sich nicht auf dem Rückzug befanden, sondern sich lediglich auf besseres Terrain zurückzogen. Schließlich bezogen die Truppen und ihr Feldherr zwar auf vorteilhaftem Gelände Stellung, waren aber weder körperlich noch stimmungsmäßig in der Lage, aus diesem Vorteil auch Kapital zu schlagen.

Wie alle seine Standesgenossen war der junge Marius zwar auch in der Kunst der Schlachtenführung unterrichtet worden, aber bisher hatte er einfach angenommen, daß der Scharfsinn und die Weisheit seines Vaters ihn auf dem Schlachtfeld inspirieren würden, inspirieren mußten. Jetzt, zurück in Sacriportus, stand er inmitten seiner Legaten und Militärtribunen, die auf seine Befehle warteten, und er konnte nicht mehr denken, konnte nicht ein einziges Jota des Scharfsinns und der Weisheit seines Vaters in sich entdecken.

»Die Legionen sollen sich in Manipeln anordnen«, befahl er schließlich, »mit je acht Mann an den Seitenlinien einer jeden Zenturie. Zwei Legionen sollen sich im Hintergrund in einer Linie aufstellen und als Reserve bereithalten.«

Das waren zwar keine guten Befehle, aber niemand wagte, ihn zu kritisieren. Anstatt nun den angeschlagenen Kampfgeist seiner ausgelaugten, schwer atmenden Soldaten mit einer flammenden Rede wieder aufzurichten, trieb Marius sein Pferd an den Rand der Ebene und starrte mit hängenden Schultern ins Leere.

Sulla stand auf einem Hügel zwischen dem Veregis und Sacriportus und erkannte mit einem Blick, wie einfältig der Schlachtplan des jungen Marius war. Er seufzte tief auf, zuckte mit den Achseln und sandte seine fünf Veteranen-Legionen unter dem älteren Dolabella und Servilius Vatia aus. Die beiden kampferprobtesten Legionen von Scipio Asiagenus' alter Streitmacht hielt er unter dem Kommando von Lucius Manilus Torquatus als Reserve zurück, während er selbst mit einer berittenen Schwadron auf dem Hügel blieb. Die Reiter sollten für den Fall, daß ihr Feldherr sich gezwungen sah, seine Taktik zu ändern, die entsprechenden Befehle schnellstmöglich den Kommandeuren auf dem Schlachtfeld übermitteln. An Sullas Seite stand kein Geringerer als der alte Lucius Valerius Flaccus Princeps Senatus. Flaccus hatte sich Anfang Februar zu einem Entschluß durchgerungen und hatte, noch mitten im tiefsten Winter, Rom verlassen und Sulla aufgesucht.

Der junge Marius gewann seine Fassung, wenn auch nicht seinen Siegesmut, in dem Augenblick wieder, als er Sullas Armee heranrücken sah. Ohne eine plausible Vorstellung davon, was er tun könnte oder was zu tun sei, übernahm er das Kommando über den linken Flügel seiner Armee. Um die Mittagszeit dieses kurzen Wintertages kreuzten die beiden Armeen erstmals ihre Schwerter. Kaum eine Stunde später flohen die etrurischen und umbrischen Bauernsöhne, die sich voller Heldenmut dem jungen Marius angeschlossen hatten, in alle Himmelsrichtungen vor Sullas kampferprobten Legionären, die leichtes Spiel mit ihnen hatten. Eine der beiden Legionen, die der junge Marius als Reserve zurückgehalten hatte, lief geschlossen zu Servilius Vatia über und sah tatenlos zu, wie ihre ehemaligen Bundesgenossen praktisch zu ihren Füßen abgeschlachtet wurden.

Der Anblick der desertierten Legion gab dem jungen Marius den Rest. In höchster Not fiel ihm ein, daß die uneinnehmbare Burgstadt Praeneste nicht weit östlich von dem Schlachtfeld lag, und er befahl den sofortigen Rückzug in die Festung. Jetzt, da er ein greifbares Ziel vor Augen hatte, fühlte er sich besser, und es gelang ihm, seinen linken Flügel einigermaßen geordnet zum Rückzug zu führen. Ofella, der den rechten Flügel von Sullas Armee kommandierte, setzte mit einer solchen Geschwindigkeit und Wildheit hinter dem jungen Marius her, daß Sulla, der die Aktion von dem Hügel aus beobachtete, spontan applaudierte. Über zehn Meilen hinweg griffen Ofellas Soldaten Marius' Truppen immer wieder an, kesselten hier und da Nachzügler ein, machten sie nieder und setzten dann wieder dem Haupttroß nach. Der junge Marius bemühte sich zwar verzweifelt, die Verluste so gering wie möglich zu halten, aber am Ende gelang es nur siebentausend seiner Männer, sich mit ihm hinter die mächtigen Stadttore von Praeneste zu retten.

Das Zentrum seiner Armee war fast bis zum letzten Mann aufgerieben worden, aber wenigstens war es dem rechten Flügel unter der Führung Ahenobarbus' gelungen, auszubrechen und sich auf Norba zurückzuziehen. Norba, eine uralte Hochburg der Volsker, die in unerschütterlicher Treue zu Carbo hielt, thronte auf einer Bergspitze rund zwanzig Meilen in südwestlicher Richtung und öffnete Ahenobarbus' zehntausend Soldaten nur zu gerne die Tore ihrer unüberwindbaren Mauern. Aber nicht für Ahenobarbus! Der wünschte seinen erschöpften Soldaten einen guten Tag und floh weiter bis zur Küste bei Tarracina, wo er sich nach Africa einschiffte, den am weitesten von Rom entfernten Ort, an dem zu leben er sich vorstellen konnte.

Inzwischen frohlockte der junge Marius, der keine Ahnung von Ahenobarbus' heimlicher Flucht hatte. Sulla würde große, wenn nicht gar unüberwindbare Schwierigkeiten haben, ihn aus Praeneste zu vertreiben. Rund dreiundzwanzig Meilen von Rom entfernt lag Praeneste auf den Höhen eines Ausläufers der Apenninen, eine Lage, die der Stadt geholfen hatte, über Jahrhunderte hinweg alle Angriffe auf ihre gewaltigen Mauern abzuwehren.

Hinter der Stadt schlossen sich höhere, steilere Berge an. Keine Armee konnte die Stadt aus dieser Richtung angreifen; dabei war es möglich, über kleine, aus den Bergen herabführende Pfade Versorgungsmittel herbeizuschaffen und so jeden Versuch zu unterlaufen, die Stadt auszuhungern. Zudem fanden sich zahlreiche Quellen innerhalb der Burgmauern, und in den riesigen Kavernen unterhalb des mächtigen Schreins der Fortuna Primigenia, für den Praeneste so berühmt war, lagerten viele *medimni* Weizen, zahllose Amphoren Öl und Wein und andere unverderbliche Nahrungsmittel wie harter Käse und getrocknete Weintrauben neben Äpfeln und Birnen aus der letztjährigen Ernte.

Obwohl Praeneste latinischen Ursprungs war und die Bürger der Stadt das hier gesprochene Latein für die älteste und reinste Form dieser Sprache hielten, hatte die Stadt sich nie mit Rom verbündet. Während des Bundesgenossenkrieges hatte die Stadt auf seiten der italischen Verbündeten gefochten, und auch jetzt noch verachteten die Bürger Praenestes die Römer als Emporkömmlinge. Kein Wunder also, daß sie den jungen Marius mit offenen Armen empfingen. Immerhin war er der Sohn des Gaius Marius und ein Aufständischer gegen Sullas furchtbare Macht. Zum Dank für den herzlichen Empfang wies der junge Marius seine Soldaten an, Stoßtrupps zu bilden, die über die Schleichwege hinter der Stadt ins Bergland ausschwärmten und so viel Nahrungsmittel wie möglich in die Stadt karrten. Praeneste hatte jetzt viele zusätzliche Münder zu stopfen.

»Spätestens im Sommer wird Sulla seine Truppen abziehen müssen. Dann kannst du die Stadt wieder verlassen«, verkündete der oberste Magistrat der Stadt.

Eine Prophezeiung, die sich als unzutreffend herausstellen sollte. Kaum eine Marktwoche nach der Schlacht von Sacriportus begannen Sullas Truppen sich auf eine Belagerung einzurichten. Angesichts des Umfangs der Unternehmung mußten der junge Marius und mit ihm die Bürger der Stadt erkennen, daß Sulla Praeneste um jeden Preis in die Knie zwingen wollte. Die Stadt lag an einer Wasserscheide. Die den Ausläufer Richtung Rom entwässernden Bäche mündeten früher oder später in den Anio, die in die andere Richtung fließenden Wasserläufe ergossen sich in den Tolerus. Sullas Soldaten zogen mit einer Geschwindigkeit, welche die eingeschlossenen Zuschauer in höchstes Erstaunen versetzte, eine gewaltige Mauer von der zum Anio abfallenden Seite bis zu der zum Tolerus abfallenden Seite des Höhenzugs. Es war absehbar, daß Praeneste, wenn dieses gewaltige Bauwerk erst einmal fertiggestellt war, nur noch über die durch die Berge führenden Schleichpfade erreicht – und verlassen – werden konnte. Vorausgesetzt natürlich, daß diese nicht bewacht wurden.

Die Nachricht von Sullas Sieg bei Sacriportus erreichte Rom, noch bevor die Sonne über jenem schicksalshaften Tag unterging. Doch diese Nachricht war nicht für die Allgemeinheit bestimmt, die sich mit vagen Gerüchten begnügen mußte. Der junge Marius hatte, kaum daß die Stadttore Praenestes hinter ihm zugefallen waren, in größter Eile einen Brief diktiert und per Boten an den Stadtprätor Lucius Junius Brutus Damasippus übermittelt.

Südlich von Rom ist alles verloren. Wir können nur noch darauf hoffen, daß Carbo oben in Ariminum ein zu großer Fisch für Sulla ist, und sei es nur aufgrund seiner starken zahlenmäßigen Überlegenheit. Carbos Soldaten sind besser, als meine es waren, deren Mangel an Ausbildung und Erfahrung so gravierend war, daß sie kaum eine Stunde gegen Sullas altgediente Recken standhielten.

Das Beste wird sein, Du richtest Rom auf eine Belagerung ein, obwohl es sich vielleicht als unmöglich erweisen wird, eine so große und in ihren Loyalitäten so sehr zersplitterte Stadt zu verteidigen. Falls Rom sich weigert, sich auf eine Belagerung einzurichten, mußt Du innerhalb einer Marktwoche mit Sullas Einzug in die Stadt rechnen. Zwischen hier und Rom stehen keine Truppen mehr, die ihn aufhalten könnten. Ob er tatsächlich beabsichtigt, Rom zu besetzen, weiß ich nicht. Ich hoffe, er läßt die Stadt links liegen und wendet sich statt dessen gegen Carbo. Wenn ich bedenke, was mir mein Vater über Sulla berichtet hat, dann ist es am wahrscheinlichsten, daß er mit Hilfe von Metellus Pius Carbo in die Zange nehmen will. Ich wünschte, ich wüßte, was er vorhat. Doch ich weiß nur eins: Rom jetzt zu besetzen, wäre verfrüht. Und ich glaube kaum, daß Sulla solch einen Schnitzer begehen wird.

Es kann durchaus noch einige Zeit dauern, bis ich Praeneste wieder verlassen werde. Die Stadt hat mich bereitwillig aufgenommen – ihre Bürger erinnern sich voll Liebe an Gaius Marius und haben nicht gezögert, seinem Sohn zu Hilfe zu kommen. Sei versichert, sobald Sulla von hier abrückt und gegen Carbo ins Feld zieht, werde ich Praeneste verlassen und Rom zu Hilfe kommen. Vielleicht werden die Bürger Roms sich verteidigungswilliger zeigen, wenn ich wieder in der Stadt bin.

Im übrigen scheint es mir an der Zeit, Sullas letzte Vipernnester in unserer geliebten Stadt auszuräuchern. Töte sie alle, Damasippus. Laß Dich nicht von Deinem Herzen erweichen! Jeder Mann, der für Sulla steht und noch am Leben ist, erschwert es Rom, ihm zu widerstehen. Wenn wir aber einmal die großen Fische erledigt haben, die uns ernsthaft Schwierigkeiten bereiten könnten, dann werden die kleinen kuschen, ohne zu murren. Danach müssen alle waffenfähigen Männer Rom verlassen und sich Carbo anschließen. Das gilt auch für Dich, Damasippus.

Im folgenden die Namen einiger sullascher Vipern, die mir so aufs Geratewohl einfallen. Unser Pontifex Maximus. Der ältere Lucius Domitius Ahenobarbus. Carbo Arvina. Publius Antistius Vetus. Was das übrige Gewürm angeht, das ich nicht erwähnt habe, so verlasse ich mich ganz auf Dein Gedächtnis.

Brutus Damasippus erwies sich als sehr gehorsam. Bereits während des kurzlebigen, aber um so umfassenderen Terrors, den der alte Gaius Marius kurz vor seinem Tod über die Stadt gebracht hatte, war der Pontifex Maximus Quintus Mucius Scaevola aus keinem ersichtlichen Grund niedergestochen worden. Fimbrius, sein Möchtegern-Mörder, hatte, damals zur Rede gestellt, nur laut gelacht und nichts weiter geantwortet. Obwohl die Verletzung ernst gewesen war, hatte Scaevola überlebt und war, zäh und tapfer wie er war, bereits nach zwei Monaten wieder auf den Beinen. Diesmal aber gab es kein Entkommen, da half Scaevola auch die Tatsache nicht, daß er der Schwiegervater des jungen Marius war und diesen nie verraten hatte. Er wurde bei dem Versuch, im Tempel der Vesta Zuflucht zu suchen, niedergestreckt.

Der ältere Lucius Domitius Ahenobarbus, der nur kurz nach seinem Bruder, dem reformistischen Pontifex Maximus, zum

Konsul gewählt worden war, wurde in seinem Haus ermordet. Zweifellos hätte Pompeius Magnus lautstark Beifall geklatscht, hätte er gewußt, daß er nun seine Hände nicht mehr mit dem Blut seines Schwiegervaters würde beflecken müssen. Auch Publius Antistius wurde ermordet, woraufhin sich seine Frau vor lauter Kummer das Leben nahm. Als sich Brutus Damasippus durch die Liste der Männer, die ihm eine Gefahr für Carbos Rom schienen, gearbeitet hatte, schmückten rund dreißig Köpfe die Rostra im unteren Forum Romanum, und selbst Männer, die sich neutral nannten, wie Catulus, Lepidus und Hortensius, verriegelten die Türen ihrer Häuser und hüteten sich, auf die Straße hinauszugehen, aus Angst, einer von Brutus Damasippus' Meuchelmördern könnte auf den Gedanken kommen, daß auch sie den Tod verdient hätten.

Nach vollbrachter Tat flohen Brutus Damasippus und der *praetor peregrinus* Gaius Albius Carrinas aus Rom und schlossen sich Carbo an. Auch der für die Münzprägung zuständige Prätor Quintus Antonius Balbus verließ Rom an der Spitze einer Legion und mit dem Auftrag, Philippus Sardinien streitig zu machen.

Am meisten Aufsehen erregte Volkstribun Quintus Valerius Soranus. Soranus, ein hervorragender, den Prinzipien der Humanität verpflichteter Gelehrter, war empört über das Abschlachten von Männern, denen nicht die geringste Verbindung zu Sulla nachgewiesen werden konnte. Aber wie sollte er mit seinem Protest ganz Rom erreichen? Wie konnte er allein ganz Rom zerstören? Denn Quintus Valerius Soranus war zu dem Schluß gekommen, daß die Welt friedlicher wäre, wenn es Rom nicht mehr gäbe. Nach einigem Nachdenken fand er eine Lösung. Er stieg auf die Rostra, stellte sich zwischen den blutigen Trophäen des Brutus Damasippus auf und brüllte mit der ganzen Kraft seiner Lungen den geheimen Namen Roms hinaus.

»*AMOR!*« gellte seine Stimme von der Rostra herunter, und immer wieder: »*AMOR!*«

Die, die ihn hörten und verstanden, hielten sich entsetzt die Ohren zu und rannten zu Tode erschreckt davon. Roms geheimer Name durfte niemals laut ausgesprochen werden. Wer das tat, gab Rom und alles, wofür es stand, dem Untergang preis, zog Tod und Verderben auf die Stadt. Nachdem Soranus dem Himmel, den Göttern und den entsetzten Menschen den geheimen Namen der Stadt Rom ins Gesicht geschrieen hatte, Rom aber immer noch auf seinen sieben Hügeln ruhte, floh er verwundert nach Ostia. Dort schiffte sich Soranus, der auf der Liste beider Seiten jetzt ganz oben stand, nach Sizilien ein.

Weder tat sich der Boden auf und verschluckte die Stadt, noch regnete es Feuer vom Himmel. Rom war zwar regierungslos, aber stand fest wie eh und je. Die Menschen gingen ihren alltäglichen Tätigkeiten nach, die neutralen Ritter schoben die Riegel an ihren Toren zurück, steckten vorsichtig den Kopf hinaus und wagten sich langsam wieder auf die Straßen. Über das, was geschehen war, verloren sie nicht ein Wort. Rom wartete gespannt darauf, was Sulla tun würde.

Und Sulla kam. Aber leise und ohne seine Armee, die ihm den Rücken freigehalten hätte.

Sulla sah keinen zwingenden Grund, Rom nicht zu betreten, aber zahlreiche Gründe, es zu tun. Fragen wie die nach seinem Imperium – und ob er es in dem Moment aufgab, da er die geheiligte Grenze des *pomerium* überschritt – kümmerten ihn wenig. Wer hätte ihn in Rom denn noch herausfordern, wegen Übertretung der Gesetze anklagen oder seine Macht aus religiösen Gründen in Frage stellen können? Wenn er nach Rom zurückkehrte, dann als Eroberer und Herr über Rom, mit jeder Vollmacht ausgestattet, die er brauchte, um sein Ziel zu vollenden. Ohne jeden Skrupel überschritt er die heilige Stadtgrenze und machte sich sofort daran, der Stadt eine Regierung zurückzugeben.

Der höchste Amtsinhaber, der nach Damasippus' Blutbad in Rom noch aufzutreiben war, war einer der beiden Brüder Magius aus Aeclanum im Range eines Prätors. Sulla übertrug Magius die Regierungsgewalt und stellte ihm die Ädilen Publius Furius Crassipes und Marcus Pomponius zur Seite. Als ihm von Soranus' Sakrileg berichtet wurde, fuhr es ihm kalt den Rücken hinunter. Der bluttriefende Zaun aus aufgespießten Köpfen jedoch, der die Rostra umgab, ließ ihn völlig kalt. Trotzdem befahl er, die Häupter abzunehmen und gemäß den Riten zu bestatten. Sulla hielt weder eine Rede an das Volk, noch rief er den Senat zusammen.

Nicht einmal ein ganzer Tag war vergangen, seit Sulla die Stadt betreten hatte, und schon war er wieder unterwegs nach Praeneste. Aber nicht, ohne unter Torquatus' Kommando zwei Schwadronen Reiterei in der Stadt zurückzulassen, um, wie er mit sanfter Stimme gesagt hatte, dem Magistrat dabei zu helfen, die Ordnung aufrechtzuerhalten.

Sulla hatte nicht versucht, Aurelia zu sehen. Als sie erfuhr, daß er die Stadt wieder verlassen hatte, setzte sie vor ihrer Familie und vor allem vor Caesar eine gleichgültige Miene auf. Caesar wußte, daß das Treffen seiner Mutter mit Sulla bei Teanum sehr bedeutungsvoll gewesen war, aber er wußte auch, daß sie ihm nichts davon erzählen würde.

Der Legat, den Sulla mit der Organisation der Belagerung von Praeneste beauftragt hatte, war der Überläufer Quintus Lucretius Ofella.

»Ich will, daß der junge Marius den Rest seiner Tage in Praeneste fristen muß«, hatte Sulla Ofella aufgetragen. »Du wirst eine dreißig Fuß hohe Mauer um Praeneste ziehen und alle zweihundert Schritt einen sechzig Fuß hohen Turm errichten. Zwischen der Stadt und der Mauer muß ein zwanzig Fuß tiefer und zwanzig Fuß breiter Graben ausgehoben und so dicht mit Spitzpfählen bepflanzt werden, wie das Rohrgras in den seichten Stellen im Fucinersee steht. Wenn du damit fertig bist, soll ein Teil der Soldaten hinter Praeneste in die Berge aufsteigen und die von der Stadt in den Hochapennin führenden Schleichwege bewachen. Niemand darf in die Stadt hinein, niemand aus ihr heraus. Ich will diesem hochnäsigen Versager unmißverständlich klarmachen, daß er hinter den Mauern von Praeneste verfaulen wird.«

Sulla verzog seine Lippen zu einem säuerlichen Lächeln. Anstelle der raubtierhaft langen Eckzähne, die er früher bei jedem Lächeln entblößt hatte, eröffnete sich jetzt der Blick auf einen zahnlosen Mund. Ofella erschauerte. »Dasselbe gilt für die Einwohner von Praeneste. Sie sollen keinen Augenblick vergessen, daß sie die Gesellschaft des jungen Marius ertragen müssen, solange sein Herz noch schlägt. Ich will, daß ihnen diese Nachricht jeden Tag sechsmal von einem Ausrufer kundgetan wird. Es ist eine Sache, einem liebenswerten jungen Mann mit wohlklingendem Namen zu Hilfe zu eilen, aber eine ganz andere, zu verstehen, daß dieser liebenswerte junge Mann Tod und Verderben mit in die Stadt geschleppt hat.«

Sulla ließ Ofella mit zwei Legionen vor Praeneste zurück und zog weiter in das nördlich von Rom gelegene Veii. Ofella und seine Soldaten legten sich mächtig ins Zeug. Glücklicherweise fanden sich in dieser Gegend dicke Schichten vulkanischen Tuffgesteins, das sich so leicht wie Käse schneiden ließ, aber hart wie Fels wurde, wenn es längere Zeit der Luft ausgesetzt war. So schritt der Mauerbau in rasantem Tempo voran, und auch der Wallgraben zwischen der Mauer und Praeneste wurde von Tag zu Tag tiefer. Die ausgehobene Erde wurde zu einem zweiten Wall aufgeschichtet, und innerhalb des weiten Niemandslands, das sich jenseits der Belagerungsanlagen erstreckte, blieb kein Baum stehen, der groß genug war, um als Rammbock Verwendung zu finden. Auch auf den Bergen hinter der Stadt wurde zwischen der Stadtmauer und den Lagern der Soldaten, welche die Schleichwege bewachten und damit die einzige Verbindung der Stadt nach außen blockierten, jeder größere Baum gefällt.

Ofella war ein strenger Baumeister. Er mußte sich bei Sulla einen Namen machen, und hier bot sich seine große Chance. Unablässig trieb er seine Männer an, die kaum Zeit fanden, sich über ihre schmerzenden Rücken und schlaffen Muskeln zu beklagen. Auch die Soldaten hatten einen Ruf zu gewinnen, denn die eine der beiden Legionen war bei Sacriportus von Marius abgefallen, während die andere einstmals auf das Kommando Scipio Asiagenus' gehört hatte. Ihre Loyalität war noch nicht bewiesen, und eine gute, solide Mauer sowie ein tiefer Graben würden Sulla zeigen, daß sie sein Vertrauen verdient hatten. Alles, was sie hatten, waren ihre Hände und ihr Schanzgeschirr. Aber sie zählten über zehntausend Paar Hände und ebenso viele Schaufeln. Außerdem hatten sie fähige Zenturionen, die ihnen zeigten, wie man beim Bau einer Belagerungsanlage vorging. Und Ofella, ein typischer Römer, was die methodische Ausführung einer Aufgabe anging, war ein Baumeister, dem selbst ein Unternehmen von solch monumentalem Charakter kein allzu großes Kopfzerbrechen verursachte.

Innerhalb von zwei Monaten war Praeneste von einer Mauer und einem Wallgraben eingeschlossen. Das Mauerwerk war über acht Meilen lang und kreuzte die Via Praenestina und die Via Labicana an zwei Stellen, so daß die Straßen nur noch bis Tusculum und Bola befahrbar waren. Darüber hinaus war kein Verkehr mehr möglich, und den römischen Rittern und Senatoren, die wegen der Befestigungen ihre Landgüter nicht mehr erreichen konnten, blieb nichts anderes übrig, als untätig zu warten und den jungen Marius zu verfluchen. Die Bauern in der Gegend um Praeneste hingegen rieben sich schon jetzt die Hände: Wenn die Belagerung beendet und die Mauer geschliffen wurde, dann würden sie hier Tuffsteine im Überfluß finden, um Mauern, Häuser, Scheunen und Ställe zu bauen.

Vor Norba, wo Mamercus mit einer von Marcus Crassus frisch ausgehobenen Legion sabinischer Soldaten hingeeilt war, wurden ähnliche Anstrengungen unternommen, wenn auch bei weitem nicht im selben Umfang wie vor Praeneste. Mamercus hatte den Auftrag erhalten, die Stadt dem Erdboden gleichzumachen, und er kam diesem Auftrag mit derselben unnachgiebigen und unspektakulären Effizienz nach, die ihn schon viele gefährliche Situationen erfolgreich hatte meistern lassen.

Sulla hatte in Veii die unter seinem Kommando verbliebenen fünf Legionen zwischen sich und Publius Servilius Vatia aufgeteilt. Vatia war mit zwei Legionen in das etrurische Küstenland marschiert, während Sulla und der ältere Dolabella mit den restlichen drei Legionen auf der Via Cassia in Richtung auf das weiter im Landesinneren gelegene Clusium vorgerückt waren. Es war Anfang Mai, und Sulla war mit dem, was er bisher erreicht hatte, sehr zufrieden. Wenn Metellus Pius sich ähnlich gut geschlagen hatte, dann standen die Chancen nicht schlecht, daß Sulla bis zum Herbst ganz Italien und das italische Gallien beherrschte.

Aber wie war es Metellus Pius und seinen Legionen ergangen? Sulla hatte, seit er auf der Via Cassia unterwegs war, kaum etwas von Metellus gehört. Doch Metellus war sein treuester Anhänger, Sulla hatte großes Vertrauen in seine Fähigkeiten – und er war sehr neugierig zu hören, wie es Pompeius Magnus ergangen war. Nicht zufällig hatte er Metellus Pius das Kommando über den größeren Teil seiner Armee und Pompeius Magnus den Befehl über fünftausend Reitersoldaten übertragen, für die er bei seinen Aktionen im dichter besiedelten und ziemlich bergigen Landesinneren kaum Verwendung haben würde.

Metellus Pius war mit zwei seiner Legionen (unter dem Befehl seines Legaten Varro Lucullus), sechs ehemaligen Legionen des Scipio, den drei von Pompeius ausgehobenen Legionen und jenen fünftausend berittenen Soldaten, die Sulla Pompeius' Oberbefehl unterstellt hatte, an die Küste des Adriatischen Meers gezogen.

Natürlich war Varro der Sabiner mit Pompeius unterwegs. Pompeius fand in ihm einen willigen und freundlichen Zuhörer und zudem einen willigen und freundlichen Chronisten für seine Gedanken.

»Ich muß mir Crassus gewogen stimmen«, sagte Pompeius auf ihrem Weg durch das Picenum. »Metellus Pius und Lucullus sind harmlos – und außerdem mag ich sie. Aber Crassus ist ein unzivilisierter Rohling und beiden weit überlegen. Ich muß ihn auf meiner Seite haben.«

»Der Winter mit Sulla hat dich ja doch etwas gelehrt«, sagte Varro, der auf einem kleinen Pferd ritt, und warf dem neben ihm auf seinem weißen Staatspferd reitenden Pompeius einen erstaunten Blick zu. »Es überrascht mich, daß du davon sprichst, dir einen Mann gewogen zu stimmen – außer Sulla natürlich.«

»Ja, ich habe etwas gelernt«, gestand Pompeius großmütig ein. Er sah Varro mit aufrichtiger Zuneigung an, dann lachte er. »Ach hör doch auf, Varro! Ich weiß zwar, daß ich auf dem besten Wege bin, Sullas wertvollster Gehilfe zu werden. Aber genauso bin ich in der Lage zu verstehen, daß Sulla auch andere Männer braucht. Doch vielleicht hast du ja recht«, fuhr er nachdenklich fort, »es ist das erste Mal, daß ich nicht unter dem Kommando meines Vaters kämpfe. Mein Vater war zwar ein großartiger Soldat, aber ihn interessierten nur seine Landgüter. Sulla ist anders.«

»Inwiefern?« Varro war neugierig geworden.

»Sulla liegt an den meisten Dingen herzlich wenig, und das schließt auch uns ein, die er seine Legaten oder Bundesgenossen oder wie auch immer es ihm gerade beliebt nennt. Selbst Rom ist ihm gleichgültig. Materielle Dinge, Geld, Ländereien – selbst die

Größe seiner *auctoritas* oder sein öffentliches Ansehen, das alles bewegt ihn nicht.«

»Was aber dann?« rief Varro aus, der fasziniert war, einen Pompeius zu erleben, der weiter sah als er selbst.

»Vielleicht nichts außer seiner *dignitas*«, antwortete Pompeius.

Varro dachte lange darüber nach. Hatte Pompeius recht? *Dignitas!* Die am wenigsten faßbare Eigenschaft, die einen römischen Aristokraten ausmachte. *Auctoritas* beschrieb die Macht eines Mannes, seinen öffentlichen Einfluß, seine Fähigkeit, die Meinung der Massen zu beeinflussen und die öffentlichen Organe, vom Senat bis hin zum Schatzamt, zu steuern.

Dignitas war etwas anderes, war einerseits zutiefst persönlich, berührte aber auch alle Aspekte des öffentlichen Lebens eines Mannes. So schwer zu fassen! Aus diesem Grunde gab es ja auch ein Wort dafür. *Dignitas* war ... Die äußere Ehre eines Mannes ... ? Sein Ruhm? *Dignitas* vereinte in sich alles, was einen Mann ausmachte, es war die Summe seines persönlichen Stolzes, seiner Aufrichtigkeit, seiner Worte, seiner Intelligenz, seiner Verdienste, seiner Fähigkeiten, seines Wissens, seines Ansehens, seiner Wertschätzung ... *Dignitas* überlebte den Tod eines Mannes, sie war die einzige Möglichkeit, über den Tod zu triumphieren. Ja, das war die beste Beschreibung. *Dignitas* war der Triumph eines Menschen über seine Auslöschung als lebendes Sein. Und so gesehen, dachte Varro, lag Pompeius mit seiner Vermutung vollkommen richtig. Wenn Sulla etwas am Herzen lag, dann seine *dignitas*. Er hatte gesagt, er werde Mithridates besiegen. Er hatte versprochen, nach Italien zurückzukehren und für seine Rechte zu kämpfen. Er hatte angekündigt, die Republik in ihrer alten, traditionellen Form wiederauferstehen zu lassen. Und was immer er angekündigt hatte, er hatte es vollbracht. Hätte er versagt, dann hätte seine *dignitas* Schaden genommen. Jenseits der Gesetze, jenseits von Rom konnte es keine *dignitas* geben. Sullas Antrieb, seine Worte wahr werden zu lassen, lag also in ihm selbst begründet. Erst wenn er seine Prophezeiungen in die Tat umgesetzt hatte, würde er zufrieden sein können. Bis dahin konnte – und wollte – er nicht ruhen.

»Wenn du tatsächlich dieser Ansicht bist«, sagte Varro schließlich, »erweist du Sulla die höchstmögliche Anerkennung.«

»Bitte?« Pompeius blickte ihn fragend an.

»Damit meine ich«, erklärte Varro geduldig, »daß du mir gezeigt hast, daß Sulla unmöglich verlieren kann. Er kämpft für etwas, von dem Carbo nicht einmal weiß, was es ist.«

»Ach so! Ja, genau so ist es!« stimmte Pompeius Varro zu.

Inzwischen waren sie nicht mehr weit vom Aesis entfernt, der durch das Herzland von Pompeius' Provinz floß. Pompeius hatte sein jugendliches Ungestüm keineswegs abgelegt. Aber er war durch die neuen Erfahrungen reifer geworden, und er lernte mit jedem Tag dazu. So hatte etwa Sullas geschickter Einsatz der Reiterei sein Interesse für einen Truppenteil geweckt, den er früher, typisch für einen Römer, nie ernst genommen hatte. Römer glaubten an den Fußsoldaten und waren bis zu einem gewissen Grad der Ansicht, daß die Reitersoldaten mehr zur Zierde als zum Kampf taugten und so eher eine Last denn eine Hilfe darstellten. Varro wiederum war überzeugt, daß Rom nur aus einem einzigen Grund eine Reiterei unterhielt: weil das auch seine Feinde taten.

Zu Zeiten, als in Rom noch die Könige regiert hatten, und in den frühen Jahren der Republik, bildeten die Reitersoldaten die militärische Elite, waren sie Roms Speerspitze. Daraus hatte sich der Ritterstand entwickelt, der *ordo equester,* wie Gaius Gracchus ihn genannt hatte. Pferde waren unerschwinglich gewesen, die meisten Männer konnten sie nicht aus ihrer eigenen Tasche bezahlen. Aus dieser Situation heraus war die Tradition des Staatspferdes erwachsen, das vom Staat gekaufte und unterhaltene Pferd eines Ritters.

Zu Sullas Zeit hatte der römische Reitersoldat praktisch nur wirtschaftliche Bedeutung. Der Ritter – Geschäftsmann oder Landbesitzer und Mitglied der ersten Klasse der Zenturien in einem – war das Relikt der römischen Reitersoldaten. Dennoch stellte der Staat den achtzehnhundert höchsten Rittern immer noch ein Staatspferd zur Verfügung.

Varro, dessen größtes Vergnügen darin bestand, den gewundenen Pfaden eines Gedankens zu folgen, merkte, daß er den Faden verloren hatte. Er riß sich zusammen und lenkte seine Gedanken wieder zurück zu ihrem Ausgang: Pompeius' Interesse an der Reiterei. Die unter Pompeius' Kommando stehende Reiterei war nicht in Italien rekrutiert worden, Sulla hatte sie aus Griechenland mitgebracht. So kam es auch, daß sich kein einziger Gallier darunter fand. Wären die Reitersoldaten in Italien angeworben worden, Pompeius' Reiterei würde fast ausschließlich aus Galliern bestehen, die entweder aus dem jenseits des Po gelegenen Teil des italischen Galliens oder aus dem weiten Tal der Rhône in Gallia Transalpina rekrutiert worden wären. So aber waren Sullas Reiter größtenteils Thraker, unter denen sich auch einige hundert Galater fanden. Gute Kämpfer und so treu ergeben, wie man es nur von Männern erwarten konnte, die keine Römer waren. Sie genossen Auxiliar-Status, und zumindest einige von ihnen konnten darauf hoffen, nach Beendigung eines siegreichen Feldzugs mit der Verleihung des vollen römischen Bürgerrechts oder einem Stück Land belohnt zu werden.

Den ganzen Weg von Teanum Sidicinum her hatte Pompeius überlegt, wie er diese in lederne Hosen und Wamse gekleideten Männer mit ihren kleinen Rundschilden und langen Lanzen in den Kampf führen würde. Ihre Langschwerter eigneten sich besser für den Kampf vom Rücken eines Pferdes aus als die Kurzschwerter der Fußsoldaten. Nach und nach hatte Pompeius die Vorteile der Reitersoldaten entdeckt und gegeneinander abgewogen, hatte beobachtet, sich Strategien ausgedacht und versucht herauszufinden, ob es etwas an der Ausrüstung oder der Taktik zu verbessern gab. Die fünftausend Reiter waren aufgegliedert in zehn Regimenter zu je fünfhundert Mann, die sich wiederum auf zehn Schwadronen zu je fünfzig Mann aufteilten. Angeführt wurde die Truppe von ihren eigenen Offizieren, nur der oberste Befehlshaber der Reiterei war ein Römer, in diesem Falle Pompeius. Er war fasziniert von seiner berittenen Streitmacht und fest entschlossen, sie unter seinem Kommando zu großen Taten zu führen.

Das Schicksal ging doch seltsame Wege! Am Horizont erblickten sie den Aesis, und unter ihnen, am Fuß des Hügels, lag das alte Lager, von dem sie vor einem Jahr aufgebrochen waren. Als habe es all die Meilen, die sie seitdem zurückgelegt hatten, niemals gegeben. Was war das für eine Reise gewesen! Ein paar kleinere Schlachten, viele lange Märsche und sonst – nichts.

Und das alles, um einen zahn- und haarlosen alten Greis zu

besuchen. »Ob sich deine Männer jemals fragen«, sinnierte Varro, »welchem Zweck das alles eigentlich dient?«

»Was für eine seltsame Frage!« Pompeius drehte sich verwundert zu Varro um. »Meine Soldaten brauchen nicht nachzudenken. *Ich* tue das für sie. Sie brauchen nur zu tun, was ihnen gesagt wird.« Er verzog sein Gesicht bei dem revolutionären Gedanken, daß es auch nur einem von Pompeius Strabos alten Veteranen einfallen könnte, selber zu *denken*.

»Was sagst du da, Pompeius?« So leicht ließ Varro sich nicht abspeisen. »Sie sind *Menschen* – und gleichen uns zumindest in dieser einen Hinsicht. Und als Menschen ist ihnen die Gabe des Denkens verliehen, auch wenn die meisten von ihnen weder lesen noch schreiben können. Befehle nicht in Frage zu stellen ist eine Sache, nicht darüber nachzudenken, was das alles eigentlich soll, eine ganz andere.«

»Das sehe ich gar nicht so«, erwiderte Pompeius aus Überzeugung.

»Hast du schon einmal etwas von der jedem Menschen angeborenen Neugierde gehört? Es liegt in der Natur des Menschen, nach dem Warum zu fragen. Auch wenn er nur ein picenischer Fußsoldat ist, der noch nie in Rom war oder den Unterschied zwischen Rom und Italien nicht kennt. Wir kommen gerade aus Teanum zurück, und da unten liegt unser altes Lager. Glaubst du im Ernst, daß sich nicht wenigstens ein paar deiner Männer fragen werden, warum wir nach Teanum marschiert sind und nach weniger als einem Jahr schon wieder zurückkommen?«

»Ach, das wissen die schon«, entgegnete Pompeius ungeduldig. »Außerdem sind das alles Veteranen. Wenn sie für jede Meile, die sie in den letzten zehn Jahren marschiert sind, tausend Sesterzen bekommen hätten, dann könnten sie sich jetzt auf dem Palatin ein Haus kaufen, und die Frauen würden ihnen die Tür einrennen, selbst wenn sie in den Brunnen pissen oder in den Kräutergarten des Kochs scheißen würden. Varro, du bist ein Original. Die Gedanken, die dich umtreiben – dir gelingt es immer wieder, mich zu überraschen.« Pompeius gab seinem Pferd die Sporen und galoppierte den Hang hinab. Plötzlich zügelte er sein Pferd und wandte sich im Sattel um. Laut lachend winkte er mit den Armen und schrie: »Der Letzte im Lager ist ein faules Ei.«

Pompeius, du bist immer noch ein Kind! sagte sich Varro. Was habe ich hier verloren? Welchen Zweck erfülle ich? Das ist doch alles nur ein Spiel, ein großes – und großartiges – Abenteuer!

Noch in derselben Nacht rief Metellus Pius seine drei Legaten zu sich. Pompeius erschien wie immer in Varros Begleitung. Die Atmosphäre war gespannt, es hatte Neuigkeiten gegeben.

»Carbo steht nicht weit vor uns«, sagte Pius das Ferkel. Er hielt inne und korrigierte sich. »Um genau zu sein, Carrinas steht nicht weit vor uns, und Censorinus rückt rasch nach. Offensichtlich glaubte Carbo zuerst, acht Legionen würden ausreichen, um uns aufzuhalten, und hat dann, nachdem er bemerkt hat, wie stark unsere Streitmacht ist, Censorinus mit vier weiteren Legionen ausgesandt. Sie werden den Aesis vor uns erreichen, und dort werden wir uns ihnen auch stellen müssen.«

»Wo befindet sich Carbo?« wollte Marcus Crassus wissen.

»Noch in Ariminum. Ich nehme an, er wartet Sullas nächsten Schritt ab.«

»Und wie es dem jungen Marius ergeht«, fügte Pompeius hinzu.

»Genau«, stimmte Metellus zu und zog seine Augenbrauen in die Höhe. »Aber der soll jetzt nicht unsere Sorge sein. Wir müssen Carbo auf Trab bringen. Pompeius, du kennst dich hier am besten aus. Sollen wir Carrinas über den Fluß locken oder ihn auf dem anderen Ufer festhalten?«

»Das kommt auf dasselbe heraus«, antwortete Pompeius. »Hier wie dort finden wir ausreichend Platz, unsere Truppen in Aufstellung zu bringen. Das Gelände ist zwar teilweise mit Bäumen durchsetzt, aber ansonsten ziemlich eben. Ideale Voraussetzungen, Carrinas' Armee bis auf den letzten Mann aufzureiben – wenn wir es richtig anstellen.« Pompeius sah Metellus unschuldig an und fuhr mit einschmeichelnder Stimme fort: »Die Entscheidung liegt ganz bei dir, Pius. Ich bin nur ein Legat.«

»Nun, da wir versuchen, nach Ariminum zu gelangen, macht es mehr Sinn, mit unserer Armee an das andere Ufer überzusetzen«, entschied Metellus Pius mit unbewegter Miene. »So müssen wir, wenn es uns gelingt, Carrinas in die Flucht zu schlagen, nicht erst noch den Aesis überqueren. Nach dem vorliegenden Bericht ist unsere Reiterei der Carrinas' deutlich überlegen. Pompeius, vorausgesetzt, das Terrain und der Wasserstand des Flusses erlauben es, traust du es dir zu, zuerst überzusetzen und die Furt eine Zeitlang zu sichern? Das würde es mir erlauben, mit meinen Fußtruppen den Fluß zu überqueren und, nachdem du deine Reiter wieder abgezogen hast, anzugreifen. Leider bleibt uns keine Zeit, eine Kriegslist zu ersinnen, es wird also auf eine offene Feldschlacht hinauslaufen. Wir könnten höchstens eines tun. Sobald ich angreife, schlägst du mit deinen Schwadronen einen Bogen um die feindlichen Reihen und fällst Carrinas und Censorinus in den Rücken.«

Niemand hatte etwas gegen diese Strategie einzuwenden, die den Legaten im Kampf genügend Handlungsspielraum ließ. Metellus Pius verstand sich auf das Kriegshandwerk. Sogar Pompeius stimmte dem Vorschlag zu, daß Varro Lucullus die drei aus seinen Veteranen bestehenden Legionen kommandieren sollte, damit er selbst sich voll auf die Führung der Reiterei konzentrieren konnte.

»Ich werde das Kommando über den mittleren Abschnitt übernehmen«, schloß Metellus Pius die Besprechung ab. »Crassus führt den rechten und Varro Lucullus den linken Flügel an.«

Da das Wetter an diesem Tag gut und der Boden nicht zu feucht war, entwickelte sich alles so, wie Metellus Pius es geplant hatte. Pompeius hatte keine Schwierigkeit, die Furt zu sichern, und die anschließende Schlacht der Fußsoldaten demonstrierte einmal mehr, wie viel kampferprobte Soldaten in den Händen eines guten Legaten zuwege brachten. Zwar bestanden Scipios Legionen aus recht unerfahrenen Soldaten, aber Varro Lucullus und Crassus zeigten viel Geschick in der Führung der fünf Veteranen-Legionen, deren Selbstvertrauen sich mit der Zeit auf Scipios Männer übertrug. Carrinas und Censorinus hatten keinen einzigen Veteranen in ihren Reihen, sie konnten Metellus Pius zu keinem Zeitpunkt ernstlich Widerstand leisten. Wäre es Pompeius gelungen, den feindlichen Truppen in den Rücken zu fallen, die Schlacht hätte unweigerlich mit der völligen Zerschlagung von Carrinas' und Censorinus' Legionen geendet. Aber als Pompeius mit seinen Reitern die feindlichen Linien in einem weiten Bogen umgehen wollte, traf er direkt auf Carbo, der mit sechs weiteren Legionen und einer dreitausend Mann starken Reiterei seinen Verbündeten zu Hilfe geeilt war.

Mit Mühe und Not gelang es Carrinas und Censorinus, sich zurückzuziehen und ihre Verluste auf drei- bis viertausend Mann zu beschränken. Nur eine knappe Meile hinter dem Schlachtfeld schlugen sie neben Carbos Lager ihre Zelte auf. Der Vormarsch von Metellus Pius und seinen Legaten war zum Stillstand gekommen.

»Wir ziehen uns in unser altes Lager südlich vom Fluß zurück«, entschied Metellus Pius ohne zu zögern. »Sollen sie ruhig denken, wir seien zu feige, um weiter vorzurücken. Jetzt, da Carbo zu ihnen gestoßen ist, müssen wir auf einen gewissen Abstand zwischen ihnen und uns achten.«

Trotz dieser enttäuschenden Wendung der Dinge waren die Soldaten guten Mutes, und auch Pompeius, Crassus und Varro Lucullus waren bester Stimmung, als sie bei Einbruch der Dämmerung im Kommandozelt ihres Feldherrn zusammenkamen. Auf dem Tisch waren zahlreiche Landkarten ausgebreitet, mit deren Studium Metellus Pius die letzten Stunden verbracht hatte.

»Ich möchte, daß ihr das hier anschaut«, Pius stand hinter dem Tisch und deutete auf die Karten, »und euch überlegt, wie wir Carbo am besten von der Flanke her angreifen können.«

Die Männer versammelten sich um den Tisch. Varro Lucullus hielt einen fünfarmigen Leuchter über die mit feinen Linien bemalten Schafhäute. Die erste Karte gab den Verlauf der adriatischen Küstenlinie zwischen Ancona und Ravenna sowie das Landesinnere bis jenseits der Kammlinie der Apenninen wieder.

»Wir stehen hier.« Metellus das Ferkel zeigte mit einem Finger auf einen Punkt unterhalb des Aesis. »Der nächste Fluß vor uns ist der Metauro, ein tückischer Strom. Jenseits davon liegt der Ager Gallicus – hier – und hier – mit Ariminum in der Mitte. Nach der Karte zu schließen, kann man über die meisten dieser Flüsse leicht übersetzen. Bis wir zu diesem hier gelangen. Seht ihr? Hier, zwischen Ariminum und Ravenna, bildet der Pisantello die natürliche Grenze zum italischen Gallien. Es ist ziemlich offensichtlich, warum Carbo Ariminum als Stützpunkt gewählt hat. Von dort aus kann er über die Via Aemilia das Herzland des italischen Gallien erreichen, ab Arretium der Via Cassia folgen und durch das obere Tibertal die Via Flaminia erreichen und auf Rom vorstoßen, er kann aber auch entlang der Küste das Picenum erreichen und, falls nötig, durch Apulia und Samnium bis in die Campania vorrücken.«

»Das heißt, wir müssen ihn aus Ariminum vertreiben«, zog Crassus die naheliegende Schlußfolgerung. »Das sollte nicht unmöglich sein.«

»Ja, aber es gibt einen Haken«, erwiderte Metellus Pius. »Allem Anschein nach hat sich Carbo unter rätselhaften Umständen wenigstens zum Teil aus Ariminum zurückgezogen und acht Legionen unter dem Kommando von Gaius Norbanus die Via Aemilia hoch nach Forum Cornelii verlegt. Hier, seht ihr, ein Ort nicht weit hinter Faventia. Forum Cornelii liegt nicht allzuweit vor den Toren Ariminums, höchstens vierzig Meilen.«

»Ein harter Marschtag, und diese acht Legionen sind wieder in Ariminum, wenn es sein muß«, sagte Pompeius.

»Genau. Und in zwei, drei Tagen in Arretium oder Placentia«, fügte Varro Lucullus, immer mit einem Blick für die Gesamtsituation, hinzu. »Hier, auf der anderen Seite des Aesis stehen Carbo, Carrinas und Caesar mit insgesamt achtzehn Legionen und dreitausend Reitersoldaten. Dazu kommen Norbanus' acht Legionen in Forum Cornelii und die vier in Ariminum einquartierten Legionen mit einer mehrere tausend Mann starken Reiterei.«

»Ich mache keinen Schritt, bevor ich nicht eine umfassende Strategie habe«, sagte Metellus Pius und sah seine Legaten an.

»Kein Problem«, erwiderte Crassus, dessen inneres Rechenbrett unablässig ratterte. »Wir müssen vor allem verhindern, daß Carbo sich wieder mit Norbanus vereint. Wenn wir ihn dann noch von Carrinas und Censorinus weglocken und schließlich Carrinas und Censorinus voneinander trennen, haben wir sie. Wir müssen allerdings darauf achten, daß sie sich nicht wieder zusammenschließen können. Wie Sulla es gesagt hat: den Feind zersplittern.«

»Einer von uns wird mit fünf Legionen über Ariminum hinaus vorrücken und von dort aus ins italische Gallien vorstoßen müssen«, sagte Metellus Pius mit gerunzelter Stirn. »Eine heikle Angelegenheit, am besten, ich übernehme das.«

»Im Gegenteil, das ist ein Kinderspiel!« rief Pompeius aus. »Seht, hier liegt Ancona, der zweitgrößte Hafen am Adriatischen Meer. In dieser Jahreszeit ist der Hafen voller Schiffe, die auf die

Westwinde warten, um nach Osten zu segeln und den Sommer über Handel zu treiben. Warum nimmst du nicht deine fünf Legionen, marschierst nach Ancona, schiffst dich dort ein und segelst nach Ravenna? Eine angenehme Seereise, immer in Sichtweite der Küste und in dieser Jahreszeit ohne Sturmgefahr. Das sind kaum mehr als hundert Meilen. Selbst wenn ihr rudern müßtet, braucht ihr dazu höchstens acht oder neun Tage. Und wenn ihr, was um diese Jahreszeit gar nicht so unwahrscheinlich ist, Rückenwind habt, dann seid ihr innerhalb von vier Tagen in Ravenna.« Pompeius' Finger glitt über die Karte. »Dann ein Eilmarsch nach Faventia, und Norbanus ist isoliert.«

»Ja, Pompeius, das könnte funktionieren«, stimmte Metellus Pius mit glänzenden Augen zu. »Wir müssen allerdings auf größte Geheimhaltung achten. Nicht einmal im Traum würde Carbo vermuten, daß wir uns nach Ancona zurückziehen. Warum also sollte er auch nur einen einzigen Späher über den Aesis nach Süden aussenden? Pompeius und Crassus, ihr müßt hierbleiben und Carbo fünf zusätzliche Legionen vorgaukeln. Ihr setzt euch erst in Bewegung, wenn Varro Lucullus und ich uns in Ancona eingeschifft haben. Versucht, Carrinas einzuholen. Wenn möglich, nagelt ihr ihn fest. Das gleiche gilt für Censorinus. Anfangs wird Carbo noch bei ihnen sein, aber sobald er erfährt, daß ich in Ravenna an Land gegangen bin, wird er Norbanus zu Hilfe eilen. Natürlich könnte er auch Censorinus oder Carrinas nach Forum Cornelii schicken, aber das glaube ich nicht. Carbo weiß, daß er seine Mitte nicht schwächen darf.«

»Das wird ein Riesenspaß!« rief Pompeius aufgeregt aus.

Die in dem Zelt Versammelten waren so zuversichtlich, daß keiner Pompeius' Bemerkung als zu kindisch empfand; selbst Marcus Terentius Varro nicht, der ruhig in einer Ecke saß und eifrig Notizen machte.

Der Plan ging auf. Während Metellus Pius mit Varro Lucullus und fünf Legionen nach Ancona eilte, spielten die restlichen sechs Legionen Theater und gaukelten Carbo vor, elf Legionen zu sein. Pompeius und Crassus ließen einige Tage verstreichen, dann brachen sie das Lager ab und setzten über den Aesis, ohne auf Widerstand zu stoßen. Offensichtlich wollte Carbo sie in Richtung

Ariminum locken und auf dem ihm vertrauteren Gelände eine Entscheidungsschlacht herbeiführen.

Pompeius blieb mit seiner Reiterei Carbos Nachhut, die Censorinus mit einer Reiterschar bildete, dicht auf den Fersen und führte immer wieder kleinere Attacken gegen sie aus. Das irritierte Censorinus, der sich noch nie durch besonders große Geduld ausgezeichnet hatte, so sehr, daß er in der Nähe von Sena Gallica Halt machen ließ und seinen Reitern befahl, Pompeius anzugreifen. Pompeius, der ein Talent für die Führung der Reiterei entwickelt hatte, behielt die Oberhand, und der schwer angeschlagene Censorinus mußte sich mit seinen Fußsoldaten und seiner Reiterei in Sena Gallica verschanzen. Doch es dauerte nicht lange, bis Pompeius die bescheidenen Befestigungen des Städtchens überrannt hatte. Censorinus opferte seine Reiterei, brach mit seinen acht Legionen Fußsoldaten aus Sena Gallica aus und beeilte sich, die Via Flaminia zu erreichen. Das war das Klügste, was er in dieser Situation tun konnte.

Zu diesem Zeitpunkt hatte Carbo bereits von Metellus Pius' unwillkommenem Eintreffen in Faventia erfahren: Norbanus war somit von Ariminum abgeschnitten. Carbo eilte nach Faventia, Carrinas mit acht Legionen im Schlepptau. Censorinus sollte für sich selbst sorgen.

Doch dann stieß Brutus Damasippus, der bereits auf dem Weg nach Faventia war, zu Carbo und unterrichtete ihn von der vernichtenden Niederlage, die Sulla dem jungen Marius bei Sacriportus zugefügt hatte. Sulla rückte inzwischen auf der Via Cassia nach Arretium vor. Carbo warf seine bisherige Strategie über den Haufen, jetzt blieb ihm nur noch eine Möglichkeit. Norbanus mußte allein sehen, wie er das italische Gallien gegen Metellus Pius halten konnte. Carbo selbst wollte Sulla bei Arretium abfangen, was ihm angesichts der Tatsache, daß Sulla nur mit drei Legionen anrückte, nicht allzu schwierig erschien.

Pompeius und Crassus erfuhren ungefähr zur gleichen Zeit wie Carbo von Sullas Sieg bei Sacriportus und feierten ihn mit lautem Jubel. Sie wandten sich westwärts und verfolgten Carrinas und Censorinus, die mit jeweils acht Legionen versuchten, den bei Arretium an der Via Cassia stehenden Carbo zu erreichen. Sie legten eine mörderische Marschgeschwindigkeit vor, aber die Verfolger hielten mit. Je mehr sie sich der Via Flaminia näherten, desto bergiger wurde die Gegend. Pompeius erkannte, daß seine Reiter in diesem Gelände wenig würden ausrichten können, sandte sie zurück in das Lager am Aesis und übernahm wieder das Kommando über die Veteranen-Legionen seines Vaters. Crassus schien ihm die Führung willig zu überlassen, solange seine Vorschläge mit den Kalkulationen übereinstimmten, die er in seinem Dickschädel anstellte.

Erneut gaben die Veteranen-Legionen den Ausschlag. Auf der Via Flaminia zwischen Fulginum und Spoletium holten Pompeius und Crassus Censorinus ein. Doch es kam zu keiner Schlacht. Ausgelaugt, hungrig und mutlos suchten die Legionen des Censorinus ihr Heil in der Flucht. Die drei Legionen, die ihm geblieben waren, wollte er auf jeden Fall retten. Er bog von der Straße ab und marschierte den Rest des Weges zu Carbo nach Arretium durch unwegsames Gelände. Die Soldaten der anderen fünf Legionen zerstreuten sich in alle Winde.

Drei Tage später stießen Pompeius und Crassus in der Nähe der großen und gutbefestigten Stadt Spoletium auf Carrinas. Diesmal kam es zur Schlacht, aber Carrinas geriet so sehr in Bedrängnis, daß ihm nichts anderes übrigblieb, als sich mit drei seiner acht Legionen in Spoletium zu verschanzen. Drei andere Legionen flohen nach Tuder und verschanzten sich dort, die restlichen beiden Legionen verschwanden einfach und tauchten nie wieder auf.

»Wunderbar, Varro!« rief Pompeius erfreut aus. »Ich sehe eine Möglichkeit, wie ich mir den alten Dickkopf Crassus vom Hals schaffen kann.«

Pompeius schlug Crassus vor, daß er mit seinen drei Legionen Tuder belagern sollte, was es ihm, Pompeius, erlaubte, mit seinen Männern auf Spoletium vorzurücken. Überglücklich bei dem Gedanken, einen eigenen Feldzug unternehmen zu dürfen, eilte Crassus nach Tuder. Pompeius ließ sich in Hochstimmung vor Spoletium nieder. Er wußte ganz genau, daß derjenige, der Spoletium einnahm, am meisten Ruhm ernten würde, denn schließlich saß Carrinas in Spoletium und nicht in Tuder. Leider ging Pompeius' Rechnung nicht auf. Mit viel Wagemut und Geschick gelang es Carrinas, sich während eines mitternächtlichen Sturms aus Spoletium hinauszustehlen und mit drei vollständigen Legionen zu Carbo zu stoßen.

Pompeius, der sich selbst die alleinige Schuld an Carrinas' Flucht gab, führte Varro einen seiner typischen Wutausbrüche vor. Er heulte, biß sich die Fingerknöchel wund, riß sich ganze Haarbüschel aus, trommelte wie wild mit Füßen und Fäusten auf den Boden, zerbrach Krüge und Teller, zerschlug Möbel ... Aber dann, so plötzlich, wie das mitternächtliche, für Carrinas so segensreiche Unwetter wieder vergangen war, verflog Pompeius' Wut auch wieder.

»Auf nach Clusium, auf zu Sulla«, verkündete er. »Los, Varro. Steh auf. Was trödelst du so herum?«

Anfang Juni erreichten Pompeius und seine Veteranen Sullas Lager am Fluß Chiana. Sulla war ziemlich gereizt und sein Kampfgeist schwer angeschlagen. Carbo war aus Arretium ausgerückt und nach Clusium gezogen, wo die beiden Armeen überraschend aufeinandergetroffen waren. Da keine Zeit blieb, eine Strategie auszuarbeiten, waren Sullas Legionen in schwerste Bedrängnis geraten und hätten die Schlacht sicherlich verloren, hätte Sulla nicht die Geistesgegenwart besessen, die Feindseligkeiten abzubrechen, und den Rückzug auf ein stark befestigtes Lager befohlen.

»Aber das ist jetzt egal«, sagte Sulla, sichtlich erfreut über Pompeius' Ankunft. »Du bist jetzt hier, und Crassus steht mit seinen Legionen ebenfalls ganz in der Nähe. Mit euch beiden an meiner Seite ist Carbo so gut wie erledigt.«

»Wie steht es um Metellus Pius?« wollte Pompeius wissen, dem es überhaupt nicht behagte, daß Sulla ihn und Crassus in einem Atemzug nannte.

»Das italische Gallien ist in unserer Hand. Metellus hat Norbanus vor Faventia gestellt, während Varro Lucullus, der bis nach Placentia ziehen mußte, um Aufnahme zu finden, Lucius Quinctius und Publius Albinovanus bei Fidentia abgefangen hat. Alles ging gut, und unsere Feinde sind tot oder in alle Winde verstreut.«

»Und Norbanus selbst?«

»Nach Ariminum geflohen, nehme ich an«, antwortete Sulla achselzuckend und ging dazu über, Pompeius Anweisungen zur Unterbringung seiner Legionen zu erteilen. Sulla war es ziemlich gleichgültig, wie es seinen militärischen Gegnern erging, wenn er sie erst einmal besiegt hatte und, wie es bei Norbanus der Fall war, keine persönliche Feindschaft gegen sie hegte.

Am nächsten Tag kehrte Crassus an der Spitze von drei ziemlich mißmutigen und aufgebrachten Legionen aus Tuder zurück. Unter den Soldaten ging das Gerücht um, Crassus sei bei der Eroberung der Stadt ein Goldschatz in die Hände gefallen, er habe ihn aber für sich selbst behalten.

»Entspricht das der Wahrheit?« verlangte Sulla zu wissen. Er starrte Crassus ingrimmig an.

»Nein.« Crassus hatte eine Unschuldsmiene aufgesetzt und erwiderte Sullas Blick verwirrt, aber ohne Schuldbewußtsein.

»Bist du dir ganz sicher?«

»In Tuder gab es nichts zu holen außer ein paar alten Weibern. Und von denen lockte mich keines.«

Sulla sah ihn mißtrauisch an. War Crassus absichtlich unverschämt? »Marcus Crassus, du bist verschlagen und hinterhältig«, sagte er schließlich. »Eingedenk des Rufs deiner Familie und deiner Stellung schenke ich dir diesmal Glauben. Aber sei gewarnt! Sollte ich jemals entdecken, daß du dich in meinen Diensten auf Kosten des Staates bereichert hast, will ich dich nie mehr sehen.«

»Das ist nur gerecht«, nickte Crassus zur Antwort und trollte sich.

Publius Servilius Vatia, der die Unterhaltung verfolgt hatte, lächelte Sulla an. »Einfach unmöglich, Crassus sympathisch zu finden.«

»Dafür gibt es auch nur wenige Männer, denen er wohlgesonnen ist«, sagte Sulla und legte seinen Arm um Vatias Schultern. »Aber du, Vatia, du bist ein Glückspilz.«

»Ich?«

»Ja, weil ich dich mag. Du bist ein guter Verbündeter – weder überschreitest du jemals deine Grenzen, noch streitest du mit mir. Was auch immer ich von dir verlange, du tust es.« Sulla gähnte, und Tränen traten ihm in die Augen. »Ich fühle mich so ausgetrocknet. Was ich jetzt brauche, ist ein Krug Wein.«

Vatia, ein schlanker und gutaussehender Mann mit dunklen Haaren, gehörte nicht zu den patrizischen Servilii, doch sein Stammbaum reichte weit genug zurück, um ihn auch den strengsten gesellschaftlichen Ansprüchen genügen zu lassen. Zudem war seine Mutter, die Tochter des Metellus Macedonius, eine der angesehensten Caecilii Metelli. Was nicht mehr und nicht weniger hieß, als daß Vatia irgendwie mit allen verwandt war, deren Stimme Gewicht hatte. Unter anderem auch, dank einer Heirat, mit Sulla. So fühlte er sich von Sullas Arm auf seiner Schulter nicht bedroht, sondern erwiderte die Umarmung und geleitete Sulla zum Feldherrenzelt. Sulla hatte an diesem Tag bereits sehr ausgiebig dem Wein zugesprochen und konnte eine Stütze gut gebrauchen.

»Was soll ich mit diesen Männern nur tun, wenn ich Rom erobert habe?« wandte sich Sulla an Vatia, der ihm gerade einen Becher mit dem für ihn reservierten Wein füllte. Vatia schenkte sich selbst aus einem anderen Krug ein und achtete darauf, daß sein Wein gut verwässert war.

»Welche Männer meinst du? Crassus?«

»Ja, Crassus. Und Pompeius Magnus.« Sulla verzog die Lippen, und Vatia konnte sein Zahnfleisch sehen. »Ich frage dich, Vatia, was soll das? *Magnus!* In seinem Alter!«

»Nun«, lächelte Vatia und setzte sich auf einen Klappstuhl, »wenn Pompeius zu jung ist, dann bin ich zu alt. Ich hätte bereits vor sechs Jahren zum Konsul gewählt werden sollen. Jetzt ist es wohl endgültig zu spät.«

»Sei unbesorgt, Vatia. Wenn ich siege, wirst du Konsul werden. Ich bin ein gefährlicher Feind, aber auch ein aufrechter Freund.«

»Ich weiß, Lucius Cornelius«, erwiderte Vatia sanft.

»Nun, was meinst du, was soll ich mit ihnen anstellen?« kehrte Sulla zu seiner Frage zurück.

»Pompeius, ja, der wird dir Schwierigkeiten machen. Ich kann mir nicht vorstellen, daß er sich zur Ruhe setzt, wenn die Kämpfe vorüber sind. Oder wie du verhindern willst, daß er sich vor der Zeit um irgendwelche politischen Ämter bewirbt.«

»Pompeius ist auf kein Amt aus«, lachte Sulla, »Pompeius jagt dem Ruhm der Schlachtfelder hinterher. Ich glaube, genau den werde ich ihm auch geben. Ja, wenn man die Dinge so sieht, kommt er eigentlich gerade zur rechten Zeit.« Durstig streckte er Vatia seinen leeren Becher hin. »Und Crassus? Was soll ich mit Crassus anfangen?«

»Oh, der schaut schon für sich selbst«, sagte Vatia und schenkte

Sulla ein. »Er wird sich, und das kann ich auch sehr gut verstehen, ein Vermögen zusammenscheffeln. Nach dem Tod seines Vaters und seines Bruders hätte er mehr zu erwarten gehabt als eine reiche Witwe. Das Vermögen des Licinus Crassus war über dreihundert Talente schwer, aber natürlich wurde es beschlagnahmt. Da kannst du dich getrost auf Cinna verlassen, der hat sich garantiert jeden Sesterz unter den Nagel gerissen. Und der arme Crassus hatte bei weitem nicht den Einfluß, über den Catulus verfügte.«

»Der arme Crassus!« Sulla schnaubte wütend. »Er hat das Gold aus Tuder gestohlen, da bin ich mir ganz sicher.«

»Höchstwahrscheinlich«, entgegnete Vatia unbeeindruckt. »Aber du kannst es dir im Moment nicht leisten, ihn dafür zur Rechenschaft zu ziehen. Du brauchst ihn! Und das weiß er auch ganz genau. Was du vorhast, ist äußerst gewagt.«

Carbo wurde unverzüglich von der Ankunft von Pompeius und Crassus mit ihren Legionen unterrichtet. Seinen Legaten gegenüber gab er sich wie die Ruhe selbst und sprach mit keinem Wort davon, seine Truppen abzuziehen. Zahlenmäßig war er Sulla immer noch weit überlegen, der denn auch keine Anstalten machte, aus seinem Lager auszubrechen. Während Carbo darauf wartete, daß die Dinge ihren Lauf nahmen und ihm die Entscheidung darüber, was zu tun sei, abnehmen würden, traf aus dem italischen Gallien die Nachricht ein, daß Norbanus mitsamt seinen Legaten Quinctius und Albinovanus besiegt worden war und Metellus Pius und Varro Lucullus die Provinz besetzt hielten. Am niederschmetterndsten aber waren die Begleitumstände der Niederlage. Publius Albinovanus, der lucanische Legat, hatte Norbanus und die anderen Mitglieder des militärischen Oberkommandos unter dem Vorwand einer Unterredung nach Ariminum gelockt und dort alle Anwesenden bis auf Norbanus selbst ermorden lassen. Dann hatte er Metellus Pius die Stadttore geöffnet und ihm im Austausch gegen seine Begnadigung Norbanus ausgeliefert. Später war Norbanus, der den Wunsch geäußert hatte, irgendwo im Osten um Asyl nachzusuchen, erlaubt worden, ein Schiff zu besteigen. Der einzige überlebende Legat war also Lucius Quinctius, der sich in Varro Lucullus' Gewahrsam befunden hatte, als die Morde verübt wurden.

Tiefe Gedrücktheit senkte sich über Carbos Lager. Männer wie Censorinus sehnten sich in ihrem unstillbaren Tatendrang nach einem Kampf, aber Sulla verhielt sich immer noch ruhig. Unfähig, Censorinus weiter zurückzuhalten, schickte Carbo ihn mit acht Legionen nach Praeneste, wo er versuchen sollte, den Belagerungsring um den jungen Marius zu zerschlagen. Zehn Tage später kehrte Censorinus zurück. Er hatte keine Möglichkeit gesehen, dem jungen Marius zu helfen. Die von Ofella errichteten Verteidigungsanlagen hatten sich als unüberwindbar erwiesen. Daraufhin sandte Carbo eine zweite Armee nach Praeneste, die aber in einen von Sulla gelegten Hinterhalt geriet und dabei zweitausend gute Soldaten verlor. Eine dritte Streitmacht unter dem Kommando des Brutus Damasippus versuchte, einen Weg durch die Berge zu finden und über die Schleichpfade in die Stadt vorzudringen. Aber auch dieses Unternehmen scheiterte. Angesichts der hinter der Stadt errichteten Belagerungsanlagen gab Brutus Damasippus alle Hoffnung auf und kehrte unverrichteter Dinge nach Clusium zurück.

Selbst die Nachricht, daß der gelähmte Samniterführer Gaius Papius Mutilus in Aesernia eine vierzigtausend Mann starke Armee um sich geschart habe und mit ihr auf Praeneste vorrücke, konnte Carbos Stimmung nicht heben, Tag für Tag versank er tiefer in seiner Depression. Da half auch der Brief von Mutilus nichts, der ihn davon unterrichtete, daß er nicht vierzig-, sondern siebzigtausend Männer ins Feld schicken werde. Marcus Lamponius sandte zwanzigtausend Männer aus Lucanien zu Hilfe und Tiberius Gutta weitere zehntausend Soldaten aus Capua.

Der Juni ging ins Land, und der Quintilis brach an, aber Carbo zermarterte sich sein Hirn immer noch auf der Suche nach einer befriedigenden Lösung. Der einzige, dem er wirklich vertraute, war Marcus Junius Brutus, sein Proquästor. Schließlich wandte er sich in seiner Verzweiflung an ihn.

»Wenn Albinovanus nicht davor zurückschreckt, Männer hinzuschlachten, mit denen zusammen er lange Monate hindurch gelacht und gekämpft hat, wie kann ich mir dann noch meiner eigenen Legaten sicher sein?« fragte er.

Er und Brutus folgten der drei Meilen langen Via Principalis, einer der beiden durch das Lager führenden Hauptstraßen. So breit, wie die Straße war, konnten sie sicher sein, daß keine unerwünschten Mithörer ihrem Gespräch lauschten.

Der alte Mann blinzelte in dem hellen Sonnenlicht und bewegte seine blau verfärbten Lippen, ohne jedoch etwas zu sagen. Er nahm sich Zeit und wog die Frage in seinem Kopf ab, bevor er schließlich trocken antwortete: »Nein, du kannst ihrer nicht sicher sein, Gnaeus Papirius.«

»O ihr Götter, was soll ich nur tun?« rief Carbo verzweifelt aus und faßte sich mit zittriger Hand an den Kopf.

»Im Moment gar nichts. Du mußt dich in sichere Gefilde absetzen, bevor einer oder mehrere deiner Legaten deinen Tod als die für sie vorteilhafteste Lösung betrachten.«

»Mich absetzen?«

»Ja, absetzen«, erwiderte Brutus mit fester Stimme.

»Aber meine Legaten würden das nie zulassen!« Carbo zitterte inzwischen am ganzen Körper.

»Wohl kaum. Aber sie brauchen davon ja auch nichts zu wissen. Ich werde mich um alles Notwendige kümmern. Du tust weiterhin so, als liege dir einzig und allein das Schicksal der samnitischen Armee am Herzen.« Der ältere Brutus legte seine Hand auf Carbos Arm. »Verzweifle nicht! Noch ist es nicht zu spät.«

Gegen Mitte Quintilis hatte Brutus seine Vorbereitungen abgeschlossen. Kaum eine Woche war vergangen, als er und Carbo sich mitten in der Nacht aus dem Lager stahlen, ohne Diener und ohne Gepäck; sie führten nur ein Maultier mit sich, dessen Satteltaschen schwerbeladen waren mit Goldbarren, die unter einer Schicht Blei verborgen waren. Zur Bezahlung allfälliger Reisekosten hatten sie noch einen großen Beutel voller Denare eingesteckt. Niemand belästigte die beiden, die aussahen wie ein Paar arme Händler, niemand zeigte auch nur das geringste Interesse an ihrem schwer schleppenden Maultier oder an dem, was sich in seinen Satteltaschen verbarg. Ungestört erreichten sie die etrurische Küste und schifften sich in Telamon nach Africa ein. Fortuna steht mir bei, dachte Carbo, als das Schiff die Anker lichtete.

Da Gaius Papius Mutilus von der Hüfte an abwärts gelähmt war, konnte er das Kommando über die samnitische Streitmacht, der Soldaten aus Samnium, Lucanien und der Campania angehörten, nicht ausüben. Aber er ließ es sich nicht nehmen, den samnitischen Flügel aus dem Lager bei Aesernia bis nach Teanum Sidicinum zu begleiten, wo Verbände aus Lucanien und der Campania dazustießen und die vereinte Armee Scipios und Sullas altes Lager in Beschlag nahmen. Mutilus selbst begab sich in sein dortiges Haus.

Seit dem Bundesgenossenkrieg hatten Mutilus' Unternehmungen prosperiert, und jetzt besaß er Villen in über einem halben Dutzend Städten in Samnium und der Campania. Mutilus' Reichtum war ins unermeßliche gewachsen, und manchmal dachte er, dieser Reichtum sei die Entschädigung, die ihm ein zynisches Schicksal für den Verlust seiner Zeugungsfähigkeit zugesprochen hatte.

Am liebsten weilte er in Aesernia und Bovianum, seine Frau Bastia jedoch zog es vor, in Teanum zu leben – sie stammte aus der Gegend. Daß Mutilus sich mit der fast permanenten Trennung abfand, hatte mit seiner Verletzung zu tun. Als Ehemann taugte er wenig, und wenn seine Frau, was ihn nicht wundern würde, von Zeit zu Zeit die Einsamkeit ihres Körpers linderte, so sollte sie das besser in seiner Abwesenheit tun. Bis jetzt jedoch waren noch keine diesbezüglichen Gerüchte bis zu ihm nach Aesernia gedrungen. Was nur bedeuten konnte, daß sie entweder ebenso keusch war, wie es ihm von seiner Verletzung auferlegt wurde, oder daß sie beispiellose Vorsicht walten ließ. Beides wäre ihm recht gewesen, und so freute er sich, als er in seinem Haus in Teanum ankam, sehr auf Bastias Gesellschaft.

»Ich habe nicht erwartet, dich zu sehen«, empfing ihn Bastia ohne jeden Anflug von Falschheit.

»Dafür hattest du auch gar keinen Grund, ich habe ja auch nicht geschrieben«, antwortete er freundlich. »Du siehst gut aus.«

»Nun, ich fühle mich auch gut.«

»Den Umständen entsprechend befinde auch ich mich bei bester Gesundheit«, fuhr er fort, fand das Wiedersehen jedoch unangenehmer, als er erwartet hatte. Sie gab sich distanziert und allzu zuvorkommend.

»Was führt dich nach Teanum?«

»Vor der Stadt steht eine Armee. Wir ziehen gegen Sulla in den Krieg. Das heißt, meine Armee. Ich werde unterdessen hier bei dir bleiben.«

»Wie lange gedenkst du zu bleiben?« erkundigte sie sich höflich.

»So oder so, bis der Krieg vorüber ist.«

»Ich verstehe.« Bastia war eine makellos schöne Frau Anfang Dreißig. Sie lehnte sich in ihrem Stuhl zurück und sah ihn an. Nichts in ihrem Blick erinnerte Mutilus an das glühende Verlangen, das er in ihren Augen gesehen hatte, früher, als er noch ein ganzer Mann gewesen war. »Wie kann ich für dein Wohlergehen sorgen, Mann? Brauchst du etwas Bestimmtes?«

»Ich habe meinen Leibsklaven. Er weiß, was zu tun ist.«

Bastias Hände nestelten an dem kostbaren Stoff, der ihren vollendeten Körper bedeckte. Unverwandt starrte sie ihn mit ihren großen Augen an. »Nur du zum Essen?« fragte sie endlich.

»Nein, noch drei Männer. Meine Legaten. Oder stellt dich das vor ein Problem?«

»Nein, überhaupt nicht. Die Speisen werden dir zur Ehre gereichen, Gaius Papius.«

Bastia, die eine hervorragende Hausfrau war, hatte nicht zuviel versprochen. Zwei der drei Männer, die mit ihrem verunstalteten Feldherrn zum Essen gekommen waren, kannte sie. Pontius Telesinus und Marcus Lamponius. Telesinus entstammte einer uralten samnitischen Familie, war aber etwas zu jung gewesen, um während des Bundesgenossenkrieges in der ersten Reihe der samnitischen Großen zu stehen. Jetzt, mit seinen zweiunddreißig Jahren, war er ein gutaussehender junger Mann, der genügend Frechheit besaß, seine Gastgeberin mit heimlichen Blicken voller Lüsternheit zu umschmeicheln. Aber Bastia ging nicht darauf ein. Telesinus war Samniter, und das bedeutete, wie sie wohl wußte, daß er Römer mehr haßte, als er Frauen jemals lieben konnte.

Der zweite ihr bekannte Mann, Marcus Lamponius, war der oberste Stammesführer der Lucaner. Während des Bundesgenossenkrieges war er einer der unerbittlichsten Feinde der Römer gewesen. Und obwohl er die Fünfzig schon überschritten hatte, stand ihm der Sinn immer noch nach Krieg, dürstete er immer noch nur nach einem: nach römischem Blut. Sie ändern sich nie, diese nichtrömischen Italiker, dachte Bastia. Rom zu zerstören bedeutete ihnen mehr als ihr Leben, ihr Reichtum oder der Friede, mehr sogar als Kinder.

Der einzige unter den dreien, den Bastia nie zuvor gesehen hatte, stammte wie sie selbst aus der Campania. Tiberius Gutta, der Bürgermeister von Capua, war fettleibig, grobschlächtig, egoistisch und ebenso fanatisch wie die anderen Männer darauf aus, römisches Blut zu schmecken.

Bastia verließ das Speisezimmer, sobald ihr Ehemann ihr bedeutete, daß sie sich zurückziehen durfte. In ihr tobte eine Wut, die sie vor den Männern sorgsam verborgen hatte. Wie ungerecht! Endlich hatte sich alles wieder eingerenkt, endlich schien es fast so, als habe der Bundesgenossenkrieg nie stattgefunden. Und da sollte alles wieder von vorne anfangen? Sie hatte herausschreien wollen, daß sich nichts geändert habe, daß Rom ihre Gesichter zerstören und ihnen allen Reichtum wegnehmen werde. Aber sie hatte ihre Zunge in Zaum gehalten. Selbst wenn sie Mutilus, Gutta und die anderen von ihrer Ansicht überzeugen könnte, ihr Patriotismus und ihr Stolz würde sie trotzdem in den Krieg treiben.

Die Wut fraß sie auf, steigerte sich noch. Bastia lief in ihrem Wohnraum hin und her, verzehrt von dem Wunsch, diesen verbohrten, engstirnigen Männern eine saftige Lektion zu erteilen. Vor allem ihrem Gatten, dem Stammesführer seines Volkes, dem Mann, zu dem alle Samniter ratsuchend aufsahen. Aber wozu riet er ihnen? Zum Krieg gegen Rom. Zum Untergang. Scherte es ihn, daß sie alle fallen würden, wenn er fiele? Natürlich nicht! Er war ein Mann, ein Mann mit all seinen kleingeistigen Prinzipien von Patriotismus und Rache. Ganz Mann, und doch nur ein halber Mann. Und die Hälfte, die ihm geblieben war, taugte nichts für sie, taugte weder für die Fortpflanzung noch für das Vergnügen.

Erschreckt hielt sie inne, fühlte die Hitze in sich, das Verlangen, das ihre verzweifelte Wut wachgerufen hatte. Ihre Lippen waren wundgebissen, sie konnte mit ihrer Zunge das Blut schmecken.

Da war dieser Sklave … Einer dieser Griechen von der Insel Samothraki, mit Haar so dunkel, daß es blau leuchtete, wenn Licht darauf fiel, mit buschigen Augenbrauen und darunter Augen von der Farbe eines Bergsees … eine Haut so zart, daß sie geradezu danach schrie, geküßt zu werden … Bastia klatschte in die Hände.

Der Hausverwalter trat ein. »Sind die Gäste im Speisezimmer versorgt?« Sie sah ihn mit hocherhobenem Haupt an. Ihre zerbissenen Lippen waren angeschwollen und knallrot.

»Ja, *domina.*«

»Gut. Bitte sorge dafür, daß es ihnen an nichts mangelt. Und schicke Hippolytus zu mir. Mir ist etwas eingefallen, wobei mir seine Dienste behilflich sein könnten.«

Das Gesicht des Hausverwalters blieb unbewegt. Da Mutilus es im Gegensatz zu Bastia nicht für nötig erachtete, in Teanum Sidicinum zu leben, gingen sie und ihr Wohlbefinden vor. Er verbeugte sich. »Ich werde Hippolytus unverzüglich herbestellen, *domina!*« Er verbeugte sich noch einmal, bevor er sich aus dem Zimmer entfernte.

Die Männer im Speisezimmer hatten Bastia, kaum daß sie die Tür hinter sich zugezogen hatte, vergessen.

»Carbo hat mir versichert, er habe Sulla bei Clusium unter Kontrolle«, wandte sich Mutilus an seine Legaten, als sie ungestört waren.

»Und, glaubst du das?« Lamponius blickte zweifelnd.

Mutilus runzelte die Stirn. »Ich sehe keinen Grund, warum ich das nicht tun sollte, aber natürlich kann ich nicht ganz sicher sein. Hast du einen Grund für deinen Zweifel?«

»Nein, außer daß Carbo ein Römer ist.«

»Hört, hört!« rief Pontius Telesinus.

»Fortuna ist wankelmütig«, warf Tiberius Gutta ein, der gerade einen mit Kastanien gefüllten, knusprig gebackenen Kapaun zerlegte und sich mit fetttriefenden Fingern das Gesicht abwischte. »Für den Moment kämpfen wir auf Carbos Seite. Wenn Sulla besiegt ist, können wir uns immer noch Carbo und die anderen Römer vornehmen.«

»Genau!« stimmte Mutilus lächelnd zu.

»Wir sollten keine Zeit verlieren und so schnell wie möglich nach Praeneste ziehen«, drängte Lamponius.

»Ja, am besten morgen schon«, warf Telesinus ein.

»Nein!« Mutilus schüttelte heftig den Kopf. »Wir müssen unseren Männern einige Tage Rast gönnen. Sie haben einen harten Marsch hinter sich und müssen noch die Via Latina in ihrer ganzen Länge hinter sich bringen. Ich will, daß sie ausgeruht sind, wenn wir Ofella angreifen.«

Kein Widerspruch erhob sich, und die vier Männer beschlossen, mit der Aussicht auf einige Tage voller Muße, die Unterredung früher als erwartet zu beenden. Da Mutilus' Verwalter gerade in der Küche war, sah und hörte er nichts von dem Aufbruch der Gäste und war auch nicht zugegen, als der Hausherr seinem germanischen Riesen befahl, ihn in das Zimmer seiner Frau zu tragen.

Bastia lag nackt und mit weit gespreizten Beinen auf den Kissen ihrer Liege. Zwischen ihren feuchtglänzenden Schenkeln hatte sich ein blauschimmernder Haarschopf vergraben. Der kompakte, muskulöse Leib, zu dem der Kopf gehörte, lag so entspannt auf der Liege, daß es beinahe schien, als gehöre er einer schlafenden Katze. Nur da, wo der Kopf zwischen Bastias Schenkeln verschwand, berührten sich die beiden Körper. Bastia hatte ihre Arme ausgestreckt und knetete die hinter ihr liegenden Kissen, die des Griechen lagen leblos neben seinem Leib.

Die Tür war lautlos aufgestoßen worden. Der germanische Sklave hielt seinen Herrn wie ein Bräutigam, der seine Braut in der Hochzeitsnacht über die Türschwelle in ihr neues Heim trägt. Er blieb stehen und wartete mit der dumpfen Trägheit eines seinem Zuhause entrissenen Sklaven auf weitere Befehle.

Mutilus' und Bastias Augen trafen sich, in den ihren stand Triumph und Jubel geschrieben, in seinen das pure, von keinem mildernden Schock besänftigte Entsetzen. Wie von selbst wanderte sein Blick über ihre vollen Brüste und ihren schlanken Leib, bis ihm die Tränen in die Augen schossen und er nichts mehr sah.

Der junge Grieche, der bisher ganz in seiner Beschäftigung aufgegangen war, spürte eine Veränderung, eine Spannung im Körper Bastias, die nichts mit ihm zu tun hatte. Er hob seinen Kopf. Da schnellten Bastias Hände wie zwei Schlangen vor, ergriffen das blauschwarze Haar und preßten den Kopf zurück zwischen ihre Beine.

»Nicht aufhören!« schrie sie.

Unfähig, seinen Blick abzuwenden, sah Mutilus, wie ihre Brustwarzen sich immer steiler aufrichteten, wie sie ihre Hüften bewegte, auf denen der Kopf des Griechen ritt. Und dann erfaßte ein Zittern Bastias Körper, und unter lautem Stöhnen und Schreien überkam sie ein Orgasmus, der eine Ewigkeit zu dauern schien.

Erschöpft blieb sie liegen, dann ließ sie den Kopf des Griechen los und versetzte ihm einen leichten Hieb. Der Sklave drehte sich auf den Rücken und erblickte Mutilus. Starr vor Entsetzen wagte er kaum mehr zu atmen.

»Mit diesem Instrument weißt du zwar nichts anzufangen«, sagte Bastia und deutete auf das abschlaffende Glied des Sklaven. »Aber mit deiner Zunge, Mutilus, ist doch alles in Ordnung.«

»Du hast recht, mit meiner Zunge ist alles in Ordnung«, erwiderte er. Die Tränen in seinen Augen waren getrocknet. »Sie kann immer noch tasten und schmecken. Aber an Aas findet sie nun mal keinen Gefallen.«

Der Germane machte kehrt und trug ihn aus dem Zimmer zurück in seine Schlafkammer, wo er ihn sorgfältig auf das Bett niederlegte. Er verrichtete die ihm obliegenden Pflichten und entfernte sich dann von Gaius Papius Mutilus ohne jedes Zeichen des Mitgefühls. Er hätte ihm keinen größeren Gefallen erweisen können, dachte Mutilus und vergrub sein Gesicht in den Kissen. Immer noch brannte das Bild seiner Frau lichterloh in ihm, ihre Brüste mit den hervorstehenden Warzen und dann dieser Kopf mit den blauschwarzen Haaren! Dieser Kopf ... Doch unterhalb seiner Hüfte regte sich nichts, würde sich nie mehr etwas regen. Aber der Rest von ihm kannte Qualen und Träume, sehnte sich nach allem, was Liebe war. Nach *allem!*

»Ich bin nicht tot«, schrie er in das Kissen und fühlte, wie die Tränen wieder in ihm aufwallten. »Nein, ich bin nicht tot! Aber, o ihr Götter, wie sehr wünschte ich, ich wäre es!«

Gegen Ende Juni verließ Sulla mit seinen fünf Legionen und den drei Legionen Scipios Clusium. Grund dafür waren die Nachrichten über ein heranrückendes samnitisches Heer. Sulla wollte die nähere Umgebung von Praeneste erreichen und seine Truppen in Stellung bringen, bevor die feindliche Streitmacht dem jungen Marius zu Hilfe eilen konnte. Das Kommando über die zurückbleibenden Truppen hatte er Pompeius übertragen, eine Entscheidung, welche die anderen Legaten nicht gerade mit Jubel begrüßt hatten. Aber da sie alle Sulla nur zu gut kannten, wagte keiner, sein Wort gegen ihn zu erheben und Pompeius' Ernennung anzufechten.

»Ich will, daß du hier aufräumst«, hatte er zu Pompeius gesagt. »Sie sind dir zwar zahlenmäßig überlegen, aber völlig demoralisiert. Wenn sie erst herausfinden, daß ich abgezogen bin, werden sie dich zum Kampf herausfordern. Achte vor allem auf Brutus Damasippus, er ist der Fähigste von allen. Crassus soll sich Marcus Censorinus vornehmen. Torquatus wird sich gegen Carrinas schon behaupten.«

»Und was ist mit Carbo?«

»Carbo kannst du vergessen. Er überläßt alles seinen Legaten. Aber trödle nicht zu lange herum, Pompeius. Ich habe noch mehr zu tun für dich.«

Nach Pompeius' Ernennung war es keine Überraschung, daß Sulla seine hohen Legaten mit sich nahm. Weder Vatia noch der ältere Dolabella hätten die Schmach ertragen, Befehle von einem Dreiundzwanzigjährigen entgegenzunehmen.

Sulla, dessen Späher die Gegend diesseits von Rom genauestens ausgekundschaftet hatten, hatte einen detaillierten Plan ausgearbeitet. Zwar waren die Via Praenestina und die Via Labicana seit Ofellas Mauerbau unpassierbar, aber die Via Latina und die Via Appia waren noch immer offen und verbanden Rom und den Norden des Landes mit der Campania und dem Süden. Wer den Krieg für sich entscheiden wollte, mußte die Verbindungsstraße zwischen Rom und dem Süden in seine Hände bekommen. Etruria war ausgeblutet, im Süden aber konnten Samnium und Lucanien noch viele kampffähige Männer und große Mengen an Verpflegung aufbringen.

Die Landschaft zwischen Rom und der Campania war ziemlich unzugänglich. An der Küste lagen die pontinischen Sümpfe, durch welche die moskitoverseuchte Via Appia schnurgerade auf Rom zuführte, bis sie kurz vor der Stadt auf das Albanergebirge traf. Dieses vor Urzeiten von einem Vulkan aufgeschüttete Gebirge ragte hoch über das eigentliche Schwemmland der latinischen Ebene. Das Albanergebirge erhob sich zwischen der Via Appia und der weiter landeinwärts verlaufenden Via Latina. Südlich davon verlief ein weiterer Höhenzug zwischen der Via Appia und der Via Latina, so daß es von der Campania bis kurz vor Rom keine Querverbindung zwischen diesen beiden wichtigen Straßen gab. Für Truppenbewegungen wurde fast immer die mehr im Landesinneren verlaufende Via Latina bevorzugt, da viele Männer krank wurden, wenn sie auf der Via Appia durch die Sümpfe ziehen mußten.

Aus diesem Grund ließ sich Sulla an der Via Latina nieder, achtete jedoch darauf, einen Ort auszuwählen, von dem aus er mit seinen Truppen in kürzester Zeit die Via Appia erreichen konnte. Beide Straßen mußten Ausläufer des Albanergebirges überwinden. Die Via Latina folgte einer Schlucht, die den östlichen Steilabbruch des Albanergebirges durchbrach und weiter auf relativ ebenem Grund zwischen dem höher gelegenen Land zur Rechten und dem Albanerberg zur Linken bis nach Rom verlief. An der Stelle, an der sich die Schlucht zum Albanerberg hin öffnete, zweigte eine kleine, nach Westen führende Straße ab, die sich um den Albanerberg herumwand und nahe dem heiligen Nemi-See mit seinem Tempelbezirk auf die Via Appia traf.

An diesem Engpaß der Via Latina setzte sich Sulla fest. An beiden Enden der Schlucht ließ er aus Tuffblöcken riesige Verteidigungsanlagen errichten, die auch die Abzweigung der zum Nemi-See und weiter zur Via Appia führenden Nebenstraße einschlossen. Über diese Straße wollte Sulla später die Versorgungsmittel für die Besatzungstruppen heranschaffen lassen. Sulla hatte damit die einzige Stelle auf der Via Latina in seiner Hand, die es ihm erlaubte, jeglichen Verkehr in beiden Richtungen zu unterbrechen. Nachdem die Befestigungsanlagen an der Via Latina innerhalb kürzester Zeit hochgezogen waren, postierte Sulla Wachen an der Via Appia. So verhinderte er, daß sich feindliche Truppen an ihm vorbei nach Rom oder von Rom in Richtung Campania schleichen konnten.

Zu der Zeit, da die vereinten samnitischen, lucanischen und campanischen Streitmächte Sacriportus erreichten, wurden sie trotz ihrer zusammengewürfelten Herkunft – inzwischen hatten sich auch noch die Überreste der von Pompeius und Crassus besiegten Legionen dieser großen, gutgeführten Armee angeschlossen – als »Samniter« bezeichnet. Hinter Sacriportus folgten sie der Via Labicana, mußten aber bald feststellen, daß Ofella sich inzwischen hinter einer zweiten Befestigungslinie verschanzt hatte. Pontinus Telesinus, Marcus Lamponius und Tiberius Gutta ritten jeden Zoll der Befestigungsanlagen ab, konnten aber keinen Schwachpunkt erkennen. Genauso undenkbar war es aber auch, mit siebzigtausend Mann ohne genaues Ziel durch das Hinterland zu ziehen.

Praeneste, das auf dem Höhenzug über ihnen in der Sonne glitzerte, hätte ebensogut jenseits der Gärten der Hesperiden liegen können. So wurde ein Kriegsrat einberufen und eine neue Taktik beschlossen. Die einzige Möglichkeit, Ofella hinter seinen Mauern hervorzulocken, bestand darin, Rom selbst anzugreifen. Und der einzige Weg nach Rom führte über die Via Latina.

Also kehrte die samnitische Streitmacht nach Sacriportus zurück und folgte von dort aus der Via Appia nach Rom. Schon nach kurzer Zeit stießen sie auf die hochaufragenden Wälle, hinter denen Sulla sich verschanzt hatte und mit denen er die Straße beherrschte. Da Sullas Position verwundbarer erschien als die Ofellas, entschloß sich die samnitische Armee zum Angriff. Immer und immer wieder rannten sie die Befestigungen an, hinter denen Sulla saß und ebenso laut über sie lachte wie zuvor schon Ofella. Doch alle Anstürme wurden abgewehrt.

Da erreichte die Samniter eine Nachricht, die gleichzeitig Jubel und Niedergeschlagenheit auslöste. Die bei Clusium zurückgebliebene Armee war ausgezogen und hatte Pompeius angegriffen. Daß sie dabei eine völlige Niederlage einstecken mußte, war niederschmetternd, kümmerte die Samniter jedoch wenig, verglichen mit der Tatsache, daß die etwa zwanzigtausend überlebenden Soldaten unter dem Kommando von Censorinus, Carrinas und Brutus Damasippus jetzt auf dem Weg nach Süden waren. Carbo selbst war verschwunden, aber Brutus Damasippus hatte in einem Brief an Pontius Telesinus gelobt, den Kampf fortzuführen. Wenn sie Sulla gleichzeitig von beiden Seiten angriffen, dann würde er fallen, mußte er fallen!

»Sollen sie sich ruhig die Köpfe einrennen«, sagte Sulla zu Pompeius, den er nach seinem Sieg bei Clusium zu sich gerufen hatte. »Und wenn sie die Berge des Pelion auf die Gipfel des Ossa häufen, mich werden sie nicht von hier vertreiben. Diese Stelle ist wie geschaffen für die Verteidigung. Unangreifbar, unbezwingbar.«

»Ich frage mich nur, warum du, wenn du dir so sicher bist, mich überhaupt hierher bestellt hast?« Pompeius' Stolz darüber, von Sulla zur Hilfe gerufen worden zu sein, verflüchtigte sich zusehends.

Die Schlacht bei Clusium war kurz und grausam gewesen. Viele Feinde starben, noch mehr gerieten in Gefangenschaft, und diejenigen, denen die Flucht gelang, verdankten das weniger ihrem Kampfesmut als vielmehr der Umsicht der Männer, die ihre Flucht anführten. So befanden sich zu Pompeius' großer Enttäuschung auch keine Legaten unter den Gefangenen. Von Carbos Desertion erfuhren Pompeius' Männer erst nach der Schlacht. Mit Tränen in den Augen und voller Bitterkeit hatten die gefangenen Legionäre, Zenturionen und Tribunen von der mitternächtlichen Flucht, von dem unfaßbaren Verrat berichtet.

Wenig später hatte Pompeius hocherfreut vernommen, daß Sulla ihn zu sehen wünsche. Sechs Legionen und tausend Pferde sollte er mitbringen. Daß Varro ihn begleitete, verstand sich von selbst, Crassus und Torquatus allerdings sollten in Clusium bleiben. Wozu aber, so fragte sich Pompeius, brauchte Sulla noch mehr Soldaten in einem Lager, das jetzt schon aus allen Nähten platzte? Pompeius' Legionen waren angewiesen worden, am Ufer des Nemi-Sees haltzumachen, in unmittelbarer Nähe der Via Appia.

»Oh, ich brauche dich nicht hier.« Sulla legte seine Arme auf die Brüstung eines Beobachtungsturms, der sich über die Befestigungsanlagen erhob, und blinzelte angestrengt in die Richtung von Rom. Die Krankheit hatte sein Sehvermögen beeinträchtigt, obgleich er sich das nur ungern eingestand. »Ich nähere mich meinem Ziel, Pompeius! Unaufhaltsam, Schritt für Schritt.«

Pompeius, der ansonsten wenig Scheu kannte, wagte nicht, die Frage zu stellen, die ihm auf der Zunge brannte: Was hatte Sulla vor, wenn der Krieg vorüber war? Wie wollte er seine Autorität aufrechterhalten, wie sich gegen allfällige Rachegelüste wehren? Einerseits konnte Sulla seine Armee nicht ewig unter Waffen halten, andererseits würde er sich in dem Moment, in dem er sie auflöste, der Gnade und Willkür eines jeden ausliefern, der über genügend Stärke und Einfluß verfügte, ihn zur Rechenschaft zu ziehen. Und das konnte sehr wohl ein Mann sein, der sich gegenwärtig als treuen Gefolgsmann Sullas bezeichnete. Wer wußte schon, welche Absichten Männer wie Vatia und der ältere Dolabella wirklich hegten? Beide waren alt genug für ein Konsulat, auch wenn die Umstände sie bisher daran gehindert hatten, sich erfolgreich um das Amt zu bewerben. Wie wollte Sulla sich schützen? Die Feinde eines großen Mannes glichen einer Hydra – für jeden Kopf, den er abschlug, wuchsen zehn andere nach, und jeder neue Kopf hatte größere und schärfere Zähne.

»Wenn du mich hier nicht brauchst, Sulla, wo dann?« fragte Pompeius verwirrt zurück.

»Es ist Anfang Sextilis«, sagte Sulla. Er wandte sich um und ging den Weg vom Turm hinab voran.

Die beiden Männer schwiegen, bis sie am Fuße des Turms angelangt waren und in das nur scheinbare Chaos unterhalb der Befestigungsmauern eintauchten. Geschäftig eilten Soldaten hin und her, die einen karrten Öl heran, das sie später anzünden und über die Angreifer ausgießen würden, die versuchten, die Mauer auf Leitern zu besteigen, während andere damit zugange waren, Felsbrocken als Wurfgeschosse für die bereits auf den Wehrgängen thronenden Onager und Katapulte aufzuhäufen oder Lanzen, Pfeile und Schilde für den Kampf bereitzulegen.

»Es ist Anfang Sextilis?« griff Pompeius Sullas letzte Bemerkung auf, kaum daß sie den Bereich der größten Betriebsamkeit verlassen hatten und auf der zum Nemi-See führenden Straße ausschritten.

»In der Tat!« Sulla tat, als sei er erstaunt. Dann lachte er angesichts von Pompeius' verdutztem Gesicht lauthals los.

Offensichtlich erwartete er, daß Pompeius das ebenfalls lustig fand, also lachte Pompeius auch. »In der Tat«, sagte er, »Anfang Sextilis.«

Sulla genoß es, wieder einmal aus ganzem Herzen zu lachen. Aber dann riß er sich doch zusammen. Höchste Zeit, diesen jungen Möchtegern-Alexander von der Last seiner Neugier zu befreien.

»Ich habe mir etwas Besonderes für dich ausgedacht, Pompeius«, sagte Sulla. »Die anderen brauchen vorerst noch nichts davon zu wissen. Ich will, daß du unterwegs bist, bevor sich der unvermeidliche Proteststurm erhebt. Ich betraue dich mit einer Aufgabe, die keinem zusteht, der nicht zumindest Prätor gewesen ist.«

Pompeius, der sich vor lauter Aufregung kaum mehr halten konnte, blieb stehen. Er faßte Sulla am Arm und zog ihn zu sich her, so daß er ihm direkt in seine blauen Augen sah. Sie standen in einem lieblichen Tal an der Seite der unbefestigten Straße, und der Lärm des eifrigen Treibens vor und hinter ihnen wurde von dem wildwuchernden Brombeergestrüpp und den zahlreichen Rosenbüschen gedämpft.

»Warum ist deine Wahl gerade auf mich gefallen, Lucius Cornelius?« wunderte sich Pompeius. »Du hast mehr als genügend Legaten, die diese Voraussetzung erfüllen – Vatia, Appius, Claudius, Dolabella, ja sogar Männer wie Mamercus oder Crassus scheinen eher dazu befähigt. Warum also ich?«

»Du stirbst mir ja noch vor Neugier, Pompeius. Ich werde es dir gleich sagen. Aber zuerst muß ich dir erklären, was ich von dir will.«

»Ich höre.« Pompeius bemühte sich, ruhig zu erscheinen.

»Ich habe dir befohlen, sechs Legionen und tausend Reiter mit dir hierher zu bringen. Das ist eine ansehnliche Armee. Mit dieser Armee wirst du so schnell wie möglich nach Sizilien ziehen und die kommende Ernte für mich sicherstellen. Es ist Anfang Sextilis, und die Erntezeit beginnt bald. Die Weizenflotte liegt im Hafen von Puteoli vor Anker. Hunderte von leeren Schiffen! Deine Flotte, Pompeius! Aber du mußt dort sein, bevor die Schiffe Segel setzen. Deshalb sollst du schon morgen nach Puteoli aufbrechen. Du wirst eine Vollmacht in meinem Namen und die Amtsgewalt eines Statthalters haben. Ich werde dir auch genügend Geld mitgeben, um für die Überfahrt auf den Schiffen zu bezahlen. Deine Reiterei soll sich nach Ostia begeben, dort ankert eine kleinere Flotte. Zudem habe ich Boten in die kleineren Hafenstädte, etwa nach Tarracina und Antium, ausgeschickt und den dortigen Schiffseignern ausrichten lassen, daß sie nach Puteoli segeln sollen, wenn sie für eine Fahrt, die sie normalerweise mit leerem Laderaum zurücklegen müßten, bezahlt werden wollen. Du wirst also mehr als genügend Schiffe vorfinden, Pompeius. Das garantiere ich dir.«

Hatte er nicht einstmals von einem solchen Treffen geträumt, er zusammen mit Lucius Cornelius Sulla, der den Göttern ebenso nahestand wie er selbst? Und hatte er nicht alle seine Hoffnungen betrogen gesehen, als vor ihm ein Satyr und kein Gott gestanden war? Aber, sagte er sich jetzt, was tat das Aussehen eines Mannes schon zur Sache, wenn er in seinen Händen den Schlüssel zu allen Träumen der Welt hielt? Dieser narbengesichtige, trunksüchtige alte Mann, dessen Augen nicht einmal mehr dazu taugten, Rom zu sehen, bot ihm das Kommando über einen ganzen Krieg an.

Ein Krieg fern von Rom, fern aller Eifersüchteleien, gegen einen Feind, der ihm, ihm ganz allein gehörte ... Pompeius schnappte nach Luft, streckte seine sommersprossige Hand mit ihren kurzen, krummen Fingern aus und ergriff Sullas wohlgeformte Hand.

»Lucius Cornelius, das ist ja wunderbar. Einfach wunderbar! Du kannst dich auf mich verlassen! Und wie! Ich werde Perperna Veiento aus Sizilien hinausjagen und mehr Weizen zu deinen Füßen aufhäufen, als zehn Armeen verschlingen können.«

»Ich werde mehr Weizen brauchen, als zehn Armeen verschlingen können«, erwiderte Sulla und entwand Pompeius seine Hand. Trotz seiner Jugend und seines unleugbar anziehenden Äußeren war Pompeius nicht die Art Mann, die Sulla gefiel. Sulla mochte es nicht, von Männern oder Frauen berührt zu werden, deren Körper ihn nicht ansprach. »Noch bevor dieses Jahr vorüber ist, gehört Rom mir. Aber Rom beugt sich meinem Willen nur, wenn es keinen Hunger leidet. Dazu brauche ich die sizilianische, die sardische und wenn möglich auch die africanische Weizenernte. Wenn du also Sizilien unterworfen hast, wirst du in die Provinz Africa weiterziehen und tun, was du dort zu tun vermagst. Da du bestimmt mehrere Monate in Sizilien beschäftigt sein wirst, bevor du auch nur einen Gedanken an Africa verschwenden kannst, wird es dir wohl nicht mehr gelingen, die Schiffe, die in Utica und Hadrumetum beladen werden, abzufangen. Aber Africa muß befriedet sein, bevor du nach Italien zurückkehrst. Wie ich höre, wurde Fabius Hadrianus während eines Aufstandes in Utica im Palast des Statthalters bei lebendigem Leib verbrannt. Inzwischen aber hat Gnaeus Domitius Ahenobarbus – ist er dir nicht aus Sacriportus entwischt? – die Macht in der Provinz an sich gerissen. Von Lilybaeum an der Westspitze Siziliens aus ist es nicht mehr weit bis nach Utica. Ich wäre überrascht, wenn Ahenobarbus dir Schwierigkeiten bereiten würde, Pompeius. Du siehst nicht aus wie ein Verlierer.«

Pompeius zitterte vor Erregung. Er lächelte und schnappte nach Luft. »Ich werde dich nicht enttäuschen, Lucius Cornelius. Ich verspreche dir, ich werde dich niemals enttäuschen.«

»Das glaube ich dir gerne, Pompeius.« Sulla setzte sich auf einen Baumstamm und fuhr sich mit der Zunge über die Lippen. »Was tun wir eigentlich hier? Ich brauche Wein.«

»Hier sind wir sicher, hier kann uns niemand sehen oder hören«, sagte Pompeius beschwichtigend. »Warte, Lucius Cornelius, ich bringe dir einen Schlauch Wein. Bleib einfach sitzen und warte.«

Es gab genügend Schatten in dem Tälchen, und Sulla machte es nichts aus zu warten. Er lächelte stillvergnügt in sich hinein, wie über einen Scherz, den außer ihm niemand kannte. Was für ein wunderbarer Tag dies doch war!

Kurze Zeit später kehrte Pompeius mit einem Weinschlauch zurück. Sulla griff danach und spritzte sich gekonnt Wein in den Schlund. Da er die Kunst beherrschte, zur gleichen Zeit zu schlukken und Luft zu holen, dauerte es eine ganze Zeit, bis er den Weinschlauch wieder absetzte.

»Aah, da geht es einem doch gleich viel besser. Wo war ich schon wieder?«

»Andere Männer kannst du vielleicht zum Narren halten, Lucius Cornelius, aber mich nicht. Du weißt ganz genau, wovon du gesprochen hast«, antwortete Pompeius unbeeindruckt und ließ sich direkt vor Sulla nieder.

»Gut gebrüllt, Pompeius! Du bist ebenso bemerkenswert wie eine Perle von der Größe eines Taubeneis. Ich übertreibe nicht, wenn ich sage, daß ich froh bin, lange schon tot zu sein, bevor du anfängst, Rom Kopfschmerzen zu bereiten.« Er griff wieder nach dem Weinschlauch.

»Ich werde Rom nie Kopfschmerzen bereiten«, erwiderte Pompeius unschuldig. »Im Gegenteil, ich werde der Erste Mann in Rom werden. Aber nicht, indem ich einen Haufen anmaßenden Blödsinns auf dem Forum oder im Senat von mir gebe.«

»So, und wie denn sonst, wenn nicht durch aufrüttelnde Reden?«

»Indem ich genau das tue, was du mir aufgetragen hast. Indem ich Roms Feinde auf dem Schlachtfeld besiege.«

»Kein besonders origineller Ansatz«, erwiderte Sulla. »So habe ich es getan. Und vor mir Gaius Marius.«

»Ja, aber im Unterschied zu euch werde ich meinen Ämtern nicht hinterherlaufen müssen«, sagte Pompeius. »Rom wird mich auf den Knien anflehen, sie anzunehmen.«

Sulla hätte diese Bemerkung als Kritik oder gar als Zurechtweisung auffassen können, aber inzwischen kannte er den jungen Pompeius gut genug und wußte, daß er aus purer Selbstverliebtheit so großspurig tat, aber in Wirklichkeit noch keinen Schimmer hatte, wie schwer es sein würde, diesen großen Worten auch Taten folgen zu lassen. So beließ es Sulla bei einem Seufzer und der Bemerkung: »Genaugenommen kann ich dir kein Amt verleihen. Ich bin nicht Konsul und habe für meine Erlasse weder den Segen des Senats noch den des Volkes von Rom. Du wirst also darauf vertrauen müssen, daß ich dir nach deiner Rückkehr das Amt eines Provinzstatthalters verleihen werde.«

»Daran zweifle ich nicht.«

»Zweifelst du jemals?«

»Nicht, wenn es mich persönlich betrifft. Ich kann den Lauf der Dinge beeinflussen.«

»Mögest du bleiben, wie du bist!« Sulla neigte sich vor und legte seine Hände auf die Knie. »In Ordnung, Pompeius, genug geschmeichelt. Ich will, daß du mir jetzt gut zuhörst. Ich habe dir noch zwei weitere Dinge mitzuteilen.«

»Ich höre«, antwortete Pompeius.

»Das erste betrifft Carbo. Er ist mit dem älteren Brutus von Telamon aus in See gestochen. Es ist möglich, daß die beiden nach Spanien oder sogar nach Massilia unterwegs sind. Aber um diese Jahreszeit werden sie sich eher für Sizilien oder Africa entschieden haben. Carbo ist, auch wenn er sich auf der Flucht befindet, ein Konsul, ein *gewählter* Konsul. Das heißt, er kann die Befugnisse eines Statthalters außer Kraft setzen, dessen Soldaten und Miliz unter seinen Befehl stellen, Auxiliartruppen ausheben und eine Menge Aufruhr verursachen, bis seine Amtszeit als Konsul abgelaufen ist. Und bis dahin ziehen noch einige Monate ins Land. Ich habe zwar nicht die Absicht, dir auseinanderzusetzen, was ich nach meinem Einzug in Rom zu tun gedenke, aber eines mußt du wissen – es ist unbedingt notwendig, daß Carbo noch vor Ablauf seines Mandats Ende des Jahres tot ist! Und daß ich von Carbos Tod unterrichtet bin! Deine Aufgabe besteht darin, Carbo aufzuspüren und zu töten. Ohne viel Aufhebens und ohne allzu viele Zeugen. Am liebsten wäre es mir, wenn sein Tod wie ein Unfall aussähe. Traust du dir das zu?«

»Ja«, antwortete Pompeius ohne zu zögern.

»Sehr gut!« Sulla drehte seine Handflächen nach oben. Er betrachtete sie, als gehörten sie zu einem anderen Körper. »Und jetzt der zweite Punkt. Nicht zu Unrecht wunderst du dich, warum ich diese überseeischen Unternehmungen dir und nicht einem meiner altgedienten Legaten anvertraue.« Sulla sah ihn durchdringend an. »Welche Erklärung hast du dafür?«

Pompeius dachte eine Weile nach, dann zuckte er mit den Achseln. »Ein paar Vorstellungen habe ich schon, aber ohne zu wissen, was du tun wirst, nachdem Rom in deine Hände gefallen ist, werde ich mit meinen Vermutungen aller Voraussicht nach falsch liegen. Sag du mir, warum.«

»Weil du der einzige bist, dem ich diese Aufgabe anvertrauen kann, Pompeius. Stell dir vor, ich gebe einem Mann wie Vatia oder Dolabella eine Armee mit sechstausend Mann und tausend Reitern und schicke ihn nach Sizilien und nach Africa. Wen auch immer ich ausschicke, er braucht nur zu warten, bis ich gezwungen bin, meine Armee aufzulösen. Dann kann er geruhsam nach Rom zurückkehren und mich aus Amt und Würden jagen. Sizilien und Africa lassen sich kaum in sechs Monaten erobern. Und ich verfüge weder über die Mittel noch die sonstigen Voraussetzungen, um eine ständige Armee in Italien zu unterhalten. Außerdem würden der Senat und das römische Volk einer solchen Lösung niemals zustimmen. Ich werde also aller Wahrscheinlichkeit nach meine Armee aufgelöst haben, bevor derjenige, dem ich diesen Kriegszug anvertraue, wieder nach Italien zurückkehrt. Also muß ich jeden Mann, der mir gefährlich werden könnte, unter meiner wachsamen Obhut behalten. Nur aus diesem Grund beauftrage ich dich, die Weizenernte sicherzustellen, mit der ich das undankbare Maul Roms stopfen kann.«

Pompeius atmete tief durch, schlang die Arme um seine Knie und sah Sulla direkt an. »Und was sollte mich davon abhalten, eben dies zu tun, Lucius Cornelius? Wenn ich fähig bin, einen Feldzug zu führen, bin ich dann nicht auch fähig, Umsturzgedanken zu hegen?«

Sulla sah ihn an, dann lachte er herzhaft. Um Pompeius machte er sich keine Sorgen. »Du kannst von mir aus denken, was du willst, Pompeius. Du bist Rom einfach nicht gewachsen! Bei Vatia und Dolabella sieht das schon anders aus. Sie haben die Jahre, die Beziehungen, die Vorfahren, den Einfluß und die Klienten. Aber ein dreiundzwanzigjähriger Grünschnabel aus dem Picenum, den keiner kennt? Vergiß es!«

Dabei beließen sie es. Als Pompeius etwas später auf Varro traf, teilte er seinem unermüdlichen Chronisten lediglich mit, daß er für Sulla auf Sizilien die Ernte sichern müsse. Kein Wort über das Statthalteramt, über Dolabella und Vatia oder über Carbos Todesurteil. Pompeius hatte Sulla um einen einzigen Gefallen gebeten. Er wollte seinen Schwager Gaius Memmius, der in Sullas Legion diente, zu seinem obersten Legaten ernennen. Memmius war zwar einige Jahre älter als Pompeius, war aber noch nicht Quästor gewesen.

»Sehr gut, Pompeius«, hatte Sulla auf die Bitte hin gelächelt. »Eine hervorragende Wahl. So bleibt alles in der Familie.«

Zwei Tage nachdem Pompeius mit seiner Armee nach Puteoli abmarschiert war, griffen die Samniter und die Überreste von Carbos Streitmacht Sulla von Norden und Süden gleichzeitig an. Welle um Welle brandeten die Angreifer gegen die Verteidigungsmauern, wurden aber jedesmal zurückgeschlagen. Am Abend des ersten Tages hielt Sulla immer noch die Via Latina, die im Norden stehenden Angreifer hatten also keine Möglichkeit, sich mit ihren von Süden her angreifenden Verbündeten zusammenzuschließen. Dann, in der Morgendämmerung des zweiten Tages, rieben sich die Männer in den Wachtürmen am Nord- und am Südende verwundert die Augen: Die Angreifer waren verschwunden. Sie mußten mitten in der Nacht ihre Lager abgebrochen und sich davongestohlen haben. Die den ganzen Tag über eintreffenden Berichte der Kundschafter bestätigten, daß die zwanzigtausend Mann unter dem Kommando von Censorinus, Carrinas und Brutus Damasippus auf der Via Appia in Richtung Campania unterwegs waren, während die samnitische Streitmacht die Via Latina in derselben Richtung hinabzog.

»Laßt sie ziehen«, war Sullas einzige Reaktion. »Früher oder später werden sie sich vereinen und uns auf der Via Appia direkt in die Arme laufen.«

Gegen Ende Sextilis trafen sich die Samniter mit den Überresten von Carbos Armee bei Fregellae, von wo aus sie gemeinsam auf der Via Latina ostwärts durch die Melfaschlucht weitermarschierten.

»Sie ziehen sich zum Nachdenken nach Aesernia zurück«, schloß Sulla, der keine Weisungen erteilte, die vereinte feindliche Streitmacht noch weiter zu überwachen. »Es genügt, Späher an der Via Latina bei Ferentium und an der Via Appia bei Tres Tabernae zu postieren. Mehr Vorwarnzeit brauchen wir nicht. Aesernia liegt in Samnium, und ich schicke keinen Späher ohne guten Grund in eine Gegend, in der sein Leben in ständiger Gefahr ist.«

Auch Praeneste machte wieder von sich reden. Angetrieben von seiner Ungeduld, wagte sich der junge Marius, dem die Bewohner der Stadt immer weniger Sympathien entgegenbrachten, hinaus in das Niemandsland. Am westlichen Punkt des Hügelzugs, dort, wo die Wasserscheide zwischen den Zuflüssen des Tolerus und denen des Anio verlief, ließ er an dem seiner Ansicht nach schwächsten Punkt von Ofellas Bollwerk einen riesigen Belagerungsturm bauen. Da um die Stadt herum alle Bäume gefällt worden waren, die bei dem Turmbau hätten Verwendung finden können, wurden aus den Häusern und Tempeln der Stadt die nötigen Balken und Bretter herausgerissen, ohne die der Bau nicht voranschreiten konnte.

Der gefährlichste Teil der Arbeit bestand darin, eine Rampe aufzuschütten, auf welcher der Turm von der Stelle, an der er errichtet wurde, bis vor den Wallgraben geschoben werden konnte. Die damit beschäftigten Soldaten boten den Scharfschützen auf der Belagerungsmauer ein leichtes Ziel. So wählte der junge Marius die jüngsten und gewandtesten Burschen dafür aus und ließ ihnen ein notdürftiges Holzdach zimmern, unter dem sie einigermaßen sicher waren. Jenseits der Gefahrenzone mühte sich eine andere Gruppe von Soldaten damit ab, aus Planken und Bohlen, die für den Turmbau nicht taugten, eine Art Brücke zusammenzufügen, die sie, wenn es soweit war, über den Wallgraben legen konnten, um darauf den Turm an die Mauer zu schieben.

Nach einem Monat harter Arbeit war der Bau fertig. Auch die Rampe war aufgeschüttet und die notdürftige Brücke zusammengefügt. Aber auch Ofella hatte mehr als genug Zeit gehabt, seine Verteidigungsmaßnahmen vorzubereiten. In einer dunklen Nacht wurde die Brücke über den Graben gelegt und der an allen Ecken ächzende und knarrende Turm über die mit Schaffett und Öl eingeschmierte Rampe vorgeschoben. Als der Morgen dämmerte, stand der Turm, der die Belagerungsmauer um gute zwanzig Fuß überragte, an seinem Platz. In seinem Inneren hing an mit Pech verstärkten Seilen ein gewaltiger Rammbock, ein einziger riesiger Balken, der zuvor im Tempel der Fortuna Primigenia, der erstgeborenen Tochter des Jupiter und der Beschützerin Italiens, die Decke getragen hatte.

Aber da es mehrere Jahre dauert, bis Tuffgestein ganz hart wird, schwangen Marius' Soldaten den gewaltigen Rammbock vergeblich gegen die Belagerungsmauer. Die noch weichen Tuffblöcke erbebten zwar unter der Gewalt der Schläge, bröckelten teilweise und zeigten auch erste Risse, aber sie hielten dem Ansturm stand, bis die von den Katapulten der Belagerer abgeschossenen Brandsätze den Turm in eine riesige Fackel verwandelten. Unter dem Hagel der von den Verteidigern gegen sie geschleuderten Speere und Pfeile rannten die Angreifer, oft mit brennenden Haaren, um ihr Leben. Bei Anbruch der Nacht lag der Turm ausgebrannt und in sich zusammengefallen in dem Wallgraben, und die Angreifer waren entweder tot oder hatten sich nach Praeneste zurückgezogen.

Im Oktober versuchte der junge Marius mehrmals, die über den Graben führende Brücke und die Überreste des Turms für seine Zwecke zu nutzen. Er ließ den Zwischenraum zwischen der Belagerungsmauer und dem Wallgraben an einer Stelle überdachen. Zuerst versuchten seine Soldaten, im Schutze des Daches einen Gang unter der Mauer durch zu graben, als nächstes versuchten sie, die Mauer selbst zu durchbrechen, und schließlich, sie zu besteigen. Doch alle Mittel versagten, und der vor der Tür stehende Winter drohte ebenso hart und kalt zu werden wie der letztjährige. In Praeneste gingen die Nahrungsmittel zur Neige, und die Bewohner der Stadt verfluchten den Tag, da sie den Sohn des Gaius Marius aufgenommen hatten.

Die neunzigtausend Mann starke samnitische Streitmacht war nicht, wie Sulla angenommen hatte, nach Aesernia gezogen, sondern hatte sich in der wilden Bergregion südlich des Fuciner Sees ein Lager errichtet. Zwei Monate lang wurden die Legionäre eisernem Drill unterzogen, den sie nur zu gelegentlichen, der Versorgung dienlichen Streifzügen durch die nähere Umgebung unterbrachen. Pontinus Telesinus und Brutus Damasippus hatten Mutilus in Teanum aufgesucht. Er hatte ihnen einen Weg gezeigt, wie sie Sulla umgehen und auf Rom marschieren konnten. Den jungen Marius müßten sie endgültig sich selbst überlassen, ihre einzige Chance bestehe darin, Rom zu erobern. Dadurch würden sie Sulla und Ofella zu einer Belagerung der Stadt zwingen, ein Unterfangen, das um so verzweifelter sein würde, weil Sulla sich nicht sicher sein konnte, ob die Bewohner Roms am Ende nicht zu den Samnitern überlaufen würden.

Mutilus wußte von einer Straße über die Berge, die von der Melfaschlucht zur Via Valeria führte. Diese Straße, oder treffender: dieser Viehweg führte von dem im hinteren Melfatal gelegenen Atina durch die unwegsame Berglandschaft in das Tal des Liri und über Sora weiter nach Treba und Sublaquaeum, bis er eine knappe Meile östlich von Varia bei einem kleinen Dorf namens Mandela in die Via Valeria mündete. Der Weg war weder gepflastert noch auf einer Karte verzeichnet, und doch wurde er seit vielen Jahrhunderten von den Hirten der Gegend benutzt. In den warmen Sommermonaten trieben sie ihre Herden auf diesem Pfad auf die hochgelegenen Weiden und im Herbst hinunter nach Rom, zu den Viehmärkten oder in die Schlachthäuser des Campus Lanatarius und des Vallis Camenarum außerhalb der aventinischen Mauer.

Hätte sich Sulla an seine eigene Reise von Fregellae an den Fuciner See erinnert, wo er Gaius Marius im Kampf gegen Silo und die Marser beigestanden hatte, dann wäre ihm dieser alte Viehweg vielleicht eingefallen. Schließlich war er ihm von Sora bis Treba gefolgt und hatte ihn dabei keineswegs unbegehbar gefunden. Doch Sulla war damals bei Treba von dem Pfad abgewichen und hatte nicht daran gedacht, sich über dessen weiteren Verlauf im Norden kundig zu machen. So brachte ihn seine Vergeßlichkeit um die Chance, Mutilus' Strategie zu durchkreuzen. Überzeugt, daß die einzige dem Samniter für einen Angriff auf Rom offenstehende Straße die Via Appia sei, hielt Sulla hinter seinem Bollwerk auf der Via Latina Wache; er glaubte sich dort gegen Überraschungen aller Art gefeit.

Unterdessen folgten die Samniter und ihre Verbündeten dem Hirtenweg durch einen Landstrich, dessen Bewohner ebensowenig Sympathien für Rom übrig hatten wie sie selbst und der weit jenseits der Reichweite von Sullas Spähernetz lag. Problemlos passierte die samnitische Streitmacht Sora, Treba und Sublaquaeum, bis sie bei Mandela auf die Via Valeria stieß. Rom war jetzt kaum mehr dreißig Meilen entfernt, ein knapper Tagesmarsch auf der hervorragend instandgehaltenen Via Valeria, die durch Tibur und das Tal des Anio führte und schließlich auf dem Campus Esquilinus vor dem Doppelwall, dem Agger Roms, endete.

Da dies jedoch nicht der beste Platz für einen Angriff auf Rom war, bog die samnitische Streitmacht unter der Führung von Pontius Telesinus und Brutus Damasippus von der Via Valeria ab und folgte einem *diverticulum*, das vor der Porta Collina in die Via Nomenta mündete. Dort stand, als ob es auf sie gewartet hätte, das Lager des Pompeius Strabo, das seit Roms Belagerung durch Cinna und Gaius Marius Wind und Wetter getrotzt hatte. Am letzten Tag des Oktober, noch vor Einbruch der Nacht, hatten sich Pontius Telesinus, Brutus Damasippus, Marcus Lamponius, Tiberius Gutta, Censorinus und Carrinas in dem Lager eingerichtet. Am nächsten Morgen wollten sie Rom angreifen.

Kaum war die Nacht des letzten Oktobertages hereingebrochen, erfuhr Sulla von dem Aufmarsch der neunzigtausend Samniter vor der Porta Collina. Er hatte zwar ausgiebig dem Wein zugesprochen, war aber noch nicht schlafen gegangen. Kurz darauf schreckten Trompetenstöße und Trommelwirbel die Soldaten auf. Sie erhoben sich schlaftrunken von ihren Strohsäcken, überall leuchteten Fackeln auf. Sulla, inzwischen wieder stocknüchtern, rief seine Legaten zusammen und erklärte ihnen die Lage.

»Die Samniter haben uns ausgetrickst«, verkündete er düster. »Wie sie nach Rom gelangt sind, weiß ich nicht. Tatsache ist, daß sie vor der Porta Collina stehen und die Stadt jeden Moment angreifen können. In der Morgendämmerung brechen wir auf. Vor uns liegen zwanzig Meilen über zum Teil hügeliges Gelände, aber wir müssen Rom erreichen, bevor die Samniter angreifen.« Sulla wandte sich an Octavius Balbus, den Kommandeur der Reiterei. »Wie viele Reiter hast du am Nemi-See stehen, Balbus?«

»Siebenhundert.«

»Du brichst sofort auf. Nimm die Via Appia und spute dich! Du wirst etliche Stunden vor den Fußtruppen dort sein, das bedeutet, daß du die Samniter eine Zeitlang ohne unsere Hilfe hinhalten mußt. Es ist mir egal, wie. Hauptsache, du hältst sie auf, bis ich eintreffe.«

Octavius Balbus verschwendete keine Zeit auf eine Antwort. Noch bevor Sulla sich wieder zu den anderen Legaten umgewandt hatte, war er schon vor das Zelt geeilt und rief nach seinem Pferd.

Erschreckt, aber beileibe nicht vor den Kopf geschlagen, standen die vier anderen Legaten, Crassus, Vatia, Dolabella und Torquatus, in Sullas Zelt.

»Wir haben acht Legionen, die müssen uns reichen«, sagte Sulla, »auch wenn es bedeutet, daß auf jeden unserer Männer zwei Samniter kommen. Am besten legen wir jetzt gleich unsere Strategie fest. Wer weiß, ob uns dazu noch Zeit bleibt, wenn wir vor der Porta Collina stehen.«

Schweigend betrachtete er seine Legaten. Wer von ihnen würde die Härte beweisen, die vonnöten war, seine Soldaten in einer fast aussichtslosen Schlacht zu führen? Vom Rang her kamen eigentlich nur Vatia und Dolabella in Frage. Aber waren sie die *Besten*? Seine Augen blieben auf Marcus Licinius Crassus hängen, der wie ein großer Fels vor ihm stand, nach außen hin die Ruhe selbst, in seinem Inneren von Habgier zerfressen, ein Dieb und Lügner, ohne Prinzipien und Moral. Trotzdem, für ihn stand in diesem Krieg am meisten auf dem Spiel. Vatia und Dolabella würde eine Niederlage wenig kümmern, sie verfügten in Rom über ausreichend Einfluß. Torquatus war zwar ein treuer Gefolgsmann, aber kein Führer.

»Wir werden in zwei Abteilungen zu je vier Legionen marschieren«, sagte er und klatschte mit den Händen auf die Schenkel. »Ich behalte mir zwar das Oberkommando vor, befehlige aber selbst keine der beiden Abteilungen. In Ermangelung besserer Namen nenne ich sie linker und rechter Flügel. Falls ich vor unserer Ankunft keine neuen Anweisungen erteile, werden wir so auch kämpfen, mit einem linken und einem rechten Flügel. Ohne Zentrum, dafür fehlen uns die Männer. Vatia, du übernimmst mit Dolabella als Stellvertreter das Kommando über den linken Flügel und du, Crassus, mit Torquatus als Stellvertreter den rechten Flügel.«

Während Sulla sprach, ruhten seine Augen auf Dolabella, sahen die Wut und den Zorn in ihm aufsteigen. Marcus Crassus brauchte er erst gar nicht anzusehen, er würde seine Gefühle sowieso nicht zeigen.

»So lautet meine Entscheidung«, sagte er mit harter Stimme. Ohne Zähne fiel es ihm schwer, die Worte richtig auszusprechen, und es klang, als spucke er sie aus. »Ich habe keine Zeit für große Diskussionen. Ihr habt euch für mich entschieden und mir die oberste Entscheidungsgewalt übertragen. Also tut jetzt, was ich euch befohlen habe! Ich verlange nicht mehr von euch, als daß ihr so kämpft, wie ich es euch sage. Das war alles, jetzt könnt ihr gehen.«

Dolabella trat von der Tür zurück und ließ die anderen drei vorausgehen. Dann wandte er sich um und sagte: »Auf ein Wort unter vier Augen, Lucius Cornelius.«

»Wenn du es kurz machst.«

Obwohl Dolabella ein Cornelius und entfernt mit Sulla verwandt war, gehörte er keiner dieser weitläufigen Familien an, die sich im Laufe der Zeit den Glanz erworben hatten, wie er von den Namen Scipio oder Sulla ausstrahlte. Wenn er etwas mit seinen Namensvettern gemein hatte, dann sein uneinnehmendes Äußeres – seine Wangen waren eingefallen, seine Augen standen etwas zu dicht beisammen, und ganz allgemein war ihm ein mißmutiger Gesichtsausdruck eigen. Ehrgeizig und mit dem Ruf der Lasterhaftigkeit versehen, setzten er und sein Bruder, der jüngere Dolabella, alles daran, ihren Zweig der Familie mit Ruhm zu bedecken.

»Ich könnte dich vernichten, Sulla«, sagte Dolabella. »Es liegt in meiner Hand, ob du den morgigen Kampf gewinnst oder verlierst. Wie du dir sicherlich vorstellen kannst, könnte ich die Seiten so schnell wechseln, daß die Samniter glauben würden, ich hätte schon immer auf ihrer Seite gestanden.« Dolabella machte eine Pause, um zu sehen, wie Sulla seine Drohung nahm.

»Bitte, fahr fort«, sagte Sulla mit ausgesuchter Freundlichkeit.

»Ich bin jedoch bereit, mich mit deiner Entscheidung, mir Marcus Crassus vorzuziehen, abzufinden. Unter einer Bedingung.«

»Und die wäre?«

»Daß ich nächstes Jahr Konsul werde.«

»Gemacht!« antwortete Sulla unverändert freundlich.

»Was? Du bist nicht verärgert?« Dolabella blinzelte ungläubig.

»Nichts kann mich mehr ärgern, mein lieber Dolabella«, antwortete Sulla und geleitete seinen Legaten zur Tür. »Um ehrlich zu sein, zur Zeit kümmert es mich herzlich wenig, wer nächstes Jahr Konsul sein wird. Was mich beschäftigt, ist, wer in der bevorstehenden Schlacht das Kommando führt. Und wie ich sehe, habe ich recht damit getan, dir Marcus Crassus vorzuziehen. Gute Nacht.«

Die siebenhundert Reiter unter Octavius Balbus erreichten am Vormittag des nächsten Tages Pompeius Strabos altes Lager. Selbst wenn Balbus es gewollt hätte, er und seine Männer konnten noch nichts unternehmen. Ihre Pferde waren von dem schnellen Ritt so erschöpft, daß sie mit hängenden Köpfen, schweißnassen Flanken und schäumenden Mäulern dastanden und am ganzen Leib zitterten. Die Reiter standen neben ihren Pferden und versuchten sie aufzumuntern, indem sie das Gurtzeug lockerten und mit sanften Stimmen auf sie einsprachen. Vorsichtshalber hatte Balbus seine Männer ein gutes Stück vor dem feindlichen Lager Stellung beziehen lassen – sollten die Samniter ruhig denken, seine Streitmacht stehe zum Angriff bereit. Nach einer kurzen Verschnaufpause stellten sich die Reitersoldaten in einer Angriffsformation auf. Eine Schwadron reckte ihre Lanzen in die Höhe, während die Offiziere vorgaben, einer hinter ihnen wartenden Armee Befehle zuzurufen.

Der Angriff auf Rom konnte noch nicht begonnen haben, denn noch war das Fallgitter der Porta Collina herabgelassen und die beiden mächtigen Eichentore geschlossen. Einzig auf den zinnenbesetzten Brustwehren der beiden Türme herrschte hektische Betriebsamkeit, und auf den Mauern zu beiden Seiten des Tores drängten sich die Männer dicht an dicht. Balbus' Erscheinen hatte in dem feindlichen Lager erhebliche Unruhe ausgelöst. Soldaten strömten aus dem südöstlichen Tor vor das Lager und stellten sich in einer Linie auf, um einen möglichen Reiterangriff abzuwehren. Von einer samnitischen Reiterei war nichts zu sehen, und Balbus hoffte inständig, daß seine Augen ihn nicht trogen.

Jeder Reiter hatte an dem linken hinteren Knauf seines Sattels einen ledernen Eimer befestigt, mit dem er sein Pferd tränken konnte. Balbus hatte befohlen, den Pferden Wasser zu geben, sobald das gefahrlos möglich war. Jetzt eilte ein Teil der Soldaten zu den Brunnen in der Nähe und füllte die Eimer auf. Unterdessen gaukelten die an vorderster Front stehenden Reiter den Samnitern weiterhin vor, an der Spitze einer großen Armee zu stehen und nur noch den richtigen Moment für einen Angriff abzuwarten.

Diese Kriegslist war so erfolgreich, daß die Samniter noch nichts unternommen hatten, als Sulla rund vier Stunden später mit den Fußtruppen eintraf. Seine Männer befanden sich nach dem Eilmarsch über zwanzig Meilen und zum Teil steiles Gelände in derselben Verfassung wie zuvor Balbus' Pferde; sie waren erschöpft, außer Atem, und ihre Beine zitterten.

»Heute können wir unmöglich noch angreifen«, sagte Vatia, nachdem er und Sulla gemeinsam mit den anderen Legaten das Gelände abgeritten hatten, um sich einen Überblick über die Lage zu verschaffen.

»Warum nicht?« fragte Sulla.

»Weil unsere Männer zu müde zum Kämpfen sind.« Vatia sah ihn ausdruckslos an.

»Sie mögen müde sein, aber sie werden kämpfen.«

»Das darfst du nicht tun, Lucius Cornelius! Du schickst sie ins Verderben!«

»Und ob ich das darf!« Sulla blieb unnachgiebig. »Vatia, uns bleibt keine Wahl. Wir müssen heute kämpfen. Dieser Krieg muß ein Ende finden, und zwar hier und jetzt. Die Samniter wissen, daß wir einen Gewaltmarsch hinter uns haben, daß ihre Chancen heute so gut stehen wie an keinem anderen Tag. Wenn sie heute nicht angreifen, wer weiß, was sie dann morgen tun werden? Wer sollte sie davon abhalten, zusammenzupacken, über Nacht zu verschwinden und eine neue Strategie auszuhecken? Was, wenn sie monatelang einfach untertauchen und im nächsten Frühjahr oder Sommer wieder vor Rom stehen? Oder auch erst im Herbst? Nein, Vatia, wir kämpfen heute. Heute dürsten die Samniter noch danach, das Feld vor der Porta Collina mit unserem Blut zu tränken.«

Zu Fuß begab sich Sulla unter seine Soldaten, die sich niedergelassen hatten und von ihren Vorräten aßen und tranken. Er wollte ihnen nahe sein, wollte nicht auf einer Rostra über ihnen thronen, sondern sie im Gespräch von Mann zu Mann davon überzeugen, daß sie von irgendwoher die Stärke und Ausdauer nehmen mußten, heute zu kämpfen, daß der Krieg, wenn sie jetzt zögern würden, noch wer weiß wie lange dauern konnte. Die meisten Soldaten kämpften seit Jahren unter seinem Kommando, und es konnte ohne Übertreibung gesagt werden, daß sie ihn liebten. Selbst Scipio Asiagenus' ehemalige Legionen hatten seine Hand lange genug gespürt, um sich als seine Männer zu fühlen. Gewiß, Sulla sah nicht mehr aus wie jenes wunderbare, gottgleiche Geschöpf, dem sie vor vielen Jahren vor der Stadt Nola eine Krone aus Gras aufgesetzt hatten, aber was machte das schon aus? Sulla gehörte *ihnen*! Und waren nicht auch sie ergraut, hatten Falten bekommen und waren nicht mehr ganz so gelenkig wie einst? Als er jetzt zwischen ihren Reihen hindurchging, auf sie einredete und sie bat, zu kämpfen, hoben sie nur müde ihre Arme und gaben ihm zu verstehen, daß er sich keine Sorgen zu machen brauche, sie würden den Samnitern schon zeigen, wer hier das Sagen hatte.

Knapp zwei Stunden vor Einbruch der Dunkelheit begann die Schlacht. Sullas linker Flügel setzte sich aus den drei ehemaligen Legionen des Scipio Asiagenus und einer seiner Veteranenlegionen zusammen. Sulla hatte das Kommando zwar abgegeben, hielt es aber trotzdem für angebracht, auf diesem Flügel zu bleiben. So suchte er sich eine kleine Erhebung auf der linken Seite des Schlachtfelds aus, von der aus er das Kampfgeschehen verfolgen konnte. Damit seine Männer ihn besser erkennen konnten, wenn er sich unter sie mischte, hatte er beschlossen, statt auf seinem Maultier auf seinem weißen Staatspferd zu reiten. Von dem Hügel aus konnte er sehen, daß die Bewohner Roms die Tore der Porta Collina geöffnet und das Fallgitter hochgezogen hatten, doch niemand kam heraus, um sich an der Schlacht zu beteiligen.

Sullas linkem Flügel stand die am besten ausgebildete feindliche Abteilung gegenüber, die nur aus Samnitern bestand und von Pontius Telesinus befehligt wurde. Mit vierzigtausend Mann war diese Abteilung zahlenmäßig etwas weniger stark als der zweite feindliche Flügel. Das war wenigstens eine Art Ausgleich, dachte Sulla und berührte seinen Stallburschen mit dem Fuß, das Zeichen für ihn, das Pferd voranzuführen. Sulla war kein sonderlich guter Reiter, weshalb er es vorzog, sein Pferd führen zu lassen. Sulla sah, daß sein linker Flügel zurückfiel. Er würde eingreifen müssen, Vatia konnte von seinem Standpunkt aus unmöglich erkennen, daß eines seiner größten Probleme das offene Tor nach Rom hinein war. Während sich nämlich die samnitischen Fußsoldaten mit ihren Kurzschwertern hauend und stechend vorankämpften, flohen viele von Vatias Soldaten durch das Tor, anstatt sich dort zu sammeln und die Stellung zu halten.

Gerade als Sulla sich anschickte, in das Kampfgetümmel einzugreifen, tauchten überraschend zwei samnitische Krieger vor ihm auf und schleuderten ihre Speere gegen ihn. Geistesgegenwärtig schlug Sullas Stallbursche auf die Flanke des Schimmels, der einen gewaltigen Satz nach vorne machte und davongaloppierte. Sulla blieb gerade noch Zeit, sich vorzubeugen und mit beiden Händen an der Mähne festzukrallen. Sein Leben verdankte er einzig und allein der Aufmerksamkeit des Stallburschen, der hinter dem Schimmel hergerannt kam, ihn an seinem geschmückten Schwanz zu fassen bekam und zum Anhalten brachte. Sulla, der unverletzt geblieben war, schenkte seinem Burschen ein dankbares Lächeln. Dann stürzte er sich, das Schwert in der Rechten und ein kleines Reiterschild in seiner Linken, mitten in das Schlachtgetümmel. Mit einer kleinen Schar Männer kämpfte Sulla sich zur Porta Collina vor, wo er ihnen befahl, das Fallgitter herabzulassen. Was sie, wie er zu seiner nicht geringen Belustigung bemerkte, taten, ohne auf die durch das Tor fliehenden Soldaten achtzugeben. Das half. Von ihrer einzigen Rückzugsmöglichkeit abgeschnitten, blieb Scipios ehemaligen Soldaten nichts anderes übrig, als ihre Stellung zu halten. Jetzt endlich konnte Sullas Veteranenlegion die Samniter im Kampf Mann gegen Mann Schritt um Schritt zurückdrängen.

Wie es Crassus und dem gesamten rechten Flügel bisher ergangen war, davon hatte Sulla keine Ahnung. Selbst von der kleinen Anhöhe aus hatte er Crassus nicht sehen können. Seine ganze Aufmerksamkeit hatte dem schwächeren linken Flügel gegolten. Trotzdem machte er sich keine Sorgen, denn wenn jemand allein zurechtkommen würde, dann Crassus mit seinen vier Legionen.

Die Nacht brach herein, aber die Schlacht ging im Licht der

zahllosen Fackeln weiter, die von den auf den Mauern stehenden Römern hochgehalten wurden. Von Sulla angetrieben, rafften sich Scipios verzagte Männer wieder auf und stürmten mit neuerwachtem Mut voran. Auch Sulla schreckte vor keinem Zweikampf zurück, wobei sein tapferer Stallbursche niemals zuließ, daß ihm sein Schimmel hinderlich wurde.

Rund zwei Stunden später brach Sullas linker Flügel durch die Reihen der Feinde. Die Samniter zogen sich eilig in Pompeius Strabos altes Lager zurück, vermochten aber nicht mehr, Sullas nachstoßende Einheiten zurückzuhalten. Mit heiseren Stimmen drängten Sulla, Vatia und Dolabella ihre Soldaten, nicht nachzulassen, die Samniter nicht zu schonen. Als dann auch noch Pontius Telesinus mit gespaltenem Schädel zu Boden sank, verließ seine Männer vollends der Mut. Nichts konnte Sulla jetzt noch aufhalten.

»Macht keine Gefangenen!« trieb er seine Männer an. »Keine Gnade, auch wenn sie sich ergeben.«

Sulla brauchte sich nicht sehr zu mühen, nach dieser erbittert geschlagenen Schlacht wäre es wohl schwieriger gewesen, die Soldaten dazu zu bewegen, das Leben der Samniter zu schonen.

Erst als kein Samniter mehr am Leben war, fand Sulla, der inzwischen wieder auf seinem vertrauten Maultier saß, die Zeit, sich über Crassus' Schicksal Gedanken zu machen. Weder vom rechten Flügel noch vom Rest der feindlichen Armee war irgend etwas zu sehen. Crassus und seine Widersacher waren verschwunden.

Gegen Mitternacht traf ein Bote in Sullas Lager ein. Sulla war gerade dabei, sicherzugehen, daß die am Boden liegenden Soldaten in Pompeius Strabos altem Lager tatsächlich auch tot waren, unterbrach seine Tätigkeit aber, weil er hoffte, daß der Mann ihm Nachrichten von Crassus brachte.

»Hat dich Marcus Crassus geschickt?«

»Ja«, bestätigte der Bote.

»Wo ist Marcus Crassus?«

»In Antemnae.«

»*Antemnae?*«

»Ja. Wir hatten den Feind noch vor Einbruch der Nacht zermürbt. Er floh, aber wir holten ihn bei Antemnae ein, erzwangen eine Schlacht und behielten die Oberhand. Marcus Crassus hat mich ausgesandt, um Essen und Wein für seine Männer zu erbitten.«

Mit einem zufriedenen Grinsen im Gesicht befahl Sulla, das Verlangte zu besorgen, und ritt auf seinem Maultier neben dem Zug der Packtiere auf der Via Salaria nach dem nur wenige Meilen entfernten Antemnae. Das Städtchen, das unfreiwillig zum Schauplatz einer blutigen Schlacht geworden war, war völlig verwüstet. Überall brannten Häuser, und die Menschen reichten mit Wasser gefüllte Eimer weiter, die sie auf die Brandherde schütteten. Zahllose Körper lagen auf den Straßen und Wegen, von der panischen Stadtbevölkerung bei dem Versuch, ihr Leben und ihre wenigen Habseligkeiten in Sicherheit zu bringen, zu Tode getrampelt.

Crassus wartete auf der anderen Seite des Städtchens, wo er auf einem Feld die feindlichen Überlebenden zusammengetrieben hatte.

»Rund sechstausend Mann«, sagte er zu Sulla. »Da Vatia die Samniter übernommen hat, blieben mir die Lucaner, Campaner und Carbos versprengte Männer. Marcus Lamponius gelang zwar die Flucht, aber Tiberius Gutta fiel im Kampf, unter den Gefangenen befinden sich Brutus Damasippus, Carrinas und Censorinus.«

»Gute Arbeit!« lobte Sulla und grinste so breit, daß man sein Zahnfleisch sehen konnte. »Dolabella hat sich über deine Ernennung zwar furchtbar aufgeregt, und ich mußte ihm für das nächste Jahr eine Konsulstelle versprechen. Aber ich wußte, daß ich mit dir die richtige Wahl getroffen hatte.«

»Was?« Entgeistert starrte Vatia Sulla an. »Dolabella hat etwas verlangt? *Cunnus! Mentula! Verpa! Fellator!*«

»Sei unbesorgt, Vatia. Du wirst auch noch Konsul werden«, tröstete ihn der immer noch lächelnde Sulla. »Dolabella wird aus seinem Amt wenig Vorteil ziehen können. Spätestens bei der Verwaltung seiner Provinz überspannt er den Bogen und muß den Rest seiner Tage in Gesellschaft der anderen unbeherrschten Idioten im Exil in Massilia zubringen.« Sulla wandte sich ab und deutete auf die Packtiere. »Wo willst du deine kleine Mahlzeit zubereitet haben, Marcus Crassus?«

»Am besten gleich hier. Aber dann müßten wir die Gefangenen

an einen anderen Ort bringen«, sagte Crassus mit unbewegter Miene. Nichts an seiner Haltung verriet, daß er gerade einen großartigen Sieg errungen hatte.

»Ich habe Balbus mit seinen Reitern mitgebracht«, antwortete Sulla. »Er kann die Gefangenen sofort bei Tagesanbruch auf die Villa Publica bringen.«

Während Octavius Balbus die überlebenden Samniter zusammentrieb, ließ sich Sulla Censorinus, Carrinas und Brutus Damasippus vorführen. Obwohl sie soeben eine vernichtende Niederlage erlitten hatten, sahen sie keineswegs niedergeschlagen aus.

»Ihr seid wohl der Ansicht, ihr könntet euren Kampf an einem anderen Tag fortsetzen?« Sulla lächelte noch immer, aber seine Augen blickten eiskalt. »Nun, meine römischen Freunde, das werdet ihr nicht. Pontius Telesinus ist tot, und ich habe alle samnitischen Überlebenden mit Pfeilen niedermachen lassen. Da ihr euch mit den Samnitern und Lucanern verbündet habt, seid ihr in meinen Augen keine Römer mehr. Ihr werdet also nicht als Verräter unter Anklage gestellt, sondern ohne Verhandlung hingerichtet. Und zwar auf der Stelle.«

So wurden die drei unversöhnlichsten Feinde Sullas auf einem gewöhnlichen Acker vor Antemnae ohne Verhandlung oder Ankündigung enthauptet. Ihre Leiber wurden in das riesige Massengrab geworfen, das für die toten Feinde ausgehoben worden war, ihre Köpfe aber ließ Sulla in einen Sack stecken.

»Catilina, mein Freund«, wandte sich Sulla an Lucius Sergius Catilina, der ihn und Vatia nach Antemnae begleitet hatte, »nimm diesen Sack, suche den Kopf von Tiberius Gutta und hole an der Porta Collina den Kopf von Pontius Telesinus ab. Nimm sie alle und reite damit zu Ofella. Er soll die Köpfe auf sein mächtigstes Katapult laden und sie, einen nach dem anderen, über die Mauern nach Praeneste hineinschleudern.«

»Mit größtem Vergnügen, Lucius Cornelius.« Catilinas dunkles, wohlgeformtes Gesicht strahlte vor Vorfreude. »Aber darf ich dich vorher um einen Gefallen bitten?«

»Kommt darauf an, was du willst.«

»Laß mich nach Rom gehen und Marcus Marius Gratidianus finden. Ich will seinen Kopf haben! Wenn der junge Marius Gratidianus' Kopf erblickt, weiß er, daß Rom dir gehört und er am Ende ist.«

Mit einer langsamen Bewegung schüttelte Sulla den Kopf – aber nicht, um Catilina seine Bitte abzuschlagen. »Catilina, ich liebe dich! Was würde ich nur ohne dich tun? Gratidianus ist dein Schwager.«

»*War* mein Schwager«, erwiderte Catilina mit weicher Stimme und fügte hinzu: »Meine Frau starb, kurz bevor ich zu dir stieß.« Er verschwieg, daß Gratidianus ihn verdächtigte, sie ermordet zu haben, um eine andere Beziehung ungestörter verfolgen zu können.

»Nun, früher oder später müßte Gratidianus sowieso daran glauben«, sagte Sulla mit einem Achselzucken. »Wenn du meinst, sein Kopf werde den jungen Marius beeindrucken, dann kannst du ihn von mir aus deiner Sammlung hinzufügen.«

Ganz beiläufig war somit das Todesurteil über Gratidianus ausgesprochen worden. Sulla, Vatia und die anderen Legaten gesellten sich zu Crassus und feierten mit ihm und seinen Legaten den Sieg, während Antemnae brannte und Lucius Sergius Catilina sich in Hochstimmung aufmachte, sein grausiges Geschäft zu erledigen.

Sulla schien keinen Schlaf mehr nötig zu haben. Nach dem Fest in Antemnae ritt er nach Rom. Er betrat die Stadt selbst nicht, sondern schickte einen Boten aus, der den Senat zu einer Zusammenkunft im Tempel der Bellona auf dem Marsfeld bestellte. Auf dem Weg zu dem Tempel machte Sulla auf dem Platz der Villa Publica halt und erteilte Anweisungen bezüglich der dort festgehaltenen sechstausend Gefangenen. Dann ritt er weiter bis zu dem ungepflegten, offenen Platz vor dem Tempel, der seit Menschengedenken schon »Feindesland« genannt wurde, und stieg ab.

Rund hundert Senatoren waren in dem Tempel versammelt, keiner hatte es gewagt, Sullas Ruf zu mißachten. Nicht ein einziger von ihnen hatte sich gesetzt, es erschien ihnen nicht angemessen, Sulla in Klappstühlen sitzend zu erwarten. Nur wenige Männer schauten unbesorgt drein – Catulus etwa sowie Hortensius und Lepidus. Anderen wiederum, ein oder zwei Senatoren mit dem Namen Flaccus, ein Fimbria, ein Carbo, stand die Angst vor dem, was da kommen würde, nur allzu deutlich ins Gesicht geschrieben.

Die meisten jedoch glichen Schafen mit leeren, erschreckten Augen.

Sulla hatte seinen Helm abgenommen, aber er trug noch immer seine Rüstung. Ohne den Senatoren zu zeigen, daß er ihre Anwesenheit wahrgenommen hatte, schritt er durch ihre Reihen und stieg auf den Sockel, auf dem die Statue Bellonas ruhte. Ihr Tempel war damit geschmückt worden, nachdem es Sitte geworden war, selbst die ältesten Götter Roms in Menschengestalt darzustellen. Da Bellona ebenfalls eine Rüstung trug, paßte Sulla sehr gut an ihre Seite. Andererseits war ihr eine gewisse Schönheit eigen, was man von Sulla nicht gerade sagen konnte. Die meisten Anwesenden waren von seiner äußeren Erscheinung schockiert, aber natürlich wagte keiner das zu sagen. Sullas orangefarbene Lockenperücke saß schief, seine karmesinrote Toga war verdreckt, und die roten Flecken in seinem ansonsten albinoweißen Gesicht stachen hervor wie kleine Blutpfützen im Schnee. Daß sein Aussehen so vielen Senatoren Kummer bereitete, hatte verschiedene Gründe. Die einen hatten Sulla gut gekannt und empfanden Mitleid mit ihm, die anderen hatten gehofft, daß der Mann, der sich zum Gebieter über Rom aufgeschwungen hatte, wenigstens ein entsprechendes Äußeres besitze. Der Mann da vor ihnen aber erinnerte sie an eine alte, vom Leben gezeichnete Hure.

Als Sulla zu sprechen begann, schmatzte er mit den Lippen, und manche seiner Worte waren kaum zu verstehen. Zumindest bis er in Fahrt geriet und der pure Selbsterhaltungstrieb seine Zuhörer dazu zwang, ihm seine ungeteilte Aufmerksamkeit zu schenken.

»Wie ich sehe, bin ich nicht einen Augenblick zu früh zurückgekehrt!« keifte Sulla. »Das ›Feindesland‹ ist von Unkraut überwuchert. Hier sollte mal wieder gründlich geschrubbt und neue Tünche aufgetragen werden! Unter den kläglichen Resten des Straßenbelages kommen bereits die Steine des Fundaments zum Vorschein, und auf der Villa Publica hängen Wäscherinnen ihre Wäsche zum Trocknen auf. *Großartig*, wie ihr euch um Rom gekümmert habt! Idioten! Schurken! Trottel!«

Nach seinen Mundbewegungen zu urteilen, schimpfte, drohte und lästerte Sulla zwar noch weiter, aber kaum hatte er das Wort »Trottel!« ausgesprochen, da wurden seine Worte von unmenschlichen, in höchster Todesangst ausgestoßenen Schreien übertönt, die aus der Richtung der Villa Publica zu kommen schienen. Den versammelten Senatoren stockte das Blut in den Adern. Anfangs gaben sie noch vor, Sullas Rede zu folgen, aber die gellenden Schreie wurden immer unerträglicher. Voller Angst fingen die Senatoren an, auf ihren Sitzen hin- und herzurutschen, miteinander zu tuscheln und sich erschreckte Blicke zuzuwerfen.

Dann, so plötzlich, wie er begonnen hatte, war der Spuk vorbei.

»Was ist los, meine kleinen Schäfchen? Habe ich euch erschreckt?« rief Sulla höhnisch aus. »Ihr braucht doch keine Angst zu haben! Was eure zarten Ohren vernommen haben, waren nur meine Männer, die ein paar Verbrecher bestraft haben.«

Ohne die erschreckten Senatoren auch nur eines weiteren Blikkes zu würdigen, stieg Sulla wieder von dem Sockel herab und verließ den Tempel.

»Mein Lieber, ist der aber in einer Stimmung!« raunte Catulus seinem Schwager Hortensius zu.

»So, wie er aussieht, wundert mich das kein bißchen«, antwortete Hortensius.

»Er hat uns nur hierher bestellt, damit wir das hören«, sagte Lepidus. »Wen hat er wohl bestrafen lassen?«

»Die gefangenen Soldaten«, antwortete Catulus.

Catulus' Vermutung entsprach der Wahrheit. Während Sulla zu dem Senat gesprochen hatte, hatten seine Soldaten die sechstausend Gefangenen auf der Villa Publica mit Schwerthieben und Pfeilen niedergemacht.

»Ich für meinen Teil werde mich künftig jedenfalls bemühen, nicht allzusehr aufzufallen«, sagte Catulus zu Hortensius.

»Und warum, wenn ich fragen darf?« Hortensius hatte Catulus, was Arroganz und Blauäugigkeit anging, einiges voraus.

»Weil Lepidus recht hat. Sulla hat uns nur hierher bestellt, um uns das Todesgeschrei seiner Feinde anhören zu lassen. Auf das, was Sulla *sagt,* gebe ich keinen Deut. Was er *tut,* dafür sollte sich jeder von uns, der an seinem Leben hängt, interessieren. Wir werden uns vorsehen und darauf achten müssen, ihn nicht zu provozieren.«

»Du übertreibst, mein lieber Quintus Lutatius!« entgegnete Hortensius. »In ein paar Wochen ist das alles vorbei. Sulla wird sich seine Taten vom Senat und von der Volksversammlung legalisieren lassen und sein Imperium zurückerhalten. Dann wird er, wie es sich gehört, in der ersten Stuhlreihe der Konsulare Platz nehmen, und Rom kann wieder zur Tagesordnung übergehen.«

»Glaubst du wirklich?« Catulus fröstelte. »Ich weiß zwar nicht, wie Sulla es machen wird, aber ich habe das seltsame Gefühl, daß wir seine rastlosen Augen noch eine Zeitlang von oben auf uns herabstarren sehen werden.«

Am nächsten Tag, dem dritten Tag des November, ritt Sulla nach Praeneste.

Ofella begrüßte ihn hocherfreut und deutete auf zwei niedergeschlagen aussehende Männer, die etwas abseits unter Bewachung standen.

»Kennst du sie?« fragte er Sulla.

»Ja, aber im Moment fallen mir ihre Namen nicht ein.«

»Zwei jüngere Tribunen aus Scipios alten Legionen. Am Morgen nach der Schlacht vor der Porta Collina kamen sie wie zwei griechische Schnellreiter angaloppiert und versuchten mir weiszumachen, daß du die Schlacht verloren hättest und tot seist.«

»Was? Und du hast ihnen nicht geglaubt, Ofella?«

Ofella lachte herzlich. »Dazu kenne ich dich zu gut, Lucius Cornelius! Dich umzubringen braucht es mehr als ein paar dahergelaufene Samniter.« Mit der Gewandtheit eines Magiers, der einen Hasen aus einem Nachttopf zaubert, griff Ofella hinter sich und hielt den Kopf des jungen Marius in die Höhe.

»Ah!« rief Sulla aus und inspizierte den Kopf gewissenhaft. »Ein hübscher Bursche, nicht? In der Beziehung geriet er nach seiner Mutter. Nach wem er mit seiner Intelligenz geriet, weiß ich nicht, jedenfalls nicht nach seinem Vater.« Sulla gab ein Zeichen, daß der Kopf weggebracht werden könne. »Hebt ihn gut auf. Also hat Praeneste sich ergeben?«

»Fast sofort, nachdem ich die Köpfe, die du mir hast bringen lassen, über die Stadtmauer katapultiert hatte. Die Tore gingen auf, und die Bewohner der Stadt kamen weiße Fahnen schwingend herausgerannt und schlugen sich mit ihren Fäusten auf die Brust.«

»Auch der junge Marius?«

»O nein! Er hat sich auf der Suche nach einem Fluchtweg in

die Kanalisation verkrochen. Aber schon vor Monaten habe ich alle Ausflüsse vergittern lassen, und wir haben ihn vor einem der Gitter gefunden. In seinem Bauch steckte ein Schwert, und sein griechischer Sklave saß heulend daneben.«

»Das war der letzte von ihnen!« rief Sulla triumphierend.

Ofella blickte ihn überrascht an. Vergeßlichkeit war doch sonst nicht die Art des Lucius Cornelius Sulla.

»Wieso? Ein Mann ist doch immer noch am Leben«, wandte Ofella ein, hätte sich aber im nächsten Moment am liebsten die Zunge abgebissen. Sulla war kein Mann, den man daran erinnerte, daß auch er Fehler beging.

»Du meinst wohl Carbo?« fragte Sulla, über dessen Gesicht ein Lächeln huschte.

»Ja, Carbo«, antwortete Ofella unsicher.

»Carbo ist tot, mein Lieber. Der junge Pompeius hat ihn Ende September gefangengenommen und auf dem Marktplatz von Lilybaeum wegen Verrats hingerichtet. Ein außergewöhnlicher Bursche, dieser Pompeius. Ich war mir sicher, er würde Monate brauchen, um Sizilien zu unterwerfen und Carbo dingfest zu machen. Aber ihm hat ein einziger Monat ausgereicht! Und dabei hat er noch die Muße gefunden, mir Carbos Kopf per Eilboten zukommen zu lassen. Eingelegt in Essig! Unverkennbar Pompeius!« Sulla kicherte.

»Und der alte Brutus?«

»Hat es vorgezogen, sich umzubringen, um Pompeius nicht verraten zu müssen, wohin Carbo geflüchtet war. Eine sinnlose Tat. Die Besatzung seines Schiffs – Brutus war nämlich dabei, eine Flotte für Carbo auszuheben – hat Pompeius natürlich alles erzählt. Also schickt mein umtriebiger junger Legat seinen Schwager nach Cossura, wohin Carbo geflohen war, und läßt ihn in Ketten geschlagen nach Lilybaeum zurückbringen. Und damit nicht genug: Pompeius hat mir nicht zwei, sondern drei Köpfe geschickt: von Carbo, dem alten Brutus und Soranus.«

»Soranus? Du meinst doch nicht den Volkstribun, den Gelehrten Quintus Valerius Soranus?«

»Doch, genau den.«

»Aber warum?« rief Ofella verwundert aus. »Wessen hat er sich schuldig gemacht?«

»Er hat sich auf die Rostra gestellt und Roms geheimen Namen hinausgerufen.«

»Beim Jupiter!« Ofellas Kinnlade fiel herunter, und ein Zittern erfaßte seinen Körper.

»Glücklicherweise hatte der Große Gott jedes Ohr auf dem Forum verschlossen«, log Sulla ungerührt, »Soranus hat also zu tauben Menschen gerufen. Kein Grund zur Beunruhigung, mein lieber Ofella. Rom wird nicht untergehen.«

»Welch ein Glück!« Erleichert wischte sich Ofella den Schweiß von der Stirn. »Ich habe schon viele seltsame Dinge vernommen, aber Roms geheimen Namen laut auszusprechen – das übersteigt meine Vorstellungskraft.« Dann fiel ihm etwas ein, und er konnte nicht anders, als Sulla zu fragen. »Was hatte Pompeius eigentlich in Sizilien verloren, Lucius Cornelius?«

»Er sollte mir die Getreideernte sichern.«

»Ich habe zwar ein entsprechendes Gerücht vernommen, habe ihm aber keinen Glauben geschenkt. Pompeius ist doch noch ein Kind.«

»Mhm«, stimmte Sulla zu. »Aber was immer der junge Marius von seinem Vater nicht mitbekommen hat, das hat der junge Pompeius von dem seinigen mitbekommen. Und noch mehr dazu!«

»Dann wird der Kleine also bald zurückkommen?« Ofella gefiel dieser neue Stern an Sullas Himmel gar nicht; er hatte sich an diesem Firmament ohne Konkurrenten gesehen.

»Noch nicht«, antwortete Sulla, ohne auf Ofellas eifersüchtigen Tonfall einzugehen. »Ich habe ihn nach Africa geschickt, um unsere dortige Provinz zurückzuerobern. Und ich glaube, genau das tut er in diesem Moment auch.« Er wandte sich um und deutete in das Niemandsland hinunter, wo eine riesige Menschenmenge reglos unter der kalten Wintersonne versammelt stand. »Sind das diejenigen, die Waffen trugen, als sie sich ergaben?«

»Ja. Insgesamt zwölftausend Mann«, antwortete Ofella, dem es sehr recht war, das Thema zu wechseln. »Größtenteils Samniter oder Bewohner der Stadt, abgesehen von ein paar Römern, die dem jungen Marius gedient haben. Willst du sie genauer in Augenschein nehmen?«

Sulla brauchte nicht lange, um zu entscheiden, was mit den Männern geschehen sollte. Er begnadigte die Römer, die anderen ließ er auf der Stelle hinrichten. Den überlebenden Einwohnern Praenestes, fast ausschließlich Greise, Frauen und Kinder, befahl er, die Toten im Niemandsland zu begraben. Danach ließ sich Sulla, der nie zuvor in Praeneste gewesen war, die Stadt zeigen. Besonders erzürnt reagierte er, als er sah, was der junge Marius auf seiner Suche nach Baumaterial für den Belagerungsturm dem Tempelbezirk der Fortuna Primigenia angetan hatte.

»Ich bin Fortunas Günstling«, sagte er zu den Ratsmitgliedern, die nicht hingeschlachtet worden waren, »ich werde dafür sorgen, daß eure Fortuna Primigenia die prächtigste Tempelanlage ganz Italiens erhält. Und zwar auf eure Kosten.«

Am nächsten Tag ritt Sulla nach Norba weiter, wo Mamercus ihn in der ausgebrannten Stadt empfing.

»Sie ergaben sich freiwillig«, berichtete Mamercus aufgebracht, »aber dann haben sie in der ganzen Stadt Feuer gelegt und jede Menschenseele getötet. Frauen, Kinder, Ahenobarbus' Soldaten, die Männer der Stadt – sie alle zogen den Tod der Niederlage vor. Es tut mir leid, Lucius Cornelius, aber Norba hat uns weder Gold noch Gefangene gebracht.«

»Das macht nichts«, antwortete Sulla. »Praeneste hat uns überreiche Beute eingetragen. Ich bezweifle, daß Norba viel von Nutzen oder Interesse zu bieten gehabt hätte.«

Am fünften Tag des November ritt Sulla durch die Porta Capena nach Rom hinein. Die Morgensonne spiegelte sich in den vergoldeten Statuen auf den Tempeldächern und tauchte die heruntergekommene Stadt in ein sanftes Licht. Es war eine feierliche Prozession. Sulla saß auf dem weißen Staatspferd, das ihn sicher durch die Schlacht vor der Porta Collina getragen hatte, die Zügel hielt sein Stallbursche. Sulla trug seine beste Rüstung, ihr silberbeschlagener Panzer war mit einer Abbildung verziert, auf der dargestellt war, wie seine Armee ihm vor den Mauern von Nola die Graskrone anbot. Neben ihm ritt, gekleidet in eine purpurgesäumte Toga, Lucius Valerius Flaccus, der Princeps Senatus. Ihnen folgten Sullas Legaten, ebenfalls paarweise, darunter auch Metellus Pius und Varro Lucullus aus dem italischen Gallien, die erst vor vier Tagen den Befehl erhalten hatten, nach Rom zu kommen, und sich sehr hatten beeilen müssen, um den Einzug Sullas nicht zu verpassen. Von allen Männern, die in Zukunft noch eine Rolle spielen sollten, waren nur Pompeius und Varro der Sabiner nicht anwesend.

Als militärische Eskorte genügten Sulla jene siebenhundert Reiter, die mit ihrem Täuschungsmanöver die Samniter vor der Porta Collina hingehalten hatten. Sullas Armee war damit beschäftigt, das Befestigungswerk auf der Via Latina abzureißen, so daß der Verkehr wieder ungehindert fließen konnte. Auch Ofellas Belagerungsringe mußten abgetragen und das Baumaterial auf die Felder verteilt werden. Die Tuffblöcke der Mauer sollten für den geplanten Bau des neuen Tempels der Fortuna Primigenia in Praeneste verwendet werden. Keine Spur der Feindseligkeiten, so lautete Sullas Befehl, durfte übrigbleiben.

Viel Volk strömte auf die Straßen, um seinen Einzug mitzuerleben. Mochte Rom in noch so großer Gefahr schweben, keiner seiner Bürger konnte der Versuchung eines Spektakels widerstehen. Und wenn ein Ereignis Geschichte machen würde, dann Sullas Einzug in Rom. Viele von denen, die ihn in die Stadt reiten sahen, waren überzeugt davon, den Todeswehen der Republik beizuwohnen. Gerüchte gingen um, Sulla beabsichtige, sich zum König über Rom zu erheben. Wie sonst wollte er seine Macht erhalten? Denn wie konnte er, in Anbetracht dessen, was er getan hatte, es jemals wagen, die Macht aus den Händen zu geben? Keiner der Schaulustigen übersah die Reiterschar, die unmittelbar hinter den letzten Legaten einherritt und auf deren hochgereckten Lanzen nicht nur die Köpfe von Carbo und dem jungen Marius steckten, sondern auch die von Carrinas und Censorinus, von Marius Gratidianus und dem alten Brutus, von Pontius Telesinus und Brutus Damasippus, von Soranus sowie von Gutta aus Capua – und von dem Samniterführer Gaius Papius Mutilus.

Mutilus hatte die Nachricht von der Niederlage der Samniter an der Porta Collina einen Tag danach erfahren und so laut geweint, daß Bastia zu ihm geeilt war, um nachzusehen, was mit ihm los sei.

»Verloren, alles verloren!« rief er ihr verzweifelt zu und vergaß dabei völlig, wie sehr sie ihn beleidigt hatte. Sie war jetzt der einzige Mensch, der ihm geblieben war und mit dem ihn Familienbande und eine lange gemeinsame Geschichte verbanden.

»Meine Armee ist vernichtet. Sulla hat gesiegt! Sulla wird sich zum König von Rom ausrufen, und Samnium wird ausgelöscht werden!«

Bastia starrte das Häuflein Elend, das auf der Liege vor ihr zusammengesunken war, gerade so lange an, wie es dauerte, alle Dochte an einem kleinen Lüster zu entzünden. Sie sagte kein Wort des Trostes, sondern stand reglos und mit weit aufgerissenen Augen vor ihm. Langsam stahl sich ein Ausdruck von Verstehen in ihren Blick, der schließlich einer eisernen Entschlossenheit wich. Ihre Gesichtszüge wurden kalt und hart, sie klatschte in die Hände.

»Ja, *domina?*« fragte der Hausverwalter von der Tür her, während er bestürzt seinen schluchzenden Herrn betrachtete.

»Treib mir seinen Germanen auf und richte die Sänfte her«, befahl sie knapp.

»*Domina?*« Der Hausverwalter sah sie verwirrt an.

»Steh nicht rum, tu, was ich dir gesagt habe! Und zwar auf der Stelle.«

Der Hausverwalter schluckte und verschwand.

»Was soll das heißen?« Mutilus wischte sich die Tränen ab und blickte Bastia entsetzt an.

»Ich will, daß du von hier verschwindest«, zischte sie ihn an. »Ich will mit dieser Niederlage nichts, aber auch gar nichts zu tun haben! Ich will mein Haus behalten, mein Vermögen, mein Leben! Und das heißt, daß du verschwinden mußt, Gaius Papius! Geh zurück nach Aesernia oder nach Bovianum, geh irgendwohin, wo du ein Haus hast. Wo du bleibst, ist mir egal. Aber nicht hier! Geh, und zwar ohne mich!«

»Ich will meinen Ohren nicht glauben!« Mutilus schnappte nach Luft.

»Und ob du das glaubst! Raus, fort mit dir!«

»Aber ich bin gelähmt, Bastia. Ich bin dein Gatte, ich kann nicht laufen. Wenn du schon keine Liebe empfindest, dann nicht wenigstens eine Spur Mitleid?«

»Ich empfinde weder Liebe noch Mitleid für dich«, fuhr sie ihn an. »Dein dummes, nutzloses Kämpfen und Intrigieren gegen Rom hat dich die Kraft deiner Beine gekostet und die Kraft deiner Lenden, nach der ich mich so gesehnt habe, die Kinder, die ich hätte haben können, das ganze Glück darüber, an deinem Leben teilhaben zu dürfen. Fast sieben Jahre lebe ich nun hier allein, während du von Aesernia aus Ränke und Intrigen geschmiedet hast. Und wenn du dich einmal dazu herabgelassen hast, mich zu besuchen, dann hast du nach Kot und Urin gestunken und mich herumkommandiert. O nein, Gaius Papius Mutilus, ich bin fertig mit dir. Mach, daß du hinauskommst!«

Mutilus, dessen Verstand das Ausmaß seines Ruins noch gar nicht ganz erfassen konnte, gab kein Wort des Protestes von sich, als sein germanischer Diener ihn von der Liege aufhob und durch die Vordertür des Hauses hinaustrug, wo seine Sänfte am Fuß der Treppe bereitstand. Bastia war dem Germanen wie das Abbild einer Gorgone gefolgt, schön und grausam, mit Augen, die einen Mann zu Stein verwandeln konnten, und wilden Schlangenhaaren. So hastig schlug sie die Tür hinter dem Sklaven zu, daß sich sein Umhang darin verfing und er von seinem eigenen Schwung zurück und gegen die Tür gerissen wurde. Mutilus in seinem linken Arm haltend, zerrte der Germane mit seiner Rechten an dem Umhang.

Gaius Papius Mutilus trug an seinem Gürtel einen Legionärsdolch, ein Erinnerungsstück an die Zeit, da er noch ein samnitischer Krieger gewesen war. Er zog den Dolch aus der Scheide, preßte seinen Kopf gegen das Holz der Tür und schnitt sich die Kehle durch. Das Blut spritzte überall umher, besudelte den schreienden Germanen, lief an der Tür herunter und sammelte sich in kleinen Pfützen auf dem Boden. Von den Schreien angelockt, kamen Leute aus den engen Gassen herbeigerannt. Das letzte, was Gaius Papius Mutilus sah, war sein Gorgonenweib, das bei dem ersten Schrei des Germanen die Tür wieder aufgerissen hatte, gerade rechtzeitig, um noch von dem Blut ihres Mannes bespritzt zu werden.

»Ich verfluche dich, Weib!« versuchte er hervorzuwürgen, brachte aber kein Wort mehr heraus. Bastia schien weder sonderlich bestürzt noch traurig angesichts ihres sterbenden Mannes. In aller Seelenruhe hielt sie die Tür auf und fuhr den schluchzenden Germanen an: »Los, schaff ihn rein.« Kaum hatte der Sklave den inzwischen leblosen Mann auf den Boden gelegt, da befahl sie ihm: »Schneid ihm den Kopf ab. Ich werde ihn Sulla als Geschenk schicken.«

Bastia hielt Wort. Zusammen mit ihren Glückwünschen zu seinem Sieg sandte sie Sulla den Kopf ihres Ehemannes. Aber die Geschichte, die Sulla von dem armen, von Bastia zur Übergabe des Geschenks gezwungenen Hausverwalter zu hören bekam, schmeichelte ihr wenig. Sulla gab den Kopf seines alten Feindes an einen seiner Militärtribunen weiter und ordnete mit ausdrucksloser Stimme an: »Tötet die Frau, die mir das geschickt hat.«

Mit Ausnahme von Marcus Lamponius aus Lucanien waren alle Männer tot, die gegen Sullas Rückkehr nach Italien gewesen waren. Hätte Sulla es gewünscht, er hätte sich zum unwidersprochenen König von Rom ausrufen können.

Aber Sulla war auf eine Lösung verfallen, die zu einem Mann wie ihm, der fest an die überlieferten Traditionen des *mos maiorum* glaubte, paßte. Und so galt, während er durch den Circus Maximus ritt, kein einziger seiner Gedanken der Königswürde.

Sulla war alt und krank, und er hatte achtundfünfzig lange Jahre gegen eine geistlose Verschwörung der Umstände und Ereignisse gekämpft, die ihn immer und immer wieder um die ihm zustehenden Früchte seiner Bemühungen gebracht hatte und um den Rang in der Hierarchie Roms, auf den er von seiner Geburt her und seiner Fähigkeiten wegen ein Anrecht besaß. Niemals war ihm eine Chance angeboten worden oder hatte sich ihm die Möglichkeit eröffnet, seinen Aufstieg durch den *cursus honorum,* wie er in den Gesetzen und Traditionen festgelegt war, zu verfolgen. An jeder Wendung hatte sich ihm etwas oder jemand in den Weg gestellt, hatte es ihm unmöglich gemacht, dem geraden, gesetzmäßigen Weg treu zu bleiben. So ritt er, ein achtundfünfzigjähriges Wrack, seine Eingeweide von der zweifachen Flamme des Triumphes und des Verlustes verzehrt, den leeren Circus Maximus hinunter. Sulla, Herrscher über Rom. Sulla, der erste Mann Roms. Endlich, endlich war ihm Genüge getan!

Aber die Enttäuschungen seines Alters, seine Häßlichkeit und der herannahende Tod durchsetzten seinen Triumph mit der größtmöglichen Bitterkeit, machten alle Freuden zunichte, verdoppelten seine Pein. Wie spät kam sein Sieg, wie bitter war er erkämpft, wie teuer erstanden …

Für das Rom, das jetzt seiner Gnade ausgeliefert war, empfand er weder Liebe noch Begeisterung, zu hoch war sein Preis gewesen. Genausowenig freute er sich auf die Aufgabe, von der er wußte, daß er sie tun mußte. Am meisten sehnte er sich nach Frieden, nach Muße, nach der Erfüllung seiner ungezählten sexuellen Phantasien, nach den alles Denken auslöschenden Sauforgien, nach völliger Befreiung von jeder Verantwortung und allen Pflichten. Was aber hielt ihn, der nun Herr über Rom war, davon ab, eben dies zu tun? Rom hielt ihn davon ab, sein Pflichtgefühl, die Unerträglichkeit des Gedankens, seine Arbeit niederzulegen, wo doch noch so viel zu tun war. Und das war auch der alleinige Grund dafür, daß er den Circus Maximus in der falschen Richtung durchquerte: das Wissen um den riesigen Berg Arbeit, der abgetragen werden mußte, von ihm abgetragen werden mußte. Denn wer außer ihm war noch am Leben, der diese Arbeit hätte übernehmen können?

Sulla beschloß, den Senat und das Volk von Rom im unteren Bereich des Forum Romanum zusammenzurufen und eine Rede zu halten. Sulla legte keinen allzu großen Wert auf die Wahrheit. Wer war es gewesen, der ihn der politischen Unbekümmertheit bezichtigt hatte? Scaurus? Er konnte sich nicht mehr erinnern. Jedenfalls war er viel zu sehr Politiker, um in allen Belangen der Wahrheit zu folgen, und so ignorierte er in seiner Rede die Tatsache, daß er selbst es gewesen war, der den ersten Kopf auf der Rostra aufgespießt hatte – den Kopf Sulpicius', in der Absicht, Cinna einzuschüchtern.

»Diese abscheuliche Angewohnheit, die so jung ist, daß ich noch als Stadtprätor einem Rom diente, das davon nichts wußte« – Sulla gestikulierte zu der Reihe der aufgespießten Köpfe –, »wird kein Ende finden, bis nicht die wahren Traditionen des *mos maiorum* wieder volle Geltung genießen und unsere alte, geliebte Republik aus den Ruinen auferstanden ist, zu denen sie verkommen ist. Wie ich gehört habe, wird mir nachgesagt, daß ich mich zum König von Rom erheben wolle. Nein, *quirites*, das will ich nicht! Mich für den Rest der Zeit, die mir hier noch vergönnt ist, zum Opfer von Intrigen und Ränken, von Rebellionen und Vergeltungen zu verdammen? Nein, auf keinen Fall! Ich habe lange und hart in den Diensten Roms gearbeitet, und ich habe es verdient, meine letzten Tage frei von Sorgen, frei von Pflichten – und frei von Rom! – zu verbringen. Dieses eine verspreche ich euch, Senat und Volk von Rom: Ich werde mich nicht zum König von Rom ausrufen lassen oder auch nur einen Moment länger an der Macht bleiben, als es meine Aufgabe erfordert.«

Niemand hatte das erwartet, nicht einmal Sulla so nahestehende Männer wie Vatia und Metellus Pius. Als Sulla jedoch mit seiner Rede fortfuhr, ging vielen seiner Zuhörer auf, daß er sein Geheimnis mit mindestens einem anderen Menschen geteilt hatte. Neben Sulla stand der Senatsvorsitzende Lucius Valerius Flaccus, und nichts von dem, was Sulla sagte, schien ihn zu überraschen.

»Die Konsuln sind tot«, fuhr Sulla fort und deutete auf die Köpfe von Carbo und dem jungen Marius. »Die Rutenbündel müssen den Vätern zurückgegeben und auf den Liegen im Tempel der Venus Libitina aufbewahrt werden, bis die nächsten Konsuln gewählt sind. Was Rom jetzt braucht, ist ein *interrex*. Die Gesetze lassen uns wenig Spielraum. Der Princeps Senatus Lucius Valerius Flaccus ist der ranghöchste Patrizier unter den Senatoren, erstes Mitglied seiner Klasse und Oberhaupt seiner Familie.« Sulla wandte sich Flaccus zu. »Lucius Valerius Flaccus, du wirst der erste Zwischenkönig sein. Bitte nimm das Amt an und gib für die fünf Tage deines Interregnums alle anderen Pflichten ab.«

»So weit, so gut«, flüsterte Hortensius seinem Schwager Catulus zu. »Er hat einen Zwischenkönig ernannt. Das ist genau das, was in einer solchen Situation vorgeschrieben ist.«

»Schweig!« zischte Catulus, der Schwierigkeiten hatte, Sulla zu verstehen.

»Bevor der Senatsvorsitzende die Leitung dieses Treffens in seine Hand nimmt«, sagte Sulla langsam und um eine deutliche Aussprache bemüht, »gibt es noch zwei Dinge, die ich euch zu sagen habe. Rom ist sicher unter meiner Fürsorge, niemand wird zu Schaden kommen. Ich will dafür sorgen, daß Recht und Ordnung wiederhergestellt werden und die Republik zu ihrem alten Glanz zurückfindet. Doch diese Dinge hängen von den Entscheidungen ab, die unser Zwischenkönig trifft, also werde ich mich hier nicht weiter darüber auslassen. Was ich sagen will, ist folgendes: Viele gute Männer haben mir große Dienste erwiesen, und es ist an der Zeit, ihnen dafür zu danken. Laßt mich mit jenen beginnen, die heute nicht hier sein können. Gnaeus Pompeius, der die sizilianische Getreideernte sichergestellt hat und so dafür sorgte, daß Rom in diesem Winter keinen Hunger leiden wird ... Lucius Marius Philippus, der uns die letztjährige Getreideernte der Insel Sardinien geliefert hat und sich dieses Jahr mit Erfolg gegen Quintus Antonius Balbus zur Wehr gesetzt hat. Antonius ist tot, und Sardinien sicher ... In Asia habe ich gleich drei herausragende Männer zurückgelassen, die sich um Roms reichste und wertvollste Provinz kümmern: Lucius Licinus Murena, Lucius Licinus Lucullus und Gaius Scribonius Curio ... Nun zu den Männern, die heute unter uns weilen. Da wären zunächst meine treuesten Gefolgsleute in Zeiten der Not und Entbehrung: Quintus Caecilius Metellus Pius und sein Legat Marcus Terentius Varro Lucullus, Publius Servilius Vatia, der ältere Gnaeus Cornelius Dolabella, Marcus Licinus Crassus ...«

»Bei den Göttern, das kann ja ewig dauern!« grummelte Hortensius, der es verabscheute, jemand anderem als sich selbst zuhören zu müssen, vor allem wenn dieser Jemand die Kunst der Rhetorik so wenig beherrschte wie Sulla ...

»Er ist fertig. Komm schon, Quintus«, riß Catulus ihn ungeduldig aus seinen Tagträumereien. »Sulla hat den Senat in die Curia Hostilia zusammengerufen, diesen Schwachköpfen vom Forum hat er nichts mehr zu sagen. So komm doch!«

Aber nicht Sulla, sondern der Princeps Senatus Lucius Valerius Flaccus nahm auf dem kurulischen Stuhl Platz, umgeben von den wenigen Senatoren, die in Rom zurückgeblieben waren und nicht mit ihrem Leben dafür bezahlt hatten. Sulla setzte sich zur Rechten des kurulischen Podiums nieder, ungefähr dort, wo normalerweise sein Platz in der ersten Reihe der Konsulare und der ehemaligen Zensoren und Prätoren gewesen wäre. Er hatte seine Rüstung noch nicht abgelegt, eine Tatsache, die den versammelten Senatoren deutlich vor Augen führte, daß Sulla keineswegs gewillt war, die Kontrolle über die Vorgänge aus der Hand zu geben.

»An den Kalenden des November stand Rom vor dem Untergang«, erhob Flaccus seine asthmatische Stimme. »Ohne die Tapferkeit und Entschlossenheit von Lucius Cornelius Sulla und seinen Legaten und dem Kampfesmut seiner Legionen stünde Rom unter der Herrschaft Samniums, und wir müßten heute ebenso unter ihrem Joch hindurchgehen wie einstmals nach der Kapitulation an den Caudinischen Pässen. Nun, ich brauche das nicht weiter auszuführen. Samnium hat verloren, Lucius Cornelius gewonnen, und Rom ist sicher.«

»Komm doch endlich zur Sache!« stöhnte Hortensius. »Ihr Götter, unser Princeps Senatus wird von Tag zu Tag seniler.«

»Jetzt, da der Krieg vorbei ist, plagen Rom viele andere Bürden.« Flaccus, dem seine Rolle wenig gefiel, wurde um so nervöser, je mehr er sich dem Kern seiner Rede näherte. »Die Finanzen der Stadt sind in Unordnung, die Schatzkammern der Tempel geplündert. In den Straßen sieht man kaum einen Händler und im Senat nur noch wenige Ratsmitglieder. Die Konsuln sind tot, und fünf der sechs Prätoren, die am Anfang des Jahres ihr Amt angetreten haben, ebenfalls.« Flaccus hielt inne und atmete tief durch. Dann erhob er seine Stimme mit dem Mut der Verzweiflung und kam zu dem, was Sulla ihm zu sagen aufgetragen hatte. »Eingeschriebene Väter! Rom ist in einem Zustand, der es nicht mehr zuläßt, mit normalen Mitteln zu regieren. Rom braucht jetzt eine starke und sichere Hand. Nur eine solche Hand vermag es, unsere geliebte Stadt wieder in ihrer alten Größe auferstehen zu lassen. Meine Regierungszeit als Zwischenkönig beschränkt sich auf fünf Tage. Ich kann keine Wahlen abhalten. Nach mir folgt ein zweiter Zwischenkönig, der ebenfalls fünf Tage im Amt sein wird und von dem wir erwarten, daß er Wahlen abhalten wird. Wenn ihm die Zeit dazu nicht ausreicht, muß ein dritter Zwischenkönig ernannt werden. Und so weiter, und so fort. Eingeschriebene Väter! Rom kann sich keine handlungsunfähige Regierung leisten. Dies ist eine Zeit des absoluten Notstandes. Ich sehe unter uns nur *einen* Mann, der in der Lage ist, das zu tun, was getan werden muß. Aber das kann er nicht als Konsul tun. Deshalb schlage ich eine andere Lösung vor, eine Lösung, über die ich das Volk Roms in den Zenturiatskomitien, dem höchsten Wahlorgan der Stadt, abstimmen lassen möchte. Ich will das Volk von Rom bitten, eine *lex rogata* zu verabschieden, durch die Lucius Cornelius Sulla zum Diktator von Rom ernannt und eingesetzt wird.«

Eine Woge der Erregung ging durch die Versammlung, die Senatoren blickten einander überrascht an.

»Das Amt des Diktators ist uralt«, fuhr Flaccus fort, »und normalerweise der Führung eines Krieges vorbehalten. So war es zumindest in der Vergangenheit. Dem Diktator wurde das Kommando über einen Krieg übertragen, wenn die Konsuln ihrer Aufgabe nicht nachkommen konnten. Über hundert Jahre ist es nun her, daß zuletzt ein Diktator ernannt wurde. Doch Roms gegenwärtige Lage ist ohne Beispiel in seiner Geschichte. Der Krieg ist zwar vorüber, aber nicht die Notlage. Ich sage euch, eingeschriebene Väter, *kein gewählter Konsul* kann unser geliebtes Rom von seinen Übeln kurieren. Die Heilmittel, die notwendig sind, werden vielen aufstoßen und großen Widerstand herausfordern. Ein Konsul kann am Ende seiner Amtszeit gezwungen werden, vor dem Volk oder der Plebs Rechenschaft über seine Taten abzulegen. Er kann des Verrats angeklagt, und, wenn sich alle gegen ihn wenden, ins Exil verjagt werden sowie sein gesamtes Vermögen verlieren. Wie sollte ein Mann, der von vornherein weiß, wie verwundbar er ist, die Stärke und Entschlossenheit aufbringen, die Rom jetzt so dringend nötig hat? Ein Diktator braucht weder das Volk noch die Plebs zu fürchten. Von Amtes wegen ist der Diktator gegen jede spätere Vergeltung geschützt, weder muß er sich für Amtshandlungen rechtfertigen noch vor irgendeinem Gesetz verantworten, und so ist es unmöglich, ihn jemals anzuklagen. Gestärkt von dem Wissen um seine Immunität und der Tatsache, daß kein Volkstribun ein Veto gegen ihn einlegen kann und er keiner Versammlung Rechenschaft schuldig ist, kann er seinen ganzen Tatendrang und seine Entschlossenheit darein setzen, die Dinge wieder ins rechte Lot zu rücken, unserer geliebten Stadt wieder zu ihrem alten Glanz zu verhelfen.«

»Das klingt ja alles wundervoll, Princeps Senatus«, ließ sich Hortensius vernehmen, »aber die hundertzwanzig Jahre, die vergangen sind, seit der letzte Diktator im Amt war, haben offensichtlich deinem Erinnerungsvermögen geschadet! Es stimmt, daß der Senat einen Diktator vorschlägt, aber ernannt werden muß er von den Konsuln. Und wir haben keine Konsuln, die *fasces* wurden in den Tempel der Venus Libitina zurückgebracht. Mithin kann auch kein Diktator ernannt werden.«

»Quintus Hortensius, wann hörst du mir einmal richtig zu?« seufzte Flaccus. »Ich habe bereits erklärt, wie es getan werden kann: mittels einer von den Zenturiatskomitien verabschiedeten *lex rogata*. Wenn es keine Konsuln als ausführende Macht des

Volkes gibt, dann wird das in den Zenturien zusammengefaßte Volk zur ausführenden Macht, und zwar zur alleinigen ausführenden Macht. Der Zwischenkönig hat eine einzige Funktion, nämlich die kurulischen Wahlen vorzubereiten und durchzuführen. Das Volk in den Tribus besitzt keine ausführende Macht, nur die Zenturiatskomitien.«

»Ich gebe zu, du hast recht, Princeps Senatus«, sagte Hortensius knapp. »Du kannst fortfahren.«

»Meine Absicht ist es, die Zenturiatskomitien morgen bei Tagesanbruch zusammenzurufen und sie darum zu bitten, ein Gesetz auszuarbeiten, nach dem Lucius Cornelius Sulla zum Diktator ernannt wird. Das Gesetz braucht nicht sehr ausführlich zu sein, je einfacher, desto besser. Ist der Diktator rechtmäßig von den Zenturien ernannt, dann kommen sowieso alle weiteren Gesetze von ihm. Ich werde die Zenturien also auffordern, Lucius Cornelius Sulla zum Diktator zu ernennen und als solchen einzusetzen, und zwar bis zu dem Zeitpunkt, da seine Aufgabe vollbracht ist. Weiter verlange ich von ihnen, alle seine bisherigen Taten als Konsul und Prokonsul gutzuheißen und alle gegen ihn verhängten offiziellen Sanktionen wie Verbannung und Ächtung zurückzunehmen, ihn zu keiner Zeit in der Zukunft für seine Taten als Diktator zur Rechenschaft zu ziehen, seine Amtshandlungen vor dem Veto eines Volkstribuns oder den Beschlüssen gleich welcher Versammlung in Schutz zu nehmen, desgleichen gegen alle Maßnahmen des Senats, des Volkes oder der Magistrate, und außerdem keine Berufung gegen seine Erlasse vor irgendwelchen Versammlungen, Körperschaften oder Amtsinhabern zuzulassen.«

»Das ist mehr Macht, als einem König zustünde«, rief Lepidus.

»Nein, es ist eine andere Art von Macht«, erwiderte Flaccus unnachgiebig. Er hatte einige Zeit gebraucht, sich für das Thema zu erwärmen, aber jetzt war er in Fahrt, und niemand konnte ihn mehr aufhalten. »Ein Diktator kann für seine Handlungen zwar nicht belangt werden, aber er regiert nicht allein. Der Senat und die Komitien stehen ihm als beratende Organe zur Seite, er verfügt über einen Reiteroberst, und er erhält so viele Beamte, wie es ihm beliebt. So ist es zum Beispiel Brauch, daß auch Konsuln unter einem Diktator dienen.«

»Ein Diktator wird nur auf sechs Monate ernannt«, beharrte

Lepidus, der noch nicht gewillt war, aufzugeben. »Falls ich mich nicht verhört habe, dann gedenkst du doch, den Komitien vorzuschlagen, Sulla zum Diktator auf unbestimmte Zeit zu ernennen. Das ist wider das Gesetz, Princeps Senatus! Ich bin nicht dagegen, Lucius Cornelius Sulla zum Diktator zu ernennen. Ganz und gar nicht. Aber ich bin dagegen, daß er auch nur einen Tag länger als die vorgeschriebenen sechs Monate im Amt bleibt.«

»Sechs Monate sind gar nichts im Vergleich zu dem, was ich brauche.« Sulla sprach, ohne sich von seinem Stuhl zu erheben. »Glaube mir, Lepidus, ich will dieses verfluchte Amt nicht einen Tag länger als unbedingt nötig, geschweige denn für den Rest meines Lebens. Sobald meine Arbeit getan ist, werde ich zurücktreten. Aber sechs Monate? Unmöglich!«

»Wieso?«

»Erstens befinden sich Roms Finanzen in einem chaotischen Zustand«, antwortete Sulla. »Allein diesem Zustand abzuhelfen, wird mindestens ein, wenn nicht sogar zwei Jahre in Anspruch nehmen. Siebenundzwanzig Legionen müssen aufgelöst werden, die Soldaten wollen Land, sie wollen ihren Sold. Die Männer, welche die gesetzlosen Regime von Marius, Cinna und Carbo unterstützt haben, müssen ausfindig gemacht werden. Wir müssen ihnen zeigen, daß sie ihrer gerechten Strafe nicht entgehen können. Die Gesetze Roms sind veraltet, insbesondere was die Regulierung der Gerichtsbarkeit und der Statthalter in den Provinzen betrifft. Die Beamten der Republik sind schlecht organisiert, Lethargie und Habgier haben sich unter ihnen breitgemacht. Aus den Tempeln wurden solche Mengen an Geld, Schätzen und Edelmetall geraubt, daß Roms Schatzkammer selbst nach diesem einen Jahr liederlichster Verschwendungssucht noch zweihundertachtzig Talente Gold und einhundertzwanzig Talente Silber beherbergt. Der Tempel des Jupiter Optimus Maximus ist eine ausgebrannte Ruine ...« Sulla seufzte vernehmlich auf. »Muß ich noch mehr aufzählen, Lepidus?«

»Nein, ich sehe ein, daß diese Aufgabe sich nicht innerhalb von sechs Monaten erledigen läßt. Aber warum kannst du dich nicht, bis du getan hast, was du zu tun hast, alle sechs Monate erneut zum Diktator ernennen lassen?«

»Das könnte dir so gefallen, Lepidus!« fuhr Sulla den Senator an und verzog seinen zahnlosen Mund zu einem abstoßenden Grinsen. »Ja, ich sehe es ganz deutlich vor mir. Die Hälfte jeder Amtsperiode wäre ich damit beschäftigt, den Zenturiatskomitien Honig ums Maul zu schmieren! Ich würde sie anflehen müssen, mich erklären, mich entschuldigen müssen, ihnen nette kleine Bildchen aufmalen und in die Börse eines jeden adligen Geschäftsmannes pinkeln müssen, ich würde mich zur schäbigsten und stinkendsten Hure im gesamten römischen Reich erniedrigen!« Sulla erhob sich, ballte seine Fäuste und schüttelte sie drohend gegen Marcus Aemilius Lepidus. Seit er Rom verlassen hatte und gegen König Mithridates in den Krieg gezogen war, hatten die Senatoren keine Stimme mehr gehört, die so viel Gift zu verspritzen vermochte. »Wer, mein selbstsüchtiger Lepidus, hat sich denn in seiner Villa verkrochen? Und wer hat die Tochter eines Verräters geheiratet, hat versucht, sich zum König über Rom aufzuschwingen. *Ich mache es auf meine Art, oder ich mache es überhaupt nicht!* Habe ich mich klar genug ausgedrückt, ihr feiges und armseliges Pack selbstgerechter Kleingeister und Memmen? Ihr wollt Rom wieder groß sehen! Aber gleichzeitig wollt ihr den Mann, der eben dies unternimmt, zwingen, vor euch zu kuschen, zu betteln und zu kriechen. Nun, eingeschriebene Väter, ihr könnt euch gleich jetzt und hier entscheiden. Lucius Cornelius Sulla ist zurück in Rom, und er kann, wenn ihm der Sinn danach steht, so lange an den Grundfesten der Stadt rütteln, bis sie in Schutt und Asche liegt. Vor den Toren der Stadt stehen meine Soldaten. Wer hätte mich daran hindern wollen, sie in die Stadt zu führen und wie die Wölfe auf euch blökende Schafe loszuhetzen? Aber ich habe es nicht getan! Seit ich dem Senat angehöre, habe ich in seinem besten Interesse gehandelt. Und das tue ich noch immer. Friedlich und mit großer Zurückhaltung. Aber ich warne euch! Versucht nicht meine Geduld! Ich werde so lange Diktator sein, wie ich Diktator sein muß. Ist dir das klar, Lepidus? Ist das allen klar?«

Absolute Stille senkte sich über die Versammlung. Selbst Vatia und Metellus Pius saßen zitternd und mit bleichen Gesichtern auf ihren Stühlen und starrten erschreckt auf das entblößte Monster vor ihnen. Wie hatten sie nur vergessen können, welches Ungeheuer sich hinter Sullas Brust verbarg?

Ebenso bleich und zitternd starrte Lepidus Sulla an, aber der

Schrecken in ihm rührte nicht von dem Ungeheuer her, das sich in Sullas Brust verbarg. Lepidus dachte vielmehr an seine geliebte Appuleia, seine langjährige Frau, Schatz seines Herzens, Mutter seiner Söhne – und Tochter des Saturninus, der in der Tat versucht hatte, sich zum König von Rom zu erheben. Warum hatte Sulla in seinem giftspritzenden Ausfall auf sie Bezug genommen? Was hatte er vor, wenn er Diktator war?

Die Zenturiatskomitien hatten mehr als genug von Bürgerkriegen, von wirtschaftlichem Niedergang und von den zahllosen Legionen, die Italien von Norden nach Süden und wieder zurück durchzogen. Deshalb stimmten sie dafür, Lucius Cornelius Sulla zum Diktator auf unbestimmte Zeit zu ernennen. Die in einer *contio* am sechsten Novembertag verabschiedete *lex Valeria dictator legibus scribundis et rei publicae constituendae* trat mit dem dreiundzwanzigsten Tag desselben Monats in Kraft. Abgesehen von der Dauer der Diktatur beinhaltete das Gesetz keinerlei genauere Formulierungen. Die brauchte es auch gar nicht, da es Sulla praktisch unbegrenzte Macht übertrug und fürderhin untersagte, ihn auch nur für eine einzige seiner Handlungen zur Rechenschaft zu ziehen. Sulla konnte tun und beschließen, was ihm beliebte.

Viele in der Stadt erwarteten jetzt, da Sullas Ernennung zum Diktator feststand, einen Ausbruch hektischer Aktivitäten, aber Sulla unternahm nichts, bis seine Ernennung drei Markttage später ratifiziert wurde.

Sulla hatte sich in dem Haus des nach Africa geflüchteten Gnaeus Domitius Ahenobarbus niedergelassen. Sein eigenes Haus war nach der Übernahme Roms durch Gaius Marius und Cinna geplündert und bis auf die Grundmauern niedergebrannt worden. Er tat wenig, außer ausgiebige Spaziergänge durch die Stadt zu unternehmen. Er lief über den Cermalus auf dem nordwestlichen Palatin, stöberte in dem Schutthaufen herum und genoß den herrlichen Ausblick über den Circus Maximus hinweg auf den Aventin. In diesen Tagen konnte man ihm von der Morgendämmerung bis zum Sonnenuntergang an jedem beliebigen Ort der Stadt begegnen. Einmal stand er allein auf dem Forum Romanum und starrte zum Kapitol hoch, ein andermal wurde er neben der gigantischen Säule des Gaius Marius nahe der Rostra gesehen, dann wieder vor einer der zahlreichen kleineren Statuen seines alten Feindes, im Senatsgebäude oder im Tempel des Saturn. Er spazierte von dem großen Handelshaus der Aemilier im Hafen Roms am Ufer des Tiber entlang bis zum Tribarium, wo die jungen Männer schwammen. Er ging vom Forum Romanum zu jedem einzelnen der sechzehn Stadttore Roms. Er ging eine Straße hinauf und die nächste herunter.

Niemals verriet er auch nur das geringste Anzeichen, daß er um sein Leben oder sein Wohlergehen fürchtete, niemals fragte er einen Freund, ob er ihn nicht begleiten wolle, geschweige denn einen Leibwächter. Manchmal trug er eine Toga, meistens aber wickelte er sich einfach in einen bequemeren Umhang aus dickem Stoff – der Winter nahte und versprach, ebenso kalt zu werden wie der letzte. Einmal, an einem für die Jahreszeit ungewöhnlich warmen Tag, trug er lediglich seine Tunika, und man konnte sehen, wie *klein* er war. In ihrer Erinnerung sahen die Menschen immer noch den gutgebauten, mittelgroßen Mann vor sich, der er einst gewesen war. Jetzt aber war er in sich zusammengesunken und trippelte vornübergebeugt wie ein achtzigjähriger Greis durch die Straßen. Stets trug er seine entsetzliche orangefarbene Perücke auf dem Haupt, und da die Ausschläge in seinem Gesicht wieder nachgelassen hatten, erinnerte er sich einer alten Gewohnheit und färbte seine grauen Augenbrauen und Wimpern mit *stibium*.

Bereits seit einem Markttag stand Sullas Ernennung zum Diktator fest, aber noch immer war nichts geschehen. Diejenigen, die seinen Ausfall vor dem Senat miterlebt hatten und nicht, wie etwa Lepidus, direkt davon betroffen gewesen waren, fühlten sich inzwischen schon wieder sicher genug, um mit einer gewissen Verächtlichkeit in der Stimme über den durch Rom spazierenden Greis zu spotten. Wie kurzzeitig das menschliche Gedächtnis doch sein kann!

»Sulla gleicht einer billigen Hure«, spottete Hortensius hochnäsig. Er und Catulus hatten sich auf dem Forum getroffen.

»Ach, irgend jemand wird ihm auflauern und ihn ermorden«, antwortete Catulus gelangweilt.

»Wenn ihn nicht vorher ein Schlaganfall oder ein Krampf umbringt«, kicherte Hortensius, ergriff den linken Ärmel der Toga seines Schwagers und schüttelte ihn am Arm. »Ich frage mich nur, warum ich so verängstigt war! Sulla ist da, aber eigentlich ist er gar nicht da. Wo bleibt die harte Hand, mit der er Rom zu führen drohte? Ich glaube, Sulla ist gebrochen, Quintus, ein Opfer des voranschreitenden Altersschwachsinns.«

Eine Ansicht, die unter Römern aller Klassen mit jedem Tag populärer wurde, an dem sie Sullas schmächtige Gestalt mit der schlecht sitzenden Perücke und den nachlässig gepuderten Wimpern durch die Stadt schleichen sahen. Immer wieder hörten sie, wie er mit sich selbst sprach, unvermittelt den Kopf schüttelte oder jemanden anschrie, der gar nicht da war.

Sulla war ein eitler Mann, und es hatte ihn unglaubliche Überwindung gekostet, seine Gebrechlichkeit vor den Augen der Öffentlichkeit darzubieten. Nur er selbst wußte, wie sehr er darunter litt, was seine Krankheit ihm angetan hatte. Nur er konnte wissen, wie sehr er sich danach sehnte, wieder der großartige Mann zu sein, der er gewesen war, als er gegen König Mithridates in den Krieg gezogen war. Aber dann hatte er angefangen, einen großen Bogen um seinen Spiegel zu machen und sich zu sagen, daß er sein Spiegelbild um so eher würde vergessen können, je eher er sich dazu durchrang, Rom zu zeigen, was aus ihm geworden war. Und so geschah es. Sullas Spaziergänge waren keineswegs ziellos oder das Ergebnis eines einsetzenden Altersschwachsinns. Sulla streifte durch Rom, um zu sehen, was aus Rom geworden war, was Rom brauchte, was er zu tun hatte. Je mehr er sah, desto wütender wurde er – und desto aufgeregter. Denn in seiner Hand lag es, dieser verfallenden, zerbröckelnden Stadt wieder jene Schönheit zurückzugeben, für die sie einst so berühmt gewesen war.

Sulla wartete außerdem auf die Ankunft einiger Menschen, die ihm sehr wichtig waren, obschon er sie nicht wirklich liebte oder auch nur nötig hatte: seine Frau, ihre Zwillinge, seine erwachsene Tochter und deren Kinder sowie Ptolemaios Alexander, Erbe des ägyptischen Throns. Seit Monaten hatten sie unter Chrysogonus' Obhut zuerst in Griechenland, dann in Brundisium geduldig gewartet, jetzt sollten sie Ende Dezember in Rom eintreffen. Dalmatica würde sich mit Ahenobarbus' altem Haus begnügen müssen, bis der vor kurzem begonnene Wiederaufbau von Sullas eigener Villa abgeschlossen sein würde. Philippus war braungebrannt und erholt aus Sardinien zurückgekehrt, hatte den Senat ohne offizielles Mandat zusammengerufen und die hasenfüßige Versammlung so weit eingeschüchert, daß sie dafür gestimmt hatte, nichtexistierende öffentliche Mittel für den Wiederaufbau von Sullas Villa bereitzustellen. Philippus konnte sich Sullas Dank dafür sicher sein.

Am dreiundzwanzigsten November wurde Sullas Ernennung zum Diktator ratifiziert und als Gesetz verabschiedet. An diesem Tag wachte Rom auf und sah, daß jede einzelne Statue des Gaius Marius verschwunden war, vom Forum Romanum, vom Boarium, vom Holitorium, von allen Straßenkreuzungen und Plätzen. Verschwunden waren auch die Trophäen, die in Marius' Tempel auf dem Kapitol ausgestellt waren: erbeutete Rüstungen, Fahnen, Standarten, die zahllosen Tapferkeitsauszeichnungen, die ihm an die Brust geheftet worden waren, sowie die Rüstungen, die er in Africa, bei Aquae Sextia, Vercellae und Alba Fucentis getragen hatte. Auch die Standbilder von Cinna, Carbo, dem älteren Brutus, Norbanus und Scipio Asiagenus waren verschwunden; aber da ihre Zahl um vieles geringer war, wurde ihr Verschwinden weniger bemerkt. Marius hinterließ eine riesige Lücke, einen ganzen Wald verlassener Sockel, an denen selbst sein Name unleserlich gemacht worden war.

Zur gleichen Zeit gingen die ersten, noch leise geflüsterten Gerüchte um, die von dem Verschwinden von weit mehr als nur unbelebten Statuen zu berichten wußten. Auch *Männer* verschwanden, und zwar ausnahmslos solche, die eindeutig und lautstark Marius, Cinna oder Carbo oder auch alle drei unterstützt hatten. Ritter vor allem, die trotz darniederliegender Wirtschaft erfolgreich Geschäfte gemacht hatten: Sie hatten lukrative Aufträge aus dem Senat erhalten, Kredite an Parteigänger des Marius vergeben oder sich mittels ihrer Beziehungen zu Marius, Cinna oder Carbo auf irgendeine Weise bereichert. Zugegeben, noch hatte sich kein Senator in Luft aufgelöst, aber die Lücken, welche die plötzlich verschwundenen Männer hinterließen, waren nicht zu übersehen. Vielleicht lag es nur daran, daß die Römer aufmerksam geworden waren, vielleicht steckte aber auch eine bestimmte Absicht dahinter. Tatsache war jedenfalls, daß man jetzt Augenzeuge wurde, wie diese Männer verschwanden. Stets waren es Gruppen von zehn bis fünfzehn kräftigen, unauffällig gekleideten Männern, die Einlaß zur Villa eines Ritters begehrten, hereingebeten wurden, kurze Zeit später mit dem Ritter in ihrer Mitte wieder auf die Straße traten und mit ihm davonmarschierten – wohin, wußte niemand.

Die Römer fingen an, sich unwohl zu fühlen, und erkannten, daß die Spaziergänge ihres hutzeligen Herrn mehr als nur harmlose Ausflüge waren. Was zuerst auf eine fast traurige Art zur Belustigung der Leute beigetragen hatte, erhielt jetzt eine andere, schrecklichere Bedeutung; die unschuldigen Absonderlichkeiten von gestern wurden zu den bösen Ahnungen von heute und zur schrecklichen Realität von morgen. Sulla sprach auf seinen Spaziergängen mit niemandem, nur mit sich selbst. Viel zu oft stand er viel zu lange an einem Ort und starrte wer weiß was oder wen an. Und ein- oder zweimal schrie er sogar. Was hatte er vor? Und warum?

Je mehr dieses allgemeine Gefühl der Angst sich verbreitete, desto mehr fielen die seltsamen Aktivitäten jener harmlos erscheinenden Bürgergruppen auf, die an den Haustüren irgendwelcher Ritter anklopften. Immer öfter wurden sie gesehen, wie sie hier und da herumlungerten und Notizen machten, wie sie schattengleich einem vermögenden, mit Carbo verbundenen Bankier oder einem zu Reichtum gelangten Aktienhändler folgten, der bei Marius ein- und ausgegangen war. Immer mehr Männer verschwanden. Schließlich klopfte eine dieser Gruppen an der Tür eines Hinterbänklers aus dem Senat, der immer für Marius, für Cinna und für Carbo gestimmt hatte. Der Senator wurde nicht, wie die anderen, weggeführt. Kaum war er auf die Straße herausgetreten, zogen die davor versammelten Männer ihre Waffen, ein Schwert blitzte auf, und sein Kopf fiel mit einem dumpfen Laut zu Boden und rollte davon. Zurück blieb der Leib, dessen Blut in die Gosse rann. Der Kopf aber blieb verschwunden.

In den nächsten Tagen fand jeder Römer einen Vorwand, an der Rostra vorbeizudefilieren und die dort aufgespießten Köpfe zu zählen – Carbo, der junge Marius, Carrinas, Censorinus, Scipio Asiagenus, der ältere Brutus, Marius Gratidianus, Pontius Telesinus, Brutus Damasippus, Tiberius Gutta aus Capua, Soranus, Mutilus ... Nein, das waren alle. Der Kopf des Hinterbänklers aus dem Senat stak nicht auf der Rostra. Genausowenig wie der Kopf eines der Männer, die kürzlich verschwunden waren. Unterdessen setzte Sulla seine Spaziergänge durch die Stadt fort. Während zuvor die Menschen angehalten und ihm mitleidig zugelächelt hatten, wenn sie ihn sahen, so packte sie jetzt bei seinem Anblick Angst und Schrecken, und sie bemühten sich, seinen Weg nicht zu kreuzen. Ganz ängstliche Naturen rannten gar weg, wenn sie ihn kommen sahen. Wo immer Sulla sich aufhielt, hielt sich niemand sonst auf. Hinter sich zurück ließ er eine Spur kalten Angstschweißes, wie er auf die Stirn der Menschen trat, wenn an den *dies religiosi* ein schlimmes Vorzeichen am Himmel erschien.

Niemals zuvor hatte sich einer der großen Römer so sehr hinter einem Mantel der Verschwiegenheit versteckt, waren Sinn und Zweck seiner Handlungen so rätselhaft und undurchschaubar gewesen. Sullas Verhalten war in höchstem Maße ungewöhnlich. Das Volk erwartete, daß er auf die Rostra stieg und ihm in großartigen Reden seine Absichten auseinandersetzte oder wenigstens, daß er dem Senat rhetorischen Sand in die Augen streute. Reden von einer großen Zukunft, endlose Litaneien über unhaltbare Mißstände, blumige Phrasen – alle warteten darauf, daß Sulla sein Schweigen brach, wenn schon nicht vor allen, so doch zumindest gegenüber seinen Vertrauten. Römer behielten Probleme nicht für sich, sie sprachen oft und gerne darüber. Aber Sulla? Nichts als Schweigen. Nur diese einsamen Spaziergänge, die weder auf eine Komplizenschaft noch ein Interesse an den Vorgängen hinwiesen. Und doch – all das konnte nur von Sulla ausgehen, von Sulla, dem schweigsamen, in sich versunkenen Herrn über Rom.

An den Kalenden des Dezember rief Sulla den Senat zu einer Sitzung zusammen, der ersten Sitzung, seit Flaccus gesprochen hatte. Oh, wie sich die Senatoren beeilten, rechtzeitig in der Curia Hostilia einzutreffen! Ihr Herz raste im Galopp, und doch fühlten sie in ihrem Inneren eine eisige Hand nach ihrem Leben greifen. Wie von einem Sturm gebeutelte Möwen saßen sie zusammengesunken in ihren Stühlen und wagten nicht, an die Decke der Curia hinaufzuschauen, so groß war ihre Furcht, dasselbe Schicksal wie Saturninus und seine Genossen zu erleiden, die mit vom Dach herabgeschleuderten Ziegeln erschlagen worden waren.

An niemandem war der namenlose Terror der vergangenen Tage spurlos vorübergegangen, an Flaccus Princeps Senatus und Metellus Pius ebensowenig wie an Sullas militärischem Liebling Ofella oder an seinen Handlangern Philippus und Cethegus. Und dabei sah Sulla, als er in das Senatsgebäude hereinschlurfte, aus, als könnte er keiner Fliege etwas zuleide tun. Eine mitleiderregende Gestalt! Abgesehen davon, daß er von vierundzwanzig Liktoren begleitet wurde. Das hatte es noch nie gegeben, das waren doppelt so viele Liktoren, wie einem Konsul zustanden, und doppelt so viele, wie frühere Diktatoren beansprucht hatten.

»Es ist an der Zeit, euch über meine Absichten aufzuklären«, sagte Sulla, der auf seinem elfenbeinernen Stuhl Platz genommen hatte. Mit jedem Wort stieß er eine kleine weiße Wolke aus, so kalt war es in der Halle. »Ich bin der rechtmäßige Diktator, und Lucius Valerius, der Vorsitzende des Senats, ist mein Reiteroberst. Nach den Bestimmungen des Gesetzes, durch das die Zenturiatskomitien mich in mein Amt erhoben haben, bin ich nicht verpflichtet, andere Amtsinhaber an meiner Seite wählen zu lassen. Doch in Rom werden die Jahre nach den Namen der jeweiligen Konsuln benannt, und mir liegt daran, diese Tradition beizubehalten. Ich will nicht, daß in einer späteren Zeit dieses kommende Jahr den Zusatz ›Unter der Diktatur des Lucius Cornelius Sulla‹ erhält. Mein Wunsch ist es, daß zwei Konsuln gewählt werden, des weiteren acht Prätoren, zwei kurulische und zwei plebejische Ädilen, zehn Volkstribunen und zwölf Quästoren. Und um Männer, die noch zu jung für den Senat sind, erste Erfahrungen in der Führung eines Amtes sammeln zu lassen, werden vierundzwanzig Militärtribunen gewählt. Zudem werde ich drei Männer ernennen, welche die Münzprägung überwachen, und drei Männer, die für Roms Kerker und Asyle zuständig sind.«

So sehr hatten Catulus und Hortensius sich vor dieser Senatssitzung geängstigt, daß sie mit verkrampften Schließmuskeln auf ihren Stühlen saßen und dagegen ankämpfen mußten, den Inhalt ihrer Gedärme auf den Boden zu entleeren. Ihre Hände zitterten so stark, daß sie sie vor den Augen der anderen verborgen hielten. Und jetzt hörten sie, die erwartet hatten, mit Dachziegeln gesteinigt oder aufgereiht und enthauptet oder zumindest enteignet und ins Exil geschickt zu werden, wie Sulla ankündigte, daß er Wahlen abhalten lassen wolle. Alles andere hatten sie erwartet, nur das nicht! War er am Ende doch unschuldig? Wußte er vielleicht wirklich nicht, was in Rom vor sich ging? Wer aber war dann für die Entführungen und Ermordungen verantwortlich?

»Natürlich ist euch allen klar, daß ich mit dem Wort Wahlen keine freien Wahlen meine«, fuhr Sulla fort, dessen Aussprache seit dem Verlust aller Zähne sehr undeutlich geworden war. »Ich werde euch und den verschiedenen Komitien mitteilen, wen ihr zu wählen habt. Freie Wahlen in Zeiten wie diesen abzuhalten, wäre absurd. Ich brauche Männer, die mir helfen, meine Arbeit zu tun. Männer also, die zu mir stehen, nicht Männer, die mir von den Wahlausschüssen aufgezwungen werden. Mithin bin ich in der Lage, euch mitzuteilen, wer im kommenden Jahr welches Amt ausüben wird. Sekretär, die Liste!« Sulla nahm ein Blatt Papier von dem neben ihm stehenden Diener entgegen, dessen einzige Aufgabe darin zu bestehen schien, auf dieses Blatt achtzugeben, während der neben ihm sitzende Schreiber, der jedes Wort, das Sulla von sich gab, mit einem Griffel auf Wachstäfelchen einritzte, von seiner Arbeit aufsah.

»Die Konsuln ... Erstgewählter – Marcus Tullius Decula. Zweitgewählter – Gnaeus Cornelius Dolabella–«

Weiter kam er nicht. Ein Schrei gellte durch den Saal, und eine Gestalt sprang auf: Quintus Lucretius Ofella.

»Nein! Ich sage nein! Du vergibst das Amt des Konsuls an *Decula*? Nein! Wer ist Decula? Eine Null, die wie die Made im Speck in Rom saß und es sich gutgehen ließ, während deine Getreuen auf dem Schlachtfeld für dich kämpften, Sulla. Wodurch hat Decula sich ausgezeichnet? Er hat noch nicht einmal Gelegenheit gehabt, dein Hinterteil abzuwischen! Dolabella, das kann ich verstehen, alle deine Legaten wissen, daß du dich mit ihm auf einen Handel eingelassen hast. Aber was hat dieser Decula getan, daß er sich das Amt des ersten Konsuls verdient hat? Ich sage nein und nochmals nein.«

Ofella hielt inne, um Luft zu holen.

»Meine Wahl für das Amt des erstgewählten Senators ist und bleibt Decula«, wiederholte Sulla kühl.

»Dann muß dir die Macht zur willkürlichen Ernennung abgesprochen werden, Sulla. Wir stellen Kandidaten auf und halten eine ordentliche Wahl ab. Ja, ich werde mich zur Wahl aufstellen!«

»Das wirst du nicht tun«, erwiderte Sulla sanft.

»Versuche doch, mich aufzuhalten!« rief Ofella und rannte aus der Halle hinaus. Vor dem Senatsgebäude hatte sich eine kleine Menge versammelt, die begierig war zu hören, wohin dieses erste Treffen zwischen dem Senat und Sulla seit seiner Ernennung zum Diktator führen würde. Unter ihnen befand sich keiner, der etwas von Sulla zu befürchten hatte, denn wer dazu Grund hatte, war lieber zu Hause geblieben. Ofella drängte sich ohne Rücksicht auf die Männer, die ihm im Weg standen, durch die Menge hindurch und eilte die Treppen vor der Curia Hostilia hinunter und über das Kopfsteinpflaster zum Brunnen am Versammlungsplatz der Komitien und bestieg die Rostra.

»Römer!« rief Ofella. »Kommt näher und hört, was ich euch über diesen ungesetzlichen Monarchen zu sagen habe, den wir zum Herrn über uns ernannt haben. Er sagt, daß die Konsuln gewählt werden sollen. Aber Kandidaten wird es keine geben, nur die beiden Männer, die er ausgewählt hat. Zwei unfähige und korrupte Idioten, deren einer, Marcus Tullius Decula, noch nicht einmal nobler Abstammung ist. Er ist der erste seiner Familie, der im Senat sitzt, ein Hinterbänkler, der sich unter dem verruchten Regime von Cinna und Carbo einen Prätorenposten erschlichen hat. Und doch soll er zum ersten Konsul ernannt werden, während Männer wie ich leer ausgehen.«

Sulla war aufgestanden und langsam über den mosaikverzierten Boden der Curia auf den Säulengang hinausgegangen. Hier war das Licht heller, und er blinzelte, während er scheinbar nur wenig interessiert Ofellas Auftritt auf der Rostra verfolgte. Ohne Aufsehen zu erregen, versammelten sich jetzt nach und nach rund fünfzehn gewöhnlich aussehende Männer am Fuße der zum Senatsgebäude hinaufführenden Stufen.

Langsam, einer nach dem anderen, wagten sich die anderen Senatoren heraus, um zu sehen und zu hören, was vor sich ging. Sie waren fasziniert von Sullas Gelassenheit und gleichzeitig beruhigt. Er war also doch nicht das Ungeheuer, für das sie ihn gehalten hatten, konnte es nicht sein.

»Hört her, Römer«, fuhr Ofella fort, der langsam in Fahrt kam. »Ich werde mich dieser Erniedrigung widersetzen. Ich habe mehr Anspruch auf das Amt des Konsuls als diese Null mit dem Namen Decula. Ich bin mir sicher, daß die Wahlausschüsse Roms, wenn sie die freie Wahl hätten, mich beiden von Sulla ernannten Männern vorziehen würden. Genauso wie ihre Wahl für die anderen Ämter anders ausfallen würde, wenn es Männer gäbe, die vortreten und sich als Kandidaten aufstellen lassen würden.«

Sullas Augen suchten und fanden die Augen des Anführers der Gruppe, die sich am Fuße der Treppe unter ihm versammelt hatte. Er nickte beinahe unmerklich, seufzte und lehnte seinen ermüdeten Körper gegen eine Säule.

Die Männer arbeiteten sich unauffällig durch die nicht allzu dicht stehende Menge bis zur Rostra vor, bestiegen sie und packten Ofella mit Händen, deren Griff nur scheinbar sanft war. Ofella wehrte sich verzweifelt, konnte gegen die erdrückende Übermacht aber nichts ausrichten. Es kam, wie es kommen mußte. Die Männer drückten Ofella nieder, bis er auf die Knie fiel, dann griff einer von ihnen nach seinen Haaren und zog seinen Kopf nach hinten, bis sein Nacken entblößt war. Ein Schwert blitzte auf und fiel nieder. Der Mann, der Ofellas Kopf gehalten hatte, stolperte nach hinten, als das Schwert den Hals durchtrennte. Er fing sich und hielt den Kopf hoch empor, so daß jedermann auf dem Platz ihn sehen konnte. Innerhalb weniger Augenblicke war das Forum wie leergefegt, nur noch die eingeschriebenen Väter des Senats standen stumm vor Schrecken da.

»Spießt den Kopf auf der Rostra auf«, rief Sulla den Männern zu, streckte sich und ging zurück in die Versammlungshalle.

Willenlos folgten ihm die Senatoren.

»Nun, das wäre erledigt. Wo war ich stehengeblieben?« Sulla hatte sich an seinen Sekretär gewandt, der sich vorbeugte und ihm etwas zuflüsterte. »Ach so, genau. Ich danke dir. Ich hatte mit der Verlesung der Konsuln geendet und wollte mit den Prätoren weitermachen. Sekretär, die Liste.« Sulla streckte die Hand aus und nahm das Blatt entgegen. »Danke. Um fortzufahren … Mamercus Aemilius Lepidus. Gaius Claudius Nero. Gnaeus Cornelius Dolabella der Jüngere. Lucius Fufidus. Quintus Lutatius Catulus. Marcus Minucius Thermus. Sextus Nonius Sufenas. Gaius Papirius Carbo. Den jüngeren Dolabella ernenne ich zum Stadtprätor und Mamercus zum Prätor für Fremdenprozesse.«

Eine in der Tat außergewöhnliche Liste! Lepidus und Catulus hätten bei einer regulären Wahl erwarten können, in ein Amt gewählt zu werden, aber im Senat saßen mehr als genügend Männer, die für Sulla gekämpft hatten und im richtigen Alter waren, und doch waren sie zugunsten dieser beiden übergangen worden. Fufidus war sozusagen ein Niemand, und Nonius Sufenas war der jüngere Sohn von Sullas Schwester. Nero war ebenso fettleibig wie dickköpfig, Thermus wiederum zwar ein guter Soldat, aber ein dermaßen schlechter Redner, daß sich das ganze Forum jeweils über ihn lustig machte. Um es sich ja mit allen Lagern zu verderben, verlieh Sulla den letzten Platz auf der Liste der Prätoren an einen Abkömmling der Carbo-Familie, der sich zwar mit Sulla verbündet, aber durch keine besonderen Heldentaten ausgezeichnet hatte.

»Wenigstens bist du dabei«, flüsterte Hortensius Catulus zu. »Mir bleibt nur die Hoffnung, nächstes Jahr auf der Liste zu stehen oder im darauffolgenden Jahr. Ihr Götter, was für ein Schmierentheater! Wie lange können wir das nur ertragen?«

»Die Prätoren sind unwichtig«, murmelte Catulus. »Sie werden sich alle hervortun wollen, Sulla ist viel zu klug, einen wichtigen Posten mit einem Mann zu besetzen, der nichts taugt. Daß er Decula zum Konsul ernannt hat, ist bezeichnend. Decula ist der geborene Bürokrat, und genau aus diesem Grund hat Sulla ihn ausgewählt, mußte er ihn auswählen, nachdem Dolabella ihn erpreßt hatte. Du wirst sehen, die Erlasse unseres Diktators werden peinlich genau umgesetzt werden, dafür steht Decula mit seiner Neigung zur Perfektion.«

Die Versammlung zog sich in die Länge, einer nach dem andern wurden die Namen der diesjährigen Amtsinhaber verlesen, ohne daß sich auch nur eine einzige weitere Stimme des Protestes erhob. Nachdem der letzte Name verlesen war, gab Sulla seinem Sekretär die Liste zurück und legte die Hände auf die Knie.

»Alles, was ich heute zu sagen hatte, habe ich gesagt, mit einer Ausnahme. Ich habe durchaus nicht übersehen, daß Rom Mangel leidet an Priestern und Auguren, und ich werde schon bald ein Gesetz erlassen, um diesem Mißstand abzuhelfen. *Aber vernehmt dies!*« Sullas Stimme war plötzlich lauter geworden, und die Senatoren schreckten in ihren Stühlen zusammen. »In Zukunft wird kein religiöses Amt mehr durch Wahl besetzt werden! Per Abstimmung zu entscheiden, wer den Göttern dienen soll, ist der Gipfel der Gotteslästerung! So verkommt ein in Ernst und Demut zu verrichtender Akt zu einem billigen politischen Zirkus, und Männer werden zu Priestern gemacht, die in ihrer Familie weder auf eine Tradition im Dienste der Götter zurückblicken können, noch über die notwendige Achtung vor ihnen verfügen.« Sulla stand auf. »Solange die Götter Roms nicht der Tradition entsprechend geehrt werden, kann Rom nicht prosperieren.«

Eine Stimme erhob sich. Mit einem spöttischen Ausdruck im Gesicht sank Sulla auf seinen Elfenbeinstuhl zurück. »Du wünschst zu sprechen, mein liebes Ferkel?« fragte er und benutzte den Spitznamen, den Metellus Pius von seinem Vater geerbt hatte.

Metellus Pius errötete, erhob sich aber mit einem Ausdruck unerschütterlicher Entschlossenheit. Seit seiner Ankunft in Rom am fünften Tag des November war es mit seinem Stottern, das er fast überwunden geglaubt hatte, stetig schlimmer geworden. Und er wußte genau, warum. Sulla! Metellus liebte Sulla, aber er fürchtete ihn auch. Dennoch, er war der Sohn seines Vaters, und Metellus Numidicus Schweinebacke hatte sich auf dem Forum lieber zweimal fürchterlich zusammenschlagen lassen und war einmal sogar ins Exil gegangen, statt eine ihm teure Überzeugung zu verraten. So gesehen war es fast seine Pflicht, in die Fußstapfen seines Vaters zu treten und die Ehre seiner Familie und nicht zuletzt seine eigene *dignitas* unter Beweis zu stellen.

»Lu-Lu-Lucius Cornelius, wü-wü-würdest du mir eine Fr-Frage beantworten?«

»Metellus, du stotterst ja!« rief Sulla beinahe fröhlich aus.

»D-d-das stimmt. E-Entschuldige mich. Ich werde mich bemühen«, preßte er mit fast übermenschlicher Anstrengung hervor. »Bist du dir bewußt, Lu-Lu-Lucius Cornelius, daß Männer getötet werden und ihr Eigentum hier in Rom und in ganz Italien kon-kon-konfisziert wird?«

Die versammelten Senatoren warteten mit angehaltenem Atem auf Sullas Antwort: Wußte er von den Morden? War er verantwortlich?

»Ja, dessen bin ich mir bewußt.«

Ein kollektiver Seufzer klang durch die Halle, und die angespannt lauschenden Senatoren sanken wieder auf ihren Stühlen zusammen. Was alle befürchtet hatten, hatte sich bewahrheitet.

»Ich ver-verstehe, d-d-daß es notwendig ist, die Sch-Sch-Schuldigen zu bestrafen.« Metellus Pius ließ sich nicht so leicht einschüchtern. »Könntest d-d-du mich über die näheren Um-Um-Umstände aufklären? Zum Bei-Bei-Beispiel, wo d-d-du die Grenze zu z-z-ziehen gedenkst? Wird es Gerichtsverhandlungen geben? Wer, wenn nicht ein ordentliches Gericht, befindet d-d-darüber, ob diese M-M-Männer des Verrats schuldig sind?«

»Ich, und zwar kraft meines Amtes, liebstes Ferkel«, erwiderte Sulla mit fester Stimme. »Ich weigere mich, staatliche Mittel und Zeit mit Verhandlungen gegen Männer zu verschwenden, die ganz offensichtlich schuldig sind.«

»K-k-könntest du mir sagen, wen du zu verschonen gedenkst«, bohrte Metellus Pius weiter.

»Ich fürchte, nein«, antwortete Sulla.

»Wenn du m-m-mir schon nicht sagen k-kannst, wen du verschonen wirst, k-kannst d-d-du mir wenigstens sagen, wen d-d-du bestrafen willst?«

»Diesen Gefallen, mein liebstes Ferkel, kann ich dir erweisen.«

»Dann wäre ich d-d-dir sehr verbunden, L-L-Lucius Cornelius, wenn du dein W-W-Wissen mit uns allen teilen würdest«, schloß Metellus Pius und stieß einen deutlich hörbaren Seufzer der Erleichterung aus.

»Nicht heute«, antwortete Sulla. »Wir werden morgen wieder zusammenkommen.«

Am nächsten Tag fanden sich alle Senatoren erneut in der Curia ein, wenn auch fast keiner den Anschein erweckte, als hätte er in der vergangenen Nacht auch nur eine Stunde Schlaf gefunden.

Sulla saß auf seinem Amtsstuhl und erwartete sie bereits. Neben ihm hatte der Schreiber mit seinen Wachstäfelchen und seinem Griffel Platz genommen, der Sekretär hielt eine Papierrolle. Kaum war die Senatssitzung mit dem vorgeschriebenen Opfer und den Orakeln für eröffnet erklärt, streckte Sulla seine Hand nach der Rolle aus. Er blickte dem armen, von Gram zerfressenen Metellus Pius direkt in die Augen.

»Hier ist eine Liste mit den Namen von Verrätern, die entweder bereits gestorben sind oder in Kürze sterben werden«, verkündete Sulla. »Ihr Eigentum fällt an den Staat und wird versteigert. Jeder Mann und jede Frau, der oder die einen der hier auf den Listen bezeichneten Männer sieht und es in die eigene Hand nimmt, diesen Mann in den Tod zu befördern, ist von jeder Strafe ausgenommen.« Er übergab die Liste seinem obersten Liktor. »Schlage diese Liste an der Rostra an«, befahl er. »Damit jedermann in Rom weiß, was zu fragen allein Quintus Caecilius den Mut hatte.«

»Wenn ich dich recht verstehe, darf ich jeden Mann, dessen Name auf der Liste steht, ungestraft töten?« fragte Catilina begierig. Catilina war zwar noch kein Senator, aber Sulla hatte ihn gebeten, bei dieser Sitzung anwesend zu sein.

»Ja, das darfst du, mein kleiner Tellerlecker! Und dir obendrein noch zwei Silbertalente verdienen.« Sulla sah in die Runde der Senatoren. »Natürlich werde ich diese Vorschriften betreffs der Ächtung von Verrätern per Gesetz beschließen. Ich werde nichts unternehmen, das nicht durch ein entsprechendes Gesetz abgesichert ist. Jedes ausbezahlte Kopfgeld wird in eigens dafür angelegten Büchern verzeichnet. Die Nachwelt soll erfahren können, wer zu unserer Zeit Kapital aus dieser Maßnahme schlug.«

Das klang zwar sehr schlicht, aber Männer wie Metellus Pius ließen sich nicht über die darin versteckte Boshaftigkeit Sullas hinwegtäuschen. Männern wie Catilina war dieser hinterhältige Stachel, falls sie ihn überhaupt wahrnahmen, offensichtlich gleichgültig.

Die erste Liste mit den Namen von geächteten Männern zählte vierzig Senatoren und fünfundsechzig Ritter. Angeführt wurde sie von Gaius Norbanus und Scipio Asiagenus, als nächste folgten Carbo und der junge Marius, Carrinas, Censorinus und Brutus Damasippus. Nicht genannt wurde der Name des älteren Brutus. Die meisten der aufgeführten Senatoren waren bereits tot, und der Zweck der Listen bestand vor allem darin, Rom darüber zu informieren, wessen Eigentum konfisziert werden würde. Die Listen gaben keine Auskunft darüber, ob der Betreffende bereits tot war oder noch unter den Lebenden weilte. Am nächsten Tag wurde eine zweite Liste an der Rostra angeschlagen, auf der die Namen von hundertzwanzig Rittern standen, am übernächsten Tag eine dritte, hundertfünfzehn Ritter umfassende Liste. Mit dem Senat hatte Sulla offensichtlich bereits abgerechnet, sein eigentliches Ziel war der Ritterstand, der *ordo equester.*

Sullas *leges Corneliae*, seine Gesetze bezüglich der Handhabung und Ausführung der Ächtungen, waren sehr umfangreich. Der Großteil des Gesetzeswerkes erschien innerhalb von nur zwei Tagen Anfang Dezember, und an den Nonen des Monats hatte bereits alles seine deculische Ordnung gefunden. Catulus hatte sich in seiner Einschätzung des ersten Konsuls nicht getäuscht. Jeder mögliche Fall war in Betracht gezogen worden. Das gesamte Eigentum der Familie eines geächteten Mannes fiel an den Staat und konnte auch nicht mehr rasch auf irgendeinen unbescholtenen Mittelsmann übertragen werden. Das Testament eines geächteten Mannes verlor seine Gültigkeit, kein darin Berücksichtigter durfte sein Erbe antreten. Ein geächteter Mann durfte von jedermann, egal ob Mann oder Frau, ob freier Bürger, Freigelassener oder Sklave, getötet werden. Die Belohnung, die auf die Tötung oder die Festnahme eines Geächteten ausgesetzt war, betrug zwei Silbertalente, die vom Schatzamt aus dem konfiszierten Vermögen beglichen und in öffentlich ausliegenden Büchern verzeichnet wurde. Ein Sklave, der Anspruch auf die Belohnung hatte, wurde freigelassen, ein Freigelassener wurde in einen ländlichen Tribus aufgenommen. Alle Männer, ob Zivilisten oder Soldaten, die, nachdem Scipio Asiagenus den Waffenstillstand gebrochen hatte, sich auf die Seite Carbos oder des jungen Marius gestellt hatten, wurden zu Staatsfeinden erklärt; jeder Mann, der einem Geächteten seinen Beistand oder seine Freundschaft anbot, erlitt dasselbe Schicksal. Den Söhnen und Enkeln der Geächteten wurde untersagt, ein kurulisches Amt zu bekleiden, das konfiszierte Eigentum zurückzukaufen oder sonstwie wieder in seinen Besitz zu gelangen. Für die Söhne und Enkel derjenigen Geächteten, die bereits tot waren, galten dieselben Beschränkungen wie für diejenigen, deren geächtete Väter oder Großväter noch am Leben waren. Das letzte Gesetz, das die Proskriptionen betraf, wurde am fünften Tag des Dezember erlassen und bestimmte, daß der Proskriptionsprozeß mit dem ersten Tag des kommenden Juni, in sechs Monaten also, enden werde.

So hatte Sulla gleich zu Beginn seiner Diktatur bewiesen, daß er nicht nur Herr und Meister über Rom war, sondern auch die Kunst der Erzeugung von Angst und Schrecken trefflich beherrschte. Nein, Sulla hatte die Zeit, in der ihn seine Krankheit an den Rand des Wahnsinns getrieben hatte, nicht nur in willenlosem Dahindämmern oder hilflosem Suff verbracht. Er hatte sich über viele Dinge gründlich Gedanken gemacht. Etwa darüber, wie er Rom beherrschen könnte; wie er vorgehen würde, wenn er Herr über Rom war; wie er in jedem Mann, in jeder Frau und in jedem Kind eine Gesinnung erzeugen könnte, die es ihm erlauben würde, seine Pläne ohne Widerstand in die Tat umzusetzen. Keine Soldaten, die an den Straßenecken patrouillierten, sondern dunkle Schatten in den Köpfen der Menschen, Ängste, die Grund zur Hoffnung und Grund zur Verzweiflung waren. Sullas Spießgesellen waren unscheinbare Menschen aus dem Volk, manchmal war es der Nachbar oder ein alter Freund des Mannes, der ihn ausfindig machte und fortführte. Es kam mehr darauf an, ein dauerhaftes Klima zu erzeugen als einen Sturm. Mit einem Sturm kamen die Menschen zurecht, aber mit dem Klima? Das Klima konnte die Menschen zur Verzweiflung treiben.

Daran hatte er gedacht, als er auf seinem Lager lag und sich die Haut in blutigen Fetzen vom Leib riß. Daß er ein alter, häßlicher und verbitterter Mann war, dem das Schicksal das wundervollste Spielzeug der Welt in die Hand gegeben hatte: Rom! Rom mitsamt seinen Männern und Frauen, seinen Hunden und Katzen, den Sklaven und Freigelassenen, den Gemeinen, den Rittern und den Aristokraten. Inmitten des rasenden Schmerzes hatte er mehr als genug Zeit gefunden, sich seiner offenen Rechnungen zu erinnern, seinen alten, kalt und böse gewordenen Haß aufzufrischen und genüßlich seine Rache zu planen.

Der Diktator war da.

Der Diktator streckte seine rachsüchtigen Hände nach seinem neuen Spielzeug aus.

TEIL ZWEI

Dezember 82 v. Chr.
bis Mai 81 v. Chr.

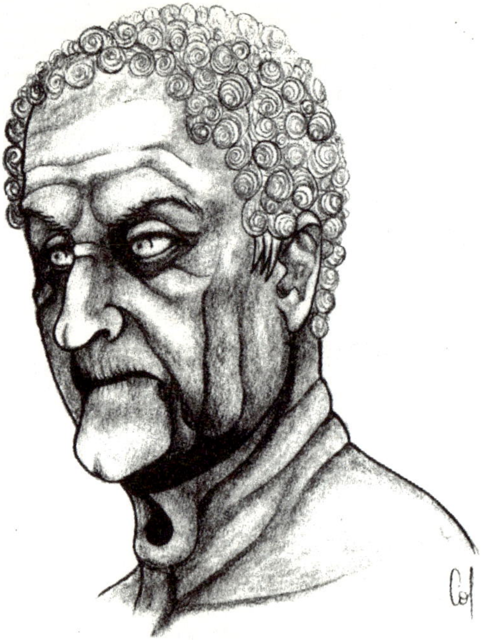

LUCIUS CORNELIUS SULLA FELIX

Es war Anfang Dezember, und alles entwickelte sich ganz nach Sullas Wunsch. Die meisten scheuten zwar noch davor zurück, einen in den Listen aufgeführten Mann zu töten, doch andere, wie etwa Catilina, waren weniger empfindlich, und so wuchs die Menge der konfiszierten Gelder und Besitztümer rasch. Deswegen hatte Sulla ja auch zum Mittel der Proskription gegriffen; denn irgendwoher mußten die gewaltigen Summen kommen, die Rom brauchte, um seine Finanzen wieder in Ordnung zu bringen. In ruhigeren Zeiten hätte Sulla sich das Geld aus den Provinzen beschafft, aber infolge von Mithridates Umtrieben im Osten und den Unruhen in den beiden spanischen Provinzen waren die Einnahmen stark zurückgegangen und auf absehbare Zeit war es nicht möglich, von Spanien zusätzliche Mittel zu holen. Also mußten Rom und Italien bluten – aber die Last konnte weder dem einfachen Volk noch Sullas getreuen Anhängern aufgebürdet werden.

Sulla hatte den Ritterstand nie geliebt – jene einundneunzig Zenturien der ersten Klasse, der die Handel treibenden Ritter angehörten, vor allem aber jene achtzehn Zenturien des alten Adels, die Anrecht auf ein Staatspferd hatten. Viele dieser Ritter hatten unter der Herrschaft von Marius, Cinna und Carbo Fett angesetzt; sie sollten Roms wirtschaftlichen Aufschwung bezahlen. Eine perfekte Lösung! dachte der Diktator schadenfroh: So konnte er die leeren Kassen Roms füllen und sich zugleich seiner Feinde entledigen.

Außerdem hatte Sulla beschlossen, einem weiteren Übel ein für allemal abzuhelfen – Samnium. Er hatte Cethegus und Verres, zwei der schlimmsten Offiziere, mit vier tüchtigen Legionen dorthin entsandt.

»Laßt keinen Stein auf dem anderen«, hatte er gesagt. »Macht

Samnium dem Erdboden gleich. Kein Mensch soll jemals mehr dort leben wollen, auch nicht der glühendste samnitische Patriot. Fällt die Bäume, verwüstet die Felder und Gärten, zerstört die Städte, und« – Sulla lächelte kalt – »schlagt allem den Kopf ab, was zu groß geworden ist.«

Das würde Samnium eine Lehre sein. Und zwei Männer von Rom fernhalten, die ihm im kommenden Jahr nur lästig gewesen wären. Sie würden nicht so schnell zurückkehren, denn in Samnium wartete viel Geld auf sie – von dem sie kaum alles an das Schatzamt weiterleiten würden.

Just zu dieser Zeit kehrte Sullas Familie nach Rom zurück und gab ihm wieder ein Gefühl der Normalität, das er brauchte und vermißt hatte, ohne sich dessen bewußt zu sein. Wie hätte er auch ahnen sollen, daß der Anblick Dalmaticas ihn so sehr aus der Fassung bringen würde? Er starrte sie an wie ein junger Bursche, der plötzlich der Frau seiner Träume gegenübersteht; seine Knie gaben unter ihm nach, und er mußte sich rasch setzen.

Wie schön sie immer noch war, mit ihren großen grauen Augen, der braunen Haut und dem dunklen Haar. Und ihr Blick, der immer gleich liebevoll schien, egal, wie alt oder häßlich Sulla geworden sein mochte. Sie saß auf seinem Schoß, die Arme um seinen knochigen Hals geschlungen, und drückte sein Gesicht an ihre Brüste, während sie seinen schorfigen Kopf streichelte und ihre Lippen darauf preßte, als sei er noch immer jenes strahlende, mit rotgoldenen Haaren geschmückte Haupt von einst. Doch da hob sie schon seinen Kopf empor, und er spürte, wie ihr lieblicher Mund seine runzligen Lippen umfing und wieder erblühen ließ ... Die Kraft kehrte in seine Glieder zurück, und er nahm sie in die Arme, stand auf und trug sie triumphierend in ihr gemeinsames Zimmer ... Vielleicht, dachte er, während er in ihr versank, bin ich doch imstande, zu lieben.

»Wie sehr ich dich vermißt habe«, sagte er.

»Und wie sehr ich dich liebe«, antwortete sie.

»Zwei Jahre ...! Zwei Jahre ist es nun her.«

»Mir kommt es vor wie zweitausend Jahre.«

Die erste Leidenschaft war gestillt. Die Geliebte verwandelte sich in die Gattin, die ihren Mann voller Fürsorge betrachtete.

»Deine Haut sieht viel besser aus!«

»Morsimus hat mir eine Salbe geschickt.«

»Hat es aufgehört zu jucken?«

»Ja.«

Dann wurde aus der Gattin die Mutter, und sie ließ ihm keine Ruhe, bis er ihr in das Zimmer der Kinder folgte und den kleinen Faustus und die kleine Fausta begrüßte.

»Sie sind kaum älter als zwei Jahre, die Zeit unserer Trennung«, sagte er mit einem Seufzer. »Sie sehen Metellus Numidicus ähnlich.«

Dalmatica unterdrückte ein Kichern. »Ich weiß! Die armen kleinen Dinger.«

Und jetzt lachten sie beide. Es war einer der glücklichsten Tage in Sullas Leben.

Die Zwillinge, die nicht verstanden, warum sich ihre Mutter und dieser wunderlich aussehende alte Mann lachend in die Arme fielen, sahen unsicher lächelnd zu ihnen auf. Doch dann konnten auch sie der Versuchung, in das Gelächter einzustimmen, nicht mehr widerstehen. Und auch wenn Sulla sie deshalb nicht plötzlich innig liebte, fand er doch, daß sie nette kleine Kinder waren, mochten sie auch aussehen wie ihr Großonkel Quintus Caecilius Metellus Numidicus Schweinebacke – den ihr Vater ermordet hatte. Welche Ironie, dachte Sulla, wollen die Götter mich auf diese Weise strafen? Ein Grieche hätte das geglaubt, aber er war Römer – und würde außerdem schon lange tot sein, ehe die beiden Kinder alt genug waren, sich an irgend jemandem zu rächen.

Auch der Rest der Familie, darunter Sullas erwachsene Tochter Cornelia Sulla mit den beiden Kindern, die sie ihrem verstorbenen ersten Gatten geboren hatte, war wohlauf. Pompeia war jetzt acht Jahre alt und ging ganz im Bewußtsein ihrer Schönheit auf, und der sechsjährige Quintus Pompeius Rufus machte seinem Nachnamen alle Ehre: Er war nicht nur rothaarig, sondern hatte auch eine rote Haut und rote Augen.

»Und wie geht es meinem Gast, der die heilige Stadtgrenze nicht überschreiten darf?« fragte Sulla seinen Verwalter Chrysogonus, der sich um Sullas Familie gekümmert hatte.

Der Verwalter war etwas dünner, als Sulla ihn in Erinnerung hatte. Es konnte wahrhaftig keine leichte Aufgabe gewesen sein, so viele Menschen mit derart ausgeprägten und verschiedenen Charakteren zusammenzuhalten. Chrysogonus verdrehte seine ausdrucksvollen, dunklen Augen und zuckte mit den Achseln.

»Ich fürchte, dein Gast wird die Stadtgrenze nicht respektieren, wenn du ihn nicht persönlich aufsuchst und ihm die Gründe dafür darlegst, Lucius Cornelius. Ich habe es versucht! Und wie! Aber er hält mich für einen kleinen Diener, der es nicht wert ist, daß man ihn beachtet und ihm zuhört.«

Das sah Ptolemaios Alexander ähnlich, dachte Sulla und machte sich auf den Weg zu dem Gasthaus am ersten Meilenstein der Via Appia, in dem Chrysogonus den hochnäsigen und mimosenhaften Prinzen aus Ägypten untergebracht hatte. Seit der Prinz vor drei Jahren in Pergamon aufgetaucht war, war er ihm nur zur Last gefallen.

Ptolemaios Alexander hatte behauptet, er sei vom pontischen Hof geflohen, und Sulla um Asyl gebeten, das dieser ihm nach einigen Nachforschungen denn auch gewährte. Denn der Bittsteller war tatsächlich Ptolemaios Alexander der Jüngere, der einzige rechtmäßige Sohn des Pharao, der bei dem Versuch, seinen Thron zurückzuerobern, umgekommen war. Im selben Jahr hatte Mithridates Ptolemaios Alexander und seine beiden unehelich geborenen Vettern nach Pontos entführt, und Ägypten war seitdem fest in der Hand des Ptolemaios Soter mit dem Spitznamen »Lathyros«, Kichererbse, der den Titel des Pharao von seinem verstorbenen jüngeren Bruder übernommen hatte.

Ein Blick auf den jüngeren Ptolemaios Alexander hatte Sulla genügt, um zu verstehen, warum die Ägypter lieber vom alten Ptolemaios Lathyros regiert werden wollten. Ptolemaios Alexander der Jüngere war eine sehr weibische Erscheinung und kleidete sich mit Vorliebe als Reinkarnation der Isis. Nach dem Vorbild der hellenisierten ägyptischen Göttin schlang er sich wallende Tücher um den Leib, setzte sich eine Perücke mit goldenen Locken und eine goldene Krone auf den Kopf und bemalte sein Gesicht dick mit Schminke. So herausgeputzt, stolzierte er mit schmachtenden Blicken umher, klimperte mit den Augenwimpern, lispelte und lachte affektiert. Sullas scharfem Blick war freilich nicht entgangen, daß hinter dem weibischen Getue ein harter Kern verborgen lag.

Ptolemaios Alexander hatte Sulla von den drei schrecklichen Jahren berichtet, die er als Gefangener am Hof des Mithridates verbracht hatte. Mithridates, ein fanatischer Heterosexueller, war davon überzeugt, weibische Männer »heilen« zu können; er hatte den jungen Ptolemaios Alexander deshalb einer Erniedrigung nach der anderen ausgesetzt, mit dem einzigen Ziel, dem armen Burschen seine Neigungen auszutreiben. Doch vergebens! Zu pontischen Liebesdienerinnen und Straßenhuren ins Bett geworfen, hatte Ptolemaios Alexander nicht mehr zuwege gebracht, als seinen Kopf über den Rand des Bettes zu strecken und sich zu übergeben. Als er gezwungen wurde, eine Rüstung anzulegen und mit hundert feixenden Soldaten Gewaltmärsche zu absolvieren, war er weinend zusammengebrochen. Daß man ihn mit Fäusten geschlagen und ausgepeitscht hatte, hatte ihn nur in höchstem Grade erregt. Auch auf dem Marktplatz von Amisus, wo man ihn in seinem vollen Ornat der Menge vorgeführt hatte und verfaulte Früchte, Eier, Gemüse und hie und da sogar ein Stein auf ihn niedergeprasselt waren, hatte er nicht klein beigegeben.

Dann war Mithridates im Krieg gegen Rom von Sulla in die Enge getrieben worden, und der pontische Hof löste sich auf. Ptolemaios Alexander hatte die Gelegenheit ergriffen und war zu Sulla geflohen.

»Meine beiden Bastarde von Vettern haben es natürlich vorgezogen, in Amisus zu bleiben«, hatte er Sulla ins Ohr gelispelt. »Ihnen hat es an diesem abscheulichen Ort hervorragend gefallen. Sie haben die Töchter geheiratet, die Mithridates von seiner halb parthischen, halb seleukidischen Frau Antiochis hatte. Sollen sie doch Pontos mitsamt allen Töchtern des Königs behalten. Ich hasse das Land!«

»Und was willst du von mir?« fragte Sulla.

»Asyl! Eine Bleibe in Rom, wenn du dorthin zurückkehrst. Und wenn Lathyros Kichererbse stirbt, den ägyptischen Thron. Berenice, seine Tochter, herrscht an seiner Seite als Königin, aber heiraten kann er sie natürlich nicht – er könnte nur eine Tante, Base oder Schwester heiraten, und die hat er nicht. Da der ägyptische Thron über die mütterliche Linie weitervererbt wird, wird der

König nur König, wenn er die Königin oder die älteste Tochter der Linie heiratet. Ich bin als einziger rechtmäßiger Ptolemäer noch am Leben. Die Alexandriner – deren Stimme in dieser Sache allein ausschlaggebend ist, seit die mazedonischen Ptolemäer Alexandria zur Hauptstadt gemacht haben – werden dafür eintreten, daß ich Lathyros Kichererbse beerbe und Königin Berenice zur Frau nehme. Wenn Lathyros Kichererbse also stirbt, schicke du mich als seinen Nachfolger nach Alexandria – mit Roms ausdrücklicher Zustimmung.«

Sulla musterte Ptolemaios Alexander amüsiert und dachte einen Augenblick über seinen Vorschlag nach. Dann sagte er: »Heiraten kannst du die Königin natürlich, aber wirst du auch Kinder von ihr bekommen?«

»Wahrscheinlich nicht«, antwortete der Prinz gefaßt.

»Wozu dann überhaupt heiraten?« Sulla grinste.

Verständnislos starrte Ptolemaios Alexander ihn an. »Ich will Pharao Ägyptens werden, Lucius Cornelius«, beharrte er mit fester Stimme. »Der Thron steht mir rechtmäßig zu. Was mit ihm nach meinem Tod geschieht, ist mir egal.«

»Wer könnte sonst noch Anspruch auf den Thron erheben?«

»Nur meine beiden Bastard-Vettern, die jetzt Mithridates' und Tigranes' Stiefel lecken. Kurz bevor ich floh, kam ein Bote von Mithridates zu uns und sagte, wir sollten in den Süden zu Tigranes geschickt werden. Offensichtlich wollte Mithridates verhindern, daß wir in römische Hände geraten, wenn Pontos fallen sollte.«

»Deine Bastard-Vettern sind also womöglich gar nicht mehr in Amisus?«

»Sie waren dort, als ich floh. Mehr weiß ich auch nicht.«

Sulla musterte die herausgeputzte Gestalt. »Meinetwegen, Prinz Alexander, ich werde dir Asyl gewähren. Du kannst mich begleiten, wenn ich nach Rom zurückkehre. Was deine Gelüste auf die Doppelkrone Ägyptens betrifft, so unterhalten wir uns darüber am besten, wenn die Zeit reif ist.«

Als Sulla jetzt auf dem Weg zu Ptolemaios Alexander war, war die Zeit freilich noch nicht reif, und Sulla sah die Schwierigkeiten, vor denen Ptolemaios Alexander der Jüngere stand, inzwischen deutlicher. Aber natürlich hatte er einen Plan; wäre ihm dieser nicht bei der ersten Begegnung mit Ptolemaios Alexander eingefallen, hätte er den jungen Mann ohne Bedenken zu seinem Onkel Lathyros Kichererbse nach Alexandria geschickt und seine Hände in Unschuld gewaschen. Jetzt hatte er sich auf den Plan eingelassen und konnte nur noch darauf hoffen, so lange zu leben, bis er Früchte trug. Denn Lathyros Kichererbse war zwar um einiges älter als Sulla, erfreute sich aber offensichtlich bester Gesundheit, und Alexandria, hieß es, hatte ein gesundes Klima.

Sulla wurde in den besten Raum des Gasthauses geführt, wo ihn der Prinz empfing. »Ich fürchte, Prinz Alexander«, sagte er, ohne sich zu setzen, »daß ich dich kaum all die Jahre, die dein Onkel zum Sterben braucht, auf Kosten Roms versorgen kann – auch nicht in einer Herberge wie dieser.«

Die dunklen Augen des Ägypters blitzten zornig, und sein Körper spannte sich wie der einer Schlange vor dem Zupacken. »Einer Herberge wie dieser? Eher kehre ich nach Amisus zurück, als daß ich hier bleibe.«

»In Athen«, entgegnete Sulla kalt, »wurdest du auf Kosten der Athener königlich untergebracht – dank der Geschenke, die dein Onkel der Stadt überreichte, nachdem ich gezwungen gewesen war, sie teilweise zu plündern und einigen Schaden anzurichten. Nun, das war das gute Recht der Athener. Mich hast du dort nichts gekostet. Aber hier würdest du mich ein Vermögen kosten, und das kann Rom sich nicht leisten. Du hast die Wahl: Entweder du nimmst auf Kosten Roms ein Schiff nach Alexandria und schließt mit deinem Onkel Lathyros Kichererbse Frieden. Oder du handelst mit einem Geldleiher in der Stadt einen Kredit aus, mietest dir auf dem Pincius oder in einer anderen schönen Wohngegend vor der Stadt ein Haus mitsamt Dienerschaft und bleibst dort, bis dein Onkel stirbt.«

Es war schwer festzustellen, ob Ptolemaios Alexander unter der dicken Schicht von Schminke erbleichte, jedenfalls bildete Sulla sich das ein. Der Ägypter wirkte auf einmal ganz kleinlaut.

»Ich kann nicht nach Alexandria zurück, mein Onkel würde mich töten lassen!«

»Dann handle einen Kredit aus.«

»Gut, das will ich. Sage mir nur, wie!«

»Chrysogonus wird dir helfen. Er kennt sich in solchen Dingen aus.« Sulla ging zur Tür. »Noch etwas, Prinz Alexander. Du darfst Rom unter keinen Umständen betreten.«

»Aber hier komme ich um vor Langeweile.«

»Das bezweifle ich«, antwortete Sulla spöttisch. »Warte, bis bekannt wird, daß du Geld und ein komfortables Haus besitzt. Was zusammengehört, hat noch immer zusammengefunden. Alexandria ist weit, und ich gehe davon aus, daß du der rechtmäßige König Ägyptens sein wirst, sobald Lathyros Kichererbse tot ist. Wann das allerdings sein wird, wissen wir erst, wenn eine entsprechende Nachricht in Rom eintrifft. Rom duldet jedoch keinen amtierenden Herrscher innerhalb der Stadtgrenze. Deshalb darfst du die Stadt nicht betreten. Mißachte meinen Befehl, und du brauchst nicht nach Alexandria zurückzukehren, um einen vorzeitigen Tod zu finden.«

Ptolemaios Alexander brach in Tränen aus. »Du bist ein furchtbarer und abscheulicher Mensch.«

Auf dem Weg zur Porta Capena brach Sulla mehrere Male in wieherndes Gelächter aus. Wenn hier jemand furchtbar und abscheulich war, dann Ptolemaios Alexander! Aber der Prinz konnte ihm auch nützen – wenn nur Lathyros Kichererbse genügend Anstand hatte, zu sterben, solange er, Sulla, noch Diktator war. Beim Gedanken daran, was er tun würde, wenn der ägyptische Thron verwaist war, stampfte er übermütig auf.

Weil er in Gedanken im sagenhaften Alexandria war, bemerkte er nicht, daß sein Lachen und sein absonderlicher Gang von den Menschen, die seinen Weg kreuzten, als Vorzeichen des Schreckens gedeutet wurden.

Viel mehr beschäftigte Sulla zu dieser Zeit jedoch die Religion. Gleich den meisten Römern verband er mit dem Namen eines Gottes nicht in erster Linie eine menschliche Gestalt – wie die Griechen es taten und wie es gegenwärtig Mode war. Denn es galt als Zeichen von Kultiviertheit und Fortschrittlichkeit, Bellona als bewaffnete Göttin darzustellen, Ceres als wohlgestalte, eine Weizengarbe haltende Matrone und Merkur mit einer geflügelten Mütze und geflügelten Sandalen. Die Gesellschaft war hellenistisch geprägt und verachtete abstrakte Götter als barbarisch, geistlos und verschiedenartiger menschlicher Regungen unfähig.

Die Götter der Griechen waren im Grunde menschliche Wesen mit übermenschlichen Fähigkeiten, denn die Griechen konnten sich kein vielschichtigeres Wesen als den Menschen vorstellen. Deshalb war Zeus, der König des griechischen Pantheons, eine Art mächtiger, wenngleich nicht allmächtiger römischer Zensor, der anderen Göttern Aufgaben übertrug, und diese wiederum gefielen sich darin, ihn übers Ohr zu hauen, ihn zu erpressen und sich aufzuführen wie römische Volkstribunen.

Aber Sulla war Römer, der wußte, daß man die Götter nicht anfassen konnte, wie die Griechen es sich einbildeten: Die Götter waren nicht wie die Menschen, sie hatten keine Augen, sie führten keine Gespräche, sie dachten nicht in der Art der Menschen, und sie hatten keine über*menschlichen* Kräfte. Sulla erkannte in den Göttern Kräfte, die bestimmte Ereignisse geschehen ließen und andere, ihnen untergeordnete Kräfte lenkten. Sie schöpften ihre Kraft aus anderem Leben und ließen sich deshalb Lebewesen opfern. Sie brauchten nicht nur in ihrer eigenen, sondern auch in der irdischen Welt Ordnung und Regeln, denn die Ordnung in der Welt der Menschen half ihnen, die Ordnung in der Welt der Kräfte aufrechtzuerhalten.

Es gab Kräfte, die in Speisekammern, Scheunen, Kellern und Lagerhallen wohnten und sie gut gefüllt sehen wollten – die sogenannten Penaten. Die Kräfte, die Schiffe antrieben, über Wegkreuzungen wachten und unter unbelebten Dingen für Ordnung sorgten, hießen Laren. Dann wieder existierten Kräfte, die in den Bäumen lebten und diese veranlaßten, über der Erde Äste und Blätter und unter der Erde Wurzeln zu treiben, und Kräfte, die das Wasser süß machten und dafür sorgten, daß die Flüsse in die Meere flossen. Die Kraft, die bestimmten Menschen Glück und Reichtum schenkte, den meisten jedoch weniger und einigen gar nichts, hieß Fortuna. Und die Kraft mit dem Namen Jupiter Optimus Maximus war die Summe all dieser Kräfte, das Bindegewebe, das die anderen Kräfte auf sinnhafte, wenngleich den Menschen rätselhafte Art miteinander verband.

Sulla spürte deutlich, daß Rom den Kontakt mit seinen Göttern, mit seinen Kräften verloren hatte. Warum sonst war der große Tempel niedergebrannt? Warum sonst hatten sich die unersetzlichen Aufzeichnungen, die prophetischen Bücher in Rauch aufgelöst? Die Menschen fingen an, Geheimnisse zu vergessen, strenge Formeln und Worte, die göttliche Kräfte lenkten. Die Wählbarkeit von Priestern und Auguren störte das Gleichgewicht innerhalb des Priesterkollegiums, verhinderte jene feine Regulierung, die nur möglich war, wenn, wie es seit undenkbaren Zeiten der Fall gewesen war und in alle Ewigkeit sein mußte, dieselben Familien dieselben religiösen Ämter ausübten.

Bevor Sulla seine Energien also darauf verwenden konnte, Roms hinfällige Institutionen und Gesetze zu stärken, mußte er zuerst den Himmel über Rom reinigen, die göttlichen Kräfte ordnen und ihnen ermöglichen, wieder frei zu fließen. Wie durfte Rom ein günstiges Schicksal erwarten, wenn jemand sich dazu versteigen konnte, ohne jeden Anstand lauthals den geheimen Namen der Stadt hinauszubrüllen? Wie konnte Rom auf Wohlstand hoffen, wenn die Tempel der Stadt geplündert und ihre Priester ermordet wurden? Vergessen war, daß er einst selbst die Tempel der Stadt hatte brandschatzen wollen. Er wußte nur, daß er es nicht getan hatte, obwohl er gegen einen mächtigen Feind gekämpft hatte. Vergessen war auch seine Einstellung zu den Göttern in jenen Tagen, als Krankheit und Wein sein Leben noch nicht ruiniert hatten.

Der Brand des großen Tempels war ein Zeichen gewesen, das hatte er zuinnerst gespürt. In seine Hand war es nun gegeben, Chaos und Auflösung Einhalt zu gebieten. Er rief Priester und Auguren in Roms ältestem Tempel zusammen, dem Tempel des Jupiter Feretrius auf dem Kapitol, der noch aus unverputzten Kalktuffquadern erbaut und von Romulus geweiht worden war. Der Eingang ruhte lediglich auf zwei quadratischen Säulen, und der Innenraum enthielt keine Götterstatue. Auf einem schlichten rechteckigen Sockel lagen ein Elektrumstab von der Länge einer Elle und ein schwarzer, glasig schimmernder Feuerstein aus Quarz. Der Raum wurde nur von dem durch die Tür einfallenden Licht erhellt und roch durchdringend nach Mäusekot, Schimmel, Moder und Staub. Er maß nur drei mal zwei Meter, Sulla war deshalb froh, daß weder das Priester- noch das Augurenkollegium vollzählig erschienen war.

Sulla selbst bekleidete wie Marcus Antonius, der jüngere Dolabella und Catilina das Amt eines Augurs. Im Priesterkollegium war Gaius Aurelius Cotta das dienstälteste Mitglied, dicht gefolgt von Metellus Pius und Flaccus, dem Reiterobersten, Senatsvorsitzenden und Priester des Mars. Weiter waren erschienen Catulus, Mamercus, der Rex Sacrorum Lucius Claudius vom einzigen Zweig der Claudier mit dem Vornamen Lucius und der jüngere Brutus, der sehr besorgt aussah, weil er sich ganz offensichtlich fragte, ob und wann sein Name auf den Listen erscheinen würde.

»Wir haben keinen Pontifex Maximus«, begann Sulla, »und unsere Reihen haben sich gelichtet. Ich weiß, ich hätte einen angenehmeren Ort für unsere Zusammenkunft wählen können, aber ich bin überzeugt, daß es unseren Göttern gefällt, wenn wir uns ein wenig bescheiden. Wir haben uns viel zu lange unseren Göttern überlegen gefühlt und sie dadurch erzürnt. Es war kein Zufall, daß gerade der Tempel des Jupiter Optimus Maximus abbrannte, mit dessen Bau im Jahr der Gründung der Republik begonnen wurde. Er brannte nieder, weil der mächtige und gewaltige Jupiter sich vom Senat und vom Volk von Rom betrogen fühlt. Wir sind nicht so einfältig oder leichtgläubig, daß wir den Vorstellungen der Barbaren vom göttlichen Zorn anhängen. Der Blitz, der einen Menschen erschlägt, oder die Säule, die ihn unter sich begräbt, sind natürliche Ereignisse, die lediglich das persönliche Unglück eines Menschen anzeigen. Aber es gibt Anzeichen des göttlichen Zorns, und der Brand des Jupitertempels gehört dazu. Wenn wir noch im Besitz der Sibyllinischen Bücher wären, könnten wir wahrscheinlich mehr darüber in Erfahrung bringen, aber leider sind sie wie auch die Amtskalender der Magistraten, die Zwölf Tafeln und viele andere Dinge ein Raub der Flammen geworden.«

Der Tempel bot den fünfzehn erschienenen Priestern und Auguren so wenig Platz, daß Sulla seinen Zuhörern nicht gegenübertreten konnte; er stand deshalb in ihrer Mitte und sprach mit normaler Stimme. »Als Diktator Roms ist es meine Pflicht, die alte Form der römischen Religion zu erneuern und euch zur Mithilfe aufzurufen. Ich verfüge zwar über die Macht, entsprechende Gesetze zu erlassen, aber in eurer Hand liegt es, sie in die Tat umzusetzen. Zu einem bin ich allerdings fest entschlossen, denn ich bin ein Augur, ich habe Träume, und ich weiß das Recht auf meiner Seite: Ich werde die *lex Domitia de sacerdotiis* außer Kraft setzen, die unser ehemaliger Pontifex Maximus, Gnaeus Domitius

Ahenobarbus, uns mit so viel Eifer aufgezwungen hat. Warum hat er das getan? Weil er die Ehre seiner Familie beschmutzt sah und sich übergangen fühlte. Aus persönlichem Ehrgefühl also, nicht aus religiösen Überlegungen heraus. Dadurch hat Ahenobarbus Pontifex Maximus die Götter und vor allem Jupiter erzürnt. Von heute an werden keine Wahlen zu religiösen Ämtern mehr stattfinden, auch nicht für das Amt des Pontifex Maximus.«

»Aber der Pontifex Maximus wurde doch schon immer gewählt«, rief Lucius Claudius, der Rex Sacrorum, überrascht. »Er ist der oberste Priester der Republik! Er *muß* demokratisch ernannt werden!«

»Ich sage nein! Von heute an wird er von den Mitgliedern des Priesterkollegiums bestimmt.« Sulla sprach in einem Ton, der keine Widerrede zuließ. »Nur so ist es richtig!«

»Ich weiß nicht ...« Flaccus verstummte, als sein Blick Sullas glühenden Augen begegnete.

»Aber ich weiß es. Und damit wäre wohl alles gesagt!« Sullas Blick strich über die eingeschüchterten Gesichter der Männer und erstickte jeden weiteren Widerspruch. »Außerdem glaube ich, den Göttern mißfällt, daß wir so wenige sind. Deshalb beabsichtige ich, jedes Priesterkollegium mit fünfzehn statt wie bisher mit zehn oder zwölf Mitgliedern zu besetzen. Kein Priester soll zwei Aufgaben gleichzeitig erfüllen müssen. Davon abgesehen ist die Fünfzehn eine Glückszahl in der Mitte zwischen den beiden Unglückszahlen Dreizehn und Siebzehn. Ich glaube an die Magie der Zahlen und will diese Magie zu Roms Vorteil einsetzen, wie es unsere heilige Pflicht ist.«

»K-k-könnten wir nicht wenigstens ei-ei-einen Kandidaten für das Amt des Pontifex Maximus aufstellen?« begann Metellus Pius vorsichtig. »Dann k-k-könnten wir wenigstens ei-ei-eine Wahl abhalten.«

»Es wird keine Wahl geben!« brauste Sulla auf.

Die Männer schwiegen. Keiner wagte sich auch nur zu bewegen.

Nach einer Pause ergriff Sulla erneut das Wort. »Aus einer Reihe guter Gründe bin ich mit einem bestimmten Priester unzufrieden. Ich meine unseren Jupiterpriester, den jungen Gaius Julius Caesar. Nach dem Tod des Lucius Cornelius Merula wurde er von Gaius Marius und dessen gekauftem Speichellecker Cinna zum Jupiterpriester bestimmt. Schon das war ein böses Vorzeichen. Sie haben das traditionelle Auswahlverfahren, an dem alle Kollegien teilhaben, mißachtet. Daß einer meiner Ahnen, der erste Cornelius, der den Familiennamen Sulla trug, ebenfalls Jupiterpriester war, trägt zu meinem Unbehagen noch bei. Das schlimmste Vorzeichen aber war der Brand des Jupitertempels. Ich habe also Nachforschungen über den jungen Caesar angestellt und herausgefunden, daß er die mit dem Priesteramt verbundenen Vorschriften anfangs schlicht ignoriert hat. Erst seit er die *toga virilis* trägt, hält er sich daran. Nun könnte man seine Verfehlungen meinetwegen als Jugendsünde entschuldigen. Aber was ich denke, ist unwichtig. Wichtig ist allein, was Jupiter Optimus Maximus denkt! Priester und Auguren, der Brand im Jupitertempel endete zwei Tage vor den Iden des Quintilis – genau am Geburtstag unseres Jupiterpriesters. Wenn das kein Omen ist!«

»Es könnte ein gutes Omen sein«, warf Cotta ein, dem Caesars Schicksal am Herzen lag.

»Möglich«, erwiderte Sulla. »Aber ich kann das nicht entscheiden. Als Diktator fühle ich mich berechtigt, das Verfahren festzulegen, nach dem unsere Priester und Auguren bestimmt werden, und ich fühle mich berechtigt, die Wahl abzuschaffen. Aber der Jupiterpriester ist eine andere Sache. Ihr müßt gemeinsam über sein Schicksal befinden. Ihr alle! Alle Priester, Fetialen, Auguren, die Priester der geweihten Bücher, ja selbst die Ordner des Festmahls und die Tanzpriester. Cotta, dir, dem Priester mit der längsten Amtszeit, vertraue ich die Untersuchung an. Du hast Zeit bis zu den Iden des Dezember. Dann treffen wir uns wieder hier und fällen unser Urteil.« Er sah Cotta finster an. »Niemand darf davon erfahren, insbesondere der junge Caesar nicht.«

Auf dem Weg nach Hause kicherte Sulla vor sich hin und rieb sich die Hände. Was für ein wunderbarer Scherz! Ein Scherz, den Jupiter Optimus Maximus ihm sicher hoch anrechnen würde. Ein Opfer! Ein lebendes Opfer für Rom – für die Republik, deren Hoherpriester der Pontifex Maximus war. Das Amt war eingeführt worden, um den Rex Sacrorum, den Opferkönig, zu ersetzen und damit sicherzustellen, daß die Republik über die Könige triumphierte, die seinerzeit König und Opferkönig gewesen waren. Was für ein gelungener Scherz! Sulla lachte. Er lachte, bis ihm die Tränen kamen. Ich werde dem großen Gott ein Opfer vorführen, das sich freiwillig opfert, und zwar immer wieder, bis zu seinem Tod. Ich werde der Republik und dem Großen Gott das Beste zu Füßen legen, was ein Mensch geben kann – sein Leid, seine Angst, seinen Schmerz. Und all das mit der Einwilligung des Geopferten, denn er wird sich niemals weigern, zum Altar geführt zu werden.

Am nächsten Tag ließ Sulla das erste seiner Gesetze zur Neuordnung der religiösen Angelegenheiten an der Rednerbühne auf dem Forum Romanum und an der Mauer der Regia, dem Amtssitz des Pontifex Maximus, öffentlich aushängen. Zuerst glaubten die Menschen, es handle sich um neue Proskriptionslisten. Schon kurze Zeit später hatten sich professionelle Menschenjäger in dichten Trauben um die Listen geschart, nur um sich mit Ausrufen des Unwillens schnell wieder abzuwenden, handelte es sich doch um Listen der Männer, die zu Mitgliedern der verschiedenen Priesterkollegien ernannt worden waren. Insgesamt waren die Plebejer dabei stärker berücksichtigt worden als die Patrizier. Mehr Sorgfalt war dagegen auf eine gleichmäßige Beteiligung der berühmten Familien verwendet worden. Auf den Listen fanden sich keine unwürdigen Namen, kein Pompeius, Tullius oder Didius! Statt dessen Julier, Servilier, Junier, Aemilier, Cornelier, Claudier, Sulpicier, Valerier, Domitier, Mucier, Licinier, Antonier, Manlier, Caecilier und Terentier. Ebenfalls ging daraus hervor, daß Sulla sich zusätzlich zum Amt des Augurs die Priesterwürde verliehen hatte – und nun als einziger Römer beide Ämter ausübte.

Er mußte in beiden Lagern vertreten sein, hatte er sich gesagt. Schließlich war er der Diktator.

Am nächsten Tag ließ er eine zusätzliche Liste anschlagen, auf der nur ein einziger Name stand, der Name des neuen Pontifex Maximus: Quintus Caecilius Metellus Pius das Ferkel.

Die Bürger Roms waren außer sich vor Entsetzen, als sie Metellus' Namen lasen – Metellus Pius der neue Pontifex Maximus? Wie konnte das sein? Was war los mit Sulla? Hatte er jetzt völlig den Verstand verloren?

Eine verschreckte Abordnung aus Priestern und Auguren suchte Sulla in Ahenobarbus' Haus auf, unter ihnen Metellus Pius selbst. Aus einleuchtenden Gründen war Metellus Pius nicht der Sprecher der Abordnung; seine Zunge kam in diesen Tagen so häufig aus dem Tritt, daß niemand es ertragen konnte, abzuwarten, bis er es endlich geschafft hatte, einen Gedanken zu artikulieren. Statt dessen sprach Catulus.

»Was soll das, Lucius Cornelius?« sagte er anklagend. »Hat unser Wort in dieser Sache kein Gewicht?«

»Ich w-w-will d-d-dieses Amt n-n-nicht«, brachte Metellus mit wild gestikulierenden Händen und rollenden Augen mühsam heraus.

»Das ist unmöglich, Lucius Cornelius!« rief Vatia.

»Völlig unmöglich!« stimmte Vatias Schwiegersohn Mamercus ein.

Sollen sie sich doch austoben, dachte Sulla, ohne eine Miene zu verziehen. Teil des Scherzes war, niemanden erkennen zu lassen, daß es ein Scherz war. Alle mußten glauben, daß es ihm völlig ernst sei damit. Und ob es ihm ernst war! Vergangene Nacht war Jupiter ihm im Traum erschienen und hatte ihm gesagt, wie sehr er den Scherz zu schätzen wisse.

Die Männer hatten ihre Bedenken geäußert, und eine unangenehme Stille breitete sich aus, nur vom leisen Schluchzen Metellus' unterbrochen.

»Als Diktator«, sagte Sulla freundlich, »kann ich tun, was ich will. Doch darum geht es nicht. Jupiter Optimus Maximus höchstpersönlich ist mir im Traum erschienen und hat Quintus Caecilius zu seinem Pontifex Maximus bestimmt. Am anderen Morgen habe ich nach Omen gesucht, und was ich sah, war günstig. Auf dem Weg zum Forum, wo ich die Listen mit den Namen der Priester anschlagen wollte, sah ich fünfzehn Adler von links nach rechts über das Kapitol fliegen. Und keine Eule hat gerufen, kein Blitz zuckte über den Himmel.«

Die Männer sahen Sulla an, dann senkten sie ihre Blicke zu Boden. Es war ihm ernst. Und offensichtlich war es auch Jupiter Optimus Maximus ernst.

»Aber die Rituale müssen fehlerlos vollzogen werden«, beharrte Vatia. »Keine Geste, keine Handlung, kein Wort darf von der

Vorschrift abweichen. Wenn auch nur das kleinste Detail falsch ausgeführt oder ein Wort falsch ausgesprochen wird, muß die ganze Zeremonie ganz von vorn beginnen.«

»Ich weiß«, erwiderte Sulla sanft.

»Aber dann«, rief Catulus, »weißt du doch so gut wie wir, daß Pius in jedem Satz, den er von sich gibt, stottert und stammelt. Wenn er als Pontifex Maximus eine Zeremonie leitet, müssen wir ihm ewig zuhören.«

»Das ist mir völlig klar«, antwortete Sulla mit tiefernster Miene. »Auch ich muß ihm ja ewig zuhören.« Er zuckte mit den Achseln. »Was soll ich dazu sagen? Vielleicht ist das ein Opfer, das der große Jupiter uns abverlangt, weil wir den Willen der Götter mißachtet haben.« Sulla wandte sich an Metellus Pius und ergriff eine seiner zitternden Hände. »Natürlich kannst du ablehnen, mein lieber Metellus. Keines unserer religiösen Gesetze verbietet das.«

Mit seiner freien Hand ergriff Metellus den Saum seiner Toga und wischte sich damit über Augen und Nase. Dann atmete er tief durch und sagte: »Wenn der große Gott nach mir ruft, w-w-werde ich ihm folgen, Lucius Cornelius.«

»Siehst du?« Sulla tätschelte Metellus' Hand. »Und jetzt hast du fast gar nicht gestottert! Übung macht den Meister, lieber Metellus.«

Sulla konnte sein Lachen kaum mehr unterdrücken. Hastig verabschiedete er die Delegation, eilte in sein Arbeitszimmer und schloß die Tür hinter sich. Dann gaben seine Knie unter ihm nach, und er sank brüllend auf eine Liege nieder, bis ihm die Tränen in Strömen über die Wangen liefen. Völlig außer Atem ließ er sich auf den Fußboden fallen, wo er mit den Füßen in der Luft strampelnd liegenblieb. Er fürchtete schon, vor lauter Lachen zu ersticken. Bessere Omen konnte es in der Tat nicht geben! Jedesmal, wenn er an diesem Tag das Märtyrergesicht, mit dem Metellus sich geopfert hatte, oder die Gesichter von Catulus, Vatia und dessen Schwiegersohn vor seinem geistigen Auge sah, packte ihn der unwiderstehliche Drang zu lachen. Es war einfach zu gut! Ein göttlicher Scherz und die vollkommene Gerechtigkeit. Jeder hatte erhalten, was er verdiente. Auch Lucius Cornelius Sulla.

An den Iden des Dezember zwängten sich rund siebzig Männer, allesamt Mitglieder der verschiedenen Priesterkollegien, in den Tempel des Jupiter Feretrius.

»Halt!« rief Sulla. »Wir haben dem großen Jupiter unseren Respekt bereits erwiesen. Er wird es uns nachsehen, wenn wir uns an der frischen Luft versammeln.«

Er setzte sich auf die kleine Mauer, die das alte Asylum von den parkähnlichen Anlagen abtrennte, welche sich auf beiden Seiten sanft zu den Zwillingshügeln von Kapitol und Arx hinaufzogen. Dem Rest der Versammlung bedeutete er mit einer Geste, im Gras Platz zu nehmen.

Genau das, dachte Metellus Pius, war an Sulla so verwirrend. Er verrichtete die unwichtigsten Vorgänge mit der allergrößten Würde und dann wiederum – wie heute – die wichtigsten Dinge mit der größten Nachlässigkeit. Besuchern des Kapitols, die schwer atmend die zum Asylum führende Treppe oder die Gemonische Treppe, eine beliebte Abkürzung vom Forum Romanum zum Marsfeld, heraufkamen, mußte Sulla wie ein Philosoph inmitten seiner Schüler oder ein Familienvater vom Land im Kreise seiner Brüder, Neffen, Söhne und Vettern vorkommen.

»Nun, was hast du uns zu berichten, Gaius Aurelius?« wandte sich Sulla an Gaius Aurelius Cotta, der in der Mitte der ersten Reihe saß.

»Zuerst, Lucius Cornelius, dies eine: daß mir die Aufgabe sehr schwerfiel. Der junge Caesar, unser Jupiterpriester, ist, wie du weißt, mein Neffe.«

»Er ist auch mein Neffe«, entgegnete Sulla ruhig. »Nur durch Heirat und nicht durch Blutsverwandtschaft, aber immerhin.«

»Sodann muß ich dir eine Frage stellen. Gedenkst du, die Familie Caesars zu ächten?«

Sulla mußte an Aurelia denken. »Nein, Cotta.« Er schüttelte den Kopf. »Meine beiden Schwäger aus dieser Familie sind seit langem tot. Außerdem haben sie sich nie eines Verbrechens gegen den Staat schuldig gemacht, obwohl sie auf Marius' Seite standen. Der Grund dafür ist einfach: Marius hatte der Familie aus Geldnöten geholfen, sie waren ihm deshalb zu Dank verpflichtet. Die Witwe des alten Gaius Marius ist die Tante des Jungen, und ihre Schwester war meine erste Frau.«

»Aber du hast sowohl die Familie des Marius als auch die des Cinna geächtet.«

»Das ja.«

»Ich danke dir.« Cotta wirkte erleichtert. Er räusperte sich. »Der junge Caesar war kaum dreizehn Jahre alt, als er feierlich zum Jupiterpriester geweiht wurde. Er erfüllte alle Bedingungen bis auf eine: Er war zwar ein Patrizier, dessen Eltern beide noch lebten, aber er war nicht mit einer Patrizierin verheiratet, deren Eltern gleichfalls noch lebten. Also suchte Gaius Marius ihm eine Braut, mit der er noch vor seiner Amtseinführung und Weihe verheiratet werden konnte. Die Braut war Cinnas jüngste Tochter.«

»Wie alt war sie?« Sulla hob die Finger einer Hand, worauf ein Diener ihm einen breitkrempigen Strohhut reichte, wie ihn die Bauern trugen. Er rückte ihn bequem zurecht und sah Cotta dann fragend an. Sein Gesicht im Schatten der breiten Krempe sah wie das eines listigen alten Bauern aus.

»Sieben Jahre.«

»Aha! Eine Kinderhochzeit im besten Sinne des Wortes. Pfui! Cinna konnte wohl nicht abwarten, wie?«

»Nein.« Cotta war unbehaglich zumute. »Doch der Junge war von seinem Priesteramt wenig angetan. Er bestand darauf, das normale Leben eines adligen jungen Römers zu führen, bis er die Toga des erwachsenen Mannes anzog. Also trieb er sich auf dem Marsfeld herum und übte sich im Schwertkampf, im Bogenschießen und Speerwerfen. In allem, was er tat, bewies er großes Talent. So wurde mir berichtet, er sei in vollem Galopp ohne Sattel auf einem schnellen Pferd geritten, die Hände hinter dem Rücken verschränkt! Die alten Männer auf dem Marsfeld erinnern sich noch gut an ihn und finden es angesichts seiner Begabung für das Kriegshandwerk beschämend, daß er zum Jupiterpriester bestimmt wurde. Was sein sonstiges Benehmen betrifft, stütze ich mich auf die Aussagen seiner Mutter, meiner Halbschwester Aurelia. Ihr zufolge hat er den vorgeschriebenen Speisenplan nicht eingehalten, seine Nägel mit einem eisernen Messer und seine Haare mit einer eisernen Klinge geschnitten und Schnallen und Schleifen getragen.«

»Was geschah, als er die *toga virilis* anlegte?«

»Er war wie verwandelt.« Cottas Stimme klang verwundert.

»Sein Aufstand – wenn es denn einer war – brach in sich zusammen. Seine religiösen Pflichten hat er schon immer mit allergrößter Sorgfalt ausgeübt, aber seit er Wollmantel und Mütze des Priesters trägt, ist sein Verhalten absolut untadelig. Seine Mutter behauptet zwar, er könne sein Amt genausowenig leiden wie bisher, doch scheint er sich inzwischen mit seinem Schicksal abgefunden zu haben.«

»Ich verstehe.« Sulla stieß mit den Fersen leicht gegen die Mauer, auf der er saß. »Das klingt doch nicht schlecht, Cotta. Was hältst du also von ihm als Jupiterpriester?«

»Es gibt eine Ungereimtheit.« Cotta runzelte die Stirn. »Hätten wir die prophetischen Bücher zu Rate ziehen können, wäre es uns vielleicht möglich gewesen, Licht in das Dunkel zu bringen. Aber da das natürlich unmöglich ist, sahen wir uns außerstande, ein abschließendes Urteil zu fällen. Nach den Buchstaben des Gesetzes ist der junge Caesar rechtmäßiger Jupiterpriester. Vom religiösen Standpunkt aus sind wir uns freilich nicht sicher.«

»Warum nicht?«

»Das hängt mit dem bürgerlichen Stand von Caesars Frau Cinnilla zusammen, die jetzt zwölf Jahre alt ist. Das Amt des Jupiterpriesters ist, soviel steht unumstößlich fest, ein Doppelamt für Mann und Frau. Die Frau des Jupiterpriesters führt den religiösen Titel einer *flaminica Dialis*, sie unterliegt denselben Geboten wie ihr Mann und muß besondere religiöse Pflichten beachten. Wenn sie den religiösen Anforderungen nicht genügt, hat das Auswirkungen auf das Doppelamt. Und, Lucius Cornelius, wir sind zu dem Schluß gekommen, daß Cinnilla die an eine Jupiterpriesterin gestellten Voraussetzungen nicht erfüllt.«

»Wirklich? Und wie seid ihr darauf gekommen, Cotta?« Gedankenverloren stieß Sulla die Fersen heftiger gegen die Mauer. »Ist die Ehe schon vollzogen worden?«

»Nein, noch nicht. Cinnilla lebt seit ihrer Heirat mit Caesar bei meiner Schwester und ihrer Familie. Und meine Schwester ist eine sehr tugendhafte Römerin.«

Sulla lächelte knapp. »Das ist mir bekannt.«

»Nun, dann ...« Cotta fühlte sich unwohl bei dem Gedanken an die Debatten, die in seinem Haus über die Art der Freundschaft zwischen Aurelia und Sulla geführt worden waren. Und war er jetzt nicht drauf und dran, Sullas neue Proskriptionsgesetze zu kritisieren? Aber dann faßte er sich ein Herz, entschlossen, die Sache ein für allemal hinter sich zu bringen. »Wir sind der Ansicht, daß Caesar zwar der rechtmäßige Jupiterpriester ist, seine Frau aber nicht die rechtmäßige Jupiterpriesterin. Zumindest interpretieren wir so deine Proskriptionsgesetze, obwohl sie offenlassen, ob die *lex Minicia* auch für minderjährige Kinder von Geächteten gilt. Cinnas Sohn war volljährig, als sein Vater geächtet wurde, an seinem Status als Bürger von Rom besteht demnach kein Zweifel. Aber wie sieht es mit den Bürgerrechten der minderjährigen Kinder aus, insbesondere der Mädchen? Soll die *lex Minicia* auf sie angewendet werden? Oder soll wie bei gerichtlich verhängten Strafen und Verbannungen der Verlust der Bürgerschaft einzig den Vater treffen? Diese Frage mußten wir entscheiden. Angesichts der Strenge der neuen Proskriptionsgesetze, was die Rechte von Kindern und anderen Erben betrifft, sind wir zu dem Schluß gekommen, daß die *lex Minicia de liberis* Anwendung findet.«

»Und du, mein guter Metellus, was sagst du dazu?« fragte Sulla mit Unschuldsmiene, ohne weiter auf die Ungenauigkeit seiner Gesetze einzugehen. »Überlege und laß dir Zeit. Ich habe heute nichts mehr vor.«

Metellus Pius errötete. »Wie Gaius Aurelius bereits gesagt hat, findet das Gesetz über den Bürgerschaftsstatus eines Kindes Anwendung. Das heißt, wenn ein Elternteil kein römischer Bürger ist, kann auch das Kind kein römischer Bürger sein. Also ist Caesars Frau keine römische Bürgerin und kann folglich auch nicht das Amt der Jupiterpriesterin ausüben.«

»Bravo, Ferkel, bravo. Drei Sätze, ohne ein einziges Mal zu stottern!« Sullas Fersen trommelten gegen die Mauer. »Dann bin also ich an allem schuld? Weil ich das Gesetz nicht deutlich genug formuliert und damit Auslegungen Vorschub geleistet habe?«

Cotta atmete tief ein, dann sagte er entschlossen: »Ja!«

»Es ist zwar so, Lucius Cornelius«, fiel Vatia ein. »Aber natürlich wissen wir, daß wir uns irren können, und bitten dich deshalb um deinen geschätzten Rat.«

»Tja.« Sulla glitt von der Mauer. »Die einfachste Lösung wäre wohl, Caesar eine neue Jupiterpriesterin zu finden. Die Hochzeit war zwar in besonders feierlicher Form vollzogen, doch erlaubt das bürgerliche und das religiöse Recht auch in diesem Fall eine Scheidung. Wenn Cinnas Tochter nicht Priesterin des großen Jupiter sein kann, muß Caesar sich eben von ihr scheiden lassen.«

»Du meinst, er muß die Ehe annullieren lassen«, sagte Cotta.

»Er muß sich scheiden lassen«, sagte Sulla fest. »Auch wenn alle Welt schwört, die Ehe sei noch nicht vollzogen worden, und obgleich wir die Vestalinnen das Hymen des Mädchens untersuchen lassen könnten – wir haben es hier mit dem großen und mächtigen Jupiter zu tun. Habt ihr mir nicht eben erst gezeigt, daß meine Gesetze verschiedene Auslegungen zulassen? Habt ihr sie nicht nach eurem Gutdünken ausgelegt, ohne mich vorher zu Rate zu ziehen? Das war ein Fehler. Ihr hättet meinen Rat einholen sollen. Da ihr darauf verzichtet habt, müßt ihr nun die Folgen tragen. Ich bestehe auf einer ordnungsgemäßen Scheidung!«

Cotta zuckte zusammen. »Eine solche Scheidung ist eine schreckliche Angelegenheit.«

»Dein Schmerz rührt mich zu Tränen, Cotta«, sagte Sulla kalt.

»Dann werde ich jetzt den Jungen unterrichten«, sagte Cotta entschlossen.

»Nein!« sagte Sulla scharf und streckte die Hand aus. »Nichts zu dem Jungen, kein Sterbenswörtchen! Sag ihm nur, daß er morgen abend vor dem Abendessen in mein Haus kommen soll. Ich werde ihm die Neuigkeit persönlich mitteilen. Ist das klar?«

»Und deshalb«, sagte Cotta kurze Zeit später zu Caesar und Aurelia, »mußt du zu Sulla, lieber Neffe.«

Caesar und seine Mutter schienen besorgt, geleiteten den Gast aber ohne Kommentar zur Tür. Aurelia verabschiedete sich von ihrem Bruder und folgte Caesar in sein Arbeitszimmer.

»Nimm Platz, Mater«, sagte Caesar sanft.

Sie setzte sich auf die Kante eines Stuhls. »Das gefällt mir gar nicht. Warum will er persönlich dich sehen?«

»Du hast Onkel Gaius gehört. Sulla macht mit der Reform der religiösen Vorschriften ernst und will mich in meiner Eigenschaft als Jupiterpriester sprechen.«

»Ich glaube ihm kein Wort«, beharrte Aurelia.

Caesar stützte sein Kinn in die rechte Hand und warf seiner Mutter einen sorgenvollen Blick zu. Nicht um sich selbst hatte er Angst; er war felsenfest davon überzeugt, mit allem fertig zu werden, was die Zukunft für ihn bereithielt. Nein, seine Sorge galt Aurelia und den anderen Frauen seiner Familie.

Seit dem Tag, da der junge Marius das Treffen einberufen hatte, um über seine Bewerbung für das Amt des Konsuls zu beratschlagen, hatte die Tragödie unaufhaltsam ihren Lauf genommen. Gefolgt waren eine Zeit pflichtschuldiger Freude und falschen Vertrauens, dann die rapide Verschlechterung der Situation in jenem schrecklichen Winter und schließlich der gähnende Abgrund, der sich nach der Niederlage von Sacriportus aufgetan hatte. Nach seiner Wahl zum Konsul hatten sie den jüngeren Marius so gut wie nicht mehr zu Gesicht bekommen, nicht einmal seine Mutter und seine Frau hatten ihn öfter gesehen. Eine Geliebte war aufgetaucht, eine schöne Römerin ritterlicher Abstammung namens Praecia, die jeden freien Moment der knappen Zeit des jungen Marius für sich beanspruchte. Sie war reich, finanziell unabhängig und bereits siebenunddreißig. An Heirat dachte sie nicht; sie hatte mit achtzehn geheiratet, aber nur, um ihrem Vater zu gehorchen. Als ihr Vater kurz nach der Hochzeit starb, nahm sie sich einen Liebhaber nach dem anderen, bis es ihrem Mann zuviel wurde und er sich von ihr scheiden ließ. Das kam Praecia sehr gelegen, endlich konnte sie leben, wie es ihr am besten gefiel, sie war Herrin im eigenen Haus und Geliebte eines hochgestellten Adligen, der mit ihr seine Sorgen, Intrigen und Freunde teilte. Praecia konnte so Politik und Leidenschaft miteinander verbinden – eine für sie unwiderstehliche Verlokkung.

Der jüngere Marius war der größte Fisch, der sich bisher in ihrem Netz verfangen hatte. Sie hatte ihn gern, war amüsiert über seine jungenhaften Possen, fasziniert von der Macht, die der Name Gaius Marius ausstrahlte, und geschmeichelt, daß er sie seiner Mutter Julia und seiner Frau Mucia vorzog. Auch Marius' Freunden stand die Tür ihres großen, geschmackvoll eingerichteten Hauses weit offen. Die Tür zu ihrem Schlafzimmer hingegen öffnete sich nur einer erlesenen Gruppe von Männern, die dem engsten Kreis um Marius angehörten. Als der Praecia verhaßte Carbo nach Ariminum abreiste, wurde sie in allem zum wichtigsten Ratgeber ihres Liebhabers, und sie bildete sich schließlich ein, sie und nicht der junge Marius beherrsche Rom.

Als dann die Nachricht von Sullas bevorstehendem Abmarsch aus Teanum Sidicinum eintraf und Marius verkündete, er müsse sofort zu seinen Truppen bei Ad Pictas aufbrechen, spielte Praecia mit dem Gedanken, dem jungen Konsul ins Feld zu folgen. Aber so weit kam es dann doch nicht; Marius löste das Problem, zu dem Praecia geworden war, auf eine für ihn typische Weise: Nach Anbruch der Nacht verließ er Rom, ohne ihr Bescheid zu sagen. Praecias Traurigkeit dauerte nicht lange, sie tat seine Flucht mit einem Achselzucken ab und sah sich nach neuer Beute um.

Auch Marius' Mutter Julia und seine Frau Mucia Tertia hatten keine Gelegenheit, sich von ihm zu verabschieden und ihm die Wünsche mit auf den Weg zu geben, die er so dringend brauchte. Marius war fort – und sollte Rom nie wiedersehen. Doch noch bevor die Nachricht von der Niederlage in Sacriportus in Rom bekannt geworden war, hatte Brutus Damasippus, der als Anhänger Carbos für Praecia nur Verachtung übrig hatte, schon das Blutbad angerichtet, dem unter anderen auch Quintus Mucius Scaevola, der Pontifex Maximus, zum Opfer fiel. Quintus Mucius war Marius' Schwiegervater und zugleich ein guter Freund seiner Mutter gewesen.

»Das ist das Werk meines Sohnes«, hatte Julia zu Aurelia gesagt, als diese sie besuchte, um ihr beizustehen.

»Unsinn!« hatte Aurelia heftig erwidert. »Das war ganz allein Brutus Damasippus.«

»Aber ich habe den Brief gelesen, den Marius aus Sacriportus geschrieben hat«, schluchzte Julia in größtem Schmerz auf. »Als ob diese billige Vergeltung die Schmach seiner Niederlage hätte tilgen können! Wie kann ich von meiner Schwiegertochter erwarten, daß sie jemals wieder mit mir spricht?«

Caesar hatte sich in eine Ecke des Zimmers zurückgezogen und beobachtete die Gesichter der Frauen mit unbewegter Konzentration. Warum hatte Marius seiner Mutter das angetan? Nach allem, was sein wahnsinniger Vater angerichtet hatte? Julia war in ihrem Gram eingeschlossen wie eine Fliege im Bernstein. Ihr schönes

Gesicht war wie versteinert und deshalb noch schöner, den Schmerz hatte sie in sich verschlossen, allen Blicken verborgen. Selbst ihre Augen verrieten nichts.

Mucia betrat den Raum, und Julia sank in sich zusammen und versuchte, ihren Blicken auszuweichen.

Aurelia hatte sich kerzengerade aufgerichtet, ihre Gesichtszüge waren scharf und hart. »Mucia Tertia, gibst du Julia die Schuld an der Ermordung deines Vaters?«

»Natürlich nicht«, antwortete Mucia Tertia und zog sich einen Stuhl heran. Sie setzte sich neben Julia und nahm deren Hände. »Julia, bitte sieh mich an.«

»Ich kann nicht.«

»Du mußt! Ich gedenke nicht, in das Haus meines Vaters zurückzukehren und dort mit meiner Stiefmutter zu leben. Genausowenig will ich bei meiner Mutter und ihren schrecklichen Söhnen leben. Ich will hier bleiben, bei meiner herzensguten Schwiegermutter.«

Damit war das geklärt. Und irgendwie ging das Leben für Julia und Mucia Tertia weiter, obwohl sie keine Nachricht von dem in Praeneste eingeschlossenen Marius hatten und die Berichte von den verschiedenen Schlachtfeldern immer zugunsten Sullas ausfielen. Wenn der junge Marius mein Bruder wäre, also der Sohn Aurelias, dachte Caesar, würde der Gedanke an seine Mutter ihn jetzt nicht trösten. Aurelia war nicht so sanft, so liebevoll und nachsichtig wie Julia – aber andererseits, wenn sie wie Julia gewesen wäre, dachte Caesar mit einem Lächeln, wäre er selbst vielleicht dem jungen Marius ähnlicher. Caesar hatte die Nüchternheit seiner Mutter geerbt – und ihre Härte.

Die schlechten Nachrichten mehrten sich. Carbo hatte sich im Schutz der Nacht davongestohlen, Sulla hatte die Samniter zurückgeschlagen, Pompeius und Crassus hatten die Männer, die Carbo in Clusium im Stich gelassen hatte, besiegt, und Metellus und Varro Lucullus kontrollierten das italische Gallien. Sulla war für einige Stunden nach Rom zurückgekehrt, hatte eine provisorische Regierung eingesetzt und zu deren Schutz Torquatus mit der thrakischen Reiterei zurückgelassen.

Aurelia hatte er nicht besucht, eine Tatsache, die ihren Sohn veranlaßte, sie ein wenig auszuhorchen. Von der Begegnung vor den Toren von Teanum Sidicinum hatte sie so gut wie nichts erzählt. Und jetzt tat sie, als sei nichts geschehen.

»Er hätte dich besuchen müssen!« sagte Caesar.

»Er wird mich nie mehr besuchen«, antwortete seine Mutter.

»Warum nicht?«

»Diese Besuche gehören einer vergangenen Zeit an.«

»Einer Zeit, in der er noch attraktiv genug war, deine Phantasie anzuregen?« brauste ihr Sohn in einem plötzlichen Ausbruch seiner sonst so streng unterdrückten Leidenschaft auf.

Sie erstarrte. Dann warf sie ihm einen vernichtenden Blick zu. »Du bist dumm und beleidigend! Laß mich allein!«

Er ging. Das Thema Sulla sprach er nie wieder an. Was immer Sulla ihr bedeutete, es war, so beschloß er, ganz allein ihre Sache.

Sie hatten vom Versuch des jungen Marius gehört, mit einem Belagerungsturm die Mauern Ofellas zu bezwingen, ein Versuch, der wie viele andere Versuche zuvor kläglich gescheitert war. Und dann, am letzten Tag des Oktober, traf die schockierende Nachricht ein, daß in Pompeius Strabos Lager vor der Porta Collina neunzigtausend Samniter eingetroffen waren.

Die beiden folgenden Tage waren die schlimmsten in Caesars Leben. Sein Priesteramt erstickte ihn, verbot ihm, ein Schwert zur Hand zu nehmen oder Sterbenden in die Augen zu sehen. So schloß er sich in seinem Arbeitszimmer ein und begann ein neues Epos, diesmal auf Lateinisch, nicht auf Griechisch. Um sich die Aufgabe zu erschweren, wählte er den daktylischen Hexameter. Der Lärm der Schlacht drang laut von draußen herein, aber er hörte nicht hin und schlug sich mit Spondeen und hohlklingenden Versen herum – und wünschte sich doch nichts sehnlicher, als mitten im Getümmel zu stehen. Er wollte kämpfen, egal auf welcher Seite, solange er nur kämpfte ...

In der folgenden Nacht ließ der Lärm nach. Caesar stürmte aus seinem Zimmer. Seine Mutter saß in ihrem Büro tief über die Abrechnungen gebeugt. Zitternd vor Wut blieb er an der Tür stehen.

»Wie soll ich über etwas schreiben, das ich nicht kenne?« rief er. »Wovon handelt denn die große Literatur, wenn nicht vom Krieg und von Kriegern? Hat Homer über Blumen geschrieben? Hat Thukydides die Imkerei als würdigen Gegenstand seiner Feder erachtet?«

Aurelia wußte, wie sie reagieren mußte. Ruhig sagte sie: »Wahrscheinlich nicht.« Dann wandte sie sich wieder ihrer Arbeit zu.

Und in dieser Nacht endete der Frieden. Julias Sohn war tot – alle waren tot, und Rom gehörte Sulla. Aber sie hörten nichts von ihm, er besuchte sie nicht und ließ ihnen keine Botschaft zukommen.

Daß der Senat und die Zenturiatskomitien ihn zum Diktator gewählt hatten, war allgemein bekannt und Gegenstand nicht enden wollender Debatten. Lucius Decumius war es, der Caesar und dem jungen Gaius Matius aus der Wohnung nebenan von den auf rätselhafte Weise verschwindenden Rittern erzählte.

»Alles Männer, die unter Marius, Cinna und Carbo reich wurden, es kann also kein Zufall sein. Und du, Pickelgesicht«, sagte Lucius Decumius zu Gaius Matius, der diesen häßlichen Spitznamen seit seiner frühesten Kindheit trug, »sei froh, daß dein Vater schon lange genug tot ist.« Er wandte sich Caesar zu. »Dasselbe gilt wahrscheinlich auch in deinem Fall, kleiner Pfau.«

»Was soll das heißen?« fragte Matius stirnrunzelnd.

»Das heißt, einige schrecklich unauffällig aussehende Gestalten sind in Rom unterwegs und murksen reiche Ritter ab«, sagte der Hausmeister der Kreuzwegbruderschaft. »Es handelt sich dabei vor allem um Freigelassene, aber nicht irgendwelche eifersüchtige Griechen, denen der Freund davongelaufen ist. Auffällig ist auch, daß sie alle Lucius Cornelius Soundso heißen. Meine Brüder und ich nennen sie Sullaner. Sie gehören nämlich Sulla. Denkt an meine Worte, ihr beiden! Wir gehen schlimmen Zeiten entgegen. Ich kann mit einiger Sicherheit voraussagen, daß noch sehr viele reiche Ritter abgemurkst werden.«

»Aber darf Sulla das denn?« sagte Matius zornig.

»Sulla darf alles«, sagte Caesar. »Sie haben ihn zum Diktator gemacht. Er hat mehr Macht als ein König. Seine Erlasse haben Gesetzeskraft, und er ist auch nicht an die *lex Caecilia Didia* gebunden, nach der zwischen Veröffentlichung und Inkrafttreten eines Gesetzes siebzehn Tage verstreichen müssen. Er muß seine Gesetze nicht einmal dem Senat oder Versammlungen der Plebs zur Beratung vorlegen, und er ist niemandem Rechenschaft über sein vergangenes oder gegenwärtiges Tun schuldig.« Nachdenklich fügte er hinzu: »Aber wenn Rom nicht mit eiserner Hand geführt wird, droht der Stadt der Untergang. Deswegen setze ich auf Sulla und hoffe darauf, daß er genügend Weitblick und Mut besitzt, zu tun, was getan werden muß.«

»Der bringt alles fertig!« sagte Lucius Decumius. »Alles!«

Dort, wo sie wohnten, im Herzen der Subura, einem der ärmsten und vielsprachigsten Viertel Roms, war von Sullas Proskriptionen weniger zu spüren als etwa auf den Carinae, auf dem Palatin, auf dem oberen Quirinal oder auf dem Viminal. Und obwohl viele Ritter der Ersten Klasse in der Subura lebten, hatten nur wenige ein höheres Amt als das des Zahlmeisters inne oder verfügten über politische Kontakte, die ihnen jetzt, da Sulla an der Macht war, zum Verhängnis werden konnten.

Als der Name des jüngeren Marius auf der ersten ausgehängten Liste an zweiter Stelle erschien, statteten Julia und Mucia Tertia Aurelia einen Besuch ab. Da sonst Aurelia diejenige war, die Julia und Mucia besuchte, war sie über die Ankunft der Frauen nicht wenig überrascht. Noch überraschter war sie, als sie von der Proskriptionsliste erfuhr, von der man in der Subura bis dahin noch nichts gehört hatte.

»Mir hat der künftige Stadtprätor, der jüngere Dolabella, die Nachricht überbracht.« Julia erschauerte. »Kein angenehmer Mensch! Der gesamte Besitz meines Sohnes ist konfisziert worden. Alles.«

»Auch euer Haus?« fragte Aurelia, die ganz blaß geworden war.

»Alles. Er hatte eine Liste, in der alles verzeichnet war. Die Bergwerke in Spanien, die Ländereien in Etruria, unsere Villa in Misenum, das Haus hier in Rom, die Besitzungen, die Gaius Marius in Lucanien und Umbria erworben hatte, die Latifundien am Bagrada in der Provinz Africa, die Wollfärberei in Hierapolis, die Glashütte in Sidon und selbst der Bauernhof in Arpinum. Das alles gehört nun Rom und wird, wie man mir gesagt hat, versteigert.«

»Ach Julia!«

Julia gelang ein Lächeln, das selbst ihre Augen erfaßte. »Aber es waren nicht nur schlechte Nachrichten. Sulla hat in einem Brief angeordnet, daß mir aus dem Vermögen hundert Silbertalente gezahlt werden. So hoch setzt er meine Mitgift an, wenn Gaius

Marius mir je eine gezahlt hätte. Denn als ich zu ihm kam, hatte ich, wie die Götter wissen, nicht einen Sesterz. Aber ich bekomme die hundert Talente, schreibt Sulla, weil ich Julillas Schwester bin. Sie war schließlich seine Frau, und um ihretwillen will er nicht, daß ich Not leide. Der Brief war sehr zuvorkommend formuliert.«

»Das ist viel Geld – und doch, nach dem, was du hattest, ist es praktisch nichts«, sagte Aurelia mit zusammengepreßten Lippen.

»Es reicht für ein hübsches Haus am Vicus Longus oder der Alta Semita und für ein angemessenes Einkommen. Die Sklaven werden natürlich zusammen mit den Besitzungen verkauft, aber Sulla hat mir erlaubt, Strophantes zu behalten. Wie dankbar ich ihm dafür bin! Der arme alte Mann verzehrt sich ganz vor Kummer.« Sie hielt inne, und in ihren Augen standen Tränen – nicht wegen ihr selbst, sondern wegen Strophantes. »Ich komme also sehr gut zurecht«, fuhr sie fort, »besser jedenfalls als die Frauen oder Mütter der anderen geächteten Männer. Ihnen bleibt rein gar nichts.«

»Und du, Mucia Tertia?« fragte Caesar. »Giltst du als Angehörige des Marius oder des Mucius?« Ihm fiel auf, daß sie nicht die geringste Trauer um ihren Mann oder Selbstmitleid wegen ihres Witwenstandes zeigte. Tante Julia litt, auch wenn sie es nicht offen zeigte. Aber Mucia Tertia?

»Ich wurde als Angehörige des Marius klassifiziert und verliere meine Mitgift«, antwortete sie. »Der Besitz meines Vaters ist hoch verschuldet, und er hat mich in seinem Testament nicht berücksichtigt. Aber selbst wenn er das getan hätte, meine Stiefmutter hätte alles unternommen, damit ich das Erbe nicht bekomme. Meine Mutter braucht sich keine Sorgen zu machen – Metellus Nepos hat nichts zu befürchten, er steht auf Sullas Seite. Aber wir müssen uns um ihre beiden Söhne kümmern. Julia und ich haben auf dem Weg hierher schon alles besprochen. Wir werden zusammenziehen. Übrigens hat Sulla mir als Witwe eines Marius verboten, jemals wieder zu heiraten. Aber das will ich sowieso nicht mehr.«

»Es ist ein Alptraum«, schluchzte Aurelia auf. Sie betrachtete ihre Hand, die tintenverschmierten Finger und die leicht geschwollenen Gelenke. »Durchaus denkbar, daß auch wir auf die Liste kommen. Mein Mann war bis zuletzt Gaius Marius' Anhänger – und ein Anhänger Cinnas, als er starb.«

»Dieses Mietshaus ist auf deinen Namen eingetragen, Mutter«, sagte Caesar. »Da alle Cottas auf Sullas Seite stehen, kannst du es sicher behalten. Vielleicht verliere ich mein Land. Aber als Jupiterpriester werde ich auch weiterhin vom Staat bezahlt und ein Haus auf dem Forum zu meiner Verfügung haben. Cinnilla wird, so wie die Dinge stehen, wohl ihre Mitgift verlieren.«

»Soviel ich weiß, verlieren Cinnas Verwandte alles«, sagte Julia mit einem Seufzer. »Sulla will mit seinen Gegnern ein für allemal aufräumen.«

»Und Annia? Und die ältere Tochter Cornelia Cinna?« wollte Aurelia wissen. »Annia konnte ich noch nie ausstehen. Sie war der kleinen Cinnilla eine Rabenmutter und hat sich nach Cinnas Tod mit unziemlicher Hast wieder verheiratet. Wahrscheinlich hat sie damit ihren Hals gerettet.«

»Ganz recht«, sagte Julia. »Sie ist lange genug mit Pupius Piso Frugi verheiratet, um als Pupia durchzugehen. Von Dolabella habe ich eine Menge erfahren. Wie begierig er war, mir zu sagen, wer alles bluten muß. Die arme Cornelia Cinna wurde mit Gnaeus Ahenobarbus eingestuft. Natürlich hat sie ihr Haus verloren, als Sulla nach Rom zurückkam. Da Annia sie nicht bei sich aufnehmen wollte, wohnt sie jetzt, soviel ich weiß, bei einer alten Tante, einer ehemaligen Vestalin, draußen in der Via Recta.«

»Wie froh bin ich, daß meine beiden Töchter mit unbedeutenden Männern verheiratet sind!« rief Aurelia.

»Wißt ihr schon, was Lepidus getan hat?« warf Caesar ein, um die Frauen von ihren Sorgen abzulenken.

»Nein, was?«

»Offenbar hat er eine Vorahnung von dem gehabt, was passieren würde. Gestern hat er sich nämlich von seiner Frau, Saturninus' Tochter Appuleia, scheiden lassen.«

»Nein, wie furchtbar!« rief Julia. »Daß die bestraft werden müssen, die gegen Sulla gekämpft haben, kann ich noch verstehen. Aber warum müssen auch ihre Kinder und Kindeskinder darunter leiden? Die Sache mit Saturninus liegt doch schon so lange zurück! Als ob das Sulla noch kümmern würde. Warum hat Lepidus das getan, wo sie ihm doch drei so prachtvolle Söhne geboren hat?«

»Sie wird ihm keine mehr gebären«, sagte Caesar. »Sie hat ein heißes Bad genommen und sich die Venen aufgeschnitten. Und was macht Lepidus jetzt? Er rennt herum und vergießt Bäche von Tränen. Wirklich!«

»Das sieht ihm gleich«, sagte Aurelia verächtlich. »Ich will ja gar nicht abstreiten, daß es auch für schwache Männer einen Platz auf der Welt geben muß, aber das Problem von Marcus Aemilius Lepidus ist, daß er sich für stark hält.«

»Armer Lepidus!« seufzte Julia.

»Arme Appuleia«, sagte Mucia Tertia trocken.

Doch nach dem, was Cotta ihnen jetzt berichtet hatte, schien es, als sollte ihre Familie nicht geächtet werden. Die sechshundert Jugera bei Bovillae waren ihr sicher, und beim nächsten Zensus würde Caesar in den Rang eines Senators aufsteigen. Caesar lächelte sarkastisch und sah dem Schnee zu, der dicht wie ein pulveriger Wasserfall in den Lichtschacht heruntersank. Nicht daß er sich um den Zensus Sorgen zu machen brauchte! Als Jupiterpriester war er automatisch Mitglied des Senats.

Während Caesar die fallenden Flocken betrachtete, ruhte der Blick seiner Mutter auf ihm.

Er ist ein wunderbarer Mensch! dachte sie – und das ist mein Verdienst, ganz allein meines. Denn er ist keineswegs vollkommen, auch wenn er viele herausragende Eigenschaften besitzt. Er ist nicht so liebenswert, so nachsichtig und so mitfühlend, wie sein Vater es war, auch wenn er ihm äußerlich sehr ähnlich sieht. Auch mir sieht er ähnlich. Und er hat so viele verschiedene Fähigkeiten. Wohin man ihn in diesem Haus auch schickt, er bessert alles aus – Rohre, Kacheln, Putz, Fensterläden, Abflüsse, Farben, Holz. Er kann Hebräisch und Medisch und, dank der erstaunlichen Vielfalt unserer Mieter, ein gutes Dutzend weiterer Sprachen. Und als Junge war er auf dem Marsfeld eine Legende, versichert mir Lucius Decumius! Er schwimmt wie ein Fisch, reitet sicher und läuft schnell wie der Wind. Die Gedichte und Dramen, die er schreibt – so gut wie Plautus und Ennius, obwohl ich seine Mutter bin und das nicht sagen sollte. Was die Rhetorik angeht, sucht er seinesgleichen, sagt Marcus Antonius Gnipho. Wie waren seine Worte? Ach ja: Er kann Steine zu Tränen rühren und Berge in Zorn versetzen. Er kennt sich in den Gesetzen aus! Und er kann alles auf den ersten Blick lesen, egal wie schlecht es geschrieben ist. In ganz Rom macht ihm das keiner nach, nicht einmal der wortgewandte Marcus Tullius Cicero. Und die Frauen – wie sie ihn verfolgen! Durch die ganze Subura. Natürlich glaubt er, ich wisse das nicht. Er nimmt an, ich hielte ihn für einen keuschen jungen Mann, der auf seine junge Gemahlin wartet. Auch gut! Männer sind seltsame Wesen, wenn es um den Teil geht, der sie zu Männern macht. Aber mein Sohn ist eben nicht vollkommen, nur in höchstem Maße begabt. Er hat ein jähzorniges Temperament, auch wenn er versteht, das zu verbergen. In mancher Hinsicht ist er sehr egoistisch und kann sich nur wenig in die Gefühle und Nöte anderer Menschen hineinversetzen. Was sein starkes Bedürfnis nach Sauberkeit angeht: Ich habe daran nichts auszusetzen, ich frage mich nur, von wem er es hat – von mir bestimmt nicht! Er würdigt keine Frau eines Blickes, die nicht gerade aus dem Bad gestiegen ist. Ich habe den Eindruck, er inspiziert sie vom Scheitel bis zu den Zehen. Und das hier in der Subura! Na, so überaus beliebt, wie er ist, hat die Sauberkeit der Frauen hier deutlich zugenommen, seit er vierzehn geworden ist. Frühreifes Früchtchen! Ich hatte immer gehofft, mein Mann werde sich während der vielen Jahre, die er auswärts verbracht hat, der dortigen Frauen bedienen. Aber er hat mir stets die Treue gehalten und auf mich gewartet. Wenn mir etwas an ihm mißfallen hat, dann diese Eigenschaft. Weil er sich für mich, die er doch so selten sah, aufhob, habe ich mich immer schuldig gefühlt. Na, das wird mein Sohn seiner Frau nie antun – ich hoffe nur, sie wird ihr Glück zu schätzen wissen. Jetzt also Sulla! Sulla will ihn sehen. Ich wünschte, ich wüßte warum. Ich wünschte …

Ein Geräusch riß sie aus ihren Tagträumen. Caesar war vor sie getreten, schnippte mit den Fingern und lachte.

»Wo bist du gewesen?« fragte er.

»Überall und nirgends.« Fröstelnd stand sie auf. »Ich werde Burgundus sagen, er soll eine Kohlenpfanne in dein Zimmer stellen, Caesar. Es ist zu kalt hier.«

»Unsinn«, sagte er liebevoll.

»Ich will nicht, daß du verschnupft und niesend vor Sulla stehst.«

Am folgenden Tag erschien Caesar eine gute Stunde vor der Essenszeit im Haus des Gnaeus Ahenobarbus. Er wollte lieber warten, als eine Verspätung riskieren. Sullas Verwalter, ein glatter Grieche, maß ihn mit anzüglichen Blicken und teilte ihm mit, er sei zu früh gekommen. Ob es ihm etwas ausmache zu warten? Ein kalter Schauer überlief Caesar. Er nickte knapp und wandte dem Mann den Rücken zu, der wenig später in ganz Rom als Chrysogonus zu einiger Berühmtheit gelangen sollte.

Doch Chrysogonus ließ sich nicht abwimmeln. Offensichtlich fand er den Besucher so anziehend, daß er seine Verführungskünste an ihm erproben wollte. Caesar hätte ihm am liebsten die Faust in die Zähne geschlagen, doch hatte er genügend Verstand, sich zu beherrschen. Dann kam ihm die rettende Idee. Er trat auf die Loggia hinaus, und wie erwartet schreckte die Kälte den Verwalter davor ab, ihm zu folgen. Das Haus hatte zwei Loggien. Von der Loggia, auf der Caesar jetzt stand und mit der Spitze seines Holzschuhs halbmondförmige Muster in den Schnee zeichnete, sah man nicht zum Forum Romanum hinunter, sondern auf die Felsen des Palatin in Richtung des Clivus Victoriae. Direkt über Caesar befand sich die Loggia eines anderen Hauses, das buchstäblich über dem Anwesen des Ahenobarbus hing.

Wessen Haus war das? Caesar runzelte die Stirn und versuchte sich zu erinnern. Marcus Livius Drusus hatte dort gewohnt; er war vor zehn Jahren im Atrium des Hauses ermordet worden. Jetzt wohnten dort all diese verwaisten Kinder, unter der strengen Aufsicht von ...? Wie hieß sie denn, die Tochter dieses Servilius Caepio, der auf dem Rückweg aus seiner Provinz ertrunken war? Gnaea? Ja, Gnaea. Und ihre gefürchtete Mutter, die furchtbare Porcia Liciniana! Und viele kleine Servilii Caepiones und Porcii Catones. Die falschen Porcii Catones, die vom Zweig des Salonius. Abkömmlinge eines Sklaven. Da war ja einer von ihnen! Ein magerer Junge lehnte über die marmorne Brüstung. Sein Hals war so lang, daß er an einen Storch erinnerte, seine Nase so groß, daß sie selbst auf diese Entfernung hervorstach. Außerdem hatte er einen dicken Schopf glatter roter Haare – kein Zweifel, das war ein Nachkomme von Cato dem Zensor.

Caesar liebte den Klatsch und merkte sich jede Einzelheit. Doch nun ertönte eine Stimme hinter ihm.

»Ehrwürdiger Priester, mein Herr ist bereit, dich zu empfangen.«

Caesar winkte dem Jungen auf dem Balkon über ihm zu und wandte sich grinsend ab, amüsiert darüber, daß sein Winken nicht beantwortet worden war. Der junge Cato war wahrscheinlich zu erstaunt gewesen, um zurückzuwinken. Wer sollte auch hier, in Sullas zeitweiligem Domizil, einem armseligen Jungen, der aussah wie ein Storch und von einem tusculanischen Landbesitzer und einer keltiberischen Sklavin abstammte, freundschaftlich zuwinken?

Obwohl Caesar wußte, was ihn erwartete, erschrak er, als er Sulla sah. Kein Wunder, daß der Diktator seine Mutter nicht besucht hatte! An seiner Stelle hätte ich das auch nicht getan, dachte Caesar. Er näherte sich Sulla so leise, wie seine Holzschuhe es erlaubten.

Sulla sah auf und starrte ihn einen Moment lang verständnislos an. Caesar war in seinem häßlichen, rot und lila gemusterten Umhang und dem cremefarbenen Elfenbeinhelm, der an einen kahlrasierten Schädel erinnerte, kaum zu erkennen.

»Nimm das Zeug ab«, sagte Sulla schließlich und widmete sich wieder den Dokumenten, die auf seinem Tisch lagen.

Als Sulla erneut aufsah, machte sein Herz einen Satz. Der Priester war verschwunden, und vor ihm stand – sein Sohn. Die Haare auf Sullas Armen und in seinem Nacken richteten sich auf. Er gab einen Ton von sich, der klang, als entweiche Luft aus einer Blase, und erhob sich unsicher. Das goldene Haar, die großen blauen Augen, das lange Gesicht der Caesaren, sein hoher Wuchs ... Und dann verwischten Sullas tränenverhangene Augen die Unterschiede: Aurelias hohe, scharfe Wangenknochen mit den Grübchen, ihre wohlgeformten Lippen mit den Falten in den Mundwinkeln. Caesar war älter als der jüngere Sulla zum Zeitpunkt seines Todes, er war fast schon ein Mann, kein Junge mehr. Lucius Cornelius, mein Sohn, warum mußtest du sterben?

Sulla drängte die Tränen zurück. »Ich hielt dich einen Augenblick lang für meinen Sohn«, sagte er rauh. Er erschauerte.

»Dein Sohn war mein Vetter.«

»Du hast einmal gesagt, du hättest ihn gern gehabt.«

»Das stimmt.«

»Mehr als den Sohn des Marius, hast du gesagt.«

»Das stimmt.«

»Und du hast ihm nach seinem Tod ein Gedicht gewidmet, aber gesagt, ich könne es nicht sehen, es sei nicht gut genug.«

»Ja, das ist wahr.«

Sulla ließ sich in seinen Sessel zurücksinken. Seine Hände zitterten. »Setz dich, Junge. Dorthin, wo das Licht am hellsten ist und ich dich am besten sehen kann. Meine Augen sind nicht mehr die besten.« Unverwandt starrte er ihn an. Der große Jupiter, dessen Priester der Junge war, mußte ihn geschickt haben. »Was hat dein Onkel Gaius Cotta dir gesagt?«

»Nur, daß ich zu dir kommen soll, Lucius Cornelius.«

»Nenne mich Sulla. Alle nennen mich so.«

»Und ich werde Caesar genannt, sogar von meiner Mutter.«

»Du bist der Jupiterpriester.«

Etwas blitzte in den Augen Caesars auf, die Sulla so beunruhigend vertraut waren – warum waren sie ihm so vertraut? Die Augen seines Sohnes waren doch von einem viel reineren Blau und viel lebhafter gewesen. War es Wut? Schmerz? Nein, nicht Schmerz. Wut.

»Das bin ich«, antwortete Caesar. »Der Priester des Jupiter.«

»Die Männer, die dich ernannt haben, waren Feinde Roms.«

»Nicht zu der Zeit, als sie mich ernannten.«

»Stimmt.« Sulla nahm eine mit Gold eingelegte Schreibfeder auf und legte sie wieder hin. »Du hast eine Frau.«

»Ja.«

»Cinnas Tochter.«

»Ja.«

»Habt ihr die Hochzeit vollzogen?«

»Nein.«

Sulla stand auf und ging zu dem trotz der klirrenden Kälte weit offenstehenden Fenster hinüber. Caesar mußte innerlich lachen – was seine Mutter wohl dazu gesagt hätte? Hier war ein Mann, den die Elemente ebenfalls nicht kümmerten.

Sulla betrachtete durch das Fenster die auf einer hohen Säule thronende Statue des Scipio Africanus. Da sein Haus weiter oben am Hang stand, befand Sulla sich auf einer Höhe mit der Statue. »Ich habe mir die Wiedererrichtung der Republik zum Ziel gesetzt«, sagte er. »Aus Gründen, die du verstehen wirst, habe ich beschlossen, mit der Religion anzufangen. Wir haben die alten Werte aus den Augen verloren und müssen uns auf sie besinnen. Deshalb werden Priester und Auguren von nun an nicht mehr gewählt. Dasselbe gilt auch für den Pontifex Maximus. In Rom sind Politik und Religion zwar unentwirrbar miteinander verwoben, aber ich will nicht, daß die Religion die Dienerin der Politik wird, wenn es umgekehrt sein sollte.«

»Das leuchtet mir ein«, sagte Caesar. »Aber ich glaube, der Pontifex Maximus muß gewählt werden.«

»Was du glaubst, mein Junge, interessiert mich nicht.«

»Warum bin ich dann hier?«

»Ganz bestimmt nicht, um schlaue Bemerkungen auf meine Kosten zu machen.«

»Ich bitte um Entschuldigung.«

Sulla drehte sich abrupt um und warf dem Jupiterpriester einen durchdringenden Blick zu. »Du hast wohl überhaupt keine Angst vor mir, was?«

Caesar lächelte – dasselbe Lächeln! – ein Lächeln, das Herz und Verstand gleichermaßen bezauberte. Dann sagte er: »Ich habe mich oft über unserem Speisezimmer versteckt und gelauscht, wenn du mit meiner Mutter gesprochen hast. Die Zeiten haben sich geändert und wir mit ihnen. Aber ich kann mich nicht vor dem Mann fürchten, den ich liebgewann, als ich entdeckte, daß er nicht der Liebhaber meiner Mutter war.«

Sulla lachte laut los, und das Lachen ließ ihn die Tränen vergessen, die wieder in seine Augen getreten waren. »Du hast recht! Nicht, daß ich es nicht versucht hätte. Aber deine Mutter war viel zu klug, sich auf mich einzulassen. Sie denkt wie ein Mann. Ich bringe Frauen kein Glück, das habe ich noch nie getan.« Er musterte Caesar mit seinen blassen, unruhigen Augen. »Auch du wirst Frauen kein Glück bringen, obwohl es in deinem Leben viele geben wird.«

»Warum hast du mich rufen lassen, wenn du meinen Rat nicht hören willst?«

»Das hat mit bestimmten religiösen Mißständen zu tun. Man sagt, du seist an dem Tag geboren worden, an dem das Feuer im Jupitertempel erlosch.«

»Ja.«

»Und wie deutest du das?«

»Als gutes Omen.«

»Leider teilen weder das Priesterkollegium noch das Kollegium der Auguren deine Ansicht, Caesar. Sie haben seit einiger Zeit angestrengt über dich und das Amt des Jupiterpriesters nachgedacht und sind zu dem Schluß gekommen, daß gewisse Unstimmigkeiten in bezug auf dein Priesteramt für die Zerstörung des Jupitertempels verantwortlich waren.«

Caesar sah ihn begeistert an. »Wie froh bin ich, das zu hören!«

»Was? Froh über was?«

»Daß ich nicht der Jupiterpriester bin.«

»Das habe ich nicht gesagt.«

»Doch, das hast du!«

»Du verstehst mich falsch, Junge. Du bist der Jupiterpriester. Fünfzehn Priester und fünfzehn Auguren haben dies zweifelsfrei festgestellt.«

Die Begeisterung auf Caesars Gesicht war wie weggeblasen. »Ich wäre viel lieber Soldat«, sagte er mürrisch. »Dazu tauge ich mehr.«

»Was du willst, tut nichts zur Sache. Entscheidend ist, was du bist. Und was deine Frau ist.«

Caesar runzelte die Stirn. »Das ist nun schon das zweite Mal, daß du meine Frau erwähnst.«

»Du mußt dich von ihr scheiden lassen«, sagte Sulla unverblümt.

»Mich von ihr scheiden lassen? Aber das kann ich nicht!«

»Warum nicht?«

»Wir haben unsere Ehe nach dem Ritus der *confarreatio* geschlossen.«

»Sie läßt sich durch eine *diffarreatio* auflösen.«

»Aber warum soll ich mich von ihr scheiden lassen?«

»Weil sie Cinnas Tochter ist. Meine Gesetze zu den geächteten Männern und ihren Familien lassen den Bürgerstatus minderjähriger Kinder unklar. Die Priester und Auguren haben nun entschieden, daß in diesem Fall die *lex Minicia* Anwendung findet. Demzufolge ist deine Frau weder Römerin noch Patrizierin und darf deshalb auch nicht das Amt der Jupiterpriesterin bekleiden.

Das Amt des Jupiterpriesters ist ein Doppelamt, die Priesterin muß den Voraussetzungen des Amtes also genauso genügen wie der Priester. Deshalb mußt du dich von ihr scheiden lassen.«

»Das tue ich nicht«, sagte Caesar, der auf einmal eine Idee hatte, wie er das verhaßte Priesteramt loswerden konnte.

»Du tust, was ich dir befehle, mein Junge.«

»Ich tue nichts, was ich nicht verantworten kann.«

Sullas Lippen wurden zu dünnen Strichen. »Ich bin der Diktator«, sagte er ruhig. »Du wirst dich scheiden lassen.«

»Ich weigere mich.«

»Notfalls zwinge ich dich.«

»Und wie?« entgegnete Caesar verächtlich. »Die Durchführung einer *diffarreatio* erfordert meine Einwilligung und Mitarbeit.«

Es war Zeit, dem Jungen den Starrsinn auszutreiben. In Sullas Augen lauerte die nackte, klauenbewehrte Bestie, die in ihm hauste. Doch in dem Moment, als sie zum Sprung ansetzte, erkannte Sulla plötzlich, warum Caesars Augen ihm so vertraut waren. Sie waren wie seine eigenen Augen, kalt und empfindungslos wie die einer Schlange. Die nackte, klauenbewehrte Bestie verschwand, ihrer Macht beraubt. Zum ersten Mal in seinem Leben sah sich Sulla außerstande, einem anderen Menschen seinen Willen aufzuzwingen. Die Wut, die sonst über ihn kam, blieb aus. Gezwungen, in Augen wie die seinen zu blicken, versagte Lucius Cornelius Sullas Macht.

Also mußte er mit Worten weiterkämpfen. »Ich habe gelobt, den religiösen Vorschriften unserer Väter wieder zur Geltung zu verhelfen«, sagte er. »Rom soll seine Götter wieder ehren und pflegen, wie es zu Anfang der Republik Brauch war. Jupiter Optimus Maximus ist zornig. Über dich – oder besser deine Frau. Du bist sein Priester, aber deine Frau ist ein untrennbarer Teil des Priesteramtes. Du mußt dich von deiner gegenwärtigen Frau trennen und eine andere nehmen, welche die Voraussetzungen erfüllt. Du mußt dich von Cinnas Tochter scheiden lassen, weil sie keine Römerin ist.«

»Das werde ich nicht«, beharrte Caesar.

»Dann muß ich eine andere Lösung finden.«

»Ich weiß eine«, sagte Caesar schnell. »Der große Jupiter kann sich von mir scheiden lassen. Beende mein Priesteramt!«

»Das hätte ich als Diktator vielleicht sogar tun können, wenn ich die Priester und Auguren nicht gefragt hätte. Jetzt ist es zu spät, ich muß mich an ihre Beschlüsse halten.«

»Es scheint, als steckten wir in einer Sackgasse«, sagte Caesar ruhig.

»Nicht unbedingt. Es gibt noch einen anderen Ausweg.«

»Du kannst mich töten lassen.«

»Genau.«

»Dann würde das Blut des Jupiterpriesters an deinen Händen kleben, Sulla.«

»Es würde an den Händen eines anderen kleben. Ich halte nichts von diesen griechischen Metaphern, Gaius Julius Caesar. Und unsere Götter auch nicht. Schuld kann nicht übertragen werden.«

Caesar dachte über diese Worte nach. »Ich glaube, du hast recht. Wenn jemand anderer mich tötet, trägt er die ganze Schuld.« Er stand auf. »Damit wäre unsere Unterredung wohl beendet.«

»Das ist sie. Es sei denn, du willst es dir noch einmal überlegen.«

»Ich lasse mich nicht scheiden.«

»Dann lasse ich dich töten.«

»Wenn es dir gelingt.« Caesar wandte sich zum Gehen.

»Priester«, rief Sulla ihm hinterher, »du hast deinen Wollmantel und deine Mütze vergessen!«

»Bewahre sie für den nächsten Jupiterpriester auf.«

Caesar zwang sich, langsam zu gehen. Wie schnell würde der Diktator sein Gleichgewicht wiederfinden? Denn daß er es verloren hatte, hatte Caesar sofort gemerkt. Offenbar gab es nicht allzu viele Menschen, die sich Lucius Cornelius Sulla offen widersetzten.

Es war eisig kalt, zu kalt für Schnee. Weil er in kindischem Trotz seinen Mantel hatte liegenlassen, fror er jetzt. Aber das war unwichtig. Auf dem Weg vom Palatin zur Subura würde er nicht an Unterkühlung sterben. Viel wichtiger war, was er als nächstes unternehmen sollte. Sulla wollte ihn töten, davon war er fest überzeugt. Caesar seufzte. Ihm blieb nur die Flucht. Zwar mangelte es ihm nicht an Selbstbewußtsein, aber er wußte genau, wer siegen würde, wenn er in Rom blieb. Sulla. Wenigstens hatte er noch eine Gnadenfrist von einem Tag, denn der Diktator hatte einen übervollen Terminkalender wie alle anderen Beamten und mußte jetzt noch eine Besprechung mit einer Gruppe jener unauffälligen Männer unterbringen, wie sie überall in der Stadt zu sehen waren. Im Flur von Sullas Haus saßen, wie Caesar vorhin mit einem Blick festgestellt hatte, Klienten, keine gedungenen Mörder. Das Leben in Rom hatte nichts mit einer griechischen Tragödie gemein, in der leidenschaftliche Befehle an Männer ergingen, die bereits wie blutrünstige Hunde an der Leine zerrten. Sulla würde seine Befehle erteilen, wenn er Zeit dazu hatte. Also nicht sofort.

Blau vor Kälte kam er zu Hause an.

»Wo ist dein Mantel?« rief Aurelia erschrocken.

»Bei Sulla«, brachte er mühsam heraus. »Ich habe sie dem nächsten Jupiterpriester vermacht. Mutter, Sulla hat mir gezeigt, wie ich das Priesteramt loswerde!«

Aurelia drückte ihn auf einen Hocker neben einer Kohlenpfanne. »Erzähle.«

Caesar setzte sich und fing an zu berichten.

»Ach Caesar! Warum?« rief sie, als er geendet hatte.

»Das weißt du doch, Mutter. Vor allem liebe ich meine Frau. Sie hat jahrelang mit uns gelebt und in mir nach der Liebe gesucht, die ihr weder Vater noch Mutter geben konnten. Sie verehrt mich über alles. Wie könnte ich sie jetzt verlassen? Sie ist Cinnas Tochter! Mittellos und nicht einmal mehr Bürgerin Roms! Ich will nicht sterben, Mutter. Auch ein Leben als Jupiterpriester ist dem Tod bei weitem vorzuziehen. Aber es gibt Dinge, für die zu sterben sich lohnt. Prinzipien zum Beispiel. Die Pflichten eines römischen Ritters, zu denen du mich so konsequent erzogen hast. Ich bin für Cinnilla verantwortlich, ich kann sie nicht verlassen.« Er zuckte mit den Achseln, dann sah er Aurelia triumphierend an. »Außerdem werde ich so das Priesteramt los. Solange ich mich weigere, mich von Cinnilla scheiden zu lassen, kann der Große Gott mich nicht als seinen Priester annehmen.«

»Sulla wird dich umbringen.«

»Das liegt in der Hand des großen Jupiter, Mutter, das weißt du doch. Bestimmt war es Fortuna, die mir diese Gelegenheit zu Füßen gelegt hat. Ich muß sie nur nutzen. Ich muß am Leben bleiben, bis Sulla tot ist. Dann wird niemand mehr wagen, sich am Jupiterpriester zu vergreifen, und die Kollegien müssen die Ketten, die mich ans Priesteramt fesseln, lösen. Ich glaube nicht daran, daß Jupiter Optimus Maximus mich zu seinem Priester auserkoren hat. Jupiter hat mich für eine andere Aufgabe ausersehen, eine Aufgabe, in der ich Rom mehr nützen kann.«

Aurelia gab auf. »Dann brauchst du jetzt vor allem Geld, Caesar, und zwar mindestens zwei Silbertalente. Das ist der Preis, der auf den Kopf eines geächteten Mannes steht. Wenn du in deinem Versteck aufgestöbert wirst, brauchst du natürlich mehr als zwei Talente, um dich freizukaufen. Für Lebensunterhalt und Kopfgeld zusammen könnten drei Talente genügen.« Sie fuhr sich mit den Händen durchs Haar, wie sie es immer tat, wenn sie eine größere Summe Geld auftreiben mußte. »Woher aber drei Talente nehmen? Von der Bank? Nein, das dauert zu lange. Fünfundsiebzigtausend Sesterzen ... Zehntausend bewahre ich in meinem Zimmer auf. Und die Mieten sind fällig, ich kann sie heute nacht noch einsammeln. Wenn die Mieter hören, wozu ich das Geld brauche, werden sie sofort zahlen. Sie sind nämlich in dich vernarrt – warum, ist mir allerdings ein Rätsel, eigensinnig und starrköpfig, wie du bist! Vielleicht weiß Gaius Matius, wo noch mehr zu holen ist. Und wie ich Lucius Decumius kenne, versteckt er das Geld aus seinen dunklen Geschäften in Krügen unter dem Bett ...«

Weiter vor sich hin murmelnd, verließ Aurelia das Zimmer. Caesar seufzte und stand auf. Er mußte seine Flucht organisieren und mit Cinnilla sprechen, bevor er verschwand, und ihr alles erklären. Er schickte den Verwalter Eutychus zu Lucius Decumius, dann ließ er Burgundus kommen.

Der ältere Gaius Marius hatte Caesar den Sklaven Burgundus testamentarisch vermacht. Caesar hatte Gaius Marius von Anfang an verdächtigt, das nur getan zu haben, um ihn noch fester an das Amt des Jupiterpriesters zu binden und damit seine politische Karriere endgültig zu beenden. Tatsächlich hatte Gaius Marius Burgundus beauftragt, Caesar für den Fall, daß er aus irgendeinem Grund sein Priesteramt niederlegen sollte, zu töten. Doch Caesar hatte Burgundus mit seiner Liebenswürdigkeit bald für sich gewonnen. Dabei hatte ihm geholfen, daß Cardixa, eine hünenhafte Avernerin und Dienstmagd seiner Mutter, Burgundus fest im Griff hatte. Burgundus, ein Germane vom Stamm der Kimber, war gerade achtzehn Jahre alt gewesen, als er nach der Schlacht von Vercellae in Gefangenschaft geraten war. Jetzt war er siebenunddreißig und Cardixa fünfundvierzig. Wie lange Cardixa Burgundus noch jährlich ein Kind gebären würde – fünf hatten sie bereits –, war in Caesars Familie Gegenstand witziger Diskussionen. Cardixa und Burgundus wurden an dem Tag freigelassen, an dem Caesar die Volljährigkeit erreichte, entschieden sich aber dafür, auch als römische Bürger bei ihren bisherigen Herren zu bleiben – ihre Stimmen waren bei Wahlen sowieso wertlos, da sie natürlich in der Subura registriert worden waren. Aurelia war zwar sparsam, aber auch gerecht und hatte Cardixa und Burgundus immer einen anständigen Lohn gezahlt, den die beiden, für deren Auskommen in Aurelias Haushalt gesorgt war, für ihre Söhne gespart hatten.

»Aber jetzt mußt du das Geld nehmen, Caesar«, sagte Burgundus in seinem von einem starken germanischen Akzent gefärbten Latein. »Du brauchst es.«

Caesar war mit seinen über sechs Fuß für einen Römer zwar groß, aber Burgundus überragte ihn bei doppelter Körperbreite noch um einen halben Kopf. Das hellhäutige Gesicht des Germanen mit der für den römischen Geschmack viel zu kurzen und geraden Nase und dem zu breiten Mund sah so gleichmütig aus wie immer, als er Caesar seine gesamten Ersparnisse anbot. Aus seinen klaren blauen Augen aber schienen die Liebe und Achtung, die er seinem Herrn entgegenbrachte.

Caesar sah ihn dankbar an, schüttelte aber den Kopf. »Ich danke dir für das Angebot, aber meine Mutter wird Geld schon anderswo auftreiben. Wenn nicht – nun, dann werde ich dein Angebot annehmen und dir die Schuld mit Zins und Zinseszins begleichen.«

Lucius Decumius trat ein, und mit ihm kam ein Schwall eisiger Luft ins Zimmer. Hastig erteilte Caesar Burgundus die letzten Anweisungen.

»Packe warme Sachen für uns beide ein, Burgundus. Und für dich eine Keule. Ich werde das Schwert meines Vaters tragen.« Wie gut es tat, das sagen zu können: Ich werde das Schwert meines

Vaters tragen! Es gab Schlimmeres, als vor dem Zorn eines Diktators fliehen zu müssen.

»Ich wußte, daß dieser Sulla uns noch Schwierigkeiten machen würde!« sagte Lucius Decumius grimmig. Er sagte nichts davon, wie Sulla ihm einmal mit einem einzigen Blick panische Angst gemacht hatte. »Meine Jungs sind nach Hause, Geld holen. Es ist genug da.« Mit funkelnden Augen starrte er Burgundus an. »Hör zu, Caesar. Du kannst dich bei einem solchen Wetter nicht allein mit diesem zu groß geratenen Tölpel auf den Weg machen! Meine Jungs und ich begleiten dich.«

Caesar hatte das erwartet. Er sah Lucius Decumius mit einem Blick an, der keinen Widerspruch duldete, und sagte: »Nein, das kann ich nicht zulassen. Je mehr wir sind, desto eher erregen wir Aufsehen.«

»Aufsehen?« Lucius Decumius schnappte nach Luft. »Wie kannst du hoffen, kein Aufsehen zu erregen, wenn dieser zu groß geratene Trampel hinter dir herwatschelt? Laß ihn hier und nimm mich an seiner Stelle mit. Den alten Lucius Decumius sieht niemand, er macht sich auf der Straße unsichtbar.«

»Für Rom mag das zutreffen«, sagte Caesar und sah Decumius liebevoll an, »aber im Sabinerland fällst du auf wie ein bunter Vogel. Nein, Burgundus und ich kommen schon zurecht. Und wenn ich weiß, daß du hier bist und dich um die Frauen kümmerst, während ich weg bin, nimmst du mir damit eine große Sorge ab.«

Er hatte vollkommen recht, und Lucius Decumius gab widerstrebend nach.

»Aufgrund der Proskriptionen ist es wichtiger als jemals zuvor, daß jemand zurückbleibt und die Frauen beschützt. Tante Julia und Mucia Tertia haben niemanden außer uns. Auf dem Quirinal wird ihnen zwar kaum etwas zustoßen, schließlich mögen alle Römer Tante Julia. Aber Sulla mag sie nicht, ihr müßt also trotzdem auf sie achtgeben. Meine Mutter« – er zuckte mit den Achseln – »meine Mutter ist, wie sie ist, und das ist ebenso gut wie schlecht, was die Gefahr betrifft, die ihr von Sulla droht. Wenn die Umstände sich ändern sollten, wenn Sulla sich zum Beispiel entschließt, mich und wegen mir auch meine Mutter zu ächten, sorgt dafür, daß ihr alle Mitglieder des Haushalts in Sicherheit bringt.« Er grinste. »Wir haben viel zu viel Geld in die Mästung von Cardixas Söhnen gesteckt, um jetzt zulassen zu können, daß Sulla sich an ihnen eine goldene Nase verdient.«

»Ihnen wird nichts geschehen, kleiner Pfau.«

»Danke.« Dann wandte Caesar sich der konkreten Planung zu. »Bitte beschaffe einige Maultiere und hole die Pferde aus dem Stall.«

Dies war Caesars Geheimnis, ein Geheimnis, in das nur Burgundus und Lucius Decumius eingeweiht waren. Als Jupiterpriester war es ihm verboten, ein Pferd zu besteigen. Doch seit der Zeit, da ihn der ältere Gaius Marius das Reiten gelehrt hatte, liebte er das Gefühl der Schnelligkeit und den kraftvollen Leib eines Pferdes zwischen den Schenkeln über alles. Obwohl er, von seinem wertvollen Landbesitz abgesehen, keineswegs reich genannt werden konnte, besaß er aus dem Erbe seines Vaters eine gewisse Summe, die ihm allein gehörte und die seine Mutter nie angerührt hätte. Dieses Geld erlaubte ihm, zu kaufen, wonach sein Herz begehrte, ohne vorher Aurelia fragen zu müssen. Und so hatte er ein Pferd gekauft, ein ganz besonderes Pferd.

Allen anderen Auflagen seines Priesteramtes beugte Caesar sich willig. Da ihn wenig kümmerte, was er aß, war die eintönige Kost der Priester für ihn nicht weiter schlimm. Das Schwert seines Vaters aus der Truhe zu holen, in der es lag, wünschte er sich zwar schon öfter, aber auch dieser Versuchung hatte er widerstanden. Nicht widerstehen können hatte er hingegen seiner Liebe zu Pferden und zum Reiten. Das harmonische Zusammenspiel zweier so verschiedener Geschöpfe wie Mensch und Pferd faszinierte ihn. Deshalb hatte er einen wunderschönen kastanienbraunen Wallach erstanden, der schnell wie der Nordwind galoppierte, und ihn nach dem legendären Pferd Alexanders des Großen Bucephalus benannt. Dieses Tier war die größte Freude in Caesars Leben. Wann immer er es einrichten konnte, eilte er zur Porta Capena, wo jeweils Burgundus oder Lucius Decumius mit Bucephalus auf ihn warteten. Er schwang sich auf das Pferd und jagte ohne Rücksicht auf Leib und Leben den Treidelpfad am Tiber entlang und preschte an Ochsen vorbei, die gleichgültig die Kähne flußaufwärts zogen. Wenn ihm das langweilig wurde, lenkte er Bucephalus querfeldein und flog mit ihm über niedrige

Mauern und Büsche. Viele kannten das Pferd, aber niemand erkannte den seltsam gekleideten Reiter, denn Caesar trug stets Hosen wie ein Galater und hatte einen medischen Schal um Kopf und Hals geschlungen.

Die geheimen Ausritte verliehen seinem Leben aber auch jenes Risiko, das er so dringend brauchte. Bewußt war ihm das freilich nicht. Er hielt es einfach nur für einen gelungenen Witz, Rom hinters Licht zu führen und sein Priesteramt aufs Spiel zu setzen. Zwar ehrte und respektierte er den Großen Gott, dem er diente, gleichzeitig wußte er aber auch um seine einzigartige Beziehung zu diesem Gott. Sein Vorfahr Aeneas war schließlich das der Liebe entsprungene Kind der Venus gewesen, der Göttin der Liebe, also verstand Jupiter ihn, wußte Jupiter, daß in den Adern seines irdischen Dieners ein Tropfen göttlichen Bluts floß. Allen anderen Vorschriften, die das Amt ihm auferlegte, gehorchte er, so gut er konnte, aber der Preis dieses Gehorsams war Bucephalus, die Erfahrung des Einsseins mit einem Lebewesen, das ihm unendlich mehr bedeutete als alle Frauen der Subura. Wenn er auf einer Frau lag, war die Summe weniger als die Teile, wenn er auf Bucephalus saß, war sie mehr.

Kurz nach Einbruch der Nacht war er zum Aufbruch bereit. Lucius Decumius und seine Söhne hatten die sechsundsiebzigtausend Sesterzen, die Aurelia hatte zusammenkratzen können, in einem Handkarren zur Porta Quirinalis geschafft. Unterdessen waren zwei treu ergebene Brüder der Kreuzwegbruderschaft zu den Ställen auf dem Campus Lanatarius geeilt, wo Caesar seine Pferde untergestellt hatte, und hatten die Pferde den weiten, außerhalb der Servianischen Mauer verlaufenden Weg zur Porta Capena geführt.

»Ich wünschte, du hättest dir ein weniger auffälliges Pferd gewählt«, sagte Aurelia, ohne die Angst zu zeigen, die in ihr fraß. »Mit deinem Wallach bist du doch schon durch ganz Latium galoppiert.«

Caesar schnappte nach Luft, dann prustete er laut lachend los. »Das ist ja nicht zu glauben!« rief er, als er wieder sprechen konnte. »Seit wann weißt du über Bucephalus Bescheid, Mutter? «

»So heißt er also? Bucephalus?« Sie rümpfte die Nase. »Mein

Sohn, mir scheint, du leidest an einem Größenwahn, der sich schlecht mit deiner priesterlichen Berufung verträgt.« Dann blitzten ihre Augen auf einmal amüsiert auf. »Ich wußte es von Anfang an. Ich weiß sogar, welch unverschämt hohen Preis du bezahlt hast – fünfzigtausend Sesterzen! Du bist ein unverbesserlicher Verschwender, Caesar. Woher hast du diese Neigung eigentlich? Von mir jedenfalls nicht.«

Caesar umarmte sie und küßte sie auf die Stirn. »Ich verspreche dir, daß auf ewig nur du meine Konten führen wirst. Aber eins würde ich doch gerne wissen: Wie hast du von Bucephalus erfahren?«

»Ich habe meine Quellen.« Sie lächelte. »Wie könnte es auch anders sein, nach dreiundzwanzig Jahren in der Subura.« Ihr Lächeln erstarb, und sie betrachtete ihn forschend. »Hast du mit Cinnilla schon gesprochen? Sie macht sich große Sorgen. Ich habe sie zwar auf ihr Zimmer geschickt, aber sie weiß trotzdem, daß etwas nicht stimmt.«

Er seufzte, runzelte die Stirn und sah sie flehend an. »Was soll ich ihr denn sagen, Mutter? Und wenn überhaupt etwas, wieviel?«

»Sag ihr die Wahrheit, Caesar. Cinnilla ist immerhin schon zwölf.«

Cinnilla wohnte in Cardixas altem Zimmer unter der Treppe, die auf der dem Vicus Patricius zugewandten Seite des Hauses in die oberen Stockwerke führte. Cardixa war mit Burgundus und ihren Söhnen in ein anderes Zimmer gezogen, das Caesar mit großer Begeisterung selbst entworfen und eigenhändig über den Gemächern der Diener gebaut hatte.

Caesar klopfte und trat ein. Cinnilla saß an ihrem Webstuhl und webte einen graubraunen, haarigen Stoff, der ein Teil ihres Priesterinnengewandes werden sollte. Aus irgendeinem Grund versetzte der Anblick des häßlichen Stoffes Caesars Herz einen Stich.

»O nein, das ist ungerecht!« rief er, zog sie von ihrem Stuhl in seine Arme und setzte sich mit ihr auf dem Schoß auf den einzigen freien Platz im Zimmer, auf das Bett.

Für ihn war sie wunderschön, obwohl er noch zu jung war, um ihre kaum erblühte Weiblichkeit anziehend zu finden. Er bevorzugte Frauen, die um einiges älter waren als er selbst. Aber wie andere Menschen, die ihr ganzes Leben von großen, schlanken und blonden Menschen umgeben waren, fühlte er von dem Geschöpf mit den rundlichen Formen und nachtschwarzen Haaren eine unwiderstehliche Faszination ausgehen. Seine Gefühle ihr gegenüber waren verwirrt. Seit fünf Jahren lebte sie wie seine Schwester in seinem Haus, obwohl er wußte, daß sie seine Frau war und er, sobald Aurelia ihre Zustimmung erteilte, mit ihr das Bett teilen würde. Seine Gefühlsverwirrung war nicht moralischer Natur, sondern hing mit dem Problem zusammen, was Cinnilla nun eigentlich war, seine Frau oder seine Schwester. Noch war sie seine Schwester, aber schon morgen konnte sie seine Frau sein. In den östlichen Reichen war es beileibe nicht ungewöhnlich, daß Könige ihre Schwestern heirateten. Allerdings hatte Caesar gehört, daß Bruder und Schwester dort oft wie Raubtiere gegeneinander kämpften. Er dagegen hatte weder mit Cinnilla noch mit seinen echten Geschwistern je viel gestritten. Aurelia hätte das auch nie zugelassen.

»Gehst du fort, Caesar?« Cinnilla sah ihn fragend an.

Eine Haarsträhne war ihr in die Stirn gefallen. Caesar strich sie fort und streichelte ihren Kopf, wie man ein Haustier streichelt, sanft und gleichmäßig. Sie schloß die Augen und schmiegte sich an ihn.

»Nein, du darfst jetzt nicht einschlafen!« sagte er bestimmt und schüttelte sie sanft. »Ich weiß, es ist schon spät, aber ich muß mit dir reden.« Er sah sie an. »Ich gehe weg.«

»Was ist geschehen? Hat es mit den Ächtungen zu tun? Aurelia sagt, mein Bruder sei nach Spanien geflohen.«

»Nein, Cinnilla, mit den Ächtungen hat es eigentlich nichts zu tun oder höchstens indirekt, weil wir sie auch Sulla zu verdanken haben. Ich muß weg, weil Sulla sagt, ich könne nicht mehr Jupiterpriester sein.«

Cinnilla lächelte. Dabei kräuselte sich ihre Oberlippe so sehr, daß deren Innenseite sichtbar wurde, eine Eigenart, die alle, die Cinnilla kannten, bezauberte. »Dann sei doch glücklich. Du hast doch noch nie Priester sein wollen.«

»Leider bin ich das immer noch«, seufzte Caesar. »Den Priesterkollegien zufolge bist du das eigentliche Problem.« Er setzte sie so auf seine Knie, daß er ihr in die Augen sehen konnte. »Du kennst die Lage deiner Familie. Was du vielleicht noch nicht weißt, ist, daß dein Vater seit seiner Ächtung auch kein römischer Bürger mehr ist.«

»Warte! Ich verstehe zwar, warum Sulla uns unseren Besitz wegnehmen kann, aber mein Vater ist doch gestorben, lange bevor Sulla nach Rom zurückkehrte.« Cinnilla war etwas langsam von Begriff, und man mußte ihr alles ganz genau erklären. »Wie kann es dann sein, daß er jetzt seine Bürgerrechte verliert?«

»Weil nach Sullas Gesetzen ein Mann, der geächtet wird, automatisch auch die Bürgerrechte verliert. Viele der Männer, deren Namen er auf die Proskriptionslisten setzen ließ, sind schon lange tot. Dein Vater etwa, oder der junge Marius, oder die Prätoren Carrinas und Damasippus. Aber das hat sie nicht davor bewahrt, nachträglich die Bürgerrechte entzogen zu bekommen.«

»Das ist gemein!«

»Ich stimme dir voll und ganz zu, Cinnilla.« Caesar bemühte sich, die komplizierte Situation mit einfachen Worten darzustellen. »Dein Bruder war volljährig, als dein Vater geächtet wurde. So hat er zwar jeden Anspruch auf das Familienvermögen verloren und darf kein kurulisches Amt ausüben, er ist jedoch nach wie vor römischer Bürger. In deinem Fall ist das leider anders.«

»Warum? Weil ich ein Mädchen bin?«

»Nein, weil du noch nicht volljährig bist. Dein Geschlecht tut nichts zur Sache. Die *lex Minicia de liberis* gibt den Kindern eines römischen und eines nichtrömischen Elternteils die Bürgerschaft des nichtrömischen Elternteils. Was zumindest nach Ansicht der Priesterkollegien bedeutet, daß du keine Römerin mehr bist.«

Cinnilla weinte nicht, doch sie begann zu zittern und starrte Caesar mit großen Augen an. »Heißt das, ich bin nicht mehr deine Frau?«

»Nein, Cinnilla. Du bist meine Frau bis zu dem Tag, an dem einer von uns stirbt, denn wir haben noch auf die alte Art geheiratet. Kein Gesetz verbietet einem Römer, eine Nichtrömerin zu heiraten, es ist also nicht unsere Ehe, die angezweifelt wird. Es geht um deinen Status als Bürgerin Roms – und um den Status aller Kinder, die zu dem Zeitpunkt, als ihr Vater geächtet wurde, minderjährig waren. Verstehst du das?«

»Ich glaube schon.« Der besorgte Ausdruck wich nicht von

ihrem Gesicht. »Heißt das, daß auch unsere Kinder, falls wir welche haben werden, keine römischen Bürger sind?«

»Der *lex Minicia* zufolge, ja.«

»Ach Caesar, wie schrecklich!«

»Ja.«

»Aber ich bin doch eine Patrizierin!«

»Nicht mehr, Cinnilla.«

»Was soll ich tun?«

»Im Augenblick gar nichts. Sulla weiß, daß er die Gesetze, die das alles regeln, noch genauer formulieren muß. Wir können nur hoffen, daß er sie so ändert, daß unsere Kinder Römer sind, obwohl du keine Römerin mehr bist.« Er drückte Cinnilla an sich. »Heute hat Sulla mich zu sich gerufen und mir befohlen, mich von dir scheiden zu lassen.«

Jetzt endlich weinte sie, still und schicksalsergeben. Caesar war zwar erst achtzehn, aber er hatte schon viele Frauen weinen sehen. Meist geschah das dann, wenn sein Interesse an ihnen erlahmte oder sie entdeckten, daß er neben ihnen noch eine andere hatte. Heulende Frauen ärgerten ihn und provozierten sein jähzorniges, aufbrausendes Temperament. Obgleich er gelernt hatte, sich zu beherrschen, vergaß er sich dann, und das Resultat war stets vernichtend – für die Frauen zumindest. Cinnilla jedoch weinte aus schierem Kummer, und die Wut, die jetzt in Caesar aufwallte, galt einzig und allein Sulla, der an ihren Tränen schuld war.

»Es wird alles gut werden, meine kleine Geliebte«, sagte er leise und drückte sie fest an sich. »Selbst wenn Jupiter Optimus Maximus persönlich herabsteigt und es mir befiehlt, ich werde dich nie verlassen. Auch wenn ich tausend Jahre alt werde.«

Sie kicherte und schniefte. Dann erlaubte sie ihm, ihr mit einem Tuch die Tränen aus dem Gesicht zu wischen. »Schneuzen!« befahl er. Sie schneuzte. »So, das reicht. Kein Grund mehr, Tränen zu vergießen. Du bist meine Frau und wirst es auch bleiben, egal, was passiert.«

Ein Arm stahl sich um seinen Hals. Sie barg ihr Gesicht an seiner Schulter und seufzte glücklich. »Caesar, ich liebe dich so sehr! Wann bin ich endlich alt genug?«

Er erstarrte, denn plötzlich spürte er durch seine dünne Tunika hindurch ihre knospenden Brüste. Noch während er seine Wange in ihrem Haar vergrub, machte er sich vorsichtig von ihr los. Er wollte sich auf nichts einlassen, das zu Ende zu führen sein Ehrgefühl ihm verbot.

»Jupiter Optimus Maximus hat keinen Körper, mit dem er zu uns herabsteigen könnte«, sagte sie. Solche Dinge wußte sie wie alle römischen Kinder. »Er ist da, wo Rom ist – und darum ist Rom die größte und mächtigste Stadt.«

»Du wärst eine gute Jupiterpriesterin geworden.«

»Ich hätte mir zumindest Mühe gegeben. Für dich!« Sie hob den Kopf und sah ihn an. »Wenn Sulla dir befohlen hat, dich scheiden zu lassen, und du hast abgelehnt, heißt das, daß er versuchen wird, dich zu töten? Ist das der Grund, weshalb du fliehst?«

»Ja, das ist der Grund, warum ich fortgehe. Wenn ich in Rom bleiben würde, könnte er mich leicht umbringen. Hier schleichen viele seiner Kreaturen herum, und wir kennen weder ihre Namen noch ihre Gesichter. Auf dem Land stehen meine Chancen besser.« Er ließ sie auf seinen Knien reiten, wie er es damals getan hatte, als sie gerade erst zu ihm gekommen war. »Du brauchst dir um mich keine Sorgen zu machen, Cinnilla. Ich werde überleben, trotz Sulla, davon bin ich überzeugt. Aber du mußt Mutter von ihren Sorgen ablenken.«

»Ich werde es versuchen«, sagte sie. Sie küßte ihn auf die Wange, denn sie wagte nicht, das zu tun, wonach sie sich mit jeder Faser ihres Körpers sehnte: ihn auf den Mund zu küssen und zu sagen, sie sei alt genug.

»Gut!« sagte er. Er ließ sie von seinem Schoß gleiten und stand auf. »Wenn Sulla tot ist, kehre ich zurück.« Dann ging er.

Inzwischen hatte es angefangen zu schneien. Als Caesar an der Porta Quirinalis eintraf, warteten Lucius Decumius und seine Söhne bereits. Das Geld war gleichmäßig auf die beiden Maultiere verteilt worden, so daß keines der Tiere schwer beladen war. Statt das Geld in auffälligen, ledernen Geldtaschen zu verstauen, hatte Lucius Decumius die Münzen in geheimen Fächern in Behältern untergebracht, die wie Bücherkisten aussahen und auch tatsächlich Buchrollen enthielten.

»Diese Behälter hast du bestimmt nicht erst heute gemacht«,

sagte Caesar und grinste. »Beförderst du so deine Beute von einem Ort zum anderen?«

»Du stellst Fragen. Sprich lieber mit deinem Pferd, es steht dort drüben. Nein, halt, eines noch. Laß Burgundus die Bücherkisten hochheben.« Lucius Decumius starrte Burgundus so durchdringend an, daß der Germane unwillkürlich einen Schritt zurückwich. »Hör zu, Tölpel! Wenn du diese Kisten hochhebst, achte darauf, daß es so aussieht, als seien sie federleicht. Hast du mich verstanden?«

»Ja, Lucius Decumius.« Burgundus nickte. »Federleicht.«

»Und jetzt packe das restliche Gepäck auf die Kisten – und egal, wie schnell Caesar vorausreitet, du läßt die Maultiere keinen Moment lang aus den Augen.«

Caesar war zu seinem Pferd gegangen, hatte seinen Kopf an den des Tieres gelegt und murmelte ihm zärtliche Worte ins Ohr. Als das restliche Gepäck auf die Maultiere verladen war, ließ er sich von Burgundus in den Sattel helfen.

»Paß auf dich auf, kleiner Pfau!« rief Lucius Decumius und streckte eine schmutzige Hand zu ihm herauf. Er hatte Tränen in den Augen.

Und Caesar, der sonst so fanatisch auf Sauberkeit achtete, lehnte sich vor, ergriff die Hand und küßte sie. »Ja, Lucius Decumius!«

Dann verschwanden er, Burgundus und die Maulesel hinter einer dichten Wand aus Schnee.

Burgundus ritt auf einem Pferd, das fast ebensoviel wert war wie Bucephalus. Es war medischer Abstammung und von viel größerem Wuchs als die Pferde der Mittelmeervölker. Pferde dieser Rasse gab es in Italien nur wenige, taugten sie doch ausschließlich dazu, großgewachsene Reiter zu tragen. Viele Bauern und Händler hatten anfangs solche Pferde haben wollen und versucht, sie als Arbeits- oder Zugtiere vor schwere Karren und Pflüge zu spannen, denn sie waren schneller und intelligenter als Ochsen. Leider erstickten sie, wenn sie angeschirrt wurden, da das Geschirr ihnen beim Ziehen die Luftröhre abpreßte. Als Packtiere waren sie genauso nutzlos, da sie viel zu viel Futter fraßen, um noch einen Gewinn abzuwerfen. Doch kein normales Pferd hätte vermocht, Burgundus' Gewicht zu tragen, und wenn er sich einen starken Esel genommen hätte, hätten seine Beine auf dem Boden geschleift.

Caesar, der vorausritt, duckte sich hinter Bucephalus' Kopf, um sich vor dem schneidenden Wind zu schützen. Hatte es je einen so kalten Winter wie diesen gegeben?

Da sie so viel Abstand wie möglich zwischen sich und Rom bringen wollten, ritten sie die ganze Nacht und den nächsten Tag hindurch und hielten erst an, als es erneut dämmerte. Sie waren in Trebula, einem Dorf unweit der ersten Berggipfel. Trebula war zwar klein, hatte aber eine Herberge. Da die Herberge gleichzeitig auch die einzige Taverne am Ort war, war der Gastraum überfüllt, laut und sehr stickig. Mit Unbehagen stellte Caesar fest, wie drekkig und vernachlässigt alles war.

»Egal«, sagte er zu Burgundus, als er das eine Treppe höher gelegene Zimmer inspiziert hatte, in dem sie in Gesellschaft von mehreren Schäferhunden und sechs Hühnern nächtigen konnten. »Wenigstens haben wir ein Dach über dem Kopf und ein Bett zwischen uns und dem Boden.«

In der Gaststube erregten sie unter den anderen Gästen, Leuten aus der Umgebung, die auf einen Becher Wein eingekehrt waren, beträchtliches Aufsehen. Die meisten würden noch in der Lage sein, durch den Schnee nach Hause zu torkeln, einige aber, vertraute der Wirt Caesar an, würden die Nacht dort verbringen, wo sie nach dem letzten Glas hinfielen.

»Zu essen gibt es Brot und Wurst«, sagte der Wirt.

»Wir nehmen von beidem«, antwortete Caesar.

»Wein?«

»Nein, Wasser«, sagte Caesar bestimmt.

»Noch zu jung zum Trinken, was?« Der Wirt war enttäuscht. Mit Wein machte er das beste Geschäft.

»Meine Mutter würde mich umbringen, wenn sie mich auch nur einen Schluck trinken sähe.«

»Und dein Freund? Er ist doch alt genug.«

»Ja, aber er ist geistig zurückgeblieben«, erwiderte Caesar. »Du würdest es bereuen, ihm auch nur einen Schluck Wein zu trinken zu geben. Er zerreißt mit bloßen Händen wilde Bären, und in Rom hat er einmal gleich zwei Löwen getötet, die ein Prätor bei den Spielen zeigen wollte.« Caesar sah den Wirt ernst an, während Burgundus neben ihm ins Leere starrte.

»Ach so!« sagte der Wirt und zog sich hastig zurück.

Schon in Rom war Caesar nie belästigt worden, wenn Burgundus ihn begleitete. Auch jetzt wagte sich niemand in die Nähe ihres Tisches, und sie konnten ungestört das Treiben der anderen Gäste beobachten, das vor allem darin zu bestehen schien, einem bereits betrunkenen jungen Burschen noch mehr Wein einzuflößen und Wetten darauf abzuschließen, wann sein Magen rebellieren werde.

»Bauern!« sagte Caesar verächtlich und schlug sich auf den Arm. »Ich darf gar nicht daran denken, daß diese Trampel jedes Jahr in Rom wählen dürfen. Schrecklich! Und da sie aus ländlichen Bezirken kommen, zählen ihre Stimmen auch noch, anders als bei Männern, die in der Politik zwar jedes Hintertürchen kennen, aber das Pech haben, in Rom geboren worden zu sein, und deshalb wertlose Stimmen haben. Wie ungerecht!«

»Nicht einmal lesen können sie«, sagte Burgundus, dem Caesar und Gnipho das Lesen beigebracht hatten. Er lächelte breit. »Aber das ist ja auch gut so, Caesar. Um so sicherer sind unsere Bücherkisten.«

»Stimmt.« Caesar schlug sich wieder auf den Arm. »Dieses Gasthaus ist die reinste Brutstätte für Stechfliegen. Verdammte Viecher.«

»Sie überwintern hier«, sagte Burgundus. »Hier drinnen ist es heiß genug, um Eier zu kochen.«

Das war zwar übertrieben, aber die zahlreichen auf engstem Raum zusammengepferchten Leiber und das Feuer, das in einer aus dicken Steinen gemauerten Feuerstelle an der Längswand des Raumes prasselte, produzierten eine unerträgliche Hitze. Die Feuerstelle war zwar nach oben hin offen, damit wenigstens der Rauch abziehen konnte, aber kein noch so strenger Winter hätte es mit den von zahlreichen hüftdicken Baumstämmen genährten Flammen aufnehmen können. Ganz offensichtlich mochten die Männern von Trebula die Kälte nicht.

Während die Gaststube das Revier der Stechfliegen gewesen war, waren die Betten das Reich der Flöhe und sonstigen Ungeziefers. Caesar verbrachte die Nacht auf einem harten Stuhl und war froh, als sie in der Morgendämmerung aufbrachen. Der Wirt und seine Frau brachten sie zur Tür und sahen ihnen nach. Woher kam der junge Mann? Was hatte ihn und seinen titanischen Diener bei diesem Wetter zu einer Reise veranlaßt?

»Vornehm und hochnäsig!« sagte der Wirt.

»Ein Geächteter«, vermutete seine Frau.

»Dafür ist er viel zu jung«, mischte sich ein städtisch gekleideter Bursche ein, der angekommen war, als Caesar und Burgundus aufgebrochen waren. »Außerdem hätte man ihm die Angst angesehen, wenn Sulla wirklich hinter ihm her wäre.«

»Dann besuchen sie jemanden«, sagte die Frau.

»Höchstwahrscheinlich«, sagte der Fremde, aber es klang nicht überzeugt. »Interessanter Fall. Unverwechselbar, die beiden, wie? Achilles und Ajax.« Nachdem er so seine Bildung demonstriert hatte, sagte er: »Was mich am meisten überrascht hat, sind die Pferde. Ein Vermögen wert! Da steckt Geld dahinter.«

»Wahrscheinlich gehört ihm ein Landgut in der Rosea Rura bei Reate«, meinte der Wirt. »Ich wette, die Pferde stammen von dort.«

»Er könnte auch ein Adliger aus Rom sein«, sagte der Fremde, in dessen Worten jetzt offenes Mißtrauen mitschwang. »Bestimmt ein Angehöriger einer der berühmten Familien. Ja, da steckt Geld dahinter.«

»Wie auch immer, dabei hat er es jedenfalls nicht«, sagte der Wirt mürrisch. »Willst du wissen, was sie auf ihren Maultieren hatten? Bücher! Ein Dutzend großer Kisten voller Bücher! Bücher, nichts als Bücher!«

Je höher Caesar und Burgundus in die Berge um den Mons Fiscellus hinaufstiegen, desto schlechter wurde das Wetter. Endlich, einen Tag später, erreichten sie Nersae.

Die Mutter des Quintus Sertorius war seit über dreißig Jahren verwitwet, und wenn man sie sah, mochte man nicht glauben, daß sie überhaupt verheiratet gewesen war. Sie erinnerte Caesar an den verstorbenen Senatsvorsitzenden Scaurus, denn sie war wie dieser klein und dürr, hatte eine unglaublich runzlige Haut und für eine Frau auffallend schütteres Haar. Ihre lebhaften grünen Augen allerdings waren wunderschön. Daß die kleine Frau einem so massigen Mann wie Quintus Sertorius das Leben geschenkt haben sollte, konnte man sich nur schwer vorstellen.

»Quintus geht es gut«, sagte sie, während sie allerlei Köstlichkeiten aus Räucherhaus und Speisekammer auf den alten, blankgescheuerten Tisch stellte. Das war das Landleben! Man lag nicht zu Tisch, sondern saß auf Stühlen um ihn herum. »Er hatte keine Schwierigkeiten, sich als Statthalter im diesseitigen Spanien zu etablieren, aber jetzt, mit Sulla als Diktator in Rom, rechnet er mit dem Schlimmsten.« Sie kicherte belustigt. »Kein Grund zur Sorge, er wird Sulla mehr zu schaffen machen als der arme Sohn meines Vetters Marius. Der kleine Marius ist viel zu nachgiebig erzogen worden. Liebenswerte Frau, diese Julia, aber viel zu nachgiebig. Und Marius war ja nie da, um nach dem Jungen zu sehen. Dasselbe kann man zwar auch deinem Vater nachsagen, Caesar, aber deine Mutter war nicht nachgiebig, wie?«

»Nein, Ria«, antwortete Caesar und lächelte sie an.

»Wie dem auch sei, Quintus Sertorius gefällt es in Spanien. Er hat das Land ja immer gemocht. Er und Sulla waren vor Jahren dort und haben unter den Germanen aufgeräumt. Jetzt hat er mir geschrieben, er habe in Osca eine germanische Frau und einen Sohn. Ich freue mich so. Sonst gibt es niemanden mehr, wenn er einmal tot ist.«

»Er hätte eine Römerin heiraten sollen«, sagte Caesar streng.

Ria lachte lauthals los. »Er doch nicht! Nein, nicht mein Quintus Sertorius. Er mag Frauen nicht. Die Germanin hat ihn nur bekommen, weil er eine Frau brauchte, um in den Stamm aufgenommen zu werden. Nein, er mag keine Frauen.« Sie schürzte die Lippen und schüttelte den Kopf. »Männer allerdings auch nicht.«

Sie sprachen noch einige Zeit über Quintus Sertorius, dann hatten sie das Thema erschöpft, und Ria kam darauf zu sprechen, wie Caesar am besten zu helfen sei.

»Am liebsten würde ich dich hierbehalten. Aber die Verbindung zwischen uns ist zu offensichtlich, und du bist auch nicht der erste Flüchtling, der zu mir kommt. Mein Vetter Marius hat mir damals einen gewissen Copillus ins Haus geschickt, einen König – jawohl, König! – der Volken Tektosager. Ein sehr angenehmer Mann und so zivilisiert für einen Barbaren. Natürlich wurde er nach Marius' Triumph im Kerker erwürgt. Trotzdem habe ich einiges verdient, indem ich mich all die Jahre um ihn gekümmert habe. Rund vier Jahre ... Marius hat sich niemals lumpen lassen. Hat mir ein Vermögen bezahlt. Dabei hätte ich es auch umsonst getan, Copillus war meine einzige Gesellschaft. Du weißt ja, Quintus Sertorius ist kein sehr häuslicher Mensch, er liebt den Kampf.« Sie zuckte mit den Achseln. Dann schlug sie sich auf die Knie. »Es gibt da ein Ehepaar, das zwischen hier und Amiternum in den Bergen lebt. Sie könnten etwas Geld gut gebrauchen, und sie sind absolut vertrauenswürdig. Die Frau ist meine Base. Ich gebe dir einen Brief für sie mit und erkläre dir den Weg, sobald ihr zum Aufbruch bereit seid.«

»Morgen«, antwortete Caesar.

»Nein, nicht morgen.« Ria schüttelte den Kopf. »Und genausowenig übermorgen. Wir erwarten einen schlimmen Sturm. Du würdest den Weg nicht finden und nicht wissen, wohin du treten sollst. Und dein Germane wäre ertrunken, noch bevor er gemerkt hätte, daß da überhaupt ein Fluß ist. Du mußt bleiben, bis es richtig Winter ist.«

»Richtig Winter ist?«

»Bis die ersten schlimmen Stürme vorüber sind und der Frost anzieht. Dann ist das Eis fest, und ihr könnt ohne Gefahr reisen. Das strengt zwar die Pferde an, aber ihr werdet sicher vorankommen. Laß den Germanen vorausreiten. So groß wie die Hufe seines Pferdes sind, kann es gar nicht ausrutschen. Und gleichzeitig bahnt es deinem edlen Renner den Weg. Es ist Wahnsinn, mit einem Pferd wie diesem im Winter hierher zu kommen! Du bist verrückt, Caesar.«

»Das sagt meine Mutter auch«, antwortete er zerknirscht.

»Aurelia ist vernünftig. Ja, die sabinischen Bauern sind ein Volk von Reitern. Dein edles Roß fällt hier garantiert auf. Nur gut, daß es da, wohin ich euch schicke, niemanden gibt, dem es auffallen könnte.« Ria grinste und entblößte dabei ihre schwarzen Zähne. »Du bist ja noch so jung, erst achtzehn. Da kannst du noch viel lernen.«

Das Wetter am nächsten Tag bestätigte Rias Vorhersage. Es schneite ohne Unterlaß, bis der Schnee sich zu unüberwindlichen Wehen aufgetürmt hatte. Hätten Caesar und Burgundus nicht Schnee geschaufelt, Rias gemütliches Steinhaus wäre bald zugeschneit gewesen, und selbst Burgundus hätte die Tür nicht mehr öffnen können. Es schneite vier Tage lang, dann rissen endlich die Wolken auf, und ein starker Frost setzte ein.

»Ich mag den Winter hier oben«, sagte Ria, als sie ihnen half, im Stall warmes Stroh aufzuschütten. »Ein kalter Winter in Rom ist furchtbar, und diese Dekade bringt uns kalte Winter. Aber hier ist der Winter sauber und trocken, auch wenn es noch so kalt ist.«

»Ich muß bald aufbrechen«, sagte Caesar, eine Heugabel in der Hand.

»In Anbetracht der Mengen, die dein Germane und sein Pferd verschlingen, kann mir das nur recht sein«, rief Sertorius' Mutter mit gespielter Verzweiflung aus. »Aber morgen noch nicht. Vielleicht übermorgen. Sobald die Straße zwischen Rom und Nersae wieder offen ist, seid ihr hier nicht mehr sicher. Wenn Sulla sich an mich erinnert – und das wird er, wo er doch meinen Sohn so gut kannte –, schickt er seine gedungenen Mörder hierher.«

Doch das Schicksal wollte es, daß Rias Gäste noch länger bleiben mußten. Am Abend vor der geplanten Abreise wurde Caesar krank. Draußen war es klirrend kalt, im Haus aber war es, wie auf dem Land üblich, sehr warm. In allen Räumen standen Kohlenpfannen, und gute, solide Fensterläden hielten den Wind draußen. Trotzdem fror Caesar, und er fror immer mehr.

»Das gefällt mir gar nicht«, sagte Ria. »Ich kann deine Zähne schon klappern hören. Hoffentlich hast du dir nichts Schlimmeres geholt als eine Erkältung.« Sie legte ihm die Hand auf die Stirn und erschrak. »Du brennst ja geradezu! Hast du Kopfweh?«

»Und wie«, stöhnte er.

»Dann kannst du morgen nicht reisen. Und du, du germanischer Klotz, sieh zu, daß du deinen Herrn ins Bett verfrachtest.«

Dort blieb Caesar, fiebernd und von einem trockenen Husten und nicht nachlassenden Kopfschmerzen gequält und unfähig, auch nur einen Bissen bei sich zu behalten. Schließlich kam eine alte, heilkundige Frau sich den Patienten ansehen.

»Das Wetter ist schlecht und ungesund«, sagte die Frau.

»Aber das ist kein normales Fieber«, beharrte Ria. »Es dauert nun schon über vier Tage. Und er schwitzt nicht.«

»Aber es ist ein Fieber, Ria. Das Wechselfieber.«

»Dann wird er sterben!«

»Er ist stark«, sagte die Frau. »Er muß trinken. Wasser, vermischt mit Schnee. Mehr kann ich dir nicht raten.«

Sulla hatte gerade einen Brief zur Hand genommen, den Pompeius ihm aus Africa geschickt hatte, als sein Verwalter Chrysogonus aufgeregt eintrat.

»Was gibt es? Du siehst doch, daß ich beschäftigt bin.«

»*Domine*, eine Dame wünscht dich zu sprechen.«

»Sag ihr, sie soll sich davonscheren.«

»Das kann ich nicht, *domine*!«

Sulla ließ den Brief sinken und sah Chrysogonus überrascht an. »Und ich dachte immer, du könnest alles«, sagte er leicht belustigt. »Du zitterst ja, Chrysogonus. Hat sie dich vielleicht gebissen?«

»Nein, *domine*.« Der Verwalter fand das alles offenbar gar nicht komisch. »Aber ich fürchtete schon, sie wolle mich umbringen.«

»Oha! Vielleicht sollte ich die Frau doch empfangen. Ist sie sterblich? Hat sie dir einen Namen genannt?«

»Ja, Aurelia.«

Sulla streckte die Hand aus und betrachtete sie angestrengt. »Nein, noch zittere ich nicht.«

»Soll ich sie hereinführen?«

»Nein, auf keinen Fall. Sag ihr, ich will sie nie mehr wiedersehen.« Sulla wollte in Pompeius' Brief weiterlesen, hielt dann aber inne. Der Brief interessierte ihn plötzlich nicht mehr.

»Aber sie weigert sich zu gehen, bevor du sie empfangen hast, Herr.«

»Dann sollen die Diener sie hinaustragen.«

»Das habe ich bereits angeordnet, Herr. Aber keiner hat gewagt, sie anzufassen.«

»Das sieht Aurelia ähnlich.« Sulla atmete tief ein und schloß die Augen. »Also gut, Chrysogonus, bring sie herein.« Kurz darauf trat Aurelia ein und setzte sich, nachdem Sulla sie dazu aufgefordert hatte.

Der Anblick der von der grellen Wintersonne beschienenen Aurelia führte dem alternden Sulla einmal mehr vor Augen, wie wenig die Zeit einem vollkommenen Körper anhaben konnte. Bei ihrem letzten Treffen in seinem Quartier in Teanum war das Licht so schwach gewesen, daß er sie nicht richtig hatte in Augenschein nehmen können. Das holte er jetzt ausgiebig nach. Aurelia war zu dünn. Das hätte ihre Schönheit eigentlich schmälern müssen, aber es verstärkte ihre Reize seltsamerweise noch. Der rosige Hauch auf ihren Lippen und Wangen war marmorner Blässe gewichen. Ihre Haare waren noch nicht ergraut, und sie hatte der Versuchung widerstanden, sich durch eine weniger strenge Frisur ein jüngeres Aussehen zu geben. Sie trug die Haare immer noch straff nach hinten gekämmt und im Nacken zu einem Knoten zusammengebunden. Die lieblichen Augen hinter den dichten schwarzen Wimpern, über denen sich dunkle Brauen wölbten, sahen ihn streng an.

»Du kommst wahrscheinlich wegen deines Jungen«, sagte er und lehnte sich zurück.

»In der Tat.«

»Dann rede. Ich höre.«

»Warum, Sulla? Weil er deinem Sohn ähnlich sieht?«

Das saß. Er wich ihrem Blick aus und starrte auf Pompeius' Brief, bis der Schmerz nachgelassen hatte. »Ich erschrak, als ich ihn das erste Mal sah. Aber nein, das hat nichts damit zu tun.« Seine kalten Augen suchten wieder ihren Blick.

»Ich habe deinen Sohn gemocht, Lucius Cornelius.«

»Damit erreichst du bei mir nichts, Aurelia. Mein Sohn ist schon lange tot, und ich habe gelernt, mit dem Verlust zu leben. Auch wenn Menschen wie du das immer wieder auszunutzen versuchen.«

»Du weißt also, was ich von dir will?«

»Natürlich.« Er balancierte auf den beiden hinteren Beinen seines Stuhls – kein leichtes Unterfangen angesichts der kurzen, krummen Stuhlbeine. »Du willst, daß ich deinen Sohn schone. Warum sollte ich? Meinen Sohn hat auch niemand verschont.«

»Aber das kannst du weder mir noch meinem Sohn zur Last legen.«

»Ich kann euch zur Last legen, was ich will«, brauste er plötzlich auf. »Ich bin der Diktator!«

»Unsinn, Sulla! Das weißt du genausogut wie ich. Ich bitte dich, das Leben meines Sohnes zu verschonen. Er hat den Tod ebensowenig verdient wie sein Priesteramt.«

»Ich stimme zu, daß er dafür kaum der geeignete Mann ist. Aber er ist nun mal Priester geworden, und du wolltest das doch auch.«

»Weder ich noch mein Mann wollten das. Es wurde uns befohlen. Von Marius höchstpersönlich, als er sein Schwert einmal für einen kurzen Moment aus der Hand legte.« Aurelia zog voller Abscheu eine Grimasse. »Marius war es auch, der Cinna befahl, seine Tochter mit meinem Sohn zu verheiraten. Cinna hätte nie daran gedacht, Cinnilla zur Jupiterpriesterin zu machen!«

»Warum trägst du nicht mehr die kräftigen Farben, die dir früher so gut gefallen haben?« wechselte Sulla das Thema. »Was du da anhast, steht dir überhaupt nicht.«

»Du redest schon wieder Unsinn!« schnappte Aurelia. »Ich bin nicht hier, um dir meine Kleider vorzuführen. Ich bin hier, um für meinen Sohn zu bitten.«

»Ich tue nichts lieber, als deinen Sohn zu schonen. Caesar weiß genau, was er tun muß. Er braucht sich nur von Cinnas Balg scheiden zu lassen.«

»Das wird er niemals tun.«

»Und warum nicht?« Sulla sprang auf. »Warum denn nicht?«

»Weil du Narr ihm gezeigt hast, daß er so dem verhaßten Priesteramt entkommen kann.« Aurelias Wangen hatten sich gerötet. »Soll er sich denn von ihr scheiden lassen, um den Rest seines Lebens Jupiterpriester zu sein? Nein, lieber will er sterben.«

»Was?« Sulla starrte sie an.

»Du bist ein Narr, Sulla! Ein Narr! Er wird sich nie von ihr scheiden lassen.«

»Wage es nicht, mich zu kritisieren!«

»Ich sage, was ich will.«

Eine seltsame Stille breitete sich aus. Sullas Wut war ebenso schnell verraucht, wie Aurelia sich in Wut geredet hatte. Er starrte zum Fenster hinaus. Nach einer Weile drehte er sich wieder um und sah sie mit einem Blick an, in dem mehr lag als nur Zorn oder Ungeduld.

»Also, noch einmal von vorn«, sagte er. »Warum hat Marius Caesar gegen seinen und euren Willen zum Jupiterpriester gemacht?«

»Das hängt damit zusammen, was die alte Martha ihm prophezeit hat.«

»Ja, davon habe ich gehört. Siebenmal Konsul, dritter Gründer Roms – schließlich hat Marius das jedem erzählt, der es hören wollte.«

»Aber das war nicht alles. Vom zweiten Teil der Prophezeiung hat er niemandem erzählt. Erst als seine geistigen Kräfte nachließen, vertraute er sich seinem Sohn an, der Julia davon berichtete. Julia wiederum hat es mir gesagt.«

Sulla setzte sich. »Weiter.«

»Dieser zweite Teil betrifft meinen Sohn. Die alte Martha hat prophezeit, Caesar werde der größte Römer aller Zeiten sein. Gaius Marius hat ihr geglaubt, und um zu verhindern, daß Caesar Soldat oder Politiker wird, hat er ihm das Amt des Jupiterpriesters aufgehalst.« Aurelia schwieg erschöpft.

»Denn wer weder Feldherr noch Konsul werden kann, kann auch nicht der größte Römer aller Zeiten werden.« Sulla nickte. »Klug eingefädelt, Marius.« Er pfiff bewundernd durch die Zähne. »Mach deinen Rivalen zum Jupiterpriester, und schon hast du gewonnen. Soviel Durchtriebenheit hätte ich dem alten Kerl gar nicht zugetraut.«

»Er war wirklich durchtrieben!«

»Eine interessante Geschichte.« Sulla nahm Pompeius' Brief in die Hand. »Du kannst gehen. Ich habe genug gehört.«

»Verschone meinen Sohn!«

»Nur, wenn er sich von Cinnas Tochter trennt.«

»Das wird er niemals tun.«

»Dann gibt es nichts mehr zu sagen. Geh jetzt, Aurelia.«

Aurelia machte noch einen letzten Versuch, für Caesar, für ihren Sohn. »Ich habe einst um dich geweint, und ich weiß noch, wie du meine Tränen geliebt hast! Jetzt wollte ich am liebsten wieder weinen, aber diese Tränen würdest du nicht mehr lieben. Sie gelten nämlich dem Ende eines großen Mannes, der so tief gefallen ist, daß er sich an Kindern vergreift. Cinnas Tochter ist zwölf, mein Sohn achtzehn. Du bestrafst Kinder! Und was tut Cinnas Witwe? Sie spaziert in aller Offenheit durch Rom. Warum? Weil sie schnell einen anderen geheiratet hat und dieser andere auf deiner Seite steht. Cinnas Sohn, ein Kind, besitzt keinen Sesterz mehr. Ihm bleibt keine Wahl, er muß das Land verlassen, während Cinnas Witwe lebt wie die Made im Speck.« Aurelia lachte verächtlich. »Hat Annia nicht rote Haare? Sind die Haare auf deinem kahlen Schädel vielleicht von ihr?«

Sie drehte sich um und verließ das Zimmer.

Chrysogonus trat ein.

»Ich will, daß eine bestimmte Person ausfindig gemacht wird!« sagte Sulla. Auf seinem Gesicht lag ein tückischer Ausdruck. »Aber lebendig, Chrysogonus, nicht tot!«

Chrysogonus hätte für sein Leben gern gewußt, was zwischen seinem Herrn und dieser außergewöhnlichen Frau vorgefallen war – zweifellos hatten die beiden eine gemeinsame Vergangenheit. Er seufzte in sich hinein und sagte dann glatt: »Eine private Angelegenheit?«

»So könnte man es auch nennen. Eine private Angelegenheit. Ich setze zwei Talente Belohnung aus für den, der den Jupiterpriester Gaius Julius Caesar ausfindig macht und zu mir bringt. Aber wehe, ihm wird auch nur ein Haar gekrümmt! Sag das allen. Niemand tötet den Jupiterpriester! Ich brauche ihn lebend. Verstanden, Chrysogonus?«

»Natürlich, *domine.*« Der Verwalter machte keine Anstalten zu gehen, sondern hustete höflich.

Sulla, der den Brief des Pompeius wieder in die Hand genommen hatte, sah auf. »Ja?«

»Ich habe den Entwurf vorbereitet, den du sehen wolltest, Herr. Erinnerst du dich? Ich hatte darum gebeten, mit der Abwicklung der Proskriptionen betraut zu werden. Für den Fall, daß du meine Bitte erfüllst, habe ich einen Stellvertreter für meine Aufgaben als Verwalter gefunden, den ich dir vorstellen möchte.«

Sullas Lächeln war nicht freundlich. »Du bist davon überzeugt, zwei Aufgaben gleichzeitig erfüllen zu können, nicht wahr? Vorausgesetzt, ich bewillige dir einen Stellvertreter.«

»Es gibt keine bessere Lösung, Herr. Lies den Entwurf. Du wirst feststellen, daß ich die Anforderungen, die diese Aufgabe stellt, so gut erfülle wie sonst niemand. Warum sie einem Beamten aus dem Schatzamt übertragen? Er würde sich nicht trauen, dich selbst um Rat zu fragen, und wäre zu sehr den Methoden des Schatzamts verhaftet, um die kommerzielleren Aspekte dieser Aufgabe in vollem Umfang wahrzunehmen.«

»Ich werde darüber nachdenken und dich meine Entscheidung wissen lassen«, sagte Sulla und griff erneut nach Pompeius' Brief. Ungeduldig wartete er, bis der Verwalter das Zimmer verlassen hatte, dann grinste er säuerlich. Verschlagener Hundesohn! Speichellecker! Doch genau diese Eigenschaften mußte die Person besitzen, die er mit der Abwicklung der Proskriptionen betraute – Verschlagenheit. Zugleich mußte die Person vertrauenswürdig sein. Wenn er Chrysogonus diese Aufgabe übertrug, konnte er sicher sein, daß keine ungebührliche Nachsicht geübt werden würde. Zweifellos würde Chrysogonus sich eine fette Scheibe von dem Gewinn abschneiden, aber keiner wußte besser als Chrysogonus, daß es ihm schlecht bekommen würde, sich auf Kosten von Sullas Ansehen zu bereichern. Die geschäftliche Seite der Proskriptionen wie der Verkauf von Grundbesitz, die Auflösung von Barschaften und die Veräußerung von Juwelen, Möbeln, Kunstwerken, Schuldverschreibungen und Beteiligungen mußte nach außen hin so seriös wie möglich abgewickelt werden. Sulla konnte unmöglich alles selbst erledigen, also mußte es jemand für ihn tun. Wer sonst außer Chrysogonus kam dafür in Frage? Lieber er als ein Beamter aus dem Schatzamt. Übertrug man einem Beamten eine Aufgabe, konnte man ewig warten, bis er sie erledigte. Aber es mußte alles sehr rasch abgewickelt werden, und gleichzeitig durfte niemand Grund zu der Annahme haben, er, Sulla, bereichere sich auf Kosten des Staates. Chrysogonus war zwar ein Freigelassener, aber deshalb um keinen Deut weniger Sullas Kreatur. Wenn er seinen Herrn hinterging, das wußte Chrysogonus genau, würde dieser keinen Moment zögern, ihn zu töten.

Zufrieden, die dringlichste Frage im Zusammenhang mit den Proskriptionen gelöst zu haben, vertiefte sich Sulla wieder in Pompeius' Brief.

Numidien und die Provinz Africa sind befriedet und verhalten sich ruhig. Ich habe diese Aufgabe in nur vierzig Tagen erledigt. Ende Oktober verließ ich mit sechs Legionen und zweitausend Reitern Lilybaeum; Gaius Memmius blieb zurück, um in Sizilien nach dem Rechten zu sehen. Da ich schon vor meiner Ankunft in Sizilien damit begonnen hatte, eine Flotte zusammenzustellen, standen uns über achthundert Schiffe zur Verfügung. Ich lege Wert auf gute Organisation. Sie erspart einem viel Zeit. Kurz bevor ich in See stach, sandte ich einen Boten zum mauretanischen König Bogud, dessen Armee in Iol steht. Iol liegt näher als Tingis. Bogud residiert seit einiger Zeit in Iol und hat Ascalis, einen untergeord-

neten König, auf den Thron von Tingis gesetzt. Ursache dieser Veränderung sind die Unruhen in Numidien, wo Prinz Iarbas König Hiemspal vom Thron vertrieben hat. Mein Bote hat König Bogud angewiesen, sogleich von Westen in Numidien einzufallen. König Bogud, so mein Plan, sollte Iarbas vor sich her nach Osten treiben, wo ich ihm einen gebührlichen Empfang bereiten wollte.

Meine Männer gingen in zwei Abteilungen an Land: eine Hälfte im Hafen des alten Karthago, die andere unter meinem Kommando bei Utica. Kaum hatte ich das Ufer betreten, als sich siebentausend Mann aus Ahenobarbus' Armee meinem Befehl unterstellten. Ich sah darin ein gutes Omen. Aus Furcht, noch mehr seiner Männer würden zu mir überlaufen, beschloß Ahenobarbus, sofort anzugreifen. Er ließ seine Soldaten längs einer Schlucht Aufstellung nehmen, durch die mein Weg führte, denn er wollte mich aus dem Hinterhalt überfallen. Von einer Felsenspitze aus jedoch sah ich seine Streitmacht und durchschaute seine List. Als es anfing zu regnen (der Winter ist in der Provinz Africa die Regenzeit), zog ich Vorteil aus der Tatsache, daß der Regen Ahenobarbus' Soldaten die Sicht nahm, und errang einen großartigen Sieg. Meine Soldaten riefen mich auf dem Schlachtfeld zum Imperator aus. Leider konnte Ahenobarbus mit dreitausend Soldaten entkommen. Ich sagte meinen Männern deshalb, sie sollten mich noch nicht ehren, denn noch sei Ahenobarbus am Leben. Meine Männer sahen das ein. Wir fielen in Ahenobarbus' Lager ein und töteten ihn und alle seine Männer. Erst dann ließ ich mich von meinen Männern zum Imperator ausrufen.

Nachdem alle in der Provinz Africa befindlichen Aufständischen an mich ausgeliefert worden waren, zog ich nach Numidien weiter. In Utica ließ ich die Gefangenen hinrichten. Der aufständische Iarbas war davon unterrichtet, daß ich von Osten und Bogud von Westen her vorrückte, und verschanzte sich in Bulla Regis, einer Stadt am Oberlauf des Bagradas. Natürlich erreichte ich Bulla Regis noch vor König Bogud. Bei meiner Ankunft öffnete die Stadt ihre Tore und lieferte Iarbas an mich aus. Ich ließ ihn sowie einen weiteren Fürsten namens Masinissa sofort hinrichten und setzte König Hiempsal wieder auf seinen alten Thron in Cirta. Zu meiner Freude fand ich noch genügend Muße, auf die Jagd zu gehen. Dieses Land beherbergt einen unglaublichen

Reichtum an wilden Tieren jeder Art, von Elefanten bis hin zu großen, unseren Rindern ähnlichen Vierbeinern. Ich schreibe diesen Brief aus meinem Lager in der numidischen Ebene.

Nachdem ich, wie bereits erwähnt, das gesamte nördliche Africa innerhalb von vierzig Tagen unterworfen habe, werde ich nach Utica zurückkehren. Du kannst ohne Sorge einen Statthalter entsenden, Soldaten brauchen wir hier nicht zu stationieren. Ich selbst werde mich mit meinen sechs Legionen und zweitausend Reitern nach Tarentum einschiffen und dann über die Via Appia nach Rom ziehen. Dort möchte ich einen Triumphzug veranstalten. Meine Männer haben mich auf dem Feld zum Imperator ausgerufen, ich habe also das Recht auf einen Triumph. Habe ich nicht sowohl Sizilien als auch Africa in nur hundert Tagen unterworfen? Und alle unsere Feinde getötet? Außerdem bringe ich viele schöne Beutestücke für den Triumphzug mit.

Als sich Sulla endlich durch den Brief hindurchgequält hatte, lachte er Tränen. Er wußte nicht, worüber er sich mehr amüsierte: über Pompeius' plumpe Vertraulichkeiten, über seine Arroganz oder über Nachrichten wie die, daß die Regenzeit in Africa auf den Winter fiel oder daß Bulla Regis am Oberlauf des Bagradas lag. Wußte Pompeius nicht, daß Sulla viele Jahre in Africa verbracht und dort eigenhändig König Jugurtha gefangengenommen hatte? Nach kaum vierzig Tagen in Africa tat Pompeius bereits so, als wisse er alles. Und ständig wiederholte er, seine Soldaten hätten ihn auf dem Schlachtfeld zum Imperator ausgerufen. Was für ein Angeber!

Sulla zog ein paar Bogen Papier heraus und begann zu schreiben. Das Vergnügen, Pompeius selbst zu antworten, wollte er sich von keinem Sekretär nehmen lassen.

Welche Freude, Deinen Brief erhalten zu haben. Besten Dank auch für die interessanten Einzelheiten über Africa. Ich sehe schon, eines Tages muß ich doch noch dorthin reisen, und sei es nur, um diese großen, unsern Rindern ähnelnden Vierbeiner in Augenschein zu nehmen. Wie Du erkenne auch ich einen Elefanten, wenn ich ihn vor mir sehe.

Ich gratuliere! Wie schnell Du warst. Vierzig Tage! War nicht auch Mesopotamien vor tausend Jahren vierzig Tage lang überflutet?

Ich weiß, ich kann mich auf Dein Wort verlassen, daß wir weder in Sizilien noch in der Provinz Africa Truppen stationieren müssen. Leider, mein lieber Pompeius, gibt es gewisse Regeln, an die wir uns halten müssen. Mein Befehl lautet daher, daß Du fünf Deiner sechs Legionen in Utica zurückläßt und in Begleitung einer Legion heimkehrst. Es ist mir egal, welche Du auswählst, vielleicht gibt es eine, die Du besonders magst. Übrigens: Fortuna scheint Dich besonders zu mögen.

Leider kann ich Dir keinen Triumph bewilligen. Zwar haben Deine Truppen Dich zum Imperator ausgerufen, Triumphe aber sind ausschließlich Mitgliedern des Senats vorbehalten, die den Rang eines Prätors erreicht haben. Du wirst in den nächsten Jahren noch viele Kriege gewinnen, Pompeius, und so früher oder später sicherlich deinen Triumph bekommen.

Für die rasche Übersendung von Carbos Kopf bin ich Dir zu großem Dank verpflichtet. Es geht doch nichts über einen Kopf, wenn man jemandem beweisen will, daß ein anderer vom scharfen Erze zerrissen wurde, wie Homer sagt. Daß Carbo tot und Rom ohne Konsuln ist, hat mir überaus große Genugtuung bereitet. Wie schlau von Dir, seinen Kopf in Essig zu legen. Ich danke Dir auch für Soranus. Und den älteren Brutus.

Nur noch eine Kleinigkeit, Pompeius. Es wäre besser gewesen, Du hättest Carbo mit etwas weniger öffentlicher Beteiligung beseitigt, wenn Du es schon auf so barbarische Weise tun mußtest. Langsam beginne ich zu glauben, was die Leute sagen – kratze an einem Mann aus Picenum, und schon kommt der Gallier zum Vorschein. Als Du Dich inmitten der Liktoren und bekleidet mit der toga praetexta *auf den Richterstuhl gesetzt hast, bist Du Römer geworden. Aber Du hast versäumt, Dich wie ein Römer zu verhalten. Du hast den armen Carbo zuerst vier Stunden in der glühenden Sonne gefoltert und ihm sodann eröffnet, er habe kein ordentliches Verfahren verdient und werde auf der Stelle hingerichtet. Da Du ihn vor diesem leider öffentlichen Verfahren mehrere Tage in einem Loch gefangengehalten und ihm nur verdorbene Speisen zu essen gegeben hast, war er zu diesem Zeitpunkt sehr krank. Trotzdem hast Du ihm seine Bitte abgeschlagen, vor seinem Tod seine Gedärme entleeren zu dürfen. So starb er, wie mir zu Ohren kam, in seinem eigenen Kot, aber sehr tapfer.*

Woher ich das alles weiß? Ich habe meine Quellen. Hätte ich die nicht, wäre ich jetzt wahrscheinlich nicht Diktator von Rom. Du bist noch sehr jung und hast fälschlicherweise angenommen, ich wolle nur Carbos Tod, der Rest sei mir egal. Einerseits hast Du natürlich recht. Andererseits ist es überhaupt nicht egal, wie ein römischer Konsul zu Tode kommt. Und Carbo war zum Zeitpunkt seines Todes gewählter römischer Konsul. Du tust gut daran, künftig daran zu denken, daß man einem Konsul jede Ehre erweisen muß, selbst wenn dieser Konsul Gnaeus Papirius Carbo heißt.

Übrigens habe ich gehört, daß Dir das barbarische Schauspiel auf dem Marktplatz von Lilybaeum einen neuen Namen eingetragen hat. Eine großartige Sache für jemanden, der noch keinen dritten Namen hat! Adulescentulus carnifex. *Der kleine Schlächter. Ein überaus passender Name, findest Du nicht auch? Denn Du bist wie schon Dein Vater ein Schlächter.*

Ich wiederhole: Fünf Deiner sechs Legionen bleiben in Utica und warten auf den neuen Statthalter, den ich entsenden werde, sobald ich dazu Zeit habe. Dir selbst steht es frei, nach Rom zurückzukehren. Ich freue mich schon darauf, Dich wiederzusehen. Wir können uns über Elefanten unterhalten, und Du kannst mein Wissen über Africa im allgemeinen und die dortigen Vierbeiner im besonderen erweitern.

Nicht vergessen sollte ich auch, Dir mein Beileid zum Tod Deiner Schwiegereltern auszusprechen. Es ist schwer nachzuvollziehen, warum Brutus Damasippus auch Antistius Vetus und seine Frau als Opfer auserkor. Brutus Damasippus ist natürlich auch tot. Ich habe ihn hinrichten lassen, allerdings unter Ausschluß der Öffentlichkeit, mein kleiner Schlächter. Unter Ausschluß der Öffentlichkeit.

Das, dachte Sulla, als er die Feder aus der Hand legte, war ein Brief, den er gern geschrieben hatte. Doch dann traten Falten auf seine Stirn. Was sollte er mit dem kleinen Schlächter in der nächsten Zeit anfangen? Der Bursche ließ nicht so schnell locker, wenn er sich etwas in den Kopf gesetzt hatte. Zum Beispiel den Triumph.

Wer es fertigbrachte, mit Liktoren und Amtsstuhl auf dem Marktplatz einer nichtrömischen Stadt zu repräsentieren und sich wie ein ausgemachter Barbar aufzuführen, der würde auch die Bedingungen für einen Triumph mißachten. Pompeius war gerissen genug, seinen Triumph gegen alle Widerstände durchzusetzen. Dann mußte man ihm eben mit einer List begegnen. Ein breites Grinsen trat auf Sullas Lippen, was seinem Sekretär, der in diesem Augenblick den Raum betrat, unwillkürlich einen Seufzer der Erleichterung entlockte. Den Göttern sei Dank, Sulla war guter Laune!

»Ah, Flosculus, gerade zur rechten Zeit. Setze dich und hole deine Wachstäfelchen heraus. Ich habe plötzlich Lust, allen möglichen Leuten meine Großzügigkeit zu beweisen, darunter auch dem tüchtigen Lucius Licinius Murena, meinem Statthalter in der Provinz Asia. Ja, ich habe beschlossen, ihm seine Angriffe auf König Mithridates und die Mißachtung meiner Befehle zu verzeihen. Ich glaube, ich werde den unwürdigen Murena eines Tages noch gut gebrauchen können. Schreibe ihm, er solle so bald wie möglich nach Rom zurückkehren und einen Triumph feiern. Als nächstes schreibe an Flaccus in Gallia Transalpina. Er soll sich sofort auf den Weg nach Rom machen, um einen Triumph zu feiern. Beide sollen wenigstens zwei Legionen mitbringen ...«

Sulla kam immer mehr in Fahrt, und sein Schreiber hatte Mühe, ihm zu folgen. Kein Gedanke mehr an Aurelia und das unerfreuliche Gespräch, kein Gedanke an Roms unwilligen Jupiterpriester. Ein anderer, weit gefährlicherer junger Mann verlangte jetzt Sullas ganze Aufmerksamkeit. Denn der kleine Schlächter Pompeius konnte sehr gerissen sein, wenn es um seinen Vorteil ging.

In Nersae war es, wie Ria vorhergesagt hatte, richtig Winter geworden; die Stürme hatten sich gelegt, der Frost hatte angezogen, und über allem wölbte sich ein klarer blauer Himmel. Die Via Salaria nach Rom war wieder offen, desgleichen die Straße von Reate nach Nersae und der Weg über den Paß in das Tal des Aternus.

Caesar bekam all das nicht mit; sein Zustand hatte sich von Tag zu Tag verschlimmert. Anfangs, als er noch bei klarem Bewußtsein war, hatte er versucht, aufzustehen. Aber sobald er das Bett verließ, überkam ihn eine große Schwäche, und er torkelte wie ein Kind, das gerade laufen lernt. Am siebten Tag nach Ausbruch der Krankheit wurde er sehr müde und sank nach und nach in eine Art Koma.

Eines Morgens stand Lucius Cornelius Phagites in Begleitung des Mannes, der Caesar und Burgundus in der Herberge in Trebula gesehen hatte, vor Rias Tür. Ria hatte Burgundus zum Holzholen in den Wald geschickt, und ohne seinen Beistand konnte sie die Männer nicht daran hindern, sich Einlaß zu verschaffen.

»Bist du nicht die Mutter des Quintus Sertorius? Und der Bursche, der da drüben im Bett liegt und schläft, ist das nicht unser Jupiterpriester Gaius Julius Caesar?« Aus Phagites' Stimme klang Genugtuung.

»Er schläft nicht«, sagte Ria. »Und wecken kann man ihn auch nicht.«

»Natürlich schläft er!«

»Nein. Wie ich gesagt habe, weder ich noch sonst jemand kann ihn wecken. Er leidet an Wechselfieber, und das bedeutet, daß er sterben wird.«

Das waren schlechte Neuigkeiten für Phagites, der wußte, daß die auf Caesars Kopf ausgesetzte Belohnung nur bezahlt wurde, wenn Caesar noch lebte.

Lucius Cornelius Phagites, ein schlanker Grieche Anfang Vierzig, war wie andere Handlanger Sullas ein Freigelassener und hatte wenig Skrupel und noch weniger Ehrgefühl. Er hatte sich selbst in die Sklaverei verkauft, denn das war ihm vorteilhafter erschienen, als sein Leben in seinem verwüsteten Heimatland zu fristen. Als Sklave hatte er sich wie ein Blutegel an Sulla geheftet, der ihn zum Dank für seine Dienste zum Anführer einer der Proskriptions-Banden ernannt hatte. Seither hatte er mit der Ermordung von Geächteten bereits vierzehn Talente verdient. Wenn es ihm jetzt gelang, Caesar lebend zu Sulla zu schaffen, würde sich sein Verdienst auf insgesamt sechzehn Talente erhöhen. Der Gedanke, so kurz vor dem Ziel um die Früchte seiner Arbeit betrogen zu werden, gefiel ihm überhaupt nicht.

Natürlich hütete er sich, Ria über seine Absichten zu unterrichten. Er bezahlte seinen Informanten und sah zu, daß der Mann wieder verschwand. Tot würde Caesar ihm in Rom nichts einbringen, aber vielleicht trug der Bursche ja ein Sümmchen bei sich. Wenn er es geschickt anstellte, konnte er der Alten das Geld vielleicht entlocken.

»Auch gut«, sagte er und zückte ein riesiges Messer. »Ich schneide einfach seinen Kopf ab, dann bekomme ich zwei Talente Belohnung.«

»Nimm dich in acht, Schurke!« schrie Ria und baute sich vor ihm auf. »Burgundus kann jeden Moment zurückkommen. Er zertritt dich, bevor du nur einen Mucks machst. Wage nicht, seinem Herrn auch nur ein Haar zu krümmen.«

»Der germanische Trampel? Weißt du was, Mütterchen? Am besten, du gehst und holst ihn. Ich bleibe hier und leiste dem jungen Herrn ein wenig Gesellschaft.« Er setzte sich neben Caesar auf das Bett und hielt ihm das Messer an die Kehle.

Kaum war Ria aus dem Haus, da erhob sich Phagites und öffnete die Vordertür; draußen warteten seine Gehilfen, die Mitglieder seiner zehnköpfigen Bande. »Der germanische Riese ist auch hier«, erklärte Phagites. »Wir töten ihn nur, wenn es nicht anders geht. Er ist stark wie ein Bär, und ein Kampf gegen ihn kostet uns bestimmt einige Knochen. Der Junge ist wertlos für uns, er liegt im Sterben. Aber ich werde versuchen, den beiden ihr Geld abzuluchsen. Sobald ich es habe, kommt ihr herein und schützt mich vor dem Germanen. Alles klar?« Die Männer nickten.

Phagites kehrte ins Haus zurück. Als Ria mit Burgundus eintraf, saß er wieder wie zuvor neben Caesar und hielt sein Messer an dessen Kehle. Ein Knurren stieg aus Burgundus' Brust auf. Er blieb an der Tür stehen und öffnete und schloß seine riesigen Hände in hilfloser Wut.

»Also«, sagte Phagites freundlich und ohne jede Angst. »Jetzt höre mir gut zu, Alte. Wenn du genügend Geld hast, lasse ich den Burschen vielleicht am Leben. Überlege es dir gut! Vor der Tür warten neun kräftige Männer. Niemand kann mich also daran hindern, diesen hübschen Nacken zu durchtrennen. Bis der Germane am Bett ist, bin ich zehnmal draußen auf der Straße. Verstanden?«

»Er hat es nicht verstanden.« Ria zeigte auf Burgundus. »Er spricht kein Griechisch.«

»Was für ein Barbar! Dann muß ich mit dir verhandeln, Mütterchen. Hast du Geld?«

Ria schloß die Augen und überlegte, was sie tun sollte. Praktisch veranlagt wie ihr Sohn, entschied sie, daß es vor allem darauf ankam, Phagites loszuwerden. Der Grieche hatte recht: Caesar würde tot sein, bevor Burgundus das Bett erreichte – und dann würde Burgundus sterben, und als nächste wäre sie an der Reihe. Sie schlug die Augen wieder auf und deutete auf die in einer Ecke abgestellten Bücherkisten.

»Dort. Drei Talente.«

»Drei Talente!« Phagites Augen richteten sich begehrlich auf die Bücherkisten. Er pfiff leise. »Sehr gut.«

»Nimm das Geld und verschwinde. Laß den Jungen in Frieden sterben.«

»Ganz bestimmt, Mütterchen. Das werde ich.« Er legte die Finger an die Lippen und stieß einen scharfen Pfiff aus.

Seine Männer stürzten mit gezogenen Schwertern herein und blieben überrascht stehen. Sie hatten erwartet, den Germanen töten zu müssen, statt dessen bedeutete Phagites ihnen, ein Dutzend Bücherkisten hinauszuschaffen.

»Ihr Götter, das sind wirklich gewichtige Bücher!« rief Phagites, als sie Mühe hatten, die Kisten hochzuheben. »Ein sehr intelligenter Bursche, unser Jupiterpriester.«

Dreimal kamen und gingen die Männer, dann waren die Kisten verschwunden. Beim dritten Mal stand Phagites rasch auf, winkte zum Abschied und verschwand mit ihnen. Von der Straße drangen geschäftiger Lärm und das aufgeregte Wiehern mehrerer Pferde herein. Dann verloren sich die Geräusche in der Ferne, und erneut kehrte winterliche Stille ein.

»Du hättest mir erlauben sollen, sie zu töten«, sagte Burgundus.

»Dann wäre dein Herr als erster gestorben«, erwiderte Ria mit einem schweren Seufzer. »Sie werden erst zurückkommen, wenn sie das Geld verpraßt haben. Aber zurückkommen werden sie. Es hilft alles nichts, Caesar muß fort.«

»Dann wird er sterben!« Burgundus fing an zu weinen.

»Vielleicht. Aber wenn er hierbleibt, stirbt er auf jeden Fall.«

Reglos lag Caesar da. Wie dünn und ausgezehrt er aussieht, dachte Ria, und all die Fieberbläschen um seinen Mund. Aber selbst in seinem seltsamen Schlaf trank er, wann immer er zu trinken bekam, und noch lag er nicht lange genug still, um jene charakteristischen Geräusche von sich zu geben, die anzeigten, daß die Lungen zu verstopfen drohten.

»So ein Unglück, daß sie uns das Geld weggenommen haben«, sagte sie zu Burgundus. »Ich habe keinen Schlitten, aber nur mit einem Schlitten können wir Caesar von hier wegschaffen. Es gibt zwar einen Mann, der uns einen verkaufen könnte, aber seit Quintus Sertorius geächtet worden ist, besitze ich ebenfalls kein Geld mehr. Man hätte mir sogar dieses Haus weggenommen, wenn es nicht Teil meiner Mitgift gewesen wäre.«

Burgundus hörte ihr unbewegt zu. Dann zeigte er, daß auch er denken konnte. »Verkaufen wir das Pferd«, schlug er vor. »Es wird Caesar zwar das Herz brechen, aber welche Möglichkeit bleibt uns sonst?«

»Guter Burgundus«, rief Ria aufgeregt aus. »Du hast vollkommen recht! Das Pferd können wir ohne Probleme verkaufen. Natürlich nicht zu einem angemessenen Preis, aber es dürfte uns genug einbringen, einen Schlitten samt ein paar Ochsen zu erstehen und darüber hinaus für euren Aufenthalt bei Priscus und Gratidia zu bezahlen – eingerechnet die Mengen, die du verschlingst.«

So wurde es gemacht, und zwar in aller Eile. Überglücklich, ein Pferd wie Bucephalus für nur neuntausend Sesterzen bekommen zu haben, führte der neue Besitzer Caesars Pferd aus dem Stall. Bis zuletzt hatte er Angst, Ria könnte es sich doch noch anders überlegen.

Der Schlitten – eigentlich ein Wagen mit Rädern, an denen glattgehobelte Bretter mit hochgezogenen Enden befestigt waren – kostete viertausend Sesterzen, die beiden Zugochsen jeweils tausend Sesterzen. Der Verkäufer bot an, den Wagen samt Ochsen im nächsten Sommer für viertausend Sesterzen zurückzukaufen, was ihm einen Gewinn von zweitausend Sesterzen bescheren würde.

»Wer weiß, vielleicht bekommst du das Gespann sogar schon früher zurück«, sagte Ria bitter.

Sie und Burgundus wickelten Caesar in warme Decken ein und bemühten sich, es ihm im Wagen so bequem wie möglich zu machen.

»Achte darauf, ihn immer wieder umzulegen, sonst drücken noch seine Knochen durch das Fleisch – mager, wie er ist, der Arme. Bei dieser Kälte bleiben eure Vorräte länger frisch, das ist wenigstens ein Vorteil. Und sieh zu, daß er nicht nur Wasser trinkt, gib ihm auch von der Schafsmilch.« Mit einem Seil band sie hinten an den Schlitten ein Schaf, dessen Milch, wie sie hoffte, zu Caesars Genesung beitragen würde. Dann sah sie Burgundus bitter an. »Ach, ich wünschte, ich könnte euch begleiten. Aber ich bin zu alt.«

Sie sah Burgundus über die weiße, sanft abfallende Wiese hinweg nach, bis der Schlitten hinter der nächsten Wegbiegung verschwand. Dann stapfte sie durch den hohen Schnee in ihr Haus zurück und opferte Venus, der Schutzgöttin ihrer Familie, eine Taube und dann der Tellus und dem Sol Indiges, der Mutter und dem Vater aller Dinge auf italischem Boden, ein Dutzend Eier.

Die Ochsen waren unerträglich langsam, und so brauchten sie acht Tage, bis sie das Haus von Priscus und Gratidia erreichten. Andererseits kam diese gemächliche Art der Fortbewegung Caesar zugute. Die Fahrt in dem absonderlichen Gefährt, dessen mit vielen Schichten Bienenwachs versehene Kufen sanft über den gefrorenen Schnee glitten, schien ihm nichts auszumachen. Vom Tal des schnellfließenden Himella, an dem Nersae lag, folgten sie einer Straße, die sich im Zickzack einen steilen Hang hinaufwand. Auf der anderen Seite führte die Straße ebenso steil und kurvenreich in das Tal des Aternus hinunter.

Seltsamerweise besserte sich Caesars Zustand stetig, seit sie das warme Haus verlassen hatten. Jedesmal, wenn Burgundus das Schaf, das glücklicherweise alt und geduldig war, in einer mühsamen Prozedur mit seinen großen Händen gemolken hatte, trank Caesar von der Milch. Niemand begegnete ihnen, und sie fanden auch keine Unterkunft für die Nächte. Der strenge Frost hielt an. Tagsüber leuchtete der Himmel tiefblau, nachts war er mit weißen Sternen übersät.

Caesar erwachte aus dem Koma. Danach stellte sich die Schläfrigkeit, die dem Koma vorangegangen war, wieder ein, bis auch sie nachließ. Burgundus hielt ihm ein Stück Hartkäse hin, und Caesar kaute langsam darauf herum. Er sah allerdings immer noch aus, als hätte irgendein schreckliches Ungeheuer aus der Unterwelt ihm den letzten Tropfen Blut aus den Adern gesogen; er schaffte es kaum, die Hand zu heben. Als Caesar merkte, daß Bucephalus nicht bei ihnen war, sprach er zum erstenmal wieder.

»Wo ist Bucephalus?« flüsterte er. »Ich kann ihn nicht sehen.«

»Ich habe ihn in Nersae zurücklassen müssen, Caesar. Du siehst ja, auf was für Straßen wir reisen. Das ist nichts für ein Pferd wie Bucephalus. Aber mach dir keine Sorgen, Ria kümmert sich um ihn.« Lieber eine kleine Lüge als die Wahrheit, dachte Burgundus und war erleichtert, als Caesar beruhigt auf sein Lager zurücksank.

Priscus und Gratidia lebten auf einem kleinen Hof einige Meilen außerhalb von Amiternum. Sie waren in Rias Alter und hatten nur wenig Geld; ihre beiden Söhne, die ihnen bei der Arbeit hätten helfen können, waren im Bundesgenossenkrieg gefallen, Töchter hatten sie keine. Deshalb nahmen sie die Flüchtlinge, nachdem Burgundus ihnen die restlichen dreitausend Sesterzen gegeben und sie Rias Brief gelesen hatten, bereitwillig bei sich auf.

»Wenn das Fieber wieder ansteigt, pflege ich ihn draußen«, sagte Burgundus. »Wir hatten nämlich kaum Rias Haus verlassen und waren an der frischen Luft, als sich sein Zustand auch schon besserte.« Er zeigte auf den Schlitten und die Ochsen. »Die könnt ihr behalten. Wenn Caesar überlebt, wird er sie kaum behalten wollen.«

Ob Caesar überleben würde, war nach wie vor die große Frage. Die drei Menschen, die sich um ihn kümmerten, wußten es nicht. Die Tage vergingen, und sein Zustand veränderte sich kaum. Manchmal kam Wind auf, und es begann zu schneien, bis das Wetter wieder umschlug, der Himmel aufklarte und der Frost wieder anzog. Caesar schien nichts davon wahrzunehmen. Zwar hatte das Fieber und mit dem Fieber auch die Schläfrigkeit nachgelassen, aber weiter besserte sich sein Zustand nicht.

Gegen Ende April setzte Tauwetter ein, und es wurde Frühling. Der vergangene Winter, sagten die Bauern der Gegend, sei der härteste Winter seit Menschengedenken gewesen. Für Caesar war es der härteste Winter seines Lebens.

»Ich fürchte, Caesar stirbt, wenn er nicht nach Rom gebracht wird«, sagte Gratidia eines Tages. »Dort gibt es Ärzte, dort gibt es Medikamente, und dort gibt es Nahrungsmittel, die wir hier in den Bergen nicht bekommen können. Sein Blut hat kein Leben mehr in sich, und deshalb erholt er sich nicht. Ich weiß nicht, wie ich ihm helfen soll, und einen Heilkundigen aus Amiternum darf ich nicht zu Rate ziehen. Reite nach Rom, Burgundus, und unterrichte seine Mutter.«

Ohne ein Wort zu verlieren, ging der Germane aus dem Haus und sattelte sein Pferd. Gratidia konnte ihm gerade noch etwas zu essen mitgeben, bevor er sich auf das Pferd schwang und losritt.

»Ich habe mich schon gewundert, warum ich nichts von euch höre«, sagte Aurelia leise. Sie biß sich auf die Lippe und fing an, darauf herumzukauen, als ob ihr das helfen könnte, klarer zu denken. »Wie soll ich dir jemals danken, Burgundus? Ohne dich wäre mein Sohn längst tot. Jetzt müssen wir ihn irgendwie nach Rom bringen, sonst stirbt er doch noch.« Sie sah ihn an. »Geh jetzt zu Cardixa. Sie und deine Söhne haben dich sehr vermißt.«

Ein weiterer Bittgang zu Sulla, soviel war Aurelia klar, wäre vergebens. Ein Mittel, das vor dem Jahreswechsel versagt hatte, würde jetzt, Ende April des neuen Jahres, erst recht nichts nützen. Die Proskriptionen waren immer noch in vollem Gange, wenn auch, wie es schien, weniger systematisch als früher. Dafür kamen jetzt die ersten neuen Gesetze, großartige oder furchtbare Gesetze, je nachdem, wen man fragte. Sulla selbst steckte, so hieß es, bis über beide Ohren in Arbeit.

Zuerst hatte Aurelia gewagt, auf eine Änderung von Sullas Haltung zu hoffen. Sie hatte erfahren, daß Sulla einige Tage nach ihrer Unterhaltung Marcus Pupius Piso Frugi zu sich bestellt und ihm befohlen hatte, sich von Cinnas Witwe Annia scheiden zu lassen. Piso Frugi hatte Sullas Wunsch zwar ohne Zögern entsprochen und Annia den Laufpaß gegeben, aber weiter war nichts geschehen. Dann hatte Ria geschrieben, Caesars Geld sei ihm abgenommen worden und Caesar und Burgundus seien weitergezogen. Caesars Krankheit erwähnte sie nicht. Da Aurelia weiter nichts hörte, hatte sie geglaubt, alles sei in bester Ordnung.

»Ich werde Delmatica aufsuchen«, entschied sie. »Vielleicht weiß sie, wie ich Sulla umstimmen kann.«

Bisher hatte Rom von Sullas Frau, die im Dezember vergangenen Jahres von Brundisium nach Rom gekommen war, fast nichts gesehen. Einige meinten, sie sei krank, andere, Sulla habe keine

Zeit für sie und vernachlässige sie. Aber offenbar war sie noch seine Frau. Also schrieb Aurelia ihr einen Brief und bat sie um ein Treffen, vorzugsweise zu einer Zeit, wenn Sulla nicht da sei. Letzteres, setzte sie Delmatica auseinander, wünsche sie nur, weil sie Sulla auf keinen Fall verärgern wolle. Außerdem fragte sie an, ob sie bei dieser Gelegenheit nicht auch Cornelia Sulla begrüßen könne, die sie als Kind gekannt hatte. Wer weiß, vielleicht konnte Cornelia ihr weiterhelfen.

Inzwischen hatte Sulla seine wiederaufgebaute Villa oberhalb des Circus Maximus bezogen. Als Aurelia das Gebäude betrat, roch es streng nach frischem Kalkmörtel und frisch aufgetragenen Farben. Die Zimmer strahlten jene eigenartige Vulgarität alles Neuen aus, die nur die Zeit auszulöschen vermag. Aurelia wurde durch ein weitläufiges Atrium und in ein noch weitläufigeres Peristyl geführt und von dort in die Gemächer Delmaticas, die allein schon so groß wie Aurelias ganze Wohnung waren. Die beiden Frauen waren sich zwar schon zuvor begegnet, hatten aber nicht Freundschaft geschlossen. Aurelia verkehrte nicht wie die Frauen der großen Männer Roms in der Gesellschaft des Palatin. Sie war viel zu sehr mit der Verwaltung ihres Mietshauses in der Subura beschäftigt und konnte sich für Tratsch bei süßem Wein und Gebäck nicht begeistern.

Freilich gehörte auch Delmatica nicht zu diesem Kreis. Ihr erster Mann, der Senatsvorsitzende Scaurus, hatte sie lange wie eine Gefangene gehalten, und in dieser Zeit hatte sie ihren Appetit auf Klatsch verloren. Später war sie Sulla ins Exil nach Griechenland gefolgt, und sie hatten eine schöne Zeit in Ephesos, Smyrna und Pergamon erlebt. Dann waren die Zwillinge gekommen, dann Sullas furchtbare Krankheit. Allzu viele Sorgen, allzuviel Unglück, das Heimweh und anderes Unglück hatten Caecilia Metella Delmatica die Lust an Einkäufen, Komödien, Intrigen, Skandalen und Müßiggang ein für allemal genommen. Außerdem hatte sie in Rom endlich Sulla wieder! Sulla, der sie vermißt hatte und sie mehr liebte als jemals zuvor.

Was die Politik anging, so zog Sulla sie nach wie vor nicht ins Vertrauen. Deshalb wußte sie auch nichts vom Schicksal des Jupiterpriesters; sie wußte nicht einmal, daß Aurelia seine Mutter war. Cornelia Sulla für ihren Teil wußte nur, daß Aurelia in ihrer

Kindheit irgendwie mit ihrer leiblichen Mutter bekannt gewesen war, die sich dem Wein ergeben und schließlich das Leben genommen hatte, und mit ihrer geliebten Stiefmutter Aelia, an die sie sich im Unterschied zu ihrer richtigen Mutter noch lebhaft erinnerte. Cornelia Sullas erste Ehe mit dem Sohn des zusammen mit Sulla amtierenden Konsuls hatte tragisch geendet. Ihr Mann war in der Zeit, in der Sulpicius Tribun der Plebs war, während der Unruhen auf dem Forum ums Leben gekommen. Erst ihre zweite Ehe mit Drusus' jüngerem Bruder Mamercus hatte ihr dauerhaftes Glück beschert.

Die Frauen fanden Gefallen aneinander. Sie zählten alle drei zu den schönsten Frauen Roms, auch Aurelia, die mit zweiundvierzig Jahren die Älteste war. Delmatica war siebenunddreißig, Cornelia Sulla gerade erst sechsundzwanzig Jahre alt.

»Du wirst deinem Vater immer ähnlicher«, sagte Aurelia zu Cornelia Sulla.

»Sag das nicht, Aurelia!« Cornelia lachte, und ihre Augen, die viel blauer waren als die Sullas, blitzten. »Meine Haut ist gesund, und ich trage noch keine Perücke.«

»Armer Sulla«, sagte Aurelia, »seine Krankheit muß ihn hart getroffen haben.«

»Ja, sehr hart«, stimmte Delmatica zu, deren graue Augen trauriger waren, als Aurelia sie in Erinnerung hatte.

Eine Zeitlang kreiste das Gespräch um Nebensächlichkeiten, wobei Delmatica taktvoll darauf achtete, die heikleren Themen, die besonders ihre Stieftochter interessiert hätten, zu vermeiden.

Delmatica, die neben den Zwillingen noch einen Sohn und eine Tochter von ihrem ersten Mann Marcus Antonius Scaurus hatte, sprach fast nur von ihrer ältesten Tochter Aemilia Scaura.

»Das hübscheste Mädchen weit und breit!« sagte sie liebevoll und strahlte. »Wir glauben, daß sie schwanger ist. Aber es ist noch zu früh, um es mit Sicherheit sagen zu können.«

»Mit wem ist sie verheiratet?« wollte Aurelia wissen, die nie wußte, wer in letzter Zeit wen geheiratet hatte.

»Mit Manius Acilius Glabrio. Sie waren einander seit Jahren versprochen, Scaurus hat das noch eingefädelt. Die Beziehungen zwischen den beiden Familien reichen weit zurück.«

»Glabrio ist doch ganz nett«, sagte Aurelia. Insgeheim hielt sie ihn allerdings für einen arroganten Angeber, der mit seinem Vater nicht zu vergleichen war.

»Glabrio ist ein eingebildetes Großmaul«, sagte Cornelia Sulla.

»So schlimm ist er nicht«, sagte Delmatica tadelnd. »Obwohl, ganz unrecht hast du nicht, denn für dich wäre er nichts. Aber zu Aemilia Scaura paßt er ganz gut.«

»Und die kleine Pompeia?« lenkte Aurelia schnell ab.

»Die wird eine Schönheit!« sagte Cornelia Sulla und lachte. »Sie ist jetzt acht und geht zur Schule.« Und da sie Sullas Tochter war und dessen kritischen und distanzierten Blick geerbt hatte, fuhr sie fort: »Dabei ist sie unsäglich einfältig. Ich würde mich glücklich schätzen, wenn sie jemals genug Latein lernt, um eine Glückwunschkarte verfassen zu können. Griechisch wird sie wohl nie lernen. Aber für ein Mädchen ist es wichtiger, schön zu sein, als intelligent.«

»Zumindest, wenn es darum geht, sich einen Mann zu angeln«, sagte Aurelia trocken. »Aber da hilft auch eine angemessene Aussteuer.«

»Die bekommt sie«, sagte Pompeias Mutter. »Vater ist jetzt ein reicher Mann. Und sie erbt nicht nur von ihm, sondern auch von der Familie Pompeius Rufus – die mich jetzt ganz anders behandelt als früher, da ich als Witwe mein Leben in ihrem Haus fristen mußte. Sie haben mir das Leben ganz schön schwer gemacht, aber jetzt sind sie freundlich, weil ich einen berühmten Vater habe. Außerdem fürchten sie, er könnte sie auf die Proskriptionslisten setzen lassen.«

»Dann brauchen wir ja nur noch zu hoffen, daß Pompeia einen angemessenen Gatten findet«, sagte Delmatica. Dann sah sie Aurelia ernst an. »Ich freue mich, dich zu sehen, und hoffe, von nun an auf deine Freundschaft zählen zu können. Aber ich weiß, daß du nicht nur wegen mir gekommen bist. Du bist als tüchtige Frau bekannt, die ihre Zeit nicht mit Tratsch vertrödelt. Was ist passiert, Aurelia? Kann ich dir helfen?«

In ihrer einfachen, ungeschminkten Art berichtete Aurelia den beiden Frauen, was vorgefallen war.

»Wir müssen unbedingt etwas unternehmen«, sagte Delmatica, als Aurelia geendet hatte. Sie seufzte. »Lucius Cornelius hat sehr viel Arbeit, und besonders mitfühlend ist er leider auch nicht.«

Nachdenklich runzelte sie die Stirn. »Aurelia, du bist viele Jahre lang seine Freundin gewesen«, sagte sie schließlich verlegen. »Wenn es nicht einmal dir gelungen ist, ihn umzustimmen, dann habe ich wohl erst recht keine Chance.«

»Das sehe ich anders«, sagte Aurelia steif. »Es stimmt, Sulla hat mich von Zeit zu Zeit besucht, aber ich versichere dir, zwischen uns war nichts. Es war nicht meine Schönheit, die ihn anzog, sondern mein gesunder Menschenverstand, auch wenn das unromantisch klingt.«

»Ich glaube dir gerne«, sagte Delmatica lächelnd.

»Nun, das ist alles lange vorbei und hilft uns nicht weiter«, sagte Cornelia Sulla. »Aurelia, du hast ganz recht, wenn du meinst, Vater nicht mehr allein gegenübertreten zu können. Trotzdem mußt du ihn noch einmal aufsuchen – und zwar je früher, desto besser. Er hat zur Zeit nur noch seine Gesetze im Kopf, deshalb wäre es am besten, eine formelle Delegation zu entsenden, bestehend aus Priestern, männlichen Verwandten, Vestalinnen und natürlich dir. Mamercus wird uns bestimmt helfen, ich rede mit ihm. Wer sind Caesars engste Verwandten, die nicht auf den Listen stehen?«

»Die drei Cottas, meine Halbbrüder.«

»Gut, sie werden der Abordnung das nötige Gewicht verleihen. Gaius Cotta ist Pontifex und Lucius Cotta Augur, in religiösen Dingen also nicht ganz ohne Gewicht. Darüber hinaus wird sich wie gesagt auch Mamercus für dich einsetzen. Dann brauchen wir noch vier Vestalinnen. Fonteia wäre gut, sie ist die oberste Vestalin. Dazu Fabia, Licinia und Caesar Strabos Tochter Julia aus Caesars eigener Familie. Kennst du eine von ihnen?«

»Nicht einmal Julia Strabo«, sagte Aurelia.

»Das macht nichts, ich kenne sie alle. Überlaß das einfach mir.«

»Und was kann ich tun?« fragte Delmatica, von so viel Tatkraft eingeschüchtert.

»Deine Aufgabe wird sein, der Abordnung morgen nachmittag einen Termin mit Vater zu besorgen«, sagte Cornelia Sulla.

»Das ist leichter gesagt als getan. Er hat so viel zu tun.«

»Du bist viel zu bescheiden, Delmatica. Vater tut alles für dich, wenn du ihn nur darum bittest. Das Problem ist, daß du ihn viel zu selten um etwas bittest und deshalb gar nicht weißt, wie gern er dir einen Gefallen tut. Sei unbesorgt, frage ihn einfach beim Abendessen.« Sie wandte sich wieder Aurelia zu. »Ich werde dafür sorgen, daß alle Beteiligten etwas früher hier sind. Dann kannst du dich noch mit ihnen absprechen, bevor ihr euch zu ihm begebt.«

»Was soll ich anziehen?« fragte Aurelia, schon im Stehen.

Cornelia Sulla sah sie überrascht an, und auch Delmatica war erstaunt.

»Ich frage nur, weil er bei meinem letzten Besuch eine abfällige Bemerkung über meine Kleider gemacht hat.«

»Was hat ihm daran nicht gefallen?« wollte Cornelia Sulla wissen.

»Ich glaube, er fand sie zu farblos.«

»Dann zieh doch etwas Buntes an.«

Zu Hause angekommen, zog Aurelia all jene Gewänder aus der Kleidertruhe, die sie schon vor Jahren dorthin verbannt hatte, weil sie ihr als unpassend und zu kapriziös für eine aristokratische Matrone erschienen waren. Welche Farbe? Blau? Grün? Rot? Oder doch lieber gelb? Schließlich entschied sie sich für ein aus zwei Lagen eines rosa Stoffes gefertigtes Gewand, dessen innerer, dunklerer Stoff durch den darüberliegenden, durchsichtigen Stoff aus hellem Rosa durchschien.

Cardixa schüttelte den Kopf. »Wie schön du dich herausgeputzt hast! Du siehst aus wie an jenem Tag, an dem Caesars Vater zum Essen in das Haus deines Onkels Rutilius Rufus kam. Und nicht einen Tag älter!«

»Herausgeputzt?«

»Ja, wie ein Staatspferd beim Triumphzug.«

»Dann ziehe ich mich lieber wieder um.«

»Nein, das tust du nicht, dazu hast du keine Zeit mehr. Du mußt dich auf den Weg machen. Lucius Decumius begleitet dich.« Cardixa schob ihre Herrin durch die Tür auf die Straße, wo Lucius Decumius bereits mit seinen beiden Söhnen wartete.

Da Lucius Decumius taktvoll schwieg, als er Aurelias Aufmachung sah, und seinen Söhnen nichts einfiel, sagte auf dem langen Weg zur anderen Seite des Palatin niemand etwas. Aurelia rechnete jeden Moment damit, ein Bote könne auftauchen und melden, es sei zu spät, Caesar sei bereits tot. Jeder Schritt, den sie ging, ohne daß diese Nachricht eintraf, war ein Segen.

In dem Mietshaus, in dem Aurelia wohnte, war irgendwie bekannt geworden, daß Caesar mit dem Tod rang. Immer wieder hatten die Mieter Aurelia kleine Geschenke überreicht, von auf dem Markt gekauften Blumensträußen bis hin zu fremdartig aussehenden Amuletten von den Lykiern im fünften Stock; aus dem jüdischen Stock war der klagende Singsang von Gebeten zu hören gewesen. Die meisten Mieter lebten seit Jahren im Haus und kannten Caesar seit seiner Kindheit. Aufgeweckt, grenzenlos neugierig und schwatzhaft, wie er als Kind gewesen war, war er von Stockwerk zu Stockwerk gewandert und hatte mit jenem Talent gewuchert, das er im Übermaß besaß und das in den Augen seiner Mutter so fragwürdig war: seinem Charme. Viele der Frauen hatten ihm die Brust gegeben, ihm Leckerbissen aus der Küche zugesteckt und ihm so lange sehnsüchtige Lieder in der Sprache ihrer Heimat vorgesungen, bis er wußte, was Sehnsucht war. Später sangen sie die Lieder mit ihm zusammen, und sie brachten dem außerordentlich musikalischen Kind bei, auf verschiedenen Saiteninstrumenten und allen Arten von Pfeifen und Flöten zu spielen. Als Caesar älter wurde, streifte er gemeinsam mit seinem besten Freund Gaius Matius, der im Erdgeschoß der benachbarten Wohnung lebte, durch die Welt draußen, die Subura. Je mehr Bewohner der Subura jetzt von seiner Krankheit erfuhren, desto mehr kleine Geschenke und Gaben wurden an Aurelias Tür abgegeben.

Wie sollte sie Sulla erklären, daß Caesar mehr war als nur ein Römer? Einerseits war er so römisch wie nur irgendein Römer, andererseits vereinte er den Geist eines Dutzends anderer Völker in sich. Die Sache mit dem Priesteramt war im Grunde gar nicht so wichtig. Wichtig war, was Caesar den Menschen bedeutete, die ihn kannten. Caesar gehörte Rom, aber nicht dem Rom des Palatin, sondern dem Rom der Subura und des Esquilin. Er würde jedes Amt, das er bekleidete, mit einer Erfahrung füllen, die niemand anders hatte. Jupiter allein wußte, mit wie vielen Mädchen – und Frauen ihres Alters! – er schon geschlafen hatte, wie oft er mit Lucius Decumius und den anderen Raufbolden von der Kreuzwegbruderschaft durch die Nacht gezogen war und wo er überall Menschen in ihrem Innersten berührt hatte, weil er ihnen zuhörte und sich für alles interessierte. Dabei war er erst achtzehn! Ja,

Gaius Marius, dachte Aurelia, auch ich glaube an Marthas Prophezeiung. Mit vierzig wird mein Sohn ganz oben sein. Und ich gelobe bei den Göttern, daß ich, wenn es sein muß, sogar in die Unterwelt hinabsteige und den dreiköpfigen Hund des Hades entführe, um das Leben meines Sohnes zu retten.

Aber kaum war sie in Sullas Haus eingelassen und in den Raum geführt worden, in dem die anderen Mitglieder der Abordnung auf sie warteten, da waren diese Worte wie weggeblasen, und ihr Gesicht zeigte nichts von dem, was in ihr vorging. Im Gegenteil, sie wirkte blaß und eingeschüchtert.

Cornelia Sulla hatte Wort gehalten. Aurelias Blick fiel zuerst auf die vier Vestalinnen. Vestalinnen traten mit sieben oder acht Jahren in den Orden ein und blieben dreißig Jahre lang dessen Mitglieder. Die vier Frauen waren alle jünger als Aurelia, denn keine, auch die Vorsteherin nicht, hatte das Austrittsalter auch nur annähernd erreicht. Sie trugen weiße, langärmelige und fein gefältelte Gewänder, darüber einen weißen Umhang, die Kette und die Medaille der vestalischen *bulla* und auf dem Kopf eine aus sieben Strängen Wolle geflochtene, von zarten weißen Schleiern umhüllte Krone. Zwar waren sie zur Keuschheit verpflichtet, aber ihr Leben war keineswegs weltabgeschieden. Alle vier waren sich ihrer Bedeutung bewußt, schließlich hing von ihrer Jungfräulichkeit das Wohl Roms ab. Da Vestalinnen meist in jungen Jahren in ihren Dienst eingeführt wurden, allmählich in ihn hineinwuchsen und von großem Stolz auf ihre Rolle erfüllt waren, geriet kaum eine je in Versuchung, ihr Gelübde zu brechen.

Die Männer trugen weiße Togen. Mamercus' Toga war zum Zeichen seiner neuen Stellung als Prätor für Fremdenrecht mit einem purpurnen Saum verbrämt, die Cottas waren für einen Purpurstreif noch zu jung. Erschrocken mußte Aurelia feststellen, daß sie mit ihrem rosa schimmernden Kleid bei weitem am auffälligsten gekleidet war. Sie fühlte, wie sie sich innerlich verkrampfte. Wie sollte sie Sulla jetzt noch überzeugen können?

In diesem Moment trat Cornelia Sulla neben sie. »Du siehst großartig aus«, sagte sie leise. »Ich hatte schon vergessen, wie schön du bist, wenn du dich zurechtmachst. Aber was rede ich! Das weißt du ja selbst. Du versteckst deine Schönheit, als sei sie nicht vorhanden, und dann plötzlich – zeigst du sie!«

»Was sagen die anderen? Sind sie auf meiner Seite?« flüsterte Aurelia zurück, die immer noch wünschte, statt Rosa Braun oder Grau gewählt zu haben.

»Natürlich sind sie das. Schon deshalb, weil Caesar der Jupiterpriester ist. Und sie bewundern seinen Mut, sich dem Diktator zu widersetzen. Nicht einmal Mamercus wagt das. Ich schon, aber auch nur manchmal. Und weißt du was? Es gefällt ihm. Meinem Vater, meine ich. Die meisten Tyrannen mögen das. Sie umgeben sich zwar mit lauter Schwächlingen, aber im Grunde ihres Herzens verachten sie schwache Menschen.« Cornelia sah sie eindringlich an. »Geh als erste hinein, Aurelia. Und wehre dich!«

»Das habe ich immer getan.«

Auch Chrysogonus war da. Er schenkte jedem Mitglied der Abordnung ein öliges, je nach dessen Rang verschieden unterwürfig ausfallendes Lächeln. Dem Verwalter eilte inzwischen der Ruf voraus, einer der Hauptnutznießer der Proskriptionen zu sein und einen enormen Reichtum angehäuft zu haben. Ein Diener trat ein und flüsterte ihm etwas ins Ohr, woraufhin er sich unter vielen Verbeugungen zu der großen Doppeltür begab, die in Sullas Atrium führte, sie öffnete und die Männer und Frauen bat, einzutreten.

Sulla erwartete sie mit verdrossenem Gesicht. Er war mißmutig, weil er dem Drängen von Frauen nachgegeben und nicht die Härte besessen hatte, ihnen zu widerstehen. Es war ungerecht! Seine Frau und seine Tochter hatten gefleht und gebettelt, ihn mit traurigen Augen angesehen und ihm versichert, auf ewig in seiner Schuld zu stehen, wenn er ihnen diesen kleinen Gefallen erweisen würde – wenn er aber ablehnte, würden sie auf ewig mit ihm hadern. Delmatica war nicht so schlimm gewesen; sie erinnerte ihn immer noch ein wenig an einen geprügelten Hund, zweifellos eine Folge der langjährigen Gefangenschaft, in der Scaurus sie gehalten hatte. Aber Cornelia Sulla war von seinem Blut – und das hatte sich gezeigt. Ein richtiger Teufel! Wie konnte Mamercus es mit ihr aushalten und dabei auch noch richtig glücklich aussehen? Wahrscheinlich nur, weil er nie wagte, sich gegen sie aufzulehnen. Wie klug von ihm. Was die Männer um des häuslichen Friedens willen nicht alles auf sich nahmen. Vor allem er, Sulla, und vor allem jetzt.

Wenigstens war es eine Abwechslung, eine Erholung von seinen endlosen, öden Pflichten als Diktator. Ihm war langweilig! Sterbenslangweilig! In Rom war er nie zufrieden gewesen. Hier gab es Genüsse, die ihm verboten waren, Orgien, die er niemals würde besuchen können, Kreise, in denen zu verkehren ihm verboten war ... Rom, das war Metrobius. Metrobius, immer wieder Metrobius. Wie lange hatte er ihn nun schon nicht mehr gesehen? Zuletzt bei seinem Triumph? Im Gewühl der Menge? Oder bei seiner Amtseinführung als Konsul? Konnte er sich nicht einmal daran mehr erinnern?

An seine erste Begegnung mit dem jungen Griechen konnte er sich hingegen noch sehr gut erinnern. Es war auf jenem Fest gewesen, bei dem er als Gorgo Medusa verkleidet erschienen war, mit einem Kranz lebender Schlangen auf dem Kopf. Wie sie alle gekreischt hatten. Nur Metrobius nicht, der verführerische kleine Cupido, dem die Safranschminke an den Innenseiten seiner seidigen Schenkel hinunterlief, mit dem süßesten Arsch der Welt ...

Die Abordnung trat ein. Sulla, der hinter dem großen blauschimmernden Wasserbecken in der Mitte des weitläufigen Raumes stand, konnte die Gruppe von seinem Platz mit einem Blick übersehen. Lag es daran, daß er gerade an die Welt des Theaters und einen ganz bestimmten Schauspieler gedacht hatte? Was er vor sich sah, war jedenfalls keine steife Abordnung hochgestellter Römer, sondern ein prachtvoller Festzug, angeführt von einer prächtig in allen möglichen Schattierungen von Rosa gekleideten Matrone. Rosa war seine Lieblingsfarbe. Wie geschickt von ihr, sich mit Leuten zu umgeben, die nur Weiß mit hier und da einem Streifen Purpur trugen!

Mit einem Schlag war die langweilige Welt der Pflichten verschwunden und mit ihr Sullas schlechte Laune. Seine Miene hellte sich auf.

»Ah! Wunderbar! Einfach wunderbar! Besser als Theater oder Spiele. Nein, kommt nicht näher, bleibt auf der anderen Seite des Beckens. Aurelia, du stellst dich ganz vorne hin. Ich will, daß du hervorstichst wie eine langstielige Rose. Die Vestalinnen nach rechts. Nein, die jüngste soll hinter Aurelia stehenbleiben, ich will Aurelia vor einem weißen Hintergrund. Genau so, gut! Und die Männer nach links. Der junge Lucius Cotta stellt sich am besten ebenfalls hinter Aurelia, er ist der jüngste und hat bestimmt noch keine Sprechrolle. Mir gefällt der schmale Purpurstreifen auf euren Tuniken. Nur du, Mamercus, verdirbst alles. Warum mußtest du auch deine *toga praetexta* anziehen! Das Purpur der Toga ist einfach zu intensiv. Mal sehen, ja, geh ganz nach links, da fällst du am wenigsten auf.«

Sulla legte die Hand an das Kinn und sah die Gruppe prüfend an. Schließlich nickte er. »Gut! Sehr gut sogar! Nur mir fehlt noch der rechte Putz. Ich stehe hier ganz allein in meiner Purpurtoga da und sehe genauso jämmerlich aus wie Mamercus.«

Er klatschte in die Hände. Chrysogonus eilte zu ihm und verbeugte sich untertänig.

»Chrysogonus, schicke meine Liktoren herein. Aber sie sollen ihre karmesinroten Togen anlegen, nicht diese altmodischen weißen Fetzen. Und bringe mir meinen ägyptischen Sessel. Du weißt schon, den mit den Krokodilsarmen und den Nattern, die sich an der Lehne hochwinden. Und ein kleines Podium. Ja, unbedingt ein kleines Podium. Eingeschlagen in Purpur. In tyrischen Purpur, keine Imitation! Worauf wartest du noch? Los, beeil dich!«

Die Mitglieder der Abordnung, von denen bisher noch keiner ein Wort gesagt hatte, hatten sich bereits damit abgefunden, längere Zeit auf die Ausführung der umfangreichen Anweisungen warten zu müssen, aber Chrysogonus war nicht umsonst zu Sullas Hausverwalter und zum obersten für die Proskriptionen zuständigen Beamten aufgestiegen. Schon kurze Zeit später marschierten vierundzwanzig in karmesinrote Tuniken gekleidete und sichtlich um Fassung bemühte Liktoren mit ihren Rutenbündeln herein. Unmittelbar hinter ihnen folgten vier muskulöse Sklaven mit einem kleinen Podium, das sie genau in die Mitte des Raumes hinter dem Becken stellten und sorgfältig mit einem purpurnen Stoff bedeckten. Als nächstes folgte der ägyptische Sessel, ein beeindruckendes Möbelstück aus poliertem und teilweise vergoldetem Elfenbein. Die Augen der Schlangen an der Rückenlehne waren Rubine, die der Krokodile Smaragde. In der Mitte der Rückenlehne prangte ein buntschillernder Skarabäus.

Damit war die Bühne fertig dekoriert. Sulla widmete sich jetzt den Liktoren. »Die Beile in den Rutenbündeln machen sich außerordentlich gut. Laßt mal sehen ... Zwölf Liktoren links und zwölf rechts von mir. In einer Reihe, Burschen, aber enger zusammen. An den Enden der Reihen könnt ihr etwas weiter auseinanderrücken ... Gut, sehr gut!« Er drehte sich wieder um und betrachtete stirnrunzelnd die Abordnung. »Ja, jetzt weiß ich, was mich stört! Ich kann Aurelias Füße nicht sehen! Chrysogonus! Hole den kleinen goldenen Hocker, den ich Mithridates abgenommen habe. Aurelia soll sich darauf stellen. Aber schnell!«

Schließlich entsprach alles seinen Vorstellungen, und Sulla sank zufrieden in seinen Schlangensessel. Er schien vergessen zu haben, daß er von Amts wegen auf einem schmucklosen elfenbeinernen Amtsstuhl sitzen mußte. Natürlich wagte keiner der Anwesenden ihn deswegen zu kritisieren. Für sie zählte nur, daß der Diktator gutgelaunt schien, was die Aussicht auf einen günstigen Urteilsspruch erhöhte.

»Redet!« sagte er mit tiefer, voll klingender Stimme.

»Lucius Cornelius, mein Sohn liegt im Sterben ...«

»Lauter, Aurelia. So laut, daß man dich auch auf den hinteren Rängen noch hören kann.«

»Lucius Cornelius, mein Sohn liegt im Sterben«, rief Aurelia. »Ich komme mit meinen Freunden zu dir und bitte dich, sein Leben zu verschonen.«

»Mit deinen Freunden? Sind all diese Menschen deine Freunde?« fragte Sulla mit übertriebener Verwunderung.

»Ja. Wir bitten dich, meinem Sohn die Rückkehr in die Stadt zu erlauben, bevor er stirbt.« Aurelia kam langsam in Fahrt. Wenn Sulla unbedingt eine griechische Tragödie haben wollte, dann sollte er eine haben. Flehend streckte sie die Arme aus, und die rosafarbenen Ärmel glitten zurück und entblößten ihre blasse, zarte Haut. »Lucius Cornelius, mein Sohn, mein einziger Sohn. Er ist erst achtzehn Jahre alt.« Ihre Stimme zitterte – und Sullas Gesichtsausdruck nach zu schließen, verfehlte das seine Wirkung nicht. »Du hast ihn gesehen, meinen Sohn. Er ist ein Gott! Ein römischer Gott! Ein würdiger Abkömmling der Venus! Und so mutig! Denn wagte er nicht sogar, dir zu widersprechen? Dir, dem mächtigsten Mann, den Rom kennt? Und hatte er Angst? Nein!«

»Wunderbar, du bist wunderbar!« rief Sulla. »Ich wußte gar nicht, welche Fähigkeiten in dir schlummern, Aurelia. Weiter, bitte weiter.«

»Lucius Cornelius, ich flehe dich an. Verschone meinen Sohn!« Irgendwie gelang es ihr, sich auf dem Hocker, auf dem sie stand, umzudrehen. Sie streckte die Hände Fonteia entgegen und hoffte, die Vestalin würde mitspielen. »Ich rufe Fonteia an, Roms oberste Vestalin. Fonteia, bitte du um das Leben meines Sohnes!«

Glücklicherweise hatte sich der Rest der Versammlung inzwischen von seiner Verblüffung erholt. Fonteia, die seit ihrem vierten Lebensjahr erzogen worden war, ihre Gefühle zu beherrschen, wuchs in diesem Moment über sich hinaus, warf ihre Arme in die Luft und setzte eine Miene abgrundtiefer Verzweiflung auf.

»Verschone ihn, Lucius Cornelius!« flehte sie. »Verschone ihn!«

»Verschone ihn«, flüsterte Fabia.

»Verschone ihn«, gellte Licinia.

Die siebzehnjährige Julia Strabo setzte dem ganzen die Krone auf, indem sie in Tränen ausbrach.

»Rom zuliebe, Lucius Cornelius! Verschone ihn Rom zuliebe!« donnerte Gaius Cotta mit der Stentorstimme, die vor ihm schon seinen Vater berühmt gemacht hatte. »Ich flehe dich an, verschone ihn!«

»Rom zuliebe, Lucius Cornelius!« stimmte Marcus Cotta ein.

»Rom zuliebe, Lucius Cornelius!« schmetterte Lucius Cotta.

»Verschone ihn!« blökte schließlich auch Mamercus.

Stille. Aurelia und die anderen sahen einander verlegen an.

Sulla saß in der klassischen Pose der großen Römer, rechter Fuß vorgeschoben, linker Fuß abgewinkelt, vor ihnen auf dem Podest. Schweigend, mit gerunzelter Stirn, wartete er. Dann rief er laut: »Nein!«

Noch einmal dasselbe Theater.

Noch einmal dieselbe Antwort: »Nein!«

Aurelia fühlte sich erschöpft und ausgewrungen wie ein Stück Wäsche, aber sie gab nicht auf. Mit brechender Stimme und zitternden Händen flehte sie ein drittes Mal um das Leben ihres Sohnes. Julia Strabo heulte voller Hingebung, und selbst Licinia traten jetzt Tränen in die Augen. Der Chor der beschwörenden Stimmen schwoll erneut an.

Wieder herrschte Schweigen. Sulla wartete lange. Er hatte eine Haltung eingenommen, von der er offensichtlich annahm, daß sie ihn dem gewaltigen, königlichen und göttlichen Zeus ähnlich machte. Endlich erhob er sich und trat würdevoll an den Rand des kleinen Podiums, die Stirn in unheilverkündende Falten gelegt.

Er stieß einen weithin hörbaren Seufzer aus, ballte die Hände zu Fäusten und schüttelte sie gegen die funkelnden Sterne der vergoldeten Decke. »So sei es denn!« rief er. »Ihr sollt euren Willen haben! Ich werde Caesar verschonen! Aber seid gewarnt! Tausendfach erkenne ich Marius in diesem jungen Mann wieder.«

Kaum war sein letztes Wort verklungen, da sprang er auch schon wie ein junges Reh von dem Podest und eilte um das Becken zu den anderen. »Wie ich das gebraucht habe! Wundervoll, einfach wundervoll. So viel Spaß habe ich nicht mehr gehabt, seit ich zwischen meiner Stiefmutter und meiner Geliebten im Bett lag! Diktator zu sein ist einfach kein Leben! Ich habe nicht einmal Zeit, ins Theater zu gehen. Aber das hier war besser als alle Aufführungen, die ich je gesehen habe. Und ich hatte die Hauptrolle! Ihr habt hervorragend gespielt. Mit Ausnahme von dir, Mamercus. Mit deiner *toga praetexta* und deiner blökenden Stimme hast du alles verdorben. Du bist einfach zu steif, Mamercus. Viel zu steif! Du mußt lernen, in deiner Rolle aufzugehen, sie zu leben.«

Sulla blieb vor Aurelia stehen und half ihr von dem aus solidem Gold gefertigten Hocker. »Glänzend!« rief er und umarmte sie. »Meine Liebe, du hast ausgesehen wie Iphigenie in Aulis.«

»Ich bin mir eher wie ein Fischweib auf der Bühne vorgekommen.«

Die vierundzwanzig Liktoren, die immer noch mit reglosen Gesichtern neben dem Krokodilsthron ausharrten, hatte Sulla völlig vergessen. Doch nach dem, was sie gerade erlebt hatten, konnte die Liktoren nichts mehr so schnell aus der Fassung bringen.

»Laßt uns in das Eßzimmer gehen und ein Fest feiern!« rief Sulla und scheuchte den Chor vor sich her. Einen Arm hatte er um die immer noch weinende Julia Strabo gelegt. »Nicht weinen, dummes Ding«, sagte er, »Sulla hat doch nur Spaß gemacht.« Er verdrehte die Augen, dann schob er das Mädchen zu Mamercus. »Mamercus, zieh dein Taschentuch heraus und wisch ihr die Tränen ab.« Er legte den Arm um Aurelias Schultern. »Großartig! Wirklich großartig! Du solltest nur noch Rosa tragen.«

Aurelia war so erleichtert, daß ihr die Knie zitterten. Doch sie riß sich zusammen und sagte mit gerunzelter Stirn und tiefer Stimme: »›Tausendfach erkenne ich Marius in ihm wieder.‹ Falsch! ›Tausendfach erkenne ich Sulla in ihm wieder!‹ hättest du sagen sollen. Das wäre weit zutreffender gewesen. Caesar soll Marius gleichen? Wenn Caesar jemandem gleicht, dann dir.«

Vor dem Atrium warteten ganz aufgeregt Delmatica und Cornelia Sulla. Daß die Liktoren hineingerufen worden waren, hatte sie nicht sonderlich überrascht, doch dann hatten sie gesehen, wie das kleine Podium, der purpurne Stoff, der ägyptische Sessel und schließlich noch der goldene Hocker hineingetragen wurden. Und jetzt kam die ganze Versammlung lachend heraus – aber warum heulte die kleine Julia Strabo? Und Sulla hatte seinen Arm um Aurelia gelegt, die so strahlend lächelte, als wollte sie nie mehr damit aufhören.

»Ein Fest!« rief Sulla und stürzte auf Delmatica zu. Er nahm ihr Gesicht zwischen seine Hände und drückte ihr einen Kuß auf die Lippen. »Wir werden ein Fest feiern, und ich werde sehr, sehr betrunken sein.«

Erst später fiel Aurelia auf, daß keiner der unfreiwilligen Schauspieler Sullas improvisiertes Drama peinlich gefunden hatte oder Sulla deshalb weniger ernst nahm. Wenn überhaupt, hatte es die gegenteilige Wirkung. Denn mußte man einen Mann nicht fürchten, dem sein Ruf so offensichtlich gleichgültig war?

Keiner der an diesem Tag Anwesenden sprach jemals auf Festen oder über einem Kelch süßen, gewässerten Weins davon; allerdings nicht nur, weil ihm sein Leben lieb war, sondern auch weil er ahnte, daß ihm in Rom sowieso niemand geglaubt hätte.

Als Caesar in Rom eintraf, profitierte er vom Erfolg, den der Einakter seiner Mutter gehabt hatte. Kurz nach seiner Ankunft schickte Sulla seinen Leibarzt Lucius Tuccius zu Aurelia.

»Sullas eigener Zustand ist offen gesagt nicht die beste Empfehlung für einen Arzt«, sagte Aurelia zu Lucius Decumius. »Ich kann nur hoffen, daß Sulla ohne Lucius Tuccius noch schlimmer dran sein würde.«

»Lucius Tuccius ist Römer«, sagte Lucius Decumius. »Das ist immerhin etwas. Ich traue den Griechen nicht über den Weg.«

»Griechische Ärzte sind sehr gebildet.«

»Was die Theorie anbelangt, magst du recht haben. Aber sie

behandeln ihre Patienten nach den neuesten Moden und verschmähen Altbewährtes, das oft am besten hilft. Denn was hilft besser als zerstoßene graue Spinnen und pulverisierte Haselmäuse?«

»Na, Lucius Decumius, dann ist es ja ein Glück, daß Lucius Tuccius Römer ist.«

In diesem Moment trat Sullas Leibarzt aus Caesars Zimmer, und die beiden verstummten. Tuccius war ein kleiner, rundlicher Mann, der sehr auf ein gepflegtes Äußeres achtete. Er war Sullas oberster Feldarzt gewesen, und er war es auch gewesen, der Sulla nach Aedepsus geschickt hatte, als dieser in Griechenland so schwer erkrankt war.

»Die Frau aus Nersae hatte mit ihrer Vermutung recht. Dein Sohn ist wirklich an Wechselfieber erkrankt«, sagte er fröhlich. »Er hat großes Glück gehabt. Nur wenige überleben diese Krankheit.«

»Dann wird er wieder gesund?« fragte Aurelia ängstlich.

»O ja. Das Schlimmste hat er längst überstanden. Aber die lange Krankheit hat sein Blut geschwächt. Deshalb ist er so blaß und kraftlos.«

»Und was sollen wir jetzt tun?« wollte Lucius Decumius leicht mißtrauisch wissen.

»Männer, die aufgrund einer Wunde viel Blut verloren haben, haben dieselben Symptome wie Caesar«, antwortete Tuccius unbeeindruckt. »Wenn sie nicht sterben, erholen sie sich nach einer Weile von selbst. Es hat sich jedoch als hilfreich erwiesen, ihnen einmal am Tag Schafsleber zu essen zu geben. Je jünger das Schaf, desto schneller schreitet die Genesung voran. Ich empfehle also, Caesar täglich die Leber eines Lammes und einen Trunk aus zehn in Ziegenmilch verrührten Hühnereiern zu reichen.«

»Und keine Medizin?« rief Lucius Decumius ungläubig.

»Die nützt bei Caesars Leiden nichts«, sagte Lucius Tuccius bestimmt. »Ich glaube wie die griechischen Ärzte von Aedepsus, daß die Ernährung in den meisten Fällen wichtiger ist als eine Medizin.«

»Siehst du?« sagte Lucius Decumius, nachdem der Arzt gegangen war. »Doch ein Grieche.«

»Sei unbesorgt«, antwortete Aurelia hoffnungsvoll. »Seine Ratschläge klingen vernünftig, und ich werde mich wenigstens bis zum nächsten Markttag daran halten. Bis dahin zeigt sich, ob sie etwas taugen.«

»Dann gehe ich gleich zum Campus Lanatarius«, sagte Lucius Decumius, dem Caesar mehr am Herzen lag als seine eigenen Söhne. »Ich kaufe ein Lamm und lasse es gleich an Ort und Stelle schlachten.«

Der einzige Haken an der Sache war der Patient. Caesar weigerte sich glattweg, die Leber zu essen, und den ersten Becher Ziegenmilch mit Eiern trank er nur widerwillig und erbrach ihn gleich wieder.

Die Bediensteten riefen Aurelia zu Hilfe.

»Muß die Leber wirklich roh sein?« fragte Murgus, der Koch.

»Ich weiß nicht«, sagte Aurelia. »Ich habe es einfach angenommen.«

»Sollten wir nicht jemanden zu Lucius Tuccius schicken und ihn fragen?« schlug der Hausverwalter Eutychus vor. »Caesar war noch nie ein großer Esser – ich meine, der bloße Geschmack einer Speise kann ihn nicht begeistern. Andererseits ist er auch nicht wählerisch. Was er jedoch unter keinen Umständen ißt, sind Speisen, die einen starken Eigengeschmack haben. Eier zum Beispiel. Und was die rohe Leber betrifft – pfui! Sie stinkt zum Himmel.«

»Ich könnte die Leber zubereiten und die Milch und die Eier mit süßem Wein strecken«, schlug Murgus vor.

»Und wie genau willst du die Leber zubereiten?« fragte Aurelia.

»Ich könnte sie in dünne Scheibchen schneiden, dann in ein wenig Salz und Dinkelmehl wenden und über einer heißen Flamme leicht anbraten.«

»Gut, Murgus. Ich schicke jemanden zu Lucius Tuccius und lasse ihm beschreiben, was du vorhast.«

Der Arzt war mit allem einverstanden. »Was ihr zu Milch und Eiern dazugebt, ist ganz egal. Die Leber muß selbstverständlich zubereitet werden.«

Danach ließ der Patient die Behandlung über sich ergehen, er zeigte aber immer noch wenig Begeisterung.

»Ob es schmeckt oder nicht, Caesar, ist mir egal, solange ich weiß, daß es hilft«, erklärte Aurelia angesichts seiner Unlust.

»Helfen tut es!« gab der Genesende niedergeschlagen zurück. »Glaubst du, ich würde den Fraß sonst in mich hineinwürgen?«

Besorgt sah Aurelia ihn an, dann setzte sie sich neben ihn auf das Bett. »Was bedrückt dich?« Ihr Gesichtsausdruck ließ darauf schließen, daß sie erst gehen würde, wenn sie eine befriedigende Antwort erhalten hatte.

Mit zusammengepreßten Lippen starrte Caesar durch das offene Fenster des Empfangszimmers in den Garten, den Gaius Matius unter dem Lichtschacht angelegt hatte. »Meine erste eigene Unternehmung war ein völliger Mißerfolg«, brach es schließlich aus ihm hervor. »Alle anderen haben gezeigt, wie mutig sie sind. Und ich? Ich lag einfach da und konnte gar nichts tun. Der Held war Burgundus. Und Ria und du, Mater, ihr wart auch Helden.«

»Vielleicht kannst du daraus ja eine Lehre ziehen.« Aurelia bemühte sich, ein Lächeln zu verbergen. »Vielleicht hat Jupiter, dessen Diener du ja immer noch bist, dir eine Lehre erteilt, die du nicht lernen wolltest: Man kann nicht gegen die Götter kämpfen. Die Griechen nannten das Hybris, und sie hatten recht. Wer so überheblich ist, fordert die Götter heraus.«

»Bin ich wirklich so überheblich?«

»Ja. Du hast viel falschen Stolz.«

»Aber ich sehe keinen Zusammenhang zwischen meiner angeblichen Hybris und dem, was in Nersae passiert ist«, beharrte Caesar eigensinnig.

Aurelia ging darauf nicht ein. »Du hast die Götter mit deinem Stolz herausgefordert. Wer an Hybris leidet, glaubt, über den Göttern zu stehen und mehr zu sein als die anderen Menschen. Wie wir Römer wissen, strafen die Götter den Menschen nicht durch persönliches Eingreifen für seine Hybris. Jupiter Optimus Maximus spricht nicht mit der Stimme eines Menschen zu uns, und ich glaube, der Jupiter Optimus Maximus, der einigen Menschen im Traum erscheint, ist lediglich eine Ausgeburt der Phantasie. Nein, die Götter sprechen durch natürliche Ereignisse zu uns. Und so haben sie auch dich bestraft – mit einer Krankheit. Die Schwere deiner Krankheit zeigt an, wie vermessen dein Stolz ist. Wenn man bedenkt, daß du fast gestorben wärst!«

»Du siehst hinter einem ganz banalen Vorfall einen göttlichen Willen am Werk«, sagte Caesar. »Ich dagegen glaube, die Ursache meiner Krankheit war ebenso weltlich wie die Krankheit selbst. Da aber keiner von uns seine Behauptung beweisen kann, führt dieser Streit zu nichts. Was zählt, ist einzig und allein die Tatsache, daß ich bereits beim ersten Versuch, mein Leben selbst in die Hand zu nehmen, kläglich gescheitert bin. Ich bin ein Versager, umgeben von lauter Helden.«

»Ach Caesar, hast du denn gar nichts gelernt?«

Da war es wieder, das bezaubernde Lächeln. »Wahrscheinlich nicht, Mater.«

Aurelia wechselte unvermittelt das Thema.

»Sulla will dich sehen.«

»Wann?«

»Ich soll dich zu ihm schicken, sobald du wieder auf den Beinen bist.«

»Morgen also.«

»Nein, nach dem nächsten Markttag.«

»Morgen.«

Aurelia seufzte. »Also gut, morgen.«

Caesar bestand darauf, ohne Begleitung zu gehen. Als er merkte, daß Lucius Decumius ihm in einiger Entfernung folgte, blieb er stehen. »Ich bin es leid, daß ständig jemand auf mich aufpaßt!« fuhr er ihn so heftig an, daß einige Passanten sich erschrocken umdrehten. »Verschwinde!«

Lucius Decumius entfernte sich gehorsam.

Der Weg war anstrengend, aber Caesar war keineswegs erschöpft, als er in Sullas Villa auf dem Palatin eintraf. Jetzt, nachdem das Schlimmste überstanden war, besserte sein Zustand sich rasch.

Sulla saß hinter seinem Schreibtisch. »Ich sehe, du trägst eine Toga.« Er deutete auf den Wollmantel und die Priestermütze, die ordentlich auf einer Liege neben ihm lagen. »Ich habe sie für dich aufgehoben. Hast du keine zweite Garnitur?«

»Zumindest keine zweite Mütze. Die dort auf der Liege war ein Geschenk meines verehrten Wohltäters Gaius Marius.«

»Hat die von Merula dir nicht gepaßt?«

»Ich habe einen dicken Schädel«, sagte Caesar ernst.

Sulla kicherte. »Das glaube ich dir gerne.« Aurelia hatte ihm gesagt, daß Caesar nichts von dem zweiten Teil der Prophezeiung wisse, und er hatte beschlossen, Caesar ebenfalls nichts davon zu erzählen. Aber er wollte mit ihm über Marius reden. Sullas Einstellung zu Caesar hatte sich aus zwei Gründen geändert. Zum einen kannte er jetzt dank Aurelia die Umstände, aufgrund derer Caesar Jupiterpriester geworden war. Zum anderen hatten Aurelias Aufzug und das anschließende Fest ihn so sehr erfrischt, daß er sich seinen Gesetzen mit neuer Tatkraft zugewandt hatte. Obwohl beides inzwischen schon über einen Monat zurücklag, erinnerte er sich immer noch deutlich an einzelne Szenen und Bilder.

Als die prächtige Abordnung mit solch theatralischer Würde in sein Atrium marschiert war, hatte er sich plötzlich wie jemand anders gefühlt – befreit von seinem abstoßenden Körper und seinem freud- und lichtlosen Dasein. Für kurze Zeit war der Alltag von ihm abgefallen, und er war in eine farbenprächtige Märchenwelt eingetaucht. An diesem Tag hatte er wieder Hoffnung geschöpft; seit diesem Tag wußte er, daß alles ein Ende hatte und daß er irgendwann wieder das würde tun können, wonach ihn so sehr verlangte – untertauchen in einer Welt des Lachens, des Müßiggangs, der Kunst, der Gespräche und der Schwänke und Travestien. Jenseits des öden Alltags wartete eine andere, unendlich lebenswertere Zukunft auf ihn.

»Du hast viele Fehler gemacht, als du geflohen bist«, sagte er freundlich.

»Das brauchst du mir nicht zu sagen; ich weiß es.«

»Erstens siehst du viel zu gut aus, um einfach untertauchen zu können«, erklärte Sulla. »Zweitens hast du einen angeborenen Sinn für das Drama. Der Germane, das Pferd, dein Gesicht, dein Selbstbewußtsein – soll ich fortfahren?«

»Nein«, sagte Caesar zerknirscht. »Meine Mutter hat mir das alles schon gesagt – und einige andere auch.«

»Aber ich gehe jede Wette ein, daß sie dir nicht den Rat gegeben hat, den ich dir jetzt geben werde. Finde dich mit deinem Schicksal ab, Caesar! Wenn du außergewöhnlich bist, wenn du dich nicht in der Masse verstecken kannst, wie kannst du dich dann auf ein Abenteuer einlassen, das eben diese Fähigkeit verlangt? Ich habe mich einmal als Gallier verkleidet. Die Verkleidung war perfekt, ich trug sogar einen Ring um den Nacken! Und eine Zeitlang glaubte ich, der Ring werde mir Glück bringen. Ich trug ihn also auch noch, als ich zurückkehrte. Aber dann behielt Gaius Marius doch recht. Ich fiel auf eine Art auf, die mir gar nicht behagte.

Also legte ich ihn ab. Ich bin eben ein Römer und kein Gallier oder ein Klumpen Gold. Wohin du auch kommst, Caesar, du wirst auffallen. Wie ich. Also lerne, dich innerhalb der Grenzen zu bewegen, die dir dein Charakter und dein Aussehen setzen.« Sulla grunzte. Er wirkte verblüfft. »Wie gut ich es mit dir meine. Dabei ist es sonst nicht meine Art, solche Ratschläge zu erteilen.«

»Um so mehr bin ich dir zu Dank verpflichtet«, sagte Caesar aufrichtig.

Sulla machte eine ungeduldige Handbewegung. »Wenden wir uns wichtigeren Dingen zu. Warum, glaubst du, hat Gaius Marius dich zum Jupiterpriester gemacht?«

Caesar dachte nach. Er wußte, daß Sulla eine sachliche Antwort erwartete.

»Ich habe mich in den Monaten nach seinem zweiten Schlaganfall viel um ihn gekümmert«, fing er an.

»Wie alt warst du damals?« unterbrach Sulla.

»Als ich das erste Mal zu ihm ging, zehn. Zuletzt fast zwölf.«

»Weiter.«

»Mich interessierte sehr, was Gaius Marius über das Soldatentum zu sagen hatte, und ich hörte ihm gut zu. Er hat mir das Reiten beigebracht, und er hat mir gezeigt, wie man ein Schwert führt, einen Speer wirft und wie man schwimmt.« Caesar lächelte gequält. »Damals wollte ich ein großer Feldherr werden.«

»Du hast ihm also gut zugehört.«

»Ja. Und wahrscheinlich hat Gaius Marius den Eindruck gehabt, ich wolle ihn überflügeln.«

»Wie das?«

»Ich habe ihm gesagt, ich wolle es«, sagte Caesar reuevoll.

»Gut. Jetzt zum Priesteramt. Warum hat er es dir übertragen?«

»Darauf kann ich dir beim besten Willen keine schlüssige Antwort geben. Ich kann mir höchstens vorstellen, daß er mir eine militärische oder politische Laufbahn verbauen wollte. Ich sage das nicht aus Hochmut. Gaius Marius war geistig verwirrt, vielleicht hatte er deshalb Angst vor mir.«

»Tja«, sagte Sulla mit undurchdringlichem Gesicht, »da Gaius Marius tot ist, werden wir den wahren Grund für sein Handeln nie erfahren. Angesichts seiner geistigen Verwirrung erscheint deine Vermutung jedoch durchaus plausibel. Gaius Marius hatte schon immer Angst, von jemandem, der einen alten und großen Namen trug, überflügelt zu werden. Sein eigener Name hat keine Geschichte, und er fühlte sich immer benachteiligt, weil er ein Aufsteiger war. Nimm zum Beispiel die Gefangennahme von König Jugurtha. Ich allein habe sie bewerkstelligt! Und was tat Gaius Marius? Er nahm den ganzen Ruhm für sich in Anspruch! Wenn ich Jugurtha nicht gefangen hätte, hätte sich der Krieg in Africa noch sehr viel länger hingezogen, und die Entscheidung wäre lange nicht so eindeutig ausgefallen. Der Vetter deines Vaters, Catulus Caesar, hat in seinen Erinnerungen versucht, mein Verdienst zu würdigen, aber er wurde niedergebrüllt.«

Nicht für sein Leben hätte Caesar durch ein Wort oder einen Blick verraten, was er von dieser erstaunlichen Version der Gefangennahme König Jugurthas hielt. Sulla war Marius' Legat gewesen. Egal wie geschickt er die tatsächliche Gefangennahme bewerkstelligt hatte, das Verdienst gehörte einzig und allein Marius. Denn Marius hatte Sulla mit der Mission betraut, und Marius war der oberste Feldherr gewesen. Ein Feldherr kann nicht alles selbst tun – deshalb stehen ihm Legaten zur Seite. Was Caesar da aus Sullas Mund hörte, würde, so vermutete er, bald die offizielle Version werden. Marius hatte verloren, Sulla gewonnen, aber nur aus einem einzigen, simplen Grund: Sulla hatte Marius überlebt.

»Ich verstehe«, sagte Caesar und beließ es dabei.

Schwerfällig erhob sich Sulla aus seinem Sessel und schlurfte zu der Liege, auf der das Gewand des Jupiterpriesters lag. Er nahm den Elfenbeinhelm mit seiner Spitze und der wollenen Scheibe und wog ihn in den Händen. »Du hast ihn gut gefüttert«, sagte er schließlich.

»Unter der Mütze wird es sehr heiß, Lucius Cornelius«, antwortete Caesar. »Ich mag nicht, wenn ich schwitze.«

»Wechselst du das Futter oft?« Sulla hob die Mütze an seine Nase und roch daran. »Riecht gut. Ihr Götter, wie Soldatenhelme stinken können! Ich habe schon Pferde gesehen, die nicht aus dem Helm eines Soldaten trinken wollten.«

Caesar verzog das Gesicht zu einer Grimasse. Dann zuckte er mit den Schultern und sagte gelassen: »So ist der Krieg eben.«

»Ich bin gespannt, wie du damit fertig wirst, mein Junge.« Sulla grinste. »Du scheinst mir ziemlich verwöhnt.«

»In mancher Hinsicht vielleicht«, erwiderte Caesar ausdruckslos.

Sulla ließ die Mütze auf die Liege fallen. »Also du haßt dein Amt?«

»Ja.«

»Und Gaius Marius hatte so viel Angst vor einem Bürschchen wie dir, daß er es dir aufzwang?«

»So scheint es.«

»Ich erinnere mich, daß es immer hieß, du seist außerordentlich intelligent und könnest ein vollgeschriebenes Blatt auf einen Blick lesen. Stimmt das?«

»Ja.«

Sulla ging zu seinem Schreibtisch, wühlte in seinen Unterlagen und zog ein Blatt heraus. Er legte es vor Caesar. »Lies.«

Caesar erkannte sofort, warum Sulla ausgerechnet dieses Blatt ausgewählt hatte. Die Handschrift war praktisch unleserlich, die Buchstaben standen dicht gedrängt nebeneinander, und kein Absatz half dem Auge. Was da auf dem Blatt stand, sah aus wie ein einziges bedeutungsloses Geschmiere.

»*Du kennst mich nicht Sulla aber ich habe Dir etwas mitzuteilen und zwar daß ein Mann aus Lucania mit Namen Aponius reiche Güter in Rom besitzt und daß Marcus Crassus diesen Aponius nur deswegen auf die Proskriptionsliste gesetzt hat damit er dessen Güter bei der Versteigerung günstig erwerben kann und das hat er für zweitausend Sesterzen auch getan – ein Freund.*«

Caesar hatte fließend übersetzt und sah jetzt triumphierend auf.

Sulla warf den Kopf zurück und lachte. »Genau das habe ich auch gelesen. Und mein Sekretär ebenfalls. Vielen Dank, Caesar. Wie machst du das? Du hast den Brief doch vorher nicht gesehen und erst recht nicht gelesen.«

Caesar zuckte mit den Schultern.

»Man hat nur Scherereien, wenn man nicht alles selbst tun kann«, seufzte Sulla. »Das ist das Schlimmste am Amt des Diktators. Ich muß einen Teil der Arbeit an andere delegieren – es gibt einfach zu viel zu tun. Der Mann, der in dem Brief erwähnt wird, hat bisher mein Vertrauen genossen. Ich wußte zwar, daß er geldgierig ist, aber ich hätte nie gedacht, daß er so weit gehen würde.«

»In der Subura kennt jeder Marcus Licinius Crassus.«

»Weil er ab und zu ein Mietshaus in Brand setzt?«

»Ja, und weil die Feuerbrigaden immer erst dann eintreffen und das Feuer löschen, wenn er das Haus billig gekauft hat. Er wird langsam zum größten Grundbesitzer in der Subura. Zum größten und unbeliebtesten. Aber eines schwöre ich dir: Das Haus meiner Mutter bekommt er nicht.«

»Genausowenig wie die Grundstücke der Geächteten«, sagte Sulla grimmig. »Crassus hat meinen Namen beschmutzt. Ich habe ihn schon einmal gewarnt, aber er hat nicht hören wollen. Jetzt bin ich mit ihm fertig. Verrotten soll er!«

Caesar hörte ihm verlegen zu. Was gingen ihn die Schwierigkeiten an, die der Diktator mit seinen Agenten hatte? Es würde in Rom nie mehr einen Diktator geben! Trotzdem wartete er geduldig und hoffte, Sulla werde endlich zur Sache kommen. Er spürte, daß Sulla ihn ein wenig auf die Folter spannen wollte.

»Weder du noch deine Mutter wissen, daß ich nicht befohlen habe, dich töten zu lassen«, fuhr Sulla fort.

»Nicht?« Mit aufgerissenen Augen starrte Caesar ihn an. »Ein gewisser Lucius Cornelius Phagites hat Ria etwas ganz anderes erzählt. Er sagte, er werde mein Leben schonen, hat sich dafür mit den drei Talenten meiner Mutter aus dem Staub gemacht. Hast du dich nicht gerade erst über habgierige Agenten beklagt? Habgier scheint eine Krankheit der Agenten auf allen Ebenen.«

»Ich werde mir den Namen merken, und deine Mutter bekommt ihr Geld zurück«, sagte Sulla wütend. »Aber darum geht es jetzt nicht. Es geht darum, daß ich niemals angeordnet habe, dich zu töten. Mein Befehl lautete, dich zu mir zu bringen, damit ich dich fragen kann, was ich dich jetzt gefragt habe.«

»Um mich dann umbringen zu lassen.«

»Ursprünglich, ja.«

»Aber jetzt hast du versprochen, mich am Leben zu lassen.«

»Ich nehme an, du lehnst eine Scheidung von Cinnas Tochter weiterhin ab.«

»Ja. Ich werde mich niemals von ihr scheiden lassen.«

»Dann steht Rom vor einem großen Problem. Ich kann dich nicht töten lassen, und du willst dein Amt nicht ausüben und weigerst dich, dich von Cinnas Tochter zu trennen, weil du so dein Amt loswerden kannst – erspare mir hochtrabende Erklärungen von wegen Ehre und Moral und Prinzipientreue.« Sulla schmatzte mit den Lippen. Sein zerfurchtes Gesicht glich auf einmal dem eines Greises; er sah aus wie Kronos vor der Verspeisung seines nächsten Kindes. »Hat deine Mutter dir gesagt, was vorgefallen ist?«

»Nur, daß du mich verschonst. Du kennst sie ja.«

»Eine außergewöhnliche Person, deine Mutter. Hätte als Mann geboren werden sollen.«

»Das sagst du immer!« Caesar lächelte sein unwiderstehlichstes Lächeln. »Ich muß sagen, ich bin froh, daß sie kein Mann ist.«

»Ich ja auch, ich ja auch! Wenn sie ein Mann wäre, hätte ich einen ernsthaften Rivalen.« Sulla schlug sich auf die Schenkel und beugte sich vor. »Also, lieber Caesar, du bist und bleibst ein Stein des Anstoßes für uns Mitglieder der Priesterkollegien. Was sollen wir mit dir anfangen?«

»Mich von meinem Amt befreien, Lucius Cornelius. Sonst kannst du mich nur umbringen, aber das hieße, dein Wort zu brechen, und ich glaube nicht, daß du das tun würdest.«

»Warum glaubst du das nicht?«

Caesar zog die Augenbrauen hoch. »Weil ich wie du Patrizier bin. Und außerdem Julier. Du würdest nie ein Wort brechen, das du jemandem von so vornehmer Geburt wie mir gegeben hast.«

»So ist es.« Der Diktator lehnte sich in seinem Sessel zurück. »Die Priesterkollegien haben entschieden, dich deinem Wunsch entsprechend von deinem Amt als Jupiterpriester zu entbinden. Ich kann zwar nicht für die anderen reden, aber ich kann dir sagen, warum ich mich so entschieden habe: Ich glaube nicht, daß Jupiter Optimus Maximus dich zu seinem Priester bestimmt hat. Mit dir hat Jupiter etwas anderes vor. Gut möglich, daß das ganze Theater mit seinem Tempel nur dazu diente, dich von deinem Amt zu befreien. Das kann ich zwar nicht beweisen, aber ich habe so ein Gefühl – und es ist nicht das Schlechteste, auf sein Gefühl zu vertrauen. Gaius Marius hat mein ganzes Leben lang über mich bestimmt wie eine griechische Nemesis. Es hat mir die Freude über meine größten Triumphe verdorben. Aus Gründen, auf die ich nicht näher eingehen will, wollte er auch dich fesseln. Wenn er dich fesseln wollte, will ich dich befreien. Ich will zuletzt lachen. Deshalb.«

Niemals hätte sich Caesar seine Rettung aus dieser Richtung erhofft. Weil Gaius Marius ihn gefesselt hatte, würde Sulla ihn befreien. Er betrachtete Sulla aufmerksam. Plötzlich war er felsenfest überzeugt, daß er nur aus diesem Grund verschont worden war: Sulla wollte zuletzt lachen. Gaius Marius war der Verlierer.

»Ich und die anderen Mitglieder der Priesterkollegien glauben, daß das Ritual, mit dem du zum Jupiterpriester geweiht worden bist, möglicherweise nicht den Vorschriften entsprechend vollzogen wurde. Mehrere von uns – nicht ich, aber genügend andere – waren bei der Einführungszeremonie anwesend, und keiner von ihnen kann einen Verstoß mit Sicherheit ausschließen. Angesichts der blutigen Unruhen jener Zeit erscheint uns auch ein noch so geringer Zweifel als untragbar, und deshalb müssen wir dich aus deinem Amt entlassen. Da es jedoch sein könnte, daß wir uns irren und die Zeremonie doch korrekt war, können wir keinen neuen Jupiterpriester ernennen, solange du lebst.« Sulla legte die Hände vor sich auf den Tisch. »Wir haben uns für alle Fälle vorgesehen. Keinen Jupiterpriester zu haben wäre ein schwerer Verstoß gegen die Tradition, andererseits will Jupiter Optimus Maximus, daß die Vorschriften eingehalten werden. Aus diesem Grund werden die anderen Priester bis zu deinem Tod die Pflichten gegenüber Jupiter unter sich aufteilen.«

Sulla schwieg, und es war an Caesar, etwas zu antworten. Caesar fuhr sich mit der Zunge über die Lippen, dann sagte er: »Das scheint mir klug und richtig gehandelt.«

»Der Ansicht sind wir auch. Allerdings wirst du in dem Moment, in dem der Große Gott seine Zustimmung bezeigt, deinen Sitz im Senat verlieren. Um Jupiters Zustimmung zu erlangen, mußt du ihm das ihm geweihte Tier opfern, einen weißen Stier. Wenn die Opferzeremonie günstig verläuft, bist du von deinem Amt befreit. Wenn nicht, dann – dann müssen wir uns etwas Neues einfallen lassen. Der Pontifex Maximus und der Rex Sacrorum werden der Zeremonie vorsitzen« – Sullas kalte, helle Augen blitzten amüsiert auf –, »aber du selbst wirst das Opfer vollziehen. Danach richtest du im Tempel des Jupiter Stator auf dem Forum Romanum ein Fest für die Priesterkollegien aus. Opfer und Fest sollen den Großen Gott damit versöhnen, keinen eigenen Priester mehr zu haben.«

»Ich werde gern tun, was du sagst«, antwortete Caesar förmlich.

»Wenn alles gutgeht, bist du bald ein freier Mann und kannst verheiratet sein, mit wem du willst – auch mit Cinnas Tochter.«

»An Cinnillas Bürgerstand hat sich demnach nichts verändert?« fragte Caesar mit tonloser Stimme.

»Natürlich nicht. Sonst müßtest du doch Priestermütze und Priestermantel für den Rest deines Lebens tragen. Es enttäuscht mich, Junge, daß du so etwas überhaupt fragst.«

»Ich frage, weil die *lex Minicia* automatisch auch für die Kinder gilt, die ich mit meiner Frau haben werde. Das kann ich nicht hinnehmen! *Ich* wurde doch nicht geächtet. Warum also sollen meine Kinder bestraft werden?«

»Stimmt«, antwortete Sulla, der von der direkten Art Caesars nicht im geringsten gekränkt war. »Ich werde dem Gesetz einen Zusatz hinzufügen, in dem die Interessen von Männern wie dir berücksichtigt werden. Die *lex Minicia de liberis* gilt von nun an nur noch für die Kinder der Geächteten. Wenn diese Kinder das Glück haben, von einem römischen Bürger geheiratet zu werden, sind die Kinder aus dieser Ehe wieder römische Bürger.« Er runzelte die Stirn. »Daran hätte ich denken müssen. Aber solche Fehler lassen sich nicht vermeiden, wenn man innerhalb kürzester Zeit so viele Gesetze erlassen muß. Aber die Art, in der ich auf diesen Mißstand aufmerksam gemacht wurde, hat mich öffentlich lächerlich gemacht. Im Prinzip ist alles nur deine Schuld, mein Junge! Und die deines einfältigen Onkels Cotta. Die priesterliche Auslegung meiner Gesetze, die bereits bestehende römische Rechtsgrundlagen betreffen, mußte sich notwendigerweise auch auf die Kinder der Geächteten erstrecken.«

»Zum Glück für mich«, grinste Caesar. »Denn das hat mich von Gaius Marius' Fesseln befreit.«

»So ist es.« Sulla setzte ein geschäftsmäßiges Gesicht auf und wechselte das Thema. »Mytilene weigert sich, Rom Tribut zu zahlen. Zur Zeit amtiert in der Provinz Asia mein Proquästor Lucullus, aber ich habe vor kurzem den Prätor Thermus als Statthalter dorthin entsandt. Thermus' vordringlichste Aufgabe wird es sein, den Widerstand Mytilenes zu brechen. Da du eine Vorliebe für den Militärdienst zu haben scheinst, sende ich dich als Militärtribun nach Pergamon, wo du dich Thermus unterstellen wirst. Ich erwarte hervorragende Leistungen von dir, Caesar.« Sulla sah ihn streng an. »Von deiner Leistung im Feld hängt mein endgültiges Urteil über dich ab. Rom ehrt niemanden höher als seine Kriegshelden, und auch ich habe die Absicht, solche Männer auszuzeichnen. Sie sollen Vergünstigungen und Ehrungen erhalten, von denen andere Männer nur träumen können. Wenn du dich also im Kampf auszeichnest, werde auch ich dich auszeichnen. Aber wenn du versagst, dann werde ich dich tiefer hinabstoßen, als Gaius Marius es je vermocht hätte.«

»Einverstanden«, sagte Caesar, begeistert über seine Ernennung zum Militärtribun.

»Noch etwas.« Sulla sah Caesar, der bereits aufgestanden war, listig an. »Dein Pferd. Das Tier, das du während deiner Amtszeit entgegen aller Vorschrift geritten hast.«

»Ja?« Caesar fühlte, wie er innerlich versteinerte.

»Ich habe gehört, du willst es zurückkaufen. Das tust du nicht. Ich befehle, daß du auf einem Maultier reitest. Ein Maultier hat mir genügt, ein Maultier muß also auch dir genügen.«

Caesars Augen funkelten wütend. Aber – nein! dachte er, in diese Falle würde er nicht gehen. Laut sagte er: »Glaubst du, ich bin mir für ein Maultier zu gut, Lucius Cornelius?«

»Ich weiß nicht, wofür du dir zu gut bist.«

»Ich bin ein besserer Reiter als die meisten Männer, die ich kennengelernt habe«, sagte Caesar fest. »Du hingegen bist, so heißt es, einer der schlechtesten Reiter unter der Sonne. Wenn ein Maultier für dich gut genug ist, dann ist es natürlich mehr als gut genug für mich.«

»Dann kannst du jetzt gehen«, erwiderte Sulla ausdruckslos. »Schicke mir bitte meinen Sekretär herein.«

Sullas kleine Bosheit verminderte die Dankbarkeit, die Caesar ihm gegenüber empfand. Aber vielleicht hatte Sulla ja genau das bezweckt? Vielleicht wollte Sulla seinen Dank gar nicht, vielleicht wollte er Aurelias Sohn nicht wie einen Klienten an sich binden. Ein Julier als Klient eines Corneliers? Das hieße, das Patriziertum der Lächerlichkeit preisgeben. Je klarer Caesar dies erkannte, desto mehr Hochachtung empfand er für Sulla. Sulla hatte ihm wirklich seine Freiheit zurückgegeben. Er hatte ihm sein Leben zurückgegeben! Caesar war frei zu tun, was er wollte – oder konnte. Nein, er mochte Sulla nicht. Aber es hat Zeiten gegeben, da hatte er das geglaubt.

Dann dachte er an sein Pferd Bucephalus. Tränen stiegen ihm in die Augen.

»Sulla ist klug, Caesar.« Aurelia nickte zustimmend, nachdem er mit seinem Bericht geendet hatte. »Denn auf dich kommen auch ohne das Pferd beträchtliche Ausgaben zu. Für einen weißen Bullen ohne Fehler mußt du mindestens fünfzigtausend Sesterzen bezahlen, und das Fest für die Auguren und Priester Roms wird dich noch einmal das Doppelte kosten. Dann mußt du dich für Asia ausrüsten. Das Leben dort soll sehr kostspielig sein. Ich erinnere mich noch gut daran, wie dein Vater sagte, die jungen Militärtribunen würden jeden verspotten, der sich nicht jeden Luxus und jede Ausgefallenheit leisten könne. Du bist nicht reich. Die Einkünfte aus deinen Ländereien haben sich zwar seit dem Tod deines Vaters angesammelt, weil du sie nicht brauchtest, aber das wird sich ändern. Jetzt dein Pferd zurückzukaufen, wäre eine unwillkommene Ausgabe. Außerdem wärst du ja gar nicht hier, um das Tier zu reiten. Nein, begnüge dich mit einem Maultier, bis sich Sulla anders besinnt. Ein gutes Maultier bekommst du zum Glück schon für weniger als zehntausend Sesterzen.«

Caesar schwieg, aber der Blick, den er seiner Mutter zuwarf, war nicht sehr freundlich. Wenn er weiterhin von seinem Pferd träumte und ihm nachtrauerte, behielt er das für sich.

Einige Tage später vollzog Caesar das ihm auferlegte Sühneopfer. Er hatte bereits alle notwendigen Vorbereitungen für die Reise nach Pergamon abgeschlossen, wo er in den Dienst des Marcus Minucius Thermus, des zukünftigen Statthalters der Provinz Asia, eintreten würde. Für das Sühneopfer hatte man am Fuß der Treppe zum einstigen Tempel des Jupiter Optimus Maximus auf dem Kapitol einen Altar errichtet. Das anschließende Fest für die Priester und Auguren sollte im Tempel des Jupiter Stator stattfinden.

Als Caesar den schneeweißen Stier durch Fauces Suburae und Argiletum zum Forum Romanum führte, war er nur mit einer gewöhnlichen Toga bekleidet; seine Priestermütze und sein Wollmantel waren den anderen Priestern übergeben worden, bis sie in einem neuen Jupitertempel verwahrt werden konnten. Da Caesar nicht geizig erscheinen wollte, hatte er die vollkommen geschwungenen Hörner des Tieres mit dicker Goldfolie belegen lassen, obwohl es gereicht hätte, sie mit Bändern zu schmücken. Um den Hals des Stiers war eine aus kostbaren exotischen Blumen geflochtene Girlande geschlungen, zwischen den Hörnern saß ein Kranz vollkommener weißer Rosen. Die Hufe waren ebenfalls vergoldet, in den Schwanz waren goldgewirkte Bänder und Blumen geflochten. Neben Caesar schritten seine gleichfalls in Togen gekleideten Gäste – seine Onkel aus der Linie der Cottas, ferner Gaius Matius, Lucius Decumius mit seinen Söhnen und die meisten Brüder der Kreuzwegbruderschaft. Aurelia war nicht dabei. Als Frau durfte sie an keinem dem Jupiter Optimus Maximus geweihten Opfer teilnehmen; Jupiter Optimus Maximus war ein Gott der römischen Männer.

Die verschiedenen Priesterkollegien warteten bereits am Altar, desgleichen Opferschlächter, Opferdiener und Sklaven, die das Opfer durchführen würden. Obwohl es sonst üblich war, das Opfertier vor der Zeremonie mit einem Betäubungsmittel zu beruhigen, hatte Caesar das diesmal abgelehnt. Jupiter sollte seine Ablehnung oder Zustimmung deutlich zeigen können. Die Anwesenden merkten, daß der Stier nicht betäubt war. Er trat sicher und kraftvoll auf und schlug mit seinem Schweif aufgeregt hin und her; offensichtlich gefiel es ihm, im Mittelpunkt der Aufmerksamkeit zu stehen.

»Du bist wahnsinnig, Junge!« flüsterte Gaius Aurelius Cotta. »Was tust du, wenn er bockt?« Die wartende Menge schwoll immer mehr an. Der steil zum Kapitol hinaufführende Weg war bereits dicht mit Menschen gefüllt.

»Der Stier wird gehorchen«, erwiderte Caesar ruhig. »Er weiß, daß er über mein Schicksal entscheidet. Alle sollen sehen, daß ich mich bedingungslos dem Willen des großen Jupiter ausliefere.« Er lachte leise. »Außerdem gehöre ich zu den Günstlingen Fortunas. Ich habe immer Glück.«

Inzwischen hatten sich alle versammelt. Caesar wusch sich in einer auf einem bronzenen Dreifuß stehenden Schüssel mit Wasser die Hände. Metellus Pius, der Pontifex Maximus, und Lucius Claudius, der Rex Sacrorum, sowie die beiden anderen wichtigen

Priester, der Priester des Mars, Lucius Valerius Flaccus, und der Priester des Quirinus, der erst kürzlich in dieses Amt berufene Mamercus, taten es ihm gleich. Nachdem sie so Leib und Gewänder zeremoniell gereinigt hatten, verhüllten sie den Kopf mit ihren Togen. Die anderen Anwesenden folgten ihrem Beispiel.

Der Pontifex Maximus trat zum Altar und deklamierte, ohne ein einziges Mal zu stottern: »Allmächtiger Jupiter Maximus Optimus – wenn es dir gefällt, mit diesem Namen angerufen zu werden, denn ich rufe dich mit jedem Namen an, der dir gefällt. Empfange deinen Diener Gaius Julius Caesar, der dein Priester war und dich für seine unrechte Ernennung um Vergebung bittet, die, wie er zu betonen wünscht, ohne sein Zutun zustande kam!« Metellus trat zurück und warf Sulla, der sich mühsam beherrschte, nicht laut loszulachen, einen wütenden Blick zu. Sulla wußte genau, daß Metellus für diese Worte tagelang mit eiserner Disziplin geprobt hatte.

Die Priester nahmen dem Opferstier die Blumengirlanden ab, entfernten die Goldfolie und drückten sie sorgfältig zu einem Ball zusammen. Caesar, der vortrat und seine Hand auf die feuchten Nüstern des Stiers legte, schenkten sie keinerlei Beachtung. Mit dunkelroten, von dicken, farblosen Wimpern umrahmten Augen starrte das Tier, das sich die Behandlung widerstandslos gefallen ließ, Caesar an.

Dann betete Caesar mit lauter Stimme, denn er wollte, daß jedes seiner Worte weithin zu hören war. »Allmächtiger Jupiter Maximus Optimus – wenn es dir gefällt, mit diesem Namen angerufen zu werden, denn ich rufe dich mit jedem Namen an, der dir gefällt. Allmächtiger Jupiter, der du nach Belieben jedes Geschlecht annehmen kannst und der du der Geist Roms bist, ich bitte dich, nimm dieses heilige Tier als Geschenk an, das ich dir opfere zur Sühne für meine unrechte Ernennung zu deinem Priester. Ich flehe dich an, mich von meinem Schwur zu entbinden und mir zu erlauben, dir auf andere Weise zu dienen. Ich unterwerfe mich deinem Willen und opfere dir diesen Stier in der Überzeugung, daß du mein Opfer gnädig aufnehmen und meinen Wunsch erfüllen wirst.«

Caesar lächelte den Stier an, als ob dieser ihn verstehen könnte.

Die Priester traten vor. Caesar und der Pontifex Maximus

wandten sich um und nahmen jeder einen auf einem Dreifuß stehenden goldenen Kelch, während der Rex Sacrorum eine goldene, mit Dinkel gefüllte Schale hochhielt.

»Ich bitte um Schweigen!« rief Caesar mit donnernder Stimme.

Tiefe Stille breitete sich aus. Aus der Ferne drang der Lärm der Geschäfte unter den Arkaden des Forums herüber.

Ein Flötenspieler hielt sein aus dem Schienbeinknochen eines getöteten feindlichen Soldaten gefertigtes Instrument an die Lippen und begann, eine klagende Weise zu spielen.

Dann streute der Rex Sacrorum den Dinkel über den Kopf des Stiers, der die Körner offensichtlich für Regentropfen hielt und sie mit seiner Zunge von den Nüstern leckte.

Der Opferschlächter trat vor den Stier, den Hammer locker in der Hand. »Soll ich zuschlagen?« fragte er Caesar mit lauter Stimme.

»Ja!« rief Caesar.

Der Opferschlächter riß den Hammer hoch und ließ ihn genau auf die Stelle zwischen den sanften Augen des ahnungslosen Stiers niedersausen. Die Vorderbeine des Tieres knickten ein, und seine Knie schlugen mit solcher Wucht auf den Boden, daß die Umstehenden die Erschütterung spürten. Dann knickten seine Hinterbeine ein. Langsam fiel der Rumpf nach rechts, während der Kopf geradeaus zeigte – ein gutes Omen.

Der Opferdiener, wie der Opferschlächter bis zur Hüfte nackt, ergriff die Hörner des Stiers und wuchtete den leblosen Schädel hoch. Der Schädel wog an die fünfzig Pfund, und die Muskeln und Sehnen an den Armen des Opferdieners traten vor Anstrengung deutlich hervor. Dann senkte er den Kopf langsam wieder, bis das Maul des Tieres das Pflaster berührte.

»Das Opfertier willigt ein«, rief er Caesar zu.

»Dann vollzieht das Opfer!« befahl Caesar.

Der Opferdiener hob den Kopf des Stiers erneut hoch. Der Opferschlächter zog ein großes, scharf geschliffenes Messer aus der Scheide und schnitt mit einer raschen Bewegung die Kehle des Tieres durch. Das Blut spritzte nicht – der Schlächter verstand sich auf seine Tätigkeit –, sondern ergoß sich in einem mächtigen Schwall auf den Boden. Niemand, auch nicht der Schlächter, wurde von der dampfenden Flüssigkeit bespritzt. Der Opferdiener ließ den Schädel los, und dieser fiel auf die rechte Seite. Caesar reichte dem Opferdiener seinen Kelch, und der Diener füllte ihn mit Blut, wobei kein einziger Tropfen über den Rand des Gefäßes schwappte. Auch Metellus Pius ließ sich seinen Kelch füllen.

Caesar und der Pontifex Maximus stiegen über den anschwellenden Strom aus Blut und nahmen vor dem noch unbefleckten Steinaltar Aufstellung. Dann entleerte Caesar seinen Kelch über dem Altar und rief: »Allmächtiger Jupiter Maximus Optimus – wenn es dir gefällt, mit diesem Namen angerufen zu werden, denn ich rufe dich mit jedem Namen an, der dir gefällt. Allmächtiger Jupiter, der du nach Belieben jedes Geschlecht nach deinem Gefallen annehmen kannst und der du der Geist Roms bist, ich bitte dich, nimm dieses dir heilige Tier als Geschenk an, das ich dir opfere zur Sühne, und nimm dieses Gold von den Hörnern und Hufen deines Opfertiers, auf daß es deinen neuen Tempel ziere.«

Auch Metellus Pius goß seinen Kelch über dem Altar aus und sagte: »Allmächtiger Jupiter Maximus Optimus – wenn es dir gefällt, mit diesem Namen angerufen zu werden, denn ich rufe dich mit jedem Namen an, der dir gefällt. Ich bitte dich, nimm die Sühne des Gaius Julius Caesar an, der dein Priester war und dein Diener sein wird bis in alle Zeiten.«

Kaum hatte Metellus Pius seine Rede ohne zu stottern beendet, da ging ein Seufzer der Erleichterung durch die Reihen der Versammelten, der so laut war, daß er sogar über dem traurigen Spiel des Flötenspielers zu hören war.

Das letzte Opfer brachte der Rex Sacrorum dar. Er verstreute die restlichen Dinkelkörner über dem geronnenen Blut auf dem Altar. »Allmächtiger Jupiter Maximus Optimus – wenn es dir gefällt, mit diesem Namen angerufen zu werden, denn ich rufe dich mit jedem Namen an, der dir gefällt. Ich bezeuge, daß dir das Leben dieses mächtigen und starken Tieres geopfert wurde und daß die Zeremonien in Übereinstimmung mit den Vorschriften und ohne Fehler vollzogen wurden. Entsprechend unseren vertraglichen Vereinbarungen schließe ich daraus, daß du das Opfer und seinen Darbringer Gaius Julius Caesar gnädig angenommen hast. Gaius Julius Caesar will dir zu Ehren das ganze Opfer verbrennen und keinen Teil für sich zurückbehalten. Mögen seine

Großzügigkeit Rom und allen Einwohnern der Stadt zum Wohl gereichen.«

Die Priester und Auguren entblößten ihre Häupter wieder und schritten den Clivus Capitolinus hinunter zum Forum, während die für den Opferdienst eingeteilten Priester mit den Aufräumarbeiten begannen. Mit Hilfe eines Gerüsts und einer Winde hievten sie den riesigen Kadaver auf den Scheiterhaufen; dann zündeten sie den Scheiterhaufen an und sprachen dazu viele Gebete. Die Sklaven schwemmten unterdessen mit Eimern voller Wasser das Blut auf dem Boden weg. Ein köstlicher Duft nach gebratenem Fleisch und kostbarem Räucherwerk, das Caesar gekauft und zwischen das Holz des Scheiterhaufens gesteckt hatte, erfüllte die Luft. Das Blut auf dem Altar würde erst abgewaschen werden, wenn der Stier vollständig verbrannt war. Der Ball aus Gold dagegen war bereits auf dem Weg in die Schatzkammer. Mit dem Namen des Spenders und Datum und Anlaß der Spende gekennzeichnet, würde er dort aufbewahrt werden.

Das anschließende Fest im Tempel des Jupiter Stator war für Caesar ein mindestens genauso großer Erfolg wie das vorangegangene Opfer. Männer, die Caesar bisher keines Blickes gewürdigt hatten, musterten ihn jetzt prüfend, als er seine Gäste begrüßte, sie aufforderte, das Fest zu genießen, und einige freundliche Worte mit ihnen wechselte. Von Rang und Geburt her war Caesar ein ernstzunehmender Bewerber um ein politisches Amt, und sein Auftreten und seine Haltung ließen es vielen ratsam erscheinen, ihn künftig genauer zu beobachten.

»Er ähnelt deinem Vater«, sagte Metellus Pius zu Catulus. Die Tatsache, daß er die Zeremonie überstanden hatte, ohne zu stottern, erfüllte ihn immer noch mit tiefer Befriedigung.

»Kein Wunder«, erwiderte Catulus, der Caesar mit instinktiver Abneigung beäugte. »Mein Vater war ja auch ein Caesar. Ein ausgemachter Schönling, dieser Gaius Julius, aber das könnte ich zur Not ja noch ertragen. Viel schlimmer finde ich seine Arroganz. Schau ihn dir an! Noch nicht einmal so alt wie Pompeius, tut er so, als gehöre ihm die ganze Welt.«

Doch Metellus Pius konnte Caesar sehr gut verstehen. »Du wärst an seiner Stelle genauso froh. Endlich ist er dieses schreckliche Priesteramt los.«

»Ich fürchte, wir werden den Tag noch bereuen, an dem wir Sulla gehorchten und Caesar seines Amtes enthoben«, orakelte Catulus mit düsterer Miene. »Siehst du, wie er da drüben bei Sulla steht? Zwei vom selben Schlag.«

Metellus sah Catulus erstaunt an. Catulus hätte sich die Zunge abbeißen mögen; für einen kurzen, unvorsichtigen Moment hatte er vergessen, daß sein Zuhörer nicht Quintus Hortensius war, so sehr hatte er sich daran gewöhnt, seinen Schwager um sich zu haben. Aber Hortensius war ja gar nicht hier. Sulla hatte ihn bei der Ernennung der Mitglieder der priesterlichen Kollegien nicht berücksichtigt. Und nicht nur Quintus Hortensius, sondern auch Catulus hielt Sullas Unterlassung für unverzeihlich.

Sulla, der nicht wußte, daß er Catulus gekränkt hatte, war gerade damit beschäftigt, Caesar auszufragen.

»Du hast dem Stier kein Betäubungsmittel gegeben?« fragte er verwundert. »Damit bist du ein unglaubliches Risiko eingegangen.«

»Ich gehöre eben zu Fortunas Günstlingen«, erwiderte Caesar.

»Wie kommst du darauf?«

»Überlege! Ich bin von meinem Priesteramt befreit worden! Ich habe eine Krankheit überstanden, die normalerweise tödlich endet. Ich lebe, obwohl du mich töten wolltest – und ich bringe meinem Maultier mit erstaunlichem Erfolg bei, sich wie ein edles Roß zu bewegen.«

Sulla grinste. »Hat es denn einen Namen?«

»Natürlich. Es heißt Schlappohr.«

»Und wie hieß dein wunderbares Pferd?«

»Bucephalus.«

Sulla lachte laut, sagte aber nichts. Schweigend ließ er seinen Blick über die versammelten Gäste gleiten. Dann sagte er anerkennend: »Für einen Achtzehnjährigen ist das ein erstaunliches Fest.«

»Ich halte mich nur an deinen Rat. Da ich nicht in der Masse untertauchen kann, habe ich beschlossen, mich gleich beim ersten Fest, das ich veranstalte, über sie zu erheben.«

»Dein Selbstbewußtsein ist wirklich unglaublich! Aber sei unbesorgt, es ist ein denkwürdiges Fest. Austern, Meeräschen, Barsche aus dem Tiber, Wachtelküken – das alles muß dich ein Vermögen gekostet haben.«

»Mehr auf jeden Fall, als ich mir leisten kann«, erwiderte Caesar gelassen.

»Dann bist du ein Verschwender!«

»Geld ist ein Mittel zum Zweck, Lucius Cornelius.« Caesar zuckte mit den Achseln. »Wenn, wie du zu glauben scheinst, Geld nur dazu da wäre, es anzuhäufen, wäre mir egal, ob ich welches hätte oder nicht. Meiner Überzeugung nach muß Geld kursieren, sonst fault es. Und die Wirtschaft stagniert. Ich werde jeden einzelnen Sesterz, den ich habe, für meine politische Karriere verwenden.«

»Eine gute Methode, sich zu ruinieren.«

»Ich komme schon zurecht«, sagte Caesar unbesorgt.

»Wie kannst du dir so sicher sein?«

»Weil ich ein Günstling Fortunas bin. Ich habe Glück.«

Sulla erschauerte. »Auch ich bin ein Günstling des Schicksals! Aber vergiß eines nicht, Caesar: Alles hat seinen Preis. Und du wirst nicht umhinkommen, ihn zu bezahlen. Fortuna ist eine eifersüchtige, schwer zu befriedigende Geliebte.«

»Genau die sind mir am liebsten!« rief Caesar und lachte so laut, daß einen Moment lang alle anderen Unterhaltungen verstummten. Viele der Anwesenden erinnerten sich noch lange an dieses Lachen – nicht, weil es ihnen als unheilverkündendes Omen erschien, sondern weil sie Caesar, der gelacht hatte, um zweierlei zutiefst beneideten: seine Jugend und seine Schönheit.

Das Fest dauerte noch viele Stunden. Vom Gastgeber wurde erwartet, daß er blieb, bis die letzten Gäste gegangen waren. Caesar verbrachte den Abend damit, jeden einzelnen Gast zu taxieren und in seinem Gedächtnis zu speichern, wie er alles speicherte, was ihm begegnete. Und seine Gäste waren eine interessante Gesellschaft.

»Dennoch bin ich niemandem begegnet, an dessen Freundschaft mir gelegen wäre«, vertraute er am nächsten Tag Gaius Matius an. »Willst du wirklich nicht mit mir kommen? Du mußt sechs Feldzüge mitmachen.«

»Danke für die Nachfrage, aber ich habe keine Lust, so weit von Rom weg zu sein. Lieber warte ich noch. Wenn ich Glück habe, komme ich ins italische Gallien.«

Das Abschiednehmen erschöpfte Caesar. Am liebsten wäre er

einfach gegangen, aber dann ertrug er die Zeremonien doch geduldig. Am schlimmsten waren die, die gelobt hatten, ihn zu begleiten, obwohl er sich standhaft geweigert hatte, jemand anders mitzunehmen als Burgundus. Die beiden Leibdiener, die ihn begleiteten, hatte er neu gekauft – es waren Männer, die seine Mutter nicht kannten, ein neuer Anfang.

Dann hatte er sich von allen verabschiedet – von Lucius Decumius und seinen Söhnen, von den Brüdern der Kreuzwegbruderschaft, von Gaius Matius, von den Bediensteten seiner Mutter und von Cardixa samt ihren fünf Söhnen, von seiner Schwester Ju-ju, seiner Frau und seiner Mutter. Endlich konnte Caesar auf sein unscheinbares Maultier steigen und Rom den Rücken kehren.

TEIL DREI

Januar 81 v. Chr.
bis Sextilis (August) 80 v. Chr.

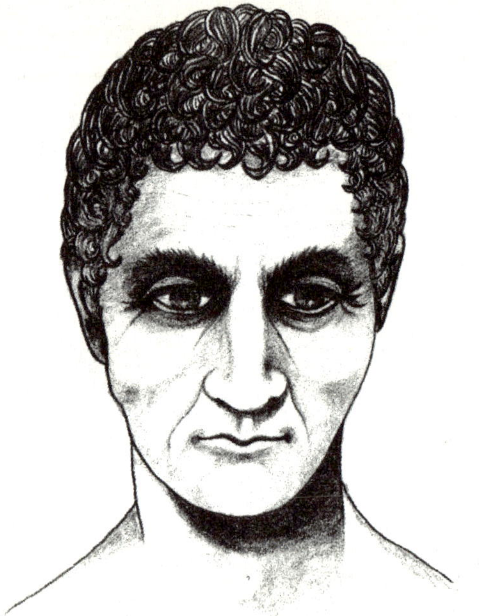

QUINTUS CAECILIUS METELLUS PIUS

Keine zwei Monate später stellte Sulla befriedigt fest, daß Rom sich mit seinen Proskriptionen abgefunden hatte. Das Gemetzel war kaum weniger grausam gewesen als Marius' Wüten in den wenigen Tagen seines siebten Konsulates, auch wenn auf den Straßen weniger Blut floß und sich im unteren Forum Romanum keine Leichen türmten. Die Leichen der Geächteten durften weder bestattet noch betrauert werden; an Fleischerhaken wurden sie zum Tiber geschleift und ins Wasser geworfen. Nur die Köpfe wurden auf dem Forum Romanum ausgestellt, aufgeschichtet um einen öffentlichen Brunnen, das sogenannte Servilius-Becken.

Während Sullas Hausverwalter Chrysogonus gewaltige Besitztümer für den Staat beschlagnahmte, traten zwei weitere neue Gesetze in Kraft: Die Witwe eines Geächteten durfte nicht mehr heiraten, und die Wachsmasken des Gaius Marius und des jüngeren Marius, Cinnas und seiner Ahnen sowie aller Geächteten und ihrer Ahnen durften bei Bestattungen nicht mehr zur Schau gestellt werden.

Gaius Marius' Haus war von Sextus Perquitienus ersteigert worden, dem Enkel des Mannes, der das Familienvermögen begründet hatte und einst Gaius Marius' Nachbar gewesen war. Jetzt war in dem Haus auf dem Nachbargrundstück die Kunstsammlung des jungen Perquitienus untergebracht.

Chrysogonus konnte den Besitz der Geächteten anfangs noch zu guten Preisen versteigern, aber das einsetzbare Kapital war beschränkt, und bei der zehnten Versteigerung begannen die Preise drastisch zu fallen. In diesem Augenblick begann Marcus Crassus mitzubieten. Seine Taktik war schlau: Er konzentrierte sich nicht auf die attraktiven Posten der Versteigerungsliste, sondern auf weniger begehrte Grundstücke, die er dann auch zu Spottpreisen bekam. Noch gerissener stellte es Lucius Sergius Catilina an: Er informierte Chrysogonus über verschwörerische Reden und Umtriebe und erreichte damit, daß unter anderem sein älterer Bruder Quintus und später sein Schwager Caecilius geächtet wurden. Sein Bruder konnte sich ins Exil retten, sein Schwager kam ums Leben. Catilina beantragte beim Diktator daraufhin eine Sonderregelung, um in den Genuß der Erbschaft zu kommen, denn er war weder testamentarisch bedacht worden noch ein direkter Erbe der Geächteten gewesen, die beide Söhne gehabt hatten. Sulla gab dem Antrag statt, und Catilina wurde reich, ohne einen einzigen Sesterz auf einer Versteigerung ausgegeben zu haben.

Als Sulla am letzten Tag des Januar seinen Triumph feierte, war das Wetter kalt und die Atmosphäre gedrückt. Zwar strömte das Volk in Massen auf die Straßen, um ihm zuzujubeln, aber die Ritter blieben zu Hause, aus Angst, ihre Namen könnten auf einer der nächsten Proskriptionslisten auftauchen, wenn Sulla oder Chrysogonus auf sie aufmerksam würden. Kriegsbeute und Tributzahlungen aus Asia und von König Mithridates wurden prunkvoll mitgeführt, denn Sulla wollte verbergen, daß der Krieg überstürzt und voreilig beendet worden und die Beute angesichts des Reichtums des Feindes geradezu kläglich ausgefallen war.

Der Zug, der am nächsten Tage folgte, glich eher einer Ausstellung als einem Triumph: Sulla führte vor, was er im Kampf gegen den jüngeren Marius und Carbo erbeutet hatte, ließ die Zuschauer aber tunlichst wissen, daß die Beutestücke den Tempeln und Besitzern, denen sie geraubt worden waren, zurückgegeben würden. An diesem Tag begleiteten ihn heimgekehrte und nun rehabilitierte Verbannte, darunter Appius Claudius Pulcher, Metellus Pius, Varro Lucullus und Marcus Crassus. Sulla ersparte ihnen die Demütigung, die Filzkappe der Freigelassenen zu tragen.

Pompeius in seine Schranken zu weisen war schwieriger, als Rom an die Proskriptionen zu gewöhnen. Dies mußte Sulla am Tag vor seinem Triumph erfahren. Pompeius war entgegen Sullas Befehl mit seiner gesamten Armee aus der Provinz Africa nach Italien gekommen; in einem Brief aus Tarentum teilte er ihm mit, seine treuen Soldaten hätten ihn nicht allein fahren lassen wollen und seien deshalb bis auf den letzten Mann mitgekommen; die Masseneinschiffung sei nicht zu verhindern gewesen. Die Erklärung, wo er die Schiffe für fünf weitere Legionen und zweitausend Pferde aufgetrieben hatte, blieb er allerdings schuldig. Am Schluß des Briefes bat er erneut, einen Triumph feiern zu dürfen.

Der Diktator schickte einen Eilboten mit einer Antwort nach Tarentum, in der er den Triumph, den Pompeius so heiß begehrte, ein zweites Mal ablehnte. Derselbe Bote kehrte mit einem Brief zurück, in dem sich Pompeius bei Sulla für das störrische Verhalten seiner Armee entschuldigte und noch einmal betonte, er habe keinen Einfluß darauf, denn seine Soldaten bestünden dreist auf dem wohlverdienten Triumph ihres geliebten Feldherrn! Wenn der Diktator bei seinem Nein bleibe, sei ernsthaft zu befürchten, daß die Soldaten die Sache selbst in die Hand nehmen und empört nach Rom marschieren würden. Er werde selbstverständlich alles in seiner Macht Stehende tun, um dies zu verhindern!

Sulla schickte einen zweiten Brief per Eilboten über die Via Appia nach Tarentum: kein Triumph! Diese dritte Absage war zuviel. Pompeius' sechs Legionen und zweitausend Reiter traten den Marsch nach Rom an, begleitet von ihrem geliebten Feldherrn, der Sulla in einem weiteren Brief beteuerte, er folge seinen Leuten nur, um sie von Aktionen abzuhalten, die sie später bereuen könnten.

Der Senat war in die einzelnen Etappen der Auseinandersetzung eingeweiht und hatte, erschreckt über die Vermessenheit des vierundzwanzigjährigen Ritters, die Anweisungen des Diktators an Pompeius durch einen Beschluß bestätigt. Als der Senat und Sulla nun erfuhren, daß Pompeius und seine Armee nach Capua vorgerückt waren, beschlossen sie, den Druck zu verstärken. Inzwischen war es Ende Februar. Winterliche Stürme tobten durch das Land, und das Marsfeld war bereits mit den Soldaten anderer Armeen besetzt – mit zwei Legionen des Lucius Licinius Murena, des ehemaligen Statthalters der Provinzen Asia und Cilicia, und zwei Legionen des Gaius Valerius Flaccus, des ehemaligen Statthalters von Gallia Transalpina. Beide Feldherren bereiteten ihren Triumphzug vor.

Sulla mußte Pompeius wohl oder übel einen weiteren Brief

schreiben, in dem er ihm befahl, in Capua zu bleiben, und ihn nebenbei darüber informierte, daß das Marsfeld mit vier schlachterprobten Legionen besetzt sei. Dann brach der Diktator selbst aus Rom nach Capua auf, begleitet von den Konsuln Decula und Dolabella, dem Pontifex Maximus Metellus Pius, dem Reiterobersten und Senatsvorsitzenden Flaccus sowie einer Eskorte von Liktoren. Soldaten zu seinem Schutz nahm er nicht mit.

Sullas Brief erreichte Pompeius noch vor dem Abmarsch aus Capua. Wie gelähmt angesichts der Nachricht, daß vier kampferprobte Legionen vor Rom lagerten, rührte er sich nicht von der Stelle. Schließlich hatte er keinen Augenblick ernsthaft erwogen, gegen Sulla zu kämpfen; der Marsch war nur eine List gewesen, um seinen Triumphzug durchzusetzen. Er selbst wußte, daß er nur geblufft hatte, aber wußte Sulla es auch? Natürlich nicht! Woher auch? Sulla mußte darin eine Wiederholung des Marsches sehen, den er selbst im Jahr seines Konsulates durchgeführt hatte. Pompeius war verzweifelt.

Als die Meldung eintraf, Sulla sei persönlich und ohne Armee auf dem Weg zu ihm, sprang Pompeius auf sein Pferd und galoppierte ihm ebenfalls ohne Begleitschutz auf der Via Appia entgegen. Die Umstände der Begegnung erinnerten an das erste Treffen der beiden Männer an der Furt des Calor. Diesmal war Sulla allerdings nicht betrunken, obwohl er auf dem unvermeidlichen Maultier saß. Er trug die purpurgesäumte *toga praetexta,* und ihm voran marschierten vierundzwanzig frierende Liktoren in karmesinroten Tuniken mit bronzebeschlagenen schwarzen Ledergürteln, die Rutenbündel mit dem Richtbeil über der Schulter. Hinter Sulla folgten dreißig weitere Liktoren, die zwölf des Konsuls Decula, die zwölf des Konsuls Dolabella und sechs weitere des Reiterobersten, der den Rang eines Prätors bekleidete. Es war ein würdigerer und eindrucksvollerer Zug als damals bei der Überquerung des Calor, und fast hätte Pompeius bei diesem Anblick den Mut wieder verloren.

Doch er hatte in den zweiundzwanzig Monaten seit seiner ersten Begegnung mit Sulla an Format gewonnen: Er hatte zusammen mit Metellus Pius und Crassus einen Feldzug geführt, dann einen zweiten in Clusium mit Sulla und Crassus und einen dritten als alleiniger Befehlshaber im Ausland. Jetzt trug er selbstbewußt seine prächtigste, vergoldete Rüstung, und auch sein herausgeputztes Staatspferd blitzte und funkelte. Da ihm die Eskorte des Diktators zu Fuß entgegenkam, stieg Pompeius ebenfalls ab, um nicht den Anschein zu erwecken, er sei in kriegerischer Absicht gekommen.

Sulla trug seine Graskrone, eine unangenehme Erinnerung für Pompeius, daß dieser bis jetzt noch nicht einmal den Bürgerkranz errungen hatte! Trotz seiner albernen Perücke und trotz seines von Narben entstellten Gesichts war Sulla immer noch jeder Zoll der Diktator, wie Pompeius beeindruckt feststellte. Die Liktoren teilten sich, und der braungebrannte junge Feldherr in der vergoldeten Rüstung schritt zwischen ihnen hindurch auf Sulla zu, der stehengeblieben war. Einige Schritte hinter Sulla stand sein restliches Gefolge.

»Ave, Pompeius Magnus!« rief Sulla mit erhobener Rechter.

»Ave, Diktator Roms!« rief Pompeius. Was für eine Freude! Sulla hatte ihn tatsächlich öffentlich mit dem Beinamen begrüßt, den er sich selbst gegeben hatte – er war jetzt offiziell Pompeius der Große!

Sie küßten sich auf den Mund, eine Prozedur, die beiden Männern unangenehm war. Dann gingen sie hinter den Liktoren langsam auf Pompeius' Lager zu, gefolgt von den anderen Männern.

»Du siehst also ein, daß ich der große Pompeius bin!« sagte Pompeius glücklich.

»Der Name ist eben hängengeblieben«, meinte Sulla, »genauso wie der ›kleine Schlächter‹.«

»Meine Soldaten fordern einen Triumph für mich, Lucius Cornelius.«

»Dazu haben sie überhaupt kein Recht, Gnaeus Pompeius Magnus.«

Pompeius gestikulierte verzweifelt mit seinen Armen. »Was soll ich tun?« rief er. »Sie nehmen mich sonst nicht mehr ernst!«

»Unsinn!« sagte Sulla knapp. »Du hast vier Briefe bekommen, einschließlich des ersten, der dich in Utica erreicht hat. Seither hast du zur Genüge bewiesen, daß du deine Truppen nicht unter Kontrolle hast.«

Pompeius wurde rot, und sein kleiner Mund wurde noch kleiner. »Deine Kritik ist ungerecht!«

»Aber doch. Du hast ihre Richtigkeit in nicht weniger als drei Briefen bestätigt.«

»Du willst mich nicht verstehen!« rief Pompeius mit noch röterem Gesicht. »Meine Soldaten tun das doch nur, weil sie mich lieben!«

»Ob Liebe oder Haß! Befehlsverweigerung ist Befehlsverweigerung. Wenn es meine Soldaten wären, würde ich die Verantwortlichen hinrichten lassen.«

»Aber ihr Vergehen ist doch harmlos«, protestierte Pompeius matt.

»Befehlsverweigerung ist niemals harmlos, das weißt du genau. Du bedrohst den rechtmäßig ernannten Diktator von Rom.«

»Ich marschiere nicht gegen Rom, Lucius Cornelius, ich marschiere nur nach Rom«, erklärte Pompeius umständlich. »Das ist ein Unterschied! Meine Männer wollen nur, daß ich bekomme, was ich verdiene.«

»Was du verdienst, entscheide ich als Diktator Roms. Du bist erst vierundzwanzig und noch nicht Senator. Ich habe dich mit deinem stolzen Namen begrüßt, der nur noch eine Steigerungsform zuläßt, nämlich Maximus – der aber auch zu Parvus verkleinert werden kann oder zu Minutus oder sogar Pusillus.«

Pompeius blieb abrupt stehen und starrte Sulla an. Die Männer hinter ihnen kamen auf Hörweite heran.

»Ich will aber einen Triumph!« rief Pompeius und stampfte mit dem Fuß auf.

»Und ich sage dir, du bekommst keinen!« Auch Sulla war laut geworden.

Pompeius' breites, zornrotes Gesicht bekam einen drohenden Ausdruck, und unter den schmalen Lippen kamen kleine weiße Zähne zum Vorschein. »Vergiß nicht, Lucius Cornelius Sulla, Diktator von Rom, daß die aufgehende Sonne von mehr Menschen angebetet wird als die untergehende!«

Ohne erkennbaren Grund für die anderen Männer, die den beiden wie gebannt zuhörten, brach Sulla in schallendes Gelächter aus. Mit Tränen in den Augen klatschte er sich hilflos auf die Schenkel, bis seine in zahlreichen Falten kunstvoll über die linke Schulter drapierte Toga ins Rutschen kam und zu Boden fiel. »Na gut!« keuchte er, als er die Sprache wiedergefunden hatte. »Du sollst deinen Triumph haben!« Und immer wieder in schallendes Gelächter ausbrechend, setzte er hinzu: »Steh hier nicht herum, Magnus, du großer Trottel! Hilf mir die Toga aufheben!«

»Du bist vollkommen verrückt, Magnus«, sagte Metellus Pius zu Pompeius, als er mit ihm allein war.

»Ganz im Gegenteil, ich war besonders klug«, erwiderte Pompeius selbstgefällig.

Metellus war bereits Ende Vierzig und immer noch nicht Konsul, aber das Alter hatte ihm nicht viel anhaben können. Das lockige braune Haar war nur an den Schläfen ergraut, und außer attraktiven Krähenfüßen an den braunen Augen war seine Haut von Falten verschont geblieben. Trotzdem wirkte er neben Pompeius unscheinbar. Er wußte das selbst, und es machte ihn mehr traurig als neidisch.

»Du warst überhaupt nicht klug«, sagte er jetzt und freute sich, als die strahlend blauen Augen ihn ungläubig anblickten. »Ich kenne unseren Herrn um einiges besser als du, und ich versichere dir, er ist intelligenter als wir beide zusammen. Wenn er einen Fehler hat, dann keinen Charakterfehler, höchstens einen Fehler in seinem Temperament! Aber der beeinträchtigt seinen ausgezeichneten Verstand nicht im geringsten.«

Pompeius schnaubte verächtlich. »Ich weiß nicht, was du meinst, Pius! Sulla soll einen Fehler haben? Was für einen denn?«

»Daß er sich gerne über andere lustig macht, natürlich.« Metellus verhaspelte sich, und dann kam sein Stottern wieder über ihn, und er verlor für einen Augenblick die Kontrolle über seine Zunge. »D-d-das ist nicht das gleiche wie Sinn für H-H-Humor. Ich meine, er hat mich doch zum Pontifex Maximus ernannt, obwohl ich leicht stottere. Solche Scherze kann er einfach nicht lassen.«

Pompeius setzte eine gelangweilte Miene auf. »Ich habe keine Ahnung, worauf du hinauswillst, Pius – und was das mit mir zu tun hat.«

»Er hat sich die ganze Zeit über dich lustig gemacht, Magnus! Darauf will ich hinaus. Dein Triumph war von Anfang an vorgesehen – was interessiert ihn dein Alter und ob du Ritter bist? Du bist ein Kriegsheld, und Kriegshelden überschüttet er mit allen möglichen Ehren! Aber er wollte sehen, wie wichtig dir der Triumph ist, wie weit du gehen würdest, um ihn zu bekommen. Du hättest dich nicht einschüchtern lassen sollen. Jetzt hat er dich durchschaut und sich ein Urteil über dich gebildet. Er weiß jetzt, daß du beinahe so viel Mut hast wie Ehrgeiz. Aber eben nur beinahe. Er weiß, daß du zuletzt nachgibst.«

»Was meinst du damit, daß ich nachgebe?«

»Das weißt du ganz genau.«

»Ich bin gegen Rom marschiert!«

Metellus lächelte. »Du bist *nach* Rom marschiert! Das hast du selbst gesagt. Und ich habe dir geglaubt. Und Sulla auch.«

Pompeius sah Metellus betroffen an und wußte nicht mehr, was er sagen sollte oder konnte. »Ich bekomme meinen Triumph.«

»Allerdings. Aber du hast einen hohen Preis zahlen müssen. Das wäre dir erspart geblieben, wenn du dich klüger benommen hättest.«

»Preis? Was für einen Preis?« Pompeius schüttelte den Kopf wie ein gereizter Löwe. »Heute sprichst du wirklich in Rätseln, Pius.«

»Du wirst sehen«, sagte Metellus unbestimmt.

Und so kam es, allerdings erst am Tag des Triumphes. Es gab zwar Vorzeichen, aber die Aufregung trübte Pompeius' Wahrnehmung. Sein Triumph wurde auf den zwölften März gelegt. Am sechsten März feierte Gaius Flaccus, der ehemalige Statthalter von Gallia Transalpina, seine Siege über die aufständischen gallischen Stämme; am neunten März triumphierte Murena, der ehemalige Statthalter der Provinz Asia, der in Kappadokien und Pontos gesiegt hatte. Als dann Pompeius an die Reihe kam, hatte Rom von Siegesparaden genug. Nach Sullas zweitägigem prachtvollen Siegeszug hatten Flaccus nur mäßiges und Murena fast kein Interesse geweckt. So konnte der unbekannte Pompeius, von dessen Schönheit und Jugend kaum einer wußte, nicht damit rechnen, daß bei seiner Parade eine gewaltige Menschenmenge die Straßen säumen würde. Noch ein Triumph? Den Römern war es egal.

Pompeius war trotzdem nicht sonderlich besorgt, als er von der Villa Publica aus aufbrach. In Windeseile würde sich herumsprechen, was für ein besonderer Triumph das war! Die Bevölkerung würde in Scharen herbeiströmen, wenn sie von seinem Zug erfuhr! Ganz Rom würde dabei sein, wenn er vom Circus Maximus in die Via Triumphalis einbiegen würde. Sein Triumph war zwar in fast jeder Hinsicht konventionell: voran die Magistraten und Senatoren, dann Musiker und Tänzerinnen, Karren mit Beutestükken und Wagen mit Darstellungen verschiedener Episoden aus dem Feldzug, Priester und hellhäutige Gefangene für Schaukämpfe, Sklaven und Geiseln und schließlich der Feldherr auf dem Triumphwagen, gefolgt von seinem Heer.

Auch das Gewand des Triumphators war traditionell. Pompeius trug die purpurne, reich mit Gold bestickte Toga, den Lorbeerkranz und die palmenbestickte Tunika mit dem breiten Purpurstreifen. Er hatte sich nur geweigert, sich das Gesicht mit Zinnober anmalen zu lassen. Es war für seine Pläne besonders wichtig, daß Rom sah, wie jung und schön er war und wie sehr er Alexander dem Großen ähnelte. Mit einem ziegelroten Fleck als Gesicht hätte er irgend jemand sein können. Also kein Zinnober!

Aber daß Pompeius sich das Gesicht nicht anmalte, war nicht der wichtigste Unterschied zwischen ihm und den anderen triumphierenden Heerführern. Wichtiger noch waren die Zugtiere seines vierrädrigen Triumphwagens: Pompeius hatte die üblichen Schimmel durch vier gewaltige afrikanische Elefantenbullen ersetzt. Er hatte sie eigenhändig in Numidien gefangen, und seither hatten vier Elefantentreiber in Utica und Tarentum, auf der Via Appia und in Capua jeden Tag dazu genutzt, die widerspenstigen Dickhäuter für ihre Aufgabe an diesem Tag abzurichten, eine durchaus beachtliche Leistung. Pompeius würde also auf einem von vier Elefanten gezogenen Wagen dem Jubel der Massen entgegenrollen. Der Lenker neben ihm brauchte die Zügel des prächtigen Geschirrs nur zu halten, denn gelenkt wurden die Tiere von den Treibern, die in über drei Metern Höhe zwischen den mächtigen grauen Schulterblättern schaukelten. Wenn sich das erst herumgesprochen hatte – und das würde in Windeseile der Fall sein! –, würden sich die Massen entlang der Paradestraßen drängen, um ihn zu sehen, den neuen Alexander, gezogen von Tieren, die in Rom als heilig galten: Elefanten! Riesige Elefanten mit Ohren so groß wie Schiffssegel und zwei Meter langen Stoßzähnen!

Die Parade wand sich von der Villa Publica am Marsfeld durch eine enge, von Villen und mehrstöckigen Wohnhäusern gesäumte Straße, die am Kapitolinischen Hügel entlang zur Servianischen Mauer an der steilen Westseite des Hügels führte. Dort lag die Porta Triumphalis, durch die der siegreiche Feldherr in die Stadt einziehen wollte. Da es für die Senatoren und Magistraten an der Spitze des Zuges der dritte Triumph innerhalb von sechs Tagen war, hatten sie von der Prozedur allmählich genug; sie waren nicht besonders zahlreich erschienen und schritten rasch voran. Im selben Tempo folgten ihnen die Musiker, Tänzerinnen, Karren, Wagen, Priester, Gefangenen, Sklaven und Geiseln. Pompeius dagegen, der im langsameren Tempo der vier paarweise zusammengespannten Elefanten hinterherrollte, fiel bald zurück.

Als sein Prunkwagen schließlich an der Porta Triumphalis ankam, blieb er abrupt stehen. Die Soldaten, die statt Schwertern und Speeren lorbeerumwundene Stöcke trugen, blieben ebenfalls stehen. Der Triumphwagen stammte noch aus etruskischer Zeit und wurde ausschließlich für zeremonielle Zwecke benutzt; er lag deutlich tiefer als der klassische zweirädrige Streitwagen, und so war Pompeius der Blick auf das Geschehen jenseits der majestätischen Ungetüme vor ihm versperrt. Pompeius war verärgert, und als der Halt sich in die Länge zog, schickte er wütend seinen Lenker vor, um nach dem Rechten zu sehen.

Der Mann kehrte mit erschrockener Miene zurück. »Triumphator, die Elefanten passen nicht durch das Tor!«

Pompeius Unterkiefer sank herab. Ein Schauer lief über seinen Rücken, und auf seiner Stirn bildeten sich Schweißperlen. »Unsinn!« meinte er.

»Doch, es ist so, Triumphator!« beharrte der Lenker. »Die Elefanten sind zu groß.«

Pompeius stieg von seinem prunkvollen Wagen und eilte mit wehenden purpurnen und goldbestickten Gewändern zum Tor und zu den Treibern, von denen die beiden vorderen abgestiegen waren und ratlos auf einen Wink der Götter warteten. Dankbar sahen sie Pompeius entgegen.

»Die Öffnung ist zu klein«, stellte einer von ihnen fest.

Pompeius hatte auf dem Weg zum Tor beschlossen, die Tiere ausspannen und einzeln durch die Öffnung führen zu lassen, aber jetzt erkannte er den Ernst der Lage: Nicht die Breite, sondern die Höhe des Tores war das Problem. Ein Heer aus acht nebeneinander marschierenden Kolonnen, eine Quadriga mit vier nebeneinander gespannten Pferden oder ein breiter Wagen hätten bequem durch dieses Tor gepaßt, durch das der Triumphator in die Stadt einziehen mußte, aber für einen ausgewachsenen afrikanischen Elefantenbullen war die Öffnung nicht hoch genug. Der Torbogen, der aus dem Gestein des Kapitolinischen Hügels gemauert war, reichte den Tieren gerade bis zu den Schultern.

»Na schön«, sagte Pompeius trotzdem, »spannt sie aus und führt sie einzeln durch. Sie müssen eben die Köpfe einziehen.«

»Darauf sind sie nicht abgerichtet!« sagte ein Elefantentreiber erschrocken.

»Worauf sie abgerichtet sind, ist mir egal!« bellte Pompeius. Er sah auf einmal aus, als habe er sich das Gesicht doch mit Zinnober bemalen lassen. »Führt sie durch!«

Der erste Elefant dachte allerdings überhaupt nicht daran, den Kopf einzuziehen.

»Zieht ihn am Rüssel!« befahl Pompeius.

Doch so sehr die Treiber ihn am Rüssel zogen, so heftig einer auf seinen majestätisch gebogenen Stoßzähnen herumritt, der Elefant senkte den Kopf nicht. Er trompetete seine Peiniger vielmehr böse an und machte die drei anderen Elefanten unruhig. Die beiden hinteren Tiere, die noch immer im Geschirr des Triumphwagens steckten, wichen zurück, und der Triumphwagen drohte die mit Löwenfellen behangenen Fahnenträger hinter ihm zu überrollen.

Während die Treiber versuchten, die Tiere in ihre Gewalt zu bekommen, fluchte Pompeius wie ein gemeiner Soldat und stieß Drohungen aus, angesichts derer die Treiber glasige Augen bekamen und wie Espenlaub zu zittern begannen. Doch alles war vergebens. Die Elefanten waren zu groß und wollten nicht durch das Tor.

Über eine Stunde war vergangen, als Varro, der mit den anderen Senatoren an der Spitze des Zuges gegangen war, nach hinten eilte, um zu sehen, was los war.

Ein Blick genügte, und er wurde von dem unwiderstehlichen Drang erfaßt, sich auf die Straße zu werfen und laut loszulachen.

Ein kurzer Blick auf Pompeius' Gesicht verriet ihm freilich, daß er dies nicht tun durfte, wenn ihm sein Leben lieb war.

»Schick doch Scaptius mit einigen seiner Männer zu den Ställen, um Pferde zu holen«, sagte er deshalb mühsam beherrscht. »Sei doch vernünftig, Magnus! Der übrige Zug ist schon am Forum, und keiner weiß, wo du bleibst. Sulla sitzt vor dem Castor-Tempel und wird immer ungeduldiger, und die Lieferanten für das Fest im Tempel des Jupiter Stator raufen sich schon die Haare!«

Pompeius antwortete mit einem Tränenausbruch. Er setzte sich in seinen Prachtgewändern auf das staubige Pflaster und weinte sich die Seele aus dem Leib. Also schickte Varro die Männer los, um Pferde holen, und Varro war es auch, der das Ausspannen der Elefanten überwachte. Die Unternehmung wurde dadurch erschwert, daß mehrere mit Schaufeln und Karren ausgerüstete Gemüsehändler aus der Via Recta fest entschlossen waren, sich die Hinterlassenschaft der Elefanten anzueignen, die als weltbester Dünger galt. Unbeirrbar stapften sie zwischen den säulenförmigen Beinen der Dickhäuter herum und schaufelten Haufen zusammen, die so groß wie Käseräder aus Arpinum waren. Varros Heiterkeit wurde nur durch die Gefahr und das Mitleid mit Pompeius gedämpft. Mit lauten Schreien sorgte er dafür, daß die Elefantentreiber mitsamt ihren Tieren, denen der Rückweg durch die nachrückenden sechs Legionen versperrt war, schließlich in Richtung Forum Holitorium abziehen konnten.

Inzwischen war die erste Hälfte der Parade im Forum Romanum vor der eindrucksvollen ionischen Fassade des Tempels des Castor und Pollux angekommen, auf dessen hohem Podest Sulla mit seinem Reiterobersten, den beiden Konsuln sowie Familienmitgliedern und Freunden saß. Höflichkeit und Brauch geboten, daß der Triumphator in der Prozession und beim anschließenden Fest die wichtigste Person war, deshalb war der erlauchte Kreis um Sulla nicht mitgezogen und würde auch nicht am Fest teilnehmen.

Alle waren unruhig und froren. Trotz des schönen Tages blies ein eisiger Nordwind, und die Sonne hatte nicht genug Kraft, um die Eiszapfen am Gesims der Tempeldächer im unteren Forum zu schmelzen. Endlich kehrte Varro zurück. Zwei Stufen auf einmal nehmend, eilte er die Treppe zum Castor-Tempel hinauf, beugte sich zu Sulla hinab und flüsterte ihm etwas ins Ohr. Neugierig blickten die Schaulustigen zum Tempel hinauf, als Sulla plötzlich in schallendes Gelächter ausbrach. Lachend erhob er sich und trat an den Rand des Podests.

»Ihr müßt euch noch ein wenig gedulden!« rief er. »Unser Triumphator kommt, doch hat er beschlossen, seinen Triumph zu verschönern und statt Pferde Elefanten vor den Triumphwagen zu spannen! Leider passen die Elefanten nicht durch die Porta Triumphalis, er muß also Pferde holen lassen!« Nach einer Pause fuhr er gut hörbar fort: »Was hätte ich darum gegeben, das mitanzusehen!«

Die Ankündigung löste allgemeines Gelächter aus. Am lautesten lachten aber die, die wie Metellus Pius, Varro Lucullus oder Crassus den Triumphator persönlich kannten.

»Es ist nicht klug, Sulla zu beleidigen«, sagte Metellus Pius zu den Männern um ihn herum. »Ich habe das immer wieder beobachtet. Er hat bei Fortuna eine Art Sonderrecht. Er braucht selbst gar nichts zu tun, wenn er jemanden demütigen will. Die Göttin erledigt das für ihn. Sulla ist ihr Liebling unter den Sterblichen.«

»Ich begreife nur eines nicht«, sagte Varro Lucullus stirnrunzelnd. »Warum hat Pompeius das Tor nicht ausmessen lassen? Er denkt doch sonst an alles.«

»Seine Tagträume haben ihm den Verstand geraubt«, sagte Varro. Er war den ganzen Weg von der Porta Triumphalis bis zum Castor-Tempel gerannt und immer noch atemlos. »Er hat sich auf diese blöden Elefanten so sehr versteift, daß er an nichts anderes denken konnte. Armer Magnus, er ist so erschrocken.«

»Er tut mir wirklich leid«, sagte Varro Lucullus.

»Mir jetzt auch, wo ich recht behalten habe«, sagte Metellus Pius. Er sah den keuchenden, scharlachroten Varro fragend an. »Wie trägt er es?«

»Bis er ins Forum einzieht, hat er sich gefaßt«, prophezeite Varro. Den Tränenausbruch verschwieg er taktvoll.

Pompeius beendete den Triumphzug tatsächlich mit Anstand und Würde, auch wenn er selbst einsehen mußte, daß die Siegerparade nach der zweistündigen Unterbrechung sehr dürftig ausfiel und nur wenige Schaulustige anlockte. Was waren Pferde verglichen mit ausgewachsenen Elefantenbullen, zumal jene plumpen braunen Gäule, die Scaptius als einzige hatte auftreiben können?

Erst im Tempel des Jupiter Stator, wo das anschließende Fest gefeiert wurde, begriff Pompeius richtig, wie sehr die Römer, die etwas zu sagen hatten, sich über das Mißgeschick mit den Elefanten amüsierten. Die Tortur begann bereits auf dem Rückweg vom Kapitol nach Beendigung des Triumphzuges. Um die Säule mit dem Standbild des Scipio Africanus stand eine Gruppe lachender Männer. Als sie Pompeius sahen, traten sie beiseite und ließen ihn das Gedicht lesen, das ein Scherzbold mit Kreide in großen Lettern an den Sockel der Säule geschrieben hatte:

Africanus droben nahm Elefanten,
Die ruhig und würdevoll standen.
Der kleine Schlächter kann's nicht lassen,
Holt Elefanten, die nicht passen!

Noch schlimmer wurde es im Tempel des Jupiter Stator. Während sich einige Gäste damit begnügten, Pompeius' Beinamen »Magnus« ironisch zu betonen, entstellten andere den Namen scheinbar versehentlich zu »Magus«, Zauberer, oder »Manus«, Hand, in Anspielung auf allerhand Dienste für Sulla, darunter auch sehr intime. Nur einige wenige wie Metellus Pius oder Varro Lucullus hielten sich taktvoll zurück. Einige Freunde und Verwandte machten alles noch schlimmer, indem sie die Spötter wütend zum Kampf herausforderten. Wieder andere, wie Catulus und Hortensius, glänzten durch Abwesenheit.

Immerhin gewann Pompeius auch einen neuen Freund. Catilina stellte ihm einen Mann vor, bei dem es sich um niemand anderen als den lange verschollenen Neffen des Diktators mit Namen Publius Cornelius Sulla handelte.

»Ich wußte gar nicht, daß Sulla einen Neffen hat!« sagte Pompeius verwundert.

»Er auch nicht«, sagte Publius Sulla vergnügt und fügte hinzu: »Ich selbst übrigens bis vor kurzem auch nicht.«

Catilina lachte. »Das stimmt wirklich«, versicherte er Pompeius, der jetzt völlig verwirrt schien.

»Das müßt ihr mir erklären«, sagte Pompeius, froh, daß das Gelächter diesmal nicht ihm galt.

»Ich bin in der Überzeugung aufgewachsen, ich sei der Sohn

des Sextus Perquitienus«, sagte Publius Sulla. »Ich habe mein Leben lang direkt neben Gaius Marius gewohnt! Als mein Großvater starb und mein Vater ihn beerbte, ahnte keiner die Wahrheit. Mein Vater war mit Cinna befreundet, und als die ersten Proskriptionslisten an den Rostra ausgehängt wurden, erwartete er jedesmal, seinen Namen ganz oben zu finden. Vor lauter Sorge ist er schließlich gestorben.«

Der Gleichgültigkeit, mit der Publius Sulla das sagte, konnte Pompeius unschwer entnehmen, daß zwischen Vater und Sohn kein besonders inniges Verhältnis geherrscht hatte. Er war darüber allerdings nicht überrascht. Den alten Sextus Perquitienus hatte niemand gemocht.

»Sehr interessant«, sagte er.

»Wer ich wirklich bin, entdeckte ich beim Durchwühlen einer Kiste mit alten Dokumenten meines Großvaters«, fuhr Publius Sulla fort. »Dabei stieß ich auf die Adoptionspapiere! Mein Vater, stellte sich heraus, war von meinem Großvater adoptiert worden. Damals war mein Onkel, der Diktator, noch nicht geboren, und er wußte auch später nichts von seinem älteren Bruder. Ich hielt es allerdings für besser, ihm diese Papiere zu zeigen, bevor auch mein Name auf die Proskriptionsliste gesetzt würde!«

»Nun, eine gewisse Ähnlichkeit mit Sulla besteht.« Pompeius lächelte. »Ich nehme deshalb an, es war nicht schwer, ihn zu überzeugen.«

»Überhaupt nicht!« sagte Publius Sulla strahlend. »Ist das nicht ein ganz außergewöhnliches Glück? Ich besitze jetzt das gesamte Vermögen der Familie Perquitienus, ich bin vor der Proskription sicher, und wahrscheinlich werde ich auch noch einen Teil der Millionen meines Onkels Lucius erben.«

»Glaubst du, er will aus dir eine Art Nachfolger machen?«

Publius kicherte beschwipst. »Aus mir? Seinen Nachfolger? Bei den Göttern, nein! Ich habe politisch überhaupt keine Ambitionen, lieber Magnus!«

»Bist du schon im Senat?«

Catilina mischte sich ein: »Sulla hat uns beide zwar nicht offiziell zu Senatoren ernannt, aber er hat uns aufgefordert, die Sitzungen des Senats zu besuchen. Publius Sulla und ich hatten das Gefühl, du könnest heute ein paar nette junge Gesichter um dich brauchen, deshalb sind wir hergekommen, um das köstliche Essen zu probieren und dich aufzuheitern.«

»Ich bin sehr froh, daß ihr gekommen seid«, sagte Pompeius dankbar.

»Laß dich von den eingebildeten und konservativen Wichtigtuern hier nicht unterkriegen«, sagte Catilina und klopfte Pompeius auf den Rücken. »Einige von uns sind wirklich begeistert, daß auch einmal ein junger Mensch triumphiert. Du wirst bald im Senat sitzen, das verspreche ich dir. Sulla will ihn mit Männern besetzen, die diesem eingebildeten Pack überhaupt nicht passen!«

Pompeius' Miene verfinsterte sich schlagartig. »Mir kann der ganze Senat gestohlen bleiben! Ich weiß, was ich im Leben will, und Mitglied des Senats zu werden gehört nicht dazu! Ich bin erst dann mit dem Senat fertig – oder trete in ihn ein! –, wenn ich ihm bewiesen habe, daß er einem herausragenden Mann kein Amt und kein Kommando verweigern kann, das dieser anstrebt, auch wenn er nur Ritter ist und nicht Senator!«

Catilina zog eine der schmalen Augenbrauen, die seinem Gesicht einen boshaften Ausdruck gaben, nach oben, während Publius Sulla unschlüssig schien, was er mit Pompeius' Bemerkung anfangen sollte.

Pompeius sah sich suchend um, und dann war seine Wut plötzlich verraucht, und er strahlte wieder. »Ah! Da ist er ja! Und auch noch allein auf seiner Liege. Kommt mit und speist mit mir und meinem Schwager Memmius! Mit diesem besten aller Freunde!«

»Aber du solltest mit den Senatoren speisen«, sagte Catilina. »Immerhin haben sie sich dazu herabgelassen, heute zu kommen. Wir haben Verständnis, wenn du dich Metellus Pius und seinen Freunden anschließt. Laß uns den Gaius Memmius, dann sind wir zufrieden wie zwei alte Peripatetiker, die sich über Sinn und Zweck des menschlichen Nabels streiten.«

»Heute feiere ich meinen Triumph, und ich speise, mit wem ich will«, sagte Pompeius.

Anfang April veröffentlichte Sulla eine Liste mit zweihundert neuen Senatoren, und er kündigte an, in den folgenden Monaten noch weitere zu ernennen. Ganz oben stand Gnaeus Pompeius Magnus. Pompeius suchte Sulla sofort auf.

»Ich werde nicht in den Senat eintreten!« schnaubte er.

Sulla sah seinen Besucher überrascht und verärgert an. »Wieso? Ich hätte geschworen, du würdest alles daransetzen, um hineinzukommen!«

Der Zorn verflog, und Vorsicht gewann die Oberhand. Pompeius merkte, daß Sulla es nicht verstehen würde, wenn er sich nun so ganz anders verhielt als erwartet. Immerhin hatte es Pompeius einige Mühe gekostet, dem Diktator ein bestimmtes Bild von sich zu vermitteln. Ruhig, Magnus! Beruhige dich und überlege genau. Finde einen glaubwürdigen Grund, der in Sullas Bild von dir paßt. Oder nein, noch besser: Finde einen Grund, der zu ihm selbst passen würde!

»Es ist wegen der Lektion, die du mir bei diesem unglücklichen Triumph erteilt hast«, begann er und sah Sulla mit großen, ernsten Augen an. Er holte Luft. »Ich habe seither nachgedacht, Lucius Cornelius. Und mir ist klar geworden, daß ich für einen Sitz im Senat noch zu jung und nicht gebildet genug bin. Bitte laß mich meinen eigenen Weg in den Senat finden, wenn es Zeit ist, Lucius Cornelius. Wenn ich jetzt schon eintrete, wird man noch jahrelang über mich lachen.« Und das, dachte Pompeius, stimmt sogar! Ich trete nirgendwo ein, wo mich alle auslachen, sobald sie mich sehen.

Sulla zuckte beschwichtigt die Achseln. »Wie du willst, Magnus.«

»Danke, so ist es mir wirklich lieber. Ich warte, bis ich etwas vorweisen kann, das die Elefanten vergessen macht. Zum Beispiel eine anständig und gewissenhaft geführte Quästur im Alter von dreißig.«

Das war zuviel gewesen. Die blassen Augen blickten nun unverhohlen amüsiert, als habe Sulla tiefer in Pompeius hineingeschaut, als diesem lieb sein konnte. Aber Sulla sagte nur: »Eine sehr gute Idee! Ich nehme deinen Namen von der Liste, bevor ich sie der Volksversammlung zur Genehmigung vorlege – denn ich werde in Zukunft alle wichtigen Gesetze vom Volk genehmigen lassen. Ich will übrigens, daß du morgen trotzdem in den Senat kommst. Alle meine Legaten sollten meine Rede hören. Sei also da.«

Und Pompeius war da.

»Ich beginne mit Italien und den Italikern«, sagte Sulla, der auf seinem elfenbeinernen Amtsstuhl saß. »Gemäß meinen Versprechen an die italischen Führer werde ich dafür sorgen, daß auch der letzte Italiker, der Anspruch darauf hat, ordnungsgemäß als Bürger Roms registriert wird und daß die Neubürger gleichmäßig auf die fünfunddreißig Tribus verteilt werden. Niemand darf mehr versuchen, das italische Volk um sein Wahlrecht zu betrügen, indem er ihm nur in bestimmten Tribus eine Stimme gibt. Das habe ich versprochen, und ich werde es halten.«

Hortensius und Catulus, die in der mittleren Reihe nebeneinander saßen, tauschten einen vielsagenden Blick aus. Sie waren beide gegen dieses massive Zugeständnis an Leute, die in ihren Augen letztlich nicht einmal einen römischen Schnürsenkel wert waren.

Sulla beugte sich etwas vor. »Leider ist es mir unmöglich, mein Versprechen einzulösen, auch Roms Freigelassene auf die fünfunddreißig Tribus zu verteilen. Sie werden in den städtischen Tribus Esquilin und Suburana registriert bleiben müssen. Diese Verfügung hat einen bestimmten Grund: Ich will nicht, daß ein Besitzer von Tausenden von Sklaven in Versuchung gerät, eine große Anzahl zu befreien und mit ihnen als Klienten die Mehrheit in seinem Bezirk zu erringen.

»Ein schlauer Fuchs, der alte Sulla!« sagte Catulus leise zu Hortensius.

»Dem entgeht kaum etwas«, flüsterte Hortensius. »Das klingt, als habe er mitbekommen, daß Marcus Crassus heftig ins Sklavengeschäft drängt.«

Nun wandte Sulla sich den Städten und Ländern zu. »Die Stadt Brundisium, die mich und meine Männer mit der gebotenen Achtung behandelt hat, wird zur Belohnung von allen Zöllen und Verbrauchssteuern befreit.«

»Puh!« stöhnte Catulus. »Das macht Brundisium zum wichtigsten Hafen Italiens!«

Der Diktator belohnte noch einige andere Gemeinden, sehr viel mehr aber belegte er mit unterschiedlich harten Strafen. Praeneste traf es am schlimmsten, das unbedeutendere Sulmo wurde dem Erdboden gleichgemacht, und Capua erhielt wieder seinen früheren Status und verlor sämtliche Ländereien an den römischen *ager publicus*.

Catulus hörte Sulla, der eine endlose Liste mit Städtenamen

vorlas, nur noch mit halbem Ohr zu, als Hortensius ihn mit einem Rippenstoß unsanft in die Wirklichkeit zurückholte. »Er spricht über dich, Quintus!« sagte Hortensius.

»... Quintus Lutatius Catulus, meinem treuen Gefolgsmann, übertrage ich hiermit die Aufgabe, den Tempel des Jupiter Optimus Maximus auf dem Kapitol wiederaufzubauen.« Sulla bleckte die Zähne, und seine Augen blitzten spöttisch und boshaft auf. »Das Geld dazu wird zum größten Teil aus den Erträgen des neuen *ager publicus* kommen, aber von dir, mein lieber Quintus Lutatius, erwarte ich, daß du aus deinem Privatvermögen dazulegst.«

Catulus ließ den Unterkiefer sinken. Ein kalter Schauer überlief ihn, als er begriff: Das war Sullas Rache, daß er all die Jahre unter Cinna und Carbo sicher in Rom gelebt hatte.

»Unser Pontifex Maximus Quintus Caecilius Metellus Pius wird den Tempel der Ops erneuern, der beim gleichen Brand in Mitleidenschaft gezogen wurde«, fuhr Sulla fort. »Da sich in der Göttin Ops der öffentliche Wohlstand Roms manifestiert, muß das Projekt allerdings ganz aus der Staatskasse finanziert werden. Ich verlange aber, daß unser Pontifex Maximus den Tempel nach Abschluß der Arbeiten persönlich einweiht.«

»Das gibt ein stotterndes Vergnügen!« kommentierte Hortensius.

»Ich habe soeben eine Liste mit den Namen von zweihundert Männern veröffentlicht, die ich für den Senat bestimmt habe«, sagte Sulla weiter. »Gnaeus Pompeius Magnus hat mich allerdings wissen lassen, daß er vorerst nicht in den Senat eintreten möchte. Sein Name wurde deshalb gestrichen.«

Diese Neuigkeit sorgte für einige Unruhe. Alle Augen wandten sich Pompeius zu, der allein in der Nähe der Tür saß und selbstzufrieden in sich hineinlächelte.

»Ich beabsichtige, den Senat in Zukunft um etwa hundert weitere Männer zu vergrößern, so daß er ungefähr vierhundert Mitglieder hat; wir haben in den letzten zehn Jahren viele Senatoren verloren.«

»Man würde nicht vermuten, daß er die Senatoren umgebracht hat«, zischte Catulus in das Ohr seines Nachbarn. Woher sollte er die gewaltigen Summen nehmen, die für den Wiederaufbau des Jupitertempels nötig waren?

Ohne Pause fuhr der Diktator fort: »Ich habe versucht, die neuen Senatsmitglieder vornehmlich aus Senatorenfamilien zu rekrutieren, aber ich habe auch Ritter genommen, deren Familien bislang noch nicht im Senat waren. Voraussetzung war allerdings, daß ihre Abstammung dem Haus Ehre macht. Emporkömmlinge werdet ihr auf meiner Liste nicht finden. Bei einigen Männern freilich sehe ich, wenn ich sie zu Senatoren mache, über alle üblichen Qualifikationen hinweg – über den inoffiziellen Zensus von einer Million Sesterzen und über den familiären Hintergrund. Ich spreche von Soldaten von ungewöhnlicher Tapferkeit. Ich meine, Rom sollte diese Männer wieder ehren wie zur Zeit des Marcus Fabius Buteo. Wir haben Kriegshelden in den letzten Generationen überhaupt nicht beachtet. Das soll sich ändern! Jeder Mann, der eine Graskrone oder einen Bürgerkranz erringt, wird automatisch Senator, egal wer oder was seine Vorfahren waren. Auf diese Art kommt wenigstens etwas frisches Blut in den Senat! Ich hoffe freilich, daß unter denen, die eine solche Auszeichnung erringen, auch altehrwürdige Namen sind: Es darf nicht den Neulingen überlassen bleiben, als unsere tapfersten Männer zu gelten!«

Hortensius grunzte. »Damit will er sich beim Volk einschmeicheln.«

Catulus, der über die finanzielle Bürde, die Sulla ihm aufgeladen hatte, nicht hinwegkam, sah seinen Schwager nur jammervoll an.

»Eines noch, bevor ich die Sitzung aufhebe«, sagte Sulla. »Jeder Mann, der auf meiner Liste der neu ernannten Senatoren steht, wird der Volksversammlung vorgestellt, Patrizier wie Plebejer. Die Volksversammlung soll ihn bestätigen.« Sulla stand auf. »Die Sitzung ist geschlossen.«

»Wo treibe ich nur das Geld auf?« jammerte Catulus, als er mit Hortensius aus der Curia Hostilia eilte.

»Vielleicht brauchst du es gar nicht«, sagte Hortensius gelassen.

»Aber ich muß den Tempel aufbauen!«

»Er stirbt bald, Quintus. Bis dahin mußt du die Sache verschleppen. Wenn er tot ist, wen interessieren dann noch seine Verfügungen? Soll der Senat das Geld auftreiben.«

»Der Jupiterpriester ist an allem schuld!« wetterte Catulus. »Er hat den Brand verursacht – soll doch er für den neuen Tempel zahlen!«

Hortensius runzelte die Stirn. »Laß das besser niemanden hören! Der Jupiterpriester kann für einen Unglücksfall nicht verantwortlich gemacht werden, es sei denn, er ist angeklagt und von einem Gericht verurteilt worden wie ein ganz gewöhnlicher Priester. Sulla hat nicht erklärt, warum der junge Bursche aus Rom geflohen ist, aber er hat ihn auch nicht geächtet. Und es ist keine Anklage gegen ihn erhoben worden.«

»Er ist Sullas angeheirateter Neffe!«

»Eben, mein lieber Quintus.«

»Warum mischen wir überhaupt in der Politik mit, Schwager? Es gibt Zeiten, da würde ich am liebsten mein ganzes Geld nehmen, meine Güter verkaufen und nach Cyrenaica übersiedeln.« Catulus seufzte.

»Wir mischen mit, weil wir von Geburt dazu berechtigt sind«, sagte Hortensius.

Als die neuen und alten Senatoren sich zwei Tage später versammelten, gab Sulla bekannt, er wolle die Wahl von Zensoren zumindest für die nächste Zeit abschaffen. Die geplante Neuordnung der Staatsfinanzen mache die Vergabe von Staatsaufträgen unnötig, und außerdem stehe eine Vermögensschätzung der Bürger frühestens wieder in zehn Jahren an.

»Und dann könnt ihr immer noch über die Zensoren entscheiden«, sagte der Diktator würdevoll. »Ich maße mir jedenfalls nicht an, sie endgültig abzuschaffen.«

Für seinen Stand, die Patrizier, setzte er sich besonders ein. »In den Jahrhunderten nach dem ersten Aufstand der Plebejer«, erklärte er, »hat das Patriziat stark an Bedeutung verloren. Ein Patrizier hat einem Plebejer gegenüber heutzutage nur noch den Vorteil, daß er bestimmte religiöse Ämter bekleiden kann, die Plebejern verschlossen sind. Ich glaube nicht, daß dies der Sitte unserer Väter entspricht. Die Ahnenreihe eines Patriziers reicht direkt bis in die Zeit der Könige zurück. Die Familien der heute lebenden Patrizier dienen Rom deshalb seit über fünfhundert Jahren. Angesichts dessen halte ich es nur für gerecht, wenn Patrizier in den Genuß einer besonderen Ehre kommen, die zwar klein ist, aber ihnen allein vorbehalten sein soll. Ich will Patrizier schon zwei Jahre vor den Plebejern zu den kurulischen Ämtern, zu Prätur und Konsulat, zulassen.«

»Dabei hat er natürlich seinen eigenen Vorteil im Sinn«, beklagte sich der Plebejer Marcus Junius Brutus später bei seiner Frau Servilia, einer Patrizierin.

Servilia hatte festgestellt, daß ihr Mann in diesen gefährlichen Zeiten gesprächiger geworden war. Kaum war die Nachricht eingetroffen, ihr Schwiegervater sei bei Lilybaeum während der Säuberungsaktionen von Sullas Gehilfen Pompeius ums Leben gekommen, fand Brutus keine Ruhe mehr. Würde auch sein Vater geächtet? Oder er selbst? Als Sohn eines Geächteten würde er sein gesamtes Erbe verlieren, wenn sein eigener Name auf die Liste gelangte, sein Leben. Aber der ältere Brutus hatte zum Glück nicht zu den vierzig geächteten Senatoren der ersten Liste gehört, und auf späteren Listen waren keine weiteren Namen von Senatoren aufgetaucht. Brutus hoffte, die Gefahr sei vorüber, aber sicher konnte er nicht sein. Das konnte niemand! Sulla machte nur Andeutungen.

Wenn er Servilia gegenüber mitteilsamer war, so deshalb, weil ihm eingefallen war, daß ihn womöglich seine Ehe mit Servilia vor der Ächtung bewahrt hatte. Sulla hatte mit dem neuen Privileg für Patrizier einmal mehr hervorgehoben, daß diese für ihn mehr wert waren als der reichste und mächtigste Plebejer aus der Familie eines Konsuls. Und welcher patrizische Name war erlauchter als der Servilius Caepios!

»Schade, daß unser Sohn kein Patrizier ist«, sagte Servilia.

»Mein Name ist für unseren Sohn alt und vornehm genug«, antwortete Brutus steif. »Die Junier Brutier stammen vom Gründer der Republik ab.«

»Ich habe mich schon immer gewundert, warum die Junier Brutier keine Patrizier sind, wenn das stimmt. Der Gründer der Republik war doch Patrizier. Du sprichst immer von einer Adoption durch eine Plebejerfamilie, aber eine Plebejerfamilie namens Junius Brutus stammt sicher von einem Sklaven oder Bauern einer Patrizierfamilie ab.«

Brutus schwieg. Servilias Worte waren ein weiteres Anzeichen dafür, daß sie nicht mehr die stille und unterwürfige Frau von einst war. Ihre Angst vor der Scheidung war geschwunden, ihr Selbstbewußtsein gewachsen. Der Knabe im Kinderzimmer, der jetzt zwei Jahre alt war, bedeutete ihr alles, der Vater des Kindes dagegen nichts. Wenn ihr am Rang ihres Mannes etwas lag, so nur um des Sohnes willen. Das hieß aber nicht, daß sie vor ihrem Mann noch immer kriechen mußte wie in jener Zeit, als der Verrat des alten Mannes noch nicht alles gefährdet hatte.

»Deine jüngere Schwester hat ihre Sache ausgezeichnet gemacht«, sagte Brutus mit einem Anflug von Spott. »Eine Patrizierin, die mit einem Patrizier verheiratet ist! Sie und Drusus Nero können gar nichts falsch machen.«

»Drusus Nero ist Plebejer«, sagte Servilia hochmütig. »Er mag ein geborener Claudier sein, aber mein Onkel Drusus hat ihn adoptiert, und damit ist er Livier und hat keinen höheren Rang als du.«

»Und ich sage dir, er wird Karriere machen.«

»Drusus Nero ist zwanzig Jahre alt und hat kein bißchen Verstand«, sagte Servilia scharf. »Unser Sohn kann schon mit zwei Jahren mehr!«

Brutus sah sie argwöhnisch an. Ihm war nicht entgangen, mit welcher Affenliebe seine Frau an dem kleinen Brutus hing. Aber was hieß Affenliebe! Sie war eine Löwin!

»Jedenfalls«, sagte er beschwichtigend, »wird Sulla uns übermorgen über seine weiteren Pläne informieren.«

»Weißt du schon, was er vorhat?«

»Nicht vor übermorgen.«

Zwei Tage später äußerte sich Sulla zu den Wahlen und zu den Ämtern. Sein Ton ließ keinen Widerspruch zu. »Ich habe das Wahlchaos satt und verordne deshalb ein bestimmtes Verfahren. Sämtliche Wahlen finden in Zukunft im Quintilis statt, also fünf bis sechs Monate vor Amtsantritt des gewählten Kandidaten. Während dieser Wartezeit gilt im Senat eine neue Rangordnung beim Rederecht. Die designierten Konsuln haben das Wort gleich nach den amtierenden Konsuln, die designierten Prätoren gleich nach den amtierenden Prätoren. Der Princeps Senatus, ehemalige Zensoren und Konsularen dürfen von jetzt an erst dann reden, wenn der letzte designierte Prätor das Wort hatte. Es geht nicht an, daß der Senat seine Zeit damit verschwendet, Männern zuzuhören, die ihr Amt schon hinter sich haben, bevor die gegenwärtigen oder künftigen Amtsinhaber etwas sagen dürfen.«

Alle Blicke ruhten auf dem Princeps Senatus Flaccus. Der aber sah trotz der großen Zurücksetzung, die Sullas Erlaß für ihn als Senatsvorsitzenden bedeutete, freundlich in die Runde und schien nicht verstimmt.

»Zuerst finden die Wahlen für die kurulischen Ämter in den Zenturiatskomitien statt«, fuhr Sulla fort, »und zwar am Tag vor den Iden des Quintilis. Zehn Tage vor den Kalenden des Sextilis werden dann in den Tributkomitien die Quästoren, kurulischen Ädilen, Kriegstribunen und niedrigeren Amtsträger gewählt. Zwei bis sechs Tage vor den Kalenden schließlich wird in der Versammlung der Plebs gewählt.«

»Nicht schlecht«, meinte Hortensius zu Catulus. »Dann wissen wir schon lange vor Jahresende, ob wir gewählt worden sind.«

»Und man achtet uns als künftige Amtsinhaber entsprechend«, meinte Catulus zufrieden.

»Jetzt zu den Ämtern als solchen«, sagte Sulla. »Die Ernennung neuer Senatoren, die ich persönlich vorgenommen habe, soll jetzt abgeschlossen sein. Von nun an wird nur noch Senator, wer Quästor war, und dafür muß er mindestens dreißig Jahre alt sein. Jedes Jahr werden zwanzig Quästoren ernannt, eine ausreichende Anzahl, um die Lücken, die verstorbene Senatoren hinterlassen, aufzufüllen. Es gibt zwei kleine Ausnahmen, die sich auf die Gesamtzahl der Senatoren aber nicht auswirken: Ein Volkstribun, der noch nicht Senator ist, zieht auch in Zukunft über sein Amt in den Senat ein, und der Träger einer Graskrone oder eines Bürgerkranzes wird automatisch in den Senat befördert.«

Sulla ließ den Blick über die Senatoren schweifen. »Jedes Jahr werden acht Prätoren gewählt. Ein Plebejer kann sich erst ab dem neunundzwanzigsten Lebensjahr zur Wahl stellen, ein Patrizier dagegen, wie bereits gesagt, schon zwei Jahre früher. Zwischen der Wahl zum Prätor und der Wahl zum Konsul müssen zwei Jahre liegen, und niemand kann für das Konsulat kandidieren, wenn er zuvor nicht Prätor war. Außerdem fasse ich die *lex Genucia* strenger: Niemand – ob Patrizier oder Plebejer! – kann sich ein zweites Mal zum Konsul wählen lassen, bevor nicht zehn volle Jahre verstrichen sind. Ich will keinen Gaius Marius mehr!«

Und das war eine ausgezeichnete Maßnahme, darin waren sich alle einig!

Weniger allgemein und begeistert war die Zustimmung, als Sulla die Gesetze verkündete, mit denen er die Macht der Volkstribune beschneiden wollte. Die Volkstribunen hatten in den Jahrhunderten der Republik nach und nach immer mehr gesetzgeberische Befugnisse an sich gerissen und ein Organ, das nur aus Plebejern bestand, zur stärksten gesetzgeberischen Körperschaft gemacht. Oft hatte ihr Hauptziel darin bestanden, den Senat bei der Ausübung seiner Macht, die weitgehend auf ungeschriebenen Gesetzen beruhte, zu behindern und den Einfluß der Konsuln zu schmälern!

»Damit«, sagte Sulla mit spürbarer Genugtuung, »ist es jetzt endgültig vorbei. Die Volkstribunen werden in Zukunft außer dem Recht, das *ius auxilii ferendi* auszuüben, kaum etwas behalten.«

Unruhe brach aus. Die Senatoren murmelten empört, runzelten die Stirn und sahen Sulla finster an.

»Der Senat soll die höchste Gewalt sein!« rief Sulla laut. »Um dies zu erreichen, muß ich das Volkstribunat schwächen – und das werde ich! Meinem neuen Gesetz zufolge kann ein ehemaliger Volkstribun kein anderes Staatsamt bekleiden – er kann weder Ädil noch Prätor, noch Konsul oder Zensor werden! Und Volkstribun darf er erst dann wieder werden, wenn zehn volle Jahre verstrichen sind. Das *ius auxilii ferendi* kann er nur in der ursprünglich vorgesehenen Weise ausüben, also nur, um ein einzelnes Mitglied der Plebs vor der Willkür eines Magistrats zu schützen. Kein Volkstribun kann gegen Gesetze vorgehen, die angeblich die Plebs als ganzes bedrohen, oder gegen ein ordentlich zusammengetretenes Gericht.«

Sullas Blick ruhte nachdenklich ausgerechnet auf zwei Männern, die das Amt des Volkstribuns nicht bekleiden konnten, weil sie Patrizier waren: Catilina und Lepidus.

»Das Vetorecht des Volkstribuns«, fuhr er fort, »wird drastisch beschnitten. Es gibt kein Veto gegen Senatsdekrete und gegen Gesetze, die vom Senat gebilligt sind; ebensowenig gegen das Recht des Senates, Provinzstatthalter oder Militärbefehlshaber zu ernennen oder die Außenpolitik zu bestimmen. Kein Volkstribun darf ein Gesetz in der Versammlung der Plebs verkünden, solange es nicht durch Senatsbeschluß gebilligt ist. Und er hat auch nicht mehr die Macht, Senatssitzungen einzuberufen.«

Es gab viele betretene und auch einige böse Gesichter. Sulla machte demonstrativ eine Pause, aber niemand protestierte laut. Alle schwiegen. Er räusperte sich. »Quintus Hortensius, was hast du zu sagen?«

Hortensius schluckte. »Ich stimme dir zu, Lucius Cornelius.«

»Ist jemand anderer Meinung?«

Schweigen.

»Gut!« sagte Sulla heiter. »Dann tritt die *lex Cornelia* mit sofortiger Wirkung in Kraft!«

»Das ist ja schrecklich«, beschwerte sich Lepidus später bei Gaius Cotta.

»Ich kann dir nur recht geben.«

»Aber warum haben wir das Gesetz einfach geschluckt?« fragte Catulus. »Warum lassen wir es zu? Wie kann eine Republik ohne ein mit entsprechenden Rechten ausgestattetes Volkstribunat eine richtige Republik sein?«

Hortensius fühlte sich persönlich angegriffen, weil er Sulla nicht widersprochen hatte. »Warum hast du selbst denn nichts gesagt?«

»Weil ich meinen Kopf gerne behalte, wo er ist«, sagte Catulus offen. »Fest zwischen den Schultern angewachsen.«

»Das gilt auch für mich«, sagte Lepidus.

Metellus Pius stieß zu ihnen. »Wie gerissen von Sulla und wie konsequent! Ein anderer hätte das Amt einfach abgeschafft, aber er nicht! Er hat das *ius auxilii ferendi* nicht angetastet, er hat die Befugnisse des Tribuns lediglich auf das zurückgestutzt, was sie einmal waren. Er kann also mit Recht behaupten, er bewege sich im Rahmen der republikanischen Tradition unserer Väter, und darauf beruft er sich ja immer. Wohlgemerkt, ich glaube nicht, daß er damit durchkommt. Das Volkstribunat ist für viele zu wichtig.«

»Aber die Neuerung wird gelten, solange er lebt«, meinte Cotta verärgert.

Die Männer gingen auseinander. Niemand war besonders

glücklich über das, was geschehen war, andererseits wollte auch keiner seine geheimen Gedanken und Wünsche dem anderen anvertrauen. Es war zu gefährlich!

Und daran zeigte sich, dachte Metellus Pius auf dem Nachhauseweg, daß das Klima des Schreckens, das Sulla verbreitete, zu wirken begann.

Als am Anfang des Quintilis die Spiele des Apoll näherrückten, waren zwei weitere Gesetze hinzugekommen, eine *lex Cornelia sumptuaria* und eine *lex Cornelia frumentaria.* Das erste war ein strenges Luxusgesetz, mit dem die Ausgaben für eine gewöhnliche Mahlzeit auf dreißig Sesterzen pro Kopf und für ein Bankett auf dreihundert Sesterzen pro Kopf begrenzt wurden. Luxusartikel wie Parfüme, ausländische Weine, Spezereien und Geschmeide wurden hoch besteuert, die Ausgaben für Bestattungen und Grabmäler wurden eingeschränkt, und auf Purpur aus Tyros wurden gewaltige Zölle erhoben. Das Getreidegesetz war extrem reaktionär. Sulla schaffte den Verkauf von verbilligtem Staatsgetreide ab, war aber immerhin so klug, die staatlichen Verkäufe nicht ganz zu verbieten. Sein Gesetz untersagte dem Staat lediglich, die privaten Händler zu unterbieten.

Das einschneidende Reformprogramm war zwar noch keineswegs abgeschlossen, aber weil alle Maßnahmen seit seinem Triumph so reibungslos verlaufen waren, beschloß der Diktator, einer Eingebung des Augenblicks folgend, die Staatsgeschäfte für ein paar Tage ruhen zu lassen und den *ludi Apollinares* am Anfang des Quintilis beizuwohnen. Die Veranstaltungen im Circus Maximus sagten ihm nicht zu, er wollte vielmehr die Schauspiele sehen, von denen fast ein Dutzend im eilig zusammengezimmerten Holztheater im Circus Flaminius auf dem Marsfeld aufgeführt werden sollten. Die Komödie regierte. Plautus, Terenz und Naevius waren gut vertreten, doch standen auf dem Programm auch mehrere Mimen, und die mochte Sulla ganz besonders gern. Während die richtige Komödie aus einem festen Text bestand, von dem nicht abgewichen werden durfte, rankte sich das Geschehen beim Mimus um eine komische Grundsituation, zu der die Schauspieler ohne Masken improvisierten.

Vielleicht wohnte er den Possen wegen des Zwischenspiels mit

Aurelias Abordnung so begeistert bei; vielleicht bewog ihn auch die Tatsache, daß einer seiner Vorfahren die Spiele begründet hatte, zum Entschluß, sich in der Öffentlichkeit zu zeigen. Oder hatte er das Bedürfnis, den Schauspieler Metrobius wiederzusehen? Dreißig Jahre! War es wirklich schon so lange her? Ein junger Bursche war Metrobius gewesen, und Sulla hatte damals seinen dreißigsten Geburtstag gefeiert, von seinem bisherigen Leben bitter enttäuscht. Seit Sullas Eintritt in den Senat drei Jahre später waren sie sich nur noch selten und in großen Abständen begegnet, und jedes Treffen war qualvoll gewesen.

Sullas Entscheidung, seine Zuneigung zum eigenen Geschlecht zu verleugnen, war wohlüberlegt und ganz von der Vernunft diktiert gewesen, und er hatte konsequent an ihr festgehalten. Männer des öffentlichen Lebens wurden von der Gesellschaft verurteilt, wenn sie sich zu dieser Neigung bekannten – oder ihr gar verfielen! –, auch wenn kein Gesetz ihren Rücktritt erzwang. Es gab zwar Bestimmungen wie die *lex Scantinia,* die für diesen Fall die Todesstrafe vorsah, doch wurden diese Bestimmungen zumeist nicht angewandt, denn man begegnete dem Vergehen mit einer gewissen Toleranz. Nein, die Folgen waren subtiler. Wer tüchtig war, wurde nicht einmal in seiner Karriere behindert, aber er mußte sich amüsierte Blicke, geringschätzige Bemerkungen und reichlich Spott gefallen lassen, und das verringerte das Ansehen, das er in der Gesellschaft genoß, deutlich. Männer, die denselben Rang bekleideten wie er, würden deshalb immer auf ihn herabsehen. Damit war für Sulla ein Glück, das er sich so sehr wünschte, das er so sehr brauchte, in unerreichbare Ferne gerückt. Er hoffte auf die Zeit nach seinem Rückzug aus der Politik, wenn es ihm, wie er sich einredete, völlig gleichgültig sein würde, was die Leute redeten. Er würde sich holen, was er brauchte, und sich für alles entschädigen, was ihm entgangen war. Er hatte viele eindrucksvolle Verdienste vorzuweisen, und sein öffentliches Ansehen würde so gefestigt sein, daß die letzten erotischen Abenteuer eines alten Mannes es nicht mehr erschüttern konnten.

Aber er sehnte sich so sehr nach Metrobius! Ob der sich noch für einen alten und häßlichen Mann interessierte? Auch das hatte ihn bewogen, zu den Spielen zu gehen. Besser, er fand jetzt heraus, wie Metrobius zu ihm stand, als später, wenn er sich zurückzog.

Besser, er labte sich noch einmal am Anblick des geliebten Menschen, solange seine schwächer werdenden Augen noch nicht ganz blind waren.

Mehrere Theatergruppen nahmen an dem Fest teil, darunter auch die von Metrobius geleitete Truppe, die sich vor rund zehn Jahren von Tragödien auf Komödien verlegt hatte. Eine Aufführung dieser Truppe war erst für den dritten Tag vorgesehen, aber Sulla besuchte auch Vorstellungen an den ersten beiden Tagen und amüsierte sich köstlich.

Delmatica begleitete ihn, sie durfte allerdings nicht wie im Circus Maximus bei den Männern sitzen. Im Theater herrschte eine strenge Sitzordnung, denn Theaterstücke galten in der römischen Gesellschaft als anstößig, und man fürchtete um die Sittsamkeit der Frauen, wenn sie sich zusammen mit Männern so viel Unmoral und Nacktheit ansahen. Die ersten beiden Sitzreihen im Halbrund der Zuschauertribüne waren für die Senatsmitglieder reserviert; die vierzehn anschließenden Reihen waren für Ritter mit Staatspferd reserviert gewesen, ein Privileg, das ihnen Gaius Gracchus verschafft hatte. Sulla hatte ihnen das Vorrecht wieder genommen, so daß sie sich jetzt mit niedriger Gestellten um die Plätze balgen mußten. Die wenigen weiblichen Zuschauer saßen auf der rechten Seite ganz oben, wo sie zwar gut hören, das Treiben auf der fernen Bühne aber nur mühsam verfolgen konnten. In einer klassischen Komödie, wie Metrobius sie aufführte, spielte die Truppe mit Masken und ohne Frauen, während beim Mimus aus Atella weibliche Rollen von Frauen übernommen wurden und die Schauspieler keine Masken und oft auch keine Kleider trugen.

Am dritten Tag stand *Der prahlerische Offizier* auf dem Programm, ein beliebtes Stück von Plautus. Und die Hauptrolle hatte Metrobius. Schade! Denn so sah Sulla von seinem Gesicht nicht mehr als die groteske Maske mit dem offenen, zu einem blöden Lachen verzerrten Mund; nur die Hände waren unbedeckt, und der makellose, muskulöse Körper kam in der griechischen Rüstung gut zur Geltung. Doch zum Schluß verbeugten sich die Schauspieler ohne Masken, und jetzt sah Sulla endlich das Gesicht des Metrobius: Das Alter hatte nur sehr wenige Spuren in ihm hinterlassen, auch wenn die lockigen schwarzen Haare inzwischen vornehm weiß gesprenkelt waren und beiderseits der geraden und hohen griechischen Nase eine tiefe Falte hinablief.

Er durfte nicht weinen, nicht hier, nicht in der Mitte der ersten Reihe auf seinem gepolsterten Sitz. Aber es kam ihn hart an, er kämpfte mit den Tränen. Metrobius' Gesicht war zu weit entfernt, die leere, halbmondförmige Orchestra trennte sie voneinander, so daß er seine Augen nicht sehen konnte. Er sah lediglich zwei schwarze Flecken, von denen er nicht wußte, was sie verbargen, nicht einmal, ob sie ihn ansahen oder einen anderen Geliebten drei Reihen hinter ihm. Mamercus, der Sulla begleitet hatte, flüsterte ihm erregt zu: »Bitte doch den Mann, der den prahlerischen Offizier gespielt hat, zu uns herunter! Ich habe das Gefühl, daß ich ihn kenne, aber ich bin nicht sicher. Ich will ihm persönlich gratulieren.«

Die Zuschauer strömten aus dem improvisierten Holzbau, ehrbare Frauen bahnten sich den Weg zu ihren Gatten, Huren gingen ihrem Geschäft nach. Von Chrysogonus begleitet und von den Zuschauern, die sie erkannten, peinlich gemieden, traten Delmatica und Cornelia Sulla in genau dem Augenblick neben Sulla und Mamercus, als Metrobius, der noch immer seine Rüstung trug, vor dem Diktator erschien.

»Du warst vortrefflich, Schauspieler«, lobte der Diktator.

Metrobius lächelte und entblößte dabei die noch immer makellosen Zähne. »Ich war entzückt, dich unter den Zuschauern zu erblicken, Lucius Cornelius.«

»Du hast einst zu meiner Klientel gehört, nicht wahr?«

»So ist es. Du hast mich aus meinen Verpflichtungen entlassen, unmittelbar bevor du gegen Mithridates in den Krieg gezogen bist.« Die Augen des Schauspielers verrieten nichts.

»Ich erinnere mich. Du hast mich vor den Beschuldigungen gewarnt, die ein gewisser Censorinus gegen mich vorbringen würde. Kurz bevor mein Sohn starb.« Ein Lächeln huschte über Sullas zerfurchtes Gesicht und wich sofort wieder einer ernsten Miene. »Und bevor ich Konsul wurde.«

»Eine glückliche Fügung, daß ich dich warnen konnte«, sagte Metrobius.

»Glücklich für mich.«

»Du warst schon immer ein Günstling Fortunas.«

Das Theater war schon fast leer. Sulla, der von den Floskeln genug hatte, wandte sich plötzlich an die Frauen und Mamercus.

»Geht nach Hause«, sagte er abrupt, »ich möchte mit meinem ehemaligen Klienten eine Weile reden.«

Delmatica, die seit einiger Zeit schlecht aussah, starrte wie gebannt in das Gesicht des griechischen Schauspielers, bis Chrysogonus sie aus ihren Träumen holte. Sie zuckte zusammen, drehte sich um und folgte den beiden stämmigen germanischen Sklaven, deren einzige Aufgabe darin bestand, der Frau des Diktators den Weg zu bahnen.

Sulla und Metrobius blieben zurück und folgten den anderen in weitem Abstand. Unter normalen Umständen wäre der Diktator sofort von Klienten und Bittstellern umringt worden, aber diesmal blieb ihm das zum Glück erspart.

»Nur diesen Spaziergang«, sagte Sulla. »Mehr verlange ich nicht.«

»Verlange, was du willst«, sagte Metrobius.

Sulla blieb stehen. »Stell dich vor mich, Metrobius, und sieh dir an, was Zeit und Krankheit angerichtet haben. Mein Entschluß hat sich nicht geändert. Aber selbst wenn es so wäre, ich kann weder für dich noch für sonst irgend jemanden etwas tun, außer vielleicht für die armen dummen Weiber, die mich so beharrlich – ja, was? Die mich wahrscheinlich bedauern. Denn ich glaube nicht, daß es Liebe ist.«

»Natürlich ist es Liebe!« Metrobius stand dicht vor ihm, so dicht, daß Sulla erkennen konnte, daß in seinen Augen noch immer Liebe glomm, daß seine Augen ihn noch immer zärtlich anblickten, mit aufrichtigem Interesse und ohne Ekel und Abscheu. Es war eine sanftere, persönlichere Version des Blicks, den Aurelia ihm in Teanum Sidicinum geschenkt hatte. »Wer von uns in deinen Bann geraten ist, kommt nie wieder von dir los, Sulla! Ob Mann oder Frau macht keinen Unterschied. Du bist einzigartig. Neben dir verblassen alle. Und dabei geht es nicht um Tugend oder Güte.« Metrobius lächelte. »Du hast weder das eine noch das andere! Vielleicht ist kein großer Mann tugendhaft. Oder gut. Vielleicht kann jemand, der tugendhaft und gut ist, nicht groß sein. Aber ich habe meinen Platon völlig vergessen, ich weiß deshalb nicht, was er und Sokrates dazu sagen.«

Aus den Augenwinkeln sah Sulla, daß Delmatica sich umgedreht hatte und in seine Richtung starrte. Ihren Gesichtsausdruck konnte er aus der Entfernung nicht erkennen. Dann verschwand sie um eine Ecke.

»Heißt das, du würdest bis zu meinem Tod mit mir zusammenleben, wenn ich mein Amt niedergelegt habe?« fragte Sulla. »Ich habe nur noch wenig Zeit, aber ich hoffe, daß ich wenigstens einen Teil davon in Ruhe und fern von Rom verbringen kann. Wenn du mich begleitest, verspreche ich dir, daß es dir an nichts fehlen wird, am allerwenigsten an Geld.«

Metrobius lachte und schüttelte den dunklen Lockenkopf. »Ach Sulla! Du kannst doch nichts kaufen, was dir seit dreißig Jahren gehört.«

In Sullas Augen standen Tränen. »Dann kommst du mit mir, wenn ich Rom verlasse?«

»Ja.«

»Ich lasse dich holen, wenn es soweit ist.«

»Morgen? Nächstes Jahr?«

»Auf jeden Fall bald. Vielleicht in zwei Jahren. Wartest du?«

»Ich warte.«

Sullas Glück war fast vollkommen. Er seufzte tief. Kurz, zu kurz! Und ihm fiel ein, daß jedesmal bei den letzten Gelegenheiten, wenn er Metrobius gesehen hatte, eine geliebte Person gestorben war. Erst Julilla, dann sein Sohn. Wer würde es diesmal sein? Egal, dachte er. Metrobius ist mir wichtiger als alle. Abgesehen von meinem Sohn, und der ist tot. Soll es diesmal Cornelia Sulla treffen. Oder die Zwillinge. Nur nicht Delmatica! Er nickte Metrobius wie nach einer alltäglichen Begegnung kurz zu und ging.

Metrobius sah ihm lange glücklich nach. Es stimmte also, was die Götter seiner fast vergessenen Heimat Arkadien sagten: Wenn man etwas nur stark genug wollte, bekam man es am Ende auch. Und je höher der Preis, desto größer die Belohnung. Erst als er Sulla nicht mehr sehen konnte, kehrte er in die Umkleideräume zurück.

Sulla ging langsam und allein seines Weges. Schon das war ein seltener Luxus. Wo sollte er die Kraft hernehmen, auf Metrobius zu warten? Metrobius war kein Knabe mehr, aber für Sulla würde er es immer bleiben.

Er hörte Stimmen in der Ferne und ging noch langsamer. Niemand sollte jetzt sein Gesicht sehen. In seinem Herzen kämpften Hoffnung und Vorfreude mit der Wut über die lästige Aufgabe, die er noch erfüllen mußte, und der Angst, daß diesmal Delmatica sterben könnte.

Die Stimmen tönten lauter. Es waren zwei, und sie unterschieden sich deutlich. Sulla kannte eine davon. Seltsam, wie unverwechselbar jede menschliche Stimme klang! Keine zwei Stimmen waren einander gleich, wenn man sich von oberflächlichen Ähnlichkeiten in Tonlage und Akzent nicht täuschen ließ. Die Stimme, die er erkannt hatte, gehörte keinem anderen als Manius Acilius Glabrio, dem Mann seiner Stieftochter Aemilia Scaura.

»Er treibt es wirklich zu toll«, sagte Glabrio gerade mit Nachdruck. »Die Proskriptionen haben der Staatskasse ganze dreizehntausend Talente gebracht! Und damit prahlt er auch noch! Rot werden müßte er vor Scham. Man hätte zehnmal so viel herausholen können! Millionenwerte an Grund und Boden wurden für ein paar Tausender verschleudert! Seine Frau ist stolze Besitzerin riesiger Ländereien im Wert von fünfzig Millionen, gekauft für fünfzigtausend – das ist doch empörend!«

»Wie ich höre, hast du selbst auch davon profitiert, Glabrio.« Sulla erkannte Catilinas Stimme.

»Nur wenig und nicht mehr als mir zusteht, alter Schurke! Woher hat er die Frechheit zu behaupten, die Proskriptionen würden an den Kalenden des letzten Monats enden? Jedesmal, wenn es einen seiner Anhänger oder Verwandten nach einem weiteren Stück Campania oder Küste gelüstet, hängen neue Namen aus. Hast du bemerkt, wie er vorhin zurückgeblieben ist, um mit dem Kerl zu plaudern, der den prahlerischen Offizier gespielt hat? Er kann der Bühne und dem Pack, das auf ihr herumstolziert, einfach nicht widerstehen! Das geht auf seine Jugend zurück, als er den vulgärsten Huren, die sich am Tempel der Venus Erucina feilboten, in nichts nachstand! Er sieht doch lächerlich aus unter seinen Lustknaben, wenn sie wieder überlegen, in welcher Reihenfolge sie sich heute zusammenstecken.«

»Paß auf, was du sagst, Glabrio«, warnte Catilina, dem unwohl wurde. »Vielleicht landest du noch selbst auf einer Proskriptionsliste.«

Glabrio lachte heftig. »Ich doch nicht!« rief er fröhlich. »Ich gehöre zur Familie, ich bin Delmaticas Schwiegersohn! Nicht einmal Sulla kann ein Familienmitglied ächten.«

Die beiden gingen weiter, und die Stimmen wurden leiser. Sulla war wie angewurzelt stehengeblieben, und seine Augen schossen kalte Blitze. Also wurde immer noch geredet! Nach all den Jahren ... Glabrio wußte natürlich vieles, was Rom nicht wußte, aber Rom würde bald alles wissen, was Glabrio wußte oder zu wissen glaubte. Was war daran nur Geschwätz, und was wußte er aus Dokumenten und Papieren, die Jahr für Jahr zu den Akten gelegt worden waren? Sulla sammelte gerade alle möglichen ihn betreffenden schriftlichen Materialien für die Zeit nach seinem Rücktritt, denn er wollte seine Memoiren schreiben wie Catulus Caesar zehn Jahre vor ihm. In seinem Haus lag deshalb vieles herum, und wer mehr über ihn wissen wollte, brauchte nicht viel Geschick, um es in Erfahrung zu bringen. Glabrio! Warum hatte er nicht an Glabrio gedacht, der bei ihm zu Hause ein und aus ging? Nicht nur Cornelia Sulla oder Mamercus besuchten ihn! Auch Glabrio! Wer noch?«

Sullas Unmut darüber, daß er auf Metrobius noch warten mußte, hatte sich gerade erst gelegt, da loderte in ihm bereits der nächste Brand. Ich kann ein Familienmitglied nicht ächten, dachte Sulla beim Weitergehen. Das stimmt. Aber muß es denn Proskription sein? Gibt es nicht einen besseren Weg?

Als er um die Ecke bog, lief er Pompeius in die Arme. Beide Männer blieben erschrocken stehen.

»Wie, Magnus, so ganz allein?« fragte Sulla.

»Manchmal bin ich gern allein.« Pompeius schickte sich an, den Diktator zu begleiten.

»Da pflichte ich dir von Herzen bei. Aber erzähle mir nicht, daß Varro dich langweilt!«

»Zuviel Varro schlägt aufs Gemüt, besonders wenn er von Cato dem Zensor anfängt und von den guten alten Zeiten, als das Geld noch etwas wert war. Immerhin ist es mir lieber, wenn er darüber spricht statt über unsichtbare Geisterhände.« Pompeius grinste.

»Stimmt, ich hatte vergessen, daß er ein Freund des armen alten Appius Claudius war.« Sulla war froh, daß er in seiner augenblicklichen Laune Pompeius und niemanden anders getroffen hatte. »Warum denken wir bei Appius Claudius eigentlich immer an einen alten Mann?«

Pompeius kicherte. »Weil er als alter Mann geboren wurde! Aber du bist nicht auf dem laufenden, Sulla! Appius Claudius' Stern ist gesunken. Es gibt einen neuen Mann in der Stadt: Publius Nigidius Figulus. Ein echter Sophist. Oder Pythagoreer?« Er zuckte gleichgültig die Schultern. »Egal, ich kann diese Philosophen nicht auseinanderhalten.«

»Publius Nigidius Figulus! Ein alter und ehrwürdiger Name, aber ich habe nicht gehört, daß ein Figulus jetzt in Rom von sich reden macht. Kommt er vom Land?«

»Er ist kein Bauerntrampel, wenn du das meinst. Eher ein murmelndes Bächlein, das still vor sich hin plappert ... Er ist ein großer Meister im etruskischen Wahrsagen, vom Blitz bis zur Leber. Und er kennt mehr Lappen in der Leber als ich rhetorische Figuren.«

»Wie viele Figuren kennst du denn, Magnus?« Sulla amüsierte sich köstlich.

»Zwei, glaube ich. Oder drei?«

»Welche denn?«

»*Color* und *descriptio.*«

»Also zwei.«

»Zwei.«

Sie gingen eine Weile schweigend nebeneinander. Beide lächelten, dachten dabei aber an ganz verschiedene Dinge.

»Und wie fühlt man sich als Ritter, wenn man im Theater jetzt keinen Platz mehr reserviert hat?« fragte Sulla.

»Das ist nicht weiter schlimm«, sagte Pompeius unbekümmert. »Ich gehe nie ins Theater.«

»So? Wo bist du dann heute gewesen?«

»Draußen an der Via Recta. Ich habe einen schönen Spaziergang gemacht. In Rom bin ich wie gelähmt. Ich mag die Stadt nicht.«

»Bist du allein hier?«

»Mehr oder weniger. Ich habe meine Frau in Picenum zurückgelassen.« Pompeius machte ein säuerliches Gesicht.

»Magst du sie nicht, Magnus?«

»Na ja, sie tut es, bis etwas Besseres kommt. Sie betet mich an! Aber sie ist einfach nicht gut genug.«

»Na hör mal! Immerhin kommt sie aus einer Familie von Ädilen.«

»Ich komme aus einer Familie von Konsularen. Das sollte meine Frau auch.«

»Dann laß dich scheiden und such dir eine Frau aus einer Familie mit Konsularen.«

»Ich hasse nur das belanglose Geschwätz mit den Frauen und ihren Vätern, das dazu notwendig ist.«

Sulla hatte plötzlich einen blendenden Einfall. Abrupt blieb er in der Gasse stehen, die vom Velabrum zum Vicus Tuscus am Fuß des Palatin führte. »Bei den Göttern!« sagte er atemlos. »Bei den Göttern!«

Pompeius blieb ebenfalls stehen. »Was ist?« fragte er höflich.

»Mein lieber junger Ritter, ich habe eine glänzende Idee!«

»Sehr schön.«

»Spar dir deine Kommentare! Ich muß nachdenken!«

Pompeius gehorchte und schwieg, während Sulla seine schlaffen Lippen zwischen die zahnlosen Kiefer sog und sie wieder fahren ließ. Dann faßte er Pompeius am Arm.

»Magnus, komm morgen früh um die dritte Stunde zu mir«, sagte er. Er machte einen ausgelassenen kleinen Sprung und lief eilig davon.

Pompeius blieb stirnrunzelnd stehen. Dann machte auch er sich auf den Weg, allerdings nicht zum Palatin, sondern in Richtung Forum. Sein Haus lag an den Carinae des Esquilin.

Sulla eilte wie von Furien getrieben nach Hause. Eine Aufgabe wartete, die er mit größtem Vergnügen erfüllte!

»Chrysogonus! Chrysogonus!« brüllte er in der Tür, während seine Toga wie ein einstürzendes Zelt hinter ihm zu Boden sank.

Der Verwalter kam herein und sah ihn besorgt an, wie er es in letzter Zeit öfters tat. Doch das bemerkte Sulla nicht.

»Chrysogonus, nimm eine Sänfte und lauf zu Glabrio. Aemilia Scaura soll sofort herkommen.«

»Lucius Cornelius, du bist ohne Liktoren nach Hause gekommen!«

»Ich habe sie vor der Vorstellung weggeschickt – sie sind manchmal entsetzlich lästig«, sagte der Diktator uneinsichtig. »Geh jetzt und hol meine Stieftochter!«

»Aemilia? Was willst du von ihr?« fragte Delmatica, die eben hereinkam.

»Das wirst du schon sehen.« Sulla lächelte spöttisch.

Seine Frau schwieg und sah ihn forschend an. »Seit deinem Gespräch mit Aurelia und ihrer Abordnung bist du verändert, Lucius Cornelius.«

»Inwiefern?«

Es fiel Delmatica schwer zu antworten, vielleicht weil sie ihn nicht verstimmen wollte, aber schließlich sagte sie: »Ich glaube, deine Stimmung ist anders.«

»Besser oder schlechter, Delmatica?«

»Besser. Du bist – glücklich.«

»Das bin ich«, sagte er mit glücklicher Stimme. »Ich hatte nicht mehr an eine Zukunft als Privatmann gedacht, aber sie hat mich daran erinnert. Was für eine Zeit auf mich wartet, wenn ich erst im Ruhestand bin!«

»Der Schauspieler heute – Metrobius. Er ist ein Freund.«

Etwas in ihren Augen ließ ihn innehalten. Die sorglosen Gedanken verflogen augenblicklich, und das Bild Julillas, die von seinem Schwert getroffen am Boden lag, trat vor sein Auge und ließ Delmaticas Gesicht verschwimmen. Nicht noch eine Frau, die ihn nicht teilen wollte, bitte nicht! Woher wußte sie es? Was wußte sie? Ahnte sie etwas?

»Ich kenne Metrobius, seit er ein Junge war«, sagte er kurz und in einem Ton, der nicht zum Weiterfragen einlud.

»Warum hast du dann zuerst behauptet, du würdest ihn nicht kennen?« fragte sie stirnrunzelnd.

»Er trug bis zum Ende des Stücks eine Maske!« sagte Sulla heftig. »Ich habe ihn viele Jahre nicht gesehen und war nicht sicher!«

Delmatica hatte ihn gefährlich in die Enge getrieben, und das gefiel ihm nicht.

»Ach so, natürlich«, sagte sie langsam. »Natürlich.«

»Geh jetzt, Delmatica, bitte! Ich habe seit Beginn der Spiele schon genug Zeit vertan. Die Arbeit wartet.«

Scheinbar beruhigt wandte sie sich um.

»Noch etwas«, rief er ihr hinterher.

»Ja?«

»Ich werde dich brauchen, wenn deine Tochter kommt. Geh also nicht fort.«

Wie seltsam er in letzter Zeit ist! dachte sie, als sie durch das große Atrium und den säulenumstandenen Garten zu ihren Gemächern schritt. Reizbar, glücklich und launisch. Himmelhoch jauchzend, zu Tode betrübt. Als hätte er, dem jede Verzögerung ein Greuel war, eine Entscheidung getroffen, die nicht sofort verwirklicht werden konnte. Und der gutaussehende Schauspieler ... Was bedeutete er Sulla? Er war wichtig, aber Delmatica wußte nicht, inwiefern. Er sah Sulla nicht ähnlich, sonst hätte sie geglaubt, er sei sein Sohn. Denn sie kannte ihren Mann inzwischen sehr gut und hatte gemerkt, wie intensiv seine Gefühle diesem Schauspieler gegenüber waren.

Als Chrysogonus Delmatica mitteilte, Aemilia Scaura sei eingetroffen, hatte sie noch gar nicht darüber nachgedacht, warum Sulla das Mädchen hatte holen lassen.

Aemilia Scaura war im vierten Monat schwanger und hatte wie manche andere schwangere Frau eine schimmernde Haut und leuchtende Augen bekommen und war gesund und munter. Von Übelkeit keine Spur! Schade nur, daß sie wie ihr Vater Scaurus klein war und eine etwas plumpe Figur hatte, doch ihr Gesicht ähnelte zugleich dem ihrer Mutter, und sie hatte die schönen und lebhaften grünen Augen ihres Vaters geerbt.

Das Mädchen war nicht besonders intelligent und hatte sich nie damit abfinden können, daß ihre Mutter Sulla geheiratet hatte, den sie nicht mochte und der ihr angst machte. In den ersten Jahren war es schon schlimm genug gewesen; aber damals hatte sie Sulla bei den kurzen Begegnungen mit ihm immerhin so attraktiv gefunden, daß sie die Leidenschaft ihrer Mutter für ihn verstehen konnte. Doch nach seiner Krankheit hatte er sich sehr zu seinem Nachteil verändert, und sie begriff nicht, warum ihre Mutter ihn noch immer leidenschaftlich zu lieben schien. Wie konnte eine Frau einen so häßlichen alten Mann lieben? Natürlich erinnerte sie sich noch an ihren Vater, der ebenfalls alt und häßlich gewesen war. Aber Sulla war auch innerlich verkommen, obwohl Aemilia das mehr instinktiv fühlte, als daß sie es in Worte hätte fassen können.

Jetzt hatte ihr Stiefvater sie also überraschend gerufen, und sie hatte Glabrio nur eine hastige Mitteilung hinterlassen können. Sulla begrüßte sie, tätschelte ihr liebevoll die Hand und rückte ihr einen bequemen Stuhl zurecht, Gesten, die sie nervös machten und allerhand befürchten ließen. Was wollte er? Er schien geradezu zu bersten vor Heiterkeit, und seine Augen funkelten boshaft.

Ihre Mutter trat ein, und das Tätscheln der Hand und das Zurechtrücken eines Stuhls begann von vorn. Sulla, so schien es dem Mädchen, wollte eine bestimmte Atmosphäre schaffen und bestimmte Erwartungen wecken, um das, was er tun wollte, besser genießen zu können. Es schien um etwas Wichtiges zu gehen. Sogar um etwas sehr Wichtiges.

»Und wie geht es dem kleinen Glabrio?« fragte Sulla seine Stieftochter freundlich.

»Sehr gut, Lucius Cornelius.«

»Wann ist es denn soweit?«

»Ende des Jahres, Lucius Cornelius.«

»Hm! Schade! Das ist noch eine ganze Weile.«

»Ja, Lucius Cornelius.«

Sulla setzte sich und sah zum Fenster hinaus. Gedankenverloren trommelte er mit den Fingern auf die massive Eichenlehne seines Stuhles. Dann heftete er seinen Blick plötzlich auf Aemilia, und das Mädchen erschauderte.

»Bist du mit Glabrio glücklich?« fragte er.

Sie zuckte zusammen. »Ja, Lucius Cornelius.«

»Die Wahrheit, Mädchen! Ich will die Wahrheit wissen!«

»Ich bin glücklich, Lucius Cornelius, wirklich glücklich!«

»Hättest du einen anderen genommen, wenn es möglich gewesen wäre?«

Eine zarte Röte legte sich auf Aemilias Wangen, und sie senkte den Blick. »Ich habe niemand anders geliebt, wenn du das meinst. Ich war mit Manius Acilius zufrieden.«

»Bist du es immer noch?«

»Ja, natürlich!« Ihre Stimme klang ratlos. »Warum fragst du denn immer wieder? Ich bin glücklich! Wirklich!«

»Schade«, sagte Lucius Cornelius Sulla.

Delmatica sah ihn an. »Was soll das alles?« fragte sie. »Worauf willst du mit deinen Fragen hinaus?«

»Ich will nur sagen, daß ich über die Verbindung deiner Tochter mit Manius Acilius Glabrio gar nicht glücklich bin. Er wagt es, mich zu kritisieren, nur weil er ein Mitglied meiner Familie ist.« Sulla gab sich keine Mühe, seinen Zorn zu verbergen. »Deshalb kann er natürlich unmöglich ein Mitglied meiner Familie bleiben. Deine Tochter läßt sich von ihm scheiden, und zwar sofort.«

Beiden Frauen stockte der Atem. Aemilia Scaura stiegen Tränen in die Augen.

»Lucius Cornelius, ich erwarte ein Kind von ihm! Ich kann mich nicht scheiden lassen!« Aemilia weinte.

»Natürlich kannst du das«, sagte Sulla ruhig. »Du kannst alles, was ich von dir verlange. Und ich verlange von dir, daß du dich sofort von Glabrio scheiden läßt.« Er klatschte in die Hände, und ein Sekretär namens Flosculus trat mit einem Papier in der Hand in den Raum. Sulla nahm das Papier und entließ den Mann mit einem Nicken. »Komm her, Mädchen. Unterschreibe.«

Aemilia Scaura sprang auf. »Nein!«

Delmatica stand ebenfalls auf. »Sulla, du bist ungerecht!« sagte sie schmallippig. »Meine Tochter will sich von ihrem Mann nicht scheiden lassen.«

Das Ungeheuer kam zum Vorschein. »Für mich ist völlig belanglos, was deine Tochter will«, sagte Sulla. »Hierher! Unterschreibe!«

»Nein, ich will nicht, ich will nicht!«

Sulla sprang so schnell auf, wie noch keine der beiden Frauen ihn hatte aufspringen sehen. Wie ein Schraubstock krallten sich die Finger seiner rechten Hand um Aemilia Scauras Lippen und zogen das vor Schmerz schreiende, weinende Mädchen aus seinem Stuhl.

»Hör auf! Hör auf!« schrie Delmatica und versuchte verzweifelt, den eisernen Griff der Finger zu lösen. »Bitte, ich flehe dich an! Laß sie gehen! Sie ist schwanger, du darfst ihr nicht wehtun!«

Der Griff wurde fester und fester. »Unterschreibe«, befahl Sulla.

Aemilia konnte nicht antworten, und auch ihre Mutter brachte kein Wort mehr heraus.

»Unterschreibe«, sagte Sulla etwas sanfter. »Unterschreibe, oder ich bringe dich um, Mädchen, wie ich Carbos Legaten umgebracht habe. Was schert es mich, ob du Glabrios Kind im Bauch trägst? Wenn du es verlierst, ist mir das nur recht! Unterschreibe das Papier für die Scheidung, Aemilia, oder ich hacke dir die Brüste ab und reiße dir die Gebärmutter aus dem Leib!«

Laut aufschluchzend unterschrieb sie. Dann stieß Sulla sie verächtlich weg. »Na also«, sagte er und trocknete sich die Hand ab, die von ihrem Speichel feucht war. »Du darfst mich nie mehr so ärgern, Aemilia. Das ist nicht klug. Jetzt geh.«

Delmatica drückte das Mädchen an sich und sah Sulla zum ersten Mal in ihrem Leben mit einem wahrhaft haßerfüllten Blick an. Er sah den Blick, schien aber ungerührt und wandte den beiden Frauen den Rücken zu.

In ihren Gemächern mußte Delmatica erst einmal sich selbst und ihre hysterische Tochter beruhigen. Beides brauchte lange Zeit.

»Ich habe gehört, daß er so grausam sein kann, aber am eigenen Leib erfahren habe ich es noch nie«, sagte sie, als sie sich wieder etwas gefaßt hatte. »Es tut mir so leid, Aemilia! Ich werde versuchen, ihn umzustimmen, sobald ich ihm gegenübertreten kann, ohne daß ich ihm die Augen aus dem Kopf reißen will.«

Aber das Mädchen winkte nur apathisch ab. »Nein Mutter, nein. Du würdest alles nur verschlimmern.«

»Was hat Glabrio nur getan, daß er so reagiert?«

»Er hat etwas gesagt, das er nicht hätte sagen sollen. Er mag Sulla nicht, ich weiß es. Er macht immer wieder Andeutungen, daß Sulla Männer auf eine Art mag, die sich für Männer nicht schickt.«

Delmatica wurde leichenblaß. »Das ist doch Unsinn! Ach Aemilia, wie konnte Glabrio nur so töricht sein? Du weißt doch, wie Männer sind! Wenn sie diesen Vorwurf nicht verdient haben, benehmen sie sich wie Verrückte!«

»Ich weiß nicht, ob der Vorwurf wirklich unverdient ist.« Aemilia Scaura drückte ein kaltes, feuchtes Tuch an ihren Mund, wo die purpurroten Abdrücke der Finger ihres Stiefvaters sich dunkelrot zu färben begannen. »Ich fand schon immer, daß in ihm eine Frau steckt.«

»Mein liebes Mädchen, ich bin jetzt fast neun Jahre mit Lucius Cornelius verheiratet«, sagte Delmatica, die in den letzten Minuten geschrumpft schien. »Ich versichere dir, das ist eine Verleumdung.«

»Schon gut, denk, was du willst! Mir ist das egal! Ich hasse ihn einfach, diese gemeine Bestie!«

»Ich werde versuchen, ihn umzustimmen, wenn ich gefaßter bin. Ich verspreche es.«

»Paß lieber auf, daß er nicht auf dich wütend wird, Mutter. Seine Meinung wird er nicht ändern. Ich mache mir nur Sorgen um mein Kind, nur das ist mir wichtig.«

Delmatica starrte ihre Tochter schmerzerfüllt an. »Das gleiche gilt für mich.«

Aemilia Scaura ließ das nasse Tuch in den Schoß fallen. »Mutter! Du bist auch schwanger?«

»Ja. Ich weiß es noch nicht lange, aber ich bin mir sicher.«

»Was wirst du tun? Weiß er es?«

»Nein. Und ich werde nichts tun, das ihn dazu veranlassen könnte, sich von mir scheiden zu lassen.«

»Du hast gehört, was man von Aelia erzählt.«

»Natürlich.«

»Mutter, das ändert alles! Ich werde mich fügen, und du auch! Er darf keinen Vorwand haben, sich von dir scheiden zu lassen!«

»Bleibt nur zu hoffen«, sagte Delmatica matt, »daß er mit deinem Mann schonender umspringt als mit dir.«

»Im Gegenteil, er wird ihn härter behandeln.«

»Nicht unbedingt.« Delmatica kannte Sulla. »Du warst zuerst zur Hand. Oft genügt ihm sein erstes Opfer. Bis Glabrio sich bei ihm erkundigt, was los ist, hat er sich vielleicht wieder beruhigt und läßt Gnade walten.«

Sulla hatte sich zwar nicht so weit beruhigt, daß er Gnade walten ließ, aber der schlimmste Zorn über Glabrios unvorsichtige Bemerkungen war verraucht. Und Glabrio war klug genug, um zu wissen, daß er sich durch Drohungen nur noch mehr gefährden würde.

»Eine Scheidung ist doch nicht nötig, Lucius Cornelius«, sagte er. »Wenn ich dich beleidigt habe, werde ich mich nach Kräften bemühen, die Beleidigung aus der Welt zu schaffen. Ich will auf keinen Fall meine Frau gefährden, das versichere ich dir.«

»Deine ehemalige Frau ist nicht in Gefahr.« Sulla lächelte kalt. »Aemilia Scaura ist ein Mitglied meiner Familie und völlig sicher. Aber sie konnte natürlich nicht die Frau eines Mannes bleiben, der falsche Gerüchte über ihren Stiefvater verbreitet.«

Glabrio befeuchtete seine Lippen. »Meine Zunge ist mit mir durchgegangen.«

»Du läßt sie oft mit dir durchgehen, wie ich höre. Das ist natürlich dein gutes Recht. Aber in Zukunft wirst du dich nicht mehr darauf berufen können, Mitglied meiner Familie zu sein. Wenn deine Zunge mit dir durchgeht, wirst du wie jeder andere die Verantwortung dafür tragen. Ich habe seit jener ersten Liste keinen Senator mehr geächtet. Aber nichts hindert mich daran, es erneut zu tun. Ich habe dich wie viele andere junge Männer aus vornehmer Familie vor deinem dreißigsten Geburtstag zum Senator gemacht. Vorerst bleibst du auch Senator, und dein Name kommt nicht auf die Liste. Ob ich aber auch weiterhin so gnädig bin, hängt von dir ab, Glabrio. Dein Kind wächst im Bauch der Halbschwester meiner Kinder heran, und es ist dein einziger Schutz. Wenn es geboren ist, schicke ich es dir. Jetzt geh bitte.«

Glabrio ging ohne ein weiteres Wort. Seine Freunde erfuhren von ihm weder die näheren Umstände seiner überraschenden Scheidung noch die Gründe, warum er sich so eilig aus Rom auf seine Landgüter zurückzog. Die Ehe mit Aemilia Scaura hatte ihm emotional nichts bedeutet. Aemilia hatte seine Bedürfnisse befriedigt, das war alles. Mitgift, ein Kind, alles war gewesen, wie es sich ziemte. Mit den Jahren hätten sie vielleicht mehr Zuneigung zueinander gefaßt, aber dazu würde es nicht mehr kommen. Nur von Zeit zu Zeit durchzuckte ihn Reue, wenn er an sie dachte, vor allem deshalb, weil sein Kind seine Mutter nie kennenlernen würde.

Was als nächstes geschah, war nicht dazu angetan, den Bruch zwischen Sulla und Delmatica zu kitten. Wie verlangt, erschien am nächsten Tag Pompeius beim Diktator.

»Ich habe eine Frau für dich, Magnus«, sagte Sulla ohne lange Vorrede.

Pompeius konnte den Eindruck eines schlafenden Löwen erwecken, und das kam ihm immer dann gut zustatten, wenn er nachdenken wollte, bevor er handelte oder etwas sagte. So wirkte er auch jetzt freundlich und keineswegs argwöhnisch und zeigte nicht, was in ihm vorging. Behäbig, aber gefährlich, dachte Sulla und sah ihn aufmerksam an. Am besten man band ihn an die Familie – dieser Mann war kein Glabrio.

»Wie aufmerksam von dir, Diktator«, sagte Pompeius schließlich. »Um wen handelt es sich denn?«

Pompeius' picentischer Akzent tat Sulla weh, aber er ließ sich nichts anmerken. »Um meine Stieftochter Aemilia Scaura«, sagte er. »Eine Patrizierin. Aus einer Familie, wie man in tausend Jahren keine vornehmere findet. Eine Mitgift von zweihunderttausend Talenten. Und nachweislich fruchtbar. Sie ist von Glabrio schwanger und wurde gestern geschieden. Zugegeben, es mag störend sein, eine Frau zu nehmen, die schon ein anderer geschwängert hat, aber bei der Zeugung war sie Jungfrau. Sie ist ein sittsames Mädchen.«

Daß Pompeius dieses Ansinnen keineswegs abstoßend oder unziemlich fand, sah man sofort. Er strahlte naiv. »Lucius Cornelius, lieber Lucius Cornelius! Ich bin begeistert!«

»Dann ist ja alles gut«, sagte Sulla munter.

»Darf ich sie sehen? Ich glaube nicht, das ich sie schon gesehen habe!«

Ein schwaches Lächeln huschte über das Gesicht des Diktators, als er an die blauen Flecken um Aemilia Scauras Mund dachte, und er schüttelte den Kopf. »Warte zwei bis drei Marktwochen, und komm dann wieder, Magnus. Dann gebe ich sie dir zur Frau. Bis dahin sorge ich dafür, daß jeder Sesterz ihrer Mitgift zurückgezahlt ist.«

»Toll!« schrie Pompeius aufgeregt. »Weiß sie es?«

»Noch nicht, aber sie wird sich sehr freuen. Sie ist insgeheim in dich verliebt, seit sie deinen Triumph gesehen hat.«

Das war eine plumpe Schmeichelei, aber Sulla brachte den Löwen damit endgültig auf seine Seite. Pompeius platzte fast vor Dankbarkeit. »Wunderbar!« rief er. Als er ging, sah er wie ein vollgefressener Kater aus.

Nun konnte Sulla seiner Frau und seiner Stieftochter die Neuigkeit eröffnen, eine Aufgabe, die er nicht ungern erledigte. Delmatica begegnete Sulla ganz anders, seit dieser mit seiner Forderung ihr ruhiges, fast neun Jahre währendes Eheleben durcheinandergebracht hatte. Da Sulla ihre Abneigung überhaupt nicht gefiel, mußte er ihr wehtun.

Die beiden Frauen saßen in Delmaticas Zimmer und erstarrten, als Sulla unangemeldet eintrat. Als erstes untersuchte er Aemilia

Scauras Gesicht; es hatte schlimme blaue Flecken und war unter der Nase geschwollen. Dann sah er Delmatica an. Ihre Miene verriet an diesem Morgen weder Wut noch Abscheu; nur ihre Augen blickten kalt und ablehnend. Sie wirkt krank, dachte er. Dann fiel ihm ein, daß Frauen oft in Krankheit Zuflucht suchten, wenn ihre Gefühle verletzt waren.

»Gute Neuigkeiten!« sagte er gutgelaunt.

Sie gaben keine Antwort.

»Ich habe einen neuen Mann für dich, Aemilia.«

Aemilia blickte entsetzt und mit vom Weinen geröteten, teilnahmslosen Augen zu ihm auf. »Wen?« fragte sie schwach.

»Gnaeus Pompeius Magnus.«

»Sulla, wirklich!« fuhr Delmatica auf. »Das kann nicht dein Ernst sein! Scaurus' Tochter die Frau dieses picentischen Esels? Meine Tochter, in deren Adern das Blut der Meteller fließt? Ich verweigere mein Einverständnis!«

»Du hast überhaupt nichts zu sagen.«

»Ich wünschte, Scaurus lebte noch. Er hätte dir vieles zu sagen!«

Sulla lachte. »Mag sein. Ändern würde das allerdings letztlich nichts. Ich muß Magnus stärker an mich binden als nur durch Dankbarkeit – er ist kein dankbarer Mensch. Und du, Aemilia, bist in unserer Familie im Augenblick die einzige verfügbare Frau.«

Delmaticas graue Haut wurde noch grauer. »Tu es nicht, Lucius Cornelius! Bitte!«

»Ich trage Glabrios Kind im Leib«, flüsterte Aemilia Scaura. »Damit wird Pompeius mich doch nicht wollen.«

»Wer? Magnus? Wenn es nach dem ginge, könntest du sechzehn Ehemänner und sechzehn Säuglinge im Kinderzimmer haben«, sagte Sulla. »Er weiß, was ein gutes Geschäft ist, und das bist du allemal. Ich gebe dir zwanzig Tage, um dein Gesicht gesundzupflegen, dann heiratest du. Wenn das Kind auf der Welt ist, schicke ich es Glabrio.«

Aemilia brach erneut in Tränen aus. »Bitte, Lucius Cornelius, tu mir das nicht an! Laß mich mein Kind behalten!«

»Du kannst mit Magnus noch mehr Kinder haben. Hör jetzt auf, dich wie eine dumme Gans zu benehmen, und sieh den Tatsachen ins Auge.« Sullas Blick wanderte zu Delmatica. »Das gilt auch für dich, Frau.«

Er ging, und Delmatica versuchte, ihre Tochter zu trösten.

Zwei Tage später teilte Pompeius Sulla in einem Brief mit, er habe sich von seiner Frau scheiden lassen und wolle einen festen Termin für die Hochzeit.

»Ich werde voraussichtlich bis zu den Nonen des Sextilis nicht in Rom sein«, schrieb Sulla zurück. »Komme deshalb zwei Tage nach den Nonen des Sextilis zu mir. Vorher nicht.«

Hercules Invictus war der Gott des triumphierenden Imperators und herrschte über das Forum Boarium, das große, offene Areal mit den verschiedenen Fleischmärkten an der Seite des Circus Maximus, wo die Wagenrennen starteten. Dort standen sein großer Altar, sein Tempel und sein Standbild, das den Gott nackt zeigte und nur anläßlich der Siegesparade eines Feldherrn in Triumphgewänder gehüllt wurde. Über das Gelände verstreut lagen weitere Tempel, die dem Hercules als Schutzpatron der Oliven, der Kaufleute und der seinem Schutz unterstellten Geschäftsreisen geweiht waren.

Am Festtag des Hercules Invictus, so verkündete Sulla in einer in der ganzen Stadt verbreiteten Proklamation, werde er dem Gott als Dank für die Gunst, die er ihm auf seinen Feldzügen bezeugt habe, ein Zehntel seines Privatvermögens opfern. Freudige Erregung erfaßte das gemeine Volk, denn Hercules Invictus hatte keinen Tempelschatz, er konnte das geopferte Geld deshalb nicht behalten: Statt dessen wurde davon in seinem Namen und im Namen des triumphierenden Feldherrn ein Fest für alle freien Männer Roms ausgerichtet. Am Tag vor den Iden des Sextilis – dem Festtag des Gottes – sollten fünftausend Tische aufgebaut werden, an denen je über hundert hungrige Bürger Platz fanden. Nicht daß es in Rom tatsächlich eine halbe Million freie Männer gegeben hätte, aber der Stifter des Festes wußte offenbar, daß es ihm kaum gelingen würde, rüstige alte Weiber, entschlossene Ehefrauen und freche Kinder von dem Gelage fernzuhalten. Sullas Proklamation angefügt war eine Liste mit den Standorten der fünftausend Tische. Feste dieser Art waren eine organisatorische Herausforderung, und sie mußten sehr sorgfältig geplant und durchgeführt werden. Die Teilnehmer sollten möglichst in ihren Bezirken bleiben, die Straßen nicht verstopfen und nicht in rivalisierende Stadtteile eindringen, was in Streitigkeiten, Plünderungen, Krawalle und Straßenschlachten ausarten konnte.

Als das Ereignis näherrückte, reiste Sulla mit seiner Frau, seiner Tochter, den Kindern, Enkeln, der Stieftochter und Mamercus nach Misenum zu seiner Villa. Delmatica hatte ihn seit der erzwungenen Scheidung Aemilia Scauras von Glabrio gemieden, aber wenn er sie von ferne gesehen hatte, war ihm jedesmal aufgefallen, daß sie krank aussah. Ein paar Tage Erholung am Meer waren dringend geboten. Begleitet wurden sie außerdem von Konsul Decula, der Sullas Gesetze formulierte, und dem allgegenwärtigen Chrysogonus.

Erst einige Tage später, als sie sich am Meer bereits eingelebt hatten, hatte Sulla Zeit, sich um seine Frau zu kümmern, die ihm noch immer aus dem Weg zu gehen versuchte.

»Es ist sinnlos, mir Dinge wie die Scheidung Aemilias vorzuwerfen«, sagte er ruhig, aber nicht entschuldigend. »Ich werde immer tun, was ich tun muß. Das müßtest du jetzt doch wissen, Delmatica.«

Sie saßen für sich in einer Ecke der Loggia, beschattet von einer Reihe von Zypressen. Vom Meer her wehte eine angenehme Brise. Das Licht war nicht grell, aber Sulla sah trotzdem, daß Delmaticas Leiden, was immer es sein mochte, sich auch in der gesunden Luft nicht gebessert hatte. Delmatica wirkte abgespannt und müde und sehr viel älter als siebenunddreißig.

»Ich weiß es ja auch.« Sie klang bitter. »Und ich wünschte, ich könnte mich damit abfinden! Aber wenn es um meine Kinder geht, kann ich es nicht.«

»Glabrio mußte verschwinden«, sagte Sulla. »Und dazu gab es nur einen Weg – ihn aus meiner Familie auszuschließen. Aemilia ist jung, sie wird darüber hinwegkommen. Pompeius ist kein schlechter Kerl.«

»Er ist kein standesgemäßer Partner.«

»Das stimmt. Trotzdem muß ich ihn an mich binden. Eine Ehe zwischen ihm und Aemilia macht Glabrio außerdem klar, daß er mich nicht ungestraft beschimpfen kann. Ich habe die Macht, Scaurus' Tochter einem Mann wie Pompeius aus Picenum zu geben.« Sulla runzelte die Stirn. »Sieh das ein, Delmatica! Du hast nicht die Stärke, dich mir zu widersetzen.«

»Das weiß ich«, sagte sie leise.

»Es geht dir nicht gut, und ich glaube allmählich, daß dein Befinden gar nichts mit Aemilia zu tun hat«, sagte er freundlicher. »Was ist los?«

»Ich glaube ... ich glaube ...«

»Sage es mir!«

»Ich bekomme noch ein Kind.«

»Jupiter!« Sulla atmete hörbar ein, dann faßte er sich wieder und sah sie grimmig an.

»Ich weiß, daß wir das beide nicht wollen«, sagte sie müde. »Ich bin eigentlich zu alt dazu.«

»Und ich viel zu alt.« Sulla zuckte die Achseln. Dann lächelte er. »Na gut, es ist passiert, und wir haben beide Schuld. Du willst die Schwangerschaft wahrscheinlich nicht abbrechen?«

»Dazu ist es zu spät, Lucius Cornelius. Ich bin jetzt im fünften Monat, und es wäre nicht ungefährlich. Ich habe nichts gemerkt, wirklich.«

»Bist du bei einem Arzt oder einer Hebamme gewesen?«

»Noch nicht.«

Er stand auf. »Ich schicke dir Lucius Tuccius.«

Sie fuhr zusammen. »Bitte nicht, Sulla! Er war Arzt im Heer und weiß nichts über Frauen!«

»Er ist besser als deine Griechen!«

»Was die Behandlung von Männern betrifft, so gebe ich dir recht. Aber ich würde lieber einen Arzt für Frauen aus Neapolis oder Puteoli konsultieren.«

Sulla gab auf. »Geh, zu wem du willst«, sagte er kurz und verließ die Loggia.

Delmatica ließ mehrere Frauenärzte und Hebammen kommen. Sie alle waren der Meinung, Delmatica sei zwar völlig erschöpft, werde aber, wenn das Kind in ihrem Schoß erst die richtige Lage gefunden hätte, wieder zu Kräften kommen.

An den Nonen des Sextilis packten die Sklaven den Hausstand zusammen, und sie machten sich auf den Rückweg nach Rom. Sulla, den das langsame Tempo der Sänften, in denen die Frauen reisten, ungeduldig machte, ritt voraus. Er kam zwei Tage vor den anderen in der Stadt an und traf die letzten Vorbereitungen für den kommenden Festtag.

»Alle Bäcker Roms sind beauftragt, Brot und Kuchen zu bakken; das zusätzlich bestellte Mehl ist bereits ausgeliefert«, berichtete Chrysogonus. Er war noch vor Sulla in der Stadt eingetroffen.

»Und der Fisch wird frisch sein? Die Hitze ist ja schrecklich.«

»Auch daran ist gedacht, Lucius Cornelius. Ich habe einen Abschnitt des Flusses oberhalb des Platzes für die Dreigespanne mit Netzen abtrennen lassen. Dort warten die Fische auf den großen Tag. Am Morgen des Festes beginnen dann tausend Sklaven, die Fische auszunehmen und zu kochen.«

»Und das Fleisch?«

»Wird ebenfalls frisch und ganz zart sein, haben die Lieferanten mir versichert. Jungferkel, Hühnchen, Würste und Milchlämmer. Aus dem italischen Gallien habe ich Nachricht, daß die Frühäpfel und -birnen rechtzeitig eintreffen werden – fünfhundert vierrädrige Wagen, eskortiert von zwei Schwadronen, sind auf der Via Flaminia nach Rom unterwegs. In Alba Fucentia werden Erdbeeren gesammelt und in Eis vom Mons Fiscellus gepackt. Die Beeren kommen in der Nacht vor dem Fest, ebenfalls mit militärischer Eskorte.«

»Ein Jammer, daß die Leute immer so viel Lebensmittel klauen«, sagte Sulla, obwohl er, der in seiner Jugend arm gewesen war und viel gehungert hatte, im Grunde Verständnis dafür hatte.

»Bei Brot oder Hafergrütze bräuchten wir uns keine Sorgen zu machen, Lucius Cornelius«, sagte Chrysogonus. »Gestohlen werden meist Dinge mit ausgefallenem Geschmack.«

»Bist du sicher, daß der Wein genügt?«

»Wir haben sogar zuviel Wein und Essen, Herr.«

»Hoffentlich ist unter dem Wein kein Essig!«

»Der Wein ist ohne Ausnahme vorzüglich. Die Händler, die in Versuchung geraten könnten, ein paar Amphoren mitzuliefern, in die Luft gekommen ist, wissen genau, mit wem sie es diesmal zu tun haben.« Chrysogonus grinste. »Ich habe jedem einzelnen sagen lassen: Wenn nur eine Amphore Essig dabei ist, lassen wir alle kreuzigen, ob römische Bürger oder nicht.«

»Es darf nichts schiefgehen, Chrysogonus! Nichts!«

Als dann doch ein Problem auftrat, hatte es, zumindest auf den ersten Blick, nichts mit dem Volksfest zu tun, sondern mit Delmatica. In Begleitung aller möglichen kundigen Weiber, die Cornelia Sulla unterwegs in den Städten an der Via Appia aufgetrieben hatte, war sie schließlich in Rom eingetroffen.

»Sie blutet«, sagte Cornelia Sulla zu ihrem Vater.

Sulla gab sich keine Mühe, seine Erleichterung zu verbergen. »Verliert sie das Ding?« fragte er erwartungsvoll.

»Wir halten es für möglich.«

»Es wäre sehr viel besser so.«

»Ich glaube auch, daß es keine Tragödie wäre, wenn sie das Kind verlieren würde«, sagte Cornelia Sulla, die ihre Gefühle gut im Griff hatte und ihren Vater kannte. »Aber ich mache mir Sorgen um Delmatica, Vater.«

»Was heißt das?«

»Sie stirbt vielleicht.«

Eine dumpfe Angst glomm in seinen Augen auf, aber seine Tochter hätte nicht sagen können, wovor genau. Er machte eine abwehrende Bewegung und schüttelte heftig den Kopf. »Also ist er doch der Vorbote des Todes!« rief er. »Es kostet immer den höchsten Preis! Aber das ist mir egal! Ganz egal!« Das verständnislose Gesicht seiner Tochter brachte ihn wieder zu sich. »Sie ist eine starke Frau, sie stirbt schon nicht!« schnaubte er.

»Hoffentlich nicht.«

Sulla stand auf. »Sie wollte ihn nicht zu sich lassen, aber jetzt wird sie das. Ob sie will oder nicht.«

»Wen?«

»Lucius Tuccius.«

Einige Stunden später trat der ehemalige Militärarzt mit ernster Miene in Sullas Arbeitszimmer, in dem dieser seit Stunden allein ausharrte. Auf das Entsetzen darüber, daß sein Wiedersehen mit Metrobius wieder ein Todesopfer fordern könnte, waren Schuldgefühle und zuletzt Resignation gefolgt. Delmatica wollte er nicht sehen; er glaubte, ihr nicht mehr unter die Augen treten zu können.

»Du bringst keine gute Nachricht, Tuccius.«

»Nein, Lucius Cornelius.«

»Was genau fehlt ihr?« Unruhig kaute Sulla auf seiner Unterlippe.

»Es sieht so aus, als sei deine Frau schwanger, und offenbar glaubt sie das auch. Aber ich glaube nicht an ein Kind.«

Die rötlichen Streifen der Narben in Sullas Gesicht stachen noch stärker hervor als gewöhnlich. »Was glaubst du?«

»Die Frauen sprechen von Blutfluß, aber dafür kommt zu wenig Blut«, sagte der kleine Arzt stirnrunzelnd. »Blut ist zwar auch dabei, aber vermischt mit einem faul riechenden Ausfluß, den ich bei einem verwundeten Soldaten für Eiter halten würde. Nach meiner Diagnose gibt es eine Art inneren Eiterherd, doch mit deiner Erlaubnis, Lucius Cornelius, möchte ich noch weitere Meinungen einholen.«

»Mach, was du willst«, sagte Sulla scharf. »Aber sorge für Diskretion – ich muß mich um eine Hochzeit kümmern. Ich nehme an, meine Frau kann an ihr nicht teilnehmen?«

»Ganz bestimmt nicht, Lucius Cornelius.«

Als deshalb Aemilia Scaura, im fünften Monat schwanger von ihrem vorigen Mann, Gnaeus Pompeius Magnus im Haus Sullas heiratete, war nicht einmal der einzige Mensch da, der sie liebte. Doch als sie unter ihren flammend roten und safrangelben Schleiern bitter weinte, konnte Pompeius, der sich nach der Trauung sofort um sie kümmerte, sie immerhin so gut trösten und aufheitern, daß sie beim Gehen schließlich sogar lächelte.

Eigentlich hätte Sulla seiner Frau diese unerwartet erfreuliche Wendung der Dinge mitteilen müssen, aber er erfand eine Ausrede nach der anderen, um die Wohnräume seiner Frau nicht betreten zu müssen.

»Ich glaube, er kann einfach nicht zusehen, wie du leidest«, sagte Cornelia Sulla, die Nachrichten von Sulla an seine Frau überbrachte. »Du weißt doch, wie er ist. Wenn ihm an einem Menschen nichts liegt, ist er völlig gleichgültig. Aber wenn er einen Menschen liebt, ist er dieser Situation nicht gewachsen.«

In dem großen Raum, in dem Delmatica lag, roch es faulig, und der Geruch wurde stärker, je näher ein Besucher dem Bett kam. Sie würde sterben, Cornelia Sulla wußte es. Lucius Tuccius hatte recht gehabt, in ihrem Schoß wuchs kein Säugling heran. Was genau ihren armen, gärenden Bauch aufblähte und ihn zum Zerrbild eines schwangeren Leibes machte, konnte niemand sagen. Man wußte nur, daß es etwas Krankes und Bösartiges war.

Das faule Sekret floß mit erbarmungsloser Beständigkeit aus ihr heraus, und ein Fieber brannte in ihr, das kein noch so starkes Medikament und nicht die liebevollste Pflege zu kühlen vermochte. Aber Delmatica war bei Bewußtsein. Schmerzerfüllt ruhten ihre Augen, die hell wie zwei Flammen glänzten, auf ihrer Stieftochter.

»Das ist mir egal«, sagte sie jetzt und wandte den Kopf auf dem schweißnassen Kissen hin und her. »Ich will wissen, wie es meiner armen kleinen Aemilia ergangen ist. War es sehr schlimm?«

»Überhaupt nicht«, sagte Cornelia Sulla, und die Überraschung war ihrer Stimme immer noch anzuhören. »Ob du es glaubst oder nicht, liebste Stiefmutter, als sie zu ihrem neuen Heim aufbrach, war sie sogar glücklich. Pompeius ist ein bemerkenswerter Mann – ich habe ihn bis zum heutigen Tag nur von ferne gesehen und hatte das typische Vorurteil der Cornelier gegen ihn. Aber er sieht blendend aus – viel besser als der dumme Glabrio! Und er hat gezeigt, daß er viel Charme hat. Anfangs flossen Aemilias Tränen in Strömen, aber kaum sagte ihr Pompeius, wie hübsch sie sei und wie sehr er sie schon liebe, da war ihre Verzweiflung wie verflogen. An diesem Mann ist mehr, als ich gedacht hätte, Delmatica. Ich prophezeie dir, er wird seine Frau glücklich machen.«

Delmatica nickte. »Man erzählt so manches über ihn. Vor Jahren, als er fast noch ein Kind war, ging er regelmäßig zu Flora – du weißt, wen ich meine?«

»Die berühmte Hure?«

»Ja. Sie hat ihre beste Zeit jetzt eigentlich hinter sich, aber es heißt, sie trauere immer noch den kurzen Besuchen von Pompeius nach, der nie von ihr ging, ohne überall auf ihrem Körper Bißspuren zu hinterlassen. Ich verstehe nicht, was sie daran finden konnte, aber anscheinend hat es ihr gefallen! Pompeius hat sie überbekommen und an einen Freund weitergereicht. Das hat ihr das Herz gebrochen. Armes dummes Ding! Eine verliebte Dirne ist arm dran!«

»Dann ist Aemilia Scaura meinem Vater am Ende womöglich noch dankbar, daß er sie von Glabrio befreit hat.«

»Ich wünschte, er würde mich besuchen!«

Der Tag vor den Iden des Sextilis kam. Sulla setzte die Graskrone auf und legte die Gewänder des Triumphators an, wie es Brauch war, wenn ein berühmter Feldherr auf dem großen Altar im Forum Boarium opferte. Hinter seinen Liktoren und gefolgt von einer Prozession von Senatoren, schritt der Diktator von seinem Haus über die Treppe des Cacus zu jenem leeren Platz hinunter, auf dem gewöhnlich der Fleischmarkt abgehalten wurde. Auf der Höhe des Standbildes – das heute gleichfalls in die Gewänder des Triumphators gehüllt war – blieb er stehen. Er grüßte den Gott und richtete ein Gebet an ihn. Dann ging er weiter zum großen Altar vor dem kleinen Rundtempel des Hercules Invictus, einem alten dorischen Bau, bekannt wegen der Fresken im Inneren, die der berühmte Tragödiendichter Marcus Pacuvius gemalt hatte.

Das Opfertier, eine wohlgenährte hellbraune Färse, die man mit Drogen gefügig gemacht hatte, wartete wiederkäuend und mit freundlich auf das ausgelassene Treiben auf dem Marktplatz blikkenden braunen Augen in der Obhut von Opferdiener und Opferstecher. Im Gegensatz zu Sulla, der seine Graskrone trug, waren die Häupter der übrigen Anwesenden mit Lorbeer bekränzt, und als der jüngere Dolabella, der als Stadtprätor für das Zeremoniell an diesem Tag verantwortlich war, die Gebete an Hercules Invictus zu sprechen begann, bedeckte niemand sein Haupt, denn Hercules Invictus, ein Fremder innerhalb der heiligen Stadtgrenze, empfing seine Gebete auf griechische Art.

Alles verlief reibungslos. Sulla als Stifter des Opfers und des Festes beugte sich hinab, um etwas Blut der Färse in einem dem Gott Hercules geweihten Becher aufzufangen. Doch als das Gefäß zur Hälfte voll war, huschte ein schwarzer Schatten auf vier Beinen zwischen Pontifex Maximus und Opferstecher hindurch, tunkte die Schnauze in die größer werdende rote Pfütze auf dem Pflaster und begann laut zu schlabbern.

Sulla sprang mit einem Schreckensschrei auf und wich zurück. Der Becher glitt ihm aus der zitternden Hand, sein Inhalt ergoß sich über das Pflaster, und Sullas Krone aus verdorrtem Gras rollte über den Boden und blieb in der Blutlache liegen. Entsetzen ergriff die Umstehenden, während der schwarze Hund noch immer hungrig an dem tiefroten See schlabberte. Die Menschen eilten in alle Richtungen auseinander, spitze Schreie ertönten, einige warfen ihre Lorbeerkränze fort, andere rissen sich büschelweise Haare aus. Niemand wußte, was zu tun war, niemand wußte, wie man diesen Alptraum beenden konnte.

Geistesgegenwärtig nahm der Pontifex Maximus Metellus Pius dem Opferdiener den Hammer aus der Hand, holte weit aus und schmetterte ihn krachend auf den Kopf des leckenden Hundes. Der Hund heulte auf und begann sich zähnefletschend und um sich schnappend wild im Kreise zu drehen. Nach einer Ewigkeit brach er mit zuckenden Gliedern zusammen, verstummte und verendete. Aus seinem Rachen quoll blutiger Schaum.

Der Pontifex Maximus, der noch bleicher als Sulla war, ließ den Hammer zu Boden fallen. »Das Ritual ist geschändet worden!« rief er mit der lautesten Stimme, mit der man ihn je hatte rufen hören. »Stadtprätor, wir müssen von vorn beginnen! Senatoren, faßt euch! Wo sind die Sklaven des Hercules, die dafür zu sorgen hatten, daß kein Hund ins Heiligtum eindringt?«

Opferdiener und Opferstecher trieben die Tempelsklaven zusammen, welche die heilige Stätte vor der Zeremonie verlassen hatten, um nachzusehen, was für Leckereien auf den draußen aufgebauten Tischen lagen. Sulla, dessen Perücke schief auf dem Kopf saß, faßte sich schließlich wieder soweit, daß er sich bücken und seine blutbesudelte Graskrone aufheben konnte.

»Ich muß nach Hause, ein Bad nehmen«, sagte er zu Metellus Pius. »Ich bin unrein. Wir sind alle unrein und müssen erst baden. In einer Stunde treffen wir uns wieder hier.« Zu dem jüngeren Dolabella sagte er streng: »Die Sklaven sollen diese Schweinerei aufputzen und den Kadaver der Färse mitsamt dieser elenden Kreatur in den Fluß werfen. Dann sollen die Kerkermeister sie bis morgen einsperren. Sie werden gekreuzigt. Aber laß ihnen nicht die Beine brechen, sie sollen tagelang leiden, bevor sie sterben. Und zwar hier im Forum Boarium, in Sichtweite des Gottes Hercules. Er will sie nicht mehr. Sie haben zugelassen, daß ein Hund sein Opfer beschmutzt.«

Unrein, unrein, unrein, unrein: Sulla wiederholte das Wort immer und immer wieder, während er nach Hause eilte, um ein Bad zu nehmen und eine *toga praetexta* anzulegen – kein Feldherr hatte ein zweites Triumphgewand. Er reinigte die Graskrone eigenhändig mit Wasser und weinte bitter, als sie trotz aller Vorsicht auseinanderfiel. Als er sie schließlich auf einem weißen Tuch zum Trocknen auslegte, waren von ihr nur noch ein paar verschrumpelte, schlaffe Halme übrig. Die Krone gab es nicht mehr. Er war verflucht, sein Glück war dahin. Sein Glück! Wie konnte er ohne es leben? Wer hatte sie geschickt, diese elende Kreatur, noch schwarz von der Reise durch die Finsternis der Unterwelt? Wer hatte ihm diesen Tag verdorben, jetzt, wo Gaius Marius es nicht mehr konnte? War es Metrobius? Seinetwegen verlor er Delmatica! Nein, nicht Metrobius …

Dann kehrte er, auf dem Haupt einen Lorbeerkranz wie alle anderen, zum Altar des Hercules Invictus zurück. Seine Liktoren bahnten ihm den Weg durch die Menschenmassen, die sich schon jetzt in den Straßen drängten, um rechtzeitig zu Beginn des Festes bei den Tischen zu sein. Noch immer rollten Ochsenkarren mit Vorräten in die Stadt, und es kam immer wieder zu Staus und erneuter Aufregung, wenn ihre Lenker den Zug der Priester kommen sahen und die Tiere hastig aus dem Weg trieben: Ein Haufen Dung auf dem Weg der Priester bedeutete eine Schändung, für die die Besitzer der Ochsen ausgepeitscht oder mit einer hohen Geldstrafe belegt wurden.

Chrysogonus hatte eine zweite Färse aufgetrieben, die nicht weniger schön war als die erste. Die Droge, die ihr der Verwalter in aller Eile in den Rachen gestopft hatte, zeigte bereits ihre beruhigende Wirkung. Das Ritual wurde ein zweites Mal begonnen, und diesmal verlief alles bis zum Schluß vorschriftsgemäß. Die dreihundert Senatoren bekamen von der Opferzeremonie allerdings kaum etwas mit, denn sie paßten nur noch auf, daß nirgendwo ein Hund lauerte.

Ein Tier, das Hercules Invictus geopfert worden war, durfte nicht vom Scheiterhaufen genommen werden, der neben dem Altar des Gottes loderte, und so verbrannte die Färse wie Caesars weißer Stier auf dem Kapitol zu Asche. Während die Zeugen der schaurigen Ereignisse vom Morgen nach Hause eilten, sobald die Zeremonie beendet war, blieb Sulla und tat, was er sich für den Tag vorgenommen hatte. Er wollte durch die Stadt gehen und dem feiernden Volk einen Teil seines Glücks wünschen. Aber wie konnte er dies jetzt, da Fortuna ihm ihre Gunst wegen eines schwarzen Köters für immer entzogen hatte?

Fünftausend Tische, einfache, auf Böcke gelegte Bretter, bogen sich unter der Last der Speisen, und Wein floß reichlicher als das Blut auf dem Schlachtfeld. Fünfhunderttausend Menschen, die nichts vom Unglück auf dem Forum Boarium wußten, schlangen Fische, Obst und Honigkuchen in sich hinein und stopften mitgebrachte Säcke bis oben mit Speisen voll, um Zuhausegebliebene, darunter auch Sklaven, am Fest teilhaben zu lassen. Sie begrüßten Sulla mit Beifall und Anrufungen der Götter und versprachen, ihn bis ans Ende ihrer Tage in ihre Gebete einzuschließen.

Die Nacht brach herein, als Sulla schließlich in sein Haus auf dem Palatin zurückkehrte, seinen Liktoren dankte und sie mit der Mitteilung entließ, daß sie am nächsten Tag in ihrem Bezirk hinter dem Gasthaus an der Ecke des Clivus Orbius festlich bewirtet würden.

Cornelia Sulla erwartete ihn im Atrium.

»Vater, Delmatica verlangt nach dir.«

»Ich bin zu müde!« sagte er barsch. Er wußte, daß er seiner Frau, die er liebte – aber eben nicht genug –, nie wieder würde gegenübertreten können.

»Bitte geh zu ihr, Vater! Sonst gibt sie diese törichte Idee nicht auf, auf die dein Verhalten sie gebracht hat.«

»Was für eine törichte Idee?« Er schlüpfte aus der Toga und trat zum Altar der Laren und Penaten an der gegenüberliegenden Wand. Dort neigte er den Kopf, zerbrach auf dem Marmorsims ein Stück Salzgebäck und legte seinen Lorbeerkranz darauf.

»Was für eine törichte Idee?« fragte er noch einmal.

»Daß sie unrein ist. Sie sagt immer wieder, sie sei unrein.«

Sulla blieb wie versteinert stehen. Entsetzen durchfuhr ihn, und widerliche Gefühle, die er weder verdrängen noch ertragen konnte, zogen wie ein Heer von Würmern durch seinen Leib. Er erschauerte, streckte, wie um Meuchelmörder abzuwehren, die Arme aus und starrte seine Tochter mit irrem Blick an.

»Unrein!« schrie er. *»Unrein!«*

Und rannte aus dem Haus.

Niemand wußte, wo er die Nacht verbrachte, obwohl Cornelia Sulla Diener mit Fackeln losgeschickt hatte, die ihn bei den fünftausend Tischen, deren Lasten inzwischen merklich leichter geworden waren, suchen sollten. Gegen Sonnenaufgang kehrte er, nur in seine Tunika gehüllt, ins Atrium zurück, wo seine Tochter noch immer auf ihn wartete. Chrysogonus, der die Nacht bei Cornelia Sulla im Atrium geblieben war, trat zögernd auf seinen Herrn zu.

»Gut, daß du hier bist«, sagte Sulla kurz. »Benachrichtige alle Priester. Sie sollen sich in einer Stunde im Tempel des Castor auf dem Forum versammeln.«

»Vater?« fragte Cornelia Sulla verwirrt.

»Mit Frauen will ich heute nichts zu tun haben.« Sulla verschwand ohne ein weiteres Wort in seinen Wohnräumen.

Er badete und lehnte drei purpurgesäumte Togen als schmutzig ab, bevor ihm eine vollkommen sauber erschien. Dann schritt er hinter seinen Liktoren, von denen drei die Toga auf sein Verlangen gewechselt hatten, zum Tempel des Castor und Pollux, wo die Priester besorgt seine Ankunft erwarteten.

»Gestern«, begann er ohne lange Vorrede, »habe ich ein Zehntel meines gesamten Besitzes Hercules Invictus dargebracht. Er ist ein Gott der Männer, nur der Männer. Keine Frau darf sich seinem Altar nähern, und zum Gedenken an seine Reise durch die Unterwelt darf kein Hund seinen Bezirk betreten, da Hunde und alle schwarzen Geschöpfe der Unterwelt angehören. Hercules hat zwanzig Sklaven als Diener, deren Hauptaufgabe darin besteht, dafür zu sorgen, daß weder Frauen noch Hunde oder schwarze Tiere seinen Bezirk verunreinigen. Trotzdem hat gestern ein schwarzer Hund das Blut des ersten Opfers getrunken, das ich Hercules dargebracht habe, eine furchtbare Beleidigung für jeden Gott – und für mich. Was habe ich getan, fragte ich, daß ausgerechnet mir das passiert? Ich wollte dem Gott in bester Absicht ein großes Geschenk machen und ihm ein prachtvolles Opfertier darbringen. Deshalb erwartete ich, daß Hercules Invictus meine Gabe und mein Opfer annehmen würde. Dann trank ein schwarzer Hund das Blut der Färse, und meine Krone wurde mit Blut besudelt.«

Die neunzig anwesenden Priester hörten wie versteinert zu, fassungslos beim Gedanken an die schreckliche Schändung des Heiligtums. Alle hatten sie der Zeremonie am Vortag beigewohnt, und alle waren sie entsetzt und hatten den Rest des Tages und die folgende Nacht immer wieder überlegt, was falsch gemacht worden war und warum der Gott dem Diktator Roms so sehr zürnte.

»Die heiligen Bücher sind vernichtet, wir können sie nicht mehr befragen«, fuhr Sulla fort, der Wirkung seiner Worte gewiß. »Doch der Gott hat meine Tochter als seine Botin auserkoren. Alle Bedingungen waren erfüllt: Sie sprach, ohne zu wissen, was sie sagte, und ohne Kenntnis der Ereignisse vor dem Altar des Hercules Invictus.«

Sulla hielt inne und ließ seinen Blick über die Reihen der Priester schweifen. Das Gesicht, das er suchte, war nicht dabei. »Pontifex Maximus, tritt zu mir!« befahl er schließlich im feierlichen Ton eines Priesters.

Bewegung kam in die Reihen, dann trat Metellus Pius hervor. »Hier bin ich, Lucius Cornelius.«

»Quintus Caecilius, du bist von dieser Sache besonders betroffen. Stelle dich vor die anderen, weil keiner dein Gesicht sehen soll. Ich wünschte, auch ich könnte mein Gesicht verbergen, aber mein Gesicht müßt ihr alle sehen. Ich habe folgendes zu sagen: Meine Frau, Caecilia Metella Delmatica, Tochter eines Pontifex Maximus und leibliche Cousine unseres gegenwärtigen Pontifex Maximus ist ...« – Sulla holte Luft – »... unrein. Im selben Augenblick, in dem meine Tochter mir dies sagte, wußte ich, daß es die Wahrheit ist. Meine Frau ist unrein. Ihr Schoß fault. Ich wußte dies zwar schon seit einiger Zeit, aber daß der Zustand der armen Frau die Götter der Männer beleidigt, wußte ich erst, als meine Tochter sprach. Hercules Invictus ist ein Gott der Männer, und Jupiter Optimus Maximus genauso. Ich, ein Mann, trage die Verantwortung für das Wohlergehen Roms. Mir ist die Aufgabe anvertraut, dazu beizutragen, daß Rom sich von den Kriegen und Wirren der letzten Jahre wieder erholt. Wer und was ich bin, ist wichtig. Und nichts, wirklich nichts in meinem Leben darf unrein sein. Auch nicht meine Frau. Heute erkenne ich dies. Ist meine Vermutung richtig, Pontifex Maximus Quintus Caecilius?«

Wie sehr das Ferkel gewachsen ist! dachte Sulla, der als einziger Metellus' Gesicht sehen konnte. Gestern hatte Metellus die Situation gerettet, heute war er der einzige, der die Lage in ihrer ganzen Tragweite begriff.

»Ja, Lucius Cornelius«, sagte Metellus Pius fest.

»Ich habe euch heute hierher bestellt, um die Auspizien einzuholen und zu entscheiden, was zu tun ist«, fuhr Sulla fort. »Ich habe euch die Situation geschildert und gesagt, was ich glaube. Aber nach den Gesetzen, die ich verabschiedet habe, kann ich ohne euren Rat keine Entscheidung treffen. Und dies um so weniger, als die betroffene Person meine Frau ist. Natürlich möchte ich auch nicht, daß man mir nachsagt, ich hätte die Situation dazu benutzt, meine Frau loszuwerden. Ich will meine Frau nicht loswerden, das muß ich klarstellen. Gegenüber euch allen und durch euch gegenüber Rom. Trotzdem glaube ich, daß meine Frau unrein ist und daß die Götter der Männer gekränkt sind. Pontifex Maximus, was sagst du als Oberhaupt der römischen Religion?«

»Auch ich sage, die Götter der Männer sind gekränkt«, verkündete Metellus Pius. »Ich sage, du mußt deine Frau von dir fernhalten. Du darfst nie wieder den Blick auf sie richten und zulassen, daß sie dein Haus verunreinigt oder dich bei der Ausführung der dir vom Gesetz auferlegten Pflichten behindert.«

Alle sahen die Verzweiflung in Sullas Gesicht. »Ich liebe meine Frau«, sagte er mit belegter Simme. »Sie hat mir treu gedient. Sie hat mir Kinder geschenkt. Vor mir war sie die treue Frau des Marcus Aemilius Scaurus, dem sie gleichfalls Kinder geschenkt hat. Ich weiß nicht, warum die Götter der Männer dies von mir verlangen oder wodurch meine Frau ihr Mißfallen erregt hat.«

»Deine Liebe zu deiner Frau ist dadurch nicht in Frage gestellt«, sagte der Pontifex Maximus. »Weder du noch sie hat notwendigerweise einen Gott beleidigt, er sei ein Gott der Männer oder der Frauen. Richtiger ist, daß ihre Anwesenheit in deinem Haus und deine Anwesenheit in ihrem Leben die Wege, über welche Rom die Gnade und Gunst der Götter zufließen, auf dunkle Weise unterbrochen haben. Im Namen der anderen Priester sage ich, daß niemand Schuld trägt, daß wir auf keiner Seite eine Verfehlung entdecken können, Lucius Cornelius, weder auf deiner noch auf der deiner Frau. Was geschehen ist, ist geschehen. Mehr ist dazu nicht zu sagen.«

Er drehte sich um, blickte die schweigende Versammlung an und sagte mit lauter, fester Stimme, ohne zu stottern: »Ich bin euer Pontifex Maximus! Daß ich ohne Stottern und Stammeln zu euch spreche, ist Beweis genug, daß Jupiter Optimus Maximus durch mich spricht. Ich sage, die Frau dieses Mannes ist unrein, ihre Anwesenheit in seinem Leben und seinem Haus beleidigt unsere Götter, und sie muß sofort aus seinem Leben und seinem Haus entfernt werden. Wir brauchen darüber nicht abzustimmen. Wenn einer der Anwesenden mir nicht zustimmt, so sage er es jetzt.«

Die Stille war so tief, als sei der Tempel leer.

Metellus Pius wandte sich wieder an den Diktator. »Wir weisen dich an, Lucius Cornelius Sulla, deinen Dienern zu befehlen, daß sie deine Frau Caecilia Metella Delmatica aus deinem Haus bringen und in den Tempel der Juno Sospita geleiten, wo sie bis zu ihrem Tode bleiben soll. Auf keinen Fall darfst du sie noch einmal sehen. Sobald sie aus dem Haus ist, beauftrage ich den Rex Sacrorum und den Marspriester an Stelle des Jupiterpriesters, die Reinigungsriten in Lucius Cornelius' Haus durchzuführen.«

Er zog sich die Toga über den Kopf. »Ihr himmlischen Zwillinge Castor und Pollux, ihr Dioskuren, Dei Penates oder wie immer ihr genannt werden wollt – ihr, die ihr Götter seid oder Göttinnen oder ohne Geschlecht –, wir sind in eurem Tempel versammelt, weil wir eure Fürsprache beim mächtigen Jupiter Optimus Maximus, dessen Abkömmlinge ihr seid oder nicht seid, und beim Triumphator Hercules Invictus brauchen. Wir bitten euch: Bezeugt den Göttern, daß wir uns redlich bemüht haben, geschehenes Unrecht wiedergutzumachen. Wir versprechen hiermit, daß wir euch ein Zwillingspaar weißer Fohlen opfern werden, sobald wir diese seltenen Opfertiere finden. Helft uns, wie ihr es stets getan habt.«

Die Auspizien wurden eingeholt, und sie bestätigten den Beschluß des Pontifex Maximus. Das klare Morgenlicht, das durch die offene Tür ins Innere des Tempels fiel, verdunkelte sich plötzlich, und ein seltsam kalter Wind wehte herein.

»Noch eines, bevor wir gehen«, sagte Sulla.

Die Priester, die sich schon zum Gehen angeschickt hatten, blieben sofort wieder stehen.

»Wir müssen die Sibyllinischen Bücher ersetzen, denn auch wenn wir noch das Buch von Vegoia und Tages haben, das sicher im Tempel des Apoll verwahrt wird, hilft uns dieses Buch doch bei ausländischen Göttern wie Hercules Invictus nicht weiter. Es gibt viele Sibyllen auf der Welt, und einige stehen der Sibylle von

Cumae sehr nahe, die ihre Verse auf Palmblätter schrieb und sie vor langer Zeit König Tarquinius Priscus zum Kauf anbot. Pontifex Maximus, ich wünsche, daß du jemanden beauftragst, auf der ganzen Welt nach den Versen zu suchen, die in unseren prophetischen Büchern enthalten waren.«

»Du hast recht, Lucius Cornelius, dies muß geschehen«, sagte Metellus Pius ernst. »Ich werde einen geeigneten Mann für diese Aufgabe finden.«

Diktator und Pontifex Maximus gingen gemeinsam zu Sulla nach Hause.

»Meine Tochter wird außer sich sein«, sagte der Diktator, »aber wenn sie es aus deinem Mund hört, wird sie mir keine Schuld geben.«

»Es tut mir sehr leid wegen dieses Unglücks.«

»Mir auch!« sagte Sulla bedrückt.

Cornelia Sulla glaubte ihrem Vater, was sie selbst so sehr überraschte wie ihn.

»Ich glaube, du liebst sie, wie du es vermagst, Vater. Und ich habe keine so schlechte Meinung von dir, daß ich dir unterstellen würde, du wollest sie loswerden.«

»Liegt sie im Sterben?« fragte Metellus Pius. Er bekam plötzlich Gewissensbisse, weil er vorgeschlagen hatte, Delmatica für den Rest ihres Lebens in den Tempel der Juno Sospita zu verbannen.

»Es wird bald zu Ende sein«, sagte Lucius Tuccius. »Sie hat eine schlimme Wucherung im Bauch.«

»Dann bringen wir es rasch hinter uns.«

Als acht kräftige Sänftenträger Delmatica vom Krankenlager hoben, geschah dies nicht in würdevoller Stille. Als Delmatica der Beschluß der Priester mitgeteilt wurde, verflog mit einem Mal die Geduld, die ihr ganzes Leben bestimmt hatte. Sie würde ihren Mann nie wiedersehen! Schluchzend schrie und kreischte sie immer wieder seinen Namen, als man sie hinaustrug. Sulla, dem Tränen die Wangen hinabrannen, saß unterdessen in seinem Arbeitszimmer, die Hände auf die Ohren gepreßt. Wieder hatte er bezahlen müssen. An wen? An Fortuna oder Metrobius?

Am Gemüsemarkt vor der Servianischen Mauer reihten sich vier Tempel aneinander: die Tempel der Pietas, des Janus, der Spes und der Juno Sospita. Die Juno Sospita war keine besonders wichtige Schutzgöttin für Schwangere, sondern mehr eine kriegerische Version der großen Mutter von Pessinus, der Juno der Schlangen aus Lanuvium, der Himmelskönigin und Erlöserin der Frauen. Wohl wegen dieses letzten Aspektes ihrer Erscheinung war es unter gesunden Wöchnerinnen lange Zeit Brauch gewesen, ihre Nachgeburt als Opfergabe in den Tempel der Juno Sospita zu bringen.

Während des Bundesgenossenkrieges, als Geld und Tempelsklaven knapp waren, war Juno Sospita der Metella Balearica, die mit Appius Claudius Pulcher verheiratet gewesen war, im Traum erschienen und hatte sich bitter über den Schmutz in ihrem Tempel beklagt, der es ihr unmöglich mache, dort zu wohnen. Balearica war daraufhin zum Konsul Lucius Caesar gegangen und hatte verlangt, man möge ihr beim Saubermachen des Tempels helfen. Dort hatte man nicht nur verwesende Plazentas gefunden. Überall waren die Überreste toter Frauen, Hündinnen, Säuglinge und Ratten herumgelegen. Obwohl Caecilia Metella Balearica damals selbst schwanger gewesen war, hatte sie zusammen mit Lucius Caesar ihre ekelerregende Aufgabe ganz erfüllt und war zwei Monate später nach der Geburt ihres sechsten Kindes gestorben.

Seither war der Tempel freilich peinlich sauber gehalten worden. Die dargebrachten Nachgeburten wurden in dicht geflochtene, auslaufsichere Körbe gelegt und regelmäßig zur rituellen Verbrennung zur Frau des Jupiterpriesters gebracht. Kein Tempelboden glänzte sauberer, in keinem Tempel duftete es süßer. Cornelia Sulla hatte für das Lager ihrer Stiefmutter einen Platz hergerichtet, und die Sänftenträger durchlitten zitternd die größten Qualen, als sie den geheiligten Raum der Frauen betreten mußten, um Delmatica dort abzusetzen. Delmatica schrie noch immer nach Sulla, aber inzwischen schwächer und schon völlig entkräftet. Die neue Umgebung schien sie gar nicht wahrzunehmen.

Auf einem Sockel stand die bemalte Statue der Göttin. Sie trug Schuhe mit aufwärtsgebogenen Spitzen und schwang einen Speer gegen eine aufgerichtete Schlange. Am eindrucksvollsten war das echte Ziegenfell, das um ihre Schultern lag und an der Taille verknotet war, während der Kopf der Ziege mit den Hörnern wie ein Helm auf ihrem dunkelbraunen Haar saß. Cornelia Sulla und

Metellus Pius setzten sich zu Füßen dieser fremdländischen Gestalt und hielten jeder eine Hand Delmaticas, um der Sterbenden in ihren letzten Schmerzen und ihrer Verzweiflung beizustehen. Es konnte sich nur noch um Stunden handeln, und Delmaticas Qualen waren mehr seelisch als körperlich. Sie verlangte bis zuletzt nach Sulla, unzugänglich gegenüber den vernünftigen Einwänden, die Cornelia Sulla und Metellus Pius erhoben.

Als sie tot war, ließ der Pontifex Maximus die Bestatter im Tempel ein Leichenbett errichten, denn der Leichnam durfte nicht zur feierlichen Aufbahrung nach Hause gebracht und auch nicht ausgestellt werden. So saß sie nach traditioneller Art aufrecht in ihrem Leichenbett im Tempel, bedeckt von einem schwarzen, goldumrandeten Tuch und umringt von gemieteten Klageweibern. Im Hintergrund wachte jene seltsame Göttin mit dem Ziegenfell, der aufgerichteten Schlange und dem Speer.

»Wer ein Luxusgesetz verfaßt hat«, sagte Sulla später, »kann es sich leisten, sich darüber hinwegzusetzen.«

Caecilia Metella Delmaticas Begräbnis kostete deshalb einhundert Talente. Über zwei Dutzend Schauspieler mit Wachsmasken vor den Gesichtern rollten auf Wagen durch die Straßen; die Masken gehörten verstorbenen Mitgliedern der Familie Caecilius Metellus' und zweier Patrizierfamilien, der des Aemilius Scaurus und der des Cornelius Sulla. Die Menge, die sich im Circus Flaminius drängte – man hatte beschlossen, den unreinen Körper nicht über die heilige Stadtgrenze zu bringen –, war freilich weniger vom Pomp der Veranstaltung ergriffen als vom Anblick der dreijährigen Zwillinge Delmaticas, Faustus und Fausta, die in schwarze Gewänder gehüllt von einer mit schwarzen Girlanden behangenen Riesin aus Gallia Transalpina getragen wurden.

An den Kalenden des September begann Sulla mit der eigentlichen Gesetzgebung, einer so großen Flut neuer Bestimmungen, daß der Senat entsetzt aufstöhnte.

»Unsere Gerichte arbeiten schwerfällig und zeitaufwendig«, stellte Sulla fest. »Die Komitien sollten sich nicht mit zivil- oder strafrechtlichen Klagen befassen; solche Verfahren sind zu langwierig und politisch manipulierbar und werden zu sehr durch den Ruf oder die Popularität des Angeklagten beeinflußt – vom Ruf der Verteidiger ganz zu schweigen. Und ein mehrere tausend Stimmen großes Schwurgericht ist weder praktikabel noch vernünftig.

Ich werde in Rom sieben ständige Gerichtshöfe einrichten, zuständig für Verrat, Wucher, Veruntreuung, Bestechung, Urkundenfälschung, Gewaltverbrechen und Mord. Alle Verbrechen außer dem letztgenannten betreffen in irgendeiner Weise Staat oder Schatzamt, deshalb sollen Prätoren die Vorsitzenden der ersten sechs Gerichte sein. Die genaue Verteilung bestimmt das Los. Das Mordgericht soll sämtliche Fälle von Mord, Brandstiftung, Zauberei, Giftmischerei und Meineid verhandeln – und ein neues Verbrechen, das ich Justizmord nennen will: eine Exilstrafe, mit der jemand auf gerichtlichem Weg einen anderen schädigt. Ich gehe davon aus, daß das Mordgericht am meisten zu tun hat, aber auch die einfachsten Fälle verhandelt. Sein Vorsitzender soll jemand sein, der Ädil, aber noch nicht Prätor war. Ernannt wird er von den Konsuln.«

Hortensius, der seine größten Triumphe in der Volksversammlung gefeiert hatte, wo er wegen seines Redestils und seiner Fähigkeit, die Massen mitzureißen, zur Legende geworden war, war entsetzt. Die neuen Geschworenengerichte waren für seinen Geschmack entschieden zu klein.

»Damit geht die echte Kunst der Verteidigung unter!« rief er.

»Das ist doch völlig unwichtig.« Sulla sah ihn erstaunt an. »Viel wichtiger ist das gerichtliche Verfahren, und das soll aus den Händen der Komitien genommen werden, Quintus Hortensius, dazu bin ich fest entschlossen! Ich werde die Volksversammlung jedenfalls auffordern, die Einrichtung dieser neuen ständigen Gerichtshöfe per Gesetz zu bestätigen. Die Komitien werden ihre richterlichen Aufgaben damit formell an diese Gerichte abgeben.«

»Ausgezeichnet!« sagte der Historiker Lucius Cornelius Sisenna. »Damit wird jeder vor Gericht verhandelte Fall sozusagen mit Billigung der Komitien verhandelt, und eine Berufung vor einer Versammlung der Komitien nach der Urteilsverkündung ist nicht mehr möglich.«

»Genau, Sisenna! Und das macht der Richtertätigkeit dieser Versammlungen ein Ende!«

»Aber das ist ja empörend!« rief Catulus aufgebracht. »Und

zudem völlig verfassungswidrig! Jeder römische Bürger hat Anspruch auf Rechtsmittel!«

»Rechtsmittel und Verfahren sind ein und dasselbe, Quintus Lutatius«, belehrte ihn Sulla, »und Teil der neuen römischen Verfassung.«

»Die alte Verfassung war in diesen Fragen gut genug!«

»Die Geschichte hat eines allzu deutlich gezeigt: daß so mancher Schuldige durch die Bestimmungen der alten Verfassung freigekommen ist, weil sich die Volksversammlung von der Rhetorik einiger Redner blenden und dazu verleiten ließ, ein rechtmäßiges Urteil umzustoßen. Empörend war, wie aus solchen Verfahren schamlos politisches Kapital geschlagen wurde, Quintus Lutatius. Rom ist inzwischen so groß und hat so viele Aufgaben, daß es nicht an veralteten Bräuchen und Verfahren festhalten darf, die aus einer Zeit stammen, als Rom kaum größer als ein Dorf war. Ich verweigere niemandem einen gerechten Prozeß. Im Gegenteil, ich mache den Prozeß gerechter. Und das Verfahren einfacher.«

»Und wer sind die Geschworenen?« fragte Sisenna.

»Sie kommen ausschließlich aus dem Senat – ein Grund mehr, warum ich dort eine Reserve von mindestens vierhundert Männern brauche. Der Dienst des Geschworenen ist eine Belastung, und das bleibt er auch weiterhin, wenn sieben Gerichtshöfe besetzt werden müssen. Allerdings will ich die Anzahl der Geschworenen verringern. Fünfzig werden es nur noch bei schweren Verbrechen gegen die Allgemeinheit sein. Ansonsten soll die Anzahl in Zukunft von der Zahl der verfügbaren Männer abhängen, und wenn diese zufällig gerade ist, soll Gleichstand bei der Entscheidung Freispruch bedeuten. Der Senat ist bereits in Dekurien von zehn Männern mit je einem patrizischen Senator als Vorsitzendem unterteilt. Aus diesen Dekurien sollen die Geschworenen kommen, wobei allerdings keine Dekurie für immer einem bestimmten Gericht zugeordnet ist. Die Geschworenen werden für jede Verhandlung und jedes Gericht einzeln durch das Los bestimmt, und zwar nachdem der Verhandlungtermin feststeht.«

»Hervorragend!« rief der jüngere Dolabella.

»Unmöglich!« brüllte Hortensius. »Was passiert, wenn meine Dekurie die Geschworenen einer Verhandlung stellen soll und ich selbst in einem anderen Prozeß den Angeklagten vertrete?«

»Dann mußt du eben beides irgendwie unter einen Hut bringen«, sagte Sulla. Er lächelte kalt. »Die Huren können es, Hortensius! Du kannst es auch!«

Catulus schnaubte verächtlich.

»Wer legt die Anzahl der Geschworenen für einen bestimmten Prozeß fest?« fragte der jüngere Dolabella.

»Der Vorsitzende des Gerichtes«, erklärte Sulla. »Allerdings hängt ihre Zahl auch von der Zahl der verfügbaren Dekurien ab. Ideal wären meiner Ansicht nach fünfundzwanzig bis fünfunddreißig Männer. Und es werden nie alle Mitglieder einer Dekurie verpflichtet, denn dann wäre die Anzahl der Geschworenen ja immer gerade.«

»Sechs der acht Prätoren werden also durch das Los jeweils zum Vorsitzenden eines Gerichtshofes bestimmt«, faßte Metellus Pius zusammen. »Wie wird dann festgelegt, wer Stadtprätor und wer Prätor für Fremdenrecht wird?«

»Die bisherige Bestimmung, nach welcher der Prätor mit dem besten Wahlergebnis Stadtprätor und der mit dem zweitbesten Prätor für Fremdenrecht wird, ist abgeschafft«, verkündete Sulla. »In Zukunft werden alle acht Aufgaben durch das Los verteilt.«

Lepidus war es ganz egal, welcher Prätor welches Amt erhielt. Er stellte jetzt eine Frage, deren Antwort er zwar bereits wußte, aber aus Sullas Mund hören wollte. »Beabsichtigst du also, alle Ritter als Geschworene auszuschließen?«

»Richtig. Seit der Zeit des Gaius Gracchus haben die Ritter die Geschworenengerichte besetzt, von einer kurzen Unterbrechung abgesehen. Das hört jetzt auf! Gaius Gracchus hat es versäumt, in sein Gesetz eine Klausel einzufügen, nach der ein korrupter ritterlicher Geschworener strafrechtlich verfolgt werden kann. Die Senatoren sind in jeder Beziehung vor dem Gesetz verantwortlich, dafür werde ich sorgen!«

»Und welche Aufgaben bleiben dann dem Stadtprätor und dem Prätor für Fremdenrecht?« fragte Metellus Pius.

»Sie sind für alle Zivilprozesse verantwortlich. Und der Prätor für Fremdenrecht ist außerdem für strafrechtliche Prozesse von Nichtrömern zuständig. Allerdings werden diese beiden Prätoren nicht mehr das Recht haben, selbst ein Urteil zu fällen – statt dessen müssen sie den Fall einem Richter übergeben, der unter bestimmten Senatoren und Rittern ausgelost wird. Sein Spruch ist für alle Parteien bindend, auch wenn der Stadtprätor und der Prätor für Fremdenrecht ein Verfahren persönlich überwachen.«

Hortensius stand wegen Sullas höhnischer Bemerkung noch immer Zornesröte im Gesicht, und er hatte seine Fassung noch nicht wieder gewonnen. Deshalb ergriff Catulus das Wort: »Nach der augenblicklichen Verfassung, Lucius Cornelius, kann ein Todesurteil nur durch eine ordnungsgemäß einberufene Versammlung der Komitien gefällt werden. Wenn du den Komitien die Gerichtsbarkeit entziehst, fällen dann ab jetzt die Gerichte die Todesurteile?«

»Nein, Quintus Lutatius, im Gegenteil. Es wird überhaupt kein Todesurteil mehr gefällt. Die Strafen beschränken sich in Zukunft auf Exil, Geldbuße und Beschlagnahmung des Vermögens oder eines Teils davon.«

»Du hast sieben Gerichte benannt«, sagte Mamercus. »Verrat, Wucher, Veruntreuung, Bestechung, Urkundenfälschung, Gewaltverbrechen und Mord. Nun gibt es aber durch die *lex Plautia* bereits einen ständigen Gerichtshof für Fälle von Gewalt gegen die Allgemeinheit. Dazu habe ich zwei Fragen: Erstens, was geschieht mit diesem Gerichtshof, und zweitens, wo werden Sakrilegien verhandelt?«

»Die *lex Plautia* ist nicht mehr nötig.« Sulla lehnte sich erleichtert zurück. Der Senat schien insgesamt zu begrüßen, daß die strafrechtlichen Verfahren den Komitien aus der Hand genommen waren. »Gewaltverbrechen werden entweder am neuen Gericht für Gewaltverbrechen verhandelt oder in besonders schweren Fällen am Gericht für Verrat. Was Sakrilegien angeht, so sind Verbrechen dieser Art zu selten, um ihretwegen einen ständigen Gerichtshof einzurichten. Bei Bedarf wird ein Sondergericht einberufen, dem ein ehemaliger Ädil vorsitzt. Das Sondergericht arbeitet wie die ständigen Gerichte, also ohne Berufungsrecht bei den Komitien. Das Urteil für eine unkeusche Vestalin lautet weiterhin auf Begraben bei lebendigem Leibe, aber der oder die Männer, die ihr zu nahe gekommen sind, werden vor ein anderes Gericht gestellt und nicht mit dem Tod bestraft.«

Sulla räusperte sich. »Für heute bin ich fast fertig. Zunächst noch ein Wort zu den Konsuln: Es ist nicht gut für Rom, wenn die Konsuln aktiv am Krieg im Ausland teilnehmen. Beide sind in ihrem Amtsjahr für das Wohlergehen Roms und Italiens verantwortlich und sonst nichts. Jetzt, da die Volkstribunen auf ihre Plätze verwiesen sind, erhoffe ich mir von den Konsuln mehr Initiative bei der Verkündung von Gesetzen. Dann noch etwas zur Hausordnung: Senatsmitglieder können auch in Zukunft aufstehen, wenn sie etwas zu sagen haben, aber es wird ihnen nicht mehr erlaubt sein, beim Reden auf und ab zu gehen. Gesprochen wird vom zugewiesenen Platz aus, ob im Sitzen oder im Stehen. Lärm wird nicht geduldet. Weder Beifall noch Getrampel, noch Jubel- oder Zwischenrufe. Die Konsuln werden jeden, der gegen die neue Hausordnung verstößt, mit einer Geldbuße von tausend Denaren belegen.«

Als Sulla die Sitzung aufgehoben hatte, versammelte sich eine kleine Gruppe von Senatoren vor den Stufen der Curia Hostilia, darunter treue Anhänger Sullas wie Mamercus und Metellus Pius, aber auch Männer wie Lepidus und Catulus, die Sulla bestenfalls als notwendiges Übel betrachteten.

»Kein Zweifel«, sagte Metellus, »die neuen Gerichte werden die gesetzgebenden Gremien spürbar entlasten – jetzt braucht man nicht mehr mühsam bei der Versammlung der Plebs beantragen, daß ein Verfahren an ein Sondergericht weitergeleitet wird, oder befürchten, daß irgendein Ritter sich bestechen läßt. Doch, die Reformen sind gut.«

»Na ja, Pius«, rief Philippus. »Du kannst dich doch sicher noch an die Zeit erinnern, als Konsul Caepio die Gerichtsbarkeit an den Senat zurückgegeben hatte! Ständig war ich in irgendeinem Prozeß Geschworener, sogar im Sommer!« Philippus wandte sich an seinen Zensorkollegen Marcus Perperna. »Du erinnerst dich bestimmt auch noch.«

»Nur zu gut«, bestätigte Perperna nachdrücklich.

»Ich verstehe nicht«, sagte Catulus, »daß ihr zwar verlangt, der Senat solle die Geschworenen stellen, euch aber beschwert, wenn ihr an der Reihe seid. Wenn wir als Senatoren die Rechtsprechung in der Hand haben wollen, müssen wir das eben in Kauf nehmen.«

»Und jetzt trifft es uns ja seltener«, sagte Mamercus. »Wir sind mehr Senatoren.«

»Wie du redest!« sagte Philippus wütend. »Du bist der Schwiegersohn des großen Sulla; er braucht nur den kleinen Finger zu heben, und schon heulst du wie ein Hund oder blökst wie ein Schaf! So viele Senatoren kann es gar nicht geben! Und aufschieben läßt sich bei ständigen Gerichten auch nichts mehr – früher konnten wir das Urteil in der Volksversammlung wenigstens für die Marktwochen, die wir in den Ferien waren, hinauszögern. Jetzt braucht der Gerichtsvorsitzende nur noch die Geschworenen von einer Liste auszuwählen! Wir wissen nicht einmal vorher, ob wir ausgewählt werden oder nicht, wir können also überhaupt nicht planen. Sulla sagt, gelost wird erst, wenn der Verhandlungstermin feststeht. Ich sehe es schon vor mir! Zwei Tage Erholung am Meer, dann wieder ab nach Rom, um einem Prozeß beizuwohnen!«

»Man hätte die Aufgaben der Geschworenen aufteilen müssen«, sagte Lepidus. »Die wichtigen Gerichtshöfe, also die für Wucher und Verrat, könnten beim Senat bleiben; das Mordgericht dagegen könnte gut mit Geschworenen aus dem Ritterstand besetzt werden – oder sogar mit Geschworenen aus dem Proletariat!«

»Du meinst also, nur die Schwurgerichte, die über Senatoren entscheiden, sollten aus Senatoren bestehen«, sagte Mamercus säuerlich. »Alle anderen Verbrechen, wie Zauberei oder Giftmischerei, sind für Senatoren nicht wichtig genug.«

»So ähnlich.« Lepidus lächelte.

Metellus wechselte das Thema. »Ich wüßte gern, was für Gesetze er sonst noch plant.«

»Bestimmt keine zu unserem Vorteil«, sagte Hortensius.

»Warum denn nicht?« sagte Mamercus, der sich durch Philippus' Vorwurf nicht aus der Ruhe hatte bringen lassen. »Alles, was Sulla bisher getan hat, dient der Stärkung des Senats und soll Rom helfen, zu seinen alten Werten und Bräuchen zurückzufinden.«

»Aber vielleicht ist es für eine Rückkehr zu den alten Bräuchen zu spät«, sagte Perperna nachdenklich. »Vieles von dem, was Sulla abgeschafft oder verändert hat, hat uns gleichfalls lange begleitet. Die Versammlung der Plebs hat jetzt kaum mehr Bedeutung als ein Verein von Würfelbrüdern. Aber das wird nicht so bleiben, weil es nicht so bleiben kann. Schließlich waren die Volkstribunen jahrhundertelang Roms wichtigste Gesetzgeber.«

»Ja, was er mit den Volkstribunen gemacht hat, ist keineswegs volksfreundlich«, sagte Lepidus. »Die Neuordnung der Versammlung der Plebs hat bestimmt keinen Bestand.«

An den Kalenden des Oktober schockierte der Diktator die Römer erneut. Er verrückte das *pomerium,* die heilige Stadtgrenze, um genau hundert Fuß in Richtung Forum Boarium und vergrößerte so das Stadtgebiet um einen allerdings sehr kleinen Teil. Die heilige Stadtgrenze war seit der Zeit der Könige unangetastet geblieben, und an ihr zu rühren galt als Parteinahme für das Königtum, als Akt gegen die Republik. Aller Protest nützte freilich nichts. Ungerührt erklärte Sulla, die offizielle Grenze zwischen Italien und dem italischen Gallien sei jetzt der Rubicon – zwar galt der Rubicon schon lange als Grenze, aber die letzte offizielle Grenzziehung war noch beim Metauro erfolgt. Er könne also mit Fug und Recht behaupten, sagte Sulla weiter, daß er das Territorium Roms in Italien vergrößert habe. Und um dieser Tatsache Rechnung zu tragen, werde er die Stadtgrenze um jene unerheblichen hundert Fuß verschieben.

»Ich für meinen Teil«, sagte Pompeius zu seiner neuen, bereits hochschwangeren Frau, »bin mit dieser Entscheidung völlig einverstanden!«

Aemilia Scaura sah ihn erstaunt an. »Warum?«

Sie stellte oft solche Fragen und hätte einen weniger geltungsbedürftigen Mann sicher verärgert, aber Pompeius liebte es, gefragt zu werden.

»Weil, mein lieber kleiner Melonenbauch« – er kitzelte sie mit einem gierigen Blick und einem Augenzwinkern am Bauch – »weil ich den größten Teil des Ager Gallicus südlich von Ariminum besitze und dieser jetzt offiziell zu Umbria gehört. Damit bin ich einer der größten Landbesitzer ganz Italiens, vielleicht sogar der größte. Genau weiß ich es nicht. Manche haben insgesamt mehr, weil sie noch Land im italischen Gallien besitzen, zum Beispiel die Familie des Aemilius Scaurus – deines Papas, Herzchen – und die des Domitius Ahenobarbus, aber ich habe riesige Ländereien in Lucania geerbt, und wenn jetzt noch die südliche Hälfte des

Ager Gallicus zu meinen Ländereien in Umbria und Nordpicenum kommt, bezweifle ich, daß jemand im eigentlichen Italien mehr hat als ich! Mögen die anderen über den Diktator jammern, ich bin zufrieden.«

»Ich kann es kaum erwarten, deine Ländereien zu sehen«, sagte Aemilia Scaura sehnsüchtig und legte die Hand auf ihren Bauch. »Sobald ich reisen kann, Magnus. Du hast es versprochen.«

Sie saßen nebeneinander auf einer Liege. Er drehte sich zu ihr, drückte sie sanft auf die Liege, verschloß ihr mit zwei Fingern den Mund und begann ihr Gesicht abzuküssen.

»Mehr!« schrie sie, als er von ihr abließ.

Er beugte sich über sie, und seine unsagbar blauen Augen glitzerten. »Was sagt mein gieriges Schmuseweibchen da? Das Schmuseweibchen müßte doch wissen, daß es nicht geht.«

Aemilia Scaura begann haltlos zu kichern, und Pompeius, der dieses Kichern schrecklich gern mochte, kitzelte sie, so daß sie noch mehr kichern mußte. Doch dann wurde sein Verlangen nach ihr so groß, daß er aufstehen und gehen mußte.

»Das blöde Kind!« schrie sie ärgerlich.

»Bald, meine Süße«, sagte er betont fröhlich. »Zuerst müssen wir den kleinen Glabrio loswerden. Dann machen wir selbst einen Versuch.«

Pompeius hatte bisher tatsächlich verzichtet. Niemand, am allerwenigsten Aemilia Scauras steife und hochmütige Verwandtschaft aus der Familie des Caecilius Metellus, sollte ihm nachsagen können, er sei nicht der rücksichtsvollste und liebenswerteste Ehemann. Denn Pompeius wollte von seinen neuen Verwandten unbedingt anerkannt werden.

Als er vom Verhältnis des jüngeren Marius mit Praecia erfahren hatte, hatte er diese in ihrem prachtvollen Haus besucht; für ihn bedeutete es keinen Abstieg, die Hinterlassenschaft eines anderen zu kosten, solange dieser berühmt, mächtig oder adelig genug war. Praecia stellte im übrigen ein erotisches Vergnügen mit Reizen dar, die Aemilia Scaura, wenn es einmal soweit war, sicher nicht zu bieten haben würde, soviel war sicher. Außerdem hatten Ehefrauen die Aufgabe, Kinder zu gebären, auch wenn der armen Antistia nicht einmal diese Freude vergönnt gewesen war.

Wenn Pompeius gerne verheiratet war, dann deshalb, weil er

wußte, wie man eine Frau für sich einnimmt. Er machte Aemilia Komplimente in rauhen Mengen, kümmerte sich nicht darum, wie lächerlich seine Zärtlichkeiten klingen mochten – er vergewisserte sich lediglich, daß der Pontifex Maximus Metellus Pius ihn nicht hören konnte –, und war ihr gegenüber immer fröhlich und gutgelaunt. Und bei alledem – kluger Pompeius! – gestand er ihr Launen zu und nahm es hin, wenn sie weinte, wegen Kleinigkeiten nörgelte und ihn beschimpfte. Und da Aemilia Scaura ebensowenig wie Antistia vor ihr ahnte, daß nicht sie ihren Mann lenkte, sondern vielmehr er sie, stand alles zum besten. Die Beteiligten waren zufrieden, und es gab keinen tiefergehenden Streit.

Pompeius' Dankbarkeit gegenüber Sulla dafür, daß dieser ihm die Tochter des Senatsvorsitzenden Scaurus verschafft hatte, war grenzenlos. Zwar war er selbst überzeugt, daß er für Scaurus' Tochter mehr als gut genug war, aber wenn ein Mann wie Sulla seine Überzeugung teilte, bestärkte ihn das in seiner hohen Meinung von sich selbst. Natürlich wußte er auch, daß Sulla ihn durch die Heirat an sich binden wollte, aber das gab seinem Selbstbewußtsein noch mehr Auftrieb. Der Diktator fegte einen römischen Aristokraten wie Glabrio beiseite, aber Gnaeus Pompeius Magnus war ihm so wichtig, daß er ihm gab, was er Glabrio genommen hatte. Sulla hätte Scaurus' Tochter ja auch seinem Neffen Publius Sulla geben können oder seinem großen Günstling Lucullus.

Pompeius hatte sich beharrlich geweigert, in den Senat einzutreten, aber er wollte sich keineswegs dem Kreis um den Diktator entfremden. Er träumte vielmehr von neuen Zielen: Er wollte der einzige Feldherr in der Geschichte der Republik werden, der ein prokonsularisches Imperium hatte, aber nicht einmal Senator war. Angeblich war das unmöglich, und man hatte ihn ausgelacht und verspottet. Aber einen Mann wie Gnaeus Pompeius Magnus zur Zielscheibe des Spottes zu machen, war gefährlich! Er würde es sie büßen lassen in den kommenden Jahren, jeden einzelnen von ihnen; er würde sie weder töten, wie Marius es getan hätte, noch sie ächten, wie es Sullas Methode war. Nein, er wollte sie demütigen und erniedrigen, bis sie ihn auf den Knien um Erlösung anflehen würden. Das war weitaus süßer, als sie sterben zu sehen!

Pompeius zügelte also sein Verlangen nach dem begehrenswerten Sproß aus dem Geschlecht der Aemilier; er entschädigte sich vorerst mit zahlreichen Besuchen bei Praecia und tröstete sich mit Blicken auf Aemilia Scauras Bauch, in dem hinfort nur noch seine eigene Nachkommenschaft heranwachsen würde.

Aemilias Kind sollte Anfang Dezember zur Welt kommen, doch setzten Ende Oktober plötzlich heftige Wehen ein. Da die Schwangerschaft bisher ohne Komplikationen verlaufen war, überraschte die Frühgeburt alle, auch die Ärzte. Das magere Knäblein, das so früh zur Welt gekommen war, starb am Tag nach der Geburt, wenig später gefolgt von Aemilia Scaura, die unter großen Schmerzen verblutete.

Pompeius überkam abgrundtiefe Verzweiflung. Er hatte Aemilia Scaura auf seine besitzergreifende, wenig wählerische Art aufrichtig geliebt. Wenn Sulla in der bewußten Absicht, Pompeius einen Gefallen zu tun, in ganz Rom nach der richtigen Braut gesucht hätte, so hätte er keine geeignetere finden können als die ständig kichernde, etwas begriffsstutzige und naive Aemilia Scaura. Pompeius, dessen Vater den Beinamen der Schlächter getragen hatte und der selbst der kleine Schlächter genannt wurde, war mit dem Tod zeit seines Lebens in Berührung gekommen, ohne Anwandlungen von Mitleid oder Gnade zu verspüren. Ein Mann lebte, ein Mann starb. Eine Frau lebte, eine Frau starb. Nichts war sicher. Als seine Mutter gestorben war, hatte er etwas geweint, aber bis zum Tod Aemilia Scauras hatte ihn nur der Tod seines Vaters wirklich berührt.

Und nun schmerzte ihn der Tod seiner Frau so sehr, daß er ihr fast auf den Scheiterhaufen gefolgt wäre. Man mußte ihn gewaltsam zurückhalten, als er sich in die Flammen stürzen wollte, und Varro und Sulla wußten nicht, ob es ihm mit seiner rasenden Verzweiflung ganz oder nur zum Teil ernst war. In Wahrheit wußte es nicht einmal Pompeius. Er wußte lediglich, daß Fortuna ihm Scaurus' Tochter gegeben und ihm das Geschenk wieder entrissen hatte, bevor er es genießen konnte.

Noch immer verzweifelt weinend, verließ der junge Mann Rom durch die Porta Collina. Zum zweiten Mal hatte der Tod ihm jäh einen Angehörigen entrissen. Erst seinen Vater, dann Aemilia Scaura. Ein Pompeius aus Nordpicenum konnte da nur eines tun: sich nach Hause zurückziehen.

»Rom hat gegenwärtig zehn Provinzen«, stellte Sulla am Tag nach der Beerdigung seiner Stieftochter im Senat fest. Er trug das Trauergewand des Senators, eine weiße Toga und eine Tunika, deren Purpurstreifen so schmal war, daß sie mehr der Tunika des Ritters als der des Senators glich. Wäre Aemilia Scaura seine leibliche Tochter gewesen, hätte er sich den öffentlichen Geschäften erst nach zehn Tagen wieder zuwenden können, aber so war das unnötig. Angesichts seiner Pläne war Sulla darüber froh.

»Ich will sie euch aufzählen, eingeschriebene Väter: Hispania Ulterior, Hispania Citerior, Gallia Transalpina, das italische Gallien, Mazedonien mit Achaia, Asia, Cilicia, Africa mit Cyrenaica, Sizilien und Sardinien mit Korsika. Zehn Provinzen für zehn Statthalter. Wenn die Statthalter jeweils ein Jahr regieren, brauchen wir für die zehn Provinzen jedes Jahr zehn Männer – die beiden Konsuln und acht Prätoren, die gerade aus dem Amt geschieden sind.«

Sein Blick blieb wie zufällig an Lepidus hängen. »Aber jetzt bekommt jeder Statthalter einen Quästor zugewiesen. Der Statthalter von Sizilien bekommt zwei, einen für Syrakus und einen für Lilybaeum. Damit bleiben neun von zwanzig Quästoren für Italien und Rom. Das reicht. Jedem Statthalter wird zudem ein kompletter Stab von Beamten zugewiesen, von Liktoren und Ausrufern bis zu Schreibern, Boten und Buchhaltern. Der Senat erhält die Aufgabe, jedem Statthalter auf Empfehlung des Schatzamtes hin eine bestimmte Summe zuzuweisen. Dieses Gehalt, das vor Amtsantritt ausbezahlt wird, kann während des Amtsjahres unter keinen Umständen erhöht werden. Der Statthalter muß damit seine Beamten sowie sämtliche Unkosten bezahlen und am Ende der Statthalterschaft eine lückenlose Abrechnung vorlegen. Nichtausgegebene Gelder kann er für sich behalten. Er hat über das ihm ausbezahlte Geld volle Verfügungsgewalt und kann damit tun und lassen, was er will. Auch ist es ihm erlaubt, Geld vor seiner Abreise in die Provinz unter seinem Namen in Rom zu investieren. Aber er muß sich darüber im klaren sein, daß er kein weiteres Geld zu erwarten hat! Hier ist eine Warnung notwendig. Da das Gehalt im Augenblick der Auszahlung in den persönlichen Besitz des neuen Statthalters übergeht, kann es gepfändet werden, wenn er verschuldet ist. Ich weise also alle potentiellen Statthalter darauf hin, daß Schulden ihre öffentliche Laufbahn gefährden. Ein Statthalter, der mittellos in seine Provinz reist, muß nach der Rückkehr damit rechnen, wegen schwerer Verbrechen angeklagt zu werden!«

Sulla sah die Senatoren grimmig an und wandte sich dann wieder den Staatsgeschäften zu. »Ich entziehe den Komitien jedes Mitspracherecht in Sachen Krieg, Provinzen und Außenpolitik. Von jetzt an ist ihnen auch jede Diskussion darüber verboten. Dies ist ausschließlich Recht des Senats.« Ein weiterer grimmiger Blick. »Komitien und Versammlung der Plebs genehmigen in Zukunft Gesetze und halten Wahlen ab. Mehr nicht. Sie haben bei Gerichtsverhandlungen, in der Außenpolitik oder in militärischen Fragen nichts mehr zu sagen.«

Die Senatoren murmelten billigend. Sulla hatte die Tradition auf seiner Seite, und seit der Zeit der Gracchen waren die Volksversammlungen immer mehr dazu benutzt worden, an Militärkommandos und Provinzen heranzukommen oder vom Senat designierten Männern Militärkommandos und Provinzen abzunehmen. So hatte der Vater des Metellus das Kommando in Africa an Marius abtreten müssen, und Sulla war dasselbe mit seinem Kommando gegen Mithridates passiert. Die Neuregelung war dem Senat deshalb willkommen.

Sulla ließ seinen Blick zu Catulus hinüberwandern. »Die beiden Konsuln werden in die Provinzen geschickt, die als besonders unsicher und gefährdet gelten. Im übrigen bestimmt das Los, wer welche Provinz bekommt. Wenn Rom seinen guten Ruf im Ausland behalten will, müssen bestimmte Regeln eingehalten werden. Wenn Schiffe oder Flotten von den Provinzen oder Klientelkönigreichen gestellt werden, müssen die Kosten dafür vom jährlichen Tribut abgezogen werden. Das gleiche gilt für Armeen und Kriegsausrüstung.«

Marcus Junius Brutus, der sich bisher zurückgehalten hatte, faßte sich ein Herz. »Wenn der Statthalter einer Provinz in einen Krieg verwickelt ist, muß er seine Provinz dann am Jahresende trotzdem abgeben?«

Sulla verneinte. Er überlegte einen Augenblick und fuhr fort: »Der Senat könnte sogar gezwungen sein, die amtierenden Konsuln ins Ausland in den Krieg zu schicken. Wenn Rom von allen

Seiten angegriffen wird, läßt sich das vielleicht nicht vermeiden. Ich bitte den Senat lediglich, sich besonders sorgfältig nach Alternativen umzusehen, bevor er die amtierenden Konsuln ins Ausland schickt oder die Amtszeit eines Statthalters verlängert.«

Mamercus hob die Hand, und die Senatoren sahen ihn gespannt an. Es war inzwischen bekannt, daß er Fragen in Sullas Auftrag stellte, so daß alle nun eine wichtige Bekanntmachung erwarteten, die der Diktator durch eine Frage eingeführt sehen wollte.

»Darf ich eine hypothetische Situation erörtern?« fragte Mamercus.

»Unbedingt!« ermunterte ihn Sulla.

Mamercus stand auf. Als Prätor für Fremdenrecht saß er mit den übrigen kurulischen Magistraten auf dem Podium am Ende des Saales. Wenn er aufstand, konnte man ihn von überall sehen – anders als die übrigen Senatoren, die nach Sullas neuer Hausordnung beim Reden nicht mehr umhergehen durften.

»Angenommen, es tritt der Fall ein, daß Rom tatsächlich von allen Seiten angegriffen wird«, begann Mamercus vorsichtig. »Angenommen, die Konsuln und alle entbehrlichen Prätoren ziehen entweder in den Krieg oder haben nicht genug Erfahrung, um am Krieg teilzunehmen. Nehmen wir weiter an, einige Statthalter fallen aus, weil sie von Barbaren getötet wurden oder durch andere Umstände ums Leben gekommen sind. Und im Senat finden sich keine Männer, die ein Kommando oder eine Statthalterschaft übernehmen können oder wollen. Du hast der Volksversammlung jede Entscheidungsbefugnis genommen und diese allein dem Senat übertragen. Was soll der Senat tun?«

»Eine ausgezeichnete Frage, Mamercus!« rief Sulla, obwohl er die Frage doch selbst formuliert hatte. Er zählte die einzelnen Punkte noch einmal an den Fingern auf: »Rom wird von allen Seiten angegriffen. Es stehen keine kurulischen Magistraten zur Verfügung. Ehemalige Konsuln oder Prätoren sind auch nicht verfügbar. Kein Senator hat genug militärische Erfahrung oder Fähigkeiten. Aber Rom braucht einen Feldherrn oder Statthalter. Ist das richtig? Habe ich es richtig zusammengefaßt?«

»Ja, Lucius Cornelius«, antwortete Mamercus ernst.

»Dann muß sich der Senat außerhalb der eigenen Reihen nach einem geeigneten Mann umsehen. Du schilderst eine Situation, die nicht mit herkömmlichen Mitteln gelöst werden kann. Also müssen wir zu außergewöhnlichen Mitteln greifen. Der Senat muß einen Mann finden, der über die nötigen Fähigkeiten verfügt, und diesem Mann dann die Befugnisse eines Feldherrn oder Statthalters verleihen.«

»Kommt dafür auch ein Freigelassener in Frage?« fragte Mamercus erstaunt.

»Jawohl. Allerdings gehe ich davon aus, daß es eher ein Ritter oder Zenturio sein wird. Ich kannte einen Zenturio, der einmal einen gefährlichen Rückzug befehligt hat. Er wurde mit der Krone aus Gras ausgezeichnet und erhielt anschließend die purpurgesäumte Toga des kurulischen Magistraten. Sein Name war Marcus Petreius. Ohne ihn hätte es große Verluste gegeben, und das betreffende Heer wäre nicht mehr einsatzbereit gewesen. Er wurde in den Senat aufgenommen und starb hochgeehrt während des Bundesgenossenkrieges. Sein Sohn ist unter den von mir neu ernannten Senatoren.«

»Aber der Senat ist gesetzlich nicht befugt, einem Nichtsenator das Feldherrnimperium oder eine Statthalterschaft zu verleihen!« wandte Mamercus ein.

»Meine neuen Gesetze ermächtigen, ja verpflichten ihn dazu«, sagte Sulla. »Eine solche Statthalterschaft oder Befehlsgewalt wird auf einer Sondervollmacht basieren, und ich werde den Senat mit der notwendigen Autorität ausstatten, diese Sondervollmacht jedem römischen Bürger, auch einem Freigelassenen, für jedes in Frage stehende Imperium zu verleihen.«

»Was hat er vor?« sagte Philippus leise zum Senatsvorsitzenden Flaccus. »Das ist ja ganz neu.«

»Ich weiß es leider auch nicht«, flüsterte Flaccus zurück.

Aber Sulla wußte es, und Mamercus ahnte es. Sulla wollte Gnaeus Pompeius Magnus noch fester an sich binden, denn Pompeius, der einen Eintritt in den Senat abgelehnt hatte, war wegen der vielen Veteranen seines Vaters noch immer ein militärischer Faktor, mit dem man rechnen mußte. Sulla war fest entschlossen, zu verhindern, daß ein weiterer Marsch auf Rom stattfand. Er selbst sollte der letzte gewesen sein, der dies getan hatte. Wenn Pompeius eines Tages zur Bedrohung wurde, mußte der Senat eine Möglichkeit haben, die beachtlichen Talente dieses Mannes auf legale Weise zu nutzen. Ein entsprechendes Gesetz war für Sulla eine Frage des gesunden Menschenverstandes.

»Es bleibt mir noch, zu definieren, was Verrat ist«, sagte der Diktator einige Tage später. »Vor Einrichtung meiner ständigen Gerichtshöfe gab es mehrere Arten Verrat, vom Hochverrat über verschiedene Zwischenformen bis zu kleineren Hoheitsverletzungen. Allerdings fehlte eine genaue Definition. In Zukunft wird Verrat immer vor dem speziell dafür zuständigen Gericht verhandelt. Die Anklage bleibt aber, wie ihr gleich noch sehen werdet, im großen und ganzen auf Statthalter einer Provinz oder Feldherrn eines ausländischen Krieges beschränkt. Begeht dagegen ein römischer Zivilist in Rom oder Italien Verrat, so lasse ich ihn durch die Volksversammlung aburteilen: Er muß sich vor den Zenturiatskomitien wegen Hochverrats verantworten und sieht folglich der bisherigen Strafe entgegen – Tod am Kreuz, das an einem unfruchtbaren Baum aufgehängt wird.«

Sulla ließ seine Worte eine Weile wirken, dann fuhr er fort: »Verrat ist jeder Verstoß gegen eine der folgenden Vorschriften: Ein Provinzstatthalter darf seine Provinz nicht verlassen. Er darf mit seiner Armee die Grenzen seiner Provinz nicht überschreiten. Er darf nicht aus eigenem Antrieb einen Krieg beginnen. Er darf ohne formelle Ermächtigung durch den Senat nicht in das Gebiet eines Klientelkönigs einmarschieren. Er darf sich mit einem Klientelkönig oder einer ausländischen Institution nicht verbünden, um den Status quo eines fremden Landes zu verändern. Er darf ohne Zustimmung des Senates keine zusätzlichen Truppen rekrutieren. Er darf ohne die formelle Zustimmung des Senates keine Entscheidungen fällen oder Edikte erlassen, die den Status seiner Provinz verändern. Und wenn sein vom Senat designierter Nachfolger eingetroffen ist, darf er höchstens noch dreißig Tage in der Provinz bleiben.«

Sulla lächelte. »Das ist alles. Abschließend noch ein Recht eines Imperiumsinhabers: Er behält sein Imperium so lange, bis er die heilige Grenze von Rom überschreitet. Das war immer so, und ich bekräftige es hiermit erneut.«

»Ich verstehe nicht, warum all diese Regeln und Vorschriften nötig sind!« sagte Lepidus verärgert.

»Ach Lepidus«, sagte Sulla ungeduldig, »sieh doch mich an! Einen Mann, der fast alles getan hat, was jetzt verboten ist. Ich hatte allerdings gute Gründe dafür! Man hat mir unrechtmäßig Imperium und Befehlsgewalt genommen. Aber meine Gesetze werden das in Zukunft verhindern, deshalb kann sich die Situation, in der ich war, nicht wiederholen. Männer, die gegen einen der genannten Punkte verstoßen, machen sich des Verrates schuldig. Wir dürfen nicht zulassen, daß jemand auch nur mit dem Gedanken spielt, nach Rom zu marschieren oder seine Armee von der Provinz nach Rom zu führen. Diese Zeiten sind vorbei. Dafür stehe ich ein.«

Am sechsundzwanzigsten Tag des Oktober wurden zum erstenmal die später jährlich stattfindenden *ludi Victoriae* eröffnet, die Siegesspiele. Veranstaltet wurden sie von Sullas Neffe Sextus Nonius Sufenas, dem jüngeren Sohn von Sullas Schwester. Höhepunkt im Circus Maximus war der erste November, der Jahrestag der Schlacht an der Porta Collina. Es waren gute, wenngleich nicht hervorragende Spiele; immerhin wurde nach über hundert Jahren erstmals wieder das sogenannte trojanische Spiel aufgeführt, bei dem junge Adelige auf dem Pferd eine Reihe komplizierter Übungen vorführten. Die Zuschauer waren begeistert. In Griechenland dagegen war man über die Spiele verstimmt. Daß Sufenas auch von dort Athleten, Tänzerinnen, Musikanten und Possenreißer nach Rom geholt hatte, war für die zur gleichen Zeit in Olympia stattfindenden Spiele eine Katastrophe.

Die Spiele hatten auch ihren Skandal! Der jüngere Sohn des Antonius Orator, Gaius Antonius Hybrida, lenkte beim Rennen eigenhändig einen Wagen! So wie die Teilnahme am trojanischen Spiel für einen Adligen eine Frage des Prestiges war, war es umgekehrt ein peinlicher Schnitzer, selbst einen Wagen zu lenken.

An den Kalenden des Dezember gab Sulla die Namen der Magistraten für das kommende Jahr bekannt. Er selbst würde Konsul sein, Quintus Caecilius Metellus Pius das Ferkel als Belohnung seiner langen Treue zweiter Konsul. Der ältere Dolabella erhielt die Provinz Mazedonien, der jüngere Dolabella Cilicia. Der jüngere Dolabella bekam bei der Verlosung der Quästuren mit Gaius Publicus Malleolus einen tüchtigen Mann, bestand aber außerdem auf der Ernennung von Gaius Verres zu seinem ersten Legaten. Lucullus blieb im Osten und diente weiter unter Thermus, dem Statthalter von Asia, während Gaius Scribonius Curio nach Rom zurückkehrte und Prätor wurde.

Für Sulla war nun die Zeit gekommen, sein gewaltigstes Unternehmen in Angriff zu nehmen: Seine Veteranen mußten mit Land abgefunden werden. Hundertzwanzigtausend Mann aus dreiundzwanzig Legionen wollte er in den nächsten beiden Jahren aus der Armee entlassen. Er hatte schon während seines ersten Konsulates nach dem Bundesgenossenkrieg Ländereien der aufständischen Städte Pompeji, Faesulae, Hardia, Telesia, Grumentum und Bovianum an Kriegsveteranen verteilt, aber das war einfach gewesen im Vergleich zu dem, was ihm jetzt bevorstand.

Sein mit peinlicher Sorgfalt ausgearbeitetes Programm sah vor, die Männer nach Dienstdauer, Rang und persönlichem Verdienst abgestuft zu entlohnen. Zenturionen des ersten Manipels der Triarier, also die rangältesten Zenturionen der gegen Mithridates eingesetzten Legionen, die alle schon zahlreiche Auszeichnungen bekommen hatten, erhielten je fünfhundert Morgen besten Landes, während Fußsoldaten aus den Legionen Carbos, die zu Sulla übergelaufen waren, mit zehn Morgen minderwertigen Landes die geringste Abfindung erhielten.

Sulla verteilte zuerst die etrurischen Ländereien, die er den erneut bestraften Städten Volaterrae und Faesulae abgenommen hatte. Da der Widerstand gegen Sulla in Etruria schon fast Tradition war, konzentrierte er seine altgedienten Soldaten zunächst nicht in geschlossenen Siedlungen, sondern verteilte sie über das Land, in der Hoffnung, künftige Aufstände dadurch besser eindämmen zu können. Doch das stellte sich als verhängnisvoller Fehler heraus. Volaterrae ging sofort zum Aufstand über, tötete zahlreiche Veteranen Sullas, schloß die Tore und richtete sich auf eine Belagerung ein. Da die Stadt auf einer hohen Erhebung inmitten einer tiefen Schlucht lag, konnte sie dem Feind lange standhalten. Zur Eröffnung der Belagerung kam Sulla selbst. Er blieb drei Monate und kehrte dann nach Rom zurück, als er sah, wie langwierig und zermürbend es war, Volaterrae in die Knie zu zwingen.

Immerhin war ihm die Sache eine Lehre, und so ging er später dazu über, Kolonien anzulegen, zusammenhängende Siedlungen ehemaliger Soldaten, die sich in stürmischen Zeiten gemeinsam besser verteidigen konnten. In Übersee gründete Sulla nur auf Korsika zwei Kolonien. Sie sollten die Insel zivilisieren und das korsische Banditentum vernichten. Auch diese Hoffnung trog.

Die neuen Gerichtshöfe arbeiteten erfolgreich und gaben die perfekte Bühne für einen neuen Aufsteiger unter den Rechtsanwälten ab, den jungen Marcus Tullius Cicero. Quintus Hortensius, der bei Verhandlungen vor der Volksversammlung brilliert hatte, brauchte dagegen einige Zeit, um sein schauspielerisches Talent auf die intimere Atmosphäre der gleichfalls unter freiem Himmel tagenden Gerichte umzustellen. Gegen Ende des Jahres erschien Cicero als Vertreter eines Beklagten beim jüngeren Dolabella, dem Stadtprätor, um in einer Voruntersuchung die Frage zu klären, ob für den anstehenden zivilrechtlichen Prozeß eine *sponsio,* eine bestimmte Geldsumme als Streitwert, zu hinterlegen sei oder nicht. Obwohl Cicero allein gegen die beiden prominenten Anwälte von Hortensius und Philippus antreten mußte, setzte er sich durch. Sein Sieg bedeutete den Anfang einer juristischen Karriere, die ihresgleichen suchte.

Im Juni des folgenden Jahres bat der sechsundzwanzigjährige patrizische Adlige Marcus Valerius Messala Niger seinen guten Freund Marcus Tullius Cicero, der ebenfalls sechsundzwanzig Jahre alt war, einen Mann zu vertreten, der mit ihm befreundet und sein Klient war.

»Ich meine den jüngeren Sextus Roscius aus Ameria«, sagte Messala Niger. »Er ist angeklagt, seinen Vater ermordet zu haben.«

»Du bist doch selbst ein guter Anwalt, mein lieber Niger«, wandte Cicero überrascht ein. »Warum verteidigst nicht du ihn? Ein Mordprozeß ist einfach und bringt Geld. Und es kann keine politischen Schwierigkeiten geben.«

»Das glaubst du«, sagte Messala Niger bitter. »In diesem Prozeß gibt es mehr politische Fallen als spitze Pfähle in einem Wehrgraben! Nur ein einziger Mann hat eine Chance, ihn zu gewinnen, und das bist du, Marcus Tullius. Nicht einmal Hortensius wollte den Fall übernehmen.«

In Ciceros dunklen Augen glomm Interesse auf. Er neigte den Kopf und sah Messala Niger unter gerunzelten Brauen scharf an. »Ein Mordfall soll so schwierig sein? Wieso?«

»Wer immer die Verteidigung Roscius' aus Ameria übernimmt, greift Sullas gesamtes System der Proskriptionen an«, sagte Messala Niger. »Um Roscius freizubekommen, muß man nachweisen, daß Sulla und seine Proskriptionen völlig korrupt sind.«

Der sinnliche Mund mit der vollen Unterlippe rundete sich zu einem stummen Pfiff. »Ihr Götter!«

»Ja, ihr Götter. Bist du noch interessiert?«

»Ich weiß nicht ...« Cicero runzelte die Stirn und kämpfte mit sich. Die eigene Haut war ihm lieb, aber ein Fall wie dieser versprach mehr juristische Lorbeeren als jeder andere. »Erzähle mir mehr, Niger. Dann sehen wir weiter.«

Niger setzte sich und versuchte seine Worte so zu wählen, daß Ciceros Interesse weiter geweckt wurde. »Sextus Roscius ist so alt wie ich, und ich kenne ihn seit der Schulzeit. Wir haben beide unter Lucius Caesar und Sulla in der Campania gedient und an sechs Feldzügen teilgenommen. Roscius' Vater besaß den größten Teil von Ameria, darunter dreizehn Grundstücke direkt am Tiber – ein sagenhafter Reichtum! Roscius ist der einzige Sohn, aber er hat noch zwei Vettern, die gewissermaßen die Schurken im Stück sind. Der alte Roscius reiste Anfang des Jahres zu Besuch nach Rom und wurde dort ermordet. Roscius und ich wissen nicht, ob es die Vettern waren. Wahrscheinlich ist es, aber nicht sicher.« Messala Niger machte eine Grimasse. »Die Nachricht von der Ermordung des Vaters gelangte jedenfalls durch einen Agenten der Vettern nach Ameria. Besonders verdächtig ist, daß dieser Agent dem armen Roscius, der doch am meisten betroffen war, nichts gesagt hat! Statt dessen benachrichtigte er nur die Vettern, und die heckten einen Plan aus, wie sie sich den gesamten Besitz meines Freundes unter den Nagel reißen konnten.«

»Ich glaube, ich beginne zu begreifen.« Ciceros Verstand war scharf wie ein Rasiermesser, sobald von verbrecherischer Niedertracht die Rede war.

»In Volaterrae war gerade der Aufstand ausgebrochen, und Sulla leitete die Belagerung zunächst persönlich. Chrysogonus begleitete ihn.«

Wer Chrysogonus war, brauchte Cicero nicht gesagt zu werden. Der intrigante, mit den Listen, Büchern und Einzelheiten von Sullas Proskriptionen befaßte Verwalter war in ganz Rom berüchtigt.

»Die Vettern ritten nach Volaterrae, und es gelang ihnen, mit Chrysogonus zu sprechen. Chrysogonus war zu einem Handel bereit – allerdings zu einem hohen Preis. Er wollte den Ermordeten nachträglich auf eine alte Proskriptionsliste setzen und behaupten, er habe zufällig von dem Mord gelesen und sich erinnert, daß das Opfer geächtet gewesen sei. Soviel sickerte durch. Was anschließend geschah: Chrysogonus gab die Besitzungen von Roscius' Vater – sie waren runde sechs Millionen wert – sofort zur Versteigerung frei und kaufte sie selbst – für ganze zweitausend.«

»Ein tolles Stück!« rief Cicero, der den Bericht aufmerksam verfolgt hatte.

»Findest du? Ich verabscheue den Mann!«

»Ja, natürlich. Du hast recht! Aber was geschah dann?«

»All das geschah, während Roscius noch nicht einmal wußte, daß sein Vater ermordet worden war. Er erfuhr erst davon, als der erste seiner Vettern mit einem Vollstreckungsbefehl von Chrysogonus auftauchte und ihn vom väterlichen Besitz jagte. Chrysogonus behielt zehn der dreizehn Grundstücke für sich und setzte besagten Vetter zu seinem ständigen Verwalter und Vertreter ein. Die drei anderen Grundstücke überschrieb er dem zweiten Vetter als Entschädigung. Und der arme Roscius mußte gleich mit zwei schweren Schlägen fertigwerden: mit der angeblichen Ächtung seines Vaters vor Monaten und mit seiner Ermordung.«

»Hat er das Lügengespinst etwa geglaubt?«

»Ja. Warum auch nicht? Jeder, der zwei Sesterzen in der Tasche hatte, mußte doch damit rechnen, seinen Namen auf einer der Listen zu finden – ob in Rom oder Ameria. Roscius hat den Lügen geglaubt! Und ist gegangen.«

»Und wer hat gemerkt, daß etwas faul war?«

»Die Stadtältesten«, sagte Messala Niger. »Ein Sohn ist sich doch nie ganz sicher, wie integer sein Vater wirklich ist. Freunde sind unvoreingenommener, ihr Verhältnis ist nicht so emotional verzerrt wie das des Sohnes.«

Cicero nickte. Er kam mit seinem Vater nicht gut zurecht.

»Die Freunde setzten sich also zusammen und waren sich einig, daß der alte Roscius nie ein Anhänger Marius', Cinnas oder Carbos gewesen war. Sie beschlossen, nach Volaterrae zu reiten und bei Sulla vorzusprechen. Sulla sollte die Ächtung widerrufen und Roscius wieder zum Erben einsetzen. Sie trugen Berge von Beweisen zusammen und machten sich dann auf den Weg.«

»War einer der Vettern dabei?« fragte Cicero scharfsinnig.

»Jawohl!« Messala Niger lächelte. »Sie wurden vom ersten Vetter begleitet, der auch noch die Frechheit hatte, die Leitung der Mission zu übernehmen! Der zweite Vetter war bereits nach Volaterrae vorausgeritten, um Chrysogonus zu warnen. Die Abordnung bekam Sulla deshalb nie zu Gesicht. Chrysogonus fing sie ab, nahm das gesamte Beweismaterial an sich und versprach, den Diktator zur Rücknahme der Ächtung zu bewegen. Sie sollten sich keine Sorgen machen, beschwichtigte er sie, alles werde in Ordnung kommen. Roscius könne bald sein Erbe antreten.«

»Wußten sie denn nicht, daß Chrysogonus inzwischen der Eigentümer von zehn der dreizehn Grundstücke war?« fragte Cicero ungläubig.

»Nein, Marcus Tullius.«

»Typisch für unsere Zeit.«

»Leider.«

»Bitte erzähle weiter.«

»Nach zwei Monaten merkten die Freunde des alten Roscius schließlich, daß sie hinters Licht geführt worden waren: Der Befehl zur Aufhebung der Ächtung kam nicht, und sie erfuhren, daß die beiden Vettern auf den beschlagnahmten Besitzungen lebten, als seien sie deren Eigentümer. Nachforschungen brachten ans Licht, daß der erste Vetter drei und Chrysogonus die übrigen zehn Grundstücke besaß. Die Freunde waren bestürzt: Schließlich mußten sie annehmen, daß auch Sulla an dem Komplott beteiligt war.«

»Glaubst du das?« fragte Cicero.

Messala Niger überlegte und schüttelte dann den Kopf. »Nein, Cicero.«

»Warum nicht?«

»Sulla ist ein skrupelloser Mensch. Ich gebe ehrlich zu, daß er mir angst macht. In jungen Jahren soll er Frauen wegen ihres Geldes umgebracht haben und über ihre Leichen in den Senat gekommen sein. Aber während meiner Militärzeit habe ich ihn kennengelernt – natürlich nur oberflächlich, denn für einen engen Kontakt war mein Rang zu niedrig, aber er war immer irgendwo und mit allem und jedem beschäftigt. Dabei ist mir an ihm eine gewisse aristokratische Ehrenhaftigkeit aufgefallen. Verstehst du, was ich damit meine?«

Cicero fühlte, wie eine leichte Röte in sein Gesicht stieg. Ob er verstand, was der patrizische Adlige Marcus Valerius Messala Niger mit aristokratischer Ehrenhaftigkeit meinte? Natürlich! Keiner verstand das besser als Cicero, ein *homo novus,* ein Aufsteiger, der Patrizier wie Messala Niger und Sulla glühend beneidete.

»Ich glaube schon«, sagte er.

»Sulla hat seine dunklen Seiten, und wahrscheinlich würde er dich oder mich ohne mit der Wimper zu zucken töten, wenn es in seine Pläne paßte. Aber er hätte für diesen Mord sozusagen patrizische Gründe. Dreizehn Grundstücke am Ufer des Tiber sind nicht genug. Wenn er zufällig günstig beschlagnahmtes Land von Geächteten ersteigern könnte, würde er zugreifen, das ist sicher. Aber ein Komplott schmieden, nur damit er oder ein Freigelassener sich bereichern können? Nein, das glaube ich nicht. Sulla hält auf seine Ehre. Ich sehe das an seinen Gesetzen, die ich für integer halte. Ich bin zwar nicht einverstanden, daß er den Volkstribunen alle Macht genommen hat, aber er hat es legal und öffentlich getan. Er ist ein römischer Patrizier.«

»Dann weiß Sulla also nichts davon«, sagte Cicero nachdenklich.

»Nein, ich glaube nicht.«

»Fahre fort, Marcus Valerius.«

»Etwa um die Zeit, als den Ältesten von Ameria der Verdacht kam, Sulla sei für das Komplott mit verantwortlich, wurde mein Freund Roscius gesprächiger. Es hat lange gedauert, bis der arme Kerl, der monatelang am Boden zerstört war, die Sprache wiederfand, und kaum begann er zu reden, wurden mehrere Anschläge auf sein Leben verübt. Er floh deshalb vor zwei Monaten nach Rom und suchte bei einer Bekannten seines Vaters Zuflucht, bei der Vestalin Metella Balearica, die sich vom Tempeldienst zurückgezogen hat. Du weißt schon, die Schwester von Metellus Nepos. Seine andere Schwester war mit Appius Claudius Pulcher verheiratet und ist bei der Geburt ihres Kindes, des schrecklichen Ungeheuers Publius Clodius, gestorben.«

»Aber wie ging es weiter, Niger?« fragte Cicero freundlich.

»Daß Roscius so mächtige Leute wie Metellus Nepos und die ehemalige Vestalin aus der Familie Caecilius Metellus kennt, bereitete den beiden Vettern einige schlaflose Nächte, wie sich herausstellte. Sie fürchteten, es könne Roscius gelingen, eine Audienz bei Sulla zu bekommen. Ihn umzubringen, wagten sie jetzt nicht mehr, denn sie hätten damit riskiert, daß die Caecilii Metelli eine Untersuchung einleiten, und dabei wären ihre Machenschaften herausgekommen. So hielten sie es für besser, Roscius' Ruf zu ruinieren und ihm mit gefälschten Beweisen die Schuld an der Ermordung seines Vaters in die Schuhe zu schieben. Kennst du einen gewissen Erucius?«

Cicero verzog verächtlich das Gesicht. »Wer kennt ihn nicht? Er ist von Berufs wegen Ankläger.«

»Er hat Roscius des Mordes an seinem Vater beschuldigt. Die Zeugen der Bluttat, die Sklaven des alten Roscius, waren mit dem anderen Besitz inzwischen natürlich an Chrysogonus verkauft worden, so daß unwahrscheinlich war, daß sie in einem Prozeß die Wahrheit sagen würden! Erucius ist übrigens überzeugt, daß Roscius keinen fähigen Anwalt findet, der ihn vertritt. Sulla ist zu gefürchtet, als daß jemand es wagt, seine Proskriptionen anzugreifen.«

»Dann muß sich Erucius in acht nehmen«, sagte Cicero energisch. »Ich bin bereit, deinen Freund Roscius zu verteidigen, Niger.«

»Hast du keine Angst vor Sullas Zorn?«

»Ach Unsinn! Keine Spur! Ich weiß genau, wie ich es anstellen muß. Und ich prophezeie dir, Sulla wird mir danken.« Cicero lächelte vergnügt.

Obwohl vor dem Mordgericht bereits andere Fälle verhandelt worden waren, erregte der Prozeß gegen Sextus Roscius aus Ameria, der angeklagt war, seinen Vater getötet zu haben, ganz besonderes Aufsehen. Laut Sullas Gesetz sollte ein ehemaliger Ädil dem Gericht vorsitzen, aber in diesem Jahr leitete der ehemalige Prätor Marcus Fannius die Verhandlungen. Cicero ließ in seiner Eröffnungsrede weder die Geschworenen noch die Zuschauer im Zweifel darüber, daß seine Verteidigung hauptsächlich auf den korrupten Machenschaften hinter Sullas Proskriptionen aufbauen würde.

Als der letzte Verhandlungstag mit Ciceros Schlußplädoyer kam, stand neben dem Gerichtsvorsitzenden der elfenbeinerne Amtsstuhl des Konsuls. Auf ihm saß kein Geringerer als Lucius Cornelius Sulla.

Die Anwesenheit des Diktators brachte Cicero nicht aus der Fassung. Sie spornte ihn vielmehr zu einem rhetorischen Höhenflug von unerhörter Brillanz an.

»Es gibt drei Schuldige in dieser abscheulichen Affäre«, begann er, an Sulla gerichtet, nicht an die Jury. »Die Vettern Titus Roscius Capito und Titus Roscius Magnus sind die offenkundigen Täter, und doch sind sie es nur an zweiter Stelle. Was sie getan haben, hätte ohne Proskriptionen nicht getan werden können. Ohne Lucius Cornelius ...« – Cicero machte eine so lange Pause, daß selbst Messala Niger in Gedanken den Namen »Sulla« ergänzte – »... Chrysogonus hätten sie ihren abscheulichen Plan nicht zur Ausführung gebracht. Wer ist dieser Chrysogonus? Ich will es euch sagen! Er ist Grieche. Das ist keine Schande. Er ist ehemaliger Sklave. Das ist keine Schande. Er ist Freigelassener. Das ist keine Schande. Er ist ein Klient von Lucius Cornelius Sulla. Das ist keine Schande. Er ist reich. Das ist keine Schande. Er ist mächtig. Das ist keine Schande. Er ist für die Durchführung der Proskriptionen verantwortlich. Das ist keine Schande – was? Oh, Verzeihung! Ich bitte euch vielmals um Verzeihung, Senatoren! Ihr seht, was passiert, wenn man sich ins Reden hineinsteigert. Ich habe mich mitreißen lassen! Noch Stunden hätte ich ›Das ist keine Schande‹ sagen können! Eine regelrechte rhetorische Falle!«

Cicero hatte sich in Schwung geredet und machte jetzt eine Pause, um die nächsten Worte bewußt bis zur Neige auszukosten. »Laßt es mich wiederholen: Chrysogonus ist für die Durchführung der Proskriptionen verantwortlich. Und genau darin liegt die ungeheure Schande, eine Schande von gigantischen, von olympischen Ausmaßen! Seht hier diesen großen Mann auf dem Stuhl des Konsuls – dieses Ideal römischer Tugend, diesen Feldherrn ohnegleichen, diesen Staatsmann einer neuen Zeit, dieses funkelnde Juwel in der Krone des berühmten Geschlechtes der Cornelier! Seht ihn euch an. Wie er so ruhig, so unvoreingenommen und so gelassen wie Zeus auf seinem Stuhl sitzt. Seht ihn euch gut an!«

Cicero wandte sich von Sulla ab und sah die Geschworenen unter zusammengezogenen Augenbrauen scharf an. Selbst in der Toga wirkte der hagere Mann noch wie ein Stock, und doch schien er jetzt zu turmhoher Größe herangewachsen, schien er die Muskeln des Herkules und die Majestät Apollos zu haben.

»Vor einigen Jahren kaufte dieser große Mann einen Sklaven. Er sollte sein Verwalter werden. Ein ausgezeichneter Verwalter, wie sich herausstellte. Als die verstorbene Frau des großen Mannes aus Rom nach Griechenland fliehen mußte, stand der Verwalter ihr mit Trost und Hilfe bei. Er wachte über die Familie des großen Mannes – die Frau, die Kinder, die Enkel und Diener –, während der große Lucius Cornelius Sulla einem Titanen gleich durch die italische Halbinsel zog. Der Verwalter enttäuschte das Vertrauen seines Herrn nicht. Also wurde er freigelassen, und er nahm einen großen Namen an: Lucius Cornelius. Wie es Brauch ist, behielt er als dritten Namen den eigenen: Chrysogonus, der Goldgeborene. Er wurde mit Ehren und Vertrauensbeweisen überhäuft und bekam immer mehr Verantwortung übertragen. Er war nicht mehr nur der freigelassene Verwalter eines großen Mannes, sondern zugleich der Leiter, Verwalter und Ausführende eines Werkes, das zweierlei zum Ziel hatte: Erstens sollten alle Verräter, die Marius, Cinna oder sogar dem schwächlichen Carbo gefolgt waren, ihrer gerechten und gesetzlichen Strafe zugeführt werden. Zweitens sollten Besitz und Ländereien der Verräter dazu dienen, dem verarmten Rom wieder zu Wohlstand zu verhelfen.«

Cicero schritt vor dem Richterstuhl des Marcus Fannius auf und ab. Den linken Arm hatte er erhoben, um die Toga auf seiner linken Schulter festzuhalten, der rechte hing locker herab. Niemand rührte sich. Alle starrten wie gebannt auf ihn und hielten den Atem an.

»Was hat er also getan, dieser Chrysogonus? Während er seinem Herrn und Patron ein unterwürfig lächelndes Gesicht zeigte, sann er auf Rache an allen, die ihn gekränkt oder sich ihm in den Weg gestellt hatten. Durch das Vertrauen seines Herrn gestärkt, griff er im Dunkel der Nacht zur Feder und arbeitete fieberhaft daran, Namen von Leuten, nach deren Besitz er geiferte, in die

Liste aufzunehmen. Im Pakt mit Gewürm und Ungeziefer wollte er sich auf Kosten seines Patrons und auf Kosten Roms bereichern. Und wie geschickt er es anstellte, Geschworene! Welche Pläne er ausheckte, welche Winkelzüge er unternahm, um Spuren zu verwischen! Wie er seinem Herrn schmeichelte, wie er ihm schöntat, wie er seine kleine Armee von Gaunern und Kupplern einsetzte und wie umsichtig er dafür sorgte, daß sein edler Herr keinen Verdacht schöpfte! Denn in Wahrheit war es so: Im Besitz von Vertrauen und Macht, mißbrauchte er beides auf die schändlichste, die gemeinste Weise.«

Cicero stiegen Tränen in die Augen. Er schluchzte laut auf, rang die Hände und krümmte sich wie unter schrecklichsten Seelenqualen zusammen. »Ach Lucius Cornelius Sulla, wie soll ich dir in die Augen sehen! Muß ich es sein, ich, ein einfacher Mann vom Land, ein Bauerntölpel und unbedeutender Winkeladvokat? Muß ich es sein, der dir den Schleier von den Augen reißt, der sie dir öffnet für diesen – welches Adjektiv beschreibt am treffendsten diesen Verrat, den dein von dir so geschätzter Klient Lucius Cornelius Chrysogonus an dir begangen hat? Gemeiner Verrat! Abscheulicher Verrat! Gräßlicher Verrat! Kein Adjektiv wird seiner Niedertracht gerecht!«

Er trocknete sich die Tränen ab. »Warum muß ich es sein? Warum kein anderer? Warum nicht der Pontifex Maximus? Ein großer Mann, und überhäuft mit Ehren! Statt dessen fiel das Los auf mich. Ich will dieses Schicksal nicht, und doch muß ich es annehmen. Was, ihr Geschworenen, hätte ich eurer Meinung nach tun sollen? Den großen Lucius Cornelius Sulla schonen, indem ich ihm den Verrat des Chrysogonus verschweige, oder das Leben eines Mannes retten, der des Mordes an seinem Vater angeklagt, aber unschuldig ist? Ja, ihr habt recht! Man darf auch einem berühmten, einem legendären Mann diese Peinlichkeit, diese öffentliche Demütigung nicht ersparen, wenn andernfalls ein Unschuldiger verurteilt würde!« Cicero richtete sich zu seiner vollen Größe auf. »Geschworene, an euch ist es jetzt, ein gerechtes Urteil zu sprechen.«

Natürlich sprachen die Geschworenen den Angeklagten frei. Als die Menge der Zuschauer sich aufzulösen begann, erhob Sulla sich von seinem Amtsstuhl und schritt auf Cicero zu. »Sehr gut, junger Freund«, sagte er und reichte ihm die Hand. »Du hättest ein hervorragender Schauspieler werden können!«

Cicero, der auf Wolken des Glücks schwebte, drückte Sulla lachend die Hand. »Du meinst, ich bin ein hervorragender Schauspieler! Denn die hohe Kunst des Anwalts besteht doch genau darin, die eigenen Worte durch Gestik und Mimik zu verkörpern.«

»Du wirst eine glänzende Karriere an meinen Gerichtshöfen machen.«

»Solange du mir die Freiheiten verzeihst, die ich mir in diesem Fall herausnehmen mußte.«

»Die verzeihe ich dir gerne!« sagte Sulla unbekümmert. »Ich glaube, ich kann fast alles verzeihen, wenn ich dafür ein gutes Stück zu sehen bekomme. Und ich habe, von einer Ausnahme abgesehen, niemals eine bessere Laienaufführung gesehen, mein lieber Cicero. Im übrigen überlege ich schon seit einiger Zeit, wie ich Chrysogonus loswerden kann – ich bin schließlich nicht völlig blind. Aber das ist eine heikle Sache.« Der Diktator sah sich um. »Wo ist Sextus Roscius?«

Sextus Roscius wurde herbeigeholt.

»Sextus Roscius, du erhältst deine Besitzungen zurück und bist wie dein Vater rehabilitiert«, sagte Sulla. »Ich bedaure, daß du unter der Korruption und Käuflichkeit eines Mannes, dem ich vertraut habe, so sehr zu leiden hattest. Er wird dafür bezahlen.«

»Dank meines ausgezeichneten Anwalts ist die Sache immerhin gut ausgegangen, Lucius Cornelius«, antwortete Sextus Roscius, der mitgenommen aussah.

»Aber das Nachspiel steht noch aus«, sagte der Diktator. Er nickte seinen Liktoren zu und verschwand in Richtung der Treppe, die zum Palatin hinaufführte.

Am nächsten Tag wurde Lucius Cornelius Chrysogonus, römischer Bürger der Tribus Cornelia, kopfüber den Tarpeischen Felsen hinuntergestürzt.

»Du kannst von Glück reden, daß du so bestraft wirst«, hatte Sulla noch zu ihm gesagt. »Ich hätte dir auch die römische Staatsbürgerschaft nehmen und dich auspeitschen und kreuzigen lassen können. Du stirbst einen römischen Tod, weil du dich in schweren Zeiten so gut um meine Frauen gekümmert hast. Mehr kann ich für dich nicht tun. Ich habe dich damals in meine Dienste genommen, weil ich wußte, daß du ein Schurke bist. Ich habe allerdings nicht vorausgesehen, daß ich zu beschäftigt sein würde, um dich im Auge zu behalten. Aber früher oder später kommt alles ans Licht. Auf Wiedersehen, Chrysogonus.«

Die beiden Vettern Capito und Magnus verschwanden aus Ameria, bevor sie gefaßt und vor Gericht gestellt werden konnten. Man hörte nie wieder von ihnen. Cicero war über Nacht zu einem berühmten Mann und Helden geworden. Kein anderer hatte es gewagt, an den Proskriptionen zu rütteln, und diesen gefährlichen Kampf gewonnen.

Nachdem Gaius Julius Caesar vom Amt des Jupiterpriesters befreit und zum Militärdienst unter Marcus Minucius Thermus, dem Statthalter der Provinz Asia, eingeteilt worden war, machte er sich knapp einen Monat vor seinem neunzehnten Geburtstag mit seinen beiden neuen Dienern und dem germanischen Freigelassenen Gaius Julius Burgundus nach Osten auf. Während die meisten Reisenden auf dem Seeweg nach Asia gelangten, hatte sich Caesar für den Landweg entschieden. Von Apollonia in Westmazedonien nach Kallipolis am Hellespont waren es auf der Via Egnatia rund achthundert Meilen. Angesichts des schönen Sommers war es eine angenehme Reise, auch wenn die Wirtshäuser und Herbergen unterwegs nicht so häufig waren wie in Italien. Wer auf dem Landweg nach Asia reiste, mußte im Zelt übernachten.

Da ein Jupiterpriester nicht reisen durfte, hatte Caesar bisher nur in der Phantasie verreisen können. Er hatte alle Bücher verschlungen, die im Ausland geschrieben worden waren, und sich dann vorgestellt, wie es in dem betreffenden Land aussehen mochte. Jetzt erlebte er, um wieviel schöner die Wirklichkeit im Vergleich mit der bloßen Vorstellung war! Sogar der wortgewandte Caesar war sprachlos, er, der geborene Reisende, der abenteuerlustig und neugierig war und beseelt vom unersättlichen Drang, alles Fremde zu erkunden. Unterwegs sprach er mit allen, vom Schafhirten über den Händler bis zum Söldner im Dienst eines lokalen Stammesfürsten. Er sprach ein vornehmes attisches Griechisch, aber auch die vielen exotischen Sprachen, die er in seiner Kindheit im von einem polyglotten Gemisch von Mietern bewohnten Mietshaus seiner Mutter aufgeschnappt hatte, kamen ihm jetzt zustatten. Zwar begegnete er niemandem, der eine dieser Sprachen sprach, aber seine Ohren waren so viele fremde Wörter und Klänge gewohnt, daß er selbst ausgefallene griechische Dialekte verstand und Fremdwörter erkannte. So war er um Mittel zur Verständigung niemals verlegen.

Natürlich wäre es wunderbar gewesen, wenn er Bucephalus hätte reiten können, aber Schlappohr, sein junges und zuverlässiges Maultier, stand dem Streitroß nur im Aussehen nach. So leicht und sicher bewegte es sich über den unebenen Boden, daß Caesar manchmal den Eindruck hatte, es habe Klauen statt Hufe. Burgundus saß auf seinem riesigen Sizilianer, und auch die beiden Diener ritten prachtvolle Pferde. Zwar hatte Caesar sein Ehrenwort gegeben, nur auf einem Maultier zu reiten, aber er wollte, daß andere Reisende darin eine exzentrische Eigenart sahen; an den edlen Pferden seiner Diener sollten sie merken, daß er sich ein herrliches Pferd durchaus hätte leisten können. Wie gerissen Sulla war! Denn er hatte Caesars wunden Punkt getroffen: Caesar war die äußere Erscheinung wichtig. Er wollte andere damit beeindrucken, und das war auf einem Maultier schwer!

Auf dem ersten Abschnitt der Via Egnatia war das Land besonders wild und unwirtlich. Die Straße, die nicht gepflastert, aber sonst in gutem Zustand war, wand sich ins Hochland hinauf, in jenes Gebirge, in dem sich seit Alexander dem Großen wohl kaum etwas verändert hatte. Ein paar Schafherden und einmal in der Ferne einige berittene Krieger, Skordisker vielleicht, waren die einzigen Anzeichen der Zivilisation. Erst ab dem mazedonischen Edessa, wo fruchtbare Flußtäler und Ebenen ein besseres Auskommen versprachen, wurden die Menschen zahlreicher und die Siedlungen größer und dichter. In Thessalonike stieg Caesar im Palast des Statthalters ab. Er nutzte die Gelegenheit zu einem heißen Bad, denn seit Apollonia hatte er sich nur in Flüssen und Seen waschen können, deren Wasser selbst im Sommer kalt war. Die Einladung zum Bleiben schlug er allerdings aus; schon am nächsten Tag reiste er weiter.

Philippi, der Schauplatz mehrerer berühmter Schlachten und vor nicht allzu langer Zeit von einem Sohn König Mithridates' besetzt, war interessant wegen seiner Geschichte und seiner strategischen Bedeutung am Berg Pangaion. Noch mehr interessierte sich Caesar freilich für die Straße weiter ostwärts; dort konnte er sich ein Bild von den militärischen Möglichkeiten in den engen Pässen machen, bevor das Land wieder flacher und das Gelände zugänglicher wurde. Dann lagen der Melas-Golf und ein von Bergen umringter, fruchtbarer Küstenstrich vor ihm, und als er einen weiteren Gebirgskamm passiert hatte, kam der Hellespont in Sicht. Diese Meerenge war mehr als nur eine schmale Meeresstraße: Hier war die Griechin Helle vom Rücken des goldenen Widders ins Meer gestürzt, was der Meerenge den Namen gegeben hatte, hier hatten die Symplegaden gelegen, jene zusammenschlagenden Felsen, denen das Schiff Argo nur knapp entronnen war, und hier hatten die Heere der asiatischen Könige von Xerxes bis Mithridates mit ihren Tausenden von Soldaten nach Thrakien übergesetzt. Am Hellespont stießen Ost und West zusammen.

In Kallipolis schließlich bestieg Caesar für die letzte Etappe der Reise ein Schiff, auf dem auch die Pferde, das Maultier und die Lasttiere untergebracht wurden, und fuhr geradewegs nach Pergamon. Er hoffte, im Kriegsgebiet stationiert zu werden.

Doch der Statthalter Marcus Minucius Thermus hatte mit Caesar anderes vor. »Es ist von entscheidender Bedeutung, daß wir den Aufstand unter Kontrolle bekommen«, erklärte er seinem neuen Kriegstribunen. »Ausgelöst wurde der Aufstand durch das neue Steuersystem, das der Diktator in der Provinz Asia eingeführt hat. Inselstaaten wie Lesbos und Chios ging es unter Mithridates sehr gut, deshalb wünschen sie das Ende Roms herbei. In einigen Städten auf dem Festland herrscht die gleiche Stimmung. Wenn Mytilene uns ein ganzes Jahr standhält, wird das andere Städte zum Aufstand ermutigen. Die Stadt einzuschließen ist wegen ihres doppelten Hafens schwierig. Für eine Blockade haben wir keine geeignete Flotte. Also wirst du, Gaius Julius, zu König Nikomedes nach Bithynien gehen und dort eine Flotte auftreiben. Dann fährst du nach Lesbos und übergibst die Flotte meinem Legaten Lucullus. Er ist mit der Belagerung betraut.«

»Entschuldige meine Unwissenheit, Marcus Minucius«, sagte Caesar. »Aber wie lange braucht man, um eine Flotte zusammenzustellen, und wie viele Schiffe welcher Bauart willst du?«

»Man braucht ewig, und du nimmst, was der König dir gibt –

in anderen Worten, du bekommst nur das, was er selbst nicht braucht. Darin unterscheidet Nikomedes sich nicht von anderen orientalischen Potentaten.«

Der neunzehnjährige Caesar war mit dieser Antwort jedoch nicht zufrieden. Er runzelte die Stirn und gab Thermus eine erste Kostprobe seines beträchtlichen, freilich mit Charme gepaarten Hochmuts. »Das genügt nicht«, sagte er. »Rom muß bekommen, was es braucht.«

Thermus mußte lachen. »Du hast noch viel zu lernen, Caesar!«

Doch seine Worte verfehlten die beabsichtigte Wirkung. Caesar preßte die Lippen zusammen und sah jetzt seiner Mutter sehr ähnlich – die Thermus nicht kannte, sonst hätte er gewußt, mit wem er es zu tun hatte. »Warum sagst du mir nicht einfach, wie viele Schiffe du wann haben willst, Marcus Minucius? Ich kümmere mich dann persönlich darum, daß du sie zum gewünschten Zeitpunkt bekommst.«

Thermus riß erstaunt den Mund auf und war sprachlos. Eigentlich hätte er auf diesen Starrsinn mit einem Wutanfall reagieren müssen, aber er blieb zu seiner eigenen Überraschung ganz ruhig. Allerdings lachte er auch nicht mehr über die Überheblichkeit des Heranwachsenden. Der Statthalter der Provinz Asia begann zu glauben, daß es Caesar tatsächlich ernst war. König Nikomedes und die Zeit würden seinen Hochmut dämpfen, aber daß er sich überhaupt solchen Illusionen hingab, war interessant im Hinblick auf den Brief, in dem Sulla Thermus den jungen Patrizier vorgestellt hatte.

Ich bin ihm gegenüber verpflichtet, weil er durch Heirat zu meinem Neffen geworden ist, aber ich möchte unmißverständlich klarstellen, daß er deshalb nicht bevorzugt werden soll. Ich selbst bevorzuge ihn auch nicht! Ich will, daß ihm schwierige Aufgaben und Ämter übertragen werden. Er hat einen ausgezeichneten Verstand und einen herausragenden Mut und bringt es womöglich noch sehr weit.

Von seinem Verhalten in zwei Gesprächen mit mir abgesehen, war seine Karriere bislang aufgrund seines Amtes als Jupiterpriester wenig spektakulär. Von diesem Amt ist er inzwischen auf legale Weise entbunden. Das heißt allerdings, daß er sich noch nicht als Soldat bewährt hat. Vielleicht ist er also nur mit dem Mund tapfer.

Prüfe ihn, Marcus Minucius, und sage dem lieben Lucullus, er soll dasselbe tun. Wenn er scheitert, darfst Du ihn mit meiner Erlaubnis so hart bestrafen, wie Du willst. Bewährt er sich, erwarte ich, daß Du ihn angemessen belohnst.

Ich habe noch einen letzten, ungewöhnlichen Wunsch. Wenn Du siehst oder erfährst, daß Caesar ein Pferd statt seines Maultieres reitet oder geritten hat, entlasse ihn sofort unehrenhaft und schicke ihn nach Hause.

Thermus hatte sich wieder gefaßt und sagte gelassen: »Na schön, Gaius Julius, ich nenne dir einen Zeitpunkt und eine Flottenstärke. Du übergibst die Schiffe Lucullus in seinem Lager an der anatolischen Küste nördlich von Mytilene an den Kalenden des November. Bis dahin hat der alte Nikomedes zwar wahrscheinlich noch nicht einmal ein Schiff herausgerückt, aber du wolltest ja einen Zeitpunkt. Die Kalenden des November wären ideal: Wir könnten die beiden Häfen noch vor Winter abschneiden und der Stadt dann hart zusetzen. Nun zur Stärke: vierzig Schiffe, mindestens die Hälfte davon gedeckte Triremen oder größer. Auch hier hast du Glück, wenn du dreißig Schiffe auftreibst, von denen fünf Triremen sind.«

Thermus musterte Caesar streng. »Und da du es so gewollt hast, Caesar, muß ich dich darauf hinweisen, daß ich mich in meinem Bericht nach Rom beschweren werde, wenn du zu spät kommst oder die Flotte eine geringere Stärke hat.«

»Natürlich«, sagte Caesar unbeirrt.

»Du kannst vorerst im Palast wohnen«, sagte Thermus freundlich. Obwohl Sulla ihm freie Hand gegeben hatte, gedachte er keineswegs, einen Verwandten des Diktators gegen sich aufzubringen.

»Nein, ich mache mich noch heute auf den Weg nach Bithynien.« Caesar war bereits zur Tür unterwegs.

»Du mußt nicht gleich übertreiben, Gaius Julius!«

»Nein, aber ich muß unbedingt aufbrechen«, sagte Caesar.

Thermus kehrte zu seinem endlosen Papierkrieg zurück. Ein merkwürdiger Mensch! Hervorragende Umgangsformen, aber von einer Art, wie wohl nur Patrizier berühmter Familien sie hatten. Der junge Mann vermittelte den Eindruck, daß er alle Menschen gern hatte und sich keinem überlegen fühlte, zugleich aber wußte, daß er allen – außer vielleicht Fabius Maximus – überlegen war. Schwer einzuschätzen, aber so waren sie eben, die Julier und Fabier. Und wie gut er aussah! Thermus, der für Männer keine geschlechtliche Zuneigung hatte, grübelte über Caesars Neigungen nach. Männer, die aussahen wie er, waren oft dem eigenen Geschlecht zugetan. Aber Caesars Benehmen war alles andere als affektiert gewesen.

Der Berg von Papier vor ihm ermahnte ihn stumm, und Thermus wandte sich wieder der Arbeit zu. Bald hatte er Gaius Julius Caesar vollkommen vergessen.

Ohne zu übernachten, reiste Caesar mit seinem kleinen Gefolge von Pergamon auf dem Landweg weiter. Er folgte zunächst dem Lauf eines Flusses, überwand einen hohen Gebirgskamm und stieg ins Tal des Makestos hinab, der am Unterlauf Rhyndakos hieß. Da Ortsansässige ihm davon abrieten, weiter in Richtung Meer vorzustoßen, bog er vom Flußlauf ab und ritt parallel zur Küste ostwärts nach Prusa. Prusa war die zweitgrößte Stadt Bithyniens, und es hatte geheißen, daß er König Nikomedes dort vielleicht antreffen werde. Die Stadt schmiegte sich malerisch an die Flanken eines gewaltigen schneebedeckten Gebirgsmassivs, aber Nikomedes weilte nicht in seiner dortigen Residenz. Deshalb stieß Caesar weiter bis zum Sangarios vor und gelangte nach einem weiteren kurzen Ritt nach Westen zur Hauptresidenz des Landes, nach Nikomedia, das verträumt an einem langen, schützenden Meeresarm lag.

Wie anders als Italien! Bithynien hatte ein eher mildes als heißes Klima, und dank seiner Flüsse, die um diese Jahreszeit mehr Wasser führten als die Flüsse Italiens, war das Land erstaunlich grün. Der König dieses Reiches herrschte über ein wohlhabendes Land, soviel war klar. Die Einwohner Prusas hatten keine Armut gelitten, und auch Nikomedia war eine wohlhabende Stadt.

Der Palast stand auf einer Anhöhe über den Häusern, aber noch innerhalb der gewaltigen Stadtmauern. Caesars erster Eindruck war der einer griechischen Reinheit der Formen, griechischer Farben und griechischer Bauart – und eines beträchtlichen Reichtums, obwohl Mithridates hier mehrere Jahre geherrscht hatte. Der König von Bithynien hatte diese Zeit im Exil in Rom verbracht, aber Caesar erinnerte sich nicht, ihm dort je begegnet zu sein. Was freilich kein Wunder war: Rom erlaubte keinem regierenden König, die heilige Stadtgrenze zu überschreiten, weshalb Nikomedes eine unverschämt teure Villa auf dem Pincius gemietet und die Verhandlungen mit dem Senat von dort geführt hatte.

Am Palasttor wurde Caesar von einem verblüffend feminin aussehenden Mann unbestimmten Alters empfangen. Der Mann musterte ihn mit lüsternem Blick von oben bis unten, nickte anerkennend und rief einen zweiten Mann herbei, der ebenfalls aussah wie eine Frau und den Dienern einen Stall für die Pferde und das Maultier zuwies. Dann geleitete er den Gast in ein Vorzimmer, wo er warten sollte, bis der König über seine Ankunft unterrichtet worden war und über eine Unterkunft entschieden hatte. Ob Caesar allerdings sofort eine Audienz erhalten würde, konnte der Haushofmeister – denn als solcher stellte der Mann sich heraus – allerdings nicht sagen.

Der kleine Raum, in dem Caesar wartete, war kühl und erlesen dekoriert. Die Wände trugen keine Fresken, waren aber in verschiedene Fächer unterteilt und mit vergoldeten Gesimsen und Pilastern verziert. Die Fächer waren innen zartrosa ausgemalt, der Rest der Wand leuchtete purpurrot, und der Fußboden war eine Komposition aus Marmor in purpurroten und rosa Farbtönen. Durch die Fenster war trotz der geschlossenen Läden eine Gartenlandschaft mit herrlichen Terrassen und Fontänen zu erkennen, und der Duft verschiedener Blumen lag schwer in der Luft. Caesar sog ihn mit geschlossenen Augen tief in sich hinein.

Aus einer halboffenen Tür drangen laute Stimmen, und Caesar öffnete die Augen wieder. Er hörte eine hohe, lispelnde Männerstimme und eine tiefe, dröhnende Frauenstimme.

»Spring!« sagte die Frau. »Hopp!«

»So ein Blödsinn!« sagte der Mann. »Das ist doch erniedrigend!«

»Puzzi-Schnucki-Puzzi!« rief die Frau und lachte wiehernd.

»Hör auf!« sagte der Mann.

»Hopp!« sagte wieder die Frau und lachte.

Auch wenn es unhöflich war, Caesar näherte sich der Tür und spähte in das Nachbarzimmer, eine Art privates Wohnzimmer. Dort bot sich ihm ein faszinierender Anblick. Er sah einen sehr betagten Mann, eine große, etwa zehn Jahre jüngere Frau und einen offensichtlich schon älteren, dicken Hund einer kleinen, Caesar unbekannten Rasse. Der Hund führte Kunststücke auf; er machte Männchen, legte sich hin, wälzte sich über den Boden und stellte sich tot. Und dabei sah er die ganze Zeit die Frau an, die offenbar seine Herrin war.

Der Alte war wütend. »Fort! Husch! Fort!« schrie er. Das weiße Band, das er als Diadem um den Kopf trug, verriet Caesar, daß es sich um König Nikomedes handelte.

Die Frau – offenbar die Königin, denn sie trug ebenfalls ein Diadem – beugte sich zu dem Hund hinunter, doch der sprang rasch auf und biß sie von hinten in das dralle Hinterteil. Jetzt wollte der König sich ausschütten vor Lachen, während der Hund sich erneut totstellte und die Königin, hin und her gerissen zwischen Wut und Lachen, sich die Gesäßbacke rieb. Das Lachen gewann die Oberhand, und sie verpaßte nun ihrerseits dem Hund einen gezielten Fußtritt. Er jaulte auf und schoß davon, und die Königin eilte ihm nach.

Der König war allein. Offenbar wußte er nicht, daß im Nebenraum jemand wartete; niemand hatte ihn über Caesars Ankunft informiert. Langsam gewann er seine Fassung wieder. Er setzte sich in einen Sessel und stieß einen zufriedenen Seufzer aus.

Ähnlich wie seinerzeit Marius und Julia schockiert gewesen waren, als sie den Vater des gegenwärtigen Königs zum erstenmal gesehen hatten, starrte jetzt Caesar König Nikomedes III. befremdet an. Er war groß, dünn und sehnig und trug ein bis zum Boden fallendes, goldbesticktes und mit Perlen übersätes Gewand aus thyrischem Purpur und filigrane, perlenbesetzte goldene Sandalen, in denen Zehen mit goldbemalten Nägeln steckten. Er trug keine Perücke, sondern sein eigenes, kurzgeschnittenes eisgraues Haar, aber sein Gesicht war kunstvoll mit einer dicken Schicht aus schneeweißer Creme und Puder überzogen. Seine Brauen waren sorgfältig mit Rußschwarz nachgezogen, die Wimpern getuscht, die Wangen mit einem zarten Rosa bedeckt. Die runzeligen alten Lippen waren blutrot geschminkt.

Caesar trat in den Raum. »Ich nehme an, die Königin hat bekommen, was ihr zustand.«

Der König von Bithynien fuhr auf. Vor ihm stand ein blutjunger Römer, für die Reise gekleidet in einem einfachen ledernen Brustpanzer. Er war groß, breitschultrig und schlank, hatte kräftige Waden und fein gemeißelte Knöchel, die mit Soldatenstiefeln umschnürt waren. Auf seinem Kopf saß ein Schopf blaßgoldener Haare, der breite, runde Hinterkopf stand in seltsamem Kontrast zu dem langen, spitz zulaufenden Gesicht. Aber welch ein Gesicht! Knochig, doch wie edel geschnitten! Über die Knochen spannte sich eine glatte, blasse Haut, und aus tiefen Höhlen leuchteten zwei große Augen. Die blonden Brauen waren schmal, die blonden Wimpern dicht und lang. Die Augen, dachte der König, die ihn jetzt so amüsiert ansahen, konnten sicher auch ganz anders blicken; die hellblaue Iris war von einem dunkelblauen, fast schwarz erscheinenden Ring umgeben, der den schwarzen Pupillen etwas Unheimliches gab. Doch all das war nichts verglichen mit dem vollen und doch festen Mund des jungen Mannes und den Grübchen an den Mundwinkeln. Nikomedes hätte sie küssen mögen!

»Sei gegrüßt!« sagte er, während er sich rasch aufrichtete und versuchte, verführerisch zu lächeln.

»Laß das!« sagte Caesar. Er setzte sich auf einen Stuhl dem König gegenüber.

»Du bist zu schön, um Männer nicht zu mögen.« König Nikomedes machte ein wehmütiges Gesicht. »Wäre ich nur zehn Jahre jünger!«

»Wie alt bist du denn?« Caesar lächelte und zeigte seine makellosen weißen Zähne.

»Zu alt, als daß ich dir noch geben könnte, was ich gerne würde.«

»Wie alt also?«

»Achtzig.«

»Ein Mann ist angeblich nie zu alt.«

»Für Blicke nie, für Taten schon.«

»Sei froh, daß du nicht mehr kannst«, sagte Caesar, noch immer ruhig lächelnd. »Wenn du könntest, müßte ich dich verprügeln, und das wäre ein diplomatischer Skandal.«

»Was!« spottete der König. »Für Frauen bist du doch viel zu schön.«

»In Bithynien vielleicht. In Rom bestimmt nicht.«

»Du bist dir ganz sicher?«

»Ja.«

»Was für eine Verschwendung!«

»Ich kenne viele Frauen, die anderer Ansicht sind.«

»Ich wette, du hast nie eine von ihnen geliebt.«

»Ich liebe meine Frau«, sagte Caesar.

Der König sah ihn bestürzt an. »Ich werde die Römer nie verstehen!« rief er. »Ihr nennt andere Völker Barbaren, dabei seid ihr die Barbaren.«

Caesar schwang ein Bein über die Armlehne seines Stuhls und ließ es hin und her pendeln. »Ich kann Homer und Hesiod zitieren«, sagte er.

»Das kann auch ein Vogel, wenn man es ihm beibringt.«

»Ich bin kein Vogel, König Nikomedes.«

»Ich wünschte, du wärst einer! Ich würde dich in einen goldenen Käfig sperren und dich immer nur ansehen.«

»Noch ein Haustier? Ich könnte beißen.«

»Tu es!« Der König entblößte seinen dürren Nacken.

»Nein danke.«

»So kommen wir nicht weiter!« sagte der König gereizt.

»Genau das wollte ich sagen.«

»Wer bist du?«

»Ich heiße Gaius Julius Caesar, und ich bin Militärtribun des Marcus Minucius Thermus, des Statthalters der Provinz Asia.«

»Bist du in offizieller Eigenschaft hier?«

»Natürlich.«

»Warum hat Thermus mich nicht unterrichtet?«

»Weil ich schneller reise als Ausrufer und Kuriere. Warum dein Haushofmeister mich nicht gemeldet hat, weiß ich allerdings nicht.« Caesars Bein pendelte immer noch.

In diesem Augenblick trat der Haushofmeister herein. Als er den Besucher beim König sitzen sah, erschrak er.

»Du hast wohl gedacht, du könntest dich zuerst bedienen, was?« fragte der König. »Nun, da kannst du alle Hoffnung aufgeben, Sarpedon! Er mag Männer nicht.« Er wandte sich wieder an Caesar und musterte ihn neugierig. »Julius. Also Patrizier?«

»Richtig.«

»Bist du ein Verwandter des Konsuls, den Gaius Marius töten ließ? Von Lucius Julius Caesar?«

»Er und mein Vater waren Vettern.«

»Dann bist du der Jupiterpriester!«

»Ich war Jupiterpriester. Du hast eine Zeitlang in Rom gelebt.«

»Zu lange.« Der König merkte plötzlich, daß der Haushofmeister noch immer im Raum stand, und runzelte die Stirn. »Hast du dich um eine Unterkunft für unseren erlauchten Gast gekümmert, Sarpedon?«

»Ja, Herr.«

»Dann warte draußen.«

Der Haushofmeister verschwand unter wiederholten Verbeugungen rückwärts aus dem Raum.

»Warum bist du gekommen?« fragte der König.

Caesar setzte sich gerade hin. »Ich bin hier, weil Rom eine Flotte braucht.«

Die Augen des Königs blieben ausdruckslos. »Hm! Eine Flotte? Wie viele Schiffe denn und was für welche?«

»Und bis wann, hast du noch vergessen.«

»Also?«

»Ich brauche vierzig Schiffe, davon die Hälfte gedeckte Triremen oder größer, bereit zum Auslaufen in einem Hafen deiner Wahl bis Mitte Oktober.«

»In zweieinhalb Monaten?« kreischte Nikomedes empört. »Warum hackst du mir nicht gleich beide Beine ab?« Er sprang auf.

»Wenn ich nicht bekomme, was ich will, werde ich das tun.«

Der König setzte sich wieder und sah Caesar böse an. »Vergiß nicht, daß dies mein Königreich und keine römische Provinz ist, Gaius Julius.« Sein blutrot geschminkter Mund verzerrte sich zu einer lächerlichen Grimasse. »Ich gebe dir, was ich kann und wann ich es kann. Und du bittest gefälligst darum! Du verlangst es nicht.«

»Mein lieber König Nikomedes«, sagte Caesar freundlich. »Du bist eine Maus, eingezwängt zwischen zwei Elefanten: Rom und

Pontos.« Seine Augen hatten aufgehört zu lächeln, und Nikomedes fühlte sich plötzlich an Sulla erinnert und fröstelte. »Dein Vater ist so alt geworden, daß du selbst den Thron erst als alter Mann besteigen konntest. Inzwischen hast du sicher gemerkt, wie heikel deine Lage ist. Du hast ebenso lange Zeit im Exil verbracht wie in diesem Palast, und jetzt bist du nur deshalb hier, weil Rom in der Person des Gaius Scribonius Curios dich an diese Stelle gesetzt hat. Wenn man in Rom, das von Pontos sehr viel weiter entfernt ist als du, genau weiß, daß König Mithridates noch lange nicht besiegt ist, dann weißt du das auch. Bithynien gilt seit Prusias II. als Freund und Verbündeter des römischen Volkes, und auch du hast dich unauflöslich an Rom gebunden. Das Herrschen gefällt dir sicher besser als das Exil; das heißt aber, daß du mit Rom kooperieren und seine Forderungen respektieren mußt. Sonst zieht Mithridates gegen Rom und Rom gegen Mithridates, und du arme kleine Maus wirst zwischen beiden zerquetscht.«

Der König saß mit offenem Mund und entsetzt aufgerissenen Augen auf seinem Stuhl. Nach einer langen, atemlosen Pause sog er plötzlich keuchend Luft in seine Lungen, und das Wasser trat ihm in die Augen. »Das ist nicht gerecht!« rief er und brach in Tränen aus.

Verächtlich stand Caesar auf, griff in das Armloch seines Brustpanzers und zog ein Taschentuch heraus. Dann trat er zum König und reichte es ihm. »Denke an deine Stellung und beherrsche dich! Auch wenn unser Treffen informell begonnen hat, ist es immer noch eine Audienz zwischen einem offiziellen Vertreter Roms und dem König von Bithynien. Du sitzt hier aufgedonnert wie eine Tänzerin in deinem Sessel und plärrst, wenn man dir die Wahrheit ins Gesicht sagt! Meine Erziehung verbietet mir, einen ehrwürdigen alten Mann zurechtzuweisen, zumal wenn er römischer Klientelkönig ist, du aber forderst das geradezu heraus! Geh und wasch dir das Gesicht, Nikomedes, dann machen wir weiter.«

Gehorsam wie ein Kind stand der König auf und verschwand.

Schon bald kehrte er mit sauberem Gesicht zurück, begleitet von mehreren Dienern, die Tabletts mit kühlen Getränken brachten.

»Wein aus Chios«, sagte der König. Er setzte sich und strahlte Caesar an, als sei nichts geschehen. »Zwanzig Jahre alt!«

»Danke, ich trinke lieber Wasser.«

»Wasser?«

Das Lächeln kehrte in Caesars Augen zurück. »Ja. Ich mag keinen Wein.«

»Auch gut. Bithyniens Wasser ist berühmt«, sagte der König. »Was willst du essen?«

Caesar zuckte gleichgültig die Achseln. »Egal.«

König Nikomedes sah seinen Gast jetzt mit einem Blick an, der nicht mehr lüstern war, sondern forschend. Er sah durch Caesars äußere Erscheinung hindurch in tiefere Schichten seines Wesens. »Wie alt bist du, Gaius Julius?«

»Ich bin erst neunzehn.«

»Jünger als mein Wein!« sagte der König erstaunt. »Du bist auch mit den Aureliern verwandt? Mit Orestes oder Cotta?«

»Meine Mutter ist eine Aurelia Cotta.«

»Siehst du ihr ähnlich? Denn ich sehe nicht viel Ähnlichkeit mit Lucius Caesar oder Caesar Strabo.«

»Ich habe einiges von ihr, anderes von meinem Vater. Wenn du nach dem Caesar in mir suchst, darfst du nicht an den jüngeren Bruder meines Vaters denken. Denke an seinen älteren Bruder, an Catulus Caesar. Alle drei sind umgekommen, als Gaius Marius nach Rom zurückkehrte. Das weißt du sicher noch.«

»Ja.« Nikomedes nippte nachdenklich an seinem Wein. »Römer lassen sich, wie ich festgestellt habe, von Königen besonders leicht beeindrucken. Der Theorie nach sind sie zwar überzeugte Republikaner, aber sie haben viel für den Glanz des Königtums übrig. Du dagegen scheinst überhaupt nicht beeindruckt.«

»Wenn Rom einen König hätte, Majestät, würde ich das sein«, sagte Caesar einfach.

»Weil du Patrizier bist?«

»Patrizier?« Caesar sah ihn erstaunt an. »Ihr Götter, nein! Ich bin Julier! Das heißt, ich stamme von Aeneas ab. Sein Vater war ein Sterblicher, aber seine Mutter war Venus – also Aphrodite.«

»Du stammst von Aeneas' Sohn Ascanius ab?«

»Bei uns heißt Ascanius Iulus«, sagte Caesar.

»Der Sohn von Aeneas und Creusa?«

»So sagen einige. Creusa starb in den Flammen von Troja, aber ihr Sohn entkam mit Aeneas und Anchises nach Latium. Aeneas hatte allerdings einen weiteren Sohn mit Lavinia, der Tochter von König Latinus. Er hieß ebenfalls Ascanius, also Iulus.«

»Von welchem Sohn des Aeneas stammst du ab?«

»Von beiden«, sagte Caesar ernst. »Ich glaube nämlich, daß es nur einen Sohn gab. Die Frage ist nur, wer die Mutter war. Es ist romantischer zu glauben, er sei Creusas Sohn gewesen, aber wahrscheinlich war seine Mutter doch Lavinia. Nach Aeneas' Tod gründete Iulus auf dem Albanerberg oberhalb von Bovillae die Stadt Alba Longa. Nach Iulus Tod herrschten dort seine Nachkommen, die Julier. Wir waren die Könige von Alba Longa, und als die Stadt an König Servius Tullus von Rom fiel, wurden wir Roms vornehmste Bürger. Und das sind wir noch immer, denn wir stellen traditionell die Priester des Jupiter Latiaris, der viel älter ist als Jupiter Optimus Maximus.«

»Wenn die Julier so vornehm sind, warum haben sie in den Jahrhunderten der Republik dann keine wichtigere Rolle gespielt?«

»Sie hatten kein Geld!«

»Ach, kein Geld!« rief der König verständnisvoll. »Ein schreckliches Problem, Caesar. Auch für mich. Ich habe das Geld für deine Flotte nicht: Bithynien ist bankrott.«

»Bithynien ist nicht bankrott, und du wirst mir die Flotte beschaffen, o König der Mäuse! Sonst wirst du breitgetreten wie ein Ölkuchen unter dem Fuß eines Elefanten.«

»Ich habe das Geld für die Flotte nicht.«

»Warum verschwenden wir hier unsere Zeit?« Caesar stand auf. »Stell deinen Becher hin, König Nikomedes, und laß uns mit den Vorbereitungen beginnen.« Er schob eine Hand unter den Ellenbogen des Königs. »Steh auf! Wir gehen zum Hafen hinunter und schauen, was wir finden.«

Nikomedes riß sich empört los. »Du sollst aufhören, mir zu sagen, was ich tun soll!«

»Erst wenn du es tust!«

»Ich tue es ja!«

»Aber bitte sofort. Heute noch.«

»Morgen.«

»Morgen steht vielleicht schon König Mithridates vor der Stadt.«

»Das ist unmöglich! Mithridates ist in Kolchis, und zwei Drittel seiner Soldaten sind tot.«

Caesar setzte sich interessiert wieder hin. »Erzähle mir mehr.«

»Er ist mit einer Viertelmillion Männern losgezogen, um den wilden Stämmen des Kaukasus wegen ihrer Überfälle auf Kolchis eine Lektion zu erteilen. Typisch Mithridates! Er konnte sich nicht vorstellen, daß man auch mit so vielen Soldaten verlieren kann. Es kam gar nicht zum Kampf. Die Kälte in den Bergen hat alles entschieden. Zwei Drittel der pontischen Soldaten sind erfroren.«

»Davon weiß man in Rom nichts.« Caesar runzelte die Stirn. »Warum hast du die Konsuln nicht informiert?«

»Weil es eben erst passiert ist – außerdem ist es nicht meine Aufgabe, Rom zu informieren!«

»Als Freund und Verbündeter mußt du das sehr wohl. Das letzte, was wir von Mithridates erfahren haben, war, daß er am kimmerischen Bosporus versucht hat, seine Länder nördlich des Schwarzen Meeres neu zu ordnen.«

Nikomedes nickte. »Das hat er getan, nachdem Sulla Murena befohlen hatte, aus Pontos abzuziehen. Aber Kolchis hat den Tribut nicht regelmäßig gezahlt, also hat er dort Zwischenstation gemacht, um nach dem Rechten zu sehen. Dabei hat er von den Überfällen der Barbaren erfahren.«

»Sehr interessant.«

»Du siehst also, Pontos stellt keine Bedrohung mehr da, es ist kein Elefant mehr.«

Caesars Augen funkelten. »Aber es gibt noch einen anderen Elefanten! Einen noch größeren. Er heißt Rom!«

Der König bekam einen Lachanfall. »Meinetwegen«, prustete er schließlich. »Ich gebe mich geschlagen! Du sollst deine Flotte haben!«

Königin Oradaltis trat ein, gefolgt von ihrem Hund. Erstaunt stellte sie fest, daß das Gesicht ihres Mannes nicht mehr geschminkt war und daß in züchtigem Abstand von ihm ein junger Römer saß, der aufgrund seiner Schönheit eigentlich viel näher bei Nikomedes hätte sitzen müssen.

»Das ist Gaius Julius Caesar, meine Liebe«, sagte der König, als er sich wieder beruhigt hatte. »Ein Abkömmling der Göttin Aphrodite und von sehr viel vornehmerer Herkunft als wir. Er hat mich eben dazu überredet, ihm eine große Flotte zur Verfügung zu stellen.«

Die Königin, die sich hinsichtlich Nikomedes' keine Illusionen mehr machte, neigte majestätisch das Haupt. »Es überrascht mich, daß du ihm nicht das gesamte Königreich gegeben hast«, sagte sie. Sie schenkte sich Wein ein, nahm einen Kuchen und setzte sich.

Der Hund trottete zu Caesar, machte Männchen und blickte bewundernd zu ihm auf. Als Caesar ihm einen kräftigen Klaps versetzte, legte er sich auf den Rücken und bot den dicken Bauch zum Kraulen dar.

»Wie heißt er denn?« fragte Caesar, der Hunde gern mochte.

»Sulla«, sagte die Königin.

Caesar fiel ein, wie die Königin Sulla mit der Spitze ihres in einer Sandale steckenden Fußes einen Tritt in seine edelsten Teile verpaßt hatte, und diesmal mußte er lachen.

Beim Essen erfuhr er vom Schicksal der bithynischen Thronerbin Nysa, die das einzige Kind des Königs und der Königin war.

»Sie ist fünfzig und kinderlos«, sagte Oradaltis traurig. »Wir konnten einer Ehe zwischen Mithridates und ihr natürlich nicht zustimmen, und daraufhin hat er es uns unmöglich gemacht, einen passenden Gatten für sie zu finden. Es ist eine Tragödie.«

»Darf ich hoffen, sie kennenzulernen, bevor ich wieder gehe?« fragte Caesar.

»Das steht leider nicht in unserer Macht«, seufzte Nikomedes. »Als Mithridates das letzte Mal in Bithynien einfiel und ich nach Rom fliehen mußte, habe ich Nysa und Oradaltis in Nikomedia zurückgelassen. Mithridates hat unsere Tochter als Geisel genommen. Er hält sie noch immer fest.«

»Hat er sie geheiratet?«

»Wir glauben nicht«, sagte die Königin. »Sie war nie eine Schönheit und schon damals zu alt, um Kinder zu bekommen. Wenn sie ihm offen Widerstand geleistet hat, hat er sie vielleicht getötet; das letzte, was wir gehört haben, war allerdings die Nachricht, sie sei am Leben und werde in Kabira gefangengehalten. Mithridates hält dort noch andere Töchter und Schwestern fest, denen er nicht erlaubt zu heiraten.«

»Dann laß uns hoffen, König Nikomedes, daß der römische

Elefant siegt, wenn es das nächste Mal zu einem Zusammenstoß kommt. Wenn ich nicht selbst an diesem Krieg teilnehme, werde ich jedenfalls dafür sorgen, daß das Schicksal von Prinzessin Nysa geklärt wird.«

»Hoffentlich bin ich bis dahin tot«, sagte der König. Er schien es ernst zu meinen.

»Du wirst doch nicht sterben, bevor deine Tochter zu dir zurückkehrt!«

»Wenn sie je zurückkehrt, dann als pontische Marionette«, sagte Nikomedes bitter.

»Dann solltest du Bithynien besser testamentarisch Rom vermachen.«

»Wie Attalos III., der Rom Asia vermacht hat? Oder wie Ptolemaios Apion, der Rom Cyrenaica vermacht hat? Niemals!«

»Dann fällt Bithynien an Pontos. Und Pontos wird an Rom fallen, was bedeutet, daß Bithynien letzten Endes auf jeden Fall an Rom fällt.«

»Nicht, wenn ich es verhindern kann.«

»Das kannst du nicht«, sagte Caesar ernst.

Am nächsten Tag begleitete der König Caesar zum Hafen und zeigte ihm, daß dort kein einziges Kriegsschiff ankerte.

Doch Caesar ließ sich nicht beirren. »Deine Kriegsflotte ankert gar nicht hier. Ich schlage vor, wir reiten nach Chalkedon weiter.«

»Morgen«, sagte der König, der von seinem schwierigen Gast immer entzückter war.

»Wir reiten sofort«, sagte Caesar bestimmt. »Wie weit ist es bis dort? Vierzig Meilen? Das schaffen wir nicht an einem Tag.«

»Dann fahren wir mit dem Schiff.« Der König verabscheute Reisen.

»Nein, wir nehmen den Landweg. Ich sehe mich gern ein wenig um. Gaius Marius, mein angeheirateter Onkel, sagte einmal, ich solle immer über Land reisen, wenn es möglich sei. Dann sei ich bei späteren Feldzügen im betreffenden Land mit den örtlichen Gegebenheiten vertraut. Sehr nützlich.«

»Also sind Marius und Sulla angeheiratete Onkel von dir.«

»Ich habe ausgezeichnete verwandtschaftliche Verbindungen.«

»Ich glaube, du hast alles, Caesar! Mächtige Verwandte, einen edlen Namen, einen vornehmen Geist, einen anmutigen Körper und ein schönes Gesicht. Ich bin froh, daß ich nicht du bin.«

»Wieso?«

»Du wirst immer Feinde haben. Eifersucht und Neid werden dich immer verfolgen wie die Furien den armen Orestes. Einige werden dich um deine Schönheit beneiden, andere um deinen Körper, wieder andere um deine Abstammung und wieder andere um deinen Verstand. Die meisten werden dich um alles beneiden. Und je höher du aufsteigst, desto schlimmer wird der Neid. Du wirst überall Feinde haben und nirgends Freunde. Du wirst keinem Menschen vertrauen können.«

Caesar hörte nachdenklich zu. »Ich glaube, du hast recht. Was rätst du mir also?«

»Zur Zeit der Könige gab es einen Römer, der Brutus hieß. Dieser Brutus war sehr klug, aber er stellte sich dumm, was ihm seinen Beinamen einbrachte. Als König Tarquinius Superbus dann überall Menschen umbringen ließ, die ihm gefährlich werden konnten, kam er nicht auf den Gedanken, auch Brutus zu töten. Und der stürzte ihn und wurde erster Konsul der neuen Republik.«

»Und er richtete seine eigenen Söhne hin«, ergänzte Caesar, »als sie versuchten, König Tarquinius Superbus aus dem Exil zurückzuholen und in Rom wieder die Monarchie einzuführen. Und? Ich bewundere Brutus nicht. Ich werde nicht wie er Dummheit vortäuschen.«

»Dann mußt du dich mit deinem Schicksal abfinden.«

»Glaube mir, das werde ich!«

»Es ist zu spät, um heute noch nach Chalkedon aufzubrechen«, sagte der König listig. »Laß uns früh zu Abend essen und diese wunderbar anregende Unterhaltung fortsetzen und dann bei Tagesanbruch losreiten.«

»Wir werden bei Tagesanbruch reiten«, sagte Caesar fröhlich, »aber nicht von hier aus. Ich breche in einer Stunde nach Chalkedon auf. Wenn du mitwillst, mußt du dich beeilen.«

Und Nikomedes beeilte sich aus zwei Gründen: Erstens wußte er, daß er auf den eigenwilligen Caesar ein scharfes Auge haben mußte, zweitens war er bis über beide Ohren in diesen jungen Mann verliebt, der so hartnäckig versicherte, er könne mit Männern nichts anfangen.

Eine Stunde später brachen sie auf. Caesar saß auf seinem Maultier.

»Du reitest ein Maultier?« fragte Nikomedes verblüfft.

»Wie du siehst«, erwiderte Caesar hochmütig.

»Warum?«

»Eine Laune.«

»Du reitest ein Maultier und dein Freigelassener ein edles Pferd?«

»Wie du siehst.«

Seufzend ließ der König sich in einen zweirädrigen Wagen helfen, dann setzte der Zug sich in Bewegung. Caesar und Burgundus ritten voraus. Für die Nacht kamen sie im Haus eines bithynischen Adligen unter, der steinalt war und nicht mehr damit gerechnet hatte, daß er seinen Herrscher noch einmal sehen würde. Hier entschuldigte Caesar sich bei Nikomedes.

»Es tut mir leid. Meine Mutter würde mir jetzt vorwerfen, nicht richtig nachgedacht zu haben. Du bist erschöpft. Wir hätten doch segeln sollen.«

»Mein Körper ist erschöpft, allerdings«, sagte Nikomedes mit einem Lächeln. »Aber deine Gesellschaft macht mich wieder jung.«

Am nächsten Morgen trafen sie in der königlichen Residenz von Chalkedon ein. Als Nikomedes mit Caesar frühstückte, strahlte er wieder, war gesprächig und schien erholt.

Gemeinsam betraten sie die wuchtige Mole, die den Hafen von Chalkedon umschloß. »Wie du siehst, liegt hier eine hübsche kleine Kriegsflotte vor Anker. Zwölf Triremen, sieben Quinqueremen und vierzehn ungedeckte Schiffe. Weitere Schiffe liegen in Chrysopolis und Daskyleion.«

»Ist Byzanz an den Zöllen des Bosporus nicht beteiligt?«

»Gegenwärtig nicht. Früher haben die Byzantiner Zölle eingenommen. Sie waren sehr mächtig, und ihre Flotte war fast so groß wie die von Rhodos. Aber seit dem Fall Griechenlands und Mazedoniens müssen sie große Landstreitkräfte unterhalten, um die thrakischen Barbaren im Zaum zu halten. Eine Kriegsflotte können sie sich nicht auch noch leisten. Deshalb sind die Zölle an Bithynien übergegangen.«

»Und deshalb hast du mehrere kleine Flotten.«

»Und deshalb brauche ich diese Flotten auch! Ich werde Rom von den Schiffen, die hier und anderswo liegen, insgesamt zehn Triremen, fünf Quinqueremen und zehn ungedeckte Schiffe zur Verfügung stellen. Den Rest deiner Flotte miete ich.«

»Du mietest ihn?« fragte Caesar höflich.

»Natürlich. Was glaubst du denn, wie wir unsere Flotten zusammenstellen?«

»So wie wir! Wir bauen Schiffe.«

»Das ist Verschwendung, aber so seid ihr Römer eben. Eigene Schiffe zu unterhalten kostet Geld, wenn sie nicht gebraucht werden. Deshalb haben wir, die griechischsprachigen Völker Asias und der Ägäis, nur ganz kleine eigene Flotten. Wenn wir schnell zusätzliche Schiffe brauchen, mieten wir sie einfach. Genau das werde ich jetzt tun.«

»Und wo willst du sie mieten?« fragte Caesar verwirrt. »Wenn es irgendwo in der Ägäis Schiffe gibt, hat Thermus sie bestimmt schon beschlagnahmt.«

»Natürlich nicht dort«, sagte Nikomedes spöttisch und entzückt, den neunmalklugen jungen Mann belehren zu können. »Ich miete sie in Paphlagonien und Pontos.«

»Du meinst, Mithridates vermietet Schiffe an seinen Feind?«

»Warum nicht? Im Augenblick liegen sie nutzlos vor Anker und kosten Geld. Er hat nicht genug Soldaten, um sie zu besetzen, und ich glaube nicht, daß er in diesem oder dem nächsten Jahr plant, nach Bithynien oder in die römische Provinz Asia einzumarschieren!«

»Dann schließen wir Mytilene mit Schiffen des Königs ein, mit dem sich Mytilene unbedingt verbünden will.« Caesar schüttelte den Kopf. »Sehr merkwürdig!«

»Normal«, sagte Nikomedes energisch.

»Wie wirst du jetzt also vorgehen?«

»Ich setze einen Agenten ein. Der zuverlässigste wohnt hier in Chalkedon.«

Caesar überlegte kurz: Wenn der König von Bithynien für Rom Schiffe mietete, würde Rom die Rechnung für diese Schiffe bezahlen müssen. Caesar hatte aber weder das nötige Geld noch die Befugnis, dieses Geld aufzutreiben. Da Nikomedes aber so tat, als komme eine solche Situation öfter vor, sagte Caesar lieber nichts. Inzwischen ahnte er allerdings, warum Rom Schwierigkeiten mit seinen Provinzen und seinen Klientelkönigen hatte. Der Unterhaltung mit Thermus hatte er entnommen, daß Bithynien irgendwann in der Zukunft für die Flotte bezahlt würde. Jetzt fragte er sich, wie lange Bithynien wohl auf das Geld warten mußte.

»Jetzt ist alles geregelt«, sagte der König sechs Tage später. »Deine Flotte liegt in Abydos vor Anker, du kannst sie dort am fünfzehnten Tag des Oktober abholen. Das sind noch zwei Monate, und die wirst du natürlich bei mir wohnen.«

Caesar hatte zwar nichts gegen Nikomedes, glaubte aber, seine Aufgabe sei noch nicht erledigt. »Ich muß die Bereitstellung der Schiffe überwachen.«

»Das geht nicht«, sagte Nikomedes.

»Warum nicht?«

»Das ist nicht üblich.«

Also begleitete Caesar den König nach Nikomedia zurück. Je mehr er mit dem alten Mann und seiner Frau zu tun hatte, desto mehr mochte er die beiden. Und ihren Hund.

Da Caesar noch zwei Monate bis zur Abreise ausharren mußte, plante er Abstecher nach Byzanz, Pessinus und Troja. Leider bestand der König darauf, ihn nach Byzanz zu begleiten und den Seeweg zu nehmen. Caesar bekam die beiden letzten Städte gar nicht zu sehen, da aus der Schiffsreise von zwei bis drei Tagen eine Fahrt von fast einem Monat wurde. Das Tempo war zermürbend langsam, denn der König hielt an jedem kleinen Fischerdorf und zeigte sich der Bevölkerung in seiner ganzen Pracht – mit Rücksicht auf Caesar allerdings mit ungeschminktem Gesicht.

Byzanz war vom Charakter und von der Bevölkerung her griechisch und existierte schon seit sechshundert Jahren. Es lag auf dem höchsten Punkt einer hügeligen Halbinsel auf der thrakischen Seite des Bosporus und hatte sowohl auf der hornförmigen nördlichen Landzunge wie an der offenen Südseite einen Hafen. Die Stadtmauern waren stark befestigt und hoch, und die Größe und Schönheit der privaten wie öffentlichen Bauten kündete vom Reichtum der Metropole.

Der thrakische Bosporus war schöner und eindrucksvoller als der Hellespont, dachte Caesar. Daß König Nikomedes Oberherr der Stadt war, wurde deutlich, sobald die königliche Barke angelegt hatte. Alles, was Rang und Namen hatte, strömte herbei, um ihn zu begrüßen. Caesar merkte allerdings auch, daß er selbst mit finsteren Blicken bedacht wurde und daß einige Byzantiner nicht erfreut darüber waren, daß der König von Bithynien mit einem Römer auf so gutem Fuß stand. Und damit hing ein weiteres Problem zusammen. Ihre gemeinsamen öffentlichen Auftritte hatten sich bisher auf das eigentliche Bithynien beschränkt, wo die Menschen ihren Herrscher und seine Vorlieben kannten und tolerierten. Das war in Byzanz anders. Hier galt Caesar, wie sich bald herausstellte, als Lustknabe des Königs.

Es wäre ein leichtes gewesen, diese Annahme zu zerstreuen – einige Bemerkungen hier und da über alte Männer, die sich lächerlich machten, oder Klagen darüber, wie lästig es sei, mit dem alten König um eine Flotte zu verhandeln. Aber genau das brachte Caesar nicht übers Herz, denn er hatte Nikomedes gern, wenn auch nicht so, wie man in Byzanz vermutete, und er wollte den armen alten Mann nicht an einer Stelle verletzen, an der er selbst besonders empfindlich war: seinem Stolz. Andererseits mußte er die Situation klarstellen, vor allem, weil es um seine Zukunft ging. Caesar wußte, wohin er wollte: ganz nach oben. Es war schlimm genug, daß er dabei einen Teil seines wirklichen Wesens verleugnen mußte; aber noch viel schlimmer war, mit einem Ruf leben zu müssen, der überhaupt nicht stimmte. Wäre der König jünger gewesen, hätte er ihn gebeten, für eine Richtigstellung zu sorgen, denn Nikomedes verurteilte zwar die römische Intoleranz gegenüber der gleichgeschlechtlichen Liebe als unhellenisch, ja barbarisch, aber er war zugleich warmherzig und gutmütig und hätte ihm diesen Wunsch wahrscheinlich erfüllt. Doch so mußte Caesar fürchten, daß seine Bitte den alten Mann verletzen würde. Er, der eine behütete Jugend gehabt hatte, entdeckte jetzt, daß das Leben Probleme aufwerfen konnte, für die es keine befriedigende Lösung gab.

Schuld an der Abneigung der Byzantiner gegen die Römer war natürlich die Besetzung der Stadt vier Jahre zuvor durch Fimbria und Flaccus, jene Feldherren Cinnas, die beschlossen hatten, gegen Asia und Mithridates statt gegen Griechenland und Sulla zu ziehen. Für die Byzantiner machte es keinen Unterschied, daß Fimbria Flaccus ermordet und anschließend Sulla Fimbria vernichtet hatte. Es änderte nichts daran, daß ihre Stadt unter Römern gelitten hatte. Und jetzt kam ihr Herrscher und schwänzelte um einen Römer herum.

Nachdem Caesar sich über seine Lage klargeworden war, versuchte er, die Byzantiner für sich zu gewinnen. Sein Verstand und seine Bildung waren ihm dabei eine große Hilfe; weniger sicher war er sich im Hinblick auf einen Wesenszug, den seine Mutter an ihm immer beklagt hatte: seinen Charme. Er nahm die führenden Bürger der Stadt für sich ein und trug nach Fimbrias und Flaccus' ungehobeltem und barbarischem Benehmen viel dazu bei, ihre Gefühle zu besänftigen. Auf der anderen Seite mußte er freilich einsehen, daß sein Charme sie in ihren Vermutungen über seine sexuellen Neigungen bestärkte: Richtige Männer hatten angeblich keinen Charme.

Also wurde Caesar deutlicher. Zunächst erteilte er allen Männern, die ihm Avancen machten, eine schroffe Abfuhr. Dann verschaffte er sich den Namen der berühmtesten Kurtisane von Byzanz, suchte sie auf und liebte sie, bis sie vor Entzücken schrie.

»Er ist so groß wie ein Esel und geil wie ein Bock«, berichtete sie ihren Freunden und regelmäßigen Liebhabern danach erschöpft. Dann seufzte sie lächelnd und streckte sich lüstern. »Aber er ist wunderbar! Seit Jahren habe ich keinen solchen Mann mehr gehabt!«

Damit hatte Caesar erreicht, was er wollte, und dies, ohne König Nikomedes zu kränken. Die Byzantiner wußten jetzt, was das Verhältnis des Königs zu dem jungen Römer war: eine hoffnungslose Leidenschaft.

Die Reisenden kehrten nach Nikomedia zurück, zu Königin Oradaltis, dem Hund Sulla und dem Palast mit seinen unzähligen Dienern und zänkischen und intriganten Beamten.

»Ich gehe ungern«, sagte Caesar, als er zum letzten Mal mit dem König und der Königin aß.

»Und wir lassen dich ungern gehen«, sagte Königin Oradaltis rauh und kraulte Sullas Bauch mit dem Fuß.

»Kommst du wieder, wenn Mytilene unterworfen ist?« fragte der König. »Es würde uns so sehr freuen.«

»Ich komme wieder«, versprach Caesar.

»Gut!« Nikomedes machte ein zufriedenes Gesicht. »Und jetzt

erkläre mir bitte ein Rätsel der lateinischen Sprache, das ich nie habe lösen können: Warum ist das grammatische Geschlecht von *cunnus* männlich und das von *mentula* weiblich?«

Caesar sah den König erstaunt an. »Keine Ahnung!«

»Aber es gibt doch sicher einen Grund.«

»Ganz ehrlich, ich habe nie darüber nachgedacht. Doch jetzt, wo du es sagst ... Ja, es ist wirklich seltsam.«

»*Cunnus* müßte *cunna* heißen, wo es doch das weibliche Geschlechtsteil ist. Und *mentula* müßte *mentulus* heißen, schließlich ist der Penis männlich. Hinter dem ganzen Männlichkeitskult verbirgt sich bei euch Römern ein heilloses Durcheinander! Eure Frauen sind Männer und eure Männer Frauen.« Der König lehnte sich zurück und strahlte triumphierend.

»Du hast für unsere Geschlechtsteile nicht gerade die nettesten Bezeichnungen gewählt«, sagte Caesar. »*Cunnus* und *mentula* sind obszöne Wörter.« Ohne eine Miene zu verziehen, fuhr er fort: »Die Lösung ist doch ganz einfach. Das Geschlecht des Werkzeugs gibt das Geschlecht an, mit dem es sich paaren soll: Der Penis soll sich ein weibliches Zuhause suchen, die Vagina soll einen Mann willkommen heißen.«

»Unsinn!« sagte der König, sein Lachen mühsam unterdrükkend.

»Sophisterei!« sagte die Königin mit zuckenden Schultern.

»Was sagst du dazu, Sulla?« fragte König Nikomedes den Hund, mit dem er seit Caesars Ankunft sehr viel besser auskam, was vielleicht aber auch daran lag, daß Oradaltis ihn nicht mehr mit ihm ärgerte.

Caesar lachte laut los. »Wenn ich nach Hause komme, frage ich ihn!«

Nach Caesars Abreise wurde es einsam im Palast. Das betagte Königspaar verspürte eine gewisse innere Leere, und selbst der Hund trauerte.

»Er war der Sohn, den wir nie hatten«, sagte Nikomedes.

»Nein!« widersprach Oradaltis heftig. »Einen solchen Sohn hätten wir nie haben können. Nie.«

»Wegen der Veranlagung meiner Familie?«

»Nein! Weil wir keine Römer sind. Er ist ein Römer.«

»Vielleicht sollte man besser sagen, er ist er selbst.«

»Glaubst du, er kommt wieder, Nikomedes?«

Die Frage munterte den König offensichtlich auf. »Ja«, sagte er bestimmt. »Das glaube ich.«

Als Caesar an den Iden des Oktober in Abydos eintraf, lag die versprochene Flotte im Hafen: zwei massige pontische Sechzehner, acht Quinqueremen, zehn Triremen und zwanzig schnittige, aber weniger kriegstaugliche Ruderschiffe.

»Da du die Schiffe für eine Blockade und nicht für eine Seeschlacht brauchst«, schrieb Nikomedes Caesar in einem Brief, »gebe ich dir anstelle der gewünschten zwanzig ungedeckten Kriegsschiffe breite gedeckte Handelsschiffe, die für deine Zwecke umgerüstet worden sind. Wenn du Mytilene über Winter vom Hafen abschneiden willst, brauchst du robustere Schiffe als leichte Ruderer, die bei jedem Sturm sofort an Land gezogen werden müssen. Die Handelsschiffe werden jeden Seegang, bei dem sich ein Schiff noch hinauswagen kann, heil überstehen. Die beiden pontischen Sechzehner werden sich meiner Meinung nach schon deshalb als nützlich erweisen, weil sie durch ihre wuchtige Erscheinung Angst und Schrecken verbreiten. Außerdem sprengen sie die dicksten Hafenketten und werden deshalb beim Angriff gute Dienste leisten. Der Hafenmeister in Sinope war übrigens bereit, sie mir gegen Verpflegung und Besoldung der Besatzungen von fünfhundert Mann pro Schiff zu überlassen, da der König von Pontos im Augenblick keine Verwendung für sie hat. Die Rechnung füge ich auf einem getrennten Blatt bei.«

Von Abydos am Hellespont bis zur anatolischen Küste vor der Insel Lesbos nördlich von Mytilene waren es dem ersten Steuermann zufolge rund hundert Meilen. Für diese Strecke benötigte man zwischen fünf und zehn Tagen, wenn das Wetter blieb, wie es war, und sich alle Schiffe als seetüchtig erwiesen.

»Dann überprüfen wir besser, ob sie das auch sind«, sagte Caesar.

Der Steuermann war es zwar nicht gewohnt, daß ihn der Admiral – als solcher verstand Caesar sich bis zu seiner Ankunft auf Lesbos – alle Schiffe vor Beginn einer Expedition auf ihre Seetüchtigkeit überprüfen ließ, aber er versammelte gehorsam die

Schiffsbauer von Abydos und ließ jedes Schiff sorgfältig untersuchen. Caesar sah den Männern dabei über die Schulter und belästigte sie ständig mit Fragen.

»Wirst du seekrank?« fragte der Steuermann hoffnungsvoll.

»Nicht, daß ich wüßte«, sagte Caesar verschmitzt.

Zehn Tage vor den Kalenden des November segelte die Flotte von vierzig Schiffen in den Hellespont hinaus. Die Strömung vom Schwarzen Meer in die Ägäis trug die Schiffe stetig zur südlichen Ausfahrt der Meerenge, zwischen dem Vorgebirge Mastusia auf der thrakischen Seite und der Mündung des Skamandros auf der kleinasischen Seite. Nur wenig flußaufwärts lag jenes sagenumwobene Troja, aus dessen brennenden Ruinen Caesars Vorfahre Aeneas einst vor Agamemnon geflohen war. Schade, dachte Caesar, daß er keine Zeit hatte für einen Besuch dieser ehrwürdigen Stätte. Dann zuckte er die Achseln. Später vielleicht.

Das Wetter hielt sich, so daß die Flotte nach sechs Tagen die Nordspitze von Lesbos erreichte. Da Caesar nicht schon vor den Kalenden des November am Ziel eintreffen wollte, ließ er die Schiffe auf den Rat des Steuermanns in der Bucht der Insel Kydonia ankern, wo sie von Lesbos aus nicht zu sehen waren. Er wollte die römischen Belagerer überraschen und über Thermus triumphieren.

»Du hast ein phänomenales Glück«, sagte der Steuermann, als die Flotte am Tag vor den Kalenden des November wieder in See stach.

»Inwiefern?«

»Ich habe um diese Jahreszeit noch nie so gutes Wetter erlebt – und das Wetter dürfte noch mehrere Tage anhalten.«

Caesar nickte. Dann befahl er: »Wir laufen bei Einbruch der Nacht eine schützende Bucht auf Lesbos an. Morgen bei Tagesanbruch suche ich dann die Armee auf. Es ist sinnlos, die ganze Flotte in Bewegung zu setzen, solange nicht klar ist, wo der Befehlshaber sie stationieren will.«

Am nächsten Tag kurz nach Sonnenaufgang ließ Caesar sich zum Ufer rudern, um Thermus oder Lucullus aufzusuchen. Wie sich herausstellte, war nur Lucullus anwesend; Thermus weilte noch immer in Pergamon.

Caesar traf sich mit Lucullus an der schmalen, hügeligen Landzunge, auf der Mytilene lag. Lucullus hatte dort soeben einen Wall und einen Graben anlegen lassen.

Caesar sah der Begegnung mit Spannung entgegen. Lucullus dagegen hatte lediglich gehört, ein junger Tribun wolle ihn sprechen, und er war gereizt, da er Gespräche mit jungen, unbekannten Offizieren für Zeitverschwendung hielt. Das Ansehen dieses Mannes war unaufhaltsam gestiegen, seit er Sullas treuer Quästor gewesen war und als einziger Legat jenen ersten Marsch des Konsuls Sulla auf Rom gebilligt hatte. Er genoß bei Sulla seither größtes Vertrauen und hatte Aufgaben erhalten, die eigentlich nur ehemaligen Prätoren übertragen wurden. Lucullus hatte König Mithridates bekriegt und nach Sullas Rückkehr nach Italien die Stellung in der Provinz Asia gehalten, während Murena, der Statthalter der Provinz, unerlaubt Krieg gegen Mithridates in Kappadokien führte.

Der Mann, auf den Caesar zuging, war schlank, kräftig und von durchschnittlicher Größe. Lucullus hatte einen etwas steifen Gang, der aber nicht von einer Mißbildung der Knochen, sondern von einer Steifheit des Gemüts herrührte. Er war nicht schön, aber interessant anzusehen mit seinem blassen länglichen Gesicht, auf dem ein Schopf borstiger Haare eines undefinierbaren Brauns saß. Als Caesar vor ihm stand, sah er in klare und kalte graue Augen.

Der Truppenbefehlshaber runzelte die Stirn. »Ja?«

»Ich bin der Militärtribun Gaius Julius Caesar.«

»Der Statthalter schickt dich?«

»Jawohl.«

»Und warum willst du mich sprechen? Ich habe zu tun.«

»Ich bringe dir die Flotte, Lucius Licinius.«

»Die Flotte?«

»Der Statthalter hat mich beauftragt, in Bithynien eine Flotte zu beschaffen.«

Die kalten Augen richteten sich starr auf ihn. »Ihr Götter!«

Caesar wartete.

»Eine wahrhaft gute Nachricht!« sagte Lucullus. »Ich wußte allerdings nicht, daß Thermus zwei Tribunen nach Bithynien geschickt hat. Wann hat er dich geschickt? Schon im April?«

»Soweit ich weiß, hat er nur mich geschickt.«

»Caesar ... Caesar ... Du bist doch nicht der, den er Ende Quintilis geschickt hat!«

»Doch, genau der.«

»Und du bringst schon jetzt eine Flotte?«

»Ja.«

»Dann kannst du gleich wieder umkehren, Tribun. König Nikomedes hat dir sicher nur unbrauchbare Schiffe mitgegeben.«

»Keineswegs. Ich bringe vierzig Schiffe, die ich persönlich auf ihre Seetüchtigkeit hin überprüft habe: zwei Sechzehner, acht Quinqueremen, zehn Triremen und zwanzig umgebaute gedeckte Handelsschiffe, die nach Auskunft des Königs für eine Blockade im Winter geeigneter sind als leichte ungedeckte Kriegsschiffe.« Caesar ließ sich seinen Triumph durch nichts anmerken.

»Ihr Götter!« Lucullus musterte den jungen Tribun so scharf, als sei er ein im Circus auftretendes Ungeheuer. Dann verzog sich sein linker Mundwinkel ganz langsam nach oben, und das Eis in seinen Augen begann zu schmelzen. »Wie hast du das geschafft?«

»Ich kann gut reden.«

»Ich wüßte gerne, was du ihm gesagt hast! Nikomedes ist ein alter Geizhals, der nicht einen Sesterz freiwillig herausrückt.«

»Keine Sorge, Lucius Licinius, ich habe eine Rechnung.«

»Nenne mich Lucullus, es gibt hier noch mindestens sechs Lucius Liciniusse.« Der Feldherr machte ein paar Schritte in Richtung Ufer. »Natürlich hast du eine Rechnung! Was verlangt er denn für die Sechzehner?«

»Nur Verpflegung und Sold für die Mannschaften.«

»Ihr Götter! Und wo ist diese Wunderflotte?«

»Sie ankert ungefähr eine Meile von hier. Ich dachte, ich frage dich lieber zuerst, ob sie hierher oder direkt zur Blockade der Häfen von Mytilene fahren soll.«

Lucullus' Bewegungen wirkten auf einmal nicht mehr steif. »Ich denke, wir bringen sie sofort zum Einsatz, Tribun.« Er rieb sich die Hände. »Das wird für die Einwohner von Mytilene eine furchtbare Überraschung werden! Sie haben geglaubt, sie könnten sich den ganzen Winter über weiter mit Vorräten eindecken.«

Die beiden Männer erreichten das kleine Schiff, mit dem Caesar gekommen war, und Lucullus sprang behende an Bord. Caesar zögerte.

»Was ist, Tribun? Kommst du nicht?«

»Wenn du es wünschst. Ich weiß noch nicht genau, wie man sich in der Armee gegenüber einem Vorgesetzten verhält, und ich möchte keinen Fehler machen.«

»Komm rein, los!«

Als die zwanzig Ruderer, die zu zehnt auf jeder Seite saßen, das Schiff nach Norden gewendet hatten und es mit langen, gleichmäßigen Ruderschlägen vorantrieben, sprach Lucullus weiter.

»Du weißt nicht, wie man sich gegenüber einem Vorgesetzten verhält? Du bist doch sicher schon über siebzehn, Tribun.«

Caesar unterdrückte einen Seufzer, denn er sah die ermüdenden, detaillierten Erklärungen voraus, die er noch lange würde abgeben müssen. Dann sagte er: »Ich bin neunzehn, aber das ist mein erster Feldzug. Ich war bis Juni Jupiterpriester.«

Lucullus wollte allerdings keine weiteren Einzelheiten; dazu war er zu beschäftigt und zu intelligent. Er nickte nur. »Caesar heißt du ... War deine Tante Sullas erste Frau?«

»Ja.«

»Dann fördert er dich also.«

»Im Augenblick ja.«

»Eine gute Antwort! Ich bin sein treuester Anhänger, Tribun, und da du mit ihm verwandt bist, schulde ich dir diese Warnung: Ich erlaube nicht, daß ihn irgend jemand kritisiert.«

»Von mir wirst du keine Kritik hören, Lucullus.«

»Gut.«

Stille folgte, nur unterbrochen vom Keuchen der Ruderer, die ihre Ruder gleichzeitig ins Wasser tauchten. Dann sprach Lucullus wieder. Er klang amüsiert.

»Ich wüßte immer noch gerne, wie du König Nikomedes eine so gewaltige Flotte abgeluchst hast.«

Jetzt konnte Caesar seinen heimlichen Stolz nicht mehr verbergen, und unbeherrscht, wie er aufgrund seiner Jugend noch war, ließ er sich zu einer Indiskretion gegenüber dem wildfremden Lucullus hinreißen. »Es genügt wohl, wenn ich sage, daß ich mich über den Statthalter geärgert habe. Er wollte nicht glauben, daß ich in der Lage bin, bis zu den Kalenden des November vierzig

Schiffe zu beschaffen, die Hälfte davon gedeckt. Das hat mich in meinem Stolz verletzt, deshalb habe ich versucht, die Schiffe zu bekommen. Und ich habe sie bekommen! Ich hatte keine andere Wahl, weil der Statthalter meinem Wort nicht traute.«

Lucullus ärgerte sich über diese Antwort. Er verabscheute übertrieben selbstsichere Männer, egal welchen Rang sie bekleideten, und er fand Caesars Äußerungen unerträglich arrogant. Er würde dieses Kind schon auf seinen Platz verweisen. »Ich kenne diese angemalte Tunte Nikomedes sehr gut«, sagte er mit eisiger Stimme. »Du bist ja ein besonders hübscher Knabe, und die Vorlieben des Königs sind bekannt. Hat er also Lust auf dich gehabt?« Und ohne Caesar Zeit zur Antwort zu geben, fuhr er fort: »Ja, natürlich hat er das! Gut gemacht, Caesar! Nicht jeder Römer hat so edle Absichten, daß er Rom über seine Keuschheit stellt. Dann war es also dein schönes Gesicht, das vierzig Schiffe vom Stapel laufen ließ. Oder sollte ich sagen, dein Arsch?«

Der Zorn flammte so rasch in Caesar auf, daß er fast auf Lucullus losgegangen wäre. Schmerzhaft gruben sich seine Fingernägel in die Handflächen; niemals in seinem Leben hatte er so heftig um Beherrschung kämpfen müssen. Aber er blieb Sieger. Zu einem Preis freilich, den er niemals vergessen würde. Mit weit aufgerissenen Augen starrte er Lucullus an. Und Lucullus, der solche Augen schon oft gesehen hatte, erbleichte. Wenn er gewußt hätte, wohin, wäre er weggegangen. So blieb er stehen – aber es kostete ihn große Überwindung.

»Die erste Frau«, sagte Caesar mit ausdrucksloser Stimme, »hatte ich mit vierzehn; seither zähle ich die Frauen nicht mehr. Ich kenne Frauen sehr gut. Was du mir vorwirfst, Lucius Licinius Lucullus, ist ein Mittel, das nur Frauen einsetzen. Frauen haben keine andere Waffe als ihre Mösen, um zu bekommen, was sie wollen – oder was ein Mann durch sie bekommen will. Der Tag, an dem ich auf dieses Mittel zurückgreifen muß, um mein Ziel zu erreichen, ist der Tag, an dem ich mir ein Schwert in den Bauch stoße, Lucius Licinius Lucullus. Du trägst einen stolzen Namen, aber verglichen mit meinem ist er weniger als Staub. Du hast meine Würde verletzt. Ich werde nicht ruhen, bis ich diesen Makel ausgelöscht habe. Wie ich die Flotte bekommen habe, geht dich oder Thermus nichts an! Doch sei versichert, es ist auf ehrbare Weise geschehen, ich brauchte dafür weder mit dem König noch mit der Königin ins Bett zu gehen. Ich erreiche meine Ziele nicht mit solchen Methoden. Ich erreiche sie, indem ich meinen Verstand einsetze, eine Gabe, die, wie mir scheint, nur wenige besitzen.«

Caesar wandte sich ab und sah auf die in immer weitere Ferne rückenden Wälle und Gräben der Belagerer, die das Gebiet um Mytilene verwüsteten. Und Lucullus, dem es den Atem verschlagen hatte, konnte froh sein, daß ihr Streit auf Latein stattgefunden hatte. Sonst hätten die Ruderer sie verstanden, und dann hätten bald alle davon gewußt. Besten Dank, Sulla! Welche Hornisse hast du uns geschickt, damit sie unsere Ruhe stört! Dieser Mann macht mehr Ärger als tausend Mytilenes.

Die restliche Fahrt über herrschte eisiges Schweigen. Caesar hatte sich in sich selbst zurückgezogen, und Lucullus zermarterte sich das Hirn, wie er die Achtung Caesars wiedergewinnen könne, ohne die Selbstachtung zu verlieren – denn es war absolut undenkbar, daß er als Feldherr sich bei einem einfachen Tribun entschuldigte. Da ihm am Ende der kurzen Überfahrt noch immer keine befriedigende Lösung eingefallen war, tat er einfach so, als sei Caesar Luft, und kletterte, ohne sich nach ihm umzusehen, die Leiter zum Deck des nächsten Sechzehners hinauf.

Droben angekommen, streckte er, als Caesar ihm folgen wollte, abwehrend die rechte Hand aus.

»Das ist nicht notwendig, Tribun«, sagte er kalt. »Kehre ins Lager zurück und suche dein Quartier auf. Ich will dich nicht sehen.«

»Kann ich meine Diener und Pferde holen?«

»Ja.«

Burgundus, der seinen Herrn besser kannte als jeder andere, merkte sofort, daß etwas Unangenehmes vorgefallen war, doch war er so klug, kein Wort über Caesars grimmige Miene oder seine starren Augen zu verlieren. Stumm begaben sie sich über Land zu Lucullus' Lager.

Caesar behielt von dem Ritt oder der Anlage des Lagers, in das sie einzogen, nichts in Erinnerung. Ein Wachposten wies dem neuen Tribun eine Unterkunft im zweiten Ziegelbau rechts der Hauptstraße zu. Es war noch nicht Mittag, aber der Morgen schien sich ewig hinzuziehen, und Caesar überfiel auf einmal eine Niedergeschlagenheit, die er nicht kannte und die etwas Finsteres und Bedrohliches hatte.

Da es sich um ein festes Lager handelte, das nicht vor dem nächsten Frühjahr abgebrochen werden sollte, waren die Unterkünfte solider und komfortabler als Lederzelte. Die Fußsoldaten waren jeweils zu acht in langen Reihen stabiler Holzhütten untergebracht, die nichtkämpfenden Mitglieder des Heeres zu achtzig in großen Holzbaracken. Der Feldherr hatte ein eigenes Haus aus sonnengetrockneten Ziegeln, der Größe nach einem herrschaftlichen Wohnhaus vergleichbar; die Legaten waren in einem ähnlichen Haus untergebracht, die mittleren Offiziere in einem rechteckigen vierstöckigen Bau aus Lehmziegeln und die Tribunen in einem ähnlichen, etwas kleineren Haus.

Caesar ließ Diener und Pferde anhalten und trat zögernd näher. Aus der geöffneten Tür drangen Stimmen.

Drinnen war es dunkel, aber seine Augen stellten sich auf die Dunkelheit schnell ein, so daß er sah, wo er sich befand, bevor er selbst gesehen wurde. In der Mitte des Raumes stand ein großer Holztisch, um den sieben Männer saßen; die Füße, die in Stiefeln steckten, hatten sie auf den Tisch gelegt. Daß er keinen kannte, war die Strafe dafür, daß er Jupiterpriester gewesen war. Doch nun sah ein stämmiger Kerl mit freundlichem Gesicht am Ende des Tischs auf und entdeckte ihn.

»Sei gegrüßt!« sagte er fröhlich. »Tritt ein, wer du auch bist.«

Caesar trat betont selbstsicher in den Raum, obwohl ihm die Empörung über Lucullus' Beschuldigung noch immer ins Gesicht geschrieben stand. Er war leichenblaß, kein blondgelockter Apoll. Sieben Augenpaare richteten sich auf ihn. Langsam hoben die Männer die Füße vom Tisch. Keiner sagte ein Wort, alle starrten ihn nur an.

Dann stand der Bursche mit dem freundlichen Gesicht auf und ging mit ausgestreckter Hand um den Tisch herum. »Aulus Gabinius«, sagte er und lachte. »Schau nicht so hochnäsig, wer du auch bist! Von der Sorte haben wir schon genug.«

Caesar nahm die Hand und drückte sie fest. »Gaius Julius Caesar«, sagte er, ohne das Lächeln erwidern zu können. »Ich glaube, ich bin hier einquartiert. Als neuer Militärtribun.«

»Wir wußten doch, daß sie einen achten finden würden«, sagte Gabinius und sah zu seinen Kameraden hinüber. »Wir sind auch Militärtribunen – der Abschaum der Menschheit und ein Dorn im Auge unseres Feldherrn. Gelegentlich tun wir auch etwas! Aber wir werden nicht bezahlt, also kann unser Feldherr schlecht darauf bestehen. Wir haben eben zu Abend gegessen, und es ist noch etwas übrig. Aber ich mach dich zuerst mit deinen Leidensgenossen bekannt.«

Die anderen waren inzwischen ebenfalls aufgestanden.

»Gaius Octavius.« Der untersetzte, muskulöse Gaius Octavius sah mit seinem braunen Haar und den haselnußbraunen Augen auf griechische Art schön aus, abgesehen von den Ohren, die wie Henkel senkrecht vom Kopf abstanden. Sein Händedruck war fest.

»Publius Cornelius Lentulus – kurz Lentulus.« Einer der Hochnäsigen offenbar, und dazu ein typischer Cornelier mit dunkler Haut und nichtssagendem Gesicht. Er sah aus, als versuche er eine innere Unsicherheit durch forsches Auftreten zu überspielen.

»Und noch ein Lentulus – Lucius Cornelius Lentulus Niger. Wir nennen ihn Niger.« Noch einer von den Hochnäsigen, und ebenfalls ein typischer Cornelier, aber noch arroganter als der andere Lentulus.

»Lucius Marcius Philippus der Jüngere. Wir nennen ihn Lippus, Triefauge.« Der Spitzname schien Caesar nicht gerechtfertigt, denn Lippus hatte keineswegs einen verschlafenen Blick, sondern vielmehr wunderbar große, dunkle und verträumte Augen und ein Gesicht, das viel besser aussah als das seines Vaters – Lippus schlug seiner claudischen Großmutter nach. Er wirkte heiter und gelassen, und sein Händedruck war sanft, aber nicht schlaff.

»Marcus Valerius Messala Rufus. Genannt Rufus der Rote.«

Keiner von den Hochnäsigen, auch wenn der patrizische Name das nahelegte. Rufus der Rote war tatsächlich rot: Er hatte rote Haare und rötliche Augen. Doch schien er nicht zu denen zu gehören, die leicht rotsehen.

»Und wie gewöhnlich als letzter, weil wir ihn immer übersehen, Marcus Calpurnius Bibulus.«

Bibulus war der Arroganteste von allen, vielleicht deshalb, weil er der weitaus Kleinste war und zudem eine schmächtige Statur hatte. Seine Züge mit den spitzen Wangenknochen und der aufgeworfenen römischen Nase sahen schon von selbst hochmütig aus. Der Mund wirkte mürrisch, die Augenbrauen über den leicht hervorquellenden blaßgrauen Augen waren gerade Striche. Mit seinen stumpfen blonden Haaren und Brauen sah er älter aus als seine einundzwanzig Jahre.

Es geschieht nur selten, daß zwei Menschen gleich bei der ersten Begegnung ohne bestimmte Ursache eine instinktive und unauslöschliche Abneigung gegeneinander haben. Eine solche Abneigung flammte zwischen Gaius Julius Caesar und Marcus Calpurnius Bibulus auf, als sie sich zum ersten Mal sahen. Caesar war überzeugt, daß Bibulus einer der Feinde war, vor denen König Nikomedes ihn gewarnt hatte.

Gabinius holte einen achten Stuhl und stellte ihn zwischen sich und Octavius.

»Setz dich und iß.«

»Ich setze mich gerne, bitte aber um Entschuldigung, wenn ich nichts esse.«

»Aber du trinkst doch Wein!«

»Ich mag keinen Wein.«

Octavius kicherte. »Dann wird es dir hier gefallen! Der Wein hier wird oft wieder ausgekotzt.«

»Du bist der Jupiterpriester!« rief Philippus' Sohn.

»Ich war der Jupiterpriester«, sagte Caesar und wollte es dabei belassen. Dann überlegte er es sich anders. »Ich erkläre euch jetzt, warum, dann braucht ihr nicht mehr zu fragen.« Er erzählte seine Geschichte lebendig und geschickt, und die anderen, von denen keiner besonders belesen war, merkten bald, daß sie es mit einem Intellektuellen, wenn nicht mit einem Gelehrten zu tun hatten.

»Eine abenteuerliche Geschichte«, sagte Gabinius, als Caesar fertig war.

»Du bist also immer noch mit Cinnas Tochter verheiratet«, stellte Bibulus fest.

»Ja.«

Octavius lachte laut. »Und wir sind jetzt vier zu vier, Gabinius! Mit Caesar sind es vier Patrizier! Krieg bis zum bitteren Ende!«

Die anderen warfen ihm vernichtende Blicke zu, und er schwieg verlegen.

»Kommst du direkt aus Rom?« fragte Rufus.

»Nein, aus Bithynien.«

»Was hast du in Bithynien gemacht?« fragte Lentulus.

»Ich habe eine Flotte für die Belagerung von Mytilene beschafft.«

»Ich wette, die alte Schwuchtel Nikomedes hat Gefallen an dir gefunden.« Bibulus grinste höhnisch. Obwohl er wußte, daß seine Bemerkung geschmacklos war und bei den meisten Anwesenden auf Mißfallen stoßen würde, hatte er der Versuchung nicht widerstehen können.

»Das war in der Tat der Fall«, sagte Caesar kühl.

»Und hast du deine Flotte bekommen?« bohrte Bibulus weiter.

»Natürlich«, sagte Caesar ruhig.

Bibulus lachte schrill. »Natürlich? Meinst du nicht eher widernatürlich?«

Keiner sah genau, was als nächstes geschah. Als die sechs anderen sich von ihrer Verblüffung erholt hatten, war Caesar um den Tisch gesprungen und hatte Bibulus gepackt und zu Boden geworfen. Dort hielt er ihn mit ausgestreckten Armen fest. Der Anblick war ebenso lächerlich wie komisch: Bibulus schlug mit seinen zu kurzen Armen wie wild nach Caesars lächelndem Gesicht, ohne ihn zu treffen – es war eine Szene aus einer Posse.

»Wenn du nicht ein unbedeutender Floh wärst, ein Pulex«, sagte Caesar, »würde ich deinen Kopf jetzt draußen auf das Pflaster schlagen. Doch das wäre leider Mord, Pulex. Und du bist zu unbedeutend, als daß es sich lohnte, dich zu Brei zu schlagen. Bleib mir also vom Leib!« Während er Bibulus noch immer auf den Boden drückte, sah er sich im Raum um, bis sein Blick schließlich auf einen sechs Fuß hohen Schrank fiel. Ohne sichtbare Mühe hob er Bibulus hinauf und wich dabei geschickt seinen Fußtritten aus. »Hier darfst du noch eine Weile strampeln, Pulex.«

Dann ging er auf die Straße hinaus.

»Pulex paßt gut zu dir, Bibulus!« lachte Octavius. »Ich nenne dich von jetzt an so, du hast es verdient. Und du, Gabinius? Nennst du ihn auch Pulex?«

»Lieber Podex!« sagte Gabinius mit zornrotem Gesicht. »Was fällt dir ein, Bibulus? Warum sagst du so etwas? Das war völlig unpassend und ist für uns alle peinlich!« Er sah die anderen an. »Was ihr macht, ist mir egal, ich helfe Caesar beim Abladen.«

»Helft mir runter!« rief Bibulus auf dem Schrank.

»Ich helfe dir nicht!« sagte Gabinius verächtlich.

Schließlich half ihm überhaupt keiner, und da der Schrank zu sehr schwankte, als daß er sich langsam hätte herunterlassen können, mußte er springen und landete auf allen Vieren. Bei all seiner Empörung verspürte auch er Betroffenheit und Zerknirschung. Gabinius hatte recht. Was fiel ihm ein? Er hatte sich benommen wie ein Flegel. Er hatte die Kameraden gegen sich aufgebracht und konnte sich nicht einmal damit trösten, daß er gesiegt hatte. Gesiegt hatte Caesar – mit spielerischer Leichtigkeit und ehrenhaft: nicht weil er sich an einem Schwächeren vergriffen hatte, sondern weil er seine Gemeinheit bestraft hatte. Bibulus beneidete Männer, die größer und kräftiger waren als er, denn er wußte, die Welt gehörte den Großen und Starken. Ein Blick auf Caesar hatte genügt, und Neid hatte ihn übermannt: dieses Gesicht, dieser Körper! Und zur Krönung aller körperlichen Vorzüge konnte der Kerl sich auch noch auf erlesene Weise ausdrücken. Das war nicht gerecht!

Bibulus wußte nicht, wen er mehr hassen sollte, sich selbst oder Gaius Julius Caesar, den Mann, der alles hatte. Auf der Straße ertönte brüllendes Gelächter, und Bibulus wurde neugierig. Er schlich sich zur Tür und sah heimlich hinaus. Seine Kameraden standen um den Mann, der alles hatte, und hielten sich die Bäuche vor Lachen – und der Mann saß auf einem Maultier! Bibulus hörte nicht, was er sagte, aber er wußte, daß seine Worte geistreich, unterhaltsam, charmant, interessant, faszinierend und einfach unwiderstehlich waren.

»Gut«, sagte er leise zu sich, als er sich in seine Schlafkammer stahl. »Ich mag ein Floh sein, aber diesen Floh wird er nie mehr los!«

Der Winter kam, und die Belagerung von Mytilene zog sich hin. Während die Belagerer untätig darauf warteten, daß die Bewohner der Stadt verhungerten, fand Lucius Licinius Lucullus endlich Zeit, seinem geliebten Sulla zu schreiben.

Ich habe große Hoffnungen, daß wir hier bis Frühjahr fertig sind. Dies dank überraschender Umstände, von denen ich Dir weiter unten berichten werde. Zunächst bitte ich Dich um einen Gefal-

len. Wenn ich meinen Auftrag im Frühjahr erfüllt habe, laß mich heimkehren! Ich bin schon so lange hier, Lucius Cornelius, und möchte Rom und vor allem Dich wiedersehen. Mein Bruder Varro Lucullus ist jetzt alt und erfahren genug, um kurulischer Ädil zu werden, und ich würde dieses Amt gerne mit ihm teilen – das einzige Amt, in dem Brüder sich gemeinsam bewähren können. Denke an die Spiele, die wir veranstalten könnten! Ganz zu schweigen von den anderen Lustbarkeiten. Ich bin jetzt achtunddreißig, mein Bruder ist sechsunddreißig, also müßten wir bald Prätoren werden, und wir sind noch nicht einmal Ädilen gewesen. Das aber sind wir unserem Namen schuldig. Bitte verschaffe uns dieses Amt und sorge dafür, daß ich anschließend so schnell wie möglich Prätor werde. Wenn Du allerdings meinst, dies sei unklug oder unverdient, füge ich mich natürlich.

Thermus kommt in der Provinz Asia offensichtlich gut zurecht. Um mich zu beschäftigen und von sich fernzuhalten, hat er mir die Belagerung Mytilenes übertragen. Kein übler Kerl, wirklich. Die Leute hier mögen ihn alle, weil er sich geduldig alle Märchen anhört, weshalb sie den Tribut nicht zahlen können, und ich mag ihn, weil er anschließend doch immer auf der Zahlung besteht.

Die beiden Legionen, die mir hier zur Verfügung stehen, sind ein übler Haufen. Murena hatte sie in Kappadokien und Pontos, und davor haben die Männer unter Fimbria gedient. Sie haben einen Eigensinn, der mir nicht gefällt und den ich ihnen schon noch austreiben werde. Natürlich sind sie erbost über Deinen Erlaß, der ihnen auf immer die Rückkehr nach Italien verbietet, weil sie Fimbria den Mord an Flaccus verziehen haben. Sie schikken mir regelmäßig eine Abordnung mit der Bitte um Aufhebung. Aber bei mir erreichen sie damit gar nichts, und sie kennen mich gut genug, um zu wissen, daß ich sie beim kleinsten Anlaß dezimieren lasse. Es sind römische Soldaten, und sie haben zu tun, was ihnen befohlen wird. Ich werde sehr unangenehm, wenn gemeine Soldaten und Tribunen glauben, sie könnten das große Wort führen – doch davon gleich mehr.

Aufgrund der augenblicklichen Lage glaube ich, Mytilene wird bis zum Frühjahr so geschwächt sein, daß ich die Stadt angreifen kann. Um den Erfolg zu sichern, werde ich mehrere Belagerungs-

türme einsetzen. Wenn es mir gelingt, die Stadt vor Sommer zu unterwerfen, wird die ganze übrige Provinz sich unterwerfen.

Der Hauptgrund meiner Zuversicht ist, daß ich von – Du errätst es nicht – Nikomedes die herrlichste Flotte bekommen habe! Thermus hat Deinen angeheirateten Neffen Gaius Julius Caesar Ende Quintilis nach Bithynien geschickt, um dort eine Flotte zu beschaffen. Er hat mir davon geschrieben, aber wir hätten beide nicht erwartet, daß wir die Flotte vor März oder April nächsten Jahres zu sehen bekommen würden. Thermus hat über die Zuversicht des jungen Caesar, daß er die Flotte auch wirklich bekommen werde, gelacht und ihn dadurch offenbar gekränkt. Caesar wollte von Thermus daraufhin genaue Anweisungen über die Stärke der Flotte und den Termin der Bereitstellung. Vierzig Schiffe, die Hälfte davon gedeckte Quinqueremen oder Triremen, sollten an den Kalenden des November in Lesbos sein. So lautete Thermus' Befehl an den arroganten jungen Burschen.

Kannst Du Dir vorstellen, daß Caesar exakt an den Kalenden des November mit einer weitaus besseren Flotte, als jeder Römer von einem Nikomedes erwartet hätte, in meinem Lager aufgetaucht ist? Einschließlich zwei Sechzehnern, für die ich nicht mehr zahlen muß als Verpflegung und Sold für die Besatzungen! Als ich die Rechnung sah, war ich überrascht – Bithynien macht zwar Gewinn, aber nicht unverschämt. Dadurch wird es für mich allerdings zu einer Frage der Ehre, daß ich die Flotte nach dem Fall Mytilenes sofort zurückschicke. Und umgehend vollständig bezahle. Ich hoffe natürlich, daß ich die Rechnung aus der Kriegsbeute bezahlen kann, aber wenn diese nicht so reich ausfallen sollte, wie ich erwarte, könntest Du das Schatzamt dann vielleicht zu einer Sonderzahlung für mich überreden?

Ich muß hinzufügen, daß der junge Caesar arrogant und unverschämt war, als er mir die Flotte überbrachte. Ich mußte ihn in seine Schranken weisen. Natürlich gibt es nur eine Erklärung, wie es ihm gelungen ist, der alten Schwuchtel Nikomedes eine so wunderbare Flotte in so kurzer Zeit abzuschwatzen – er hat mit ihm das Liebeslager geteilt. Das habe ich ihm auch gesagt, um ihn in seine Schranken zu weisen. Allerdings glaube ich nicht, daß irgend etwas auf der Welt Caesar in die Schranken weisen kann! Er hat mich angefahren wie eine aufgerichtete Kobra und behaup-

tet, er brauche nicht auf die Mittel von Weibern zurückzugreifen, um etwas zu erreichen; an dem Tag, an dem er das nötig habe, werde er sich ein Schwert in den Bauch stoßen. Ich wußte nicht mehr, wie ich ihn zur Vernunft bringen sollte, ein Problem, das ich, wie Du weißt, sonst nicht habe. Doch ich glaubte, daß vielleicht die anderen Militärtribunen einen mäßigenden Einfluß auf ihn haben würden. Du wirst Dich an sie erinnern, Du mußt sie am Tag vor ihrer Abreise noch in Rom gesehen haben: Gabinius, zwei Lentulier, Octavius, Messala Rufus, Bibulus und Philippus' Sohn.

Soviel ich mitbekommen habe, hat der kleine Bibulus tatsächlich versucht, Caesar zu bremsen. Er ist wegen seiner Bemühungen auf einem hohen Schrank gelandet. Seither sind die Tribunen gespalten: Caesar hat Gabinius, Octavius und Philippus' Sohn für sich gewonnen, die beiden Lentulier und Bibulus hassen ihn, Rufus steht dazwischen. Natürlich gibt es wegen der Langeweile, die sich während einer Belagerung unter jungen Männern breitmacht, stets Ärger, und es ist schwierig, die Männer zur Arbeit anzutreiben. Sogar für mich. Caesar beschwört den Ärger allerdings regelrecht herauf. Und ich hasse es, wenn ich mich mit Kleinigkeiten herumschlagen muß. Caesar ist eine Nervensäge. Er sieht zu gut aus und ist zu selbstsicher, und er weiß leider genau, wie intelligent er ist.

Der Gerechtigkeit halber muß man allerdings hinzufügen, daß er sehr fleißig ist. Er arbeitet ständig. Ich weiß nicht, wie er es anstellt, aber jeder einfache Fußsoldat im Lager scheint ihn zu kennen – und zu mögen, was die Sache noch schlimmer macht. Er arbeitet völlig selbständig. Meine Legaten meiden ihn inzwischen, weil er Befehle zur Durchführung bestimmter Aufgaben nur dann entgegennimmt, wenn er mit der Durchführung einverstanden ist. Und er weiß immer, wie man etwas besser macht! Er gehört zu den Leuten, die schon immer alles durchgeplant haben, bevor der erste Streich geführt oder der erste Befehl erteilt ist. Deshalb stehen meine Legaten zum Schluß nur allzuoft mit roten Köpfen da.

Bisher ist es mir erst ein einziges Mal gelungen, sein Selbstvertrauen zu erschüttern, und zwar durch meine Anspielung darauf, wie er die Flotte von Nikodemus bekommen hat. Das hat ihn unglaublich wütend gemacht. Aber tut er, was ich will – greift er mich tätlich an und liefert mir so den Vorwand, ihn vors Kriegsgericht zu bringen? Nein! Dazu ist er zu gerissen und beherrscht. Ich mag ihn nicht, das ist sicher. Magst Du ihn? Er war so unverschämt, mir ins Gesicht zu sagen, meine Abstammung sei verglichen mit seiner weniger als Staub!

Genug von den Tribunen. Eigentlich sollte ich von wichtigeren Männern schreiben, zum Beispiel von Legaten. Ich fürchte nur, von ihnen gibt es nichts zu berichten.

Wie ich höre, betätigst Du Dich jetzt als Ehevermittler und hast dem kleinen Pompeius eine Frau weit über seinem eigenen Stand verschafft. Du könntest mir auch eine Braut beschaffen, wenn Du Zeit hast. Seit meinem dreißigsten Geburtstag bin ich aus Rom fort, und obwohl ich fast schon im Alter für die Prätur bin, habe ich noch immer keine Frau, von einem Sohn, der mir einmal nachfolgt, ganz zu schweigen. Das Problem ist, daß ich guten Wein, gutes Essen und gute Unterhaltung jener Art Frau vorziehe, die ich heiraten müßte. Außerdem mag ich nur junge Mädchen, und wer ist schon in solchen Geldverlegenheiten, daß er mir seine dreizehnjährige Tochter gibt? Wenn Dir jemand einfällt, laß es mich wissen. Mein Bruder lehnt es kategorisch ab, als Vermittler zu fungieren, Du kannst Dir also vorstellen, wie froh ich bin, daß Du Dich jetzt mit solchen Dingen befaßt.

Ich grüße und vermisse Dich, lieber Lucius Cornelius.

Ende März traf Marcus Minucius Thermus aus Pergamon ein. Er war mit dem geplanten Angriff auf Mytilene einverstanden. Als er hörte, wie Caesar die Flotte aus Bithynien angeblich beschafft hatte, brüllte er vor Lachen. Lucullus dagegen konnte der Sache noch immer nichts Komisches abgewinnen. Dazu hatten seine Befehlshaber sich zu oft bei ihm über den aufsässigen und rauflustigen Tribun beschwert.

Allerdings gab es im Heer ja noch ein uraltes ungeschriebenes Gesetz: daß man einen Mann, der ständig für Unruhe sorgte, in der Schlacht an einer Stelle einsetzen solle, an der er sie ganz sicher nicht überleben würde. So beschloß Lucullus, während er die Pläne zum Sturm auf Mytilene erstellte, sich an dieses alte Kriegsgesetz zu halten. Caesar mußte sterben. Er hatte in der kommenden Schlacht den Oberbefehl, Thermus würde nur als Beobachter anwesend sein.

Es war nicht ungewöhnlich, daß ein Feldherr vor der Schlacht sämtliche Dienstgrade zum abschließenden Rat einberief, aber bei Lucullus kam es so selten vor, daß darüber geredet wurde. Daß selbst die Jungtribunen anwesend waren, empfand niemand als seltsam. Sie machten besonders viel Ärger, und der Feldherr mißtraute ihnen entschieden. Die Kriegstribunen seiner Legionen dienten gewöhnlich als Melder, zu denen er sie am Ende seines Kriegsrates denn auch ernannte. Außer Caesar.

»Du bist ein Quertreiber«, sagte er kühl zu ihm, »aber wie ich bemerkt habe, arbeitest du gerne hart. Ich habe deshalb beschlossen, dir das Kommando über eine Kohorte zu geben. Ich stelle sie aus den schlimmsten Elementen von Fimbrias Armee zusammen. Ich halte die Kohorte so lange in Reserve, bis ich den hartnäckigsten Widerstand in den Schlachtreihen des Gegners ausgemacht habe. Da hinein schicke ich sie dann. Du als Befehlshaber hast die Aufgabe, dafür zu sorgen, daß sie das Ruder herumwerfen.«

»Du bist ein toter Mann«, sagte Bibulus zufrieden, als sie sich nach dem Kriegsrat wieder in ihr Quartier setzten.

»Ich nicht!« antwortete Caesar vergnügt und zerteilte eines seiner Haupthaare mit einem Schwert, ein anderes mit seinem Dolch.

Gabinius, der Caesar sehr gerne mochte, sah besorgt aus. »Ich wünschte, du wärest ein weniger bekannter Schwanz«, sagte er. »Wenn du nur die Klappe halten und weniger auffallen würdest, wäre die Wahl nicht auf dich gefallen. Der Auftrag, den er dir gegeben hat, ist für einen Jungoffizier unüblich, vor allem, wenn er noch nie im Feld war. Seine sämtlichen Truppen sind Fimbrianer, die zu lebenslanger Verbannung verurteilt sind. Er hat die herausgezogen, die sich am heftigsten aufgelehnt haben, und das ist jetzt deine Kohorte! Wenn er dir schon ein Kommando gibt, hätten es Männer von Thermus' Legionen sein müssen.«

»Das weiß ich doch alles«, sagte Caesar geduldig. »Und wenn ich ein bekannter Schwanz bin, kann ich auch nichts machen – fragt einmal die Frauen im Lager.«

Die Bemerkung zog ein Glucksen und mehrere finstere Blicke nach sich. Die Kameraden, die ihn verabscheuten, waren noch neidischer geworden, weil er sich den Winter über bei den Frauen im Lager auch noch einen Ruf gemacht hatte, der dadurch pikanter und amüsanter wurde, daß sich seine Auserwählten immer besonders gründlich waschen mußten.

»Machst du dir überhaupt keine Gedanken?« fragte Rufus der Rote.

»Nein«, sagte Caesar. »Ich habe genausoviel Glück wie Talent. Warte ab.« Er ließ sein Schwert und seinen Dolch langsam in die Scheiden zurückgleiten, nahm sie vom Tisch und machte sich in sein Zimmer auf. Bibulus kraulte er im Vorübergehen am Kinn. »Keine Angst, kleiner Pulex. So klein wie du bist, bemerkt dich der Feind überhaupt nicht.«

»Wenn er nicht so selbstsicher wäre«, sagte der einfache Lentulus zu Lentulus Niger, als sie zusammen in ihre Kammern hinaufstiegen, »fände ich ihn erträglicher.«

»Irgend etwas wird ihn schon wieder auf normale Größe schrumpfen lassen«, sagte Niger.

»Hoffentlich bin ich dann dabei«, sagte der einfache Lentulus. Er erschauderte. »Morgen wird ein schlimmer Tag, Niger.«

»Vor allem für Caesar«, sagte Niger und lächelte säuerlich. »Lucullus hat ihn dem Pfeilfutter zugeteilt.«

Lucullus ließ sechs Belagerungstürme vor die Mauern von Mytilene ziehen. Sie waren so groß, daß mehrere Hundertschaften die Mauer erstürmen und die Verteidiger niedermachen konnten. Die waren sich leider bewußt, daß sie kaum eine Chance hatten, einem solchen Ansturm standzuhalten, und so suchten sie ihr Heil in einer offenen Feldschlacht vor den Stadtmauern.

Lucullus wurde die halbe Nacht hindurch immer wieder geweckt und mit den Neuigkeiten bekanntgemacht: Die Stadttore hatten sich geöffnet, sechzigtausend Mann strömten heraus und bezogen auf dem Gebiet zwischen den Stadtmauern und dem von Lucullus errichteten Belagerungswall Stellung.

Hornsignale ertönten, Trommeln wirbelten, und wieder ertönten Hörner: Das römische Lager entfachte eine fieberhafte Aktivität, als Lucullus die Soldaten zu den Waffen rief. Er verfügte jetzt über alle vier Legionen der Provinz Asia, seit Thermus mit den beiden anderen eingetroffen war. Da sie nicht zu Fimbrias Armee gehört hatten, würden sie mit Thermus nach Rom zurückkehren, wenn dessen Auftrag beendet war. Ihre Anwesenheit hatte die Fimbrianer wieder an die eigene Situation erinnert und somit für Unmut gesorgt. So befürchtete Lucullus jetzt, wo eine offene Feldschlacht unvermeidlich war, daß sie sich dem Kampf nicht stellen würden. Um so zwingender war es, Caesars Kohorte mit den schlimmsten Elementen von der übrigen Armee zu trennen.

Lucullus konnte den sechzigtausend Männern Mytilenes nur vierundzwanzigtausend Soldaten gegenüberstellen. Allerdings waren unter Mytilenes kampferprobten Kriegern auch sehr viele Alte und Knaben, wie immer, wenn eine Stadt gegen eine Belagerungsarmee mobil machte.

»Ich bin ein Idiot, ich hätte damit rechnen müssen«, sagte Lucullus wütend zu Thermus.

»Wichtiger ist die Frage, woher sie wußten, daß wir heute angreifen würden«, sagte Thermus.

»Spione. Wahrscheinlich Frauen aus dem Lager. Ich lasse sie später alle töten.« Lucullus wandte sich wieder dem Schlachtplan zu. »Das Schlimmste ist, daß man bei der Dunkelheit nicht sieht, wie sie ihre Schlachtreihen aufstellen. Ich muß sie im Auge behalten, bis mein Plan ausgearbeitet ist.«

»Du bist ein brillanter Taktiker, Lucullus«, ermunterte ihn Thermus. »Es wird auch so alles gutgehen.«

Im Morgengrauen stand Lucullus auf einem Belagerungsturm an einem der Wälle, die er hatte errichten lassen, und untersuchte die Aufstellung der feindlichen Verbände. Seine Truppen waren bereits auf Niemandsland vorgedrungen und scharten sich entlang seines Grabens, aus dem in aller Eile Hunderttausende angespitzter Pfähle herausgerissen worden waren. Lucullus wollte es den römischen Soldaten ersparen, aufgespießt zu werden, wenn ein plötzlicher Rückzug unvermeidlich würde. Jedenfalls würde es ein Kampf auf Leben und Tod werden, und das war gut so. Der Belagerungswall schnitt Lucullus' Truppen den Fluchtweg aufs freie Feld ab. Er ging allerdings nicht davon aus, daß die Fimbrianer ihr Heil unbedingt in der Flucht suchen würden: Wenn sie in Stimmung waren, kämpften sie so gut wie jede andere Truppe.

Noch vor Sonnenaufgang war er selbst im Niemandsland, neben sich die Offiziere, welche die Befehlskette bildeten.

»Ich kann mich nicht ans Heer wenden, es würde mich nie

hören«, sagte er mit schmalen Lippen. »Es hängt also alles davon ab, daß ihr mir jetzt gut zuhört und absolut gehorcht. Ihr nehmt das große Nordtor von Mytilene als Orientierungspunkt – es liegt genau im Zentrum des Operationsbereichs. Meine Armee stellt sich in Form eines Halbmondes auf, wobei die Flügel zu diesem Zentrum hin zeigen. In der Mitte der Senke vor dem Tor will ich einen Sturmtrupp als Spitze. Bevor sich die anderen Einheiten in Bewegung setzen, rückt diese Spitze zum Stadttor vor. Meine Taktik besteht nun darin, das feindliche Heer in zwei Teile zu spalten und beide Teile mit den Rundungen des Halbmondes einzuschließen. Das bedeutet, daß die Männer die Gefechtsformation halten und die Enden der Flügel auf einer Höhe mit der Spitze sein müssen. Ich habe keine Kavallerie, die Leute an den Enden des Halbmondes haben sich also entsprechend zu verhalten: ein rascher und wuchtiger Vorstoß.«

Um die siebzig Männer scharten sich um Lucullus, der auf einer kleinen Kiste stand, um alle sehen zu können; die Zenturionen der Kohorten waren da, ebenso die Offiziere. Finster heftete sich sein Blick auf Caesar und den rangältesten Zenturio der rebellischen Kohorte, die er anfänglich als Pfeilfutter vorgesehen hatte. Lucullus hatte keine Schwierigkeiten, sich an den Namen des Zenturios zu erinnern: Marcus Silius, ein streitsüchtiger und ungehobelter Emporkömmling, der immer Rädelsführer war, wenn ihm die Fimbrianer eine Abordnung mit einer Petition schickten. Aber dies war nicht der Zeitpunkt für eine Abrechnung. Gefragt war jetzt ein vernünftiger Entschluß. Es galt zu entscheiden, ob diese Kohorte den Kopf der zentralen Spitze bilden sollte – was sie wahrscheinlich bis zum letzten Mann das Leben kosten würde – oder ob er sie nur als Verstärkung hinter eine der beiden Halbmondkurven setzen sollte. Lucullus ließ sich die Sache durch den Kopf gehen.

»Caesar und Silius – ihr stellt eure Kohorte vorn an die Spitze und laßt sie zum Tor vorrücken. Sobald ihr es erreicht habt, behauptet ihr ohne Rücksicht auf Verluste das Terrain.« Lucullus traf weitere Anordnungen.

»Die Götter stehen mir bei«, sagte Silius aus einem Mundwinkel zu Caesar, als sie darauf warteten, daß der Feldherr mit seinen Befehlen zum Schluß kam. »Muß mir Lucullus, dieser *cunnus*, ausgerechnet so einen süßen Säugling vor die Nase setzen.«

Caesar lachte nur. »Welcher Führer ist dir lieber? Ein süßer Säugling, der auf Gaius Marius' Knien geschaukelt worden ist und dort einiges gelernt hat, oder ein Legat mit angeblicher Erfahrung, der in der Schlacht seinen Arsch nicht vom Ellenbogen unterscheiden kann?«

Gaius Marius! Dieses Wunderwort hallte im Herzen aller römischen Soldaten wie freudiges Glockengeläut nach. Marcus Silius sah den Befehlshaber mit einem forschenden und etwas besänftigten Blick an. »Was hattest du mit Gaius Marius zu schaffen?«

»Er war mein Onkel. Und er glaubte an mich«, sagte Caesar.

»Aber das ist dein erster Feldzug – und dein erstes Gefecht!« hielt Silius dagegen.

»Du weißt wohl alles, was, Silius? Eines solltest du auch wissen. Ich lasse weder dich noch deine Männer hängen. Aber wenn ihr mich hängenlaßt, wird der ganze Haufen ausgepeitscht.«

»Das ist ein Handel«, sagte Silius prompt und verschwand, um seinen Zenturionen Anweisungen zu erteilen.

Lucullus gehörte nicht zu den Feldherren, die wertvolle Zeit verstreichen ließen. Sobald seine Offiziere wußten, wie die Schlachtordnung aussah, ließ er zum Vormarsch blasen. Der Feind hatte offensichtlich keinen richtigen Schlachtplan. Die riesige Menge der Männer hatte sich einfach auf das Gebiet vor der Stadtmauer verteilt, und als die römische Armee vorzurücken begann, machten sie keine Anstalten anzugreifen. Sie würden den Angriff mit den Schilden abwehren und dann zum Kampf übergehen. Ihre Anzahl, da waren sie sicher, machte sie zu den Siegern des Tages.

Silius, der ebenso klug wie aufsässig war, verbreitete die Kunde unter all seinen sechshundert Männern: Ihr Befehlshaber sei ein süßer Säugling und auch noch Gaius Marius' Neffe, und Gaius Marius habe an ihn geglaubt.

Caesar schritt allein vor der Standarte her, den großen rechteckigen Schild am linken Arm, das Schwert noch immer in der Scheide. Marius hatte ihm beigebracht, das Schwert erst unmittelbar vor dem Angriff zu ziehen.

»Du kannst es dir nicht leisten«, hatte er mit dem Mundwinkel, der vom Schlaganfall verschont geblieben war, gemurmelt, »auf den Boden zu schauen, egal, ob du läufst oder im Schritt gehst.

Wenn du die gezogene Waffe in der Rechten hältst und in ein Erdloch oder über einen Stein stolperst, verletzt du dich.«

Caesar hatte keine Angst, nicht einmal im hintersten Winkel seiner Seele, und er dachte keinen Augenblick daran, daß er getötet werden könnte. Dann hörte er seine Männer singen:

»Wir – sind – die – Fim – bri – aner!
Vor – sicht – vor – Fim – bri – anern!
Der König – von – Pontos – saß – in der Falle
Denn – wir – sind – die – Aller – besten!«

Caesar hörte ihnen fasziniert zu, während er den wartenden Horden von Mytilene immer näher kam. Vier Jahre mußten seit Fimbrias Tod vergangen sein, vier Jahre, in denen sie unter zwei Licinii, Murena und dann Lucullus, gedient hatten. Fimbria war ein Geächteter gewesen, aber sie sahen sich noch immer als seine Männer. Das sind keine Licinianer, dachte Caesar und vermutete, daß sie es auch niemals sein würden. Was sie von Murena gehalten hatten, wußte er nicht. Aber Lucullus verabscheuten sie! Aber wer tat dies nicht? Für Caesar war er ein steifarschiger Aristokrat, der nicht daran glaubte, daß es nützlich war, wenn einen die Soldaten liebten. Wie sehr er sich täuschte!

Genau im richtigen Moment ließ Caesar den Hornbläser das Signal zum Abwurf der Speere geben. Beherrscht blieb er aufrecht stehen, als Tausende von Speeren wie zwei Wolken, die unter den Männern von Mytilene Panik verbreiteten und Verwirrung stifteten, über ihn hinwegzischten. Und jetzt galt es nachzustoßen!

Er zog das Schwert, schwang es kurz in die Luft, hörte das seltsame schleifende Geräusch von sechshundert Schwertern, die aus der Scheide gezogen werden, und schritt dann ruhig wie ein Senator, der sich unter die Menge im Forum mischt, mit erhobenem Schild auf den Feind zu. Er hielt das kurze, zweischneidige und rasiermesserscharfe Schwert, mit dem normalerweise keine Hiebe auf den Kopf ausgeführt wurden, auf der Höhe des gegnerischen Unterleibes, die Spitze leicht nach oben und außen gerichtet. Dann folgten Stich auf Hieb und Hieb auf Stich.

Der Feind wurde von diesem Angriff überrumpelt, und die vorstoßende Kohorte der Fimbrianer ließ den Verteidigern Mytilenes kaum Raum, ihre längeren Schwerter über ihren Köpfen zu schwingen. Sie wurden zurückgedrängt und von den nachrückenden Römern so lange zurückgehalten, bis sich die Spitze von Lucullus' Halbmond tief in die Reihen des Feindes gebohrt hatte.

Dann aber schöpften diese Männer, welche die Römer alle haßten und lieber sterben wollten, als ihnen ihre geliebte Stadt ein weiteres Mal in die Hand fallen zu lassen, wieder Mut und behaupteten mit allen Mitteln das Terrain.

Besonders wichtig im Kampf, so entdeckte Caesar, war unerschrockenes Auftreten. Kam ein gegnerischer Soldat auf einen zu, so durfte man auf keinen Fall Angst zeigen oder gar zurückweichen, denn sonst verlor man die Begegnung schon innerlich und vergrößerte die Aussicht, getötet zu werden. Angriff, Angriff und nochmals Angriff, lautete die Devise. Caesar gab sich, gesegnet mit einem hervorragenden Reaktionsvermögen und einem phänomenal scharfen Auge, ganz seinen Attacken hin und verlor keine wertvollen Sekunden mit dem Gedanken an das Geschehen hinter sich.

Bis er entdeckte, daß man selbst dann noch, wenn man sich am stärksten auf den augenblicklichen Kampf konzentrieren mußte, Raum für andere wichtige Gedanken hatte: Er hatte den Befehl über die Kohorte und hatte beinahe vergessen, daß es sie gab. Wie aber sich nach ihr umdrehen, ohne erschlagen zu werden? Wie einen geeigneten Standort erringen, von dem aus die Lage zu überblicken war? Allmählich machte sich in seinem Arm die Erschöpfung bemerkbar, wegen der tiefen Haltung des Schwertes und dessen geringem Gewicht allerdings nicht so schnell wie bei den Feinden, die mit weitaus schwereren Waffen kämpfen mußten; sie schwangen die Waffen immer wilder und führten ihre Hiebe immer lustloser aus.

Neben ihm hatte sich ein Haufen erschlagener Feinde angesammelt, während andere noch immer verzweifelt kämpften. Caesar nahm all seine Kräfte zusammen und schlug sich die Bahn frei, um diesen Hügel menschlicher Leiber zu erklimmen. Seine Beine waren verletzlich, aber keine Körperpartie darüber, und der Haufen war so groß, daß er sich, ohne die Beine schützen zu müssen, umdrehen konnte, sobald er den obersten Punkt erreicht hatte.

Hurrarufe ertönten von seinen Männern, als sie ihn entdeckten, Rufe, über die Caesar sich freute. Allerdings bemerkte er nun, daß seine Kohorte vom übrigen Heer abgeschnitten war. Lucullus' Speerspitze hatte ihre Aufgabe erfüllt, aber sie war nicht ausreichend gedeckt gewesen. Eine Insel inmitten des Feindes, schoß es ihm durch den Kopf. Lucullus' Schuld. Aber wir werden durchhalten, wir werden nicht fallen! Er stieg mit einer Reihe wilder Schläge, mit denen er feindliche Angreifer verwirrte, wieder auf ebenes Terrain hinab und kämpfte sich bis zu Marcus Silius vor, der unermüdlich weiterkämpfte.

»Wir sind abgeschnitten – gib Signal, ein Karree zu bilden«, befahl er dem Hornbläser der Kohorte, der neben dem Standartenträger kämpfte.

Überraschend genau und rasch wurde der Befehl ausgeführt – so gut waren diese Truppen! Caesar und Silius schritten in das Karree hinein und liefen umher, um die Soldaten anzufeuern und an den Schwachstellen für Verstärkung zu sorgen.

»Wenn ich nur mein Maultier hätte, dann könnte ich mir ein Bild vom gesamten Gefechtsverlauf machen«, sagte Caesar zu Silius, »Aber die Jungtribunen von Kohorten der Infanterie dürfen ja nicht reiten. Ein Fehler.«

»Läßt sich schnell beheben«, sagte Silius, der Caesar jetzt respektvoll ansah. Er pfiff ein Dutzend umstehender taktischer Reserven zusammen. »Wir errichten dir aus Soldaten und ihren Schilden eine Tribüne.«

Kurze Zeit später stand Caesar, der über eine Reihe menschlicher Stufen nach oben geklettert war, in voller Größe auf den Schilden über den Köpfen von vier Männern.

»Vorsicht vor feindlichen Speeren!« schrie Silius zu ihm hinauf.

Wie sich zeigte, stand der Ausgang der Schlacht noch keineswegs fest, aber die Taktik, die Lucullus eingeschlagen hatte, war eine solide Sache gewesen. Es sah ganz so aus, als würde der Feind von den römischen Flügeln, die sich unerbittlich weiter schlossen, aufgerollt werden.

»Gib mir deine Standarte!« brüllte Caesar und fing sie auf, als der Träger sie zu ihm hinaufwarf. Dann schwenkte er sie in Richtung von Lucullus, der deutlich sichtbar auf seinem Schimmel saß. »Dann weiß der Oberbefehlshaber wenigstens, daß wir noch am

Leben sind und das Terrain wie befohlen behaupten«, rief er Silius zu, wich zwei Speeren aus und sprang wieder auf festen Boden. »Danke für die Tribüne. Schwer zu sagen, wer siegt.«

Kurze Zeit später starteten die Verteidiger eine Großoffensive gegen Caesars Karree.

»Wir halten nie durch«, sagte Silius.

»Wir halten durch, Silius! Sorg dafür, daß die Reihen so eng wie der Arsch eines Fisches geschlossen sind«, befahl Caesar. »Auf, Silius, los!«

Er bahnte sich mit dem Zenturio einen Weg zur Hauptstoßrichtung des Angriffs, teilte nach rechts und links wilde Hiebe aus und bemerkte, wie verzweifelt der Feind kämpfte. Diese abgeschnittene Kohorte von Römern mußte bis zum bitteren Ende durchhalten, um der übrigen Armee ein Beispiel zu geben. Caesar sah schlagartig eine Gestalt neben sich auftauchen, er hörte Silius überrascht aufstöhnen und erblickte das niedersausende Schwert. Wie er es fertigbrachte, den gegen ihn gerichteten Schlag mit dem Schild abzuwehren und gleichzeitig den Hieb zu parieren, der Silius Kopf in zwei Hälften gespalten hätte, begriff er auch später niemals; er wußte nur, daß es ihm gelungen war und daß er den Mann anschließend trotz des Schildes mit dem Dolch erstach.

Der Zwischenfall wurde zu einer Art Wendepunkt; der feindliche Ansturm auf die Kohorte ließ nach, so daß sie schon kurze Zeit später ihren Vorstoß fortsetzen konnte. Das vergitterte Tor war erreicht. Die Fimbrianer, die jetzt nach hinten gedeckt waren, drehten sich jubelnd der weit entfernten römischen Mauer zu: Nichts konnte sie mehr aus ihrer Stellung werfen!

Dabei blieb es auch. Etwa eine Stunde vor Sonnenuntergang streckte Mytilene die Waffen und ließ dreißigtausend tote Soldaten, zumeist ältere Männer und Knaben, auf dem Schlachtfeld zurück. Gnadenlos ließ Lucullus alle Frauen von Lesbos im römischen Lager töten, während er den Frauen von Mytilene erlaubte, ihre Toten zu bergen und angemessen zu bestatten.

Es dauerte einen ganzen Monat, bis die Folgen der Schlacht beseitigt waren, und diese Arbeit war noch härter als die Vorbereitungen auf den Kampf. Caesars Kohorte, mit der er sich jetzt ständig beschäftigte, war inzwischen überzeugt, daß er Gaius Marius' Gunst verdient hatte – daß sich diese Gunst in der Ernennung zum Jupiterpriester niedergeschlagen hatte, verriet er natürlich nicht – und daß ihm das Kommando zustand. Mehrere Tage bevor der Feldherr Lucullus und der Statthalter Thermus in einem feierlichen Zeremoniell die Helden der vergangenen Schlacht ehrten, hatte der rangälteste Zenturio Marcus Silius beiden förmlich geschworen, daß Caesar ihm in der Schlacht das Leben gerettet und dann das Terrain, auf dem dies geschehen war, bis zum Ende behauptet hatte. Und zudem schwor er, Caesar habe die Kohorte vor dem sicheren Tod bewahrt.

»Wenn es eine ganze Legion gewesen wäre, hättest du die Graskrone gewonnen«, sagte Thermus, als er den Kranz aus Eichenlaub auf Caesars großes Haupt mit dem goldenen Haar setzte. »Da es nur eine Kohorte war, kann Rom dir höchstens die *corona civica* verleihen.« Der Statthalter dachte einen Moment nach. »Du weißt, Gaius Julius, daß du mit dem Erhalt des Bürgerkranzes automatisch in den Senat aufgenommen wirst und nach den neuen Gesetzen der Republik ein Recht auf weitere Auszeichnungen hast. Es sieht ganz so aus, als wolle dich Jupiter Optimus Maximus unbedingt im Senat! Den Sitz, den du mit dem Ende deines Amtes als Jupiterpriester verloren hast, erhältst du jetzt wieder zurück.«

Caesar war der einzige Teilnehmer an der Schlacht um Mytilene, der diese Auszeichnung erhielt, seine Kohorte die einzige, die ihr Feldzeichen jetzt mit der *phalerae* schmücken konnte. Marcus Silius konnte mit Stolz einen ganzen Satz von neun goldenen *phalerae* an die Vorderseite seines ledernen Brustpanzers heften; sie kamen zu seinen schon erworbenen neun silbernen – die jetzt die Rückseite des Panzers zierten –, den fünf breiten silbernen Armspangen und zwei goldenen Ringen hinzu, die an den vorderen Schulterriemen hingen.

»Eines muß ich Sulla lassen«, sagte Silius zu Caesar, als sie mit den anderen Ausgezeichneten auf der Tribüne den Gruß des Heeres entgegennahmen. »Auch wenn er uns die Möglichkeit zur Rückkehr nach Rom verweigert hat, so war er doch zu anständig, um uns die Auszeichnungen zu verweigern.« Er warf einen bewundernden Blick auf Caesars Eichenkranz. »Du bist ein richtiger Soldat, süßer Säugling«, sagte er. »Ich habe nie einen besseren gesehen.«

Und das, dachte Caesar später, war ein wertvolleres Lob als all die Plattheiten und Glückwünsche, mit denen Lucullus, Thermus und die Legaten ihn während des Ehrenmahls überschütteten. Gabinius, Octavius, Lippus und Rufus äußerten sich begeistert, während die beiden Lentulier schwiegen. Bibulus, der durchaus kein Feigling war, aber beim einfachen Dienst als Melder keine Auszeichnung hatte erringen können, konnte dagegen nicht an sich halten.

»Das hätte ich mir ja denken können«, sagte er bitter. »Was du getan hast, hätten wir alle getan, wenn wir das Glück gehabt hätten, in die gleiche Situation zu kommen. Aber du hast das Glück eben für dich gepachtet, in jeder Hinsicht.«

Caesar lachte jovial und kraulte Bibulus am Kinn, das war inzwischen zur Gewohnheit geworden. Diesmal sprang Gabinius für ihn in die Bresche.

»Du mißgönnst dem Mann das Verdienst seiner Tat«, sagte er böse. »Caesar hat uns alle beschämt mit der Menge Arbeit, die er den Winter über geleistet hat, und er hat uns auch alle beschämt mit seiner Leistung auf dem Schlachtfeld! Glück hatte damit überhaupt nichts zu tun, du kleingeistiger, neidischer Dummkopf!«

»Reg dich nicht auf über ihn, Gabinius«, sagte Caesar, der sich die Großzügigkeit leisten konnte und wußte, daß er Bibulus damit reizte. »Glück ist immer mit dabei. Glück ist das Zeichen von Fortunas Gunst, deshalb gehört es Männern mit besonderen Fähigkeiten. Sulla hat Glück. Er ist der erste, der das sagt. Und wartet ab! Caesars Glück wird sprichwörtlich.«

»Und Bibulus' Glück wird es nicht geben«, sagte Gabinius ruhiger.

»Vielleicht«, sagte Caesar in einem Ton, der verriet, daß ihn dieses Thema nicht interessierte.

Thermus, Lucullus und ihre Legaten, Beamten und Tribunen kehrten Ende Juni nach Rom zurück. Gaius Claudius Nero, der neue Statthalter der Provinz Asia, hatte in Pergamon sein Amt angetreten, und Sulla hatte Lucullus mit der Erlaubnis, nach Hause zurückkehren zu dürfen, auch das Versprechen gegeben, daß er und sein Bruder Varro Lucullus im nächsten Jahr kurulische Ädilen würden.

»Bis Du zu Hause eintriffst«, endete der Brief, »bist Du bereits zum kurulischen Ädil gewählt. Bitte entschuldige, wenn ich nicht als Heiratsvermittler für Dich auftrete, aber ich habe in diesem Bereich offenbar kein Glück. Du wirst inzwischen mitbekommen haben, daß Pompeius' neue Frau gestorben ist. Wenn Dir der Sinn im übrigen nach kleinen Mädchen steht, mein lieber Lucullus, dann ist es wohl auch besser, wenn Du die schmutzige Aufgabe selbst übernimmst. Früher oder später findest Du einen verarmten Adeligen, der bereit ist, Dir seine minderjährige Tochter zu verkaufen. Was aber, wenn sie älter wird. Das tun doch alle!«

Als Marcus Valerius Messala Rufus in Rom eintraf, bahnte sich dagegen tatsächlich eine Heirat an. Seine Schwester, auf die er sehr stolz war, war von ihrem Ehemann im Schnellverfahren geschieden worden, wie er ihren tränenbefleckten Briefen hatte entnehmen können. Während sie weiterhin hoch und heilig schwor, daß sie ihn mit ganzer Seele liebe, machte er mit der Scheidung deutlich, daß ihm an ihr überhaupt nichts lag. Warum, begriff keiner. Valeria Messala war schön, intelligent, gebildet und keineswegs langweilig. Sie tratschte nicht, war nicht verschwenderisch und machte den anderen Männern keine schönen Augen.

Als Ende Juni einer der reichsten Plutokraten der Stadt starb, veranstalteten seine beiden Söhne zu seinem Andenken im Forum Romanum prachtvolle Bestattungsspiele. In herrlichen silbernen Rüstungen sollten zwanzig Paare Gladiatoren gegeneinander kämpfen, und zwar nicht wie gewohnt nacheinander, sondern in zwei Kämpfen zu je zehn Paaren – ein Thraker und ein Gallier. Dies waren allerdings nicht Nationalitäten, sondern die beiden Kampfstile, die zur damaligen Zeit praktiziert wurden. Und die gemieteten Kämpfer kamen aus Capuas bester Gladiatorenschule. Da Sulla Sehnsucht nach einer kleinen Zerstreuung hatte und sich diese Schaukämpfe nicht entgehen lassen wollte, waren die trauernden Brüder sorgsam darauf bedacht gewesen, für den Diktator in der Mitte der ersten Reihe einen Sitzplatz umfrieden zu lassen, damit er das Schauspiel unbehelligt vom Gedränge verfolgen konnte.

Keine altüberlieferte Anstandsregel hinderte Frauen daran, an diesem Spektakel teilzunehmen, und sie durften sogar neben den Männern sitzen. Die Spiele, die zu Bestattungen gegeben wurden, galten weniger als Theateraufführung als vielmehr als eine Art Circus. Und Marcus Valerius Messala Niger, der noch seinen Triumph genoß, daß er Cicero für die Verteidigung von Roscius aus Ameria gewonnen hatte, kam auf den Gedanken, seine arme geschiedene Cousine Valeria Messala mit einem Gladiatorenkampf aufzuheitern.

Als die beiden eintrafen, hatte es sich Sulla auf seinem Ehrenplatz bequem gemacht, und die Sitze waren schon fast alle belegt. Die ersten zehn Gladiatoren ließen auf dem Sägemehl im Ring bereits bei ersten Übungen Muskeln spielen, während sie darauf warteten, daß die Brüder mit Gebeten und einem sorgfältig ausgewählten Opfer an den Verstorbenen die Spiele eröffneten. Bei einer solchen Gelegenheit war es besonders nützlich, wenn man vornehme Freunde und vor allem eine Tante hatte, die ehemalige Vestalin und noch dazu Tochter eines Metellus Balearicus war. Die ehemalige Vestalin Caecilia Metella Balearica, die neben ihrem Bruder Metellus Nepos, seiner Frau Licinia und ihrem – als Konsul damals besonders wichtigen – Vetter Metellus Pius das Ferkel saß, hatte den beiden zwei Sitze freigehalten.

Um zu ihnen zu gelangen, mußten sich Messala Niger und Valeria Messala allerdings durch die bereits besetzte zweite Reihe und am Diktator vorbei vorarbeiten. Wie jedermann bemerkte, sah er erholt und gesund aus, vielleicht wegen Ciceros Takt und Geschicklichkeit, ihn von den unangenehmen Seiten der Proskriptionen reinzuwaschen, und weil ihm das Problem Chrysogonus, der vom Tarpeischen Felsen gestoßen worden war, vom Hals geschafft worden war. Im ganzen Forum wimmelte es von Menschen; einfache Leute drängten sich auf jedem Dach und auf jeder Treppe, und alles, was Rang und Namen hatte, saß jetzt auf der ungedeckten Zuschauertribüne um den Ring, ein mit Seilen umgrenztes Quadrat von vierzig Fuß Seitenlänge.

Rom wäre nicht Rom gewesen, wenn sich die Zuspätgekommenen nicht üble Beschimpfungen hätten anhören müssen, als sie sich durch die dicht besetzten Reihen quälten. Während Messala Niger sich nicht im geringsten darum kümmerte, stammelte die arme Valeria immer wieder Entschuldigungen. Schließlich mußte sie sich direkt am Sitz hinter dem Diktator Roms vorbeizwängen. Vor Angst, sie könne ihn anrempeln, heftete sie die Augen auf seinen Hinterkopf und seine Schultern. Sulla trug natürlich seine lächerliche Perücke und die purpurgesäumte *toga praetexta*, und seine vierundzwanzig Liktoren kauerten vor der ersten Reihe auf dem Boden. Beim Vorübergehen entdeckte Valeria eine dicke purpurne Wollfussel auf den weißen Falten der Toga über Sullas linker Schulter. Unwillkürlich streckte sie die Hand nach ihr aus und nahm sie weg.

Sulla, der in der Öffentlichkeit niemals auch nur einen Anflug von Angst zeigte und immer über der Sache zu stehen schien, zuckte bei der leichten Berührung zusammen, fuhr von seinem Stuhl auf und drehte sich so rasch um, daß Valeria erschreckt zurückwich und dem Hintermann auf die Zehen trat. Als der letzte Funken des Schreckens in seinen Augen verglommen war, ließ er den Anblick dieser entsetzten schönen jungen Frau mit dem roten Haar und den blauen Augen genüßlich auf sich wirken.

»Ich bitte dich um Entschuldigung, Lucius Cornelius«, stammelte sie mit feuchten Lippen, während sie nach einer Erklärung suchte. Möglichst unbefangen hielt sie die Fussel vor sich hin. »Siehst du? Das war auf deiner Schulter. Ich dachte, ich nehme es an mich, vielleicht bekomme ich damit auch etwas von deinem Glück.« Ihre Augen füllten sich rasch mit Tränen, die sie aber entschlossen wegblinzelte, und ihr schöner Mund bebte.

»Ich brauche nämlich etwas Glück!«

Er lächelte sie mit verschlossenen Lippen an, ergriff ihre ausgestreckte Hand und schloß mit sanftem Druck ihre Finger um die Fussel, die so viel Aufregung verursacht hatte. »Behalte sie, mein Fräulein; möge sie dir das ersehnte Glück bringen«, sagte er und wandte sich wieder um.

Allerdings versuchte er immer wieder während der Gladiatorenkämpfe mit flüchtigen Blicken herauszubekommen, wo Valeria und Messala Niger, Metellus Pius mitsamt der übrigen Gesellschaft saßen. Und sie bemerkte diese suchenden Blicke genau, warf ihm ein kurzes Lächeln zu, errötete und sah weg.

»Wer ist das?« fragte Sulla das Ferkel, als sich die Menge, die mit dem ausgezeichneten Schauspiel zufrieden gewesen war, langsam auflöste.

Natürlich hatte die gesamte Gesellschaft – und mit ihr ein Großteil des Publikums – Sullas Blicke bemerkt, so daß Metellus Pius keine Ausflüchte machte. »Valeria Messala«, sagte er. »Die Cousine von Niger und die Schwester von Rufus, der nach der Belagerung von Mytilene gerade auf dem Rückweg nach Rom ist.«

»Oho!« Sulla nickte. »Ihre Geburt ist so erlaucht, wie sie selbst schön ist. Und seit kurzem geschieden, nicht?«

»Völlig unerwartet und grundlos. Sie ist darüber tatsächlich sehr betrübt.«

»Unfruchtbar?« fragte der Mann, der sich aus diesem Grund von einer Frau getrennt hatte.

Das Ferkel schürzte verächtlich die Lippen. »Ich bezweifle es. Eher die fehlende Praxis.«

»Hmm!« Sulla dachte einen Augenblick nach und sagte dann energisch: »Sie muß morgen zum Essen kommen. Bitte auch Niger und Metellus Nepos zu mir. Und komm du natürlich auch. Aber keine andere Frau.«

So kam es, daß der junge Militärtribun Marcus Valerius Messala Rufus nach der Ankunft in Rom zur Audienz beim Diktator geladen wurde. Sulla kam gleich zur Sache. Er liebe seine Schwester, sagte er, und wolle sie heiraten.

»Was hätte ich sagen sollen?« fragte Rufus seinen Vetter Niger.

»Hoffentlich hast du gesagt, du bist entzückt«, sagte Niger trocken.

»Ich habe gesagt, ich bin entzückt.«

»Sehr gut!«

»Aber was meint die arme Valeria dazu? Er ist so alt und häßlich! Ich hatte nicht einmal Gelegenheit, sie zu fragen, Niger!«

»Sie wird schon glücklich werden, Rufus. Ich weiß, er ist keine Freude für das Auge, aber er ist inoffiziell König von Rom – und reich wie Krösus! Das ist zumindest Balsam für die Wunde, die ihr die unverdiente Scheidung geschlagen hat«, sagte Niger mit Nachdruck. »Ganz zu schweigen von den Vorteilen der Heirat für uns! Ich glaube, er sorgt dafür, daß ich Pontifex werde und du Augur. Halte einfach deine Zunge im Zaum und sei dankbar.«

Als Rufus sich vergewissert hatte, daß seine Schwester Sulla tatsächlich für anziehend und begehrenswert hielt und diese Heirat selbst wollte, nahm er den vernünftigen Rat seines Vetters an.

Pompeius, der zur Hochzeit geladen war, fand einen günstigen

Augenblick, um mit dem Diktator ein privates Gespräch zu führen.

»Wenn ich nur die Hälfte deines Glücks hätte«, sagte der junge Mann trübsinnig.

»Ja, bei den Frauen hattest du nicht so viel Glück«, sagte Sulla. Er genoß sein Hochzeitsfest in vollen Zügen und war fast allen in seiner Umgebung wohlgesonnen.

»Valeria ist eine sehr hübsche Frau«, gab Pompeius zu.

Sullas Augen tanzten. »Übersehen, Pompeius?«

»Bei Jupiter, ja!«

»In Rom wimmelt es von schönen adeligen Frauen. Warum suchst du dir keine und bittest ihren Papa um die Hand?«

»Von dieser Art Kriegführung verstehe ich nichts.«

»Unsinn! Du bist jung, reich, gutaussehend und berühmt.« Sulla wollte das Thema abschließen. »Frag einfach, Magnus, frag! Es wäre schon ein sehr wählerischer Vater, der deinen Antrag ablehnen würde.«

»Von dieser Art Kriegführung verstehe ich nichts«, wiederholte Pompeius.

Die Augen, die getanzt hatten, blickten den jungen Mann jetzt wissend an. Sulla durchschaute, warum Pompeius nicht fragen konnte. Er hatte zu große Angst davor, daß man ihm sagte, er sei mit seiner Abstammung nicht gut genug für eine Patrizierin. Er selbst wollte immer das Beste, und das stand ihm seiner Meinung nach auch zu, aber der kleinmütige Zweifel, ob ein Pompeius aus Picenum für gut genug befunden würde, hinderte ihn jedesmal am Fragen. Kurz, Pompeius wollte lieber von einem Papa gefragt werden. Und kein Papa hatte das bislang getan.

Sulla hatte plötzlich eine Idee.

»Hast du etwas gegen eine Witwe?« fragte er mit erneut tanzenden Augen.

»Nein. Wenn sie nicht gerade so alt wie die Republik ist.«

»Ich glaube, sie ist um die fünfundzwanzig.«

»Das ist annehmbar. So alt wie ich.«

»Sie hat keine Mitgift.«

»Die Geburt ist mir sehr viel wichtiger als das Vermögen.«

»Die Geburt ist beiderseits einfach glänzend. Plebejisch, aber hervorragend!«

»Wer ist es?« fragte Pompeius und lehnte sich nach vorn. »Wer?«

Sulla richtete sich mühselig auf seiner Liege auf und sah ihn beschwipst an. »Warte, bis ich mit meiner Braut aus den Ferien zurückkehre, Magnus. Komm dann und frag mich wieder.«

Gaius Julius Caesar betrachtete seine Rückkehr als eine Art Triumph, dem ein späterer tatsächlicher Triumph niemals gleichkommen würde. Er war nicht nur frei, er hatte sich auch im Feld behauptet. Und einen bedeutenden Kranz errungen.

Sulla hatte ihn sofort holen lassen und war sehr freundlich gewesen. Das Gespräch fand unmittelbar vor seiner Hochzeit statt, über die ganz Rom sprach, wenn auch nicht offiziell. Caesar erwähnte sie deshalb auch nicht, als Sulla ihn Platz nehmen hieß.

»Gut, Junge, du hast dich selbst übertroffen.«

»Ich hoffe nicht, Lucius Cornelius. Ich habe mein Bestes gegeben, aber ich kann noch Besseres.«

»Daran zweifle ich nicht, man sieht dir das an.« Sulla warf ihm einen etwas verstohlenen Blick zu. »Ich habe gehört, es ist dir gelungen, in Bithynien eine unvergleichliche Flotte zusammenzubringen.«

Caesar konnte nicht verhindern, daß er rot wurde. »Ich habe getan, was von mir verlangt wurde. Genau das«, sagte er durch geschlossene Zähne.

»Geht dir die Sache etwa nach?«

»Die Beschuldigung, ich hätte mich prostituieren müssen, um die Flotte zu bekommen, ist Verleumdung.«

»Laß mich dir etwas sagen, Caesar.« Das zerfurchte und welke Gesicht des Diktators wirkte sanfter und jünger als vor über einem Jahr, als Caesar ihn das letzte Mal gesehen hatte. »Wir sind beide Opfer von Gaius Marius geworden, aber du bist jetzt wenigstens ganz frei, und zwar schon im Alter von – wie alt bist du? Zwanzig?«

»Eben geworden«, sagte Caesar.

»Ich hatte bis über Fünfzig unter ihm zu leiden, schätze dich also glücklich. Und wenn dir dies ein Trost ist, mir ist es völlig egal, mit wem ein Mann schläft, wenn er Rom gut dient.«

»Nein, das ist kein Trost!« rief Caesar empört. »Ich würde

meine Ehre nicht für Rom, nicht für dich und nicht für Gaius Marius verkaufen!«

»Wie? Nicht einmal für Rom?«

»Wenn Rom das ist, wofür ich es halte, dann verlangt es das von mir nicht.«

»Ja, eine gute Antwort.« Sulla nickte. »Schade, daß das nicht immer so ist. Du wirst feststellen, daß Rom eine große Hure sein kann wie jeder andere. Dein Leben war nicht leicht, wenn auch nicht so schwer wie meines. Aber du bist wie ich, Caesar. Das sehe ich! Und deine Mutter auch. Jetzt hast du einen Makel. Du wirst mit ihm leben müssen. Je berühmter du wirst, je größer dein Ansehen ist, desto öfter wirst du es zu hören bekommen. So wie es heißt, ich hätte Frauen umgebracht, um in den Senat zu kommen. Der Unterschied zwischen uns liegt nicht im Wesen, sondern im Ehrgeiz. Ich wollte nur Konsul, dann Konsular und vielleicht noch Zensor werden. Was mir zusteht. Alles weitere ist mir aufgezwungen worden, hauptsächlich wegen Gaius Marius.«

»Mehr als das will ich auch nicht«, sagte Caesar überrascht.

»Du hast mich nicht verstanden. Ich spreche nicht von konkreten Ämtern, sondern vom Ehrgeiz. Du, Caesar, willst vollkommen sein. Dir darf nichts passieren, was dich im geringsten unvollkommen macht. Nicht die Ungerechtigkeit des Makels erbittert dich; was an dir nagt, ist die Tatsache, daß er deiner Vollkommenheit Abbruch tut. Vollkommene Ehre, vollkommene Laufbahn, vollkommene Vergangenheit, vollkommener Ruf. In der Amtszeit immer und auf jede Weise. Und weil du von dir selbst Vollkommenheit verlangst, verlangst du sie auch von allen anderen um dich – und wenn sie sich als unvollkommen herausstellen, läßt du sie links liegen. Die Vollkommenheit frißt dich auf wie mich der Kampf um mein Geburtsrecht.«

»Ich betrachte mich nicht als vollkommen.«

»Das habe ich auch gar nicht behauptet. Hör mir doch zu! Ich sagte, du willst vollkommen sein. Gewissenhaft bis zur höchsten Potenz. Daran wird sich nichts ändern. Du wirst dich nicht ändern. Aber du wirst immer tun, was du tun mußt. Und jedesmal, wenn deine Vollkommenheit schwindet, wird es dich erbittern, und du wirst dich selbst hassen.« Sulla hob ein Stück Papier hoch. »Das ist ein Dekret, das morgen an der Rostra ausgehängt wird.

Du hast den Bürgerkranz errungen. Nach meinen Gesetzen hast du damit Anrecht auf einen Sitz im Senat, einen reservierten Sitzplatz im Theater und Circus sowie auf stehende Ovationen bei jedem öffentlichen Auftritt mit Bürgerkranz. Du wirst ihn im Senat, im Theater und im Circus tragen müssen. Die nächste Senatssitzung ist in einem halben Monat. Ich erwarte, dich in der Curia Hostilia zu sehen.«

Damit war das Gespräch beendet. Als Caesar zu Hause ankam, fand er eine weitere Auszeichnung Sullas vor. Einen sehr eleganten, langbeinigen jungen braunen Hengst, in dessen Mähne ein Blatt mit einer Bemerkung geheftet war: »Du brauchst jetzt kein Maultier mehr, Caesar. Du hast meine volle Erlaubnis, dieses Tier zu reiten. Es ist allerdings nicht ganz vollkommen. Schau dir seine Füße an.«

Als sich Caesar die Füße ansah, brach er in Gelächter aus. Statt gewöhnlicher Pferdehufe hatte das Tier paarzehige Hufe ähnlich denen einer Kuh.

Lucius Decumius erschauderte. »Du läßt ihn besser verschneiden!« sagte er völlig verständnislos. »Ich will so etwas nicht mehr um mich!«

»Im Gegenteil«, sagte Caesar und rieb sich die Augen. »Ich kann ihn zwar nicht oft reiten, da man ihn nicht beschlagen kann. Aber der junge Paarzeh wird mich in jede Schlacht tragen, in der ich kämpfe! Und wenn er das nicht tut, wird er meine Stuten in Bovillae decken. Dieses Pferd bedeutet Glück, Lucius Decumius! Paarzeh muß immer bei mir sein. Dann werde ich keine Schlacht verlieren.«

Caesars Mutter hatte die Veränderung an ihrem Sohn nach der Rückkehr aus Asia sofort bemerkt und sich gefragt, warum er so bedrückt war. Alles hatte doch so gut geklappt! Er war mit dem Bürgerkranz zurückgekommen und war in den Kriegsberichten in den höchsten Tönen gelobt worden. Er hatte ihr sogar mitteilen können, daß die finanzielle Belastung geringer war, als sie befürchtet hatte. König Nikomedes hatte ihm Gold geschenkt, und sein Anteil an der Beute aus Mytilene war wegen des Bürgerkranzes entsprechend größer ausgefallen.

Gaius Matius saß im Garten unter dem Lichtschacht und hielt mit den Händen die Knie umschlungen. »Das verstehe ich nicht«, sagte er und blickte Caesar an, der in der gleichen Haltung am Boden hockte. »Du sagst, man hat deine Ehre angegriffen, und trotzdem hast du von dem alten König einen Sack Gold angenommen? Ist das kein Fehler?«

Caesar hätte sich die Frage von niemandem sonst gefallen lassen, aber Gaius Matius war ein Freund aus der Kindheit.

»Wenn ich das Gold angenommen hätte, nachdem man mich verleumdet hatte, dann schon«, sagte er. »Aber es war so, daß mir der alte Mann das Gold in meiner Eigenschaft als Staatsgast geschenkt hat. Es war ein passendes Geschenk des Klientelkönigs an den offiziellen Abgesandten Roms, seines Patrons. Da er den Tribut zahlt, kann er dem römischen Abgesandten schenken, was er will.« Caesar zuckte die Achseln. »Ich war sehr froh darüber, Pustula. Das Lagerleben ist teuer. Ich bin nicht sehr anspruchsvoll, aber man muß ständig mitmachen, wenn auf den Putz gehauen wird, zu besonderen Festessen und zum Luxus beitragen, den alle verlangen. Immer müssen es die besten Weine und die erlesensten Delikatessen sein, und ob ich selbst einfach esse, spielt da keine Rolle. Das Gold war mir also eine große Hilfe. Als mich Lucullus beleidigt hatte, dachte ich daran, es zurückzuschicken, aber dann fiel mir ein, daß dies den König beleidigen würde. Ich kann ihm doch nicht sagen, was Lucullus und Bibulus mir vorgeworfen haben.«

»Ja, das sehe ich ein.« Gaius Matius seufzte. »Weißt du, Pavo, ich bin sehr froh, daß ich nicht Senator oder Magistrat werden muß. Es ist viel angenehmer, wenn man einfacher Zahlmeister ist!«

Das verstand Caesar freilich überhaupt nicht, so sagte er auch nichts darauf und kehrte statt dessen zum Thema Nikomedes zurück. »Ich habe mein Wort gegeben, daß ich zurückkomme«, sagte er, »und das wird den Gerüchten neue Nahrung geben. Zur Zeit, als ich noch Jupiterpriester war, dachte ich immer, keiner interessiere sich für das Tun von Leuten wie Jungtribunen. Aber das ist nicht so. Jeder tratscht! Die Götter wissen, wo Bibulus überall über meine angebliche Affäre mit König Nikomedes geklatscht hat. Lucullus traue ich das auch zu. Und ebenso den Lentuliern. Sulla kennt bestimmt schon alle pikanten Details.«

»Er hat dich begünstigt«, sagte Matius nachdenklich.

»Allerdings. Obwohl ich nicht verstehe, warum.«

»Dann verstehe ich es schon gar nicht!« Matius, ein leidenschaftlicher Gärtner, bemerkte die winzigen Blättchen eines aufkeimenden Unkrautes und machte sich sofort daran, es aus dem Gras zu rupfen. »Jedenfalls glaube ich, du mußt diese Geschichte einfach durch deinen vorbildlichen Lebenswandel vergessen machen, Caesar. Die Gerüchte werden mit der Zeit verstummen. Das ist immer so.«

»Sulla sagt das Gegenteil.«

Matius rümpfte die Nase. »Weil die Gerüchte um ihn nicht verstummt sind? Komm, Caesar. Er ist ein übler Mensch. Du nicht. Du bist nicht so.«

»Ich bin zu einem Mord fähig, Pustula. Das ist jeder.«

»Ich habe nicht gesagt, daß du es nicht seist, Pavo. Der Unterschied ist, daß Sulla ein übler Mensch ist und du nicht.«

Und von dieser Ansicht ließ sich Gaius Matius nicht abbringen.

Sullas Hochzeit kam und ging vorüber. Das frischvermählte Paar verließ Rom und verbrachte die Ferien in der Villa in Misenum. Allerdings kehrte der Diktator zur nächsten Senatssitzung zurück, zu der er auch Caesar befohlen hatte. Er war mit seinen zwanzig Jahren jetzt einer von Sullas neuen Senatoren. Zwanzig Jahre, und zum zweiten Mal Senator!

Es hätte einer der schönsten Tage seines Lebens werden müssen, mit dem Eichenkranz auf dem Haupt in den vollbesetzten Senat hineinzuschreiten, wo das gesamte Haus einschließlich so ehrwürdiger Konsularen wie der Senatsvorsitzende Flaccus und Marcus Perperna Beifall klatschte, nach Sullas neuer Hausordnung die einzige Gelegenheit, bei der überhaupt noch geklatscht werden durfte.

Statt dessen suchte der junge Mann ein Gesicht nach dem anderen nach Anzeichen von Spott oder Verachtung ab und fragte sich, wer bereits von der Affäre wußte. Er machte Höllenqualen durch, und daran änderte auch die Tatsache nichts, daß Sulla ihm, als er in der hintersten Reihe bei den zweitrangigen Senatoren seinen Platz suchte, zurief, er solle sich in den mittleren Reihen zu den Kriegshelden setzen. Einige kicherten natürlich, ein wohlmeinendes Kichern, das seiner Verlegenheit galt. Caesar nahm es als Spott und hätte sich am liebsten im hintersten Winkel des Saales verkrochen.

Immerhin weinte er während der ganzen Zeit nicht.

Als er nach der – eher langweiligen – Sitzung nach Hause kam, wartete seine Mutter im Empfangsraum. Dies war gar nicht ihre Gewohnheit, denn sie war immer beschäftigt und verbrachte lange Zeit am Tag in ihrem Arbeitszimmer. Jetzt wartete sie mit ihrem Ärger im Magen in stiller Geduld auf ihren Sohn und hatte keine Ahnung, wie sie ein Thema anschneiden sollte, über das ihr Sohn nicht sprechen wollte. Wäre sie gesprächiger gewesen, wäre es ihr leichter gefallen. Aurelia ließ ihn schweigend die Toga ablegen und wußte nicht, wie den Anfang machen. Als er dann schon in sein Studierzimmer gehen wollte, mußte sie einfach handeln.

»Caesar«, sagte sie und hielt inne.

Seitdem er die Toga des Mannes trug, redete sie ihn mit dem Beinamen an, vor allem deshalb, weil »Gaius Julius« für sie noch immer ihr Mann war, daran hatte sich seit seinem Tod nichts geändert. Im übrigen war ihr der Sohn sehr fremd geblieben, der Preis für all die Jahre, in denen sie ihn auf Distanz gehalten hatte, aus Angst um ihn und weil sie sich Wärme und Freundlichkeiten ihm gegenüber nicht hatte leisten können.

Er blieb stehen, eine Augenbraue hochgezogen. »Ja, Mater?«

»Setz dich. Ich möchte mit dir reden.«

Er setzte sich mit fragendem Gesichtsausdruck. Was konnte sie jetzt schon Wichtiges zu sagen haben?

»Caesar, was ist im Osten passiert?« fragte sie schlicht.

Etwas Amüsiertes trat in den fragenden Ausdruck. »Ich habe meine Pflicht getan, einen Bürgerkranz errungen und Sulla erfreut«, sagte er.

Ihr wunderschöner Mund wurde ernst. »Ausflüchte passen nicht zu dir.«

»Ich habe keine Ausflüchte gemacht.«

»Aber du hast mir nicht gesagt, was ich wissen wollte!«

Er lehnte sich mit kälter werdenden Augen in seinen Stuhl zurück. »Ich kann dir nicht sagen, was ich nicht weiß.«

»Du kannst mir mehr sagen, als du gesagt hast.«

»Worüber?«

»Über das Problem.«

»Welches Problem?«

»Das Problem, das ich in jeder deiner Bewegungen, in jedem deiner Blicke und in jeder deiner ausweichenden Gesten sehe.«

»Es gibt kein Problem.«

»Das glaube ich nicht.«

Er klopfte sich auf die Oberschenkel, stand auf und schickte sich zum Gehen an. »Was du glaubst, ist gleichgültig, es gibt kein Problem.«

»Setz dich!«

Er setzte sich leise seufzend wieder hin.

»Ich bekomme es auch so heraus, Caesar. Aber mir ist es lieber, ich erfahre es von dir.«

Er legte den Kopf auf eine Seite, schloß die Augen und ballte die langen Finger zur Faust. Dann seufzte er erneut und zuckte die Achseln. »Ich habe bei König Nikomedes von Bithynien eine herrliche Flotte beschafft. Diese Tat war offenbar vollkommen einzigartig. Man hat mir nachgesagt, ich hätte sie vollbracht, indem ich mit dem König sexuelle Kontakte gehabt hätte. Ich kehrte nach Rom also nicht mit dem Ruf eines Mannes zurück, der besonders tapfer, tüchtig oder schlau ist, sondern der seine Ziele erreicht, indem er seinen Körper verkauft«, sagte er, die Augen noch immer geschlossen.

Sie zerfloß weder vor Mitgefühl, noch schrie sie entsetzt auf oder machte eine empörte Bemerkung. Sie schwieg vielmehr, bis ihr Sohn die Augen wieder öffnete und sie ansah. Es war ein gleichberechtigter Austausch von Blicken, zwei starke Persönlichkeiten, die sich eher Schmerzen bereiteten, als daß sie Trost beieinander fanden, die zu einem Gespräch aber bereit waren.

»Ein ernstes Problem«, sagte sie.

»Eine unverdiente Anschuldigung.«

»Das natürlich schon.«

»Ich werde nicht damit fertig, Mutter.«

»Das mußt du wohl, mein Sohn.«

»Dann sag mir wie!«

»Du weißt wie, Caesar.«

»Ich weiß es ehrlich nicht«, sagte er ernst und mit unsicherer Miene. »Ich habe versucht, es zu ignorieren, aber das ist sehr schwierig, wenn man weiß, daß alle es denken.«

»Wer hat es in die Welt gesetzt?«

»Lucullus.«

»Ich verstehe ... Ihm würde man glauben.«

»Man glaubt ihm in der Tat.«

Einen langen Augenblick sagte sie nichts mehr und blickte nachdenklich vor sich hin. Ihr Sohn sah sie an, wieder verblüfft über ihre Selbstbeherrschung, ihre Fähigkeit, keine Gefühlsregung zu zeigen. Sie öffnete die Lippen und sprach sehr langsam und vorsichtig. Jedes Wort war überlegt.

»Du must es ignorieren, das ist das Allerwichtigste. Wenn du dich auf einen Streit einläßt, bist du in der Defensive. Und das zeigt, wieviel es dir ausmacht. Denk nach, Caesar. Du weißt, was dieser Vorwurf für deine zukünftige Karriere bedeuten kann. Du darfst keinem zeigen, daß du dir bewußt bist, wie ernst diese Sache ist! Du mußt das bis zum Rest deiner Tage ignorieren. Es ist sehr gut, daß es jetzt passiert ist und nicht zehn Jahre später – ein Mann mit Dreißig wird damit schwerer fertig als ein Zwanzigjähriger. Dafür mußt du dankbar sein. In den nächsten zehn Jahren wird viel passieren. Aber der Vorwurf, den man dir macht, wird sich nicht wiederholen. Du mußt sehr hart daran arbeiten, diesen Makel auszulöschen.«

Der Schatten eines Lächelns glomm in ihren ungewöhnlichen Augen auf. »Bisher hat sich dein Schürzenjägertum auf gewöhnliche Frauen aus der Subura beschränkt. Ich schlage vor, du richtest deinen Blick weiter nach oben, Caesar. Ich weiß nicht warum, aber auf Frauen hast du eine ungewöhnliche Wirkung! Von jetzt an müssen die Männer deines Standes von deinen Erfolgen wissen. Das heißt, du mußt dich auf Frauen konzentrieren, die bedeutend und bekannt sind. Keine Kurtisanen wie Praecia, sondern Adelige. Große Damen.«

»Du meinst, ich soll viele Domitias und Licinias entjungfern?« fragte er pikant lächelnd.

»Nein!« sagte sie streng. »Keine unverheirateten Mädchen! Niemals unverheiratete Mädchen! Ich meine die Frauen bedeutender Männer.«

»Oho!« rief Caesar aus.

»Bei den Göttern! Bekämpfe Feuer mit Feuer, Caesar. Einen anderen Weg gibt es nicht. Wenn deine Affären nicht öffentlich bekannt werden, denkt jeder an Affären mit Männern. Sie müssen also so skandalös und bekannt sein wie möglich. Schaff dir einen Ruf als Roms bedeutendster Frauenheld. Aber wähle deine Jagdbeute sehr sorgfältig.« Sie schüttelte verwirrt den Kopf. »Sulla hat es immer geschafft, die Frauen völlig verrückt zu machen. Mindestens einmal hat er dafür einen hohen Preis zahlen müssen – bei der frischvermählten Delmatica, die Scaurus geheiratet hatte. Sulla ist ihr sorgsam aus dem Weg gegangen, aber Scaurus hat ihn trotzdem bestraft und seine Wahl zum Prätor verhindert. Sechs Jahre hat er wegen Scaurus darauf warten müssen, Prätor zu werden.«

»Soll das heißen, daß ich mir damit Feinde mache?«

»Soll es das?« Aurelia dachte nach. »Nein, das soll heißen, Sulla hat deshalb Schwierigkeiten bekommen, weil er Scaurus *keine* Hörner aufgesetzt hat. Hätte er das, hätte Scaurus viel größere Mühe gehabt, sich zu rächen – das kann ein Mann nicht, wenn er bewundert werden will und sich nur lächerlich macht. Er erregt allenfalls Mitleid. Scaurus hat den Kampf gewonnen, weil Sulla es zugelassen hat, daß er als edler Mensch dastand – der Ehemann, der mit hoch erhobenem Haupt verzeiht. Wenn du also eine Frau auswählst, mußt du dich immer vergewissern, daß der Ehemann ein Esel ist. Nimm keine Frau, die versuchen könnte, dich zu ihrer Marionette zu machen – und niemals eine, die so klug ist, daß es ihr gelingt, dich in aller Öffentlichkeit zu ihrer Marionette zu machen.«

Er blickte sie mit großem Respekt an. »Du bist eine außergewöhnliche Frau, Mater! Woher weißt du das alles? Du bist so anständig und sittsam wie Cornelia, die Mutter der Gracchen, und trotzdem gibst du deinem eigenen Sohn die fürchterlichsten Ratschläge!«

»Ich habe lange Zeit in der Subura gelebt«, sagte sie mit heiterer Miene. »Aber der Punkt ist der: Du bist mein Sohn, und man hat dich verleumdet. Was ich für dich tue, würde ich für niemanden sonst tun, außer für meine Töchter. Wenn ich müßte, würde ich für euch töten. Aber das würde unser Problem nicht lösen. Deshalb bin ich sehr froh, wenn ich statt dessen manchen ihren Ruf ruinieren kann. Gleiches für gleiches.«

Fast hätte er sie in die Arme genommen und hochgehoben, aber zu stark war die alte Gewohnheit. Er stand auf, nahm ihre Hand und küßte sie. »Ich danke dir, Mutter. Ich würde für dich ebenso leicht und gerne töten.« Plötzlich hatte er einen Gedanken, über den er vor Freude erbebte. »Ich kann es nicht erwarten, bis Lucullus heiratet. Und dieser Kothaufen Bibulus!«

Am nächsten Tag hatte Caesar erneut mit Frauen zu tun, wenn auch nicht als Schürzenjäger.

»Julia bittet uns zu sich«, sagte Aurelia, als ihr Sohn ausgehen und nachsehen wollte, was es auf dem Forum Romanum Neues gab.

Caesar, der bisher noch keine Zeit gefunden hatte, die Tante zu besuchen, hatte keine Einwände.

Der Tag war schön und sonnig, und zu dieser frühen Stunde war ein Spaziergang von der Subura zum Quirinal noch angenehm. Caesar und Aurelia gingen den Vicus ad Malum Punicum zum Tempel des Quirinus an der Alta Semita hinauf. In diesem hübschen Tempelbezirk stand der punische Apfelbaum, den Scipio Africanus nach dem Sieg über Karthago gepflanzt hatte. Neben ihm wuchsen zwei uralte Myrthenbäume, einer für Patrizier, der andere für Plebejer. Während der Wirren nach dem Bundesgenossenkrieg hatte die patrizische Myrthe allerdings zu verdorren begonnen und war inzwischen fast völlig abgestorben, während die plebejische Myrthe noch immer blühte. Caesar blickte freudlos auf die nackten dürren Äste, die den Untergang des Patriziates zu verheißen schienen. Warum hatte niemand eine neue patrizische Myrthe gepflanzt?

Julia hatte die hundert Talente, die Sulla ihr gelassen hatte, zum Kauf eines komfortablen Privathauses in der Gasse zwischen der Alta Semita und der Servianischen Mauer genutzt. Es war ziemlich geräumig und ein Neubau dazu. Ihre Einkünfte reichten für die nötigen Haussklaven und waren für die Notwendigkeiten des Lebens mehr als genug. Sie konnte es sich sogar leisten, ihre unglückliche Schwiegertochter Mucia Tertia zu unterstützen und bei sich aufzunehmen.

Mit ihren fast fünfzig Jahren hatte sich Julia anscheinend nicht verändert. Nach ihrem Umzug auf den Quirinal hatte sie statt am Webstuhl oder beim Wollspinnen in guten Werken Zuflucht gesucht. Obwohl der Stadtbezirk nicht arm – und auch nicht dicht besiedelt – war, fand sie noch immer Familien, die Hilfe brauchten, sei es wegen übermäßigem Weingenuß oder wegen Krankheit. Eine weniger bescheidene Frau ohne Julias Takt hätte eine Abfuhr bekommen, aber sie konnte mit Menschen umgehen. Und der ganze Quirinal wußte, daß man sich bei Schwierigkeiten an sie zu wenden hatte.

An diesem Tag hatte sie allerdings noch keine gute Tat vollbracht, denn sie wartete mit Mucia Tertia gespannt auf die Ankunft der Besucher.

»Ich habe einen Brief von Sulla bekommen«, sagte Mucia Tertia. »Er schreibt, ich solle wieder heiraten.«

»Das würde ja gegen sein eigenes Gesetz verstoßen, nach dem Witwen von Proskribierten nicht mehr heiraten dürfen!« sagte Aurelia verblüfft.

»Wer die Gesetze macht, kann sie ohne Schwierigkeiten umgehen, Mutter«, sagte Caesar. »Eine Sondergenehmigung unter einem Vorwand, und die Sache ist erledigt.«

»Wen sollst du denn heiraten?« fragte Aurelia.

»Das ist es ja«, sagte Julia mit finsterer Miene. »Das hat er dem armen Kind nicht gesagt. Man kann seinem Brief nicht einmal entnehmen, ob er jemanden im Auge hat oder ob sich Mucia selbst nach einem Mann umsehen soll.«

»Zeig mir den Brief.« Caesar streckte die Hand aus. Er überflog das Schreiben und gab es zurück. »Er verrät aber auch gar nichts. Befiehlt dir nur, wieder zu heiraten.«

»Ich will nicht wieder heiraten!« schrie Mucia Tertia.

Eine Weile herrschte Stille, dann brach Caesar das Schweigen. »Schreib Sulla und sag es ihm. Sehr höflich, aber bestimmt. Warte, wie er reagiert. Dann weißt du mehr.«

Mucia erschauderte. »Das kann ich nicht.«

»Das kannst du, und du weißt das auch. Sulla mag Menschen, die ihm die Stirn bieten.«

»Männer vielleicht, aber nicht die Witwe des jungen Marius.«

»Was soll ich dabei?« fragte Caesar Julia.

»Ich habe keine Ahnung«, gestand Julia. »Es ist nur, weil du der einzige Mann bist, den die Familie noch hat. Deshalb dachte ich, du müßtest es erfahren.«

»Willst du wirklich nicht mehr heiraten?« fragte er Mucia.

»Glaub mir, Caesar, nein.«

»Dann schreibe ich Sulla als Familienoberhaupt.«

In diesem Augenblick schlurfte der alte Haushofmeister Strophantes in den Raum. »Du bekommst noch einen Besucher, Herrin«, sagte er zu Julia.

»Nicht jetzt!« rief sie ärgerlich. »Sag ihm, ich sei nicht da, Strophantes.«

»Er verlangt insbesondere, deine Schwiegertochter Mucia zu sprechen.«

»Wer ist es?« fragte Caesar scharf.

»Gnaeus Pompeius Magnus.«

Caesar machte ein böses Gesicht. »Der Heiratskandidat, nehme ich an!«

»Aber ich bin Pompeius doch noch nie begegnet«, schrie Mucia Tertia.

»Ich auch nicht«, sagte Caesar.

Julia wandte sich ihm zu. »Was sollen wir machen?«

»Nun, wir empfangen ihn, Tante Julia.« Und Caesar nickte dem alten Mann zu. »Hol ihn herein.«

Der Haushofmeister schritt ins Atrium zurück, wo der Besucher, nach Rosenöl duftend, ungeduldig wartete.

»Folge mir, Gnaeus Pompeius«, sagte Strophantes keuchend.

Pompeius hatte seit Sullas Hochzeit auf Neues zu der mysteriösen Braut gewartet, die der Diktator ihm versprochen hatte. Als er erfuhr, daß Sulla mit seiner Frischvermählten aus den Ferien zurückgekehrt war, wartete er auf einen Ruf des Diktators, der aber nicht kam. Schmachtend vor Ungeduld, ging er schließlich von sich aus zu Sulla und fragte nach dem Stand der Dinge.

»Welcher Stand der Dinge?« fragte Sulla unschuldig.

»Das weißt du sehr genau!« knurrte Pompeius wütend. »Du hast gesagt, du hättest eine Frau für mich im Auge!«

»Das habe ich auch! Allerdings!« Sulla kicherte. »Meine Güte, diese Ungeduld der Jugend!«

»Sagst du mir es jetzt, du gehässiger alter Folterknecht?«

»Beschimpfungen, Magnus! Keine Beschimpfungen des Diktators!«

»Wer ist es?«

Sulla gab nach. »Die Witwe des jungen Marius, Mucia Tertia«, sagte er. »Die Tochter von Scaevola Pontifex Maximus und Licinia, der Schwester von Crassus Orator. In ihr ist sehr viel mehr Mucius Scaevola als echter Licinius Crassus, denn ihr Großvater mütterlicherseits war auch der Bruder ihres Großvaters väterlicherseits. Und natürlich ist sie auch eng verwandt mit den Mädchen von Scaevola dem Auguren, also Mucia Prima und Mucia Secunda, daher ihr Name Mucia Tertia, obwohl zwischen ihr und den anderen beiden fünfzig Lebensjahre liegen. Mucia Tertias Mutter lebt übrigens noch. Scaevola ließ sich von ihr scheiden, weil sie mit Metellus Nepos, den sie dann auch geheiratet hat, Ehebruch beging. Mucia Tertia hat also zwei Halbbrüder aus der Familie Caecilius Metellus – Nepos der Jüngere und Celer. Beste verwandtschaftliche Beziehungen, nicht, Magnus? Zu gut, um für den Rest ihres Lebens Witwe eines Proskribierten zu bleiben! Das Ferkel, ihr Cousin, an dem mir sehr viel liegt, ist deshalb vor einiger Zeit auf mich zugekommen.« Sulla lehnte sich in seinem Stuhl zurück. »Nun, Magnus, ist sie richtig?«

»Richtig?« keuchte Pompeius. »Und ob!«

»Na ausgezeichnet.« Der Berg von Arbeit auf seinem Schreibtisch schien zu rufen; Sulla neigte den Kopf und vertiefte sich in die Papiere. Nach einem Augenblick hob er ihn wieder und blickte Pompeius an, der einen verdutzten Eindruck machte. »Ich habe ihr geschrieben, daß sie wieder heiraten soll, Magnus. Es gibt also kein Hindernis«, sagte er. »Laß mich jetzt bitte allein. Und sorge dafür, daß ich eine Einladung zur Hochzeit erhalte.«

Pompeius eilte sofort nach Hause, um ein Bad zu nehmen und die Gewänder zu wechseln, während seine Diener durch die Stadt hetzten und herauszubekommen versuchten, wo Mucia Tertia im Augenblick wohnte. Dann war er mit einer blendend weißen Toga und einer Duftwolke aus Rosenöl geradewegs zu Julias Haus gehastet. Scaevolas Tochter! Crassus Orators Nichte! Verwandt mit den meisten wichtigen Leuten aus der Familie Caecilius Metellus! Alle Söhne, die sie ihm gebären würde, wären mit diesen Leuten blutsverwandt! Keinen Sesterz interessierte es da, daß sie die Witwe des jüngeren Marius war! Und wenn sie so häßlich wäre wie die Sibylle von Cumae!

Häßlich? Das war sie keineswegs! Sie war sehr geheimnisvoll und sehr schön. Sie hatte kupferrotes Haar, dunkelgrüne Augen und eine blasse makellose Haut. Und was für Augen! Augen ohnegleichen! Ach, süß war sie wie Honig! Der erste Blick, noch kein Wort war zwischen ihnen gefallen, und Pompeius war bis über beide Ohren verliebt.

Da wunderte es nicht, daß er von den anderen im Raum, die ihm bereits vorgestellt worden waren, kaum Notiz nahm. Er rückte einen Stuhl neben den von Mucia Tertia und nahm ihre kraftlose Hand an sich.

»Sulla sagt, daß du mich heiraten wirst.« Pompeius strahlte Mucia Tertia mit blendend weißen Zähnen und leuchtend blauen Augen an.

»Das höre ich zum ersten Mal«, sagte sie und spürte auf unerklärliche Weise ihre Abneigung schwinden. Er war so offensichtlich glücklich und wirklich sehr anziehend.

»Nun gut, so ist Sulla eben«, sagte er und seufzte vor purem Entzücken. »Aber du mußt doch zugeben, daß ihm für alle das Beste am Herzen liegt.«

»Dafür würdest du diese Heirat natürlich halten«, sagte Julia eisig.

»Worüber beklagst du dich? Du bist doch gar nicht schlecht weggekommen, verglichen mit den anderen Witwen der Proskribierten«, sagte der Verliebte taktlos und starrte seine künftige Frau an.

Julia hätte fast geantwortet, Sulla sei für den Tod ihres einzigen Kindes verantwortlich, aber sie überlegte es sich anders. Dieser alberne Kerl war als Parteigänger Sullas zu bekannt, um hoffen zu können, daß er auch die andere Seite sehen würde.

Und Caesar, der in einer Ecke saß, machte sich im stillen ein erstes Bild von Gnaeus Pompeius Magnus. Kein richtiger Römer, soviel war sicher. Die Stupsnase, das breite Gesicht und das gewölbte Kinn verrieten nur zu sehr den verderblichen picentischen Einfluß Galliens. Kein richtiger Römer, wenn man ihn reden hörte, auch das war sicher. Sein völliger Mangel an Feingefühl war erstaunlich. Kleiner Schlächter. Der Name war treffend.

»Was hältst du von ihm?« fragte Aurelia Caesar, als sie in der Mittagshitze schwitzend in die Subura zurückschritten.

»Wichtiger wäre zu wissen, was Mucia von ihm hält.«

»Nun, sie mag ihn rasend gerne. Sehr viel mehr, als sie den jungen Marius je gemocht hat.«

»Dazu gehört nicht viel, Mater.«

»Nein.«

»Für Tante Julia wird es einsam werden ohne sie.«

»Ja. Aber sie wird sich zu beschäftigen wissen.«

»Schade, daß sie keine Enkel hat.«

»Das ist die Schuld des jungen Marius!« sagte Aurelia scharf.

Caesar sagte erst wieder etwas, als sie schon fast den Vicus Patricius erreicht hatten. »Ich muß wieder nach Bithynien, Mutter.«

»Bithynien? Das ist unklug, mein Sohn!«

»Ich weiß. Aber ich habe dem König mein Wort gegeben.«

»Muß nach Sullas neuer Hausordnung nicht jeder Senator um Erlaubnis bitten, wenn er Italien verlassen will?«

»Doch.«

»Dann ist es gut«, sagte Aurelia erfreut. »Du mußt dem ganzen Haus gegenüber völlig offen sein, was deine Reise angeht. Und nimm außer Burgundus auch Eutychus mit.«

»Eutychus?« Caesar blieb stehen und blickte sie fragend an. »Er ist dein Haushofmeister! Ohne ihn kommst du schwer zurecht! Warum?«

»Ich komme ohne ihn zurecht. Er stammt aus Bithynien, mein Sohn. Du mußt dem Senat erzählen, dein Freigelassener, der noch immer dein Haushofmeister ist, müsse geschäftlich nach Bithynien. Es ist deine Pflicht als Patron, ihn zu begleiten.«

Caesar lachte laut los. »Sulla hat vollkommen recht. Du hättest ein Mann werden sollen. Wie römisch! Und raffiniert. Ihnen die Wahrheit ins Gesicht sagen, statt eine Reise nach Griechenland vorzutäuschen und dann in Bithynien ertappt zu werden. Ich glaube, Lügen werden immer entdeckt.« Nach einer Pause sagte er »A propos Raffinesse. Dieser Pompeius ist ein ziemlich plumper Kerl, nicht? Für die Taktlosigkeit bei Tante Julia hätte ich ihn am liebsten geprügelt. Und ein Prahlhans ist er, bei den Göttern!«

»Er prahlt ständig, vermute ich«, sagte Aurelia.

»Ich bin froh, daß ich ihn kennengelernt habe«, sagte Caesar nüchtern. »Er hat mir einen sehr guten Grund dafür gezeigt, daß der Makel an meinem Ruf auch etwas Positives hat.«

»Was meinst du damit?«

»Bisher ist noch nichts passiert, das ihn an seinen Platz verwiesen hat. Auch er hat Grenzen, er ist nicht so erhaben und unverletzlich, wie er glaubt. Durch die äußeren Umstände ist er zu einer unerträglich hohen Meinung von sich selbst gekommen. Alles, was er bisher wollte, hat er auch bekommen. Selbst eine Braut, die er keineswegs verdient. Und er ist immer mehr zur Überzeugung gelangt, daß dies immer so sein wird. Aber das wird es natürlich nicht. Eines Tages wird sich alles gegen ihn verschwören. Diese Lektion wird er nicht ertragen. Ich habe meine Lektion wenigstens schon bekommen.«

»Glaubst du wirklich, daß er Mucia nicht verdient?«

»Glaubst du, daß er sie verdient?« fragte Caesar überrascht.

»Ja, ich glaube schon. Seine Herkunft ist belanglos. Sie war mit dem jungen Marius verheiratet, und zwar deshalb, weil ihr Vater sie ganz bewußt dem Sohn eines Emporkömmlings gegeben hat. Sulla vergißt so etwas nicht. Und er vergibt es auch nicht. Er hat den naiven jungen Mann mit ihrer Herkunft geblendet. Und er hat es unterlassen, alle Gründe zu nennen, warum er sie einem Mann gibt, der unter ihrer Geburt ist.«

»Schlau!«

»Sulla ist ein Fuchs wie alle Rothaarigen seit Odysseus.«

»Dann ist es gut, daß ich aus Rom verschwinde.«

»Bis zu Sullas Rücktritt?«

»Ja, bis dahin. Er sagt, er werde sich zurückziehen, wenn er die Wahlen der Konsuln für übernächstes Jahr überwacht hat – vielleicht in elf Monaten, wenn er seine sogenannten Wahlen im Quintilis abhält. Im nächsten Jahr sind Servilius Vatia und Appius Claudius Konsuln. Wen er für übernächstes Jahr im Auge hat, weiß ich nicht. Vielleicht Catulus.«

»Ist Sulla ungefährlich, wenn er zurückgetreten ist?«

»Vollkommen«, sagte Caesar.

TEIL VIER

Oktober 80 v.Chr.
bis Mai 79 v.Chr.

LUCIUS LICINIUS LUCULLUS

Du mußt nach Spanien«, sagte Sulla zu Metellus Pius. »Sonst reißt Quintus Sertorius dort die ganze Macht an sich.«

Metellus Pius sah Sulla mißbilligend an. »Das kann er nicht! Er hat zwar F-F-Freunde unter den Lusitaniern und ist westlich des Guadalquivir sehr stark, a-a-aber du hast in beiden spanischen Provinzen gute Statthalter.«

»Meinst du?« Sulla machte ein mürrisches Gesicht. »Nein, nicht mehr! Gerade habe ich erfahren, daß Sertorius Lucius Fufidius vernichtend geschlagen hat, nachdem dieser Narr so dumm war, sich ihm zur Schlacht zu stellen. Vier Legionen! Und trotzdem konnte Fufidius gegen Sertorius mit seinen siebentausend Mann, von denen nur ein Drittel Römer waren, nichts ausrichten!«

»Die Römer hat er natürlich letztes Frühjahr aus Mauretanien mitgebracht. Und ein Drittel sind Lusitanier?«

»Barbaren, mein Teuerster! Sie sind nicht einen Nagel in der Sohle eines römischen Soldatenstiefels wert. Aber sie haben Fufidius geschlagen.«

»Ach ... beim Pollux!«

Aus einem für Metellus unverständlichen Grund rief dieser recht zahme Wutausbruch bei Sulla einen Lachanfall hervor. Es dauerte eine Weile, bis der Diktator sich wieder soweit in der Gewalt hatte, daß er weiter über das lästige Thema Quintus Sertorius sprechen konnte.

»Sieh mal, Ferkel, ich kenne Quintus Sertorius noch von früher, genau wie du. Hätte Carbo ihn in Italien gehalten, hätte ich an der Porta Collina nicht gesiegt, weil ich wahrscheinlich schon lange vorher geschlagen worden wäre. Sertorius ist Gaius Marius zumindest ebenbürtig, und Spanien ist seine zweite Heimat. Als

Luscus ihn letztes Jahr aus Spanien vertrieb, hatte ich gehofft, der verdammte Kerl werde als mauretanischer Söldner enden und uns keinen Ärger mehr machen. Ich hätte es besser wissen müssen. Zuerst raubte er König Ascalis die Stadt Tingis, dann tötete er Paccianus und beschlagnahmte dessen römische Truppen. Jetzt ist er wieder im jenseitigen Spanien und versucht, aus den Lusitaniern tüchtige römische Soldaten zu machen. Du mußt als Statthalter in die Provinz – aber nicht erst im Frühjahr, sondern gleich zu Beginn des neuen Jahres.« Sulla nahm ein Blatt Papier und wedelte damit ausgelassen vor Metellus Pius' Gesicht herum. »Du kannst acht Legionen haben! Das wären dann acht weniger, für die ich Land finden muß. Und wenn du Ende Dezember aufbrichst, kannst du mit dem Schiff direkt nach Gades fahren.«

»Ein großes Kommando«, meinte der Pontifex Maximus zufrieden. Er war überhaupt nicht abgeneigt, Rom zu verlassen und einen langen Feldzug anzutreten – auch wenn das bedeutete, daß er gegen Sertorius kämpfen mußte. Keine religiösen Zeremonien mehr, keine schlaflosen Nächte, in denen ihn die Sorge quälte, er könnte sich versprechen. Er wußte genau, daß das Stottern verschwinden würde, sobald er Rom verlassen hatte – das war immer so. Da fiel ihm noch etwas ein. »Wer soll eigentlich das diesseitige Spanien verwalten?«

»Ich dachte an Marcus Domitius Calvinus.«

»Nicht Curio? Er ist doch ein g-g-guter General.«

»Für Curio habe ich die Provinz Africa vorgesehen. Calvinus ist dir bei einem großen Feldzug eine bessere Hilfe. Curio könnte sich in seinen Ansichten als zu selbständig erweisen.«

»Verstehe.«

»Calvinus kann weitere sechs Legionen bekommen. Das sind zusammen vierzehn. Sicher genug, um Sertorius zu zähmen.«

»Im Handumdrehen!« erwiderte Metellus eifrig. »K-K-Keine Sorge, Lucius Cornelius. Spanien ist g-g-gerettet!«

Sulla begann erneut zu lachen. »Warum kümmert mich das alles überhaupt? Ich weiß es nicht, Ferkel, und das ist die Wahrheit. Ich werde tot sein, ehe du zurück bist.«

Metellus Pius erschrak und streckte abwehrend die Hände aus. »Nein! Unsinn! Du bist doch noch verhältnismäßig jung!«

»Mir wurde vorausgesagt, ich würde auf dem Höhepunkt des

Ruhms und der Macht sterben«, sagte Sulla ohne Angst oder Bedauern. »Im Juli trete ich zurück und gehe nach Misenum. Mir bleibt nicht mehr viel Zeit, aber ich werde jeden Augenblick genießen.«

»Propheten sind keine Römer«, sagte Metellus Pius streng. »Wir wissen beide, daß sie sich meist irren.«

»Dieser Prophet nicht. Er war Chaldäer und Seher des Partherkönigs.«

Metellus Pius hielt es für klüger, nicht weiter über das Thema zu sprechen; statt dessen erörterte er mit Sulla den bevorstehenden Spanienfeldzug.

Sullas Arbeitseifer wich allmählich der Trägheit. Das umfangreiche Gesetzeswerk war abgeschlossen, und es sah aus, als würde die neue Verfassung auch nach seinem Tod noch Bestand haben; selbst die Landverteilung an seine Veteranen war so weit gediehen, daß Sulla selbst nicht mehr gebraucht wurde. Volaterrae war endlich gefallen; lediglich Nola behauptete sich nach wie vor gegen Rom.

Sulla hatte getan, was in seiner Macht stand, und an fast alles gedacht. Der Senat war gefügig, die Volksversammlungen waren im Grunde machtlos, die Volkstribunen bloße Galionsfiguren, die Gerichte populär und wirksam und die künftigen Provinzstatthalter handlungsunfähig. Die Staatskasse war gefüllt, ihre Beamten waren auf genaue Buchführung verpflichtet. Für den Fall, daß dem Ritterstand der Verlust von sechzehnhundert Rittern, die Sullas Proskriptionen zum Opfer gefallen waren, als Lektion nicht genügte, nahm Sulla zusätzlich noch den Rittern, die Anspruch auf ein Staatspferd hatten, alle sozialen Privilegien weg und ordnete an, daß alle Männer, die von aus Rittern bestehenden Geschworenengerichten in die Verbannung geschickt worden waren, heimkehren sollten.

Natürlich hatte Sulla auch Marotten. Wieder einmal waren die Frauen die Leidtragenden, denn von nun an war es jeder Ehebrecherin untersagt, sich wieder zu verheiraten. Auch Wetten, die er verabscheute, waren verboten, außer bei Boxkämpfen und Wettläufen, die ohnehin keine großen Menschenmengen anzogen. Sullas größte Marotte aber waren die Staatsbeamten, die er für chaotisch, schludrig, faul und korrupt hielt. Deshalb regelte er die Arbeit der Sekretäre, Schreiber, Buchhalter, Herolde, Liktoren und Kuriere, der *calatores* genannten Diener der Priester, der *nomenclatores,* die andere an die Namen wieder anderer erinnern mußten, und der gewöhnlichen Beamten ohne spezielle Berufsbezeichnung, der *apparitores,* bis ins kleinste Detail. Künftig wußte keiner dieser Beamten, in wessen Dienst er trat, wenn die neuen Magistraten ihr Amt antraten, und kein Magistrat konnte namentlich bestimmte Beamte anfordern. Der Losentscheid galt für drei Jahre im voraus, und keine Gruppe diente ständig demselben Magistrat.

Nachdem Sulla bereits jede lautstarke Äußerung des Beifalls oder Unmuts verboten und die Reihenfolge, in der die Senatoren sprachen, geändert hatte, fand er neue Möglichkeiten, den Senat zu verärgern. Er erließ ein Gesetz, das sich auf das Einkommen armer Senatoren nachteilig auswirkte: Die Summe, die Delegationen aus den Provinzen ausgeben konnten, wenn sie in Rom Loblieder auf einen ehemaligen Statthalter anstimmten, wurde begrenzt, was bedeutete, daß die Delegationen bestimmten bedürftigen Senatoren kein Geld mehr geben konnten.

Sullas Gesetzeswerk umfaßte alle Bereiche des öffentlichen Lebens sowie einen Großteil des Privatlebens. Jeder kannte seine Pflichten und Möglichkeiten – er wußte, wieviel er ausgeben konnte, wieviel er einnehmen durfte, wieviel er an die Staatskasse zahlen mußte, wen er heiraten durfte und wo und weswegen er vor Gericht gestellt werden konnte. Ein gewaltiges, praktisch im Alleingang durchgeführtes Unternehmen. Die Ritter waren entmachtet, die Kriegshelden standen ganz oben. Die Versammlung der Plebs und die Volkstribunen waren geschwächt, der Senat war stark. Wer mit den Geächteten engen Kontakt gehabt hatte, war chancenlos, Männer wie Pompeius Magnus hatten die Zügel ergriffen. Gefragt waren nicht mehr Redner wie Quintus Hortensius, die sich in der Volksversammlung ausgezeichnet hatten, sondern Redner wie Cicero, die in der intimeren Atmosphäre der Gerichte glänzten.

»Kein Wunder, daß Rom wankt«, sagte der neue Konsul Appius Claudius Pulcher zu seinem Amtskollegen Publius Servilius Vatia. »Aber trotzdem begehrt keiner gegen Sulla auf.«

»Ein Grund dafür ist die Klugheit vieler seiner Gesetze«, erwiderte Vatia. »Sulla ist ein Genie!«

Appius Claudius nickte träge, aber Vatia verstand diese Teilnahmslosigkeit keineswegs falsch. Seit der Rückkehr von der unvermeidlichen Belagerung Nolas, die Claudius zehn Jahre lang mit Unterbrechungen geführt hatte, ging es ihm nicht gut. Zudem war er ein Witwer mit sechs Kindern, die bereits dafür bekannt waren, daß es ihnen an Disziplin mangelte und daß sie ihre heftigen Streitereien mit Vorliebe in der Öffentlichkeit austrugen.

Vatia hatte Mitleid mit seinem Kollegen und klopfte ihm aufmunternd auf die Schulter. »Auf, Appius Claudius, sei doch etwas optimistischer! Du hast eine schwere Zeit hinter dir, aber jetzt hast du es endlich geschafft.«

»Ich habe es erst geschafft, wenn ich das Vermögen meiner Familie wieder habe«, sagte Appius Claudius verdrossen. »Dieser gemeine Schuft Philippus hat mir alles genommen und es Cinna und Carbo gegeben – und Sulla hat es mir nicht zurückgegeben.«

»Du hättest ihn daran erinnern sollen«, sagte Vatia vernünftig. »Wie du weißt, hatte er eine Menge zu tun. Warum hast du während der Proskriptionen nicht günstig gekauft?«

»Ich war damals in Nola, wenn du dich erinnerst«, erwiderte der Unglückliche.

»Nächstes Jahr wirst du Statthalter einer Provinz, dann kommt alles wieder in Ordnung.«

»Wenn ich gesund bleibe.«

»Ach Appius Claudius! Sei nicht so pessimistisch! Es renkt sich schon alles wieder ein.«

»Da bin ich nicht so sicher. Bei meinem Pech werde ich bestimmt nach Hispania Ulterior geschickt, um Pius abzulösen.«

»Das wirst du nicht, das verspreche ich dir«, beruhigte Vatia ihn. »Wenn du nicht mit Lucius Cornelius sprichst, tue ich es eben. Und ich werde ihn bitten, dir Mazedonien zu geben. Dort kann man allemal ein paar Säcke Gold verdienen und lukrative Verträge schließen. Ganz zu schweigen vom Verkauf der Bürgerrechte an reiche Griechen.«

»Seit wann gibt es dort reiche Menschen?«

»Die gibt es überall, auch in den ärmsten Gegenden. Es liegt in der Natur mancher Leute, daß sie einfach viel Geld verdienen müssen. Sogar den Griechen mit ihrem politischen Idealismus ist es nicht gelungen, die Reichen per Gesetz abzuschaffen. Es hätte sie mit Sicherheit auch in Platons Idealstaat gegeben.«

»Du meinst wohl Leute wie Crassus.«

»Ein hervorragendes Beispiel. Jeder andere wäre am Ende gewesen, wenn Sulla ihn wie Luft behandelt hätte, aber nicht unser Crassus!«

Die Eröffnungssitzung des Senats mit anschließendem Festmahl am Neujahrstag fand in der Curia Hostilia statt, weil der Tempel des Jupiter Optimus Maximus abgebrannt war. Die Tempel des Jupiter Stator oder des Castor waren, da sich die Zahl der Senatsmitglieder erhöht hatte, für diesen Zweck zu klein.

»Ruhe!« sagte Appius Claudius. »Sulla spricht.«

»Eingeschriebene Väter«, begann der Diktator freundlich, »im Grunde ist alles getan. Es war meine erklärte Absicht, Rom wieder auf die Beine zu helfen und neue Gesetze zu erlassen, die im Einklang mit unseren ehrwürdigen Traditionen stehen. Ich habe meine Aufgabe erfüllt. Wie ihr bereits wißt, werde ich bis zu den Wahlen der Magistraten für das kommende Jahr als Diktator im Amt bleiben. Aber einige von euch wollen offenbar nicht glauben, daß ein so mächtiger Mann wie ich so töricht ist, zurückzutreten. Deshalb wiederhole ich noch einmal, ich werde nach den Wahlen im Juli von meinem Amt als Diktator zurücktreten. Das bedeutet, daß die Magistraten des kommenden Jahres die letzten sein werden, die ich persönlich auswähle. In Zukunft wird es freie Wahlen geben, die allen Kandidaten offenstehen. Manche mißbilligen seit je, daß der Diktator seine Magistraten auswählt und nur so viele Kandidaten zur Wahl aufstellt, wie Ämter zur Verfügung stehen. Aber, wie ich stets betont habe, der Diktator muß mit Männern zusammenarbeiten, die bereit sind, ihn uneingeschränkt zu unterstützen. Er kann sich nicht darauf verlassen, daß die Wähler die Besten oder gar diejenigen wählen werden, die schon längst ein Amt hätten bekommen müssen und dieses Amt aufgrund ihres Ranges und ihrer Erfahrung auch verdienen. Als Diktator konnte ich sicherstellen, daß ich die Männer bekam, mit denen ich zusammenarbeiten wollte und denen ein Amt gebührte. Wie etwa meinem teuren, leider abwesenden Pontifex Maximus, Quintus Caecilius Metellus Pius, der weiterhin in meiner Gunst steht. Denn er befindet sich gegenwärtig auf dem Weg ins jenseitige Spanien, um dort gegen den geächteten Schurken Quintus Sertorius zu kämpfen.«

»Er schweift vom Thema ab«, bemerkte Catulus trocken.

»Weil er nichts zu sagen hat«, fügte Hortensius hinzu.

»Außer daß er im Juli zurücktritt.«

»Langsam glaube ich es wirklich.«

Doch der Neujahrstag, der so vielversprechend begonnen hatte, sollte mit verspäteten schlechten Nachrichten aus Alexandria enden.

Zu Beginn des eben zu Ende gegangenen Jahres, des zweiten Jahres von Sullas Herrschaft, war aus Alexandria die Nachricht eingetroffen, auf die Ptolemaios Alexander der Jüngere so lange gewartet hatte: König Ptolemaios Soter Kichererbse war tot, und seine Tochter Königin Berenike regierte nun allein. Doch obwohl sie Thronerbin war, durfte sie nach ägyptischem Recht nicht ohne einen König herrschen. Deshalb hatte eine Delegation aus Alexandria in aller Bescheidenheit bei Lucius Cornelius Sulla angefragt, ob er willens sei, Ptolemaios Alexander den Jüngeren als neuen König nach Ägypten zu schicken.

»Was geschieht, wenn ich mich weigere?« fragte Sulla.

»Dann reißen König Mithridates und König Tigranes die Macht in Ägypten an sich«, sagte der Führer der Delegation. »Ein Angehöriger der ptolemäischen Dynastie muß den Thron besteigen. Wenn Ptolemaios Alexander nicht König und Pharao wird, müssen wir Mithridates und Tigranes bitten, uns den älteren der beiden Bastarde zu schicken, Ptolemaios Philadelphos, wegen seiner Piepsstimme auch Auletes genannt.«

»Aber kann ein Bastard denn vom Gesetz her Pharao werden?«

»Nicht, wenn er der Sohn einer einfachen Frau ist. Aber Auletes und sein jüngerer Bruder sind die Söhne von Ptolemaios Soter und Prinzessin Arsinoe, der königlichen Mätresse und ältesten ehelichen Tochter des Königs von Nabatäa. Es ist schon lange Sitte, daß die unbedeutenden Herrscher Arabiens und Palästinas dem Pharao von Ägypten ihre ältesten Töchter als Mätressen schicken, da dies ein erhabeneres und ehrbareres Schicksal ist als die Heirat mit einem anderen unbedeutenden Herrscher. Und für die Väter bedeutet es mehr Sicherheit, da sie beim Handel entlang des Roten Meeres und durch die verschiedenen Wüsten auf die Hilfe Ägyptens angewiesen sind.«

»Soll das heißen, Alexandria und Ägypten würden einen ptolemäischen Bastard zum König machen, nur weil seine Mutter von königlichem Geblüt war?«

»Wenn wir Ptolemaios Alexander nicht bekommen, ist das unvermeidlich so, Lucius Cornelius.«

»Eine Marionette von Mithridates und Tigranes«, meinte Sulla nachdenklich.

»Da die Frauen der beiden Bastarde Mithridates' Töchter sind, ist auch das unvermeidlich. Tigranes steht schon zu nahe an der ägyptischen Grenze, deshalb können wir nicht auf einer Scheidung der Bastarde beharren. Er würde im Namen von Mithridates in unser Land einmarschieren und es erobern. Für einen Krieg dieser Größenordnung sind wir nicht gerüstet.«

Sulla wirkte plötzlich kühl und sachlich. »Überlaßt das mir, ich kümmere mich darum. Wir dürfen nicht zulassen, daß Armenia und Pontos die Kontrolle über Ägypten erlangen!«

Seine Entscheidung stand schon lange fest, deshalb begab er sich unverzüglich zu Ptolemaios Alexanders Villa auf dem Mons Pincius, um mit dem Ägypter zu sprechen.

»Dein Tag ist gekommen«, sagte der Diktator zu seiner Geisel.

»Ist Kichererbse tot?« fragte der mittlerweile fünfunddreißigjährige Ptolemaios Alexander gespannt.

»Tot und begraben. Königin Berenike herrscht jetzt allein.«

»Dann muß ich sogleich nach Ägypten«, rief Ptolemaios Alexander aufgeregt. »Sofort! Ich darf keine Zeit verlieren!«

»Du gehst, wenn ich es sage, keinen Moment früher«, sagte Sulla schroff. »Setz dich und hör mir zu.«

Ptolemaios Alexander setzte sich, sein weites Gewand um sich ausgebreitet wie einen Ballon, aus dem die Luft entwichen war. Seine Augen waren mit Antimon schwarz umrahmt, der Lidstrich war bis zu den Schläfen hochgezogen, und unter den ebenfalls schwarz gefärbten Augenbrauen waren die Oberlider weiß bemalt. Dadurch wirkten seine Augen ausgesprochen unheimlich, was vermutlich beabsichtigt war.

»Du kannst einen König nicht wie einen Untergebenen behandeln«, sagte Ptolemaios Alexander steif.

»Es gibt auf der ganzen Welt keinen König, der nicht mein Untergebener ist«, erwiderte Sulla verächtlich. »Ich herrsche über Rom! Das macht mich zum mächtigsten Mann zwischen Ozean und Indus. Deshalb werdet Ihr mir zuhören, Majestät – und zwar, ohne mich zu unterbrechen! Ihr könnt nach Alexandria gehen und den Thron besteigen. Aber nur unter bestimmten Bedingungen. Ist das klar?«

»Was für Bedingungen?«

»Du mußt dein Testament machen und es hier in Rom bei den Vestalinnen hinterlegen. Es braucht nur ein einfaches Testament zu sein. Falls du ohne legitime Nachkommen stirbst, vermachst du das Königreich Ägypten Rom.«

Ptolemaios Alexander schnappte nach Luft. »Das kann ich nicht tun!«

»Du mußt tun, was ich dir sage, wenn du in Alexandria regieren willst. Das ist mein Preis. Wenn du ohne legitime Nachkommen stirbst, fällt Ägypten an Rom.«

Ptolemaios Alexanders schwarz umrandete Augen blickten verstört, und die Art, wie er sich auf die rot geschminkten, vollen Lippen biß, erinnerte Sulla an Philippus. »In Ordnung, ich akzeptiere deine Bedingung.« Er zuckte die Schultern. »Ich bin ohnehin kein Anhänger der alten ägyptischen Religion. Was kümmert es mich also, was nach meinem Tod ist?«

»Vortrefflich argumentiert«, meinte Sulla erfreut. »Ich habe meinen Sekretär mitgebracht, damit du das Dokument auf der Stelle aufsetzen kannst. Natürlich muß es mit dem königlichen Siegel und deiner persönlichen Kartusche versehen sein. Ich möchte nicht, daß es nach deinem Tod zu Streitereien kommt.« Sulla befahl einem ptolemäischen Diener, seinen Sekretär zu holen, und während er und Ptolemaios Alexander warteten, meinte er beiläufig: »Da wäre übrigens noch eine Bedingung.«

»Welche?« fragte Ptolemaios Alexander argwöhnisch.

»Soviel ich weiß, hat deine Großmutter Kleopatra III. auf einer Bank in Tyros zweitausend Talente in Gold hinterlegt. Mithridates hat nur das Geld bekommen, das sie auf Kos zurückließ. Und König Tigranes ist es bislang nicht gelungen, die Städte Phönikiens zu unterwerfen, weil er zu sehr mit den Juden beschäftigt ist. Du wirst also die zweitausend Talente in Gold Rom hinterlassen.«

Sullas Blick verriet, daß er keine Debatte wünschte. Ptolemaios Alexander zuckte erneut die Schultern und nickte.

Als Flosculus, der Sekretär, kam, ließ Ptolemaios Alexander sich von einem Sklaven Siegel und Kartusche bringen, und kurz darauf war das Testament geschrieben, unterzeichnet und beglaubigt.

»Ich werde es für dich hinterlegen«, sagte Sulla, »da du den Maueranger zum Vestatempel nicht überqueren darfst.«

Zwei Tage später verließ Ptolemaios Alexander der Jüngere mit der Delegation Rom und bestieg in Puteoli ein Schiff nach Africa; es war einfacher, das Mittelmeer an dieser Stelle zu überqueren und anschließend entlang der afrikanischen Küste von der römischen Provinz nach Kyrene und von dort nach Alexandria zu segeln. Außerdem wollte der neue König von Ägypten Mithridates und Tigranes aus dem Weg gehen und sich nicht auf sein Glück verlassen.

Im Frühjahr war aus Alexandria eine Eilmeldung eingetroffen. Ein als Kaufmann getarnter römischer Agent hatte berichtet, König Ptolemaios Alexander II. habe ein Desaster erlitten. Unmittelbar nach seiner sicheren Ankunft in Alexandria hatte er seine Halbschwester und leibliche Cousine, Königin Berenike, geheiratet. Er war genau neunzehn Tage König von Ägypten. In dieser Zeit entwickelte er offenbar eine so starke Abneigung gegen seine vierzigjährige Frau, Schwester, Cousine und Königin, daß er dieses in seinen Augen unbedeutende weibliche Wesen am Morgen des neunzehnten Tages schließlich ermordete. Sie hatte jedoch zuvor lange zusammen mit ihrem Vater regiert, und die Bürger Alexandrias verehrten sie. Noch am gleichen Tag stürmten die aufgebrachten Bürger den Palast, entführten König Ptolemaios Alexander II. und rissen ihn buchstäblich in Stücke – eine Vorführung, die auf dem Marktplatz für allgemeine Erheiterung sorgte. Ägypten hatte nun weder König noch Königin, und es herrschte Chaos im Land.

»Großartig!« rief Sulla, als er den Brief seines Agenten las. Unverzüglich schickte er eine Delegation römischer Senatoren unter Führung des ehemaligen Konsuls und Zensors Marcus Perperna mit König Ptolemaios Alexanders Testament nach Alexandria. Auf dem Rückweg sollten die Gesandten in Tyros das Gold abholen.

Bis zum Neujahrstag des dritten Jahres von Sullas Herrschaft hatte man nichts mehr gehört.

»Auf der ganzen Reise waren wir vom Pech verfolgt«, berichtete Marcus Perperna. »Vor Kreta erlitten wir Schiffbruch und wurden von Piraten gefangengenommen. Es dauerte zwei Monate, bis in den Städten auf dem Peloponnes genug Geld beisammen war, um uns freizukaufen. Anschließend segelten wir nach Kyrene und von dort entlang der libyschen Küste nach Alexandria.«

»Mit einem Piratenschiff?« fragte Sulla. Trotz der schlimmen Nachricht war ihm zum Lachen zumute. Perperna sah so alt und abgezehrt aus – und verängstigt!

»Gut geraten. Ja, mit einem Piratenschiff.«

»Und was geschah in Alexandria?«

»Nichts Gutes, Lucius Cornelius. Nichts Gutes!« Perperna stieß einen tiefen Seufzer aus. »Die Alexandriner hatten rasch und sicher gehandelt. Sie wußten genau, wen sie nach der Ermordung König Ptolemaios Alexanders rufen mußten.«

»Wen, Perperna?«

»Die beiden unehelichen Söhne des Ptolemaios Soter Kichererbse, Lucius Cornelius. Sie baten König Tigranes in Syrien, ihnen die beiden jungen Männer zu schicken. Der ältere sollte Ägypten regieren, der jüngere Zypern.«

»Sehr geschickt, aber nicht unerwartet«, meinte Sulla. »Erzähl weiter.«

»Als wir in Alexandria eintrafen, saß König Ptolemaios Auletes bereits auf dem Thron, und mit ihm seine Frau, Königin Kleopatra Tryphaena, die Tochter von König Mithridates. Sein jüngerer Bruder, den die Alexandriner Ptolemaios den Zyprer genannt hatten, wurde als Regent nach Zypern geschickt. Seine Frau – ebenfalls eine Tochter des Mithridates – ging mit ihm.«

»Und wie ist ihr Name?«

»Mithridatidis Nyssa.«

»Das Ganze ist gesetzwidrig«, meinte Sulla und runzelte die Stirn.

»Nicht für die Alexandriner!«

»Weiter, Perperna! Erzähl mir das Schlimmste.«

»Natürlich zeigten wir den Alexandrinern das Testament und erklärten, wir seien gekommen, um das Königreich Ägypten formell als Provinz an das römische Reich anzugliedern.«

»Und was sagten sie dazu, Perperna?«

»Sie lachten uns aus, Lucius Cornelius. Ihre Anwälte versuchten, die Ungültigkeit des Testaments zu beweisen. Schließlich wiesen sie auf den König und die Königin hin, um uns zu zeigen, daß sie rechtmäßige Thronerben gefunden hatten.«

»Aber sie sind keine rechtmäßigen Erben!«

»Nur nach römischem Recht. Nach ägyptischem Recht – das offenbar größtenteils aus Gesetzen besteht, die ganz spontan erlassen wurden – sind der König und die Königin legitim.«

»Was hast du also getan, Perperna?«

»Was sollte ich denn tun, Lucius Cornelius? In Alexandria wimmelte es von Soldaten. Wir konnten unseren römischen Göttern nur danken, daß wir lebend und unversehrt aus Ägypten herauskamen.«

»Schon gut«, sagte Sulla, der seine Wut gar nicht erst an unwürdige Personen verschwendete. »Trotzdem, Tatsache bleibt, daß das Testament gültig ist. Ägypten gehört jetzt Rom.« Er trommelte mit den Fingern auf das Schreibpult. »Leider kann Rom im Augenblick nicht viel tun. Ich mußte bereits vierzehn Legionen nach Spanien schicken, um mit Quintus Sertorius fertigzuwerden, und ich habe keine Lust, die Staatskasse durch einen Feldzug am anderen Ende der Welt noch mehr zu belasten. Nicht jetzt, wo Tigranes rücksichtslos und ungehindert über einen Großteil Syriens hinwegzieht und die parthischen Erben in einen Bürgerkrieg verwickelt sind. Hast du das Testament noch?«

»O ja, Lucius Cornelius.«

»Dann werde ich morgen den Senat über die Vorfälle unterrichten und das Testament den Vestalinnen zurückgeben, bis Rom es sich leisten kann, Ägypten gewaltsam zu annektieren. Das ist vermutlich die einzige Möglichkeit, um an unsere Erbschaft zu kommen.«

»Ägypten ist sagenhaft reich.«

»Das ist mir nicht neu, Perperna. Die Ptolemäer sitzen auf dem größten Schatz der Welt und herrschen über eines der reichsten Länder.« Sullas Gesichtsausdruck deutete an, daß er fertig war, aber dann fügte er noch hinzu: »Die zweitausend Talente in Gold aus Tyros hast du wohl auch nicht bekommen, oder?«

»O doch, mühelos, Lucius Cornelius«, sagte Perperna verstört.

»Als wir das Testament vorlegten, wurde uns das Geld sofort ausgehändigt. Auf dem Rückweg, wie du befohlen hast.«

Sulla brach in schallendes Gelächter aus. »Gut gemacht, Perperna! Da kann ich dir das Debakel in Alexandria ja beinahe verzeihen!« Erfreut rieb er sich die Hände. »Eine willkommene Aufbesserung der Staatskasse. Der Senat wird das sicher genauso sehen. Zumindest mußte das arme Rom nicht eine Delegation bezahlen, ohne dafür ausreichend finanziell entschädigt zu werden.«

Sämtliche Könige im Osten machten Schwierigkeiten – ein Nachteil, mit dem Rom sich abfinden mußte, weil Sulla aufgrund interner Streitigkeiten in der Stadt nicht lange genug im Osten bleiben konnte, um Mithridates und Tigranes für immer unschädlich zu machen. Kaum war Sulla nach Hause gesegelt, da versuchte Mithridates erneut, Kappadokien zu annektieren, und Lucius Licinius Murena, der damalige Statthalter der Provinzen Asia und Cilicia, begann sofort einen Krieg mit ihm – ohne Sullas Wissen oder Erlaubnis und entgegen dem Vertrag von Dardanos. Eine Zeitlang schlug Murena sich recht wacker, bis es aufgrund seines Übermuts in Pontos zu einer Reihe verheerender Zusammenstöße mit Mithridates kam. Sulla mußte den älteren Aulus Gabinius losschicken, um Murena in seine Provinzen zurückzubeordern. Aber noch ehe er Murena wegen seines leichtsinnigen Verhaltens bestrafen konnte, kam es zur Konfrontation mit Pompeius. Murena durfte im Triumphzug heimkehren, und Pompeius nahm seinen Platz ein.

In der Zwischenzeit hatte Tigranes die vergangenen sechs Jahre dazu benutzt, sein Königreich Armenien nach Süden und Westen auszudehnen und in Gebiete des Partherkönigs und in das rasch zerfallende Königreich Syrien vorzudringen. Er erkannte seine Chance, als er erfuhr, daß der alte Partherkönig Mithridates zu krank sei, um die geplante Invasion Syriens durchzuführen – und zu krank, um zu verhindern, daß die barbarischen Massageten seine Ländereien im Norden und Osten Parthiens einnahmen und sein Sohn Gotarzes Babylonia an sich riß.

Wie Tigranes selbst einst prophezeit hatte, hatte der Tod des Partherkönigs einen Erbfolgekrieg ausgelöst, der noch dadurch erschwert wurde, daß der Alte offiziell drei Gemahlinnen gehabt hatte – zwei waren seine Halbschwestern väterlicherseits, und die dritte war keine geringere als Automa, eine Tochter des Tigranes. Während die Söhne der verschiedenen Mütter um das noch verbliebene Erbe stritten, spaltete sich eine weitere wichtige Satrapie ab – das sagenhaft reiche Elymaïs, durchzogen von den östlichen Nebenflüssen des Tigris, Choaspes und Pasitigris. Damit waren die schlickfreien Häfen im Osten des Euphrat-Tigris-Deltas ebenso verloren wie die Stadt Susa, ein Sitz der Partherkönige. Aber die Söhne des alten Königs Mithridates kümmerten sich nicht darum und setzten ihren Streit fort.

Auch Tigranes führte weiter Krieg. Im Todesjahr des Gaius Marius fiel er nacheinander in die Königreiche Sophene, Gordyene, Adiabene und Osrhoene ein. Nach deren Eroberung gehörten Tigranes jetzt sämtliche Gebiete am Ostufer des Euphrat, von Tomisa bis hinunter nach Europus; die großen Städte Amida, Edessa und Nisibis fielen ihm ebenso zu wie die Zollgebühren, die entlang des großen Flusses erhoben wurden. Aber anstatt das Einziehen der Zollgebühren den Armeniern zu überlassen, zog Tigranes die Skenitischen Araber auf seine Seite, welche die unfruchtbaren Gegenden zwischen Euphrat und Tigris südlich von Osrhoene kontrollierten und von jeder Karawane, die ihr Gebiet passierte, Wegzoll forderten. Obwohl die Skeniter Nomaden waren, siedelte Sulla sie in Edessa und Carrhae an und machte sie in Samosata und Zeugma am Euphrat zu Zolleintreibern. Ihr König – Abgar mit Namen – war jetzt Tigranes' Klient, und die griechischsprechende Bevölkerung der vom armenischen König unterworfenen Städte mußte in jene Teile Armeniens emigrieren, wo die griechische Sprache bislang unbekannt war. Tigranes wollte unbedingt der kultivierte Herrscher eines hellenisierten Königreichs sein – und wie konnte er sein Reich besser hellenisieren als durch die Schaffung griechischer Siedlungen?

Als Kind war Tigranes vom König der Parther in Seleukeia am Tigris, weit weg von Armenia, als Geisel festgehalten worden. Als sein Vater starb, war er der einzige männliche Nachkomme gewesen, aber der Partherkönig hatte für die Freilassung des jungen Tigranes einen hohen Preis verlangt – siebzig Täler in Media Atropatene, dem reichsten Teil Armeniens. Jetzt marschierte Tigranes in Media Atropatene ein und eroberte die siebzig Täler zurück, wo es Gold, Lapislazuli, Türkise und saftige Weiden im Überfluß gab.

Tigranes mußte jedoch feststellen, daß er für die wachsende Zahl seiner Reiter, die von Kopf bis Fuß in einer gepanzerten Rüstung steckten, nicht genügend nisäische Pferde hatte. Die Pferde, die ebenfalls durch einen Schuppenpanzer geschützt waren, mußten kräftig sein, um die Last tragen zu können. Im darauffolgenden Jahr marschierte Tigranes deshalb in Media Magna, der Heimat der nisäischen Pferde, ein und gliederte es an Armenien an. Ekbatana, der Sommersitz der Partherkönige – und davor der Sommersitz der Könige von Media und Persien, darunter auch Alexanders des Großen – wurde niedergebrannt, und der prächtige Palast wurde geplündert.

Drei Jahre waren vergangen. Während Sulla langsam auf der italischen Halbinsel vorrückte, hatte Tigranes seine Aufmerksamkeit dem Westen zugewandt und war über den Euphrat in die Commagene einmarschiert. Ohne auf Widerstand zu stoßen, nahm er sämtliche Gebiete im Norden Syriens zwischen dem Amanus- und dem Libanon-Gebirge ein, darunter das mächtige Antiochia und die Ebene des Nahr el Assi. Sogar ein Teil Cilicia Pedias fiel ihm zu.

Syrien war hellenisiertes Territorium; die Bevölkerung sprach Griechisch und stand unter dem Einfluß griechischen Brauchtums. Kaum hatte Tigranes sich in Syrien Autorität verschafft, da schickte er ganze Bevölkerungsgruppen mit ihren Familien in seine neu erbaute Hauptstadt Tigranocerta. Handwerker wurden bevorzugt; kein einziger durfte in Syrien bleiben. Der König war sich bewußt, daß die Griechen vor der medischen Bevölkerung beschützt werden mußten. Deshalb wurden die Meder unter Androhung der Todesstrafe angewiesen, die neuen Mitbürger freundlich und zuvorkommend zu behandeln.

Während Sulla sich per Gesetz zum Diktator von Rom ernennen ließ, nahm Tigranes formell den langersehnten Titel König der Könige an. Königin Kleopatra Selene von Syrien, jüngste Schwester und einstige Gemahlin des Ptolemaios Soter Kichererbse, die an der Seite mehrerer seleukidischer Herrscher Syrien regiert hatte, wurde aus Antiochia vertrieben und mußte in einem kleinen Dorf am Ufer des Euphrat in ärmlichen Verhältnissen leben; ihren Platz im Palast von Antiochia nahm der Satrap Magadates ein, der im Namen Tigranes', des Königs der Könige, Syrien regieren sollte.

König der Könige, dachte Sulla zynisch; alle Herrscher im Osten hielten sich für den König der Könige. Wie es schien, sogar die beiden unehelichen Söhne des Ptolemaios Soter Kichererbse, die jetzt mit ihren Frauen, den Töchtern des Mithridates, in Ägypten und Zypern herrschten. Aber das Testament des toten Ptolemaios Alexander war echt; keiner wußte das besser als Sulla, der bei der Niederschrift des Dokuments zugegen gewesen war. Früher oder später würde Ägypten zu Rom gehören. Vorerst regierte Ptolemaios Auletes noch in Alexandria; aber diese Marionette des Mithridates und Tigranes sollte fortan keine ruhige Minute mehr haben! Der Senat von Rom würde regelmäßig Boten nach Alexandria schicken und Ptolemaios Auletes auffordern, zugunsten Roms, der wahren Besitzerin Ägyptens, zurückzutreten.

König Mithridates von Pontos, der in der eisigen Kälte des Kaukasus zweihunderttausend Mann verloren hatte, mußte erneut daran gehindert werden, Kappadokien zu annektieren. Während Mithridates sich schriftlich bei Sulla darüber beschwert hatte, daß Murena vierhundert Dörfer entlang des Kisil-Irmak geplündert und niedergebrannt hatte, hatte er selbst das kappadokische Ufer des Kisil-Irmak eingenommen. Um diese List legitim erscheinen zu lassen, hatte er König Ariobarzanes von Kappadokien eine seiner Töchter zur Braut gegeben. Als Sulla erfuhr, daß das Mädchen erst vier Jahre alt war, schickte er einen Boten zu König Mithridates und befahl ihm im Namen Roms, ganz auf Kappadokien zu verzichten, Braut hin oder her. Der Bote kehrte mit einem Brief des Königs von Pontos zurück, worin Mithridates versprach, sich dem Befehl zu beugen. Zudem ließ er Sulla wissen, daß er eine Delegation nach Rom entsenden werde, um den Vertrag von Dardanos zu ratifizieren.

»Er sollte lieber darauf achten, daß seine Gesandten nicht herumtrödeln«, murmelte Sulla vor sich hin, während er seine Frau suchte. Sie war ganz in der Nähe, und in ihrer Gegenwart schloß er seine Betrachtungen ab. »Wenn sie herumtrödeln, werde ich nicht mehr hier sein, um mit ihnen zu feilschen – und dann viel Glück beim Feilschen mit dem Senat!«

»Was hast du gesagt, Liebster?« fragte Valeria verwirrt.

»Nichts. Gib mir einen Kuß.«

Valeria Messalas Küsse waren so süß wie sie selbst. Insofern war diese vierte Ehe für Sulla ein angenehmes Erlebnis, wenn auch kein anregendes. Zum Teil lag das sicher an seinem Alter und an seinen Gebrechen, vor allem aber daran, daß es den adligen Römerinnen an Verführungskünsten und Sinnlichkeit mangelte. Sie konnten sich im Bett einfach nicht genügend entspannen und waren nicht so ausgelassen, wie der Diktator es sich wünschte. Nun, da seine Potenz nachließ, brauchte er mehr Stimulanz. Warum konnten Frauen einen Mann zwar wahnsinnig lieben, ihm aber dennoch seine sexuellen Wünsche nicht voll und ganz erfüllen?

»Ich denke, Frauen sind wie Gefäße, Lucius Cornelius«, sagte Varro, der das Pech hatte, auf diese Frage antworten zu müssen. »Sie sind dazu bestimmt, Dinge aufzunehmen, vom Penis des Mannes bis hin zu einem Kind, und deshalb müssen sie passiv sein. Dasselbe gilt für Tiere. Das Männchen ist der aktive Teil und muß seinen übermäßigen Trieb befriedigen, indem es mehrere Weibchen deckt.«

Eigentlich war Varro gekommen, um Sulla davon zu unterrichten, daß Pompeius Rom einen kurzen Besuch abstatten wolle, und um sich zu erkundigen, ob Sulla den jungen Mann empfangen werde. Aber noch hatte er nicht den richtigen Moment erwischt, um seine Frage vorzubringen.

Sulla hob die Augenbrauen. »Meinst du, mein lieber Varro, daß ein anständig verheirateter Mann mit der Hälfte der Frauen Roms schlafen muß?«

»Nein, natürlich nicht!« stieß Varro hervor. »Da *alle* Frauen passiv sind, könnte er keine Befriedigung finden.«

»Heißt das, daß ein Mann sich seine Geschlechtspartner unter Männern suchen sollte, wenn er seine Fleischeslust befriedigen will?« fragte Sulla mit ernster Miene.

»Oh! Ah! Äh!« quiekte Varro und wand sich wie ein eingeklemmter Tausendfüßler. »Nein, Lucius Cornelius, natürlich nicht! Bestimmt nicht!«

»Was soll ein anständig verheirateter Mann dann tun?«

»Ich beschäftige mich zwar mit natürlichen Phänomenen, aber um solche Fragen zu beantworten, bin ich nicht qualifiziert oder erfahren genug«, stammelte Varro. Insgeheim wünschte er, er hätte diesen unbequemen, verblüffenden Mann nicht aufgesucht. Aber in den Monaten, in denen Varro Sullas runzliges Gesicht gesalbt hatte, hatte Sulla eine große Zuneigung zu ihm entwickelt, und er war beleidigt, wenn Varro ihm nicht seine Aufwartung machte.

»Beruhige dich, Varro, ich habe nur Spaß gemacht«, meinte Sulla lachend.

»Bei dir weiß man ja nie, Lucius Cornelius.« Varro überlegte, mit welchen Worten er Pompeius' Besuch am besten ankündigte. Varro war kein Dummkopf. Er wußte, daß die Gefühle des Diktators gegenüber Pompeius zwiespältig waren.

Sulla ahnte nicht, wie Varro im Geiste mit Worten jonglierte, nur um einen einfachen Satz zu formulieren. »Wie ich hörte«, sagte er, »hat Varro Lucullus es endlich geschafft, seine Adoptivschwester, also deine Cousine, an den Mann zu bringen.«

»Du meinst Terentia?« Varros Gesicht hellte sich auf. »Oh! Ein wirklicher Glücksfall!«

»Es ist lange her, daß eine wohlhabende Frau wie Terentia so viel Mühe hatte, einen Mann zu finden«, meinte Sulla, der mittlerweile alle Arten von Klatsch liebte.

»Dieser Fall verhält sich etwas anders«, sagte Varro, um Zeit zu gewinnen. »Es findet sich immer ein Mann, der bereit ist, eine wohlhabende Frau zu heiraten. Das Problem bei Terentia war, daß sie sich keinen der Männer anschauen wollte, die ihre Familie für sie ausgesucht hatte. Sie ist wirklich die schlimmste Xanthippe Roms!«

Sullas Lächeln war einem breiten Grinsen gewichen. »Du meinst wohl, sie blieb lieber zu Hause und machte Varro Lucullus das Leben zur Hölle.«

»Vielleicht. Obwohl sie ihn sicher gern hat. Ihr Naturell ist schuld. Aber was kann sie dafür, schließlich wurde es ihr in die Wiege gelegt.«

»Was geschah also? Liebe auf den ersten Blick?«

»Ganz bestimmt nicht. Die Sache wurde von unserem Freund

Titus Pomponius eingefädelt, der wegen seiner Vorliebe für Athen jetzt Atticus genannt wird. Anscheinend kennen sich er und Marcus Tullius Cicero schon seit vielen Jahren. Seit du alles kontrollierst, Lucius Cornelius, kommt Atticus mindestens einmal im Jahr nach Rom.«

»Ich weiß«, sagte Sulla. Er verübelte Atticus seine Spekulationsgeschäfte nicht mehr als Crassus – durch die Art, wie Crassus die Proskriptionen zu seinem Vorteil manipuliert hatte, war er bei Sulla in Ungnade gefallen.

»Jedenfalls ist mit Ciceros Ruhm als Anwalt auch sein Ehrgeiz gewachsen. Aber seine Taschen sind leer. Deshalb mußte er eine reiche Erbin heiraten. Zunächst sah es so aus, als müßte er eines dieser entsetzlich durchschnittlichen Mädchen zur Frau nehmen, die unsere etwas zweifelhaften Plutokraten offenbar im Überfluß zeugen. Aber dann schlug Atticus Terentia vor.« Varro hielt inne und sah Sulla fragend an. »Kennst du Marcus Tullius Cicero überhaupt?«

»Als er noch ein Junge war, kannte ich ihn ganz gut. Mein verstorbener Sohn, der jetzt ungefähr im selben Alter wäre, war mit ihm befreundet. Damals hielt man Cicero für einen Wunderknaben. Nach dem Tod meines Sohnes und vor der Sache mit Sextus Roscius von Ameria sah ich ihn nur während des Bundesgenossenkrieges. Er war in der Campania mein Zeltkamerad. Seitdem hat er sich kaum verändert – nur, daß er jetzt sein eigentliches Betätigungsfeld gefunden hat. Er ist noch genauso pedantisch, redselig und selbstbewußt wie eh und je. Eigenschaften, die ihm als Anwalt zustatten kommen. Ich gebe offen zu, daß er sich hervorragend ausdrücken kann. Und er ist ein heller Kopf! Das Schlimme ist nur, daß er mit Gaius Marius verwandt ist. Sie stammen beide aus Arpinum.«

Varro nickte. »Atticus sprach mit Varro Lucullus, und dieser erklärte sich bereit, Terentia Ciceros Antrag zu übermitteln. Zu seiner Überraschung wollte sie Cicero unbedingt kennenlernen. Sie hatte von seinen überragenden Fähigkeiten bei Gericht gehört und erklärte gegenüber Varro Lucullus, sie wolle einen Mann heiraten, der imstande sei, Ruhm zu erlangen. Cicero sei vermutlich solch ein Mann.«

»Wie hoch ist ihre Mitgift?«

»Sehr hoch! Zweihundert Talente.«

»Dann müssen bei ihr die Bewerber ja Schlange stehen! Und sicher sind ein paar ganz hübsche Burschen darunter. Langsam fange ich an, Terentia zu bewundern, denn offenbar ist sie gegen Roms erfahrenste Mitgiftjäger gefeit.«

»Terentia ist häßlich, mürrisch, streitsüchtig und geizig«, sagte ihr Cousin bedächtig. »Sie ist jetzt einundzwanzig und immer noch allein. Normalerweise sollen Mädchen dem Familienoberhaupt gehorchen und den Mann heiraten, der für sie ausgewählt wurde, aber es gibt keinen Mann – tot oder lebendig –, der Terentia etwas befehlen kann, was sie nicht will.«

»Und der arme Varro Lucullus ist so ein netter Mann«, meinte Sulla amüsiert.

»Genau.«

»Dann hat Terentia Cicero also getroffen?«

»Ja. Und zum Erstaunen aller war sie sogar bereit, ihn zu heiraten.«

»Glücklicher Cicero! Auch ein Günstling Fortunas. Ihr Geld kommt ihm sicher sehr gelegen.«

»Das glaubst du«, sagte Varro grimmig. »Sie selbst setzte den Ehevertrag auf und behielt die vollständige Kontrolle über ihr Vermögen. Sie erklärte sich lediglich bereit, allfälligen Töchtern eine Mitgift zu zahlen und sich an der Finanzierung der Karriere ihrer Söhne zu beteiligen. Aber was Cicero angeht – er ist nicht der Mann, um Terentia unterzukriegen.«

»Wie ist er eigentlich so als Mensch, Varro?«

»Ganz nett. Ich glaube, er hat einen weichen Kern. Aber er ist hochmütig, unerträglich eingebildet und fest davon überzeugt, daß sich keiner vom Verstand her mit ihm messen kann ... Ein erfolgssüchtiger Aufsteiger. Er haßt es, daran erinnert zu werden, daß er mit Gaius Marius entfernt verwandt ist. Wäre Terentia eine dieser entsetzlich durchschnittlichen Töchter unserer etwas zweifelhaften Plutokraten gewesen, hätte er sie wahrscheinlich gar nicht angesehen. Aber ihre Mutter war Patrizierin und früher einmal mit Quintus Fabius Maximus verheiratet. Das bedeutet, daß die Vestalin Fabia ihre Halbschwester ist. Deshalb war Terentia ›gut genug‹, wenn du weißt, was ich meine.« Varro schnitt eine Grimasse. »Cicero ist ein Ikarus, Lucius Cornelius. Er will sich emporschwingen ins Reich der Sonne – als Neuling ohne einen Sesterz ein gefährliches Unterfangen.«

»Arpinum scheint nur solche Burschen hervorzubringen«, meinte Sulla. »Wie gut für Rom, daß dieser neue Mann aus Arpinum keine militärischen Fähigkeiten besitzt!«

»Wie ich hörte, soll das Gegenteil der Fall sein.«

»Oh, ich weiß es besser. Als er mein Zeltkamerad war, war er auch mein Sekretär. Beim bloßen Anblick eines Schwertes wurde er kreidebleich. Aber ich hatte nie einen besseren Sekretär! Wann ist die Hochzeit?«

»Erst nach den *ludi Romani* im September.« Varro lachte. »Varro Lucullus und sein Bruder haben im Moment nichts anderes im Kopf, als die besten Spiele vorzubereiten, die Rom je erlebt hat.«

»Schade, daß ich nicht in Rom sein kann, um sie zu sehen«, sagte Sulla, ohne dabei ein trauriges Gesicht zu machen.

Einen Moment lang herrschte Schweigen. Varro nutzte die Gelegenheit, bevor Sulla ein anderes Thema anschnitt. »Weißt du eigentlich, Lucius Cornelius, daß Gnaeus Pompeius Magnus in Kürze nach Rom kommt?« fragte er zaghaft. »Er würde dich gern aufsuchen, aber er weiß ja, wie beschäftigt du bist.«

»Nicht zu beschäftigt, um Magnus zu sehen«, meinte Sulla vergnügt. Er sah Varro scharf an. »Läufst du immer noch mit Papier und Feder hinter ihm her, um jeden Furz aufzuschreiben, Varro?«

Varro wurde knallrot; bei Sulla wußte man nie, wie er selbst über die harmlosesten Dinge dachte. Glaubte er vielleicht, daß Varro seine Zeit besser damit verbringen sollte, alle Taten (oder jeden Furz) des Lucius Cornelius Sulla aufzuschreiben? »Hin und wieder tue ich das«, sagte Varro kleinlaut. »Es begann durch Zufall, weil wir gerade zusammen waren, als der Krieg ausbrach und ich gegen Pompeius' Enthusiasmus nicht gefeit war. Er sagte, ich solle über Geschichte schreiben, nicht über Naturkunde. Und das tue ich. Aber ich bin nicht Pompeius' Biograph.«

»Gut geantwortet!«

So kam es, daß Varro sich erst einmal den Schweiß vom Gesicht wischen mußte, als er das Haus des Diktators auf dem Palatin verließ. Sie hatten endlos über den Löwen und den Fuchs in der Person Sullas gesprochen, obwohl Varro insgeheim der Meinung war, daß nur eine gewöhnliche Katze in ihm steckte.

Aber Varro hatte seine Sache gut gemacht. Als Pompeius mit seiner Frau in Rom eintraf und sich im Haus seiner Familie in Carinae einquartierte, konnte Varro ihm mitteilen, daß Sulla ihn empfangen und ihm genügend Zeit für eine gemütliche Plauderei widmen wolle. So hatte Sulla sich ausgedrückt, aber natürlich war das ironisch gemeint. Eine gemütliche Plauderei mit Sulla konnte sich am Ende als Balanceakt erweisen.

Aber ach, das Selbstvertrauen und die Eitelkeit der Jugend! Pompeius, der in wenigen Monaten siebenundzwanzig wurde, trat Sulla ohne Bedenken gegenüber.

»Und wie bekommt dir die Ehe?« fragte der Diktator freundlich.

Pompeius strahlte. »Wunderbar! Was für eine Frau hast du da für mich ausgesucht, Lucius Cornelius! Sie ist schön, gebildet und reizend. Und sie ist schwanger. Ende dieses Jahres wird sie meinen ersten Sohn zur Welt bringen.«

»Ein Sohn, was? Bist du sicher, daß es ein Sohn wird, Magnus?«

»Absolut sicher.«

Sulla lachte still in sich hinein. »Nun, du bist ein Günstling Fortunas, Magnus, deshalb wird es vermutlich ein Sohn. Gnaeus junior ... Der Schlächter, der kleine Schlächter und der jüngste Schlächter.«

»Das gefällt mir!« rief Pompeius aus. Er war überhaupt nicht beleidigt.

»Du begründest eine Tradition«, erklärte Sulla feierlich.

»Ja, drei Generationen!«

Pompeius lehnte sich zufrieden zurück. Dann bemerkte Sulla, wie die Freude aus Pompeius' großen blauen Augen verschwand; er wirkte plötzlich vorsichtig und nachdenklich. Sulla wartete, bis Pompeius mit der Sprache herausrückte.

»Lucius Cornelius ...«

»Ja?«

»Dieses Gesetz, das du verkündet hast – das, wonach der Senat sich außerhalb der eigenen Reihen umsehen soll, wenn unter den Senatoren kein Befehlshaber zu finden ist ...«

»Du meinst die Sondervollmacht?«

»Ja.«

»Was ist damit?«

»Könnte sie mir zufallen?«

»Möglich.«

»Aber nur, wenn sich innerhalb des Senats niemand freiwillig meldet.«

»Das stimmt nicht ganz, Magnus. Es heißt, wenn sich im Senat kein *geeigneter und erfahrener Befehlshaber* meldet.«

»Und wer entscheidet darüber?«

»Der Senat.«

Nach einer Weile meinte Pompeius scheinbar beiläufig: »Es wäre gut, viele Klienten im Senat zu haben.«

»Das ist immer gut, Magnus.«

An dieser Stelle entschied Pompeius offensichtlich, das Thema zu wechseln. »Wer wird eigentlich im nächsten Jahr Konsul?« fragte er.

»Zunächst einmal Catulus. Obwohl ich noch nicht entschieden habe, ob er erster oder zweiter Konsul werden soll. Vor einem Jahr schien alles klar zu sein, aber jetzt bin ich nicht mehr so sicher.«

»Catulus ist ein Pedant – wie Metellus Pius.«

»Vielleicht. Aber leider weder so alt noch so weise.«

»Meinst du, Metellus Pius kann Sertorius schlagen?«

»Zuerst wahrscheinlich nicht«, sagte Sulla lächelnd. »Aber denke nicht zu geringschätzig von meinem Ferkel, Magnus. Es dauert zwar eine Weile, bis er in Schwung kommt, aber wenn es soweit ist, macht er seine Sache ausgezeichnet.«

»Pah! Er ist doch eine alte Frau!« meinte Pompeius verächtlich.

»Zu meiner Zeit habe ich einige sehr tapfere alte Frauen gekannt, Magnus.«

Pompeius kam wieder zum Thema. »Wer wird noch Konsul?«

»Lepidus.«

»*Lepidus?*« Pompeius starrte Sulla mit offenem Mund an.

»Hast du etwas dagegen?«

»Ich sagte nicht, daß ich etwas dagegen habe, Lucius Cornelius. Aber ehrlich gesagt, habe ich das. Ich hätte nicht gedacht, daß du ihm wohlwollend gegenüberstehst. Dafür war er nicht unterwürfig genug.«

»Glaubst du wirklich, daß ich die hohen Ämter nur Leuten übertrage, die mir in den Hintern kriechen?«

Das mußte man Pompeius lassen, ängstlich war er nicht. Und während Sulla sich insgeheim amüsierte, erwiderte er: »Eigentlich nicht. Aber sicher hast du die hohen Ämter nicht Männern übertragen, die aus ihrer Abneigung gegen dich keinen Hehl machen, so wie Lepidus.«

»Warum sollte ich?« fragte Sulla erstaunt. »Ich bin doch nicht so dumm und gebe denen die hohen Posten, die meine Autorität untergraben könnten!«

»Aber warum dann Lepidus?«

»Ich werde zurücktreten, bevor er sein Amt antritt. Lepidus will hoch hinaus. Ich hielt es für besser, ihn noch zu meinen Lebzeiten zum Konsul zu machen.«

»Er ist ein guter Mann.«

»Weil er mich öffentlich verhört hat? Oder trotzdem?«

Aber Pompeius wollte sich nicht weiter über dieses Thema auslassen. Obwohl Lepidus' Ernennung zum Konsul seiner Ansicht nach für Sulla untypisch war, interessierte er sich kaum dafür. Sein Interesse galt Sullas Vorkehrungen hinsichtlich der Sondervollmacht. Als er davon erfahren hatte, hatte er sich gefragt, was er damit zu tun haben könnte, aber damals hatte er noch nicht vorgehabt, Sulla danach zu fragen. Jetzt, fast zwei Jahre nach Erlaß des Gesetzes, hielt er es für angebracht, vorsichtig nachzuhaken anstatt direkt zu fragen. Der Diktator hatte natürlich recht. Es war schon schwer genug, als Senatsmitglied seine Ziele zu erreichen; aber als Nichtmitglied etwas vom Senat zu erbitten, war überaus schwierig.

Nachdem Pompeius sich von Sulla verabschiedet hatte, machte er sich in Gedanken versunken auf den Heimweg. Zunächst würde er im Senat Anhänger finden müssen. Und danach würde er eine kleinere Gruppe von Männern um sich scharen, die bereit waren – gegen entsprechende Bezahlung versteht sich –, in seinem Auftrag tatkräftig zu intrigieren und sich sogar an geheimen Aktivitäten zu beteiligen. Aber wo anfangen?

Plötzlich blieb Pompeius stehen, drehte sich um und lief behend, immer zwei Stufen auf einmal nehmend, wieder den Clivus Victoriae hinauf – in einer Toga eine beachtliche Leistung. Philippus! Er würde mit Philippus anfangen.

Es war lange her, seit Lucius Marcius Philippus Gaius Marius in dessen Villa am Meer besucht hatte, um diesem gefährlichen Mann mitzuteilen, daß er, Philippus, zum Volkstribun ernannt worden sei, und ihn zu fragen, was er für ihn tun könne – gegen entsprechende Bezahlung natürlich. Nur Philippus wußte, wie oft er schon im Geiste die Toga hingeworfen hatte. Aber er hatte stets überlebt und sogar sein Ansehen gestärkt. Als Pompeius ihn aufsuchte, war er Konsular und ehemaliger Zensor und zählte zu den Ältesten im Senat. Viele haßten ihn, und nur wenige mochten ihn wirklich, aber trotzdem war er eine Autorität; irgendwie hatte er die meisten davon überzeugt, daß er ein bedeutender und einflußreicher Mann war.

Philippus fand das Gespräch mit Pompeius amüsant und anregend. Bisher hatte er nicht viel mit Sullas Günstling zu tun gehabt, aber er wußte sehr gut, daß Rom mit Pompeius einen jungen Mann hervorgebracht hatte, der Beachtung verdiente. Außerdem war Philippus wieder einmal blank. Oh, nicht wie früher! Sullas Proskriptionen hatten sich als überaus fruchtbare Einnahmequelle erwiesen, und er hatte für ein paar Tausender Besitzungen im Wert von mehreren Millionen erstanden. Aber wie viele Männer seines Schlages war Philippus kein guter Verwalter. Das Geld zerrann ihm schneller unter den Händen, als er es einnehmen konnte. Er war weder imstande, seine ländlichen Betriebe zu überwachen, noch zuverlässige Leute auszuwählen.

»Kurzum, Gnaeus Pompeius, ich bin das genaue Gegenteil von Marcus Licinius Crassus. Er hat noch immer seinen ersten Sesterz und scheffelt jetzt Millionen. *Seine* Leute schlottern vor Angst, wenn sie ihn sehen. Meine lächeln verstohlen.«

»Du brauchst einen Chrysogonus«, sagte Pompeius.

Philippus, der schon immer zur Fettleibigkeit geneigt hatte, war mit den Jahren noch schwammiger geworden, und seine braunen Augen verschwanden fast zwischen den geschwollenen Oberlidern und den dicken Tränensäcken. Diese Augen blickten den jungen Ratgeber jetzt überrascht und mißtrauisch an: Philippus war es nicht gewohnt, gönnerhaft behandelt zu werden.

»Chrysogonus endete aufgespießt unter dem Tarpeischen Felsen!«

»Trotz seines Schicksals war Chrysogonus für Sulla von großem Nutzen«, sagte Pompeius. »Er mußte sterben, weil er sich an den

Proskriptionen bereichert hatte – nicht, weil er seinen Gönner direkt bestohlen hatte. In den vielen Jahren, in denen er in Sullas Dienst stand, arbeitete er unermüdlich. Glaub mir, Lucius Marcius, du brauchst einen Chrysogonus.«

»Aber ich habe keine Ahnung, wie ich einen finden soll.«

»Wenn du willst, besorge ich dir einen.«

Vor Staunen traten die tiefliegenden Augen jetzt aus ihren Höhlen hervor. »Oh! Aber warum willst du das tun, Gnaeus Pompeius?«

»Nenn mich Magnus«, sagte Pompeius ungeduldig.

»Magnus.«

»Weil ich deine Hilfe brauche, Lucius Marcius.«

»Nenn mich Philippus.«

»Philippus.«

»Wie könnte ich dir helfen, Magnus? Du bist reicher, als die meisten ahnen – sogar reicher als Crassus, wenn ich das sagen darf. Du bist erst Mitte Zwanzig und schon ein berühmter Feldherr, und du stehst hoch in Sullas Gunst – was schwer zu erreichen ist. Ich habe es versucht, aber nie geschafft.«

»Aber Sulla tritt zurück«, sagte Pompeius bedächtig. »Und wenn es soweit ist, werde ich wieder in Vergessenheit geraten. Vor allem, wenn Männer wie Catulus und die Dolabella die Hände im Spiel haben. Ich bin nicht Mitglied des Senats und will es auch nicht werden.«

»Sonderbar«, meinte Philippus nachdenklich. »Du hattest die Möglichkeit. Sulla hat deinen Namen ganz oben auf seine Liste gesetzt. Aber du hast abgelehnt.«

»Ich habe meine Gründe.«

»Das denke ich mir.«

Pompeius erhob sich von seinem Stuhl und ging zu dem offenen Fenster des Arbeitszimmers hinüber, das wegen der besonderen Lage des Hauses nicht auf einen Garten mit Säulengang hinausging, sondern über das untere Forum Romanum hinweg einen Ausblick auf das Kapitol bot. Oberhalb der Säulenhalle der zwölf Götter konnte Pompeius die Fundamente eines mächtigen Bauwerks erkennen: Sullas Tabularium, ein gigantisches Archiv, in dem sämtliche Aufzeichnungen und Gesetzestafeln Roms aufbewahrt werden sollten. Andere, dachte Pompeius verächtlich, bauen eine Basilika, einen Tempel oder eine Säulenhalle, aber Sulla baut ein Monument für Roms Bürokratie! Seine Phantasie hat keine Flügel. Sein patrizischer Hang zum Praktischen ist sein schwacher Punkt.

Philippus brach das Schweigen. »Ich wäre dankbar, wenn du für mich einen Chrysogonus finden könntest, Magnus. Das Problem ist nur, daß ich kein Sulla bin. Deshalb bezweifle ich, daß es mir gelingen wird, solch einen Mann zu kontrollieren.«

»Du bist nicht so schwach, wie du aussiehst, Philippus«, sagte der Meister des Takts. »Wenn ich den richtigen Mann finde, wirst du ihn auch unter Kontrolle haben. Du kannst nur keine Leute auswählen, das ist alles.«

»Und warum willst du das für mich tun, Magnus?«

»Oh, das ist nicht alles, was ich für dich zu tun gedenke«, sagte Pompeius und wandte sich lächelnd vom Fenster ab.

»Wirklich?«

»Vermutlich ist dein Hauptproblem, den Geldfluß in Gang zu halten. Du verfügst über einen beträchtlichen Besitz, und dir gehören mehrere Gladiatorenschulen. Aber da alles schlecht verwaltet ist, hast du nicht die Einkünfte, die du haben solltest. Ein Chrysogonus wird das regeln. Aber da du für deine kostspielige Lebensweise bekannt bist, werden höhere Einkünfte aus deinen Besitzungen und Schulen wahrscheinlich nicht immer ausreichen, um deine Bedürfnisse zu befriedigen.«

»Vortrefflich erkannt!« sagte Philippus, dem die Unterhaltung mittlerweile ungeheuren Spaß machte.

»Ich bin bereit, deine Einkünfte durch eine Million Sesterzen jährlich aufzubessern«, erklärte Pompeius sachlich.

Philippus schnappte nach Luft. »Eine Million?«

»Vorausgesetzt, du verdienst sie.«

»Und was muß ich dafür tun?«

»Im Senat eine Gnaeus-Pompeius-Magnus-Faktion bilden, die genügend Einfluß besitzt, damit ich jederzeit bekomme, was ich will.« Pompeius, der keine Scheu, Schuldgefühle oder Selbstzweifel kannte, fiel es nicht schwer, Philippus dabei in die Augen zu sehen.

»Warum wirst du nicht Mitglied im Senat und machst es selbst? Das wäre billiger!«

»Ich will nicht dem Senat angehören. Außerdem ist es besser, wenn ich im Hintergrund bleibe. Ich will nicht im Senat sitzen und die Senatoren auf die Idee bringen, ich könnte mich noch für etwas anderes interessieren als für die Belange eines römischen Ritters.«

»Du bist schlau!« sagte Philippus anerkennend. »Ich frage mich, ob Sulla alle Seiten an dir kennt.«

»Nun, vermutlich hat er wegen mir die Sondervollmacht in sein Gesetz über die Kommandogewalt und Statthalterschaft aufgenommen.«

»Du meinst, er führte die Sondervollmacht ein, weil du es ablehntest, Mitglied des Senats zu werden?«

»Ja.«

»Und deshalb willst du mich reich belohnen, wenn ich für dich im Senat eine Faktion schaffe. Das ist alles schön und gut. Aber die Bildung einer Faktion wird dich viel mehr kosten als das, was du mir zahlst, Magnus. Ich habe nicht vor, andere aus der eigenen Tasche zu bezahlen, denn was du mir gibst, gehört mir.«

»Na schön«, sagte Pompeius gleichmütig.

»Viele Senatoren zweiten Ranges sind arm. Sie werden dich nicht viel kosten, da du lediglich ihre Stimme brauchst. Aber du wirst auch einige Wortgewandte aus den vorderen Reihen kaufen müssen, ganz zu schweigen von denen in der Mitte.« Philippus wirkte nachdenklich. »Gaius Scribonius Curio ist relativ arm. Ebenso der adoptierte Cornelius Lentulus – Gnaeus Cornelius Lentulus Clodianus. Beide wollen unbedingt Konsul werden, aber ihnen fehlt das nötige Geld. Es gibt mehrere Lentuli, aber Lentulus Clodianus ist der Älteste dieses Zweigs. Er kontrolliert die Stimmen der Hinterbänkler in der Lentulus-Klientel. Curio ist eine Autorität für sich – ein interessanter Mann. Aber es wird eine Menge kosten, sie zu kaufen. Vermutlich eine Million für jeden. Falls Curio sich überhaupt verkauft. Für genügend Geld tut er es vermutlich, aber nicht blindlings und nicht ganz. Lucius Gellius Poplicola dagegen würde für eine Million seine Frau, seine Eltern und seine Kinder verkaufen.«

»Ich würde ihnen lieber eine jährliche Summe zahlen, so wie dir«, meinte Pompeius. »Ich könnte ihnen jetzt eine Million zahlen, ja, aber ich glaube, sie wären zufriedener, wenn sie wüßten, daß sie jedes Jahr eine Viertelmillion bekommen. In vier Jahren wäre das dann eine Million. Aber ich brauche sie länger als vier Jahre.«

»Du bist großzügig, Magnus. Manche könnten dich deshalb für töricht halten.«

»Ich bin nicht töricht!« stieß Pompeius hervor. »Ich erwarte etwas für mein Geld!«

Sie sprachen über die Logistik der Zahlungen und über die Summe, die erforderlich war, um die hinteren Reihen mit willigen, nein eifrigen Wählern des Pompeius zu füllen. Plötzlich lehnte Philippus sich mit einem Stirnrunzeln zurück und schwieg.

»Was ist?« fragte Pompeius ein wenig besorgt.

»Es gibt einen, ohne den schaffst du es nicht. Aber er hat bereits so viel Geld, daß er nicht weiß, was er damit anfangen soll. Deshalb ist er nicht käuflich, und aus dieser Tatsache schlägt er Kapital.«

»Du meinst Cethegus.«

»Ja.«

»Wie kann ich ihn herumkriegen?«

»Ich habe nicht die leiseste Ahnung.«

»Dann werde ich ihn am besten aufsuchen«, meinte Pompeius forsch.

»Nein!« rief Philippus erschrocken. »Cethegus ist ein Patrizier aus dem Geschlecht der Cornelii. Er ist so aalglatt und süßlich, daß du ihn dir zum Feind machen würdest. Er mag es nicht, wenn man direkt auf ihn zugeht. Überlaß ihn mir. Ich werde ihn aushorchen und feststellen, was er will.«

Zwei Tage später erhielt Pompeius von Philippus eine Nachricht. Sie bestand nur aus einem Satz: »Gib ihm Praecia, und er ist auf deiner Seite.«

Pompeius hielt das Stück Papier in die Flamme einer Kerze, bis es Feuer fing. Er zitterte vor Wut. Ja, das war typisch für Cethegus! Sein Lohn war die Demütigung seines künftigen Gönners. Pompeius sollte sich für ihn als Kuppler betätigen.

Pompeius verhielt sich gegenüber Mucia Tertia ganz anders als gegenüber Aemilia Scaura oder Antistia. Seine dritte Frau war ihren beiden Vorgängerinnen haushoch überlegen. Erstens hatte sie Verstand. Zweitens war sie geheimnisvoll; er wußte nie, was sie dachte. Und drittens war sie wunderbar im Bett – was für eine Überraschung! Glücklicherweise hatte er sich anfangs nicht zum Narren gemacht und sie seinen kleinen Pudding oder sein reizendes Honigtöpfchen genannt; zwar hatten ihm solche Koseworte auf der Zunge gelegen, aber etwas in ihrem Gesicht hatte sie im Keim erstickt, noch ehe er sie aussprechen konnte. Obgleich er für den jungen Marius nicht viel übrig hatte, war sie doch dessen Frau gewesen, und das war viel wert. Zudem war sie Scaevolas Tochter und Crassus Orators Nichte. Deshalb sagte ihm sein Instinkt, daß er Mucia Tertia als ebenbürtig behandeln mußte, und nicht wie eine Sklavin.

Als Pompeius Mucia Tertia aufsuchte, tat er, was er immer tat: Er gab ihr einen langen, leidenschaftlichen Kuß und streichelte dabei ganz sanft ihre Brustwarze. Dann setzte er sich ihr gegenüber, betrachtete sie mit einem liebevollen, ergebenen Lächeln und kam ohne Umschweife zum Thema.

»Wußtest du, daß ich in Rom eine Geliebte hatte?« fragte er.

»Welche?« erwiderte sie ernst und sachlich; Mucia Tertia lächelte selten.

»Demnach kennst du sie alle«, sagte er beruhigt.

»Nur die beiden bekanntesten. Flora und Praecia.«

Pompeius hatte Flora ganz vergessen. Einen Moment lang war er vollkommen verblüfft, dann lachte er. »Flora? Oh, das war vor langer Zeit.«

»Praecia war auch die Geliebte meines ersten Mannes«, sagte Mucia Tertia gelassen.

»Ja, das wußte ich.«

»Bevor oder nachdem du zu ihr gegangen bist?«

»Vorher.«

»Und es hat dir nichts ausgemacht?«

»Wenn ich nichts gegen seine Witwe habe, warum hätte ich dann etwas gegen seine ehemalige Geliebte haben sollen?« antwortete er prompt.

»Stimmt.« Sie hielt mehrere Stränge feinster Wolle näher ans Licht und prüfte sie eingehend. Auf ihrem Schoß lag eine Stickereiarbeit. Schließlich wählte sie unter den verschiedenen Rottönen den blassesten aus und riß ein Stück Faden ab. Sie befeuchtete das eine Ende des Fadens mit den Lippen, rollte es zwischen den Fingern und führte es durch ein großes Nadelöhr. Erst nachdem sie diese Arbeit erledigt hatte, wandte sie ihre Aufmerksamkeit wieder Pompeius zu. »Was wolltest du wegen Praecia sagen?«

»Ich werde im Senat eine Faktion bilden.«

»Sehr vernünftig.« Immer wieder stach sie die Nadel in den groben Stoff, auf dem ein kompliziertes, buntes Muster entstand; wenn die Arbeit fertig war, würde man nicht erkennen, wo die Fäden zusammentrafen. »Mit wem hast du angefangen, Magnus? Mit Philippus?«

»Ganz genau! Du bist wirklich wunderbar, Mucia!«

»Nur erfahren. Schließlich bin ich mit Politik aufgewachsen.«

»Philippus wird die Faktion für mich zusammenstellen«, fuhr Pompeius fort, »aber es gibt einen, den er nicht kaufen kann.«

»Cethegus«, sagte Mucia und begann, das Innere eines Schnörkels auszufüllen, dessen Umrisse bereits mit einem dunkleren Rot markiert waren.

»Wieder richtig. Cethegus.«

»Er ist wichtig.«

»So hat mir Philippus versichert.«

»Und was ist Cethegus' Preis?«

»Praecia.«

»Oh, ich verstehe.« Der Schnörkel war rasch fertig. »Dann hat Philippus es also dir überlassen, Praecia für den König der Hinterbänkler zu gewinnen?«

»Es sieht so aus.« Pompeius zuckte die Schultern. »Sie muß gut über mich sprechen, sonst hätte er sicher jemand anderen damit beauftragt.«

»Jedenfalls spricht sie besser über dich als über den jungen Gaius Marius.«

»Wirklich?« Pompeius' Gesicht hellte sich auf. »Oh, das ist gut!«

Mucia legte Stickerei und Nadel beiseite; ihre tiefgrünen, unergründlichen Rehaugen ruhten auf ihrem Gatten. »Besuchst du sie noch, Magnus?«

»Nein, natürlich nicht!« sagte Pompeius empört. Aber seine Erregung legte sich rasch, und er blickte sie unsicher an. »Hätte es dir etwas ausgemacht, wenn ich ja gesagt hätte?«

»Nein, natürlich nicht.« Sie nahm ihre Arbeit wieder zur Hand.

Pompeius wurde rot im Gesicht. »Du wärst nicht eifersüchtig?«

»Nein, natürlich nicht.«

»Dann liebst du mich nicht!« rief er, sprang auf und lief aufgeregt im Zimmer herum.

»Setz dich, Magnus.«

»Du liebst mich nicht!« rief er noch einmal.

Mucia seufzte und legte ihre Stickerei hin. »Setz dich, Gnaeus Pompeius! Natürlich liebe ich dich.«

»Wenn du es tätest, wärst du eifersüchtig«, sagte er und ließ sich in seinen Sessel fallen.

»Ich bin kein eifersüchtiger Mensch. Entweder man ist es, oder man ist es nicht. Und warum soll ich eifersüchtig sein?«

»Das wäre der Beweis, daß du mich liebst.«

»Nein, es wäre nur der Beweis, daß ich ein eifersüchtiger Mensch bin«, lautete ihre großartige Logik. »Denk daran, daß ich in einem unruhigen Haushalt aufgewachsen bin. Mein Vater hat meine Mutter wahnsinnig geliebt, und sie liebte ihn auch. Aber er war immer eifersüchtig, und sie ärgerte sich darüber. Schließlich trieben sie seine Launen in die Arme von Metellus Nepos. Er ist nicht eifersüchtig, und sie ist jetzt glücklich.«

»Willst du mich etwa davor warnen, auf dich eifersüchtig zu sein?«

»Ganz und gar nicht«, meinte sie gelassen. »Ich bin nicht meine Mutter.«

»Liebst du mich?«

»Ja, sehr.«

»Hast du den jungen Marius geliebt?«

»Nein, nie.« Der blaßrote Faden war aufgebraucht, und sie riß einen neuen ab. »Gaius Marius war kein treuergebener Ehemann so wie du. Treue Ergebenheit ist eine Eigenschaft, die der Liebe würdig ist.«

Ihre Worte beruhigten ihn, und er kehrte zum eigentlichen Thema zurück. »Die Sache ist die, Mucia, wie soll ich damit umgehen? Ich bin ein Vermittler – nein, warum darum herumreden? Ein Kuppler!«

Mucia kicherte – welch ein Wunder! »Ich begreife, wie schwierig deine Lage ist, Magnus.«

»Was soll ich tun?«

»Handle, wie es deinem Wesen entspricht. Nimm es in Angriff. Du verlierst nur dann die Kontrolle, wenn du darüber nachdenkst, was für eine Figur du dabei abgeben wirst. Also hör auf, dir Gedanken zu machen. Andernfalls wirst du alles verderben.«

»Ich soll also einfach zu ihr gehen und sie fragen?«

»Genau.« Sie fädelte erneut die Nadel ein und blickte dann zu ihm auf. »Mein Rat hat allerdings seinen Preis, mein lieber Magnus«, sagte sie mit dem Anflug eines Lächelns.

»So?«

»Ja. Du mußt mir ausführlich berichten, wie dein Gespräch mit Praecia verlaufen ist.«

Wie sich herausstellte, war der Zeitpunkt für die Unterredung günstig. Nach dem Verlust ihrer beiden Liebhaber, Marius Junior und Pompeius, war Praecia in Trübsinn verfallen und hatte jegliches Interesse an Männern verloren. Obwohl es ihr gutging und sie unabhängig bleiben wollte, war sie für stürmische Leidenschaften mittlerweile zu alt. Wie so viele ihrer weniger bekannten Geschlechtsgenossinnen, die sich der Liebeskunst verschrieben hatten, hatte Praecia im Laufe der Zeit gelernt, sich zu verstellen. Außerdem war sie eine ausgezeichnete Menschenkennerin und hochintelligent. Sie kannte ihre Überlegenheit und ihr Talent, einen Mann zufriedenzustellen, und sie war sich ihres Opfers sicher. Sie mischte sich gern in Dinge ein, die normalerweise wenig oder gar nichts mit Frauen zu tun hatten, vor allem, wenn es um Politik ging. Das war Balsam für Körper und Geist.

Als ihr Pompeius' Ankunft gemeldet wurde, beging sie nicht den Fehler, anzunehmen, er sei gekommen, um das Verhältnis mit ihr wiederaufzunehmen, obwohl es ihr in den Sinn kam, weil sie gehört hatte, daß seine Frau schwanger sei.

»Mein lieber, lieber Magnus!« begrüßte sie ihn freundlich, als er ins Zimmer trat, und streckte ihm die Hände entgegen.

Pompeius gab ihr einen flüchtigen Handkuß und setzte sich in einiger Entfernung von dem Sofa, auf dem sie ruhte, auf einen Stuhl. Der zufriedene Seufzer, den er dabei ausstieß, klang so gekünstelt, daß Praecia lächeln mußte.

»Nun, Magnus?« fragte sie.

»Tja, Praecia, wie ich sehe, ist alles perfekt wie immer. Ist bei dir jemals etwas nicht perfekt gewesen, selbst bei einem unerwarteten Besuch?«

Praecias *tablinum* – sie gab dem Raum denselben Namen, den ihm ein Mann gegeben hätte – war eine hinreißende Schöpfung in zartem Blau und Creme mit genau der richtigen Menge an Goldverzierungen. Sie selbst machte jeden Tag sorgfältig und ausgiebig Toilette, und danach war das Kunstwerk fertig. Heute war sie in ein Gewand aus zartem, graugrünem Stoff gehüllt, und ihr goldenes Haar trug sie hochgesteckt wie die Jagdgöttin Diana, mit ein paar Löckchen in der Stirn. Ihr ebenmäßiges Gesicht war kaum geschminkt; Praecia war viel zu klug, um sich grell zu bemalen, wo Fortuna es doch so gut mit ihr gemeint hatte, auch wenn sie mittlerweile vierzig war.

»Wie geht es dir?« fragte Pompeius.

»Ich bin gesund, aber schlechter Laune.«

»Warum schlechter Laune?«

Sie zuckte die Schultern und schmollte. »Was soll meine Laune denn heben? Du kommst nicht mehr, und sonst kommt auch niemand, der interessant wäre.«

»Ich bin wieder verheiratet.«

»Mit einer recht eigenartigen Frau.«

»Mucia, eigenartig? Ja, vermutlich ist sie das. Aber ich mag sie.«

»Das sieht dir ähnlich.«

Während Pompeius vergeblich nach Worten suchte, um Praecia zu sagen, was er zu sagen hatte, verharrte sie in halb sitzender, halb liegender Pose auf ihrem Sofa und sah ihn mit ihren großen blauen Augen spöttisch an.

»Ich bin es leid!« sagte Pompeius plötzlich. »Ich komme als Abgesandter, Praecia. Ich bin nicht in eigener Sache hier, sondern im Auftrag eines anderen.«

»Wie interessant!«

»Du hast einen Verehrer.«

»Ich habe viele Verehrer.«

»Aber keinen wie diesen.«

»Und was macht ihn so anders? Abgesehen davon, daß er es geschafft hat, dich als Kuppler zu mir zu schicken!«

Pompeius wurde rot. »Ich bin entlarvt, und es ist mir peinlich. Aber ich brauche ihn, und er braucht mich nicht. Deshalb bin ich in seinem Auftrag hier.«

»Das hast du bereits gesagt.«

»Laß die spitze Bemerkung! Ich leide schon genug. Es handelt sich um Cethegus.«

»Cethegus! So, so«, säuselte Praecia.

»Er ist sehr reich, sehr verdorben und sehr boshaft. Er hätte die Dreckarbeit auch selbst erledigen können, aber es macht ihm Spaß, mich zu schicken.«

»Es ist sein Preis, dich als seinen Kuppler fungieren zu lassen.«

»Ganz recht.«

»Anscheinend brauchst du ihn wirklich dringend.«

»Gib mir eine Antwort! Ja oder nein?«

»Bist du fertig mit mir, Magnus?«

»Ja.«

»Dann lautet meine Antwort ja.«

Pompeius erhob sich. »Ich dachte, du würdest nein sagen.«

»Unter anderen Umständen hätte ich gern nein gesagt, aber ehrlich gesagt langweile ich mich, Magnus. Cethegus besitzt Einfluß im Senat, und es macht mir Spaß, mit einflußreichen Männern zu verkehren. Außerdem sehe ich darin einen Vorteil für mich. Ich werde es so einrichten, daß diejenigen, die von Cethegus eine Gefälligkeit erwarten, ihre Beziehung zu mir pflegen müssen. Sehr schön!«

»Grr!« brummte Pompeius. Dann verabschiedete er sich.

Er wagte nicht, Cethegus selbst aufzusuchen; statt dessen ging er zu Lucius Marcius Philippus.

»Praecia ist bereit«, sagte er knapp.

»Ausgezeichnet, Magnus! Aber warum bist du so niedergeschlagen?«

»Er hat mich zu seinem Kuppler gemacht.«

»Es war bestimmt nicht persönlich gemeint.«

»Wohl kaum.«

Im Frühjahr desselben Jahres fiel Nola. Fast zwölf Jahre hatte sich die vom samnitischen Glauben geprägte Stadt in der Campania gegen Rom und Sulla behauptet und allen Belagerungen standgehalten, für die hauptsächlich der Konsul Appius Claudius Pulcher verantwortlich war. Folglich schickte Sulla Appius Claudius nach Süden, um Nolas Kapitulation entgegenzunehmen, und Appius Claudius war es ein Vergnügen, dem Magistrat der Stadt Sullas ungewöhnlich harte Bedingungen zu unterbreiten. Wie Capua, Faesulae und Volaterrae mußte auch Nola sämtliche Gebiete an den römischen *ager publicus* abtreten, und die Einwohner Nolas erhielten nicht das römische Bürgerrecht. Publius Sulla, der Neffe des Diktators, wurde mit der Verwaltung des Gebiets betraut – ein zusätzliches Ärgernis, da Publius Sulla im Jahr zuvor, anstatt die verworrenen Verhältnisse in Pompeji zu ordnen, durch seine schroffe Art die Lage dort nur noch verschlimmert hatte.

Für Sulla jedoch war die Unterwerfung Nolas ein Zeichen. Er konnte ruhig scheiden, auch wenn es den Ort, wo er seine Graskrone erworben hatte, nicht mehr gab. Im Mai und Juni wurde seine Habe langsam, aber stetig nach Misenum geschafft, und eine Kolonne von Bauhandwerkern war damit beschäftigt, die von ihm in Auftrag gegebenen Arbeiten an seinem Landgut fertigzustellen – ein kleines Theater, einen herrlichen Park mit kleinen bewaldeten Tälern, Wasserfällen und Springbrunnen, einen großen Teich und mehrere zusätzliche Räume, die für Feste und Bankette dienen sollten. Ganz zu schweigen von sechs feudalen Gästezimmern, über die ganz Misenum sprach. Ob Sulla wohl beabsichtigte, den König der Parther zu empfangen?

An Quintilis fand Sullas letzte Scheinwahl statt. Zu Catulus' Verdruß sollte er zweiter Konsul sein; zum ersten Konsul wurde Marcus Aemilius Lepidus bestellt, was niemand erwartet hatte, da dieser seit Sullas Übernahme der Diktatur im Senat eine unabhängige Haltung eingenommen hatte.

Zu Beginn des Monats zog Valeria Messala mit den Zwillingen auf das Landgut in der Campania. In Rom rechnete niemand mit Überraschungen. Sulla würde gehen, wie er gekommen war und wie er regiert hatte – in einer Atmosphäre der Achtung und Förmlichkeit. Rom war im Begriff, seinen ersten Diktator seit hundertzwanzig Jahren zu verlieren, und den ersten Diktator, der länger als sechs Monate im Amt war.

Die *ludi Apollinares,* die zum ersten Mal von Sullas entferntem Vorfahr abgehalten worden waren, kamen und gingen, ebenso wie die Wahlen. Am Tag nach den kurulischen Wahlen versammelte sich auf dem Forum Romanum eine riesige Menschenmenge, um dabei zu sein, wenn Sulla sein sich freiwillig auferlegtes Amt niederlegte. Er wollte dies öffentlich tun, und nicht in der Curia Hostilia des Senats – auf der Rostra, eine Stunde nach Tagesanbruch.

Er tat es mit Würde und beeindruckender Erhabenheit. Zunächst entließ er seine vierundzwanzig Liktoren mit außergewöhnlicher Liebenswürdigkeit und (für seine Verhältnisse) teuren Geschenken. Anschließend wandte er sich von der Rostra herab an die Menge, ehe er sich mit den Wählern zum Marsfeld begab, wo er die Aufhebung des Gesetzes des Flaccus Princeps Senatus überwachte, nach dem er zum Diktator ernannt worden war. Nach der Zenturiatsversammlung ging er, des Imperiums und der offiziellen *auctoritas* beraubt, als einfacher Bürger nach Hause.

»Ich möchte, daß einige von euch dabei sind, wenn ich Rom verlasse«, sagte er zu den Konsuln Vatia und Appius Claudius sowie zu Catulus, Lepidus, Cethegus und Philippus. »Seid morgen eine Stunde nach Tagesanbruch an der Porta Capena. Nirgendwo anders, wohlgemerkt! Seht zu, wie ich mich von Rom verabschiede.«

Natürlich gehorchten sie ihm aufs Wort. Sulla war zwar jetzt ein *privatus* ohne Amtsgewalt, aber er war viel zu lange Diktator gewesen, als daß man annehmen konnte, er habe keinerlei Einfluß mehr. Solange er lebte, war Sulla gefährlich.

Alle, die Sulla zur Porta Capena bestellt hatte, kamen, auch wenn seine besonderen Schützlinge – Lucullus, Mamercus und Pompeius – nicht in Rom weilten. Lucullus war mit den Vorbereitungen für seine Spiele im September beschäftigt, Mamercus war in Cumae, und Pompeius sah in Picenum der Geburt seines ersten Kindes entgegen. Als Pompeius später von den Ereignissen an der Porta Capena erfuhr, war er heilfroh, nicht dabeigewesen zu sein. Lucullus und Mamercus hingegen bedauerten ihre Abwesenheit.

Auf dem Marktplatz innerhalb des Tores wimmelte es von Leuten, die ihren verschiedenen Tätigkeiten nachgingen – kaufen, verkaufen, feilschen, unterrichten, herumbummeln, flirten, essen.

Natürlich wurden die Männer in den purpurn umsäumten Togen aufmerksam gemustert, und aus allen Richtungen ertönten die üblichen lautstarken Beschimpfungen gegen die Oberschicht. Die kurulischen Senatoren waren jedoch daran gewöhnt und nahmen keine Notiz davon. Sie stellten sich in die Nähe des Torbogens, warteten und plauderten miteinander.

Nach einer Weile erklang Musik – Pfeifen, Trommeln und Flöten vereinigten sich zu einer unverkennbar bacchantischen Weise. Die Menschen auf dem Platz blieben verdutzt stehen und bildeten eine Gasse, um den Zug durchzulassen, der jetzt aus der Richtung des Palatin auftauchte. An der Spitze gingen blumengeschmückte Huren in feuerroten Togen. Sie schlugen Tamburine gegen ihre Handgelenke und streuten Rosenblüten auf den Weg. Ihnen folgten Mißgeburten und Zwerge, die – teils mit bemalten Gesichtern, teils mit Masken – in bunten Narrenkleidern herumhüpften. Nach ihnen kamen die Musiker. Manche waren fast nur mit Blumen bekleidet, andere wie tänzelnde Satyre oder wunderliche Eunuchen herausgeputzt. In ihrer Mitte, umgeben von lachenden, tanzenden Kindern, trabte schwankend ein dicker, betrunkener Esel mit vergoldeten Hufen und einer Rosengirlande um den Hals; seine traurig herabhängenden Ohren ragten aus zwei Löchern in einem geflochtenen Hut mit breiter Krempe. Auf dem Rücken des Esels saß auf einer roten Decke der ebenfalls betrunkene Sulla und schwenkte einen goldenen Pokal, aus dem der Wein schwappte. Sulla trug eine mit Goldstickerei verzierte rote Tunika aus Tyros, und um den Hals und auf dem Kopf hatte er Blumen. Neben dem Esel ging eine schöne Frau, die in Wirklichkeit ein Mann war. Durch sein dichtes schwarzes Haar zogen sich silberne Fäden, und seine unweibliche Gestalt war in ein halb durchsichtiges safrangelbes Frauengewand gehüllt. Er trug einen großen goldenen Weinkrug, und jedes Mal, wenn Sulla ihm den Pokal hinhielt, schenkte er nach.

Da es auf dem Weg zum Tor bergab ging, kamen die Teilnehmer des Zuges in Schwung und waren nicht zu bremsen. Als der Torbogen unvermittelt vor ihnen auftauchte und Sulla schrie, sie sollten anhalten, kam der Zug so abrupt zum Stehen, daß alle schreiend und kreischend durcheinanderpurzelten. Die Frauen strampelten mit den Beinen in der Luft, so daß man ihre behaarte Scham sehen konnte. Der Esel taumelte und prallte gegen die Mauer eines Brunnens. Sulla schwankte, wurde aber von der Karikatur eines Krugträgers festgehalten und ließ sich schließlich in dessen starke Arme fallen. Nachdem der Diktator sich wieder aufgerichtet hatte, ging er auf die Gruppe der verblüfften Senatoren zu. Als er an einem Paar wild zappelnder, hübscher Frauenbeine vorbeikam, bückte er sich und schob, zum großen Vergnügen und zur sichtlichen Erregung der Frau, seine Hand zwischen ihre Beine.

Während sein Gefolge sich wieder aufrappelte und der Zug sich zur großen Freude der versammelten Menge unter Singen und Tanzen neu formierte, trat Sulla, auf seinen schönen Begleiter gestützt und den Weinpokal schwenkend, vor die Konsuln und begrüßte sie überschwenglich.

»*Tacete!*« schrie Sulla, und der Gesang und die Musik verstummten. Keiner sprach mehr ein Wort.

»Nun ist er endlich da!« rief er – an wen seine Worte gerichtet waren, wußte niemand genau: Vielleicht rief er sie zum Himmel hinauf. »Mein erster Tag als freier Mann!«

Sulla ließ den goldenen Pokal in der Luft kreisen, und sein rot bemalter Mund verzog sich zu einem strahlenden Lächeln. Sein Gesicht unter der albernen rötlichbraunen Perücke war weiß geschminkt, so daß die Narben nicht zu sehen waren. Die Wirkung war nicht so, wie er vielleicht gehofft hatte, da die roten Konturen seines Mundes in die vielen Falten unter der Nase und am Kinn zerflossen. Aber Sulla lächelte andauernd. Er war betrunken, und es kümmerte ihn nicht.

»Mehr als dreißig Jahre habe ich meine wahre Natur verleugnet«, sagte er zu Vatia und Appius Claudius, die ihn verdutzt ansahen. »Ich habe auf Liebe und Vergnügen verzichtet – zuerst meines Rufes und meines Ehrgeizes wegen und später, als alles seinen Gang nahm, Rom zuliebe. Aber das ist jetzt endgültig vorbei! Hiermit gebe ich euch Rom zurück – euch anmaßenden, schrulligen Männern! Ihr dürft eure Wut wieder an eurem armen Land auslassen, indem ihr die falschen Männer wählt, öffentliche Gelder sinnlos verschleudert, den Blick nicht in die Zukunft richtet und nur euch selbst seht. Ich prophezeie euch, daß ihr und eure Nachkommen Rom in den nächsten dreißig Jahren rettungslos ruinieren werdet.«

Zärtlich berührte seine Hand das Gesicht seines Begleiters. »Jeder von euch, der ins Theater geht, weiß natürlich, wer das ist. Metrobius. Mein Freund, für immer und ewig.« Er drehte sich um, zog Metrobius' Kopf zu sich herab und küßte ihn auf den Mund.

Sulla bekam einen Schluckauf. Kichernd ließ er sich zu seinem betrunkenen Esel führen und auf dessen Rücken heben. Der bunte Zug formierte sich neu, passierte das Tor und bewegte sich, gefolgt von einer jubelnden Menge, die Via Latina und Via Appia entlang.

Vatia brach in lautes Schluchzen aus, und die Senatoren wußten nicht, wohin sie sich wenden sollten. Schließlich gingen sie einzeln oder zu zweit davon, und Appius Claudius versuchte, den niedergeschlagenen Vatia zu trösten.

»Ich glaube es einfach nicht!« sagte Cethegus zu Philippus.

»Ich denke, es bleibt uns nichts anderes übrig«, meinte Philippus. »Deshalb hat er uns zu dieser lächerlichen Parade eingeladen. Wie sonst hätte er uns von seinen Fesseln befreien können?«

»Uns befreien? Was meinst du damit?«

»Du hast es ja gehört. Mehr als dreißig Jahre hat er seine wahre Natur verleugnet. Er hat mich und alle wichtigen Leute zum Narren gehalten. Und wie vorzüglich hat er sich heute für seine verpfuschte Kindheit gerächt! Rom wurde von einem abnormen Individuum beherrscht, gelenkt und geheilt. Wir wurden von einem Scharlatan betrogen. Wie muß er insgeheim über uns gelacht haben!«

Sulla lachte tatsächlich. Er lachte den ganzen Weg bis nach Misenum, wohin er sich in einer blumengeschmückten Sänfte tragen ließ, mit Metrobius an seiner Seite und begleitet von einer ausgelassenen Gesellschaft. Er hatte alle auf sein Landgut eingeladen; dort durften sie so lange bleiben, wie sie wollten. Dem Zug hatten sich neben dem Komödianten Roscius und dem Possenspieler Sorex noch viele weniger bekannte Schauspieler angeschlossen. Die lustige Gesellschaft fiel in das neu renovierte Landgut ein, das einst ein passendes Heim für Cornelia, die Mutter der Gracchen, gewesen war, und stürmte ehrfurchtslos die geheiligten Pforten.

»Liber Pater!« rief sein Gefolge und warf ihm Kußhände zu, als er aus der Sänfte stieg, und die Musiker bliesen auf ihren

Pfeifen kurze Triller. Sulla, der alles nur noch halbwegs wahrnahm, lachte wiehernd und stieß Freudenschreie aus.

Das Fest dauerte einen Wochenmarkt lang. Es wurde ungeheuer viel gegessen und getrunken, und von den umliegenden Gütern und aus den Dörfern strömten unzählige ungeladene Gäste herbei. Ihr Gastgeber schloß sie ins Herz und ließ sie sexuelle Freuden erleben, die ihnen bislang unbekannt gewesen waren.

Nur Valeria wurde auf eigenen Wunsch von allem ausgeschlossen. Sie hatte sich bei der Ankunft ihres Mannes in ihre Räume geflüchtet, sich eingeschlossen und geweint. Nachdem Metrobius sie überredet hatte, die Tür zu öffnen, meinte er: »Es wird nicht immer so unerträglich sein. Aber er hat sich schon so lange auf dieses Fest gefreut, daß du ihn gewähren lassen mußt. In ein paar Tagen wird er es büßen müssen – er wird sich furchtbar elend fühlen und überhaupt keine Lust mehr haben, im Mittelpunkt zu stehen.«

»Du bist sein Geliebter«, sagte Valeria völlig verzweifelt.

»Ich bin schon länger sein Geliebter, als du Tage erlebt hast«, sagte Metrobius freundlich. »Ich gehöre zu ihm. Das war immer so. Aber auch du gehörst zu ihm.«

»Liebe zwischen Männern ist widerlich!«

»Unsinn. Das haben dir dein Vater, dein Bruder und deine Vettern erzählt. Woher willst du das wissen? Was hast du in der trostlosen Enge und Abgeschiedenheit einer römischen Adligen schon vom Leben erfahren, Valeria Messala? Meine Gegenwart bedeutet nicht, daß er dich nicht braucht, ebensowenig wie deine Gegenwart bedeutet, daß er mich nicht braucht. Wenn du bleiben willst, mußt du dich damit abfinden, daß es in Sullas Leben viele Lieben gab und noch immer gibt.«

»Ich habe keine große Auswahl«, sagte sie wie zu sich selbst. »Entweder kehre ich in das Haus meines Bruders zurück, oder ich lerne, inmitten dieser wilden Horde zu leben.«

»So ist es«, sagte er und lächelte sie verständnisvoll an. Dann beugte er sich zu ihr und streichelte ihren Nacken, als wüßte er, daß dieser von der Anstrengung, das stolze Patrizierhaupt hochzuhalten, schmerzte.

»Du bist viel zu gut für ihn«, sagte sie und wunderte sich über sich selbst.

»Alles, was ich bin, verdanke ich ihm«, sagte Metrobius ernst. »Wenn er nicht gewesen wäre, wäre ich nichts weiter als ein Schauspieler.«

»Nun, anscheinend bleibt mir keine andere Wahl, als mich diesem Zirkus anzuschließen. Aber, wenn du nichts dagegen hast, nicht auf dem Höhepunkt. Ich habe nicht die Kraft oder die Ausdauer für solchen Trubel. Wenn du meinst, er braucht mich, dann sag mir Bescheid.«

Dabei ließen sie es bewenden. Wie Metrobius vorausgesagt hatte, bekam Sulla eine Woche nach Beginn des Gelages Beschwerden, und die Gäste wurden nach Hause geschickt. Der Possenspieler Sorex und der Komödiant Roscius zogen sich in ihre Zimmer zurück, während Valeria, Metrobius und Lucius Tuccius sich um den kranken Sulla kümmerten. Manchmal war er ein dankbarer, manchmal aber auch ein schwieriger Patient.

Nachdem der ehemalige Diktator sich wieder etwas erholt hatte, begann er, seine Memoiren zu schreiben; ein Lobgesang, so erklärte er Valeria und Metrobius, auf Rom und auf Männer wie Catulus Caesar – sowie auf sich selbst –, aber auch ein metaphorischer Anschlag auf Gaius Marius, Cinna, Carbo und deren Anhänger.

Am Ende des alten Jahres und am Ende des Konsulats von Vatia und Appius Claudius hatte sich Sulla in Misenum installiert. Die ganze Villa fügte sich seinen Launen. Für eine Weile schrieb er an seinen Memoiren. Immer wenn ihm eine besonders treffende und bösartige Wendung auf Gaius Marius' Kosten einfiel, lachte er leise in sich hinein; während er das Buch über den Krieg gegen Jugurtha verfaßte, bereitete ihm der Gedanke Vergnügen, daß er jetzt mit eigenen Worten zugeben konnte, daß Jugurthas Gefangennahme und die erfolgreiche Beendigung des Krieges sein persönlicher Verdienst waren – und daß Marius diese Tatsache absichtlich vertuscht hatte. Danach legte er Feder und Papier beiseite und inszenierte private Komödien und Possenspiele oder gab ein großes Fest, das zuweilen eine ganze Marktwoche dauerte. Dank seiner reichen Phantasie sorgte er stets für Abwechslung. Zu seinem Programm gehörten Scheinjagden mit nackten Knaben und Mädchen als Beute, Wettbewerbe um die bizarrste Stellung beim Geschlechtsverkehr sowie ausgeklügelte Scharaden, bei denen die

Teilnehmer sich nahezu beliebig kostümieren konnten. Sulla veranstaltete lustige Feste und Nacktpartys bei Mondschein, oder er lud bei Tag Gäste ein, die entzückt zusahen, wie sich nackte Jünglinge und Mädchen in dem großen Schwimmbecken aus weißem Marmor vergnügten. Sein Einfallsreichtum und seine Vorliebe für Neuheiten sexueller Art schienen unerschöpflich.

Es gab jedoch keinen Zweifel, daß sich Sullas Gesundheitszustand allmählich verschlechterte. Nach der Jahreswende nahm seine Potenz zusehends ab; Ende Februar konnte ihn nichts mehr in Erregung versetzen. Danach sank seine Stimmung rapide.

Seit dem Umzug nach Misenum suchte nur einer seiner hochgeborenen römischen Freunde Sullas Gesellschaft – Lucullus. Er war während des Quintilis mit seinem Bruder in Africa gewesen, um dort das Einfangen wilder Tiere für die Spiele im September persönlich zu überwachen. Als er Mitte des Monats Sextilis nach Rom zurückkehrte, wurde durch Berichte über die jüngsten Ausschweifungen auf dem Landgut in Misenum dem Aufruhr in der Stadt immer neue Nahrung gegeben.

»Ihr alle, die ihr über ihn urteilt, solltet erst einmal vor eurer eigenen Tür kehren«, erklärte Lucullus. »Sulla kann tun und lassen, was er will.«

Aber erst einige Tage nach dem Ende der *ludi Romani* fand Lucullus Zeit, Sulla zu besuchen. Er traf ihn in einem lichten Augenblick an; Sulla arbeitete an seinen Memoiren und schwelgte in Schadenfreude darüber, was er dem Ruf und den Taten des Gaius Marius damit antat.

»Du bist der einzige, Lucullus«, sagte er, und für einen Moment war in den wäßrigen, schmerzerfüllten Augen eine Spur des alten Sulla zu entdecken.

»Niemand hat ein Recht, dich zu kritisieren!« sagte Lucullus naserümpfend. »Du hast für Rom auf alles verzichtet.«

»Stimmt. Und ich leugne nicht, daß es schwer war. Aber, lieber Freund, wenn ich mich all die Jahre nicht selbst verleugnet hätte, hätte ich an den gegenwärtigen Ausschweifungen nicht halb so viel Freude!«

»Ich verstehe sehr wohl, wo die Reize liegen.« Lucullus' Blick folgte den Bewegungen eines jungen Mädchens, das gerade vor Sullas Fenster nackt in der Sonne tanzte.

»Du liebst junges Blut, nicht wahr?« Sulla kicherte, beugte sich vor und ergriff Lucullus' Arm. »Sieh dir lieber ihren Tanz bis zu Ende an. Danach kannst du mit ihr spazierengehen.«

»Was hast du mit ihren Müttern gemacht?«

»Nichts. Ich kaufe sie ihren Müttern ab.«

Lucullus blieb. Und er kam noch oft wieder.

Im März war Sullas Leidenschaft schließlich erloschen, und es war außerordentlich schwierig, mit ihm fertigzuwerden, selbst für Metrobius und Valeria, die gelernt hatten, zusammenzuarbeiten. Irgendwie – sie wußte nicht genau wie – hatte Valeria bemerkt, daß sie schwanger war. Von Sulla, so hoffte sie. Aber sie konnte es ihm nicht sagen, und sie hatte Angst vor dem Tag, an dem ihr Zustand offensichtlich wurde. Es war um die Jahreswende passiert. Lucullus hatte ein paar sonderbare Pilze mitgebracht, die angeblich aus Africa stammten, und die engsten Freunde, darunter Valeria, hatten davon gegessen. Sie erinnerte sich dunkel, daß alle Anwesenden sich mit ihr amüsiert hatten, von Sulla über Sorex bis zu Metrobius. Es war der einzige Vorfall dieser Art gewesen, und als sie sich der entsetzlichen Folgen bewußt wurde, bekam sie Angst.

Sullas Wutanfälle waren schrecklich. Er schrie und tobte stundenlang, und man mußte aufpassen, daß er denen, die ihm in die Quere kamen, keinen Schaden zufügte, angefangen von den Kindern, die als Spielzeug für seine Freunde dienten, bis hin zu den alten Frauen, welche die Wäsche wuschen und saubermachten. Diejenigen, die ihn daran hinderten, wußten nur zu gut, daß sie sich damit selbst in Gefahr brachten.

»Man darf nicht zulassen, daß er Menschen tötet!« rief Metrobius.

»Ich wünschte, er würde sich mit dem, was ist, abfinden«, sagte Valeria unter Tränen.

»Du bist heute irgendwie verändert, Herrin.«

Das war eine unkluge Bemerkung; es brach aus Valeria heraus, und sie erzählte von ihrer Schwangerschaft. Auch Metrobius erinnerte sich daran, was vorgefallen war.

»Wer weiß«, meinte er lachend, »vielleicht bin sogar ich der Vater. Die Chancen stehen eins zu vier.«

»Fünf.«

»Vier, Valeria. Das Kind kann unmöglich von Sulla sein.«

»Er wird mich umbringen!«

»Nimm jeden Tag, wie er kommt, und sag Sulla nichts«, meinte der Schauspieler mit Entschiedenheit. »Die Zukunft ist unerforschlich.«

Kurze Zeit später bekam Sulla Schmerzen in der Lebergegend, die ihn nicht zur Ruhe kommen ließen. Tag und Nacht ging er schleppenden Schrittes das Atrium auf und ab, unfähig zu sitzen, zu liegen oder zu ruhen. Nur in dem Bad aus weißem Marmor neben seinem Zimmer fand er ein wenig Erleichterung, bis der ganze Kreislauf wieder von vorn begann und er das Atrium auf und ab schritt. Er litt solche Qualen, daß er jammerte und wimmerte und daran gehindert werden mußte, seinen Kopf gegen die Wand zu schlagen.

»Der dumme Kerl, der seinen Nachttopf leert, hat das Gerücht verbreitet, Lucius Cornelius werde von Würmern aufgefressen«, sagte Tuccius, der Arzt, mit verächtlichem Blick zu Metrobius und Valeria. »Offen gesagt, die Unkenntnis der meisten Leute im Hinblick auf die Körperfunktionen und die Symptome einer Krankheit treibt mich fast zum Wahnsinn! Bis der Schmerz anfing, benutzte Lucius Cornelius die Latrine. Aber jetzt braucht er einen Nachttopf, und dessen Inhalt wimmelt von Würmern. Meint ihr, ich könnte den Dienern begreiflich machen, daß Würmer etwas Natürliches sind, daß jeder sie hat und daß sie ein Leben lang in unseren Eingeweiden hausen? Nein!«

»Die Würmer fressen nicht?« flüsterte Valeria. Ihr Gesicht war kreidebleich.

»Nur das, was wir bereits gegessen haben«, erwiderte Tuccius. »Wenn ich das nächste Mal nach Rom komme, werde ich dort sicher dieselbe Geschichte zu hören bekommen. Diener sind die größten Klatschmäuler.«

»Ich glaube, du hast mich beruhigt«, sagte Metrobius.

»Das war nicht meine Absicht. Ich wollte euch nur vor den Geschichten der Diener warnen, falls sie euch zu Ohren kommen. Die Realität ist ernst genug. Sein Urin schmeckt süßer als Honig, und seine Haut riecht nach reifen Äpfeln.«

Metrobius verzog das Gesicht. »Du hast tatsächlich seinen Urin gekostet?«

»Ja, aber erst nachdem ich einen alten Trick angewandt hatte, den ich als Kind von einer weisen Frau gelernt habe. Ich tat etwas von seinem Urin in eine flache Schüssel und stellte sie ins Freie. Alle möglichen Insekten schwirrten herbei und tranken davon. Lucius Cornelius scheidet konzentrierten Honig aus.«

»Und verliert sichtlich an Gewicht«, sagte Metrobius.

Valeria hielt den Atem an und schluckte trocken. »Wird er sterben?«

»Ja«, erwiderte Lucius Tuccius. »Abgesehen von dem Honig – ich weiß nicht, was es bedeutet, nur, daß es tödlich ist – ist seine Leber krank. Zu viel Wein.«

Metrobius' Augen füllten sich mit Tränen. Seine Lippen zitterten, und er seufzte. »Das war zu erwarten.«

»Was sollen wir tun?« fragte Valeria.

»Abwarten, Herrin.« Sie sahen zu, wie Lucius Tuccius davonging, um sich um seinen Patienten zu kümmern. Dann sagte Metrobius ohne eine Spur von Traurigkeit: »Ich habe ihn so viele Jahre geliebt. Vor langer Zeit bat ich ihn einmal, bei ihm bleiben zu dürfen, auch wenn ich dafür mein angenehmes Leben gegen ein hartes hätte eintauschen müssen. Er lehnte ab.«

»Er hat dich zu sehr geliebt«, meinte Valeria sentimental.

»Nein! Er war in die Vorstellung von seiner patrizischen Herkunft verliebt. Er wußte, was er wollte, und das zählte weit mehr als ich.« Metrobius drehte sich um und blickte sie mit hochgezogenen Brauen an. »Hast du noch nicht begriffen, daß Liebe für verschiedene Menschen verschiedene Bedeutungen hat und daß sie nicht immer im gleichen Maß erwidert wird? Ich habe ihm nie Vorwürfe gemacht. Wie sollte ich auch? Schließlich stecke ich nicht in seiner Haut. Immerhin hat er mich vor seinen Kollegen anerkannt, auch wenn er mich so oft weggeschickt hat. ›Mein Freund!‹ Ich würde alles noch einmal erdulden, nur um zu hören, wie er zu Männern wie Vatia und Lepidus diese Worte sagt.«

»Er wird mein Kind nicht mehr sehen.«

»Ich bezweifle sogar, daß er die Zunahme deines Leibesumfangs noch erleben wird, Herrin.«

Auf den furchtbaren Schmerz folgte eine neue Marotte. Diesmal ging es um die finanzielle Notlage der Stadt Puteoli. Puteoli war nicht weit von Misenum entfernt und wurde von der Familie Granius beherrscht, die dort seit Generationen die Bankgeschäfte führte und viele Schiffe besaß. Ein Beamter der Stadt, der nichts von Sullas Ausschweifungen wußte – geschweige denn von seinen vielen Gebrechen –, suchte um eine Unterredung nach. Er wollte Sulla davon unterrichten, daß ein gewisser Quintus Granius der Stadtkasse eine große Summe schulde, aber die Zahlung verweigere, und Sulla um Hilfe bitten.

Der Name Granius war Sulla ebenso verhaßt wie der Name Gaius Marius. Tatsächlich bestanden zwischen den Marii, den Gratidii, den Tullii aus Arpinum und den Granii aus Puteoli enge verwandtschaftliche Beziehungen; Gaius Marius' erste Frau war eine Grania gewesen. Deshalb waren mehrere Granii in die Verbannung geschickt worden, und die, die nicht verbannt wurden, verhielten sich ruhig, für den Fall, daß Sulla sich an sie erinnerte. Zu denen, die glücklich entkommen waren, gehörte auch Quintus Granius, der jetzt von einem Trupp Sullaner in Gewahrsam genommen und zu Sulla nach Misenum gebracht wurde.

»Ich bin diese Summe nicht schuldig«, beteuerte Quintus Granius hartnäckig. Seine Haltung verriet, daß er nicht nachgeben wollte.

Sulla saß erhaben in seinem Amtssessel und starrte Granius wütend an. »Du wirst tun, was der Magistrat von Puteoli verlangt! Du wirst bezahlen!«

»Nein. Man soll mich in Puteoli vor Gericht stellen und den Fall untersuchen.«

»Bezahle, Granius!«

»Nein!«

Sulla erhob sich, zitternd vor Wut und die Hände zur Faust geballt. »Bezahle, Granius, oder ich lasse dich hier und jetzt aufhängen!«

»Du magst vielleicht Diktator von Rom gewesen sein«, sagte Quintus Granius verächtlich, »aber heute hast du nicht mehr Autorität als ich und kannst mir nichts befehlen. Geh wieder zu deinen Zechkumpanen und laß Puteoli seine Probleme selbst lösen!«

Sulla öffnete den Mund, um den Befehl zu geben, Granius aufzuhängen, aber er brachte keinen Ton heraus. Ein Schwächeanfall überkam ihn, und ihm war schrecklich übel und schwindlig. Es kostete ihn Mühe, sich aufrecht zu halten, aber er schaffte es, und sein Blick wanderte zu dem Hauptmann der wartenden Sullaner. »Hängt diesen Kerl auf«, flüsterte er.

Noch ehe der Hauptmann etwas tun konnte, öffnete sich Sullas Mund erneut. Er spuckte Blut; es spritzte nach allen Seiten und lief ihm sogar über die schneeweiße, zerfurchte Stirn. Dann kam schon der nächste Schwall. Er würgte schrecklich und spie noch eine dunkelrote Fontäne aus. Während er langsam auf die Knie sank, rannten die Männer vor Entsetzen davon, weil sie meinten, Sulla werde von Würmern aufgefressen.

Wenige Augenblicke später waren Lucius Tuccius, Metrobius und eine bleiche Valeria bei ihm. Sullas Zustand war sehr ernst; er spuckte immer noch Blut. Während sein Geliebter ihm den Kopf hielt, kauerte seine Frau zitternd neben ihm am Boden und wußte nicht, was sie tun sollte. Auf Tuccius' Befehl hin brachten Diener Handtücher. Mit weit aufgerissenen Augen registrierten sie den Zustand des Zimmers und die schlechte Verfassung ihres Herrn, der würgte, Blut ausspie und zu sprechen versuchte und Metrobius' blutverschmierten Arm mit beiden Händen wie ein Schraubstock umklammerte.

Keiner kümmerte sich mehr um Quintus Granius. Während die Sullaner sich entsetzt zusammendrängten und ihr Hauptmann versuchte, ihnen Mut zu machen, verließ der Bankier aus Puteoli unbemerkt das Haus, schwang sich auf sein Pferd und ritt davon.

Es verging eine Weile, ehe Sulla sich so weit erholt hatte, daß Metrobius ihn vom Boden hochheben und aus dem mit Blutspritzern übersäten Zimmer tragen konnte. Die Sullaner machten sich aus dem Staub und überließen es den Dienern, Ordnung in das Chaos zu bringen.

Sulla war die ganze Zeit bei vollem Bewußtsein, und das Schlimmste für ihn war, daß ihm ständig Blut die Kehle hochstieg, auch wenn er nicht würgte. In einem Anfall von Angst und Hilflosigkeit klammerte er sich an Metrobius und starrte mit verzweifeltem, flehendem Blick in das geliebte Antlitz. Nur so konnte er sich noch verständlich machen. Aus dem Augenwinkel heraus sah er Valerias bleiches, ängstliches Gesicht mit den verblüffend lebhaften blauen Augen und die starre Miene seines Arztes.

Ist das das Ende, fragte er sich, obwohl er es genau wußte.

Aber so will ich nicht sterben! Spuckend und atemlos, schmutzig und unfähig, meinen widerspenstigen Körper dazu zu zwingen, die Sache mit Selbstbeherrschung und angemessener Würde hinter mich zu bringen. Ich war der ungekrönte König von Rom. Ich empfing in Nola die Graskrone. Ich war der bedeutendste Mann zwischen Ozean und Indus. Laß mein Sterben all dieser Dinge würdig sein! Laß es keinen Alptraum aus Blut, Sprachlosigkeit und Angst werden!

Er dachte an Julilla, die allein in ihrem Blut gestorben war. Und an Nicopolis, der weniger blutig, aber qualvoller gestorben war. Und an Clitumna, der sich den Hals und die Glieder gebrochen hatte. Metellus Numidicus, puterrot im Gesicht und nach Luft ringend – ich wußte nicht, wie furchtbar das ist! Delmatica, die sich an die Göttin Juno Sospita wandte und seinen Namen rief. Sein Sohn, das Licht seines Lebens, Julillas Junge, der ihm mehr bedeutet hatte als irgend jemand sonst ... Auch er war erstickt.

Ich habe Angst. Große Angst! Das hätte ich nie gedacht. Es ist unumgänglich, es läßt sich nicht vermeiden, es ist bald vorbei, und ich werde nie wieder sehen, hören, fühlen oder denken. Ich werde niemand sein. Nichts. Der Tod kennt keinen Schmerz und keine Träume. Er ist ein ewiger Schlaf. Ich, Lucius Cornelius Sulla, der ungekrönte König von Rom, werde sterben und nur in den Herzen der Menschen weiterleben. Denn nur, wenn man von den Lebenden nicht vergessen wird, ist man unsterblich. Bis auf ein kleines Buch habe ich meine Memoiren abgeschlossen. Für künftige Geschichtsschreiber mehr als genug, um ein Urteil über mich zu fällen. Und mehr als genug, um Gaius Marius für alle Ewigkeit zu vernichten. Er hat keine Memoiren geschrieben. Aber ich. Deshalb werde ich gewinnen. Ich habe schon gewonnen! Von all meinen Siegen bedeutet mir der Sieg über Gaius Marius am meisten.

Sulla spuckte noch ungefähr eine Stunde lang Blut und litt schreckliche Qualen. Dann kam die Blutung zum Stillstand, und er erholte sich etwas. Er war bei vollem Bewußtsein und sah Metrobius, Valeria und Lucius Tuccius so deutlich, als sei ihm am Ende der wichtigste aller Sinne zurückgegeben worden, um sein Sterben in den Gesichtern, die ihm am meisten vertraut waren, widerzuspiegeln. Es gelang ihm zu sprechen.

»Mein Testament. Laßt Lucullus kommen. Er soll es nach meinem Tod lesen. Er ist mein Testamentsvollstrecker und der Vormund meiner Kinder.«

»Ich habe bereits nach ihm geschickt, Lucius Cornelius«, sagte der griechische Schauspieler leise.

»Habe ich dir genug gegeben, Metrobius?«

»Immer, Lucius Cornelius.«

»Ich weiß nicht, was Liebe ist. Aurelia sagte immer, ich wisse es, erkenne es aber nicht. Ich bin nicht so sicher. Neulich träumte ich von Julilla und unserem Sohn. Er kam zu mir und bat mich, zu seiner Mutter zu gehen. Da hätte ich es wissen müssen. Aber ich weinte nur. Ihn habe ich geliebt. Mehr als ich mich selbst liebte. Oh, wie sehr habe ich ihn vermißt!«

»Dem wird bald abgeholfen, lieber Lucius Cornelius.«

»Ein Grund, sich auf den Tod zu freuen.«

»Willst du noch etwas?«

»Nur innere Ruhe. Ein Gefühl von … Erfüllung.«

»Du hast Erfüllung gefunden.«

»Mein Leichnam.«

»Dein Leichnam, Lucius Cornelius?«

»Die Cornelii wurden alle begraben. Aber ich will das nicht, Metrobius. Es steht zwar in meinem Testament, aber du mußt Lucullus versichern, daß es mir Ernst damit ist. Wenn mein Leichnam in ein Grab gelegt wird, könnte etwas von Gaius Marius' Asche darauf liegen bleiben. Ich habe sie verstreut. Das hätte ich nicht tun sollen. Wer weiß, wo sie verborgen liegt und darauf wartet, mich zu beschmutzen? Sie trieb den Anio hinunter und überzog das Wasser wie Staub. Aber als ein Wind aufkam, wurde die noch trockene Asche auf der Wasseroberfläche fortgeweht. Deshalb kann ich nicht sicher sein. Ich muß verbrannt werden. Du mußt Lucullus sagen, daß es mir Ernst damit ist. Meine Asche soll unter einer luftdichten Haube gesammelt werden, damit Gaius Marius nicht an sie herankommt. Anschließend soll sie in ein Gefäß gefüllt werden, das versiegelt werden muß. Ich werde der einzige Cornelius sein, der verbrannt wird.«

»Es wird alles geschehen, wie du es willst, das verspreche ich dir.«

»Laß mich verbrennen, Metrobius! Lucullus soll mich verbrennen!«

»Ja, Lucius Cornelius.«

»Ich wünschte, ich wüßte, was Liebe ist!«

»Aber du weißt es doch, natürlich weißt du es! Aus Liebe hast du deine wahre Natur verleugnet und dich Rom verschrieben.«

»Ist das Liebe? Das kann nicht Liebe sein. Trocken wie Staub. Trocken wie meine Asche. Der einzige Cornelius, der verbrannt und nicht begraben wird.«

Die prallen, geplatzten Blutgefäße in seinem Schlund hatten noch nicht aufgehört zu bluten, und kurz darauf spuckte Sulla wieder stundenlang Blut. Er wurde immer schwächer. In den nur noch seltenen lichten Augenblicken flehte er Metrobius immer wieder an, dafür zu sorgen, daß auch kein noch so winziges Stäubchen von Gaius Marius mit seinen sterblichen Überresten in Berührung kam. Dann fragte er wieder, was Liebe sei und warum er es nicht wisse.

Lucullus kam noch rechtzeitig, um Sulla sterben zu sehen; allerdings konnte dieser nicht mehr sprechen und war nicht mehr bei Bewußtsein. Die eigenartig blaßblauen Augen mit dem äußeren dunklen Ring und den tiefschwarzen Pupillen hatten ihr bedrohliches Aussehen verloren und wirkten fahl und müde. Er atmete so schwach, daß man einen Spiegel vor seinen Mund halten mußte, um zu erkennen, ob er noch lebte. Seine Haut war wegen des hohen Blutverlusts noch blasser als sonst. Aber das Narbengewebe leuchtete dunkelrot, der kahle Schädel hatte an Spannkraft verloren und kräuselte sich wie die vom Wind gepeitschte See, und der Unterkiefer hing herab. Dann ging mit den Augen eine Veränderung vor sich. Die Pupillen weiteten sich, verdeckten die Iris und verschmolzen mit dem äußeren dunklen Ring. Sullas Lebenslicht erlosch, und die Umstehenden starrten ungläubig auf die weit geöffneten Augen, über denen ein goldener Glanz lag.

Lucius Tuccius beugte sich über Sulla und drückte die Lider zu, und Metrobius legte die Münzen darauf, damit die Lider geschlossen blieben. Unterdessen schob Lucullus einen Denar in Sullas Mund, um für die Fahrt in Charons Boot zu bezahlen.

»Er hatte einen schweren Tod«, sagte Lucullus mit beherrschter Stimme.

Metrobius weinte. »Lucius Cornelius hatte es immer schwer. Ein leichter Tod hätte nicht zu ihm gepaßt.«

»Ich werde seinen Leichnam für ein Staatsbegräbnis nach Rom überführen.«

»Das hätte er sich gewünscht. Vorausgesetzt, er wird verbrannt.«

»Er wird verbrannt werden.«

Wie betäubt vor Schmerz schlich Metrobius von dannen und ging zu Valeria, die nicht stark genug gewesen war, um auf das Ende zu warten.

»Es ist vorbei«, sagte Metrobius.

»Ich habe ihn geliebt«, flüsterte sie. »Ich weiß, ganz Rom glaubte, ich hätte ihn aus praktischen Erwägungen heraus geheiratet, um zuzusehen, wie er meine Familie mit Auszeichnungen überschüttet. Aber er war ein bedeutender Mann, und er war sehr gut zu mir. Ich habe ihn geliebt, Metrobius! Ich habe ihn wirklich geliebt!«

»Ich glaube dir«, sagte Metrobius. Er setzte sich neben sie, nahm ihre Hand und streichelte sie geistesabwesend.

»Was wirst du jetzt tun?« fragte sie.

Aus seinen Träumen gerissen, betrachtete er ihre zierliche weiße Hand mit den langen Fingern. Sie erinnerte ihn an Sullas Hand. Nun, sie waren beide Patrizier. »Ich werde fortgehen«, sagte er.

»Nach dem Begräbnis?«

»Nein, ich kann nicht daran teilnehmen. Kannst du dir Lucullus' Gesicht vorstellen, wenn er mich zwischen den Trauernden erblickt?«

»Aber Lucullus weiß, was du Lucius Cornelius bedeutet hast. Keiner weiß das besser als er!«

»Es wird ein Staatsbegräbnis, Valeria. Nichts darf dessen Würde schmälern, am wenigsten ein griechischer Schauspieler mit einem gebrauchten Arsch.« Seine Worte klangen bitter. Dann zuckte er die Schultern. »Offen gesagt, ich glaube nicht, daß Lucius Cornelius mich dabeihaben wollte. Lucullus dagegen ist ein bedeutender Aristokrat. Hier in Misenum konnte er sich einigen seiner weniger bewundernswerten Neigungen hingeben. Er entjungfert gern kleine Mädchen.« Er sah plötzlich blaß aus. »Wenigstens hatte Sulla die üblichen Laster. Über Lucullus' Untugenden sah er stillschweigend hinweg.«

»Wohin gehst du?«

»Nach Kyrene, in die goldene Provinz.«

»Wann?«

»Heute abend, wenn Lucullus Sulla auf seine letzte Reise geschickt hat und im Haus Ruhe eingekehrt ist.«

»Wie kommst du nach Kyrene?«

»Von Puteoli aus. Es ist Frühling, und es fahren Schiffe nach Africa, oder besser gesagt, nach Hadrumetum. Von dort aus nehme ich mir ein eigenes Frachtschiff.«

»Kannst du dir das leisten?«

»O ja. Sulla konnte mir zwar in seinem Testament nichts hinterlassen, aber dafür hat er mir zu Lebzeiten mehr als genug gegeben. Weißt du, er war schon sonderbar. Bei denen, die er liebte, war er großzügig, obwohl er sonst ein Geizhals war. Das Schlimmste ist, daß er bis zuletzt an seiner Fähigkeit zu lieben zweifelte.« Metrobius hob den Kopf. Seine Augen waren trübe, und er sah Valeria nachdenklich an. »Und du, Valeria? Was ist mit dir?«

»Ich muß zurück nach Rom. Nach dem Begräbnis werde ich in das Haus meines Bruders zurückkehren.«

»Das ist keine gute Idee. Ich habe eine bessere.«

Mit ihren tränenfeuchten blauen Augen sah sie ihn verwirrt an. »Was?«

»Komm mit mir nach Kyrene. Bring dein Kind zur Welt und laß mich sein Vater sein. Es ist mir gleich, wer von uns dich geschwängert hat – Lucullus, Sorex, Roscius oder ich. Aber mir ist eingefallen, daß Lucullus mit von der Partie war, und er weiß ebensogut wie ich, daß Sulla nicht der Vater deines Kindes sein kann. Ich glaube, Rom bedeutet Unheil für dich, Valeria. Lucullus wird dich denunzieren, um dich in Verruf zu bringen. Vergiß nicht, daß du Lucullus nur unter Gleichgestellten bestimmter Praktiken bezichtigen kannst, die seine Kollegen verurteilen würden.«

»Großer Gott!«

»Du mußt mit mir kommen.«

»Sie werden mich nicht lassen!«

»Sie werden es nicht erfahren. Ich werde Lucullus sagen, daß du zu krank seist, um mit Sullas Gefolge zu reisen, und daß ich dich vor dem Begräbnis nach Rom schicken werde. Lucullus ist im Moment zu beschäftigt, um an seine eigene Schwäche zu denken, und er weiß nichts von deinem Kind. Wenn du ihm also entkommen willst, dann jetzt, Valeria!«

»Du hast recht. Er würde mich wirklich denunzieren.«

»Er könnte dich sogar umbringen lassen.«

»Oh, Metrobius!«

»Komm mit mir, Valeria. Sobald er fort ist, verlassen wir dieses Haus. Keiner wird uns sehen. Und keiner wird je erfahren, was mit dir geschehen ist.« Metrobius lächelte gequält. »Ich bin schließlich nur Sullas Freund gewesen. Aber du, Valeria Messala, warst seine Frau und standest weit über mir.«

Aber Valeria war ganz und gar nicht der Meinung, daß sie über ihm stand. Vor Monaten hatte sie sich in ihn verliebt, obwohl sie wußte, daß er diese Liebe nicht erwidern konnte. Deshalb sagte sie: »Ich werde mitkommen.«

Erfreut tätschelte er ihre Hand und legte sie dann in ihren Schoß. »Gut! Bleib solange hier. Lucullus darf dich nicht sehen. Pack ein paar Sachen zusammen, aber nicht mehr, als auf den Rücken eines Maulesels paßt. Sieh zu, daß du nur dunkle, schlichte Kleider mitnimmst und daß deine Umhänge Kapuzen haben. Du mußt aussehen wie *meine* Frau, nicht wie die Frau von Lucius Cornelius Sulla.«

Er ging davon, und Valeria Messala blickte einer Zukunft entgegen, die ganz anders war, als sie es sich nach Sullas Tod vorgestellt hatte. Obwohl sie nie verstanden hatte, welche Gefahr sie für Lucullus darstellte, wußte sie, daß sie dem Schauspieler zutiefst dankbar sein mußte. Sicher würde es schmerzlich sein, zu sehen, wie Metrobius seine Zuneigung Männern schenkte, während sie sich nach seiner Liebe sehnte, aber schließlich wollte er das Kind als sein eigenes anerkennen, und sie konnte ihm ein Familienleben bieten, das er eines Tages vielleicht mehr schätzte als seine flüchtigen Affären. Ja, das war allemal besser, als von der Angst gequält zu werden, ihn nie wieder zu sehen. Oder als die Endgültigkeit des Todes. Bisher hatte sie geglaubt, sich vor dem kühlen, hochmütigen Lucullus zu Unrecht zu fürchten. Aber jetzt wußte sie, daß es richtig war. Sie erhob sich, sah ihre vielen Kleidertruhen durch und wählte die schlichtesten und dunkelsten Sachen aus. Geld hatte sie keines, aber ihr Schmuck war prächtig. Da Metrobius offensichtlich eine Menge Geld besaß, konnte ihr der Schmuck als Mitgift dienen. Eine Sicherheit für künftige Notzeiten. Kyrene! Die goldene Provinz. Das klang wundervoll.

Sullas Begräbnis ließ seinen Triumphzug geradezu unbedeutend erscheinen. Zweihundertzehn Sänften, über und über beladen mit Myrrhe, Weihrauch, Zimt, Melisse, Narde und anderen aromatischen Gewürzen – ein Geschenk der Frauen Roms – wurden von schwarzgekleideten Männern getragen. Und weil Sullas Leichnam durch den hohen Blutverlust so zusammengeschrumpft und vertrocknet war, daß er nicht zur Schau gestellt werden konnte, hatte eine Gruppe von Bildhauern aus Zimt und Weihrauch eine Nachbildung Sullas geschaffen, die auf der Totenbahre saß, und davor ein Liktor aus denselben Gewürzen. Festwagen ließen Sullas Leben Revue passieren, abgesehen von den ersten dreiunddreißig anrüchigen Jahren und den letzten Monaten voller Ausschweifungen. Da stand er vor den Mauern Nolas und nahm aus den Händen eines Zenturio die Graskrone entgegen; dort wachte er streng darüber, wie ein zusammengekauerter König Mithridates den Vertrag von Dardanos unterzeichnete; dort gewann er Schlachten, erließ Gesetze, nahm Jugurtha gefangen und ließ die gefangenen Anhänger des Carbo hinter der Porta Collina hinrichten. Auf einem gesonderten Wagen wurden die über zweitausend Kränze aus purem Gold gezeigt, die ihm von Städten, Tribus, Königen und Ländern verliehen worden waren. Seine Ahnen fuhren schwarzgekleidet in schwarz-goldenen Triumphwagen, die von prächtigen schwarzen Pferden gezogen wurden, und seine fünfjährigen Zwillinge Faustus und Fausta gingen inmitten der Trauernden.

Die Luft war schwül und der Himmel bewölkt. Der größte Trauerzug, den Rom je erlebt hatte, setzte sich in Bewegung. Von dem Haus mit Blick auf den Circus Maximus ging es hinunter zum Velabrum und von dort weiter zum Forum Romanum, wo Lucullus – ein mitreißender und berühmter Redner – auf der Rostra die Trauerrede hielt. Er stand neben der Bahre, auf welcher der nachgebildete Sulla aufrecht hinter seinem ebenfalls aus Gewürzen geformten Liktor saß, während der entsetzlich verunstaltete Leichnam in einem speziellen Fach darunter lag. Zum zweiten

Mal innerhalb von drei Jahren wurden in Rom Tränen vergossen, weil Sullas Zwillinge eines Elternteils beraubt wurden. Aber als Lucullus bekanntgab, daß er der Vormund der Kinder sei und sie nie wieder Not leiden müßten, ertönte lauter Beifall, und es flossen Tränen der Rührung. Hätte das Mitgefühl nicht den Blick verstellt, wäre klar geworden, daß Faustus und Fausta mittlerweile alt genug waren, um zu erkennen, daß sie in Gestalt, Aussehen und Hautfarbe ihrem Großonkel mütterlicherseits, dem furchteinflößenden, aber nicht eben gutaussehenden Quintus Caecilius Metellus Numidicus nachschlugen, den ihr Vater Schweinebacke genannt und in einem Anfall von Wut ermordet hatte, nachdem Aurelia ihn abgewiesen hatte.

Wie durch einen Zauber gebannt, blieb der Regen aus, als der Trauerzug sich erneut in Bewegung setzte. Diesmal ging es den Clivus Argentarius hinauf, durch die Porta Fontinalis, hinter der die einstige Villa des Gaius Marius lag, hinunter zum Marsfeld. Dort wartete schon Sullas Grab in herrlicher Abgeschiedenheit an der Via Lata, in unmittelbarer Nähe des Ortes, wo die Zenturiatsversammlung tagte. In der neunten Stunde des Tages wurde die Bahre auf den riesigen Scheiterhaufen gestellt; die Hohlräume zwischen den Holzscheiten waren mit den Gewürzen aus den zweihundertzehn Sänften ausgefüllt. Nie sollte Sulla süßer duften als in dem Moment, da, gemäß seinem Wunsch, seine sterblichen Überreste verbrannt wurden.

Gerade als die Holzscheite am Fuß des Scheiterhaufens mit Fakkeln in Brand gesteckt wurden, kam ein heftiger Wind auf. Der kleine Berg ging in Flammen auf, und das Feuer entwickelte eine so starke Hitze, daß die Trauernden, die sich um den Scheiterhaufen versammelt hatten, sich abwenden und die Hände schützend vors Gesicht halten mußten. Als die Flammen kleiner wurden, begann es schließlich zu regnen – ein heftiger Wolkenbruch, der das Feuer vollends löschte und die Kohlen so rasch abkühlte, daß Sullas Asche schon kurz nach dem lodernden Inferno eingesammelt werden konnte. Das, was von Sulla übrig war, kam in ein erlesenes Alabastergefäß, das mit Gold und Edelsteinen verziert war. Lucullus verzichtete auf die luftdichte Haube, um die Sulla zum Schutz seiner Asche vor einer möglichen Verunreinigung durch ein Staubkörnchen des Gaius Marius gebeten hatte, da es unablässig regnete und kein einziges Staubkörnchen in der Luft war.

Das Gefäß wurde sorgsam in die Grabstätte gelegt, die binnen vier Tagen aus buntem Marmor errichtet und mit Skulpturen geschmückt wurde. Sie war rund und wurde von kannelierten Säulen getragen, die mit der neuen Art von Kapitell gekrönt waren, das Sulla aus Korinth mitgebracht und so populär gemacht hatte – zarte Zweige mit Akanthusblättern. Sein Name, seine Titel und seine Taten waren auf einer Tafel eingemeißelt, und darunter stand eine schlichte Grabschrift, die er selbst verfaßt hatte:

KEIN BESSERER FREUND. KEIN SCHLIMMERER FEIND.

»Ich bin froh, daß es vorbei ist«, sagte Lucullus zu seinem Bruder, als sie bis auf die Haut durchnäßt und vor Kälte zitternd in dem Unwetter nach Hause trotteten.

Lucullus war beunruhigt: Valeria Messala war nicht in Rom eingetroffen. Ihr Bruder Rufus, ihre Vettern Niger und Metellus Nepos sowie ihre Großtante, die ehemalige Vestalin, stellten aufgeregte Fragen; Lucullus hatte ihnen mitteilen müssen, daß er nach Misenum geschickt habe, um sie zu holen, worauf er von einem völlig erschöpften Boten erfahren habe, daß sie verschwunden sei.

Fast ein Monat verging, ehe Lucullus die hektische Suche abbrechen ließ, in deren Verlauf die Küste nördlich und südlich des Landguts auf einer Länge von mehreren Meilen abgesucht und jeder Wald und jeder Hain zwischen Neapolis und Sinuessa durchkämmt worden war. Sullas letzte Gemahlin war verschwunden, und mit ihr ihr Schmuck.

»Beraubt und ermordet«, sagte Varro Lucullus.

Sein Bruder – der selbst diesem geliebten Menschen einiges verschwieg – gab keine Antwort. Das Glück war ihm offenbar ebenso hold wie Sulla, denn er hatte schon vor dem Tag des Begräbnisses erkannt, wie gefährlich Valeria Messala für ihn sein konnte. Sie wußte zu viel von ihm, während er von ihr im Grunde nichts wußte. Er hätte sie umbringen müssen. Wie gut, daß ein anderer es für ihn getan hatte! Fortuna war ihm günstig gesinnt.

Metrobius' Verschwinden interessierte ihn nicht – wenn doch, hätte er bestimmt darüber nachgedacht. In Rom gab es mehr als genug Schwule, um die Lücke auszufüllen; die Theater waren voll von ihnen. Für Lucullus war eher die Tatsache von Bedeutung, daß er nicht mehr unbegrenzt mit mutterlosen kleinen Mädchen versorgt wurde. Oh, wie würde er Misenum vermissen!